Kathrin Lange
Cherubim

atb aufbau taschenbuch

KATHRIN LANGE wurde 1969 in Goslar geboren und lebt mit ihrer Familie in einem Dorf bei Hildesheim in Niedersachsen. Sie hat als Buchhändlerin und Mediendesignerin gearbeitet und gab die Autorenzeitschrift »Federwelt« heraus. Seit dem Jahr 2005 veröffentlicht sie historische Romane und Jugendbücher, 2008 erschien »Seraphim«, Katharina Jacobs erster Fall.
www.kathrin-lange.de

Katharina Jacob hat alles verloren: ihren Mann, ihren Bruder, ihre Bleibe und ihren Beruf als Heilerin. Sie leidet unter Alpträumen und der *melancholia*. Trotz des Verbotes, ihre heilenden Kräfte einzusetzen, pflegt sie einen Obdachlosen mit viel Hingabe. Dieser wird das erste Opfer einer neuen Mordserie, die Nürnberg im Jahr 1491 heimsucht und die die Bewohner der stolzen Stadt an den grausamen Engelmörder erinnert, der wenige Wochen zuvor in Nürnbergs Unterwelt gewütet hat. Gemeinsam mit Richard Sterner, nach dessen Nähe sich Katharina so sehnt, beginnt sie mit den Ermittlungen. Gleichzeitig lässt die Priorin des Dominikanerinnenklosters Katharina zu sich rufen und bittet sie, die medizinische Versorgung der Nonnen zu übernehmen. Die Priorin Kunigunde hofft, Katharina dazu zu bringen, ins Kloster einzutreten, und Katharina ist diesem Gedanken nicht abgeneigt, denn es gibt Spannungen zwischen ihr und Richard. Das nächste Mordopfer ist eine »Hübschlerin«, eine Hure. Bei der Sektion ihrer Leiche entdeckt Richard, dass diese schwarze Ablagerungen in den Gelenken hat. Aber wer der Mörder ist, weiß allein Katharina. Es könnte ein tödliches Wissen sein.

KATHRIN LANGE

CHERUBIM

HISTORISCHER
ROMAN

atb aufbau taschenbuch

ISBN 978-3-7466-2597-3

Aufbau Taschenbuch ist eine Marke der Aufbau Verlag GmbH & Co. KG

1. Auflage 2010

Umschlaggestaltung Mediabureau Di Stefano, Berlin
unter Verwendung einer Kreidezeichnung von Charles de la Fosse
© Ashmolean Museum, Oxford/bridgemanart.de
und einer Illustration von © Mediabureau Di Stefano
Satz LVD GmbH, Berlin
Druck und Binden CPI – Moravia Books, Pohořelice
Printed in Czech Republic

www.aufbau-verlag.de

Die Cherubim hingegen erkennen
in über alles erhabener Weise
die göttlichen Geheimnisse.

Thomas von Aquin, Summa Theologica

Wenn aber dein rechtes Auge dir Anstoß gibt,
so reiß es aus und wirf es von dir;
denn es ist besser für dich,
dass eins deiner Glieder umkomme,
als dass dein ganzer Leib
in die Hölle geworfen werde.

Matthäus-Evangelium

1. Kapitel

Nürnberg, Anfang November 1491 n. Chr.

Die beiden Männer taumelten unter dem Gewicht, das sie zwischen sich trugen. Sie waren allein in der alten Bürgerkirche, und nur die leeren Augen der Heiligenfiguren aus Stein und Holz folgten ihnen, als sie ihre Last durch den Mittelgang schleppten, nach vorn zum Grab des heiligen Sebaldus.

Die Männer hätten unterschiedlicher nicht sein können. Obwohl sie beide kräftig von Gestalt waren, glichen sie sich kaum. Einer von ihnen trug die teure, farbenfrohere Kleidung eines Patriziers – seidene Strümpfe, eine ausgepolsterte Hose und ein Wams mit ebenfalls ausgepolsterten Schultern –, der andere die schlichte Uniform eines Stadtbüttels. Beide jedoch schwitzten sie unter ihrer Last, und langsam nur, einen Fuß vor den anderen setzend, wankten sie am Heinrichsaltar vorbei. Vor der niedrigen Schranke, die den riesigen Hallenchor der Kirche von dem Kirchenraum für die Laien trennte, blieben sie stehen.

Von hier aus hatten die Männer einen guten Blick auf das Gehäuse des Sebaldusschreins, das Gläubige und Pilger mit Heiligenbildern aus Wachs und Metallfolie behängt hatten. In dem schwachen Schimmer, den die wenigen auf den Altären ringsherum verteilten Kerzen verbreiteten, glänzten die silbernen und goldenen Votivgaben geheimnisvoll.

Aber das kümmerte die Männer nicht.

Mit einem Ächzen ließen sie ihre Last zu Boden gleiten, und jetzt, im helleren Teil der Kirche, war zu erkennen, dass es sich dabei um einen unförmigen, in eine dicke Lederplane eingewickelten Gegenstand handelte. Ein strenger Geruch stieg von dem Bündel auf, legte sich schwer und betäubend in die Luft, und als der Patrizier ihn einatmete, musste er husten. Das Geräusch klang in der hallenden Stille der Kirche wie ein Schuss.

Der Patrizier streckte sich, ließ die Schultern kreisen. Dann schwang er erst ein Bein über die Chorschranke, danach das zweite. Vor dem hölzernen Schreingehäuse, das von einem Metallzaun umgeben war, auf dessen vier Ecken man dicke weiße Kerzen aufgespießt hatte, blieb er stehen und besann sich einen Augenblick lang.

Andächtig zog er einen Gegenstand aus der Tasche und hielt ihn sich vors Gesicht. Es war eine Art Schlüssel – ein längliches, vorn mit einem Haken versehenes Stück Metall.

Der Patrizier drehte es ein paarmal hin und her, wie um seine Beschaffenheit zu prüfen. Dann beugte er sich über den Metallzaun, schob den Schlüssel in das erste der beiden Schlösser, die das Schreingehäuse verschlossen. Einen Augenblick lang stocherte er in dem Schloss herum, dann ertönte ein leises Quietschen und schließlich ein laut vernehmliches Klicken, als das Schloss aufsprang.

Erschrocken fuhren beide Männer herum, erstarrten, als fürchteten sie, bei ihrem unheiligen Tun ertappt worden zu sein. Doch die Kirche lag in völliger Stille da. Nur die Altarkerzen flackerten in dem leichten Luftzug, der durch eine zerbrochene Scheibe im Behaimfenster hereindrang.

Der Patrizier schüttelte den Kopf und wandte sich wieder dem Schreingehäuse zu. Er zog den Schlüssel heraus, führte ihn in das zweite Schloss ein und öffnete nach einigem Probieren auch dieses. Wieder hallte das metallische Klicken des zurückspringenden Riegels im Kirchenraum wider.

Von draußen drang fernes Läuten durch die dicken Wände. Der Türmer vom Weißen Turm verkündete Mitternacht. Die Glocken von St. Sebald jedoch, die gewöhnlich als Erste die Stunde schlugen, blieben heute still.

Der Patrizier verharrte, bis das Läuten verklungen war. Dann nickte er zufrieden und öffnete die hölzerne Tür des Schreingehäuses.

Zum Vorschein kam ein hausförmiger Kasten, der von einer steifen Lederhülle bedeckt war. Fast ehrfürchtig hob der Mann diese und entblößte das Herzstück des Grabes, den eigentlichen Schrein, der mit Dutzenden von Silberbändern verziert war und überaus kostbar wirkte.

Zwischen dem Schrein und der Holzwand des Gehäuses waren ungefähr zwei Handspannen Platz. Zufrieden richtete sich der Patrizier auf, streckte erneut den schmerzenden Rücken und ging dann zurück zur Chorschranke.

»Helft mir!«, befahl er seinem Begleiter, dem Mann in der Stadtbütteluniform.

Unter tiefem Ächzen hievten die beiden das Bündel über die Schranke. Dabei blieb die Plane an einem hervorstehenden Nagel hängen und riss einige Fingerbreit auf. Ruckartig fuhren beide Männer zurück. Stöhnend pressten sie sich die Ärmel auf Mund und Nase.

»Heilige Mutter Gottes!«, murmelte der Stadtbüttel. Dann gab er sich einen Ruck, packte das Bündel fester, und zusammen mit dem Patrizier zerrte er es zu dem Schreingehäuse und bugsierte es in den schmalen Zwischenraum zwischen Reliquienschrein und Holzwand.

Als das Werk vollbracht war, blickte der Patrizier einen Moment lang ins Leere, bevor er sich besann, das Türchen wieder zudrückte und die beiden Schlösser verschloss.

»Das kann auf keinen Fall gottgefällig gewesen sein!« Der Büttel flüsterte, dennoch wurde seine Stimme vom Gewölbe der Kirche zurückgeworfen und vervielfachte sich zu einem unheimlichen, geisterhaften Gewisper. Erschrocken bekreuzigte sich der Büttel.

Der Patrizier grinste kalt. »Einer muss das Notwendige tun!«

Rasch schlug der Büttel ein zweites Kreuz. »Es ist Gotteslästerung!«

Der Patrizier starrte ihn finster an, doch dann zog er eine Grimasse der Entschlossenheit. Er packte den Büttel am Arm und zerrte ihn kurzerhand mit sich.

»He …«, protestierte dieser, verstummte jedoch, als der Patrizier ihn vor das farbenprächtige Wandbild des Petrus-Altars stieß.

»Seht es Euch an!« Der Patrizier zischte die Worte. »Was sagt es Euch?«

»Ich weiß nicht, was Ihr meint«, wandte der Büttel zaghaft ein.

Der Patrizier deutete auf das Bild. Auf dem Altar darunter brannten zwei hohe Kerzen und rissen Einzelheiten der Malerei aus der Finsternis. Ein Mann auf einem Thron, der das Todesurteil über den Apostel Paulus aussprach. Eine Menge aufgebrachter Menschen, die erregt genau dieses Urteil forderten. Einer dieser Menschen trug einen seltsam flachen Hut. Auf ihn wies der Patrizier. »Das Bild soll uns eine Mahnung sein!«, rief er, und seine Worte hallten in der leeren und stillen Kirche wider wie das Klicken der beiden Schlösser. »Eine Mahnung, wie das Judenpack schon in alten Tagen dafür gesorgt hat, dass heilige Männer den Tod fanden!«

Der Büttel blickte den Patrizier an. Dann seufzte er schwer. Endlich nickte er. »Ihr habt recht!«

Der Patrizier schien zufrieden. Er kehrte dem Petrus-Altar den Rücken, kletterte über die Chorschranke zurück in den öffentlichen Teil der Kirche. »Seht zu, dass Ihr hier überall noch ein bisschen Weihrauch verbrennt«, befahl er dem Büttel. »Der Kerl hat wirklich bestialisch gestunken!«

Katharina Jacob erwachte, weil sie schwitzte, und es dauerte eine Weile, bis sie begriff, dass sie in ihrem Überkleid eingeschlafen war. Das Kaminfeuer war heruntergebrannt, aber die Glut verbreitete noch immer eine wohlige Wärme.

Sie schlug die Decke zur Seite und setzte sich auf. Ihr war ein wenig schwindelig, als habe sie gerade einen Aderlass hinter sich. Mit zusammengepressten Lippen blickte sie auf die feinen Narben an ihren Handgelenken. Zeichen dafür, wie oft früher diese Behandlung an ihr durchgeführt worden war.

In ihrem Mund lag ein pelziger Geschmack. Missmutig warf sie einen Blick aus dem Fenster. Gegenüber beim Fleischhaus brannten Fackeln. Durch die kleinen Butzenscheiben hindurch wirkte die wuchtige, hell erleuchtete Fassade des Gebäudes wie in tausend Splitter zerfallen. Katharina bekam plötzlich keine Luft mehr.

Sie stand auf, trat an das Fenster und stieß es mit einem heftigen Ruck auf. Gierig sog sie die klirrende Nachtluft ein. Es war bemerkenswert kalt für Anfang November, und fast schien es, als wolle die Natur einen Ausgleich schaffen für die glühende Hitzewelle, die Nürnberg im August in einen Taumel aus Wahnsinn gestürzt hatte.

Nicht nur Katharina hoffte, dass mit der Hitze auch der Irrsinn vergangen war.

Sie atmete so tief ein und aus, wie sie konnte, und fühlte dabei, wie der Schweiß auf ihrem Leib trocknete. Sie stand noch einen Moment in der eisigen Nachtluft, und als sie zu frösteln begann, klärte sich auch ihr Kopf. Die Müdigkeit, die sie am späten Nachmittag überkommen hatte, schien fort zu sein.

Das Haus, in dem sie zusammen mit ihrer Mutter Mechthild wohnte, gehörte dem Stadtrat von Nürnberg. Es war aus einem Teil der alten Befestigung gebaut worden, die früher die Grenze zwischen Stadt und dem umliegenden Land gebildet hatte. Als Nürnberg wuchs, hatte man die neue Stadtmauer ein gutes Stück weiter westlich gebaut und den alten Gebäuden hier einen neuen Zweck gegeben. Sie dienten nun dem Henker von Nürnberg als Wohnung.

Katharina und ihre Mutter durften es zur Zeit benutzen, weil Bertram Augspurger, der Henker, Mechthilds Mann gewesen war. Er war im August ums Leben gekommen, und der Rat hatte seiner Frau und seiner Stieftochter erlaubt, in seinem Haus wohnen zu bleiben, bis sich ein neuer Henker gefunden hatte.

Das Haus war winzig, und wie ein nutzlos gewordener Brückenbogen schwebte es mitten über der Pegnitz, die zwischen zwei Pfeilern unter ihm hindurchfloss. Ein paar Eisschollen trieben auf dem Fluss. Der Mond stand tief über dem östlichen Horizont, und über der Stadt zogen Wolkenfetzen in ruheloser Hast von Ost nach West.

Drüben beim Fleischhaus kümmerten die Männer sich weder um die Dunkelheit noch um die Kälte. Geschäftig liefen sie hin und her, und ihre Schatten wirkten im zuckenden Licht der Fackeln übergroß.

»Kind?«

Die helle Stimme von Katharinas Mutter Mechthild drang aus dem hinteren Zimmer der schmalen, langgestreckten Wohnung.

Katharina unterdrückte ein Seufzen. »Ja, Mutter! Habe ich dich geweckt? Es tut mir leid, das wollte ich nicht.«

Von ferne schlug es Mitternacht, und Katharina registrierte, dass wenigstens der Mann auf dem Weißen Turm seine Tätigkeit wiederaufgenommen hatte, nachdem tagsüber alle drei Türmer, aus welchen Gründen auch immer, den Dienst verweigert hatten.

»Schon gut«, meinte Mechthild. »Kannst du mir kurz helfen?«

»Natürlich, Mutter!« Katharina warf einen letzten Blick auf die arbeitenden Fleischer, dann griff sie nach dem Fenster, um es wieder zu schließen. Aber mitten in der Bewegung hielt sie inne und überlegte es sich anders. Die frische Luft tat ihr gut. Vielleicht war es besser, das Fenster offenstehen zu lassen.

Sie wappnete sich und betrat die Kammer ihrer Mutter.

»Sie arbeiten die Nacht durch, drüben am Fleischhaus«, sagte sie und zwang sich, es nicht durch zusammengebissene Zähne zu tun. Jedes einzelne Wort musste sie hervorwürgen wie einen Stein. »Und der Türmer vom Weißen Turm arbeitet wieder.«

Ihre Mutter lag in ihrer winzigen Kammer, lang ausgestreckt auf dem Bett, die Arme auf der Decke, die Katharina kurz bevor sie sich selbst hingelegt hatte, sorgfältig um sie herum festgesteckt hatte.

Mechthild Augspurger nickte. »Ich weiß. Ich kann sie hören. Sie versuchen noch immer, die Verluste wieder reinzuholen, die die Ereignisse ihnen beschert haben.«

Katharina schluckte. *Die Ereignisse.*

Ihre Mutter weigerte sich, die Dinge, die im August in der Stadt geschehen waren, anders zu nennen. *Die Ereignisse* … Was für ein höhnischer Ausdruck dafür, dass halb Nürnberg dem Wahnsinn verfallen war, weil ein Irrer die Brunnen vergiftet hatte! Welch feige Umschreibung für die Tatsache, dass Matthias, Katharinas Halbbruder und Mechthilds einziger Sohn, dabei ums Leben gekommen war, ebenso wie Bertram, Mechthilds Mann.

Und wie so schrecklich viele andere.

»Was schaust du so vorwurfsvoll?«, fragte Mechthild. Sie streckte eine Hand aus und wies unter das Bett, wo ihr Nachttopf stand. Sie war gelähmt und auf Hilfe bei ihren täglichen Verrichtungen angewiesen.

Katharina rührte sich nicht. Sie spürte, wie ihre Kiefer sich verkrampften bei dem Versuch, die Worte zurückzuhalten, die sich auf ihre Zunge drängten. »Nur so.« Sie bückte sich nach dem Nachttopf.

Die Luft zwischen ihnen war angefüllt mit Groll und Verdruss. Als Katharina ihrer Mutter den Nachttopf reichte, wich sie ihrem Blick aus.

»Es tut mir leid, dass ich dir das zumuten muss«, sagte Mechthild. »Früher hat Bertram das gemacht, aber ...« Sie verstummte, weil Katharina warnend die Hand hob.

Die Steine in Katharinas Kehle verwandelten sich in Felsbrocken. Sie schluckte dagegen an, aber vergeblich. »Ruf mich, wenn du fertig bist«, bat sie, wandte sich zum Gehen und schloss die Tür hinter sich.

In der Mitte ihrer eigenen Kammer blieb sie stehen, die Fäuste geballt und eine solche Anspannung in der Nackenmuskulatur, dass ihr Kopf anfing zu schmerzen. Diese drangvolle Enge der beiden winzigen Räume, die Erinnerung an die massige Gestalt ihres Stiefvaters, die noch immer wie ein Geist durch die kleine Wohnung zu streifen schien, die Nähe zu ihrer Mutter – Katharina wusste nicht, wie lange sie das alles noch aushalten konnte, ohne sich die Fäuste an den Wänden blutig zu schlagen.

»Du kannst wieder reinkommen«, hörte sie Mechthild.

Sie straffte die Schultern, dann öffnete sie die Tür mit einem Ruck. Obwohl sie sich bemühte, durch den Mund zu atmen, konnte sie den Urin ihrer Mutter riechen. Alte Frauen hatten einen sehr besonderen Geruch, das wusste sie natürlich, denn sie hatte früher zahlreiche ältere Frauen als Patientinnen gehabt.

Seufzend dachte Katharina an all diese Frauen zurück. Vor keiner von ihnen hatte sie sich je so sehr geekelt wie vor ihrer eigenen Mutter. Vor deren säuerlichem und käsigem Geruch und ihrer tiefen, uneingestandenen Trauer.

Die Lider gesenkt, reichte Mechthild Katharina den Nachttopf.

So klein die Wohnung im Henkershaus auch war, sie besaß einen unschätzbaren Luxus: An einer ihrer Außenwände hatte sie ein winziges Gelass, das als Abtritt diente. Alles, was man hier durch ein Loch in einem hölzernen Balken warf, fiel direkt in die Pegnitz und war auf Nimmerwiedersehen verschwunden.

Katharina kippte den Inhalt des Nachttopfes durch dieses Loch und kehrte zu ihrer Mutter zurück. »Du solltest mehr trinken«, riet sie. »Dein Urin sah sehr dunkel aus.«

Mechthild schürzte die Lippen. »Ich bin nicht Heinrich!«, wies sie Katharina zurecht.

Heinrich war ein Bettler, den Katharina vor einigen Monaten kennengelernt hatte, ein Mann mit halb verwirrtem Verstand und dem freundlichen Gemüt eines kleinen Kindes, den Katharina regelrecht ins Herz geschlossen hatte. Er war einer der wenigen Menschen, um dessen Gesundheit sie sich noch zu kümmern wagte, seitdem der Stadtrat von Nürnberg es ihr verboten hatte, die reichen Bürgerinnen zu behandeln.

»Nein«, murmelte Katharina. Ein bitteres »Leider!« lag ihr auf der Zunge, doch sie schluckte es hinunter. Sie war erfüllt von einem schlechten Gewissen, weil sie die Gegenwart eines Irren aus der Gosse besser zu ertragen vermochte als die ihrer eigenen Mutter.

Mit einer ruppigen Bewegung schob sie den Nachttopf wieder unter das Bett. »Natürlich nicht«, setzte sie hinzu.

»Ich kann nichts dafür, dass Bertram tot ist.« Mechthild stützte sich auf die Ellenbogen und richtete sich auf. Das Nachthemd verrutschte über ihrem Hals und entblößte faltige, gelbliche Haut.

»Mutter!«, stöhnte Katharina gedehnt. Und im Stillen dachte sie: *Verschone mich um Himmels willen mit diesem Namen!*

»Bertram und Matthias haben ...«

Das war zu viel für Katharina. »Erwähne sie nicht immer in einem Atemzug!«, schrie sie. Die Felsen in ihrer Kehle zersplitterten und zerrissen sie von innen heraus.

Mit vor Schrecken und Überraschung geweiteten Augen starrte Mechthild ihre Tochter an. »Was hast du nur?« Sie klang beleidigt und verletzt.

Es war Katharina egal. »Matthias war mein Bruder!«, schnappte sie, fast atemlos vor Zorn und Trauer. »Und er starb durch die Hand eines irren Mörders. *Bertram Augspurger* hingegen ...« – sie betonte den Namen, als sei er etwas überaus Ekliges – »... er war der Henker von Nürnberg! Erwähne die beiden nie – niemals wieder in einem Atemzug, hast du mich gehört?«

»Du hast recht«, gab Mechthild kühl zurück. »Matthias war mein Sohn. Aber Bertram war mein Mann. Und das zählt auch etwas! Wenn ich dir irgendetwas beigebracht habe, dann hoffentlich das!«

Katharina schnaubte nur.

Mechthilds Blick wurde eisig. »Manchmal denke ich, dein Vater hatte doch recht«, sagte sie, und nun klang sie beleidigt. Dann rutschte sie tiefer in ihre Kissen und schloss die Augen. Ein untrügliches Zeichen für Katharina, dass sie das Gespräch als beendet betrachtete.

Katharina bebte vor Zorn, doch gleichzeitig war ihr auch schlecht vor lauter Elend. In ihrem Unterleib machte sich ein schwaches Ziehen bemerkbar, das sie seit den *Ereignissen* – seit dem Großen Wahnsinn, korrigierte sie sich selbst – immer wieder einmal spürte.

»Mein Vater«, presste sie mühsam hervor, »hat geglaubt, dass ich besessen bin.« Sie sprach durch gebleckte Zähne und kam sich vor wie ein tollwütiger Hund. »Er war ein Idiot!«

»Es gibt vieles, was du nicht weißt.« Demonstrativ drehte sich Mechthild auf die Seite.

Mit einem Ruck wandte Katharina sich um. Sie hatte keine Ahnung, was Mechthild mit dem letzten Satz gemeint hatte, und es war ihr auch egal.

Sie marschierte aus der Kammer.

»Wo willst du hin?«, rief Mechthild ihr nach.

»Ich gehe nach Heinrich sehen!«, gab sie giftig zurück, dann warf sie die Tür hinter sich ins Schloss. Sie stürmte die schmale Stiege hinunter, packte ihren Mantel und ihre weiße Haube, legte beides an und riss die Haustür auf.

Die Männer beim Fleischhaus starrten ihr verblüfft hinterher, als sie mit wehenden Röcken und finsterem Gesicht an ihnen vorbeirannte.

Der Schnee, der in den letzten Tagen gefallen war, bedeckte den Boden mit einer dichten weißen Schicht und glitzerte im kalten Licht des Mondes. Heinrich bohrte den Finger hinein, erst zur Hälfte, dann gänzlich, und als seine Haut von der Kälte zu schmerzen begann, wartete er noch einen Moment und zog den Finger dann zurück.

Er saß auf seinem angestammten Platz unter einem Brückenbogen, obwohl ein eisiger Hauch aus dem Fluss in die Höhe stieg und mit klammen Fingern nach ihm griff. Aufmerksam starrte er über das schwarze Wasser hinweg und lauschte in die Dunkelheit hinaus.

Schon seit Tagen lag Nürnberg unter einer Glocke aus Frost, die die Geräusche in den Straßen und Gassen verstärkte und sie in klirrendes Glas verwandelte, das auf dem rauen Pflaster zerschellte.

Sogar die Hunde, die sonst die Dunkelheit mit ihrem fortwährenden Gebell erfüllten, schwiegen angesichts der Kälte, die den Atem sichtbar aus ihren Schnauzen steigen ließ und sie selbst in ihre Hütten und Verschläge trieb. Nur eine einsame Katze huschte an Heinrich vorbei, das Fell gesträubt und die Ohren an den Kopf gelegt, als fürchte sie sich vor den Gestalten der Dunkelheit.

Als von jenseits des Flusses der feste Tritt eines Mannes erklang, blieb die Katze wie angewurzelt stehen, und als den Schritten das leisere, rasche Trippeln von Kinderschritten folgte, sträubte sich ihr Nackenhaar, und sie fauchte drohend.

»Müssen wir das wirklich tun, Vater?«, jammerte eine helle Stimme.

Heinrich hob den Kopf und horchte, und als ein Mann und ein kleiner Junge um die Ecke bogen, wich er so tief wie möglich in die Dunkelheit unter der Brücke zurück. Von hier aus hatte er einen guten Blick auf die beiden.

Vater und Sohn waren eingehüllt in dicke Wollmäntel und trugen Mützen aus hellgrauem Kaninchenpelz. Die Unterschenkel des Mannes waren dick umwickelt mit mehreren Lagen hellen Leinens, während der Junge auf klobigen Holzschuhen hinter seinem Vater herhastete.

Die Katze verschwand mit einem Satz in der Lücke zwischen zwei Häusern. Der Vater warf ihr einen stirnrunzelnden Blick hinterher. »Ich habe es dir hundertmal erklärt«, brummte er. In der einen Faust hielt er eine blakende Fackel und in der anderen einen Sack, dessen Kordel im Licht der Flamme rot glänzte. Deutlich hörte Heinrich klägliches Miauen aus dem Sack hervordringen.

»Sie hat jetzt zum zweiten Mal Kleine mit zwei Schwänzen geboren«, sagte der Mann. »Sie hat den Teufel im Leib!«

»Aber sie ist doch meine Freundin!«, jammerte der Junge.

»Wenn aber dein rechtes Auge dir Anstoß gibt, so reiß es aus und wirf es von dir; denn es ist besser für dich, dass eins deiner Glieder umkomme, als dass dein ganzer Leib in die Hölle geworfen werde.« Der

Mann seufzte schwer. »Glaub mir, ich tue das hier auch nicht gern, aber es muss sein!«

»Sie hat auch früher schon Kleine mit zwei Schwänzen geboren«, wandte das Kind erneut ein. »Da hast du nur die Kleinen ersäuft, nicht sie.«

Mit einem Ruck blieb der Mann stehen. Noch einmal seufzte er. »Da hatte auch der Teufel Nürnberg nicht in seinen Klauen, Junge!« Er sprach jetzt mit einer Mischung aus Barschheit und Mitleid.

Der Teufel!

Heinrich erzitterte. Der Teufel. Er presste die Hände auf die Ohren, aber dennoch hörte er, wie der Vater weitersprach: »Du hast doch gesehen, was in der letzten Zeit passiert ist. Nein, glaub mir, es ist besser, diese Ausgeburt der Hölle loszuwerden!«

»Ausgeburt der Hölle ...« Die Stimme des Kindes verklang in einem langgezogenen, gequälten Schluchzer. Die beiden betraten die Brücke und verschwanden für einen Moment aus dem Blickfeld von Heinrich. Als sie auf seiner Seite des Flusses wieder auftauchten, konnte er sehen, wie sie stehenblieben. Vor ihnen lag eine flache Treppe, die zur Wasseroberfläche hinunterführte und über deren untere Stufen der Fluss leise schwappte.

»Halt das!«, befahl der Mann dem Kind, überreichte ihm die Fackel und ging mit zögernden Schritten die Treppe hinunter. Dicht vor der Wasseroberfläche blieb er stehen.

Der Junge wagte sich nicht weiter vor. Schwer atmend und leise schniefend stand er da und rührte sich nicht. Die Flamme warf unruhige Schatten auf sein hageres Gesicht.

»Herr im Himmel«, murmelte der Mann und hob den Sack am ausgestreckten Arm in die Höhe. »Gib, dass wir in deinem Namen recht tun, wenn wir diese Kreatur der Hölle dorthin zurückschicken, woher sie kommt.« Er zögerte einen Moment, dann schwang er den Arm zurück und warf den Sack so weit er konnte auf den Fluss hinaus.

Mit einem Klatschen traf er auf dem Wasser auf, und der Junge heulte los. Seine Augen waren weit aufgerissen vor Angst und Traurigkeit, und Rotz lief ihm in einem breiten gelben Strom aus der Nase.

Der Mann hatte den Sack offenbar mit Steinen beschwert, so dass er rasch sank. Mit einem Glucksen glitt er unter die Wasseroberfläche, schnell genug, um die Laute zu verschlucken, die die Katze in seinem Inneren von sich gab, als sie begriff, dass sie dem Tode geweiht war. Ein paar große Luftblasen durchbrachen die Wasseroberfläche. Im nächsten Moment lag der Fluss wieder ruhig und unversehrt da.

Hastig kehrte der Mann zu seinem Sohn zurück, nahm ihm die Fackel ab. »Komm!«, sagte er zu dem Jungen, griff nach seiner Hand und zog ihn mit sich fort.

Keine zwei Augenblicke später verschwanden beide in der Finsternis. Das Schluchzen des Kindes hing noch lange in der eisigen Luft.

Heinrich starrte auf die Stelle, die den Sack verschlungen hatte. Die Luftblasen waren zerplatzt, die letzten Wellenkreise erreichten das Flussufer und liefen mit einem leisen Plätschern aus. Die Katze war fort, ebenso der Vater mit seinem Sohn.

Der Teufel. Und die Hölle.

Davon hatte der Mann gesprochen.

Heinrich schauderte und machte eilig das Zeichen, das die frommen Frauen ihm als kleinem Jungen beigebracht hatten: Mit den Fingerspitzen berührte er erst die Stirn, dann seine Brust und schließlich der Reihe nach erst die linke, dann die rechte Schulter.

Schließlich krabbelte er unter dem Brückenbogen hervor.

Um sich zu wärmen, stampfte er ein paarmal mit den Füßen auf. Sein gesamter Körper brannte von der eisig-feuchten Luft. Beiläufig langte er zu seiner Hüfte, wo er sonst die Tasche mit seinen Habseligkeiten trug. Er zuckte zusammen, als seine Hand ins Leere griff, doch gleich darauf fiel ihm wieder ein, dass er den Beutel in seinem Versteck gelassen hatte. Seine Schulter schmerzte heute zu sehr, um ihn zu tragen.

Ob Katharina etwas dagegen tun konnte?

Er lächelte, als er an sie dachte. Bestimmt würde sie ihm helfen können. Sie war immer so gut zu ihm!

Er betrat die unterste Stufe der Treppe genau in dem Moment, als sich der Mond in eine Wolke hüllte.

Und da presste er beide Hände auf die Ohren, warf den Kopf in den Nacken und stieß ein gequältes, langgezogenes Heulen aus.

»Die Engel!«, stöhnte er, obwohl niemand da war, der ihn hören konnte. »Die Engel!«

Seit Wochen hatte er sie nicht mehr gehört, doch nun begannen sie, wie im Sommer schon einmal, die Luft mit ihrem Kreischen zu erfüllen.

Am Fuß der Treppe sank er in sich zusammen.

Irgendwann hielt er das Getöse nicht mehr aus.

Er rappelte sich auf, zog seinen Mantel fester um sich und erklomm die Treppe, die ihn am Heilig-Geist-Spital vorbei in den südlichen Teil Nürnbergs brachte.

Eine Weile humpelte er ziellos durch die Stadt, mied die größeren Plätze und auch die breiteren Straßen. Seit dem Sommer, als die Engel zum ersten Mal gekreischt hatten, brannten hier an langen Stecken Laternen mit Pechlichtern. Heinrich mochte ihre zuckende, wie lebendig wirkende Helligkeit nicht, duckte sich vor ihr weg und wich in das Dunkel der engen Gassen zurück.

Einmal begegnete ihm ein Nachtwächter mit seinem eigenen Licht, leuchtete ihm mitten ins Gesicht und ließ ihn mit einer strengen Ermahnung, die Leute nicht zu belästigen, wieder ziehen. Eine Katze, die ein besseres Schicksal erwischt hatte als ihre Artgenossin im Sack, huschte vor ihm über den Weg und hielt inne, als sie seiner gewahr wurde. Sie machte einen Buckel und fauchte, dann aber zog sie es vor, in den Schatten zu verschwinden.

Eine kleine Gruppe bunt angemalter Huren kam Heinrich entgegen, taxierte ihn und befand ihn des Ansprechens für unwürdig. Mit unterdrücktem Gekicher gingen sie an ihm vorbei, wandten sich nach ihm um. Er starrte sie finster an, und eine von ihnen, ein zierliches, blasses Persönchen mit aufgedrehten Locken und einem gewagten Ausschnitt, streckte ihm die Zunge heraus.

Über den Dächern der Stadt rauschten die Engel mit ihren Flügeln.

Heinrich presste sich die Hände auf die Ohren und wankte weiter, vorbei an einem Grundstück, dessen Gebäude im Sommer in Flammen aufgegangen war.

Plötzlich näherten sich Schritte.

Heinrich hielt inne und lauschte.

Feste Schuhe. Eine vermummte Gestalt, die eine große Kapuze trug. Unmöglich zu sagen, ob es eine Frau war oder ein Mann.

Heinrich wich in den Schatten eines Hauses zurück, doch die Gestalt hatte ihn bereits entdeckt.

»Du da!«, rief sie. Die Stimme hallte zwischen den Wänden der engstehenden Häuser wider.

Heinrich zermarterte sich den Kopf darüber, was die Gestalt von ihm wollte. Gewöhnlich sprach ihn niemand an. Die meisten Menschen mieden ihn lieber.

Ob dieser Fremde ihn kannte?

Verwirrt fuhr er sich mit der Zunge über die Lippen. »Anna?«, fragte er. Das Wort zitterte auf seiner Zunge, als habe es ein Eigenleben.

Die Engel in der Luft kreischten vor Vergnügen.

Die Gestalt kam näher. Sie bewegte sich mit geschmeidiger Anmut, wie jemand, der im Vollbesitz seiner körperlichen Kräfte war. Ganz anders als Heinrich.

»Katharina?«, machte er einen zweiten Versuch.

Wieder bekam er keine Antwort.

Die Gestalt war jetzt heran.

»Wer bist du?«, hauchte Heinrich.

Als Antwort erhielt er Schweigen. Dann die rasche Bewegung einer Hand. Etwas blitzte im Mondlicht. Fuhr auf sein Gesicht nieder. Danach. Schmerzen.

Schmerzen und Finsternis.

Das Letzte, was Heinrich hörte, als er in die gefrorene Gosse sank, waren die Engel in der Luft über ihm.

Sie kreischten jetzt nicht mehr. Sie lachten.

Während Katharina durch die düsteren Gassen der Stadt streifte und nach Heinrich Ausschau hielt, versuchte sie, sich von Zorn und vor allem von den Schuldgefühlen freizumachen, die ihre Mutter immer und immer wieder in ihr entfachte. Irgendwann kam sie an der doppeltürmigen Westfassade von St. Sebald vorbei. Linkerhand lag der

Friedhof, dessen Einfassung und Grabsteine man repariert hatte, nachdem im August ein Baugerüst auf sie gestürzt war und sie zertrümmert hatte. Im schwachen Licht des Mondes, der sich jetzt hinter ein paar Wolkenfetzen verbarg, leuchteten die neuen Steine hell wie Knochen.

Auf diesem Friedhof lag Matthias.

Katharinas Bruder war im August das Opfer des Engelmörders geworden, eines Irren, der scheinbar planlos Menschen ermordet und sie mit Hilfe von Schwanenflügeln in die schockierenden Abbilder von Engeln verwandelt hatte. Katharina erinnerte sich noch gut daran, wie sie vor dem mit einem Tuch abgedeckten Leichnam ihres Bruders gestanden, wie sie das Tuch fortgezogen und diese furchtbaren Flügel gesehen hatte, deren weiße Federn im Staub hingen …

Nur mit Mühe gelang es ihr, dieser beklemmenden Erinnerungen Herr zu werden. Sie legte beide Hände an die Wangen, atmete einmal tief durch und setzte dann ihren Weg fort, um Heinrich zu suchen.

Es gab mehrere Stellen, an denen er sich für gewöhnlich aufhielt. Wenn sie Pech hatte, würde sie eine nach der anderen aufsuchen müssen, bevor sie ihn fand.

Kurze Zeit später erreichte sie das Spittlertorviertel. Ein Nachtwächter mit einer Laterne an einer langen Stange kam ihr entgegen und grüßte sie mit einem knappen Nicken.

Kurz darauf verhallten die Tritte seiner schweren Stiefel in den Gassen hinter ihr.

Sie unterdrückte ein Seufzen. Ein Kaufmann, der offenbar von einem späten Geschäftstermin auf dem Weg nach Hause war, kam um eine Ecke und warf ihr einen langen Blick zu. Es war deutlich, dass er Katharina für eine Hure hielt, und Katharina konnte es ihm nicht einmal verdenken. Frauen, die sich zu dieser späten Stunde auf der Straße herumtrieben, gingen in den seltensten Fällen einer ehrbaren Tätigkeit nach. Demonstrativ wandte Katharina den Kopf und zupfte an ihrer weißen Haube, die sie als verheiratete Frau auswies. Aber der Mann war entweder zu betrunken, um die Bedeutung ihrer Kopfbedeckung zu erkennen, oder aber sie war ihm einerlei. Herausfordernd kam er auf Katharina zu, und sie musste ihm einen überaus finsteren Blick zuwerfen, bevor er endlich begriff, dass sie nicht zu haben war. Enttäuschung huschte über seine Miene, doch er setzte seinen Weg fort, ohne ein einziges Wort an sie gerichtet zu haben.

Katharina sah an sich herunter. »Nicht das, was du zu finden gehofft hast!«, sagte sie leise und im Tonfall einer der Hübschlerinnen aus dem Spittlertorviertel. Dass der Mann nicht gleich auf den ersten Hinweis reagiert hatte, gab ihr zu denken. Vielleicht sollte sie doch wieder dazu übergehen, die schwarze Haube aufzusetzen. Wenn die Leute sahen, dass sie Witwe war, behandelten sie sie gewöhnlich mit größerem Respekt.

Sie wischte sich eine lose Haarsträhne aus der Stirn und machte auf dem Absatz kehrt.

Witwe.

Das Wort klang so ... endgültig. Katharina verdrängte alle aufkeimenden Erinnerungen an ihren toten Mann.

Vorbei an St. Sebald und dem Friedhof gelangte sie zum Rathaus. Dem darin liegenden Lochgefängnis schenkte sie keinen Blick, sondern überquerte den Großen Markt, der um diese Zeit menschenleer war. Die unzähligen Bretterbuden, an denen die Marktleute ihre Waren verkauften, lagen still und verlassen unter dem zerrissenen Mondlicht.

Sie ging das kurze Stück bis zur Breiten Brücke, überquerte sie und lief dann eine Weile in der Lorenzer Stadt hin und her, doch an keinem seiner üblichen Standpunkte fand sie Heinrich

Und dann plötzlich stand sie vor dem Haus.

Ruckartig tauchte sie aus ihrer Versenkung auf. Sie hatte nicht vorgehabt hierherzukommen, und doch hatten ihre Füße sie hergetragen, während ihr Geist in Gedanken versunken gewesen war.

Mit klopfendem Herzen hob sie den Blick. An der Fassade des Hauses brannten keine Fackeln, dafür aber an dem Nachbargebäude, so dass Katharina einige Details erkennen konnte. Die Tür mit dem wohlvertrauen Klopfer. Das Geländer neben den Stufen des Haussteins.

Erschrocken über sich selbst, legte sie den Kopf in den Nacken und blickte an der mehrstöckigen Fassade nach oben. Die grünen und weißen Fensterscheiben wirkten in der herrschenden Dunkelheit blind, und Katharina fragte sich, ob sie es vielleicht tatsächlich waren. Immerhin gab es seit Monaten niemanden mehr, der sie putzte.

»Schöne Hütte, wa?«

Von links näherte sich eine Gestalt, die sich zum Schutz vor der Kälte in mehrere Lagen Stoff gehüllt hatte. Eine Hand schälte sich aus den unzähligen Schichten und wies an dem Haus in die Höhe. »Steht schon 'ne ganze Weile leer, aber früher, da wohnte da 'ne Hexe! Sagen die Leute jedenfalls.«

Eine Hexe!

Das eine Wort brachte Erinnerungen zurück, denen Katharina sich lieber nicht stellen wollte. Energisch schob sie sie von sich.

Sie musterte die Gestalt, konnte aber nicht ausmachen, ob es ein Mann oder eine Frau war. Alles, was sie unter dem mehrfach um den Kopf geschlungenen Schal erkennen konnte, waren zwei flinke Augen, die von mächtigen Krähenfüßen umgeben waren. Die Stimme jedoch klang hoch und krächzend, und so vermutete Katharina, dass es sich bei ihrem Gegenüber um eine alte Frau handelte.

»Ich glaub ja nicht an so'n Zeugs, Hexen und so«, behauptete die Alte. »Ist ja schließlich auch unchristlich, oder etwa nich? Die arme Frau, also irgendwie tut sie mir leid.«

Katharina nickte knapp, zum Zeichen, dass sie von weiteren Details nichts wissen wollte. Sie versuchte, sich an der Frau vorbeizudrängen, doch die packte sie beim Arm.

»Der Besitzer«, plauderte sie fröhlich vor sich hin, »ist verschwunden. Schon vor fast einem Jahr. Es heißt, er sei in der Fremde gestorben, und seine Witwe musste das Gemäuer vor ein paar Wochen verkaufen. Hab mich 'ne Zeitlang gefragt, wo sie jetzt wohl wohnt.«

Im Henkershaus, dachte Katharina. *Auch wenn du das wahrscheinlich nicht glauben wirst.* Sie schwieg jedoch. Mit Nachdruck befreite sie ihren Arm aus dem Griff der Alten.

Die zuckte die Achseln. »Im Armenhaus, wahrscheinlich!«, beantwortete sie ihre eigene Frage. »Ich habe gehört, dass der Erlös des Hauses gerade die Schulden aufgewogen hat, die sie hatte. Besitzt wahrscheinlich nur noch die Kleider, die sie am Leib trägt.«

Nein, dachte Katharina. *Einen schwarzen Samtrock noch dazu.*

»Jedenfalls war sie die, die der Stadtrat im August hat tauchen lassen, um nachzuprüfen, ob sie eine Hexe ist.«

Katharina war kalt. »Ich muss weiter«, murmelte sie und drängte sich an der Frau vorbei. Es war ihr egal, dass sie sie dabei anrempelte. Sie wollte nur noch hier weg.

»Treibt Euch nicht auf der Straße herum!«, rief die Alte ihr nach. »Ihr holt Euch bei dieser Kälte sonst noch den Tod!«

Katharina bog um eine Ecke und beeilte sich, so viel Raum wie möglich zwischen sich und das Haus zu bringen. Als ihr das gelungen war, blieb sie stehen. Sie musste sich an einer Wand abstützen, weil die Erinnerungen sie jetzt mit Macht überfielen.

Sie dachte daran, wie ihr Bruder Matthias von dem Engelmörder umgebracht worden war, wie sie in den Sog dieser furchtbaren Mordserie geraten und sogar selbst im Lochgefängnis gelandet war. Sie dachte an die Wasserprobe, die sie gefordert hatte, um zu beweisen, dass sie keine Hexe war. Diese Wasserprobe, die beinahe so furchtbar schiefgegangen wäre …

Und sie dachte an den Mann, der ihr damals das Leben gerettet hatte.

Richard Sterner.

Kurz verspürte sie einen scharfen Schmerz in ihrem Herzen, und er war so unerträglich, dass sie den Gedanken an Richard sofort weit von sich schob.

Um nicht mehr an ihn denken zu müssen, konzentrierte sie sich auf die Erinnerung daran, wie der Stadtrat ihr nach der Hexenprobe das Heilen, und damit die einzige Tätigkeit, die sie wirklich beherrschte, bei Strafe verboten hatte. Doch auch das nützte nichts.

Ohne dass sie es verhindern konnte, kehrte die Erinnerung an Egbert zurück. An ihren Ehemann, der auf einer Reise umgekommen war.

Sie krümmte sich. Ihre Knie zitterten, und sie brauchte all ihre Kraft, um sich wieder zur vollen Größe aufzurichten. Sie musste sich beschäftigen, dachte sie. Sie musste etwas tun, um diesen ganzen Erinnerungen nicht mehr so hilflos ausgeliefert zu sein.

Sie seufzte tief auf, dann ließ sie die Wand los und kehrte um.

Diesmal schlug sie um ihr ehemaliges Haus einen Bogen, und schließlich erreichte sie eine Ruine in der Nähe der Frauentormauer, in die sich Heinrich manchmal bei großer Kälte zurückzog.

Sie blieb vor den verkohlten Balken stehen.

»Heinrich?«, rief sie.

Doch sie erhielt keine Antwort.

Dafür ertönten Schritte ganz in der Nähe.

In raschem, abgehacktem Rhythmus hämmerten sie auf das eisige Pflaster, und Katharina wich in die Schatten der ausgebrannten Ruine zurück.

Eine dunkel gekleidete Gestalt bog um eine Hausecke. Mit gesenktem Kopf und tief ins Gesicht gezogener Kapuze eilte sie an Katharina vorbei, ohne sie zu bemerken. Erst als ihre raschen Schritte in der Ferne verklungen waren, wagte Katharina sich wieder aus ihrem Versteck hervor. Kurz überlegte sie, sich durch das Gewirr aus Schutt und schwarzem Holz hindurchzuzwängen, um in Heinrichs Versteck nachzusehen, ob er wirklich nicht da war. Doch dann überlegte sie es sich anders.

Eine vage, unerklärliche Angst hatte plötzlich nach ihrem Herzen gegriffen und es zusammengepresst. Außerdem begann es jetzt in dicken, nassen Flocken zu schneien.

Sie murmelte erst eine rasche Entschuldigung an Heinrich, dann ein kurzes Gebet.

Und dann wandte sie sich ab und machte, dass sie nach Hause kam.

2. Kapitel

Den ganzen Tag über und bis weit in die Nacht hinein hatten die Stundenglocken Nürnbergs geschwiegen, und die ungewohnte Stille hatte die Bürger in Verwirrung gestürzt. Die Menschen waren zu spät zu ihren Verabredungen gekommen oder hatten vergessen, ihre Besorgungen zu machen, Warenlieferungen von einem Ende der Stadt zum anderen waren nicht pünktlich angekommen, und die Messen hatten verspätet begonnen.

Die Nacht war schon weit fortgeschritten, als die Tür des Gasthauses *Zur krummen Diele* mit einem Ruck geöffnet wurde und zwei Frauen auf die Gasse hinaustraten. Eine Fackel, die der Wirt neben dem Eingang aufgesteckt hatte, warf flackernde Lichtreflexe auf die unbedeckten Haare der beiden. Eine der Frauen schwenkte ihre wirren roten Locken nach hinten und lachte lauthals, obwohl ihr das Blut aus der Nase schoss. Mit der rechten Hand versuchte sie es aufzufangen, doch in stetigem Strom rann es durch ihre Finger und tropfte auf den eisigen Boden.

Die andere Frau ließ sich mit blassem Gesicht gegen eine Mauer sinken, hob beide Hände und presste sie gegen ihre sommersprossenübersäten Wangen. Ihre langen blonden Haare hatte sie zu einer ehemals kunstvollen Frisur hochgesteckt, aus der sich einzelne Strähnen ringelten und ihr wie Korkenzieher in die Augen hingen.

»Dämliches Weibsstück!«, brüllte aus der verräucherten Wirtsstube ein Mann hinter den beiden Frauen her. »Für den Schaden wirst du mir bezahlen!«

Die Rothaarige – ihr Name war Maria – beugte sich vor und schrie zurück ins Innere des Wirtshauses: »Halt dein dreckiges Maul, Alter! Du hast nur bekommen, was du verdient hast!« Sie lachte und drückte dabei den Daumenballen auf ihr rechtes Nasenloch.

Der Mann schleuderte einen deftigen Fluch nach ihr.

Im Stillen belegte sie ihn mit jedem Schimpfwort, das sie im Laufe ihrer Jahre auf den Straßen der Stadt gelernt hatte. Als sie damit fertig war, warf sie die Wirtshaustür ins Schloss, dann wandte sie sich zu Dagmar, der Blonden, um. »Mach dir keine Sorgen, Kleines! Der ist wie ein Köter: Er bellt viel, aber er beißt nur sehr selten.«

»Du blutest so doll!«, flüsterte Dagmar.

Maria winkte ab. Prüfend ließ sie ihre Nase los. Der Blutfluss war bereits geringer geworden.«Nicht so schlimm! Er hat mir in dem Gerangel nur eins auf die Nuss gegeben. Hört schon auf!« Sie schniefte. Ein letzter roter Tropfen löste sich von ihrer Oberlippe, fiel zu Boden. Der metallische Geruch, der ihr bis hinten in die Kehle stieg, verursachte ihr Übelkeit, aber das ließ sie Dagmar nicht wissen.

Die war ohnehin mehr mit sich selbst beschäftigt.

»Was ist, wenn er sich über mich beschwert?« Sie ließ die Hände sinken und seufzte. Ihre Bluse war an der Schulter zerrissen und entblößte eine weiße, knochige Schulter. Dagmar griff nach dem zerfetzten Stoff und zog ihn über die nackte Haut. Die Geste ließ sie schutzbedürftig aussehen. Maria spürte, wie sie Mitleid bekam. Sie hatte häufig Mitleid mit Dagmar, schon seit sie beide Kinder gewesen waren, war das so.

Höhnisch schnaubte sie und ignorierte den dumpfen Schmerz, den ihre Nase dabei aussandte. »Bei wem sollte er das tun? Bei Niklas? Der war viel zu sehr mit Agnes beschäftigt, als dass er mitbekommen hat, was passiert ist.«

Niklas war der Wirt des Gasthauses und in seinem Viertel bekannt dafür, dass er die Dienste der Huren, die bei ihm verkehrten, gern und ausgiebig selbst in Anspruch nahm.

Dagmar zog die Bluse fester um ihre Schultern. »Trotzdem! Die Jacke sah teuer aus. Was, wenn ich sie mit dem Wein ruiniert habe?« Sie hatte dem Mann in der Gaststube einen halben Becher Rotwein ins Gesicht gekippt, weil er allzu zudringlich geworden war und ihr dabei die Bluse zerrissen hatte. In dem darauffolgenden Gerangel hatte der Mann, mehr aus Versehen als mit Absicht, Maria eines auf die Nase gegeben.

»Es war dein Recht, dich zur Wehr zu setzen«, sagte Maria. »Er hätte dich nicht so hart anfassen dürfen.«

Dagmar seufzte. »Er hat mich wie eine Hure behandelt«, murmelte sie, und fast hätte Maria trocken erwidert: Du *bist* eine Hure. Gerade noch rechtzeitig biss sie die Zähne zusammen. Sie hielt besser ihre lockere Zunge im Zaum, wenn sie Dagmar nicht noch mehr durcheinanderbringen wollte. Die Ärmste hatte schon genug Sorgen, da konnte sie die spöttischen Sprüche ihrer besten Freundin nicht gebrauchen.

Maria unterdrückte ein Seufzen. Sie griff an ihre Nase, drückte sie vorsichtig, um zu prüfen, ob sie gebrochen war. Zu ihrer Erleichterung schien das nicht der Fall zu sein, aber sie würde sich wahrscheinlich morgen die Schminke etwas dicker auftragen müssen, um die Rötung zu verdecken. »Was gedenkst du eigentlich wegen deines ... Problems zu tun?«, fragte sie gerade heraus und deutete dabei auf Dagmars flachen Unterleib.

Dagmars Hand legte sich auf die bezeichnete Stelle. Das war kein gutes Zeichen!

»Du musst Sibilla Bescheid sagen!«, mahnte Maria. »Sonst ist es bald zu spät dazu.«

Dagmar rieb sich mit einer müden Geste über die Augen. »Zu spät dazu«, wiederholte sie. »Wie das klingt!«

»Es klingt wie die harte Wirklichkeit, Herzchen!« Maria unterdrückte den Wunsch, Dagmar zu packen und kräftig durchzuschütteln. »Du bist eine Hübschlerin. Du bist schwanger von irgendeinem Freier. Und du musst langsam etwas dagegen tun, sonst ...« Sie unterbrach sich.

Dagmar schaute ihr ins Gesicht. »Sonst was?«

Bilder geisterten durch Marias Kopf. Bilder von Dagmar mit einem Balg auf dem Arm, die sich auf dem Hauptmarkt in die Reihe der Bettler einfügte und um einen harten Brotkanten flehte. Bilder von dem schreienden Kind auf ihrem Arm, das vor lauter Hunger schon völlig kraftlos war. Sie hob Dagmar beide Hände entgegen. »Das weißt du genau!« Tief holte sie Luft, ignorierte ihre schmerzende Nase, dann fügte sie hinzu: »Denk doch mal nach! Ein Kind, Dagmar! Es bedeutet, dass du deinen Beruf nicht mehr ausüben kannst. Jedenfalls für eine ganze Weile nicht. Du wirst betteln gehen müssen!«

Langsam schüttelte Dagmar den Kopf. Es sah aus, als wehre sie sich gegen die Vorstellung. »Ich könnte trotzdem …«

Bitter lachte Maria auf. »Trotzdem? Mit einem vor Milch tropfenden Busen? Was glaubst du, werden deine Freier sagen, hm? Nein, Dagmar, die Kerle bist du schneller los, als du blinzeln kannst, glaub mir! Eine Hure und ein Kind, das ist einfach unmöglich!«

Dagmar senkte den Kopf und schwieg einen Moment. Als sie wieder aufsah, lächelte sie. Es war ein stilles Lächeln, eines, das Maria zeigte, dass sie eigentlich mit sich und ihrer Lage im Reinen war. »Es gibt noch einen anderen Weg«, flüsterte sie.

Maria versuchte, einen Blick auf ihr Gesicht zu erhaschen, aber Dagmar wich ihr erfolgreich aus. »Was für einen anderen Weg?«

»Ich werde in ein Kloster gehen.«

Erneut lachte Maria, aber jetzt klang es ungläubig. »Ein Kloster? Bist du völlig von Sinnen?« Das Wort »Kloster« rührte an einer uralten Erinnerung in ihr. Sie versuchte, sie zu fassen, aber es gelang ihr nicht. Plötzlich verkrampfte sich ihre Kehle, und das Schlucken fiel ihr schwer. Rasch schob sie die linke Hand in die Tasche, die in ihren Rock eingenäht war. Das Futter darin hatte an der Unterseite einen Riss, und durch den tastete Maria nach Mimi, die sie stets unter ihr Strumpfband geklemmt bei sich trug. Für einen sehr kurzen Moment fürchtete sie, die Puppe verloren zu haben, doch dann berührten ihre Finger den weichen Stoff des kleinen Kopfes.

Sie schloss die Faust um Mimis Körper und fühlte sofort den Trost, der von ihr ausging.

Sie wusste nicht, warum sie das tat, aber sie wusste, dass Mimi sie begleitete, seit sie ein Kind gewesen war. Den kleinen Stoffkörper zu berühren schien zu helfen, auch wenn Maria sich nicht ganz im Klaren war, wogegen eigentlich. Auf einmal atmete sie jedoch wieder freier.

Dagmar hob den Kopf. »Warum nicht?«, fragte sie, und sie klang trotzig jetzt. »Hat nicht der Papst selbst den Nonnen von St. Katharina befohlen, ein Haus für gefallene Frauen zu bauen? Dorthin könnte ich gehen.«

In diesem Moment erinnerte Dagmar Maria an das kleine Mädchen, das sie vor Jahren gewesen war. Schon damals hatte sie sich nur schwer mit Dingen abfinden können, die ihr nicht in den Kram passten. Sie zog dann die Mundwinkel nach unten und das Kinn zurück, so dass sie auf einen Schlag um Jahre älter aussah. Genau diese Miene setzte sie auch jetzt auf. Maria unterdrückte ein Seufzen. So eindringlich, wie sie es vermochte, blickte sie Dagmar in die Augen.

»Ein Kloster, Dagmar! Überleg doch mal, wie froh wir waren, als wir aus den Fängen der frommen Frauen entkommen konnten. Und jetzt willst du freiwillig in ein Kloster gehen?«

Doch etwas in ihr sagte ihr, dass das Unbehagen, das sie noch eben verspürt hatte, nicht mit den frommen Frauen zusammenhing. Sie war sich plötzlich ganz sicher, dass seine Ursache weit in der Vergangenheit lag. Sehr weit. Viel weiter, als das Findelhaus der frommen Frauen.

Die Vergangenheit …

Maria schloss die Hand um Mimis Körper.

Auch die Puppe war ein Teil dieser Vergangenheit. Sie war bereits dagewesen, als die frommen Frauen Maria bei sich aufgenommen hatten. Aber woher sie stammte, wer den kleinen Puppenkörper genäht und mit Haaren aus Hanf und Farbe in das Abbild eines Menschen verwandelt hatte, wusste Maria nicht. Mimi war einfach schon immer da. Maria schob den Gedanken von sich. Jetzt war keine Zeit, sich mit der eigenen Vergangenheit zu beschäftigen. Die Gegenwart war wichtiger.

»Ich weiß ja«, murmelte Dagmar. Ihre Augen waren jetzt weit aufgerissen, funkelten im Licht der Fackel. Was war das, dort in ihrem Augenwinkel? Ein dunkler Schleier, eine Rötung, wie sie sich nach einer zu langen Nacht im Weiß des Augapfels zeigte? Maria beugte sich vor, um es sich genauer anzusehen, doch da blinzelte Dagmar. Ihre Augen nahmen wieder ihren gewöhnlichen Ausdruck an, waren nicht mehr so weit aufgerissen, und der Eindruck war fort.

Maria drückte Mimi ein letztes Mal, vergewisserte sich, dass sie sicher unter dem Strumpfband klemmte, und zog dann die Hand aus der Rocktasche. Mit einem Schaudern schlang sie ihren wollenen

Schal fester um die Schultern. Ein eisiger Wind fuhr in die Gasse vor der *Krummen Diele* und presste ihren Rock gegen ihre Beine. »Komm, wir gehen ein Stück, sonst frieren wir hier noch fest«, schlug sie vor.

Willig folgte Dagmar ihr, als sie sich anschickte, die Gasse zu verlassen. Eine Weile gingen sie schweigend nebeneinanderher, und Maria überlegte, was sie nun sagen sollte. Dann meinte sie: »Dir ist doch hoffentlich klar, dass es in einem Kloster ungefähr hundertmal mehr Regeln gibt, als wir bei den frommen Frauen hatten?« Sie blickte auf Dagmars Leib, wo noch immer in einer schützenden Geste deren Hand lag. »Und eines ist sicher: Dort drinnen könntest du das Kind auf keinen Fall behalten!«

Dagmar zuckte zusammen. Plötzlich standen Tränen in ihren Augen. Sie blieb stehen, und dann wurde sie von einem Schluchzen geschüttelt, das so heftig war, dass Maria sie erschrocken an sich zog.

»Um Himmels willen!«, rief sie aus. »Was ist denn bloß mit dir? Es ist einfach ein Kind, Dagmar! Ein dummer Fehler, aber einer, den Sibilla aus der Welt räumen kann. Sie ist gut darin, glaub mir, du musst keine Angst haben, dass dir etwas geschieht!« Und während sie auf die Freundin einredete und einredete, suchte sie im Geist fieberhaft nach einer besseren Lösung.

Doch ihr fiel keine ein. Dagmar stand steif wie ein Besenstiel da und ließ sich von Maria umarmen. Irritiert schob Maria sie ein Stück von sich fort und blickte ihr ins Gesicht. »Du willst dieses Kind um jeden Preis behalten, oder?«

Dagmar schüttelte energisch den Kopf. Maria atmete auf.

Dann nickte Dagmar, und Maria unterdrückte einen Fluch.

»Es …« Dagmar schniefte und wischte sich über die laufende Nase. »Ich glaube, ich weiß, von wem es ist!«, flüsterte sie dann.

Maria war skeptisch. »Du hast jeden Tag mehrere Freier, wie kannst du da wissen …«

Doch sie kam nicht dazu, zu Ende zu sprechen, denn Dagmar fiel ihr mitten ins Wort. »Aber das ist es gar nicht, warum ich so … so eine Heulsuse bin!«, schluchzte sie auf. »Es ist etwas ganz anderes … ich …« Sie holte tief und zitternd Luft. »Ich war heute im Kloster, und ich …«

Maria ließ sie endlich los und wich voller Anspannung einen Schritt zurück. »Was ist passiert, Dagmar?«

»Ich glaube, ich weiß jetzt ...« Dagmar unterbrach sich, weil ihnen eine Gruppe Männer entgegenkam. Zu Marias Leidwesen blieben die Kerle direkt vor ihnen stehen.

»Hallo, Süße!«, sprach einer von ihnen Maria an. Seine Zunge gehorchte ihm nicht mehr vollständig. Lange blonde Haare fielen ihm in die Stirn und verliehen ihm ein jugendliches, fast noch kindliches Aussehen. Ein starker Geruch von Branntwein strömte von ihm aus.

Maria bemühte sich, nicht das Gesicht zu verziehen. Sie war schlimmeren Gestank gewohnt als den von Schnaps, zumal dieser Kerl hier wahrscheinlich keinen billigen Fusel in sich hineingeschüttet hatte. Seiner Kleidung nach zu urteilen, gehörte er zum Patriziat, ebenso wie seine Freunde, die sich nun halbkreisförmig hinter ihm aufgebaut hatten und breit feixten.

»Wir sind nicht mehr im Dienst«, versuchte Maria den Mann abzuwehren.

»Er bezahlt gut dafür, dass ihr ihn entjungfert!«, rief einer der anderen glucksend, beugte sich vor und rüttelte an einer prall gefüllten Geldkatze, die dem Blonden vom Gürtel hing.

Bevor Maria und Dagmar das Gasthaus verlassen hatten, hatten sie tatsächlich Feierabend machen wollen. Doch der Abend war schlecht gelaufen, und gewöhnlich bezahlten junge Adlige recht gut dafür, wenn einer von ihnen zuvor noch nie bei einer Frau gelegen hatte. Besonders wenn man bei ihm für eine angenehme Erinnerung sorgte.

Andererseits brannte Maria darauf, zu erfahren, was ihre beste Freundin so durcheinandergebracht hatte. Fragend blickte sie sie an.

Dagmar holte Luft. »Geh ruhig mit!«, riet sie Maria. »Er sieht nach einem guten Fang aus. Wir können später weiterreden. Wenn du nach Hause kommst.«

Maria konnte ihr die Anstrengung ansehen, mit der sie sich zusammenriss. »Bist du sicher?«

Dagmar straffte die Schultern, und plötzlich empfand Maria eine tiefe Zuneigung zu ihr. Maria blickte den blonden Patrizier an. Er war eindeutig eine gute Partie, und sie konnte wahrlich jede Münze gebrauchen. Dankbar nickte sie Dagmar zu. »Gut. Wir sehen uns dann bald.«

»Wir haben viel zu besprechen«, meinte Dagmar.

Maria lächelte ihr aufmunternd zu. »Das wird schon wieder!« Dann schob sie all das für eine Weile von sich, ließ den Schal ein wenig von ihrer Schulter gleiten und trat einen Schritt auf den Blonden zu. »Was für Wünsche hättest du denn, Kleiner?«, schnurrte sie, und sie war froh darüber, dass die Dunkelheit der Gasse ihre geschwollene Nase vor den Blicken der Männer verhüllte.

Der Weiße Turm schlug die zweite Viertelstunde nach Mitternacht, und Dagmar runzelte die Stirn. Etwas war anders als sonst, doch sie vermochte nicht zu sagen, was. Erst als die Glocken längst wieder verstummt waren, fiel ihr auf, dass der Türmer von St. Sebald gar nicht geläutet hatte. Gewöhnlich erklangen erst die tiefen Schläge der Glocken dort, bevor die helleren des Weißen Turms und schließlich auch die schnellen, irgendwie hastig klingenden von St. Lorenz einfielen.

Heute jedoch hatten alle Stundenglocken den ganzen Tag über geschwiegen. Wie gut, dass wenigstens die zwei Türmer hier unten im Südteil der Stadt wieder auf dem Posten waren!

Dagmar eilte an der Frauentormauer entlang in Richtung Kornmarkt. Sie hatte das Gefühl, als sei die Nacht plötzlich sehr viel kälter geworden als zuvor.

Sie kannte Maria schon so lange, wie sie denken konnte. Gemeinsam waren sie im Findelhaus an der Schüdt aufgewachsen, und da Maria die Ältere von ihnen beiden war, war ihr von Anfang an die Rolle der großen Schwester zugefallen.

Dagmar versuchte das Kind in ihrem Leib zu erspüren, doch da war nichts. Kein Strampeln, nicht das kleinste Flattern. Es war ja auch noch viel zu früh dafür. »Weißt du, Kleines, ich bin so froh, dass Maria so fürsorglich ist! Sie ist einfach eine gute Freundin, auch wenn sie wegen dir Sibilla holen will.«

Sibilla war als Engelmacherin bekannt am Spittlertor. Es ging das Gerücht, dass ihr in all den Jahren, in denen sie diese Tätigkeit ausübte, erst zwei Frauen weggestorben waren.

Dagmars Hand presste sich fester auf ihren Bauch. »Dich wegmachen lassen?«, flüsterte sie ihrem ungeborenen Kind zu. Die Vorstellung erfüllte sie mit Grausen, und sie hatte längst für sich entschieden, dass sie diesen Weg auf keinen Fall gehen würde.

Ein Lächeln bahnte sich seinen Weg auf ihre Züge. Sie konnte es spüren. Es machte sie hübscher, wenn sie lächelte. Ihre Augen bekamen dann etwas Strahlendes, das wusste sie. In der letzten Zeit lächelte sie allerdings viel zu wenig. Doch das würde sich wieder ändern. Wenn sie das, was sie heute bei den Nonnen in der Katharinengasse erfahren hatte, gewinnbringend umzusetzen verstand.

Plötzlich konnte sie gar nicht mehr begreifen, warum sie eben so unvermittelt in Tränen ausgebrochen war. Sie war doch schließlich von Gott gesegnet! Gerade in dem Augenblick, in dem sie seine Hilfe am meisten brauchte, sandte er sie ihr in Form eines Menschen, den sie seit Jahren zu finden versuchte. – Welch Wunder!

Kopfschüttelnd setzte sie ihren Weg fort. Und zuckte im nächsten Moment zusammen, weil eine der Talglampen an der Hausfassade erlosch, als sie gerade daran vorbeiging. Abrupt stand sie in Finsternis. Ihr Herz begann zu rasen. Schon als Kind hatte sie sich vor der Dunkelheit gefürchtet, und das hatte sich auch nicht gebessert, als sie erwachsen geworden war. Sie beschleunigte ihre Schritte, um in den nächsten Lichtkreis zu gelangen, der drei Hausfassaden weit entfernt war.

Im Stillen schickte sie einen Dank an die Umsicht der Männer des inneren Rates. Nach den Ereignissen im August hatten sie den Befehl erlassen, dass jeder, dessen Hausfront an der Straßenseite länger als drei Schritte maß, dafür sorgen musste, dass bis eine Stunde nach Mitternacht neben seiner Tür ein Licht brannte. Auf diese Weise hoffte man, die Ängste der Nürnberger zu besänftigen. Es waren nicht wenige, die auch Monate nach dem Großen Wahnsinn noch Engel und Dämonen in jeder finsteren Ecke sahen.

Der Hausbesitzer, in dessen Licht Dagmar jetzt trat, schien reich zu sein. Nicht nur ein einfaches Talglicht hatte er auf dem Sims neben seiner Haustür aufgesteckt, sondern eine Laterne hingehängt, deren Rückseite mit blankpoliertem Metall versehen war. Um ein Vielfaches verstärkt fiel das Licht der Flamme auf die Straße.

Der scharfe Wind ließ die Laterne an ihrem Haken pendeln, und für einen kurzen Moment konnte Dagmar sich in dem spiegelnden Schirm hinter dem Licht sehen. Sie blieb stehen und nutzte die günstige Gelegenheit, ihre Locken in der Frisur festzustecken. Die Laterne quietschte beim Schaukeln, und plötzlich hatte Dagmar eine Gänsehaut. Sie packte die Laterne mit einer Hand, um sie ruhig zu halten. Dann schaute sie genauer hin.

Was war das?

Ihr Gesicht befand sich nun so dicht an dem Metall, dass sich von ihrem Atem ein feiner Dunstschleier darauf legte. In der schneidenden Kälte verging er jedoch sofort wieder. Dagmar riss die Augen auf und drehte ihren Kopf ein wenig.

Sie hatte sich nicht getäuscht.

Das Weiße ihrer Augen: Dort, wo es beinahe unter den Lidern verschwand, trieben wolkige Schlieren in ihm, so, als habe der Wind sie gerötet. Schon wollte Dagmar die Laterne loslassen. Doch dann fiel ihr etwas auf. Dies hier war keine Rötung.

Die Schlieren waren schwarz.

Schwarz wie Pech.

»Heda!« Eine leise Stimme erklang hinter ihr. Dagmar zuckte zusammen. »Nicht erschrecken!« Eine Gestalt trat näher, blieb jedoch gerade außerhalb des Lampenscheins stehen. »Ich würde gerne deine Dienste in Anspruch nehmen!« Die Gestalt war hochgewachsen, aber sie wirkte nicht besonders kräftig. Die höfliche, geschliffene Sprache und die hellen, feingliedrigen Hände, die unter dem dunklen Umhang hervorschauten und sich nun in Dagmars Richtung hoben, ließen an einen Mann von Adel denken. Eine Kapuze beschattete die Augen des Mannes, und ein dicker Schal war so um Hals und den unteren Teil des Gesichtes geschlungen, dass er Mund und Nase bedeckte. Seine Stimme klang gedämpft dadurch.

Freudige Anspannung ergriff Dagmar. Vielleicht hatte sie ja Glück, und dieser Kerl hier erwies sich als ähnlich guter Fang wie der Jungspund von Maria!

»Es ist spät!«, sagte sie dennoch und ließ von der Laterne ab. Manchmal machte es Männer erst richtig scharf, wenn sie sich zierte. Es konnte auf jeden Fall nicht schaden, zu versuchen, den Preis ein wenig in die Höhe zu treiben. »Eigentlich war ich auf dem Weg nach Hause.«

Eine der schmalen Hände verschwand unter dem Umhang und kam mit einem prall gefüllten Geldbeutel wieder hervor.

Dagmar frohlockte.

»Ich zahle gut. Besser als das Gesindel, das du heute abend bereits bedienen musstest. Und ich versichere dir, dass ich keine ungebührlichen Wünsche habe.«

Dagmar runzelte die Stirn. »Woher wisst ihr, wen ich heute abend bedient habe?«

Der Fremde zuckte die Achseln. »Du kommst aus dem Spittlertorviertel, nicht wahr?«

Es war Erklärung genug. Die Gegend am Spittlertor war nicht für ihren guten Ruf bekannt.

Dagmar nickte. Sie fühlte Verunsicherung in sich aufsteigen. Diese Stimme! Irgendwo hatte sie sie schon einmal gehört. Oder? Verwirrt blinzelte sie. »Zeigt Euer Gesicht, damit ich entscheiden kann, ob ich Euer Geld annehme oder nicht!«

Ein Lächeln klang in der Stimme des Fremden mit. »Oh, das werde ich.« Er öffnete den Geldbeutel und holte zwei große, glänzende Goldmünzen hervor. »Das sind Florentiner Gulden. Gutes, ehrliches Geld. Du bekommst es, wenn du mit mir kommst.«

Zwei ganze Goldstücke!

Dagmar machte einen Schritt auf den Fremden zu, bemüht, dabei nicht allzu gierig zu wirken.

Blitzschnell versenkte der Freier das Gold wieder in dem Beutel. »Erst die Arbeit, dann der Lohn!«, sagte er freundlich. »Wirst du mir zu Diensten sein? Oder soll ich mir eine andere Dirne suchen? Es gibt genug von deiner Sorte, denke ich, und ...«

»Nein! Nein!«, wehrte Dagmar ab. »Ich werde mit Euch gehen! Sagt mir nur, wohin Ihr wollt. Niklas, der Wirt der *Krummen Diele,* hat ein kleines Zimmer, das wir benutzen können, oder ...«

»Rede nicht, sondern komm!«, unterbrach der Freier sie.

Sie blinzelte. »Ihr habt es aber wirklich eilig!«

»Wie man es nimmt.« Der Freier streckte eine Hand aus und bedeutete Dagmar, sie zu ergreifen.

Sie zögerte. Doch dann fasste sie zu.

Die Haut des Mannes war weich und warm, so ganz anders als die meisten, die sie sonst berühren musste. Doch der Fremde fasste mit solcher Kraft zu, dass sie schmerzhaft aufstöhnte.

»Sehr gut!«, flüsterte er heiser.

Dann zog er sie in die Schatten der Stadtmauer.

»Sei gegrüßt, mein lieber Butte!« Der Nachtwächter, dessen Namen Raphael Krafft sich nicht merken konnte, stieß seinen Stab mit der Lampe in die feuchte Erde der unbefestigten Gasse. In dem flackernden Licht sah sein Grinsen spöttisch aus.

»Nenn mich nicht immer Butte!« Raphael blieb stehen. »Einen guten Abend auch dir!« Die beiden Eimer, die an einem hölzernen Joch auf seinen Schultern hingen, schwangen sachte hin und her. Beide waren noch unbenutzt, obwohl es gegen Mitternacht ging, und Raphael fürchtete, sie würden es auch bleiben. Denn bei dieser klirrenden Kälte würde er höchstens noch ein paar Zecher treffen. Und die zählten nicht zu seinen besten Kunden, weil sie es vorzogen, sich einfach in einer dunklen Ecke zu erleichtern. Auch wenn der Stadtrat genau das verboten hatte.

Der Nachtwächter neigte grüßend den Kopf, und Raphael zermarterte sich das Hirn darüber, wie der Mann hieß. Wenn sein Gedächtnis ihn doch in letzter Zeit nur nicht so oft im Stich lassen würde! Bald würde er sich nicht einmal mehr daran erinnern können, wie sein eigener Name war.

Er öffnete und schloss die linke Hand mehrfach. Wenigstens die Schmerzen in den Fingergelenken waren heute erträglich. Vielleicht hatte er ja Glück, und die Gicht, die sich seit ein paar Monaten immer wieder einmal mit steifen Gelenken und dumpfem Druck in den Knöcheln ankündigte, würde noch ein paar Jährchen auf sich warten lassen.

Das Alter war wahrhaftig nichts für Feiglinge, dachte er. Und das, obwohl er noch keine fünfundvierzig Jahre zählte.

»Wie gehen die Geschäfte?« Der Nachtwächter gluckste ob der Zweideutigkeit seiner Worte.

Raphael bemühte sich um ein unverbindliches Lächeln. Diese

Frage wurde ihm so oft gestellt, dass er sie längst nicht mehr hören konnte. »Schleppend«, antwortete er so ausdruckslos, wie er es vermochte. »Nicht viel los in den Gassen in diesen Zeiten.«

Der Nachtwächter warf einen Blick über beide Schultern und tat so, als sei ihm das noch gar nicht aufgefallen. »Tatsächlich!«

Raphael unterdrückte ein Seufzen. Allzu gern hätte er einfach seinen Weg fortgesetzt, ohne sich mit Dummköpfen wie diesem Kerl hier abgeben zu müssen. Aber seine Arbeit als vom Stadtrat bestellter Abtrittanbieter brachte es mit sich, dass er häufig mit Menschen zu tun hatte, die versuchten, Scherze zu machen oder auf andere, idiotische Weise ihre Scham zu überspielen, wenn sie seine Dienste in Anspruch nahmen. Er war derlei gewöhnt.

»Wenn du mich fragst«, bemerkte der Nachtwächter, »dann war mir sowieso nie klar, warum der Rat euch eingestellt hat. Ich meine, es gibt doch genügend dunkle Ecken, warum muss dann ein armer Tropf wie du mit diesen beiden ekligen Eimern durch die Gegend laufen?«

»Weil Bürgermeister Zeuner ein gelehrter Mann ist und in Einsiedeln war.«

»Einsiedeln? Und was, bitte schön, soll das heißen?«

Kurz spielte Raphael mit dem Gedanken, den Trottel mit seiner Unwissenheit einfach stehenzulassen. Aber dann antwortete er doch.

»Einsiedeln ist ein kleiner Ort in den Alpen«, erklärte er geduldig. »Genaueres weiß ich auch nicht, aber es heißt, Zeuner hat dort einen Medicus getroffen. Muss ein ziemlich verschrobener Kerl gewesen sein.«

Der Nachtwächter schaute fragend, und Raphael fuhr fort: »Er hielt es für richtig, neue medizinische Erkenntnisse dadurch zu erlangen, dass er seine Patienten *anschaute*.« Er betonte das letzte Wort mit einem spöttischen Schnauben.

Doch der Nachtwächter schien nicht zu begreifen, was er ihm sagen wollte. Raphael musste sich zwingen, nicht die Augen zu verdrehen.

»Ich meine«, redete er weiter und konnte sich einen kleinen Seitenhieb nicht verwehren, »es weiß doch jeder, dass es in der Medizin nicht anders ist als in der Bibelkunde: Die Altvorderen haben gesagt, was es zu sagen gab. Ein Gelehrter von heute muss nichts anderes tun, als ihre Schriften zu studieren, dann wird er alle nötigen Erkenntnisse erlangen, die er braucht, um seine Tätigkeit auszuführen.« Er bildete sich einiges darauf ein, dass er Dinge wusste, die bei einem einfachen Mann wie ihm eigentlich unüblich waren.

Der Nachtwächter blinzelte. »So? Nun ja. Wahrscheinlich.«

Raphael unterdrückte ein Seufzen. »Es ist so, glaub mir! Sich die Menschen anzuschauen! Was für ein Unsinn! Jedenfalls, dieser Medicus aus Einsiedeln, er hat Zeuner einen Floh ins Ohr gesetzt. Er war nämlich der festen Überzeugung, dass sich die Seuchen in einer Stadt merklich verringern lassen, wenn man die Leute daran hindert, einfach auf die Straße zu scheißen.«

Jetzt nickte der Nachtwächter verstehend. »Und kaum ist er zurück in Nürnberg, überredet Zeuner den Rat, diesen Unsinn zu überprüfen!«

»Indem er eine Truppe von Abtrittanbietern ins Leben ruft, ja.« Raphael verlagerte das Gewicht der Eimer auf seinen Schultern ein wenig. Stolz keimte in seiner Brust. »Nürnberg ist übrigens die einzige Stadt im gesamten Reich, die so was hat.«

Im Grunde, dachte er, konnte er sich nicht beklagen. Der Rat zahlte ihm ein Grundgehalt, von dem er sich und auch die Liebschaften, die er ab und an pflegte, über die Runden bringen konnte. Und oftmals erhielt er von seinen Kunden auch noch die eine oder andere Münze zugesteckt. Die Arbeit war zwar nicht besonders angenehm, aber sie war vergleichsweise leicht. Und auch an den Geruch hatte er sich längst gewöhnt, ebenso an die Tatsache, dass die Leute ihn beinahe ebenso schräg ansahen, wie sie es bei einem Henker oder einem Abdecker taten.

»Nun ja.« Der Nachtwächter kratzte sich erst am Kopf, dann zwischen den Beinen. »Mal sehen, wie lange es euch noch gibt.«

Raphael sah ihn an. »Wie meinst du das?«

»Na, weil Zeuner doch seit dem Großen Wahnsinn verschwunden ist«, antwortete der Nachtwächter. »Dauert bestimmt nicht mehr lange, und eure seltsame Truppe von Eimerträgern wird dem Rat zu teuer.«

Da sei der liebe Gott vor!, dachte Raphael erschrocken. Natürlich hatte er gewusst, dass Bürgermeister Zeuner als verschollen galt. Aber die Schlüsse, die der Nachtwächter aus dieser Tatsache zog, waren ihm bisher noch nicht in den Sinn gekommen.

»Wie dem auch sei!« Der Nachtwächter tippte sich an die Mütze. »Dann gehab dich wohl!« Er nahm seinen Stab wieder auf und setzte seinen Weg fort.

»Mein Herr?«

Die leise, samtige Stimme kam so unvermittelt aus der Dunkelheit, dass Raphael erschrocken zusammenzuckte. Rasch wandte er sich um und ließ seine Blicke umherschweifen, doch seine Augen hatten sich nach der Helligkeit der Nachtwächterlaterne noch nicht wieder an die Finsternis gewöhnt. Er konnte nicht mehr erkennen als einen Schatten, und er ärgerte sich darüber, dass seine eigene Lampe, die am Ende seines Jochs baumelte, zu schwach war, um die Ecken zu erhellen. Misstrauisch kniff er die Augen zusammen und schlug den großen Umhang, den er für seine Tätigkeit benötigte, über die Schulter zurück.

»Wer seid Ihr? Zeigt Euch!«

»Ich wollte Euch nicht erschrecken!« Ein Mann trat aus den Schatten, die ein hohes, im zweiten Stockwerk überkragendes Gebäude auf die Straße warf. Er war hochgewachsen und sehr schlank.

Als er näher trat, sah Raphael, dass er nicht nur dünn war, sondern recht mager. Rotblonde Haare umrahmten sein Gesicht, in dem ein freundliches, vertrauenerweckendes Lächeln saß. Die Augen des Mannes lagen im Schatten eines breitkrempigen Hutes, aber dennoch glaubte Raphael zu erkennen, dass sie sehr blau waren.

Ein nächtlicher Zecher kam um eine Hausecke und wankte an Raphael vorbei. Der Rothaarige wartete, bis er aus ihrem Sichtfeld verschwunden war, erst dann sprach er Raphael erneut an. »Verzeiht. Ich habe gehört, was Ihr über die Arbeit eines Medicus sagtet. Ihr scheint Euch mit dieser Angelegenheit ein wenig auszukennen?«

Raphael zuckte die Achseln. »Ich höre nur zu, wenn die Leute reden.«

»Aber die Medizin scheint Euch zu interessieren.«

Da lächelte auch Raphael. »Ja!«, gestand er. »Ich glaube, ich wäre gerne Arzt. Jemand zu sein, der den Menschen helfen kann, stelle ich mir wunderbar vor. Aber wie kann ich Euch zu Diensten sein?« Er verlagerte sein Gewicht vom linken auf das rechte Bein. Die Ketten an seinem Joch klirrten leise.

Der Mann deutete auf einen der Eimer. »Damit.«

Raphael schaute auf das hölzerne Gefäß an seiner Seite. Irgendwie fühlte er sich überrascht, denn er hatte nicht den Eindruck gehabt, dass der Mann diese Art von Dienst von ihm verlangen würde. »Ihr wollt ...«

Hell lachte der Mann auf. »Ja, aber nicht so, wie Ihr denkt! Was ich von Euch will, ist der Inhalt Eurer Eimer. Könntet Ihr ihn zu einem von mir vorgegebenen Zeitpunkt zu einem Haus liefern, das ich Euch nenne?«

»Ihr meint, Pisse?« Raphael fiel es schwer zu glauben, was er da hörte. Wozu, um Himmels willen, brauchte jemand, der bei klarem Verstand war, menschliche Pisse?

»Oh, ich bin bereit, Euch dafür zu bezahlen, aber nur wenn Ihr mir ab und an einen dieser Eimer voll vorbeibringt. Es muss aber reiner Urin sein, nicht ...« Der Mann unterbrach sich.

Raphael wusste schon. »Das ist kein Problem«, sagte er, auch wenn er noch immer keine Ahnung hatte, wozu dieser seltsame Kerl das Zeug benötigte. Er stellte eine entsprechende Frage.

Der Mann zuckte die Achseln, die Geste wirkte ausweichend. »Ich bin Doktor der Medizin. Ich brauche es für meine Arbeit.«

Raphael schüttelte den Kopf und fragte sich, ob der Kerl ihn veralbern wollte. Gerade eben noch hatte er zugegeben, dass er ihn bei seinem Gespräch über die Medizin belauscht hatte, und jetzt behauptete er, selbst ein Medicus zu sein? Raphael konnte sich des Eindrucks nicht erwehren, dass er verhöhnt wurde. »Ihr seid aber nicht im Auftrag von zwei großen Kerlen hier. Einer von ihnen hat eine Zahnlücke im Oberkiefer, genau hier.« Raphael zeigte auf einen seiner eigenen Schneidezähne.

Der Mann wirkte verwirrt.

»Das sind zwei Kumpel von mir«, erklärte Raphael. »Wir treiben gerne unsere Späße miteinander. Letztens haben sie mir eine Hure geschickt, und die ...«

»Nein!«, unterbrach ihn er Mann und lachte auf. »Ich gebe zu, der Schluss liegt nahe, dass ich einen Scherz mit Euch mache! Aber seid versichert, Eure Freunde haben mit diesem hier nicht das Geringste zu tun. Glaubt mir: Ich benötige den Harn nur, um ein paar besondere medizinische Studien durchzuführen.«

Raphael musste an diesen seltsamen Medicus denken, den Bürgermeister Zeuner angeblich in Einsiedeln getroffen hatte. Konnte es sein, dass studierte Männer allesamt ein bisschen verschroben waren?

Der Mann räusperte sich. »Wichtig ist allerdings, dass es sich um reinen Frauenurin handelt.«

»Das ist machbar.« Raphael rasselte mit der linken Kette. »Es ist sogar einfacher, denn Männer nutzen für diese Art Geschäft meine Dienste überaus selten. Sie suchen sich lieber eine unbeobachtete Hausecke, auch wenn der Stadtrat das verboten hat.«

»Gut. Bleibt nur die Frage nach dem Geld.«

Der Mann nannte Raphael eine Summe, die überaus ansehnlich war, und fast hätte Raphael in diesem Moment das Geschäft noch abgelehnt. Es konnte doch nicht mit rechten Dingen zugehen, dass ein Mann so viel Geld für … Pisse zahlte! Doch dann besann er sich darauf, was er mit einer solchen Summe alles kaufen konnte. Die kleine blonde Hure mit den Korkenzieherlocken, die er erst neulich kennengelernt hatte, würde ihn bestimmt bevorzugt behandeln, wenn er ihr ein kleines Geschenk machte. Ein Armband wäre passend … Also schob Raphael alle Bedenken beiseite. »Ich mag mir zwar nicht vorstellen, zu welch finsteren Zwecken Ihr Frauenpisse braucht, aber das geht mich nichts an. Wenn Ihr den Betrag bezahlt, den Ihr genannt habt, sollt Ihr bekommen, was Ihr verlangt.« Was für ein Glückskind er doch war! »Ich bin also einverstanden.« Er streckte die Hand aus.

Der Mann zögerte, und Raphael konnte erkennen, dass er sich vor seiner Berührung ekelte. Auch das war er gewöhnt, wenn es ihn jedoch immer wieder schmerzte, es zu erleben. Schließlich gab der Mann sich einen Ruck und schlug ein. »Abgemacht?«

»Abgemacht«, nickte Raphael. »Wie ist Euer Name, und wo wohnt Ihr? Damit ich weiß, wohin ich den Eimer bringen muss.«

»Kommt einfach in das Fischerhaus an der Frauentormauer. Das, was seit Monaten leergestanden hat, kennt Ihr es?«

Raphael nickte. Das Haus war kaum zu übersehen: Es besaß vier Stockwerke und über dem zweiten einen tragenden Balken, den man mit der Darstellung eines Netze auswerfenden Mannes verziert hatte. Es hieß, der erste Besitzer des Hauses sei ursprünglich aus Lübeck gewesen und habe sich mit dieser Verzierung eine Erinnerung an seine alte Heimat schaffen wollen. Raphael mochte das Haus, es strahlte Würde und Heimeligkeit aus, obwohl es leerstand und seine Fensterscheiben längst erblindet waren.

»Gut.« Der Mann nickte Raphael zu. »Noch brauche ich Eure Lieferung nicht, aber ich gebe Euch Bescheid, wenn sich das ändert. Dazu müsst Ihr mir nur noch Euren Namen verraten, damit ich Euch wiederfinden kann.«

Raphael trat einen Schritt rückwärts. »Raphael Krafft. Ich bin leicht zu finden. Ich glaube, es gibt kaum jemanden in Nürnberg, der mich nicht kennt.«

»Das kann ich mir vorstellen.« Der Mann tippte sich an den Hut, dann wandte er sich ab und war im nächsten Moment um eine Hausecke entschwunden.

Der Freier ging vor Dagmar her, bog ein paarmal in verschiedene Richtungen ab, bis sie sich nicht mehr sicher war, wo sie sich eigentlich befand.

»Wohin wollt Ihr?«, fragte sie. Der Atem stand ihr als dichte Wolke vor dem Mund. Es war noch kälter geworden.

»Hier draußen ist es doch recht ungemütlich«, bekam sie zur Antwort. Die Stimme des Freiers klang gedämpft durch den Schal, den er sich über Mund und Nase gezogen hatte. »Ich habe ein schönes, warmes Plätzchen für uns, und wenn du magst, bleibst du die ganze Nacht und bekommst morgen früh ein fürstliches Frühstück serviert.«

Der Mann musste reich sein, dachte Dagmar. Reich und ledig. Nur so erklärte sich, warum er vorhatte, sie mit zu sich nach Hause zu nehmen und dort auch bleiben zu lassen, bis der Morgen graute. Die Vorstellung, in einem richtigen Bett, vielleicht sogar in seidenen Laken zu schlafen, erschien ihr so verlockend, dass sich ein Lächeln auf ihre Mundwinkel stahl.

Der Freier warf ihr einen raschen Seitenblick zu und nickte zufrieden. »Es wird dir gefallen!« Inzwischen hatte er ihre Hand losgelassen.

Eine Frau kam ihnen entgegen, und mit der ihr eigenen Aufmerksamkeit sah Dagmar, dass sie einen guten Mantel und eine weiße Haube trug, die sie als verheiratet auswies. Was wohl eine Bürgerin wie sie mitten in der Nacht allein in den Straßen machte? Der Freier blieb jetzt stehen, und Dagmar vergaß die Frau sofort wieder.

»Wir müssen hier entlang.« Der Freier wies auf einen schmalen Durchlass. Es war finster darin, und sie konnte es rascheln hören. Waren das Ratten oder eine Katze? Sie rieb sich die Oberarme und blickte ihren Freier fragend an.

Der neigte den Kopf. »Es ist ein geheimer Weg zu meinem Haus«, erklärte er, und es lag ein wenig Befangenheit in seiner Stimme. »Ich möchte nicht, dass die Nachbarn sehen, wen ich mitten in der Nacht mit nach Hause bringe.«

Dagmar nickte, auch wenn ihr die Worte einen Stich versetzten. Natürlich! Er schien höher gestellt zu sein, als sie zunächst vermutet hatte. Wahrscheinlich hatte er einen Ruf zu verlieren. Sie richtete die Gedanken auf die Goldmünzen in seinem Beutel. Dann folgte sie ihm hinein in die unheimliche Finsternis.

Der Mann führte sie durch einen Gang, der so schmal war, dass Dagmar die Wände rechts und links mit beiden Händen berühren konnte. Sie verzog angewidert das Gesicht, denn ein strenger Geruch von Tierkot stieg ihr in die Nase. Hier waren eindeutig Ratten!

Ängstlich streckte sie die Hand nach dem Umhang des Freiers aus, um sich daran festzuklammern.

»Keine Sorge«, sagte er und hob den rechten Arm, um ihr zu zeigen, was er in der Hand hielt.

Hier in der Gasse brannten keinerlei Lichter, doch ein paar Mondstrahlen erreichten den glitschigen Boden vor Dagmars Füßen. In einem von ihnen blitzte die schmale Klinge in der Hand des Freiers auf. Sie sah gefährlich aus. Scharf geschliffen und nadelspitz.

»Gut«, murmelte Dagmar. »Das wird die Biester auf Abstand halten!« Irgendwo hinter ihr quietschte eine der Ratten.

Dann weitete sich der schmale Gang unvermittelt zu einer Art Hinterhof. Dagmar sah eine Reihe Fässer und mehrere Holzverschläge, in denen fette Kaninchen hockten. Unordentlich gestapelt lehnten ein paar Körbe an einer schmutzigen Wand. Der Boden unter ihren Füßen war aufgewühlt, so als hätten hier tagsüber Dutzende von Füßen den immer wieder frisch gefallenen Schnee niedergetrampelt und zum Schmelzen gebracht. Jetzt, in der Kälte der Nacht, bildete sich über dem Matsch eine dünne Eisschicht, die knirschend unter Dagmars Füßen zerbarst.

Der Freier drehte sich zu Dagmar um.

»Wo geht ...?« Sie verstummte erschrocken. Rasch blickte sie sich um, weil sie sehen wollte, wo es weiterging. Doch es gab keinerlei Ausweg aus diesem Hof, bis auf die Gasse, durch die sie gekommen waren. Und – diese Erkenntnis fraß sich in Dagmars Bewusstsein wie ein eisiger Dolch – es gab auch keine Hintertüren, durch die man in eines der umstehenden Häuser gelangen konnte.

»Das ist eine Sackgasse!« Sie keuchte auf, denn nun hob der Freier beide Hände, um seine Kapuze abzustreifen. Der Dolch in seinen Fingern ließ einen weiteren Mondstrahl glitzern.

Schlagartig begann Dagmar zu zittern. Dann wurden ihre Augen weit, als sie erkannte, wer vor ihr stand.

»Ihr?« Ihre Stimme überschlug sich. Sie wollte rückwärts weichen, aber ihre Füße waren wie am Erdboden festgefroren. Und plötzlich, so schnell, dass sie entsetzt rückwärts taumelte, fuhr der Dolch auf ihr Gesicht zu.

Sie prallte zurück, und der Dolch verfehlte sie um Haaresbreite. Doch keinen Atemzug später explodierte greller, brutaler Schmerz in ihrem Unterleib.

Das Kind!, war das Letzte, was sie denken konnte. Sie presste die Hände auf den Leib, um ihr Ungeborenes zu schützen. Etwas Warmes, Glitschiges quoll zwischen ihren Fingern hervor, dann fiel sie. Sie lebte noch lange genug, um mit anzusehen, wie der blutige Stahl des schlanken Dolches sich ihren weit aufgerissenen Augen näherte.

Nachdem der seltsame rothaarige Kauz verschwunden war, konnte Raphael seine Arbeit ungehindert fortsetzen. Er beschloss, sein Glück im Spittlertorviertel bei den Gasthäusern zu versuchen. Um dorthin zu gelangen, schlenderte er durch die Fleischhackergasse und schlug den Weg Richtung Frauentor ein. Beiläufig warf er einen Blick auf das Fischerhaus, in der Hoffnung, ein Licht hinter den Fenstern zu sehen. Etwas, das ihm Aufschluss über seinen neuen Auftraggeber geben konnte. Das Haus lag jedoch in völliger Einsamkeit da. Die Scheiben wirkten blind im Licht der wenigen Lampen ringsherum, und irgendwie kam Raphael das ganze Anwesen unheimlich vor.

Er machte, dass er weiterkam.

Bei einer Lücke in der Häuserfront, in der noch die Überreste eines kürzlich abgebrannten Hauses lagen, blieb er stehen. Etwas hatte ihn aufmerken lassen, aber er vermochte nicht zu sagen, was es gewesen war. Mit angehaltenem Atem lauschte er auf verdächtige Geräusche. Nichts.

Oben in der Dachrinne gurrten schläfrig ein paar Tauben, die sich zum Schutz vor der Kälte zu kleinen Federbällen aufgeplustert hatten.

»Ist da jemand?« In der nächtlichen Stille klangen Raphaels Worte unangenehm laut nach. Er erhielt keine Antwort, nur ein Hund schlug auf einem der naheliegenden Hinterhöf an und verstummte gleich darauf wieder.

Langsam ließ Raphael das Joch von den Schultern rutschen und stellte die Eimer ab. Die Ketten klirrten leise, als sie neben den Gefäßen zu Boden glitten. Raphael hakte die Lampe von dem Joch und trat einen Schritt vor.

»Heda!« Er musste sich räuspern, bevor er weitersprechen konnte. »Wenn da jemand ist: Zeigt Euch, im Namen des Stadtrates!« Seine Hand tastete zum Gürtel, wo er immer einen kleinen Dolch bei sich trug. Während er die Hand um den hölzernen Griff schloss, dachte er, dass er besser die Büttel rufen sollte. Doch was wollte er ihnen sagen? Dass er ein ungutes Gefühl hatte? Er hatte bisher weder etwas gesehen noch etwas gehört, was dieses Gefühl rechtfertigte. Die Männer würden ihn auslachen.

Was aber, wenn dort zwischen den verkohlten Balken jemand lag, der Opfer eines Überfalls geworden war und nun Hilfe brauchte?

»Heda!«, rief er darum noch einmal.

Er hob die Lampe so hoch wie möglich, bevor er über den ersten der Balken hinweg ins Innere der Ruine kletterte.

Zu seiner Überraschung strömte das Holz trotz all der Monate, die seit dem Brand vergangen waren, noch immer den Geruch von Feuer aus. Raphael sog die Nachtluft ein, hoffte, sie könne ihm verraten, was hier vor sich ging. Es fühlte sich an, als verklebe sie seine Nasenlöcher, so kalt war es. Alles, was er roch, war das muffige Aroma der Talglampe in seinen Händen. Ein kleines Tier wurde von seinen Schritten aufgeschreckt und huschte ihm vor den Füßen davon. Es war so schnell, dass Raphael nicht erkennen konnte, ob es eine Ratte gewesen war oder etwas anderes. Er rümpfte die Nase und drang tiefer in das Gewirr aus Balken und Schutt ein. Der Mond lugte kurz durch die Wolkenfetzen am Himmel, aber dadurch wurde es nicht wesentlich heller.

Raphael umrundete einen Haufen geschwärzter Mauersteine, der sich brusthoch auftürmte. Und dann erstarrte er.

Ein entsetztes Ächzen staute sich in seiner Kehle, er musste würgen. Er wollte zurückweichen, aber seine Füße fühlten sich an wie aus Blei. Langsam wanderten seine Hände nach oben zu seinem Gesicht, krallten sich in das weiche Fleisch unter seinen Augen. Dieser Anblick! Er wollte ihn aus seinem Geist reißen, wollte ihn auslöschen, für immer vergessen.

Leise wimmerte er auf.

Mit dem Oberkörper gegen eine geborstene Wand gelehnt, hockte der Tote da, beide Beine weit von sich gestreckt, wie eine Holzpuppe, die man in eine Ecke gesetzt hatte. Ein zerrissenes Hemd enthüllte eine Schulter, die einst gebrochen gewesen und schief wieder zusammengewachsen war. Der Kopf des Toten war nach hinten gefallen und ruhte an der rauen Wand, und wenn da nicht dieses eine Detail gewesen wäre, Raphael hätte denken können, dass der Mann ihn anstarrte.

Doch da war nichts mehr, mit dem er hätte starren können.

Die Augen! Sie waren fort. Im Licht von Raphaels Lampe gähnten dunkel glänzende Höhlen in dem bleichen, stoppelbärtigen Gesicht, und das, was einmal die Augäpfel gewesen waren, hatte sich als breiter, blutig-schleimiger Strom über das Gesicht und die halbe Brust des Toten ergossen.

3. Kapitel

Am nächsten Morgen erwachte Katharina von einem lauten Pochen an der Haustür. Mühsam riss sie sich aus einem wirren, düsteren Alptraum, in dem eine dunkel gekleidete, geflügelte Gestalt sie über eine endlose, flache Ebene gejagt hatte.

Jetzt setzte sie sich hin, lauschte auf das kraftvolle Pochen und die Stimme, die rief: »Frau Jacob! Seid Ihr zu Hause?«

Sie musste sich räuspern, bevor sie antworten konnte. »Ja! Ich komme sogleich. Einen Augenblick!« Sie schwang die Füße aus dem Bett. Für einen Moment betrachtete sie ihre hellen Zehen, bevor sie sich aufraffen konnte, aufzustehen. Rasch warf sie sich das Kleid über und strich einmal über den guten schwarzen Samtrock, der an dem Haken daneben hing. Dann sammelte sie ihre langen blonden Haarsträhnen und band sie im Hinuntergehen mit einem Band zusammen, das sie in ihrer Tasche fand.

»Kind, wer ist da?«, hörte sie Mechthild aus der hinteren Kammer rufen.

»Ich sehe nach, Mutter!« Katharina langte nach dem Türriegel, schob ihn zur Seite und öffnete.

Morgendliche Kälte schlug ihr ins Gesicht wie eine Ohrfeige.

Vor ihr stand ein junger Mann mit breiter Brust und hübschen, glatten Haaren, der sie aus blauen Augen aufmerksam musterte. Ein dichter Kranz aus Wimpern umrahmte seinen Blick, und irgendwie kam er Katharina bekannt vor. Erst auf den zweiten Blick wurde sie gewahr, dass er ein Mönchsgewand trug. Ein Dominikaner. Sofort versteifte sich Katharina. Was wollte er von ihr? War er ein Inquisitor? Er schien zu jung dafür zu sein, aber dennoch …

»Seid Ihr Katharina Jacob?«, fragte der Mann. Sein Atem stieg als dichte weiße Wolke in die Luft. Er hatte ein offenes, freundliches Lächeln, und Katharina entspannte sich ein wenig.

»Ja«, sagte sie vorsichtig. »Wie kann ich Euch dienen?«

»Die Priorin von St. Katharina hat mich gebeten, Euch zu ihr zu holen. Sie braucht Eure Hilfe«, erklärte der junge Mann. »Mein Name ist Bruder Guillelmus.«

Jetzt erkannte Katharina ihn. Sie hatte ihn damals ein- oder zweimal getroffen, als sie im Predigerkloster gewesen war und sich die Leiche ihres Bruders angeschaut hatte. Das Bild der Schwanenflügel schob sich vor ihr geistiges Auge, und sie legte den Unterarm gegen die Kante der Tür. »Warum schickt die Priorin eines Frauenklosters einen Mönch?«, fragte sie.

Guillelmus lächelte. »Oh! Das liegt daran, dass die Nonnen in Klausur leben. Sie dürfen das Kloster nicht verlassen. Ich war mit meinem Magister bei ihnen, weil er ihnen die Beichte abnehmen musste. Ihr kennt ihn übrigens, sein Name ist Bruder Johannes.«

Katharina spürte, wie sich ihre Miene etwas aufhellte. »Bruder Johannes! Ich kenne ihn in der Tat!« Auch ihm war sie zum ersten Mal im Zusammenhang mit den Engelmorden begegnet. »Was will die Priorin von mir?«

Bruder Guillelmus legte den Kopf schief, und die Haare, die ihm bis fast an die Ohrläppchen reichten, rutschten ein Stück zur Seite, so dass Katharina die Kerbe sehen konnte, die der junge Mönch in seinem rechten Ohr hatte. Als er bemerkte, dass sie dieses Schandmal gesehen hatte, richtete er den Kopf rasch wieder gerade. Seine Hand wanderte nach oben und strich die glatten Strähnen zurecht. Er lächelte verlegen, machte jedoch keine Anstalten zu erklären, für welches Vergehen er diese Strafe erhalten hatte. »Ich weiß es nicht. Aber es geht um medizinische Fragen. Glaube ich zumindest.«

»Katharina!«, ertönte Mechthilds Stimme. »Wer ist denn da?«

»Ein Bote, Mutter«, rief Katharina zurück. »Ich muss kurz fort.« Schnell lief sie noch einmal nach oben, um zu sehen, ob ihre Mutter für eine Weile ohne sie zurechtkommen würde.

Mechthild lag in ihren Kissen und blickte ihr entgegen. »Was ist geschehen?« Ein Bote, das hatte sie in ihrem früheren Leben als Gemahlin des Henkers oft erlebt, bedeutete meist nichts Gutes.

»Ich weiß es nicht. Die Priorin von St. Katharina lässt nach mir schicken.« Katharina klopfte Mechthilds Kissen ein wenig zurecht.

»Geh nur!« Mechthild schien gewillt, den Streit vom Vorabend vergessen zu machen. »Ich kann warten, bis Ludmilla kommt.« Ludmilla war eine Freundin, die sich ab und an um sie kümmerte. Katharina hatte nicht gewusst, dass sie sich für heute angekündigt hatte.

»Danke.« Sie beugte sich vor, um ihrer Mutter einen Kuss zu geben, entschied sich jedoch anders, als Mechthild den Kopf ein wenig zur Seite drehte. »Ich bin so schnell wie möglich zurück.«

Mit diesen Worten wandte sie sich ab und lief die Treppe wieder hinunter.

Sie griff nach ihrem Mantel und warf ihn sich über. Während sie ihn zuknöpfte, sah sie Bruder Guillelmus an. »Gehen wir!«, sagte sie und setzte sich ihre Haube auf.

Sie schloss die Tür hinter sich und führte Bruder Guillelmus dann über den Henkerssteg auf die gegenüberliegende Seite der Pegnitz. Aus den Augenwinkeln konnte sie sehen, dass ihm eine Frage auf der Zunge brannte, und aufmunternd lächelte sie ihn an. »Ihr wollt wissen, warum ich im Henkershaus wohne, nicht wahr?«

Eine leichte Röte stieg Bruder Guillelmus ins Gesicht, doch er nickte verschämt.

»Bertram Augspurger«, seufzte Katharina. »Er war mein Stiefvater, bevor er starb.«

Sie sah, wie Guillelmus' Augen sich weiteten und wie die Gedanken hinter seiner Stirn zu kreisen begannen. Offenbar wusste dieser junge Mönch, obwohl er im Kloster lebte, sehr wohl über bestimmte Dinge Bescheid. Es war überdeutlich, dass er im Bilde war, welcher Tätigkeit Bertram Augspurger nachgegangen war.

»Das tut mir leid«, sagte Guillelmus nach einer geraumen Weile. »Ich meine, dass er tot ist, nicht, dass er Euer Vater war.«

Inzwischen gingen sie am Ufer der Pegnitz entlang in Richtung Osten.

»Stiefvater«, stellte Katharina richtig. »Ich danke Euch für Euer Mitgefühl.« Sie starrte auf das Pflaster vor ihren Füßen. Sie wollte nicht immer wieder an die schrecklichen Ereignisse vom August erinnert werden, aber wie es aussah, würden die Nürnberger noch lange brauchen, um sie vergessen zu können – und Katharina mit ihnen.

Maria erwachte mit einem Kopf, in dem ein halbes Dutzend Schmiede auf winzig kleinen Ambossen hämmerten. Ihre Nase fühlte sich geschwollen an, und stöhnend griff sie danach, zuckte jedoch gleich darauf vor Schmerz zurück. Sie massierte eine Weile ihre Schläfen, bevor sie die Augen aufschlug und feststellte, dass es noch finstere Nacht war. Wie lange hatte sie geschlafen? Ihrem Gefühl nach konnten es kaum zwei oder drei Stunden gewesen sein.

In der Kammer, die sie sich mit Dagmar teilte, war es eisig kalt. Mit einem Seufzen setzte Maria sich auf.

Übelkeit wallte aus ihrem Magen hoch, aber sie war erträglich, und Maria konnte sie unterdrücken. Beim nächsten Mal würde sie darauf achten, wie oft Niklas ihr den Weinbecher nachschenkte, das schwor sie sich, während sie die Füße aus dem Bett schwang und auf der Erde abstellte. Sofort zog sie die Knie vor die Brust, denn die rauen Holzdielen waren eiskalt. Maria lehnte sich zur Seite, entzündete das Talglicht neben ihrem Bett und in seinem Schein sah sie, dass der Boden mit einer dicken Schicht Raureif überzogen war.

»Dagmar?«, rief Maria. »Bist du da?« Ihre Stimme hörte sich an, als sei sie erkältet. Sie lauschte, aber sie hörte weder eine Bewegung noch die regelmäßigen Atemzüge, die die Freundin von sich gab, wenn sie schlief. Das Einzige, was zu vernehmen war, war ein leises Rascheln und dann ein verschlafenes Gurren aus der Richtung des Fensters. In einem Käfig aus einfachen Weidenruten hielt Maria sich vier weiße Tauben. Die Tiere schliefen unter einem Tuch, das sie vor dem Zubettgehen über sie gebreitet hatte.

Maria nahm Mimi an sich, die sie wie jeden Abend auf ihr Kopfkissen gesetzt hatte. Mit schiefgelegtem Kopf blickte sie ihr in das aufgemalte Gesicht. »Scheint, als hätte Dagmar auch noch ’nen Freier getroffen«, erklärte sie der Puppe. »Sie ist noch nicht wieder da.«

Mimis Kopf bestand aus einem kinderfaustgroßen Stoffball, den ihr Schöpfer vor vielen Jahren mit Weizenspreu gefüllt hatte. *Ihr*

Schöpfer ... Das Wort hallte in Maria wider wie der Klang einer auf hartem Steinboden zerschellenden Tonschüssel.

Sie sah Mimi ins Gesicht und auf einmal stellte sie sich eine Frage, die sie seit ihrer Kindheit mit sich herumtrug und die ihr ab und an wieder in den Sinn kam: Woher stammte Mimi eigentlich?

Maria kramte in ihrem Kopf nach der ersten Erinnerung an die Puppe. Sie sah sich in einem schmalen Bettchen liegen, während eine der frommen Frauen vom Findelhaus eine Nachtgeschichte erzählte. Mimi lag in ihrem Arm. Maria dachte daran, wie sie mit Dagmar und den anderen Fangen und Verstecken gespielt hatte. Die Puppe hatte sie dabei stets unter den Arm geklemmt bei sich getragen.

Sogar eine ganz vage Erinnerung beschwor Maria in sich herauf. *Eine harte Hand, die sie über die Schwelle des Findelhauses schob. Mimis kleine Gestalt zwischen Marias Fingern. Eine kalte Stimme, die sagte: »Ihr müsst Euch jetzt um sie kümmern! Ich kann es nicht mehr!«*

Es war Marias allererste Erinnerung. Alles, was vor diesem Moment geschehen war, verschwamm in einem Nebel.

Von Dagmar wusste sie, dass dieser Nebel nicht alltäglich war. Andere Menschen, das hatte die Freundin ihr erzählt, erinnerten sich zwar auch nur schwach an die Erlebnisse ihrer ersten Lebensjahre, doch zumindest waren da wenigstens vage Vorstellungen. Bilder von Geborgenheit oder eben nicht. Das Gefühl, geliebt worden zu sein oder verachtet. Und da waren auch immer kurze Sequenzen, die aus dem Dunkel der Vergangenheit auftauchten wie ein kurzer Blitz. Ein Gesicht. Der eigenen Mutter oder des Vaters. Ein kurzer Moment voller Schmerz, weil der Familienhund einen gebissen hatte. Oder der Fetzen von einem Lied, das einem die Mutter vorgesungen hatte, als man noch in der Wiege gelegen hatte. All diese Dinge waren undeutlich, aber sie waren da.

Marias Erinnerungen jedoch begannen mit jenem Moment, in dem sie durch die Tür in das Haus der frommen Frauen geschoben worden war. Alles davor war wie mit einem scharfen Messer abgeschnitten. Sie hatte keine Ahnung, wem die Hand gehörte, die sie vorwärtsschob. Sie hatte keine Ahnung, woher sie kam, wer ihre Eltern waren oder ob sie Geschwister hatte. Und sie hatte keine Ahnung, wer ihr die Puppe geschenkt hatte.

Sie hob Mimi an das Gesicht, wollte ihren vertrauten Geruch einsaugen, aber wegen des Hiebes, den sie in der Nacht abbekommen hatte, ging das nicht besonders gut. Stattdessen glaubte sie noch immer den metallischen Geruch des Blutes zu riechen, das ihre Nasenlöcher verstopfte.

Aber eines hatte sie damals ganz sicher gewusst!

Dass ihr Name Mirjam war.

Nicht Maria!

Dieser Gedanke sprang Maria so unvermittelt an, dass sie nach Luft schnappte.

Mirjam?

Noch nie zuvor hatte sie diesen Namen gehört. Oder?

Ein Bild stieg in ihr auf – fern, nebelhaft, einem Traum gleich. *Sie, voller Empörung die Hände in die Hüften stemmend. Sie rief: »Ich heiße aber Mirjam!«*

Dann verblasste das Bild wieder.

Maria kniff die Augen zusammen und versuchte, den Nebel in ihrem Kopf zu durchdringen. Doch vergeblich. Alles, was sie hörte, war die kalte Stimme, die sagte: »Das ist Maria. Ihr müsst Euch jetzt um sie kümmern!«

Maria versuchte zu ergründen, wem die eisige Stimme gehörte. War es ihre Mutter, hatte Maria sie so zornig gemacht, dass sie sie einfach fortgab? Sie versuchte, den Zipfel der Erinnerung zu erhaschen, so wie sie eine Bewegung erhaschte, die am Rande ihres Gesichtsfeldes vorbeihuschte. Doch als sie sich jetzt mit aller Gewalt darauf konzentrierte, war er fort, und die Erinnerung ähnelte einem Geist, der sie umkreiste, der jedoch gerade außerhalb ihrer Wahrnehmung blieb. Es war ein Gefühl, das Maria wahnsinnig machte. Heftig schüttelte sie den Kopf.

»Wer hat dich gemacht, Mimi?«, seufzte sie.

Und das rote Rinnsal floss auf sie zu, tränkte die Ritzen zwischen dem buckeligen Pflaster.

Erschrocken schnappte Maria nach Luft.

Was war das gewesen? Sie schloss die Augen, tastete in ihrem Kopf nach dem Bild, und tatsächlich wurde es deutlicher.

Ein dunkelrotes Rinnsal, schmal wie ein Finger und doch furcht-

bar in seiner Ergiebigkeit. Es füllte die Zwischenräume des Pflasters, tränkte den Staub, der sich dort während der Sommerhitze angesammelt hatte, und umfloss einen mageren Löwenzahn, der sich mühselig seinen Weg durch den harten Straßenbelag gebahnt hatte.

»Blut!« Maria riss die Augen wieder auf, und das Bild war fort. Was hatte es zu bedeuten? Wessen Blut war es, das sie gesehen hatte?

Sie hatte keine Ahnung, und weil das Bild sie zu sehr ängstigte, richtete sie den Blick auf Mimi, die der einzige Halt war, den sie besaß.

Das Füllmaterial des Puppenkopfes war im Laufe der Zeit zu Staub zerbröselt, und der Kopf dadurch ein wenig außer Form geraten. Doch das Gesicht – große runde Augen mit langen Wimpern, eine kleine Nase, ein breiter Mund und leuchtend rote Wangen – war nach wie vor gut zu erkennen.

Ihr Vater hatte teure Farben verwendet, um das Gesicht aufzumalen …

Der Gedanke kam so unvermittelt wie das Bild mit dem blutigen Rinnsal. Maria ächzte.

Ihr Vater?

Und die toten Augen des erschlagenen Mannes starrten sie an, als wollte er sie noch im Tode anklagen … und der metallische Geruch des Blutes reizte sie zum Würgen …

Maria schlug die Hand vor den Mund, als diese neuen Erinnerungsfetzen in ihrem Gedächtnis aufleuchteten. So unendlich grell und deutlich sah sie den erschlagenen Mann, sah, wie das Blut, das das rote Rinnsal bildete, aus einer Wunde an seinem Kopf sickerte und den Boden netzte. Glaubte, es wieder zu riechen.

Dann wurde es erneut dunkel in ihren Erinnerungen.

Maria wagte es nicht, sich zu rühren. Sie klammerte die Hand um Mimis Leib, drückte sie so fest, dass sie den alten Stoff unter ihren Fingern knirschen hören konnte.

Sie wusste nicht, wie lange sie dasaß, zusammengekrümmt wie in Erwartung von harten Schlägen, bis sich ihr Herzschlag wieder etwas beruhigte. Bis sie sicher war, dass die blitzartig aufflammenden Bilder nicht zurückkehren würden. Da erst setzte sie sich wieder aufrecht hin und sah sich um.

Die kleine Wohnung, die sie sich mit Dagmar teilte, befand sich direkt über einer Gerberwerkstatt unten am Fluss. Aus diesem Grund hatten die beiden Frauen eine Vereinbarung, dass diejenige von ihnen, die als Erste nach Hause kam, die beiden Fensterläden öffnete, um den unangenehmen Geruch zu vertreiben, der im Laufe des Tages durch sämtliche Ritzen im Fußboden in die Wohnung eindrang und die Luft verpestete. Das hatte Maria in der Nacht auch getan, nachdem sich der blonde Patrizier als völlige Pleite herausgestellt hatte.

Er war zwar mit ihr zurück zu Niklas' Gasthaus marschiert und auch mit in den Raum über der Schankstube gegangen. Doch dort hatte ihn, wahrscheinlich angesichts seiner Freunde, die unten an der Theke mit anzüglichem Grinsen hockten und darauf warteten, dass er mit verschwitzten Haaren wieder zu ihnen kam, jeglicher Mut und auch die Manneskraft verlassen. Mit vor Verlegenheit flammend roten Wangen hatte er Maria einige kleinere Münzen in die Hand gedrückt und war zu seinen feixenden Gefährten zurückgekehrt, wobei er natürlich ganze Kaskaden von Hohn und Spott über sich hatte ergehen lassen müssen.

Nach diesem Reinfall war Maria frustriert nach Hause gekommen, hatte das Fenster geöffnet und war dann unter ihre Decke gekrochen, weil sie völlig durchgefroren gewesen war. Offenbar musste sie danach recht schnell eingeschlafen sein, denn sie hatte die Läden nicht wieder geschlossen.

Dass beide Fensterläden jetzt noch sperrangelweit aufstanden, erfüllte Maria mit Wut, und sie konzentrierte sich auf diese Wut, erforschte und ergündete sie, weil sie hoffte, die blitzartigen Erinnerungen würden sie auf diese Weise in Ruhe lassen. Sie war wütend auf sich selbst, weil sie es vergessen hatte, die Fenster zu schließen, aber sie war auch wütend auf Dagmar, denn sie begriff, dass die Freundin bei der Auswahl ihrer Freier eine glücklichere Hand besessen hatte als sie.

Maria setzte Mimi auf ihr Kopfkissen, dann wappnete sie sich gegen die Kälte, stellte ihre Füße zurück auf die Dielen und stand auf. So rasch es ging, hüpfte sie zu ihren Schuhen, die sie an der ihrem Bett gegenüberliegenden Wand abzustellen pflegte. Mit einem leisen Fluchen schlüpfte sie hinein. Das brüchige Leder war natürlich genauso kalt wie der Fußboden.

»Verdammter Mist!«, fluchte Maria.

Die Tauben regten sich unter ihrem Tuch, aber auch hinter dem verschossenen Vorhang, mit dem die beiden Frauen ihre kleine Kammer in zwei Hälften teilten, raschelte es. Maria streckte die Hand aus und zog den Stoff zur Seite. »Dagmar?« Sogar in den Falten des Vorhangs glitzerte der Raureif.

Marias Blick fiel auf die wenigen Habseligkeiten ihrer Freundin. Das schmale Bett mit der strohgefüllten Matratze und der hundertfach geflickten Decke, das uralte Nachtkästchen mit der Waschschüssel darauf, deren Glasur nur noch aus Rissen zu bestehen schien. Den Haken an der Wand, an dem der einzige Rock hing, den Dagmar außer jenem, den sie jede Nacht am Leib trug, noch besaß.

Das Bett war unberührt, nur eine Maus huschte quer über den Fußboden und verschwand in einem Loch in der Fußleiste.

Maria presste die Lippen zusammen, weil ein Anflug von Neid sie überkam. Dagmar blieb fast nie bis zum Morgengrauen weg. Eigentlich taten sie beide das nur, wenn es ihnen gelang, einen reichen und noch dazu unverheirateten Freier zu ergattern, der sie die ganze Nacht über in seinem warmen Bett bleiben ließ. Was überaus selten vorkam.

Mit vor Kälte zitternden Lippen schlug Maria ein Kreuz über sich und gelobte, dieses Gefühl von Neid bei der nächsten Beichte dem Priester zu offenbaren. Zwei Ave Maria würde sie dafür wohl als Buße erhalten.

Sie hatte gerade die Hand nach dem Vorhang ausgestreckt, um ihn wieder zuzuziehen, als die *Worte* sie überkamen und in ihr widerhallten wie in einem riesigen, leeren Bronzegefäß.

Ich bin Jahwe, dein Gott, der dich aus Ägypten geführt hat, aus dem Sklavenhaus. Du sollst neben mir keine anderen Götter haben.

Sie schlug die Hände vor den Mund und wimmerte auf.

So schnell sie konnte, stürzte sie zu Mimi, riss sie an sich und presste sie gegen die Wange. Der Geruch von altem Stroh und Staub, den die Puppe aussandte, kitzelte in der Nase, doch Maria sog ihn ein wie eine schmerzstillende Droge, ohne die sie nicht zu leben vermochte. Der Schmerz in ihrer Nase war nur noch eine ferne Empfindung hinter dem Grauen, das sie verspürte.

Ich bin Jahwe … setzte die tiefe Stimme ein zweites Mal an, doch dann brach sie ab.

Zitternd vor Kälte und Entsetzen fiel Maria auf ihr Bett, zog die Beine vor die Brust, kniff die Augen zu und klammerte sich an Mimi fest, als hinge ihr Leben davon ab.

4. Kapitel

Das südliche Ufer der Pegnitz war nahezu vollständig zugebaut, so dass Bruder Guillelmus und Katharina in die Gassen jenseits der Kaufmannshäuser ausweichen mussten, um das Kloster zu erreichen.

Der Mönch führte Katharina durch das Ledersgässlein, wo er dem Schild eines kleinen Wirtshauses, das einen Bären im Wappen führte, einen gleichzeitig sehnsüchtigen und missbilligenden Blick schenkte.

Beim Lederhaus waren trotz der frühen Stunde die Geschäfte bereits in vollem Gange. Katharina sah zwei Männer um einen Stapel gegerbter Rindshäute feilschen, die zwischen ihnen lagen und mit einem groben Hanfseil verschnürt waren. Ein Schuhmacher war damit beschäftigt, seine Ware auf der Auslage eines der kleinen hölzernen Stände auszubreiten, die sich um die Fassade des Lederhauses drängten wie Küken um ihre Henne. Und eine Magd in einem langen dunkelgrauen Rock wartete darauf, dass der Mann sie bediente. Offenbar wollte sie ein kaputtes Paar Schuhe reparieren lassen, das sie vor den Bauch gepresst hielt wie einen kostbaren Schatz.

Vorbei an der Barfüßerkirche und dem Heilsbronner Hof, einem weitläufigen Areal, auf dem Zisterzienser ihre selbsterwirtschafteten Waren feilboten, betraten sie die vordere Katharinengasse. Das buckelige Pflaster war von einer schimmernden Eisschicht überzogen, die das Gehen beschwerlich machte. Eine doppelt mannshohe, weiß getünchte Mauer begrenzte die Gasse zu ihrer Linken, und es gab neben einigen kleineren Pforten auch zwei große hölzerne Tore, durch die ganze Ochsenfuhrwerke gepasst hätten. Bruder Guillelmus jedoch führte Katharina unter einem kleinen Erker hindurch, der an einer der Hausfassaden klebte wie ein Wespennest. Er blieb vor einer Tür stehen, die in Augenhöhe ein schmiedeeisernes Gitter besaß.

Mit der Faust hieb Guillelmus gegen die Tür. Es dauerte einen Augenblick, dann erschien in dem Fensterchen hinter dem Gitter ein Gesicht. »Ihr wünscht?« Die Stimme klang gelangweilt und ein wenig belegt, als sei ihre Besitzerin erkältet.

»Schwester Aurelia«, sagte Guillelmus. »Ich bin es. Ich bringe Frau Jacob, nach der die Mutter Oberin hat schicken lassen.«

Schwester Aurelia schniefte, dann nieste sie. »Wartet«, sagte sie. Es dauerte einen Augenblick, bis die Pforte geöffnet wurde. Sie schwang nach innen auf, und Guillelmus ließ Katharina den Vortritt.

Sie kamen in ein winziges Gelass, das rechterhand durch ein massives hölzernes Gitter begrenzt wurde. Die Stäbe und Querverbindungen dieses Gitters bestanden aus kunstvoll geschnitzten Dornenranken, die sich ineinanderwanden, so dass zwischen ihnen kaum handflächengroße Öffnungen blieben. Hinter einer dieser Öffnungen konnte Katharina das blasse Gesicht von Schwester Aurelia sehen.

»Die Nonnen leben in Klausur«, wiederholte Guillelmus, was er Katharina bereits einmal erklärt hatte. »Dies ist der Tor- und gleichzeitig der Besuchsraum. Sie nutzen ihn, wenn Verwandte kommen wollen, um mit ihnen zu sprechen.«

Katharina blickte auf einen hochbeinigen Schemel, der als einziges Möbelstück in dem kleinen Raum stand. »Sie müssen sich hier durch das Gitter miteinander unterhalten?«

Bruder Guillelmus nickte, und sein Blick war ausdruckslos, so dass Katharina nicht erkennen konnte, was er von dieser Regelung hielt. »Und die Nonne, die Torwache hat, fungiert dabei als Überhörerin. Sie achtet auf jedes Wort, das gesagt wird.« Er deutete auf eine wuchtige Konstruktion, die einem Mühlrad ähnelte, nur dass sie auf der Seite lag. Einzelne Fächer waren darin angebracht. Guillelmus wies auf eines davon. »Wenn sie Gegenstände ins Kloster hinein- oder herausbringen wollen, ist dafür dieses Rad da. Dort legt man die Sachen hinein, dann dreht die Nonne innen an einem Mechanismus, das Rad dreht sich ebenfalls, und die Sachen können auf der anderen Seite des Gitters herausgenommen werden. Auf diese Weise ist sichergestellt, dass die Nonnen nicht aus Versehen die Hand eines Menschen außerhalb des Klosters berühren.«

»Das ist ja wie ein Verlies!«, entfuhr es Katharina.

Da lächelte Guillelmus düster. »Glaubt mir: Ein Verlies hat weitaus Schlimmeres zu bieten als dieses Gitter oder das Rad!« Er strich sich wieder über die Haare, und Katharina dachte an die Kerbe in seinem Ohr. Zu gern hätte sie in Erfahrung gebracht, welche Rolle er in seinem früheren Leben gespielt hatte. Er war noch so jung, und es fiel schwer, ihn sich im Lochgefängnis vorzustellen.

Katharina nickte nachdenklich. »Ich weiß«, entgegnete sie, und als Bruder Guillelmus sie halb ungläubig, halb spöttisch ansah, zuckte sie nur die Achseln.

In der Zwischenzeit hatte Schwester Aurelia eine winzige Tür rechts in dem Gitter geöffnet. Mit einem leisen Quietschen schwang sie nach innen auf, und Aurelia stand vor Katharina. Ihr schneeweißes Habit mit dem ebenfalls weißen Skapulier hob sich hell gegen den schwarzen Schleier ab, der ihr Haar bedeckte und von ihrem Gesicht nur Teile der Wangen, der Stirn und des Kinns enthüllte. Ihre Nase leuchtete rot und entzündet in dem hellen Gesicht, und wieder nieste sie.

»Ihr solltet es mit einem Aufguss von Salbei und Thymian versuchen«, riet Katharina ihr. »Das wärmt die Brust von innen und bekämpft die Entzündung.«

Aurelia nickte zum Zeichen, dass sie verstanden hatte. Dann wartete sie, bis Bruder Guillelmus wieder nach draußen auf die Gasse getreten war, bat Katharina ins Innere ihres Gelasses und schloss rasch die Tür wieder. »Wir müssen hier entlang«, sagte sie mit derselben gelangweilten Stimme, mit der sie sie willkommen geheißen hatte.

Ein schmaler Gang führte von dem Gelass fort und tiefer ins Innere des Klosters. Kaum war eine weitere Tür durchquert und hinter ihnen wieder ins Schloss gefallen, seufzte Aurelia tief auf.

»Ich freue mich, dass Ihr gekommen seid«, sagte sie mit sehr viel munterer Stimme jetzt. »Der Dienst an der Pforte ist so überaus langweilig, dass man davon ganz krank im Kopfe wird!« Sie lächelte Katharina freundlich an, und im Licht der Talglampen, die hier überall von der Decke baumelten, sah Katharina, dass sie hübsche hellblaue Augen hatte. Mit einem Tuch, das sie eigens zu diesem Zweck aus ihrem weiten weißen Ärmel zog, wischte sie sich die laufende Nase ab.

»Habt Ihr eine Ahnung, was die Mutter Oberin von mir will?«, fragte Katharina.

Aurelia nickte. »Ich kann es mir denken.« Auch sie schien noch sehr jung zu sein, jedenfalls war ihr Gesicht makellos und glatt. Keine einzige Falte lag um ihre Augen oder ihren Mund, dessen Lippen blass wirkten gegen die Röte der Nasenflügel.

»Und?«, hakte Katharina nach.

Doch da zuckte Aurelia die Achseln. »Sie wird es Euch gleich selbst mitteilen. Sagt, stimmt es wirklich, was man sich erzählt? Seid Ihr die Frau, die während des Großen Wahnsinns der Hexerei angeklagt wurde und im Loch saß?«

Im Gegensatz zu Bruder Guillelmus war diese junge Nonne offenbar bestens über die Geschehnisse vom August im Bilde. Katharina presste die Zähne zusammen. »Ja«, antwortete sie knapp.

»Wie aufregend! Ich meine, im Loch zu sitzen. Die Tage hier im Kloster sind ja schon furchtbar genug, aber das Loch?« Ein wohliger Schauer lief der Nonne über den Körper, und sie rieb sich die Hände, als habe sie soeben ein gutes Geschäft abgeschlossen.

»Es ist nicht sehr empfehlenswert«, meinte Katharina und richtete ihren Blick auf eine Engelsstatue, die von einem Wandvorsprung auf sie hinabblickte und deren Augen blank wie Kieselsteine wirkten.

Aurelia ließ sich in ihrer Begeisterung nicht beirren. »Sie haben Euch freigesprochen, nachdem sie Euch getaucht haben, nicht wahr?«

Jetzt hob Katharina beide Hände. »Ich spreche nicht so gern darüber«, sagte sie kühl.

Da endlich bemerkte Aurelia ihre Abwehr. »Oh! Natürlich! Entschuldigt. Jedenfalls: Ich freue mich, dass ich Euch kennenlernen durfte.« Sie bogen nach links ab, dann gleich nach rechts und noch einmal nach links. Nun hatten sie offenbar einen älteren Teil des Klosters erreicht. Die Gänge hier waren breiter als zuvor, und die Wände bestanden nicht aus Ziegeln, sondern aus großen, sorgfältig behauenen Steinen. Aber auch hier war alles karg und völlig ohne Sinn für Bequemlichkeit eingerichtet. Keine Teppiche lagen auf den kalten Steinfliesen, keinerlei Schmuck hing an den Wänden, abgesehen von einem schlichten Holzkreuz über jeder Tür, die von dem

Gang abzweigte. Linkerhand befand sich eine offene Säulenreihe, durch die man in einen kleinen, überaus gepflegten Garten schauen konnte. Die Büsche und Bäume, die darin standen, waren kahl, und die Erde hatte einen eisigen Schimmer. Trotz der Kälte und des mit großen Schritten herannahenden Winters waren zwei Nonnen damit beschäftigt, in dem Garten zu arbeiten. Sie hatten dafür ihre schneeweißen Gewänder gegen praktischere graue getauscht, aber ihre Schleier trugen sie genauso akkurat wie Schwester Aurelia das tat. Mit großen Scheren beschnitten sie einen niedrigen Baum, an dem noch einige trockene Blätter hingen.

»Bitte wartet hier einen Augenblick.« Schwester Aurelia klopfte an eine breite zweiflüglige Tür und trat dann in die dahinterliegenden Gemächer. »Die Heilerin ist jetzt da«, hörte Katharina sie sagen, und die darauffolgende Antwort konnte Katharina nicht verstehen, weil sie mit wispernder Stimme vorgebracht wurde.

»Gut. Dann warten wir«, sagte Aurelia und kam zurück auf den Gang.

Als die Tür hinter ihr wieder geschlossen wurde, beugte sie sich vertraulich zu Katharina herüber. »Die Priorin ist gerade auf der Latrine hinten im Hof«, kicherte sie hinter vorgehaltener Hand. »Verratet nicht, dass ich Euch das erzählt habe. Es geziemt sich natürlich nicht.«

Katharina nickte nur, doch Aurelia schien so begeistert darüber, endlich einmal mit jemandem reden zu können, dass sie munter weiterplapperte: »Sogar diese … nun persönlichen Dinge sind hier im Kloster genauestens geregelt, wusstet Ihr das? Die Nonnen haben zum Beispiel keinen Nachttopf. Das ist ihnen verboten, denn sie sollen nicht in Bequemlichkeit verfallen. Jetzt frage ich Euch: Was ist daran Bequemlichkeit, wenn man des Nachts nicht über die kalten Flure und durch den ganzen Garten laufen will?«

»Ich denke, Frau Jacob hat jetzt genug von Euren pikanten Details, Schwester Aurelia«, ertönte da eine schneidende Stimme hinter Katharina.

Aurelia zuckte so heftig zusammen, dass ihr Schleier ihr vor das Gesicht geriet. Sie musste ihn fortstreichen, bevor sie der Besitzerin der Stimme ins Gesicht schauen konnte.

Katharina drehte sich um.

Vor ihr stand eine hochgewachsene, schlanke Frau, an der das Habit auf eigenartige Weise viel mehr wie eine Uniform wirkte als bei den anderen Nonnen. Den schwarzen Schleier hatte sie über die Schultern nach hinten geworfen, und auch von ihren Haaren war kein einziges zu sehen. An einer goldenen Kette hing ein fingerlanges Kreuz um ihren Hals – das einzige Detail, das sie von den anderen unterschied.

»Mutter Oberin«, sagte Aurelia leicht atemlos. »Das ist Frau Jacob, die Ihr habt zu Euch rufen lassen.«

Die Priorin deutete ein leichtes Nicken an. »Danke, Schwester. Geht nun. Über Eure Verfehlungen werden wir nachher reden.«

Demütig senkte Aurelia den Kopf und schlich davon, als hätte die Priorin sie geprügelt.

Die hochgewachsene Frau richtete den Blick auf Katharinas Gesicht. Sie hatte wasserhelle Augen, die von einem dichten Kranz blonder Wimpern umgeben waren. Kurz und so gerade wie Schweineborsten standen sie von ihren Lidern ab. Auf der linken Wange der Priorin prangte ein fingernagelgroßes Muttermal. Es war der einzige Makel auf ihrer sonst vornehm blassen und zarten Haut.

»Ich danke Euch, dass Ihr gekommen seid.« Die Frau deutete ein Lächeln an. »Mein Name ist Schwester Kunigunde. Ich bin die Oberin dieses Klosters.«

Katharina neigte den Kopf zu einem höflichen Gruß. »Womit kann ich Euch helfen, Ehrwürdige Frau Mutter?«

Die Priorin lächelte. »Oh! Ihr kennt Euch mit den Titularien eines Klosters aus?«

Katharina erwiderte das Lächeln. »In Antwerpen hatte ich eine Zeitlang ein paar Nonnen unter meinen Patientinnen. Ich …« Sie wollte weiterreden, ließ es jedoch bleiben, als ihr wieder einfiel, dass sie schon länger keine Heilerin mehr war.

»Nun.« Kunigunde stieß die doppelflüglige Tür auf und bedeutete Katharina, einzutreten. Eine Nonne kam ihnen entgegen, die während der Abwesenheit der Priorin offenbar die Stellung gehalten und mit der Aurelia vorhin gesprochen hatte. Kunigunde entließ sie mit einem freundlichen Wink, und erst als die Nonne gegangen war, redete die Priorin weiter. »Ihr fragt Euch wahrscheinlich, warum ich Euch habe rufen lassen.« Sie ging zu einer kleinen Sitzgruppe. Hölzerne Stühle, die um einen niedrigen Tisch standen. Immer noch lächelnd, bat die Priorin Katharina, Platz zu nehmen.

Nachdem Katharina saß, ließ sie selbst sich auf der Kante eines der unbequemen Möbel nieder.

»Wenn ich ehrlich bin, ja«, beantwortete Katharina ihre Frage.

Kunigundes Lächeln war offen und herzlich, und es enthüllte, dass ihre unteren Schneidezähne schief standen. »Nun. Das ist recht einfach erklärt. Seit die Kälte Nürnberg in den Griff genommen hat, schmerzen meine Fingergelenke.« Sie sah Katharina ins Gesicht, wohl in der Erwartung, dass diese auf der Stelle begriff.

»Mir ist das Heilen verboten worden«, sagte Katharina vorsichtig.

Was sollte das hier werden? Eine Prüfung? Sie versuchte, dem klaren Blick der Priorin standzuhalten. Es gelang ihr nur mit Mühe. Sie kam sich vor wie eine Sechsjährige vor einer gestrengen Lehrerin.

»Wir befinden uns hier nicht auf Stadtgebiet«, antwortete Kunigunde. »Dies ist Boden der Kirche, hier gelten die Gesetze des Stadtrates nicht.«

Katharina legte beide Hände auf den Knien ab. Ihre Schultern fühlten sich verkrampft an. »Ihr möchtet, dass ich Euch behandele?« Während sie das sagte, glitten ihre Blicke bereits über die Finger der Priorin. Die Gelenke waren nicht verdickt, stellte sie fest. Und gebot sich selbst Einhalt. Mit großem Unbehagen fragte sie: »Habt Ihr keine Angst?«

Kunigunde hob eine Augenbraue. Weil der Nonnenschleier ihr so tief in die Stirn gezogen war, dass seine Kante die feinen blonden Haare beinahe berührte, bildete sich eine tiefe Falte in ihrer Haut. »Angst? Wovor denn bloß?«

»Vor wenigen Wochen war ich noch angeklagt, eine Hexe zu sein.« Schwester Aurelia wusste davon, also schien es unmöglich, dass nicht auch Kunigunde dieses Wissen besaß. Dennoch ertappte Katharina sich dabei, dass sie voller Anspannung auf eine Reaktion der Priorin wartete.

Die lachte leise. »Ich weiß! Die Anklage erging von der weltlichen Gerichtsbarkeit. Was schert mich die?« Sie beugte sich ein wenig vor. »Abgesehen davon: Ihr seid freigesprochen worden, oder etwa nicht?«

Katharina nickte.

»Ich habe mich über Euch erkundigt«, gestand Kunigunde.

»Bei wem?« Wieder glitten Katharinas Blicke über die Finger der Priorin. Sie bewegte sie fast unablässig, ballte sie zur Faust, öffnete sie wieder, als lindere das die Schmerzen in den Gelenken.

»Bei Bruder Johannes. Und auch bei Doktor Schedel, seinem Bruder, dem Stadtmedicus.«

Katharina stellte sich vor, wie Hartmann Schedel in dem kleinen Gelass am Klostereingang auf dem hochbeinigen Schemel saß und durch das Gitter mit Kunigunde redete.

»Beide haben für Euch gebürgt«, sprach die Priorin weiter. »Sie halten Euch für eine hervorragende Heilerin. Mir ist es also egal, was der Stadtrat von Euch denkt.«

»Hartmann Schedel«, murmelte Katharina. Sie sah den Medicus vor sich, seine etwas rundliche Gestalt und die flinken hochintelligenten Augen, mit denen er alles zu durchdringen schien, was ihm über den Weg lief.

Kunigunde lächelte matt. »Er hat mir von seinem Angebot an Euch erzählt.«

»Angebot?« Katharina strich sich eine Haarsträhne aus den Augen. Dann fiel ihr ein, wovon die Priorin sprach. Nachdem der Befehl des Stadtrates ergangen war, dass sie ihre Tätigkeit als Heilerin mit sofortiger Wirkung einstellen sollte, hatte Hartmann Schedel sie zu sich in sein Haus rufen lassen. Er hatte ihr angeboten, ihre wirksamen Heiltränke in Zukunft für ihn zu brauen und ihr gutes Geld dafür geboten.

»Ich darf keine Medizin mehr herstellen«, meinte Katharina. »Das habe ich ihm gesagt.«

Wieder lachte Kunigunde. »Und es war ihm so gleichgültig wie mir, oder?«

»Er meinte nur, es müsste ja niemand wissen. Aber ich weiß nicht, ob es klug ist, sein Angebot anzunehmen. Die Leute sind nicht dumm. Wenn er plötzlich Medizin besitzt, die er vorher nicht hatte, werden sie Fragen stellen, woher er sie hat. Außerdem darf er selbst gar keine Heiltränke verkaufen.«

In Nürnberg war es streng geregelt, wer welche Aufgabe zu erfüllen hatte. Die Ärzte behandelten die Menschen, aber das Brauen von Heiltränken und das Herstellen von Salben und anderen Tinkturen war den Apothekern vorbehalten. Und die achteten sorgfältig darauf, dass ihnen dieses Recht niemand streitig machte.

»Ihr habt also sein Angebot noch nicht angenommen?«, erkundigte sich Kunigunde.

Katharina schüttelte den Kopf. Sie hatte schon nächtelang darüber nachgegrübelt, aber bisher hatte sie einfach nicht den Mut gefunden, es zu tun. Außerdem gab es noch einen anderen Grund für ihre Zögerlichkeit.

»Warum nicht?«, fragte Kunigunde.

»Ich weiß nicht genau.« Katharina zuckte die Achseln. Sie blickte der Priorin in die Augen, und plötzlich hatte sie das Gefühl, zu dieser Frau absolut ehrlich sein zu können. Schwach lächelnd sagte sie: »Zum einen wage ich es aus den genannten Gründen nicht, obwohl es meine Geldnöte wahrscheinlich beheben würde. Was, wenn es herauskommt, dass ich den Befehl des Rates missachte?« Sie dachte an das Lochgefängnis und schauderte. »Aber es gibt noch einen anderen Grund.«

»Und der ist?«

»Es bereitet mir Probleme, mein Wissen in den Dienst eines anderen zu stellen. Wenn ich für Doktor Schedel arbeite, darf niemand erfahren, dass ich es bin, die die Tränke herstellt. Ich weiß, es ist eine Sünde, aber ich kann einfach nicht anders empfinden. Ich möchte die Dankbarkeit der Menschen spüren, den Glanz in ihren Augen, wenn sie sich besser fühlen.«

Kunigunde neigte leicht das Haupt. »Die Sünde der Hoffart«, lächelte sie. »Ich muss gestehen, dass sie Euch mir sehr sympathisch macht. Ihr wisst, was Ihr könnt, und Ihr möchtet die Anerkennung dafür. Ich kann Euch gut verstehen.«

Für einen Moment blickten sie sich an, und es war ein tiefes Einverständnis zwischen ihnen.

Katharina unterbrach den Blickkontakt als Erste. »Ich danke Euch!«, murmelte sie und senkte den Kopf.

Kunigunde streckte ihr ihre Hände entgegen. »Jetzt lasst uns mit dem Reden aufhören!«

Katharina zögerte nun nicht mehr. Nochmals tastete sie die Finger der Priorin mit den Blicken ab. Dann griff sie zu, befühlte jedes Gelenk einzeln, bewegte es erst vorsichtig, dann zunehmend stärker. Schließlich verzog Kunigunde schmerzhaft das Gesicht.

»Wie äußert sich der Schmerz?«, fragte Katharina. »Ist er brennend, stechend? Oder pochend?«

»Es brennt.« Kunigunde hatte nachdenken müssen, bevor sie antwortete. »Aber nur für kurze Momente. Dann merke ich wiederum lange Zeit gar nichts.«

»Woraus besteht Eure Nahrung gewöhnlich?«

Kunigunde beschrieb es ihr. Ebenso wie die Einrichtung des Klosters von großer Kargheit war, so war es auch das Essen, das die Nonnen erhielten. Hauptsächlich bestand es aus Haferbrei und dunklem Brot mit Käse. Fleisch und Wein gab es nur an hohen Feiertagen.

»An der Ernährung kann es nicht liegen«, meinte Katharina, nachdem die Priorin ihre Mahlzeiten geschildert hatte. Sie durchforschte ihr Gedächtnis nach allem, was Egbert, ihr Mann, ihr über die Krankheit der Gicht beigebracht hatte. Eigentlich war es ein Gebrechen, das dicke und alte Menschen befiel. Die Priorin hingegen war dünn. Auch schien sie noch nicht alt genug, um unter dieser Krankheit zu leiden.

Nachdenklich rieb Katharina sich den Unterkiefer.

»Könnt Ihr mir helfen?«, fragte Kunigunde.

»Ich kann es versuchen. Ich habe noch ein wenig einer Medizin, die ich im Sommer für eine Frau des Stadtadels hergestellt habe. Sie litt unter ähnlichen Symptomen wie Ihr. Man muss die schmerzenden Gelenke damit einreiben. Wir könnten ausprobieren, ob Euch das hilft.«

Kunigunde nickte. »Tun wir das!« Sie erhob sich, und Katharina nahm es als Zeichen dafür, dass sie nun entlassen war.

Sie stand ebenfalls auf. »Ich muss nach Hause gehen und es holen.«

»Gut.« Kunigunde trat zur Tür und öffnete sie. Ein freundliches Lächeln lag auf ihrem Gesicht. »Ich danke Euch! – Schwester Agathe!«, rief sie dann den Gang hinunter.

Katharina neigte den Kopf. »Warten wir ab, ob es einen Grund zum Danken gibt.«

Eine Nonne kam, die mit ihrem verkniffenen Gesicht überaus missgünstig aussah.

»Schwester Agathe wird Euch hinausbegleiten«, sagte Kunigunde zu Katharina.

Schwester Agathe war das genaue Gegenteil von Aurelia. Wo Aurelia fröhlich geplaudert hatte, starrte Agathe schweigend und finster vor sich hin, und Katharina konnte sich des Eindrucks nicht erwehren, dass es kein lebendiges Wesen war, das neben ihr herging, sondern ein halb durchsichtiger Geist.

Sie kamen an dem Säulengang vorbei. Die beiden Gärtnerinnen waren fort, und sie hatten ihre Schützlinge, die Bäume, als eigenartig verkrüppelte Gestalten zurückgelassen. Katharina konnte sich nicht vorstellen, dass diese kümmerlichen Strünke im nächsten Frühling tatsächlich wieder austreiben würden. Aber andererseits hatte sie nicht die geringste Ahnung von der Gärtnerei. Vielleicht brauchten ja diese Pflanzen einen so brutalen Schnitt? Achselzuckend wandte Katharina sich von dem Anblick ab, der sie ein wenig traurig stimmte, und eilte hinter Agathe her. Die hatte inzwischen die Stelle erreicht, an der der Gang zweimal um die Ecke führte.

Schritte näherten sich ihnen von vorn, und da der Gang an dieser Stelle recht schmal war, blieb die Nonne stehen, um nicht mit dem entgegenkommenden Menschen zusammenzustoßen.

Zu Katharinas Überraschung war es ein Mann, der gleich darauf vor ihr stand. Und zu ihrer noch größeren Überraschung kannte sie ihn.

»Bruder Johannes!«, entfuhr es ihr.

Der Mönch hatte sie kaum wahrgenommen, und ihr Ausruf erschreckte ihn. Er zuckte zusammen und kehrte wie aus tiefster Grübelei zurück in die Gegenwart. Es dauerte einen Moment, bevor er Katharina erkannte. Dann jedoch wanderten seine Augenbrauen überrascht in die Höhe. »Frau Jacob?« Er wirkte verblüfft, aber als

Katharina ihn nickend anlächelte, glitt ein freudiger Ausdruck über sein Gesicht. Er war in den vergangenen Monaten etwas dünner geworden, und Katharina stellte sich vor, wie die Erinnerungen an die Ereignisse aus dem August auch an ihm zehrten. Ein leichter Bartschatten lag auf seinen Wangen, und die Haare hingen ihm unordentlich über die Ohren.

»Was macht Ihr hier?«, fragten sie beide fast gleichzeitig.

Verunsichert lachte Johannes auf. »Nun. Ich bin der Beichtvater der Schwestern. Ich bin immer dienstagvormittags und donnerstagabends hier, um ihnen die Beichte abzunehmen, und jetzt bin ich auf der Suche nach meinem Adlatus.«

»Guillelmus?«, mischte sich Agathe ein. »Er war vorhin noch in der Küche.« Sie betonte jedes Wort auf eine Weise, die deutlich machte, dass sie das Verhalten des jungen Mönchs überaus missbilligte.

Johannes schenkte ihr ein knappes Nicken. »Danke.« Eine spürbare Spannung lag in der Luft, und Katharina begriff, dass der Mönch und die Nonne sich nicht leiden konnten.

»Und Ihr?«, wandte Johannes sich wieder an Katharina. »Was führt Euch hierher?«

Katharina erzählte ihm, was die Priorin von ihr gewollt hatte.

»Und, könnt Ihr ihr helfen?«

»Vielleicht. Ich will es jedenfalls versuchen.«

Bruder Johannes wirkte zufrieden. »Ihr würdet Euch gut eignen als neue Infirmaria des Klosters«, behauptete er. Dann nickte er eifrig. »Das wäre eine gute Idee! Immerhin ist die Krankenstube des Klosters gut ausgestattet, seit Konrad von Neumarkt ihr ein Drittel seines Vermögens vermacht hat.«

»Es war nicht die Rede davon, dass ich als Infirmaria ins Kloster eintreten soll«, stellte Katharina richtig. »Wie kommt Ihr darauf?«

Bruder Johannes runzelte die Stirn. »Die Schwester, die bisher für die Krankenpflege im Kloster zuständig war, ist vor kurzem gestorben. Die Mutter Oberin hat mich gefragt, ob ich jemanden wüsste, der als Nachfolgerin für sie in Frage kommt. Ich habe für Euch gesprochen.«

Katharina dachte daran zurück, was Kunigunde ihr gesagt hatte.

»Davon hat sie nicht gesprochen. Sie sagte nur, dass Ihr mich empfohlen habt, um ihr bei einem kleinen Gebrechen beizustehen.«

Bruder Johannes lächelte. »Oh! Ich bin sicher, das dient der Prüfung!« Er schlug sich die Hand vor den Mund und machte ein erschrockenes Gesicht. »Jetzt habe ich zu viel geplaudert, fürchte ich. Was ist das noch für eine Prüfung, wenn der Adept weiß, dass er geprüft wird? Aber wie dem auch sei: Ich bin sicher, Ihr wäret eine Bereicherung für das Kloster.«

»Aber ich nicht.« Katharina war der Gedanke völlig fremd, in ein Kloster einzutreten. Sie begegnete dem übelgelaunten Blick der Nonne neben sich. Agathe wirkte, als könne sie es kaum abwarten, ihren unerbetenen Gast endlich zum Torhäuschen zu bringen und sie loszuwerden. Katharina fühlte einen Anflug von Ärger. Diese Nonne tat gerade so, als habe sie hundert wichtige Dinge zu tun, dabei würde sie den Rest ihres Tages mit nichts anderem verbringen, als mit Beten und Singen. Katharina war sich bewusst, wie ungerecht ihre Gedanken waren, aber sie konnte sich nicht dagegen wehren. Alles, was sie vermochte, war, ihre Gesichtszüge so weit unter Kontrolle zu halten, dass Agathe ihre Verachtung nicht bemerkte. Sie konzentrierte sich auf Bruder Johannes.

»Warum nicht?«, fragte er.

»Die vielen Regeln, die Enge …« Sie zuckte die Achseln. »Ohnehin hat die Priorin mich ja noch gar nicht gefragt. Zerbrechen wir uns also nicht den Kopf darüber.«

»Es steht einer Frau gut an, Regeln und Enge zu akzeptieren«, mischte sich Agathe ein, bevor Johannes etwas sagen konnte. »Denn Gott, der Herr, hat in seiner unendlichen Weisheit entschieden, dass dies ihr Schicksal sein soll.« Sie klang selbstgefällig und blasiert, und fast hätte Katharina sie gepackt und geschüttelt, um ihr eine andere Äußerung zu entlocken als Hochnäsigkeit und Arroganz.

»Nun ja.« Johannes war anzusehen, dass er sich unwohl fühlte. Er blickte Agathe an. »Geht zurück an Eure Arbeit, Schwester. Ich werde Frau Jacob zum Türhäuschen bringen.«

Sichtlich erleichtert nahm Agathe dieses Angebot an. Sie drehte sich auf dem Absatz um und marschierte mit einer Geschwindigkeit davon, dass ihre weiße Kutte um ihre Beine wehte. Sie erinnerte

Katharina plötzlich an einen großen weißen Vogel. Einen Schwan … Rasch verdrängte sie diesen Eindruck.

Johannes wartete, bis Agathes Schritte in dem Gang verklungen waren. Dann atmete er erleichtert aus, bemerkte, dass Katharina es gehört hatte, und errötete ein wenig. »Nun.« Er räusperte sich. »Die sind wir los.«

In Katharina wuchs der Eindruck, er wolle ihr etwas sagen. Seine Blicke huschten unruhig durch den Gang, und Katharina war sich sicher, dass er des Nachts noch immer unter Alpträumen litt. Kurz überlegte sie, ob sie ihn danach fragen sollte, doch dann entschied sie sich dagegen. Sie musste nach vorn blicken, nicht zurück, sonst würde sie noch im Nachhinein den Verstand verlieren.

Fieberhaft überlegte sie, was sie sagen sollte, doch Bruder Johannes kam ihr zuvor. »Es ist eine seltsame Fügung Gottes«, murmelte er, »dass ich ausgerechnet Euch heute hier treffe.«

Katharina runzelte die Stirn. »Warum?«

»Nun.« Dies schien sein neues Lieblingswort zu sein. »Es gibt da einen Mann. Sein Name ist Krafft, und er leistet mir ab und an, sagen wir, gewisse Dienste.« Die Röte auf Johannes' Gesicht vertiefte sich, als ihm gleichzeitig mit Katharina aufging, wie zweideutig seine Worte waren. »Ich meine, nicht, dass Ihr denkt, ich täte irgendetwas Unzüchtiges, ich … wollte nur sagen, dass …« Hilflos hob er die Arme und kehrte die Handflächen nach oben. Dann rang er die Hände. »Herr im Himmel, hilf!«, flehte er in fast komisch anmutender Verzweiflung.

Katharina konnte ein Lächeln nicht unterdrücken.

»Es handelt sich dabei um ein sehr menschliches Bedürfnis …«, versuchte er einen zweiten Anlauf.

Katharina beschloss, ihn aus seiner Not zu befreien. Zu gut erinnerte sie sich noch daran, wie häufig Bruder Johannes unter seinen menschlichen Bedürfnissen litt. Zwar hatte er ihr gegenüber natürlich niemals davon geredet, aber sie hatte oft genug bemerkt, wie er unruhig von einem Bein aufs andere trat, und sie hatte ihre Schlüsse gezogen. Ihrer Meinung nach litt Bruder Johannes unter einer Schwäche der Harnblase. »Ihr redet von einem der Abtrittanbieter der Stadt?«, half sie nach.

Erleichtert nickte er. »Ja!«, rief er aus. »Genau!« Seine Schultern sackten nach vorn, und kurz wirkte er erschöpft. Dann lächelte er schief. »Dieser Mann, dieser Abtrittanbieter … Raphael Krafft … Ich bin des öfteren gezwungen, seine Dienste in Anspruch zu nehmen, weil … nun, Ihr wisst ja offenbar Bescheid.« Die Röte verging und machte einer leichten Blässe Platz. Gleichzeitig biss Johannes sich auf die Unterlippe.

Katharina spürte, wie sich etwas in ihr anspannte. Irgendetwas sagte ihr, dass sie das, was nun kommen würde, lieber nicht hören wollte, doch sie war nicht in der Lage, dem Plappern des Mönchs Einhalt zu gebieten.

»Jedenfalls«, redete er hastig weiter, »ich benötige die Dienste von Krafft häufig genug, dass wir eine Art, nun, sagen wir, ein Vertrauensverhältnis entwickelt haben. Ab und an erzählt er mir Dinge, die er eigentlich seinem Beichtvater … Ihr wisst, was ich meine.«

Langsam nickte Katharina. Die Vorstellung, wie Bruder Johannes die Dienste dieses Mannes in Anspruch nahm, wie er sich in einer dunklen Ecke auf einen Eimer hockte und den großen Umhang um sich geschlungen bekam, war nicht eben angenehm. Aber sich dazu auch noch vorzustellen, wie Johannes dem Mann gleichzeitig eine Art Beichte abnahm, kam Katharina geradezu absonderlich vor.

Ihre Blicke huschten über die Wand hinter Johannes, und sie fühlte, wie die Anspannung in ihr wuchs. Auf einem Vorsprung über der rechten Schulter des Mönchs war die Engelsstatue angebracht, die Katharina zuvor schon aufgefallen war. Die Arme hatte sie segnend ausgebreitet. Und ihre Flügel waren aufgespannt wie die eines Schwans. Katharina wandte den Blick ab.

Johannes hatte in der Zwischenzeit weitergeplaudert, ohne ihr Abschweifen zu bemerken. »… jedenfalls er hat mir vorhin erst erzählt, dass er in einer Ruine an der Frauentormauer eine … verstümmelte Leiche gefunden hat. Er …«

Abwehrend hob Katharina die Hände und trat einen Schritt zurück. Der Engel über Johannes' Schulter schien die Arme plötzlich nicht mehr segnend ausgestreckt zu haben, sondern er wollte sie damit einfangen. Sie bekam keine Luft mehr. »Lasst mich mit verstümmelten Leichen in Ruhe!«, keuchte sie.

Johannes starrte sie überrascht an »Entschuldigt!«, rief er aus. »Ich bin so ein Narr!«

Katharina rang nach Atem. Sie fühlte sich wie unter Wasser, und all die Erinnerungen, die sie mit Macht in den hintersten Winkel ihres Gedächtnisses verbannt hatte, drohten sie zu überwältigen. Mit zitternden Händen griff sie in die Falten ihres Rockes und versuchte, sich daran Halt zu verschaffen. »Bringt mich einfach hier raus«, brachte sie hervor.

Johannes schien erleichtert, dass sie nicht über ihn herfiel und ihn beschimpfte. »Natürlich!« Rasch wedelte er mit der Rechten in Richtung Türhäuschen. »Hier geht es entlang! Kommt bitte!« Mit kurzen, eiligen Schritten lief er vor Katharina her.

Aurelia saß wie zuvor in ihrem winzigen Gelass an der Klosterpforte und nieste vor sich hin. Diesmal schien sie nicht besonders erleichtert, Katharina zu sehen, sondern starrte ihr nur finster entgegen. Offenbar gab sie ihr die Schuld für die Zurechtweisung, die sie von der Priorin erhalten hatte.

»Frau Jacob möchte das Kloster verlassen«, sagte Johannes.

Die Nonne nickte knapp. Dann stand sie auf, öffnete die Pforte und sah Katharina einfach nur an.

»Ich danke Euch!« Katharina nickte Johannes einen Abschiedsgruß zu. Sie trat auf die Gasse hinaus und wartete, bis Aurelia die Pforte hinter ihr wieder ins Schloss fallen ließ.

Doch statt des entsprechenden Geräuschs hörte sie Johannes' Stimme leise sagen: »Frau Jacob?«

Widerstrebend nur wandte sie sich um. »Ja?«

»Im Kloster an der Burgstraße«, sagte er zögernd. Das Kloster an der Burgstraße war sein eigenes.

Katharina wartete, dass er weitersprach. Die Magenschmerzen, die vorhin aufgetaucht waren, verstärkten sich langsam.

»Die Leiche, die Raphael Krafft gefunden hat, sie war nicht die einzige. Es gab eine weitere, und die hat man zu uns ins Kloster gebracht. Heute früh. Ich vermute, mit der anderen wird man das auch noch tun, aber diese zweite, die im Kloster ... ich ...«

Er verhedderte sich, aber er musste auch nicht weiterreden, Katharina konnte ihm ansehen, was er sagen wollte.

Auch diese zweite Leiche, die im Kloster, war verstümmelt gewesen.

Sie sah Johannes' Kehlkopf auf- und abrucken. »Keine Flügel diesmal, dem Herrn sei Dank!«

Katharina nickte nur.

»Aber ...« Er unterbrach sich, weil sie ihn warnend anblickte. Dann senkte er den Kopf. »Sieht so aus, als ginge es von vorn los«, flüsterte er.

Nachdem Aurelia die Tür hinter ihr ins Schloss fallen lassen hatte, stand Katharina einen Moment lang unschlüssig in der Gasse und starrte auf das eisüberzogene Pflaster zu ihren Füßen.

In ihrem Kopf kreisten die Gedanken. Was hatte Johannes gesagt? Wo hatte man die verstümmelte Leiche gefunden?

In einer Ruine an der Frauentormauer. Dieselbe Ruine, die Heinrich als Versteck diente. Katharina zog den Kopf zwischen die Schultern, weil ihr über alle Maßen kalt war.

Sie hatte Heinrich gestern Nacht nicht angetroffen. Konnte es sein ...?

Ihr Kopf weigerte sich schlichtweg, diesen Gedanken zu Ende zu denken, doch ihr Körper war ihr längst einen Schritt voraus. Ohne dass sie es verhindern konnte, trugen ihre Füße sie die Gasse entlang in Richtung Marientorgraben und von dort aus immer im Schatten der Stadtmauer entlang bis zum Beginn der Straße, die den Namen »An der Frauentormauer« trug. Die Stadtwachen oben auf den Zinnen hatten dick wattierte Röcke über ihre Uniformen gezogen, so dass sie wirkten, als seien sie auseinandergegangen wie ein Sauerteigklumpen in der Nähe eines warmen Ofens.

Einer der Männer beugte sich über das Geländer seines Gangabschnitts und grinste Katharina anzüglich von oben herab an. Katharina beachtete ihn nicht. Zu sehr war sie in ihren Gedanken gefangen.

Die Brandruine, die sie zum Ziel hatte, glich jetzt bei Tageslicht dem verkohlten Skelett eines vorsintflutlichen Tieres. Schwarze Balken ragten kreuz und quer in die Höhe wie Rippen, und dazwischen lag der Schutt der angesengten Steine zu großen Haufen aufgeschichtet. An einigen Stellen sah Katharina glitzernde Scherben in den Trümmern. Überreste von im Feuer geborstenen Scheiben. Das Blei, das sie einst zusammengehalten hatte, war geschmolzen und zu dicken Tropfen ausgekühlt, die wirkten wie Tränen.

Das alles nahm Katharina jedoch nur am Rande wahr. Was ihre Aufmerksamkeit auf sich zog, war der Mann, der inmitten all der Trümmer stand. Er hatte das Kinn hoch erhoben und den Blick in die Ferne gerichtet, und er sah bei weitem nicht so aus, wie eine Wache in Katharinas Vorstellung auszusehen hatte. Dieser Mann, das war überdeutlich, fürchtete sich vor dem, was er hinter seinem Rücken wusste und was er bewachen sollte.

Vorsichtig verließ Katharina das Pflaster der Gasse und trat zwischen die verkohlten Balken. Unter einem musste sie sich hindurchbücken, bis sie die freie Stelle in der Mitte erreicht hatte, auf der der Mann Wache stand.

Sein Blick heftete sich auf sie. »Was wollt Ihr hier?«

Katharina musste sich räuspern, bevor sie antworten konnte. »Ich suche jemanden«, erklärte sie. Ihre Stimme klang in ihren eigenen Ohren flach und ängstlich. »Einen ... Mann. Nun habe ich erfahren, dass hier in dieser Ruine eine Leiche gefunden wurde, und da wir uns hier ganz in der Nähe des öfteren getroffen haben, dachte ich ...« Sie verstummte. Unter den Haarsträhnen, die aus ihrer Haube hervorlugten, blickte sie die Wache an und spürte, wie sich in ihr etwas verkrampfte. *Sag nein!*, bat sie insgeheim. *Schick mich weg!*

Aber der Mann nahm nur die Hand vom Griff seines Schwertes und hob sie Katharina entgegen. »Es ist kein schöner Anblick«, meinte er. »Seid Ihr sicher, dass Ihr ...«

Nein!, dachte Katharina, doch sie hörte sich sagen: »Ich muss wissen, ob er es ist!« Inzwischen schmerzte ihr Magen mit greller Macht. Bruder Johannes' Worte hallten in ihrem Kopf wider. *Keine Flügel diesmal ...*

Katharina biss die Zähne zusammen. Panik griff nach ihr und schnürte ihr die Luft ab. »Es ist wohl besser ...«, begann sie und schob einen Fuß ein Stück rückwärts.

Doch die Wache nickte gleichzeitig. »Die Leiche liegt da hinten. Aber fasst sie nicht an, ja?« Der Mann deutete über die Schulter. »Ihr müsst zwischen den beiden v-förmigen Balken hindurch. Seht Ihr sie?«

Wie eine Puppe nickte Katharina. Und wie eine Puppe, die von einem übermächtigen Spieler gelenkt wurde, tat sie einen Schritt vorwärts.

Sie bückte sich unter den beschriebenen Balken hindurch. Unwillkürlich hatte sie die Augen zugekniffen. Ein leichter Brandgeruch stieg ihr in die Nase, vermischt mit dem klaren Aroma der kalten Winterluft. Und dann glaubte sie einen vertrauten Geruch wahrzunehmen.

Saurer Männerschweiß, wie Heinrich ihn ausgeströmt hatte. Ungewaschene Haut und Kleidung. Kot und Urin.

Katharina blieb stehen, ohne die Augen zu öffnen. Mit der Rechten tastete sie nach einem Halt, und ihre Hand stieß gegen den verkohlten Balken. Seine Oberfläche fühlte sich unter ihren Fingerspitzen gleichzeitig rau und seifig an. Sie umklammerte ihn, ohne einen Gedanken daran zu verschwenden, dass sie sich mit Ruß beschmierte.

Dann, ganz langsam, öffnete sie die Augen.

Und krallte die Fingernägel in das vom Feuer weiche Holz.

Kurze Zeit später überquerte sie die Pegnitz auf einer der schmalen Holzbrücken, die auf die Insel Schüdt führten. Sie lief an dem langen Bretterzaun entlang, der die Schießplätze der Eibenschützen umgab. Links von ihr floss träge das Wasser des Flusses, und an seinen Ufern hatte sich eine Eisschicht gebildet. Das hielt jedoch die zwei Schwäne nicht davon ab, draußen auf dem Wasser ihre Kreise zu ziehen. Bei ihrem Anblick blieb Katharina abrupt stehen. Sie fühlte sich, als habe sie eines der Geschosse der Eibenschützen getroffen. Ihre Knie zitterten so stark, dass sie sich an einem Baumstamm abstützen musste.

Anders als der verkohlte Balken in dem abgebrannten Haus, in dem sie sich eben noch befunden hatte, war dieses Holz unter ihren Fingern borkig. Sie zog sich einen Splitter in die Haut. Schmerzhaft zuckte sie zurück, hob die Hand an den Mund und versuchte, mit den Zähnen das winzige Stück Holz aus ihrem Fleisch zu ziehen.

Dabei konnte sie den Blick nicht von den Schwänen lassen. Das Bild von Matthias' verstümmelter Leiche blitzte vor ihrem inneren Auge auf, die großen weißen Flügeln, die unter seinem Leichnam hervorragten.

Katharinas Arm, mit dem sie sich an den Stamm stützte, gab nach, und sie konnte sich nur vor dem Taumeln bewahren, indem sie sich mit der ganzen Schulter gegen den Baum lehnte. Eisig drang die Kälte durch ihren Mantel.

Ein anderes Bild überlagerte das ihres toten Bruders. Eines, das sie soeben erst gesehen hatte.

Keine Flügel diesmal …

Bruder Johannes hatte recht gehabt. Diese Leiche besaß keine Flügel. Dafür hatte man dem Toten beide Augen ausgestochen. Das furchtbare, mit breiten roten Streifen verschmierte Gesicht vertrieb das Bild der geflügelten Leiche, und sie wimmerte auf.

Ihre Ahnung hatte sie nicht getrogen. Der Tote war tatsächlich Heinrich gewesen!

Sie atmete tief durch, dann versuchte sie sich zu vergewissern, ob ihre Beine sie tragen konnten. Vorsichtig löste sie sich von dem Baum. Sie fühlte sich schwindelig und elend, und so sank sie an dem Stamm nach unten zu Boden. In Gedanken kehrte sie zum gestrigen Abend zurück, zu jenem Moment, in dem sie Heinrich in der Ruine hatte aufsuchen wollen. Zu jenem Moment, in dem die verhüllte Gestalt ihr entgegengekommen und mit so furchtbar eiligen Schritten über das Pflaster gehetzt war.

Konnte es sein, dass diese Gestalt Heinrichs Mörder gewesen war?

Die Übelkeit in ihrem Leib verstärkte sich um ein Vielfaches. Sie würgte, aber da sie seit längerem kaum etwas gegessen hatte, übergab sie sich nicht. Die Kälte des Bodens drang durch ihren Rock in ihr Fleisch, und ihre Zähne fingen an zu klappern. Sie zog die Knie vor die Brust und umklammerte sie mit beiden Armen.

Der Mantel der Gestalt hatte teuer ausgesehen, und auch die Schuhe, die auf dem Pflaster so deutlich zu hören gewesen waren, deuteten auf jemand Wohlhabendes hin. Heinrich war nur ein Bettler, ein armer Tropf, der in einem Findelhaus aufgewachsen war.

Warum sollte ein reicher Nürnberger Bürger ihn getötet haben?

Katharina legte den Kopf auf die Knie. Die Gestalt war aus Richtung der Brandruine gekommen, oder etwa nicht? Doch die Ruine lag nicht in einer Sackgasse. Es konnte ebensogut sein, dass der Mann, zufällig gerade aus einem anderen Stadtviertel kommend, dort vorbeigegangen war und mit der ganzen Sache überhaupt nichts zu tun hatte.

Katharina lockerte ihren Griff um die Knie ein wenig, hob den Kopf aber nicht wieder. Das angestrengte Nachdenken hatte ihre Übelkeit zurückgedrängt, und bald wurde ihr die Kälte des Bodens unangenehm. Sie sah hoch. Dann legte sie die Hände gegen den Baumstamm in ihrem Rücken und stemmte sich auf die Füße.

Einen Moment stand sie schwankend da, doch dann hatte sie sich wieder in der Gewalt.

Ein Mord auf Stadtgebiet bedeutete eine empfindliche Störung der gottgewollten Ordnung, das wusste sie. Es war die Aufgabe des Lochschöffen, diese Ordnung wiederherzustellen und den Mörder zu finden.

Katharina richtete den Blick auf den Fluss, wo die beiden Schwäne in diesem Moment um eine Biegung schwammen und damit ihren Blicken entzogen wurden. Sie atmete erleichtert aus. Dann versuchte sie sich daran zu erinnern, wie der amtierende Lochschöffe hieß.

Goldschmidt? Messingschläger?

So ähnlich.

Zu ihm würde sie gehen und ihm erzählen, was sie gesehen hatte.

5. Kapitel

Richard Sterner mochte Nürnberg, wenn es geschneit hatte. Alles sah dann so sauber aus, und vieles von dem Schmutz und Elend, das die Stadt ausmachte, wurde durch die kalte, weiße Decke den Blicken entzogen. Er mochte es, morgens aus dem Haus zu gehen und anhand der Spuren erkennen zu können, wer schon vor ihm dagewesen war. Die Pfotenabdrücke der Nachbarskatze wurden überlagert von den Abdrücken schwerer, genagelter Stiefel, neben denen eine gleichmäßige Spur aus kleinen viereckigen Löchern herführte. Der Nachtwächter mit seiner auf ein Kantholz aufgesteckten Laterne. Eine Reihe kleinerer Abdrücke mit schmalen Absätzen, die auf eine Frau schließen ließen. Doch die typische Schleifspur eines schweren Winterrockes fehlte. Richard schloss auf irgendeine Dienstmagd, die schon früh unterwegs gewesen war, um ihre Herrschaften mit frischem Brot oder anderen Annehmlichkeiten zu versorgen.

All das ließ er auf sich wirken, als er die Stufen des Haussteines nach unten schritt. Hinter ihm schloss Thomas, der neue Diener, den er vor kurzem eingestellt hatte, die Tür.

Der Schnee knirschte hörbar unter Richards Füßen. Tief sog Richard die kalte Winterluft ein und zog den Kragen seines Mantels fester um den Hals. Sein Atem stand als weiße Wolke vor seinem Gesicht, und er schloss den Mund, weil die Kälte ihn husten ließ. Als er durch die Nase einatmete, klebten deren Flügel zusammen.

Er war froh über den früh hereingebrochenen Winter. Die Kälte erleichterte es den Nürnbergern, die Erinnerung an den vergangenen, glühendheißen August hinter sich zu lassen. Und sie vertrieb die letzten Reste düsterer Erinnerungen auch aus seinem eigenen Kopf. In seinen Alpträumen war es stets Sommer gewesen. Frühling oder Herbst. Niemals jedoch Winter. Der Winter war die Zeit, in der die Dämonen ihn kaum quälten.

»Guten Morgen, Herr Sterner!« Ein junger Stiefelputzer, der rings um die Tuchgasse sein Revier hatte, grüßte Richard im Vorbeigehen. Er tippte sich an die Mütze, und die schwere Holzkiste, die er wie einen Bauchladen vor sich geschnallt hatte, kam ins Wanken dabei. Rasch fasste der Junge zu, um ihn vor dem Kippen zu bewahren. »Ihr braucht nicht etwa jemanden, der Euch die Schuhe putzt?« Er fragte das jedesmal, wenn er Richard begegnete, und jedesmal lehnte Richard dankend ab.

»Ich habe einen Diener, Benedikt, und das weißt du. Guten Morgen übrigens auch dir.«

»Wohin des Wegs um diese frühe Stunde?« Der Junge wurde ein Stückchen größer, und Richard wusste, es kam daher, dass er sich freute. Er freute sich über Richards Freundlichkeit, er freute sich darüber, dass er wahrscheinlich die eine oder andere Münze in die Hand gedrückt bekommen würde. Und er freute sich auch, weil ein so vornehmer Mann wie Richard sich überhaupt an seinen Namen erinnerte. »Ich muss nach St. Sebald«, beantwortete Richard bereitwillig die Frage. »Der neue Lochschöffe hat um eine Unterredung gebeten.«

Benedikt kratzte sich unter seiner Mütze am Hinterkopf. »Was ist denn ein Lochschöffe? Ist das das Gleiche wie ein Bürgermeister?«

»Nein. Und ja.« Richard überlegte, wie er das Ganze erklären konnte, ohne den Eindruck zu erwecken, er halte den Jungen für dumm. Benedikt war alles andere als das, aber er war auch bemerkenswert ungebildet, obwohl er ein helles Köpfchen hatte und flinke, wachsame Augen.

»Der Rat von Nürnberg besteht aus ziemlich vielen Männern«, sagte er und hielt kurz inne, um nachzudenken. »Sie alle nennt man Bürgermeister. Und einige dieser Bürgermeister haben besondere Aufgaben, wie zum Beispiel der Lochschöffe. Er ist dafür zuständig, Verbrechen zu untersuchen, die auf dem Boden der Stadt passieren. Unter anderem.«

Benedikt ließ die Hand sinken. »Dann ist also ein Lochschöffe gleichzeitig ein Bürgermeister.«

»Genau!«

»Aber nicht jeder Bürgermeister ist Lochschöffe.«

»Auch richtig.«

Benedikt nickte bedächtig. »Klar. Und dieser Lochschöffe hat Euch zu einem Treffen gebeten?« Unbewusst wanderte seine Hand schon wieder nach oben zu seinem Kopf.

»Auch das stimmt, ja.«

Da grinste der Junge. »Kommt davon, weil Ihr'n wichtiger Mann seid«, vermutete er und kratzte sich erneut am Kopf.

Richard entging das nicht. »Hast du dir schon wieder Flöhe eingefangen?«

Benedikt zuckte die Achseln. »Möglich. War gestern Abend bei meinem Bruder Gabriel zu Besuch.«

Richard verzog das Gesicht. Er wusste, dass Gabriel Dengler der Lochwirt, also der Aufseher des Nürnberger Gefängnisses war. Im Gegensatz zu Sebald Groß, seinem Vorgänger, war Dengler ein schmutziger, unangenehmer Geselle, der sich keinen Deut um das Wohlergehen der armen Seelen scherte, die ihm anvertraut waren. Sogar sich selbst vernachlässigte er so stark, dass es kein Wunder war, wenn sein jüngerer Bruder sich bei ihm Flöhe, Läuse und wer wusste, was noch, einfing.

»Hast du eine Lampe zu Hause?«, fragte Richard. »Eine Talglampe oder so was in der Art?«

Benedikt nickte. »Ja. Wieso?«

»Warte einen Moment!« Richard ging noch einmal die Stufen zu seiner Haustür auf, öffnete sie und kehrte zurück ins Innere seines Hauses.

»Herr Sterner?« Thomas trat ihm entgegen »Habt Ihr etwas vergessen?«

Wie immer, wenn Richard seinem Diener ins Gesicht blickte, musste er an dessen früheren Herrn denken. Und an die Engelmorde. Er schüttelte diese Gedanken ab. »Nein.«

»Kann ich Euch irgendwie behilflich sein?«, fragte Thomas, während Richard schon auf dem Weg die Treppe hoch und zu seiner Schlafkammer war.

»Nein, danke, Thomas. Ich komme schon zurecht!«, rief Richard. Er betrat seine Schlafkammer, bückte sich unter das Gestell, auf dem er sein Waschgeschirr stehen hatte. Dort lagen zwei faustgroße, in

Wachstuch eingepackte Kugeln. Richard nahm eine davon, wickelte sie aus und kratzte mit seinem Dolch eine Handvoll Flocken davon ab. Diese Flocken hüllte er in ein Stück des Wachstuches, das er zu diesem Zweck von der Ecke abschnitt. Dann steckte er seinen Dolch wieder in den Gürtel und kehrte nach draußen zu Benedikt zurück. Diesmal achtete er nicht darauf, ob Thomas die Haustür hinter ihm schloss. Er war sich jedoch sicher, dass es geschehen würde. Thomas war ein guter Diener.

»Hier.« Richard gab Benedikt das kleine Wachspäckchen. »Das ist Seife.«

Der Junge starrte verständnislos darauf.

»Es dient dazu, sich zu waschen«, erklärte Richard ihm geduldig. Es war nicht verwunderlich, dass Benedikt sich damit nicht auskannte, denn Seife war ein kostbares Gut, das sich nur sehr wohlhabende Menschen leisten konnten.

Benedikt rümpfte die Nase, und Richard lachte. »Keine Sorge, du sollst es zu anderen Zwecken benutzen. Nimm eine flache Schale, deine Essensschale oder etwas ähnliches. Fülle sie mit Wasser und gib diese Seifenflocken dort hinein. Dann rühre alles gut um. Es wird sich Schaum bilden. Platziere einen Krug in die Mitte der Schale, so dass du deine Talglampe daraufstellen kannst. Und dann zünde sie bei Dunkelheit an. Du wirst sehen, dein Floh wird begierig auf das Licht zuhüpfen, in das Seifenwasser fallen und dort verenden.«

Staunend blickte Benedikt auf das Päckchen in seinen Händen. Dann kratzte er sich erneut. »Danke!«, sagte er überwältigt.

Richard schmunzelte und musste sich beherrschen, um sich nicht gleich mitzukratzen. »Geh jetzt!«, riet er. »Und verlier die Seife nicht. Sie war teuer.«

Benedikt verbeugte sich eifrig. »Vielen Dank!«, rief er noch einmal, dann ging er seines Weges. Mehrere fröhliche Hüpfer ließen die Bürsten auf seinem Bauchladen laut klappern.

Lächelnd sah Richard ihm nach. Dann besann er sich darauf, weswegen er ursprünglich das Haus verlassen hatte. Er unterdrückte ein Seufzen, und seine Gedanken kehrten zurück zum vergangenen Abend.

Er hatte im *Roten Ochsen* gesessen, einem stattlichen Gasthaus in der Nähe der Stadtmauer, dessen Wirt durch reisende Händler reich geworden war. Ab und an ließ er sich hier das selbstgebraute Bier schmecken und einen der gut gewürzten Hasenbraten, die die Spezialität des Hauses waren. Zum ersten Mal seit August war er im *Ochsen* eingekehrt, und er hatte bemerkt, wie viele Mitglieder des Stadtrates hier als Gäste verkehrten, obwohl der *Ochse* ein ganzes Stück vom Rathaus entfernt lag.

»Wie kommt es, dass die Bürgermeister hier so zahlreich vertreten sind?«, hatte er den Wirt gefragt, einen schmalen, nervös wirkenden Mann, dessen Hände beim Reden in einem fort flatterten.

Der Wirt wischte mit einem Tuch über die Platte von Richards Tisch. »Liegt daran, dass die Ratsstuben im August abgebrannt sind«, antwortete er. Seine Rede war atemlos, fahrig wie seine Gesten. Dann grinste er flüchtig. »Ich bin vielleicht der Einzige, der von dem Großen Wahnsinn profitiert«, fügte er hinzu, warf geschäftig sein Tuch über die Schulter und schaute Richard fragend an.

Der gab seine Bestellung auf, und nachdem der Wirt verschwunden war, um das Gewünschte zu bringen, lehnte er sich auf seinem Stuhl zurück. Eine Weile hing er seinen eigenen Gedanken nach, lauschte dabei den Gesprächen der anderen Gäste. Ein paar Huren fielen ihm auf, aufgeputzte Frauenzimmer mit Kleidern aus wertvolleren Stoffen, als sie die Weiber im Spittlertorviertel trugen, und doch deutlich in ihrer Profession zu erkennen. Immer wieder warfen diese Frauen ihm neugierige Blicke zu und flüsterten sich dann kichernd irgendwelche Geheimnisse ins Ohr. Keine von ihnen wagte es jedoch, Richard anzusprechen. Er war das gewöhnt. Er schien etwas an sich zu haben, das diese Frauen abschreckte.

Doch diesmal war unter den Huren eine, die mutiger war als die anderen. Nachdem auch sie sich eine Weile darauf beschränkt hatte, Richard anzügliche Blicke zuzuwerfen, glitt sie schließlich mit einer elegant aussehenden Bewegung von ihrem Stuhl und trat vor Richard hin. Sie trug ein Kleid, das so rot leuchtete, als sei es in frischem Blut gefärbt worden.

»Ihr seid doch dieser Mann, den der Engelmörder …«, begann sie und unterbrach sich, weil Richard eine Hand hob.

Er hasste es, auf die Ereignisse vom August angesprochen zu werden. Es reichte schon, dass ihn die Wunden auf dem Rücken beständig daran erinnerten, die ihm der Engelmörder beigebracht hatte und die noch nicht gänzlich verheilt waren. Unbehaglich zog er die Schultern nach oben. Die Haut über seinen Schulterblättern spannte.

Ohne zu fragen, ob es ihm recht war, ließ sich die Hure auf einem Stuhl an Richards Tisch nieder. »Mein Name ist Inga. Ich finde es unglaublich aufregend!«, flötete sie und machte einen Augenaufschlag, der Richard beinahe zum Lachen gebracht hätte. »Ich meine, Eure Frau muss es doch förmlich genossen haben, Euch gesund zu pflegen. Einen Mann von Eurem Aussehen und Eurer Statur und noch dazu nach so einem heldenhaften Erlebnis ...«

Richard verzichtete darauf, Inga darauf hinzuweisen, dass er weder heldenmütig gewesen war noch dass er eine Frau hatte. Er dachte an Katharina, doch er vertrieb den Gedanken sofort. Die Narben an seinem Körper waren schmerzhaft genug. Er konnte keine weiteren in seinem Herzen gebrauchen. »Schon möglich!«, sagte er so ruhig, wie er es vermochte.

Am liebsten hätte er Inga zurück zu ihrem eigenen Tisch geschickt, aber die Höflichkeit verbot es ihm, allzu unfreundlich zu werden. *Sie ist eine Hure!*, sagte er sich. Und kurz fragte er sich, ob er in Ingas Armen vielleicht ein kleines bisschen Geborgenheit finden könnte. Sie würde ihn mit warmherzigen Blicken ansehen, und vielleicht gelang es ihm ja, wenigstens für eine Weile zu vergessen, dass er sie anschließend dafür würde bezahlen müssen.

»Ihr seid so bescheiden!« Ingas Augen glänzten vor Begeisterung.

Nur ein wenig Bewunderung bekommen, flüsterte eine leise, aber eindringliche Stimmte hinten in Richards Kopf. *Für ein paar Stunden alles andere hinter sich lassen ...*

»Ihr solltet zurück zu Euren Freundinnen gehen«, hörte er sich sagen. Seine Hand deutete auf den Tisch, an dem die anderen Huren saßen. »Ich bin kein guter Fang für Euch, glaubt mir!«

Er meinte ein leises, spöttisches Schnauben zu hören. Und eine andere, ihm so überaus vertraute Stimme sagte in seiner Erinnerung: »Sie sind Huren, Richard! Du machst dich zum Idioten, wenn du sie behandelst wie Damen!«

Richard schloss die Augen. Arnulf! Allzu gern hätte er seinen Freund jetzt hier bei sich gehabt, aber Arnulf war ein Nachtrabe, ein Angehöriger der Nürnberger Unterwelt, und er verkehrte nicht in Lokalen wie dem *Roten Ochsen*.

Enttäuscht begriff Inga, dass sie bei Richard auf Granit biss. »Schade!«, murmelte sie und stand auf. »Wir hätten Spaß gehabt, glaub mir!«

»Davon bin ich überzeugt«, versicherte er ihr und sah zu, wie sie zu ihrem alten Platz zurückkehrte, sich daraufplumpsen ließ und begann, auf die anderen Frauen einzureden. Er wollte gar nicht wissen, mit welchen Ausdrücken sie ihn belegte, aber als sie einen zornigen Blick in seine Richtung abschoss, knirschte er doch mit den Zähnen.

Der Wirt kam und stellte ihm sein Essen und das bestellte Bier hin. Richard dankte ihm, dann machte er sich über beides her, auch wenn ihm der Appetit eigentlich vergangen war.

Während er aß, wanderte sein Blick zu einem anderen Tisch ganz in seiner Nähe hinüber. An ihm, unter einem Sturz, an den ein großes Wappenschild mit einem schwarzen Ochsen daraufgenagelt war, hockten drei Männer, von denen Richard nur einen kannte. Es handelte sich um Bürgermeister Mullner, einen für sein hohes Amt noch recht jungen Mann, der sein dunkelblondes Haar streng gescheitelt trug und auf beiden Seiten hinter die Ohren gesteckt hatte, so dass deutlich zu sehen war, wie sehr diese abstanden. Bei ihm am Tisch saßen zwei Ältere, von denen der eine ein ungesund rotes Gesicht und eine dicke Schweißschicht auf der Stirn hatte und der andere sich ständig am Hals und im Nacken kratzte, wo sich seine Haut unter einem hässlich aussehenden Ausschlag schuppte.

»… Gesetz dagegen erlassen«, hörte Richard den Schwitzenden sagen.

Die Männer bemerkten, dass Richard auf ihr Gespräch aufmerksam geworden war, und Mullner warf ihm einen fragenden Blick zu. »Was sagt Ihr dazu, Sterner?«

Richard runzelte die Stirn. »Ich bin nicht ganz sicher, ob ich weiß, wovon die Rede ist.«

»Von den jüdischen Geldverleihern natürlich!«, erklärte Mullner.

»Der Stadtrat beobachtet mit Sorge, dass immer mehr einflussreiche Männer in Situationen geraten, die sie dazu zwingen, Geld bei Juden aufzunehmen.«

»Das dürfte wohl kaum Euer Problem sein, oder?«, mischte sich der Kerl mit dem Ausschlag ein. »Richard Sterner, nicht wahr? Es heißt, es gibt kaum einen Mann außerhalb des Rates, der ein Vermögen in der Größe des Euren besitzt.«

Richard unterdrückte ein Lächeln. Unverbindlich zuckte er die Achseln. Der Mann hatte wahrscheinlich recht, aber Richard bildete sich nicht besonders viel auf sein Geld ein.

»Würde gern wissen«, schob der Mann mit dem Ausschlag nach, »wie Ihr in den Besitz Eures Wohlstandes gekommen seid!« Er klang ein wenig gehässig, so, als sei er neidisch.

»Ein einträgliches Erbe«, erklärte Richard. »Einige Ländereien im Languedoc und einige in der Toskana, die mein Vater mir vererbt hat.«

Mullner lachte auf. »Sagte ich nicht neulich, dass Sterner ein seltsamer Kauz ist?« Er rückte seinen Stuhl ein Stück zur Seite, um Richard mit dieser Geste in ihre Runde einzuladen.

Richard verspürte eigentlich keine große Lust, sich den Männern anzuschließen, aber er wusste auch, wie unhöflich es wirkte, wenn er jetzt sitzenblieb. Also nahm er seinen Stuhl und schob ihn an den Tisch der anderen. »Komischer Kauz?«, fragte er. Dann holte er auch noch sein Essen herüber und setzte sich.

Mullner grinste entschuldigend. »War nur so dahergesagt. Ich meinte damit: Welcher vernünftige Mann, der größere Ländereien in Italien hat, zieht es vor, in unserem Nürnberger Eiskeller zu leben?« Er tat, als schaudere er vor Kälte zusammen, obwohl die Gaststube gut geheizt war.

Richard lächelte erneut. »Nürnberg hat seine Vorteile«, meinte er, und wieder musste er an Katharina denken. Er fuhr sich mit der Zunge in den Mundwinkel.

»Was denkt Ihr denn nun über die Juden und ihre Geldverleiher?«, erkundigte sich der Mann mit der Schweißschicht auf der Stirn.

Mullner, der wusste, dass Richard seine Begleiter nicht kannte, stellte beide vor. Der Schwitzende hieß Harald Kirchner, der mit dem Ausschlag Hans Segers.

Richard musterte beide, bevor er vorsichtig die Achseln zuckte. Besser, er schwieg zu diesem Thema, dachte er. Sich über die Juden auszulassen ähnelte einem Tanz auf ziemlich dünnem Eis.

Mullner trank einen Schluck von seinem Bier. Mit dem Handrücken wischte er sich den Schaum von der Oberlippe. »Kirchner meinte gerade, dass der Stadtrat ein Gesetz gegen jüdische Geldverleiher erlassen sollte. Ich dagegen denke: Das wird nicht so einfach sein.«

»Kirchner hat recht«, widersprach Segers. »Wenn wir weiterhin tatenlos zusehen, wie dieses Pack unseren Obersten das Geld aus den Taschen zieht, befindet sich Nürnberg bald ganz in ihren Händen. Wer kann schon noch sicher sein, ob sie nicht längst Teile des Stadtrates kontrollieren?«

Mullner verzog das Gesicht. »Das Problem sind doch gar nicht die Geldverleiher unter ihnen, sondern jene Teufel, die vorhaben, jeden einzelnen Christen in Nürnberg zu verderben! Ich meine, wir haben dafür gesorgt, dass die großen Brunnen bewacht werden, damit nicht noch einmal so etwas passiert wie im August. Aber es gibt einfach zu viele Orte, an denen die Bürger sich Wasser holen können. Unmöglich, jeden Einzelnen davon bewachen zu lassen.«

Richards Gedanken wanderten zum Sommer zurück. Ein Irrer hatte damals die weitverzweigten Wasserleitungen unter der Stadt benutzt, um einen Großteil der Nürnberger Brunnen mit einem Gift zu versehen, das die Menschen in die Raserei getrieben hatte.

Richard seufzte. »Ihr wisst schon, dass der Mann, der im August die Brunnen vergiftet hat, Christ war, oder?«, sagte er.

Mullner blickte ihn von unten herauf an.

Kirchner nickte. »Es weiß aber auch jeder, dass der Kerl dem Wahnsinn verfallen war. Und da stellt man sich doch die Frage, wer ihn mit diesem Wahnsinn geschlagen hat.«

Einmütig zustimmende Mienen rings herum zeigten Richard, dass die anderen am Tisch seine Gedankengänge teilten. Es gab nur wenige Bürger, die nicht der Ansicht waren, dass eigentlich die Juden hinter der Brunnenvergiftung steckten. Bisher war es zu keinerlei

Ausschreitungen gekommen, doch Richard erfüllte das Gespräch der Bürgermeister mit Sorge, denn wenn sogar hochgestellte, und man sollte meinen auch kluge Männer anfingen, gegen die Juden zu hetzen, dann war es nur noch eine Frage der Zeit, bis es zu den ersten Gewalttaten kam.

Er hing eine Weile seinen eigenen Gedanken nach, und darum bemerkte er erst, dass die anderen sich längst neuen Themen zugewandt hatten, als das Gespräch auf den Türmer von St. Sebald kam. An dieser Stelle horchte er auf.

»Was glaubt Ihr, warum läutet der Mann nicht mehr?«, fragte Mullner gerade.

Kirchner fuhr sich mit der Handfläche über die Kehle. »Vielleicht hat ihn der Schlag getroffen.«

»Silberschläger hat einen Büttel raufgeschickt, um nach dem Rechten zu sehen«, erzählte Mullner. »Ich hatte aber noch keine Gelegenheit, ihn zu fragen, was dabei rausgek...«

Die Gaststubentür öffnete sich, und ein Mann betrat den Raum, bei dessen Anblick Mullner sich mitten im Wort unterbrach. »Wenn man vom Teufel spricht!«, rief er aus und winkte dem Neuankömmling. »Silberschläger! Wir sind hier!«

Der Mann wirkte nicht besonders begeistert darüber, Mullner und die anderen hier zu treffen. Kurz hatte Richard sogar den Eindruck, als spiele er mit dem Gedanken, einfach auf dem Absatz kehrtzumachen und das Gasthaus wieder zu verlassen. Dann jedoch besann er sich eines Besseren und trat an den Tisch.

Mit einem knappen Nicken grüßte er alle Anwesenden. Er war kleiner als Richard, doch er machte das durch eine überaus massige Gestalt wett. In Richards Augen wirkte er wie ein Stier, kraftvoll, aber auch gefährlich. Seine Haare hatten einen leichten Grauschimmer, obwohl er, seinem völlig faltenlosen Gesicht nach zu urteilen, noch nicht sehr alt sein konnte. Seine Augen hatten einen verwaschenen Grauton ebenso wie seine Zähne, die Silberschläger zu zeigen pflegte, wenn er wütend war.

Richard kannte ihn von einigen früheren Besuchen in den Ratsstuben. Gernot Silberschläger hatte nach dem plötzlichen Verschwinden von Bürgermeister Zeuner im August dessen Amt als

Lochschöffe übernommen und übte dieses seitdem mit mehr oder weniger glücklicher Hand aus. Es ging das Gerücht, dass die Untersuchungszeiten, die die Häftlinge im Lochgefängnis unter dem Rathaus saßen, seit Beginn seiner Amtszeit um mehr als das Doppelte in die Höhe geschnellt waren. Richard mochte das glauben, aber er war überzeugt davon, dass es nicht Silberschlägers Schuld war, denn seit dem großen Wahnsinn war das Lochgefängnis völlig überfüllt mit Häftlingen, die der Plünderung, des Raubes oder Schlimmerem angeklagt waren. Und da der Rat sich entschieden hatte, Silberschläger keine weiteren Gehilfen zur Verfügung zu stellen als jene beiden, die ihm kraft seines Amtes ohnehin zustanden, dauerten die Untersuchungen der einzelnen Fälle eben an.

»Setzt Euch doch!«, forderte Mullner ihn auf. »Wir haben uns gerade über den Türmer unterhalten.«

Noch immer unschlüssig, kam Silberschläger der Aufforderung nach. Der Wirt bemerkte ihn und brachte ihm ein Bier, ohne dass Silberschläger ihn dazu hätte auffordern müssen.

»Wir sind alle neugierig, was Euer Mann im Turm von St. Sebald herausgefunden hat«, sagte Mullner. »Warum hat der Türmer aufgehört zu läuten? Ist er tot umgefallen?« Er sah aus wie ein kleiner Junge, der auf eine spannende Geschichte hoffte.

Silberschläger seufzte. Seine Mundwinkel zogen sich ein wenig nach unten, und nun sah er überaus mürrisch aus. Mürrisch und erschöpft. Er hatte eindeutig keinen besonders angenehmen Tag hinter sich.

»Es wurde eine Leiche in der Türmerstube gefunden«, sagte er verdrießlich. »Mehr kann ich im Moment nicht dazu sagen.«

Mullner ließ sich davon jedoch nicht beeindrucken. »Eine Leiche?« Immerhin flüsterte er, so dass von den anderen Gästen niemand etwas mitbekam. »Der Türmer, vermutlich?«

Silberschläger blickte ihn böse an, doch er bemerkte es nicht einmal. Mit freudigem Lächeln auf den Zügen wartete er auf eine Antwort.

Richard fragte sich nicht zum ersten Mal, wie ein Mann, der so offensichtlich arglos war wie Mullner, es zum hohen Amt eines Bürgermeisters geschafft hatte.

»Vermutlich«, gab Silberschläger endlich zur Antwort.

»Vermutlich? Ihr müsst es doch wissen!«, rief Mullner aus.

Ja, dachte Richard. *Weiß er auch, aber er will es dir nicht sagen, Trottel!*

Silberschläger stieß ein tiefes Seufzen aus. »Ich hatte noch keine Zeit, mich selbst von der Identität der Leiche zu überzeugen«, behauptete er, und Richard bemerkte die kleinen Anzeichen von Unbehagen in seinem Gesicht. Der rasche Blick an Mullners Schulter vorbei, um einen Augenkontakt zu vermeiden. Die Falten, die ganz kurz um seinen Mund herum erschienen. Silberschläger hatte gelogen, das war mehr als deutlich.

So deutlich, dass sogar Mullner es bemerkte. »Ach kommt!«, rief er aus. »Das könnt Ihr Eurer Großmutter erzählen!«

Einen Moment sagte Silberschläger gar nichts. Hinter seiner Stirn arbeitete es fieberhaft, und schließlich meinte er: »Ihr habt recht. Ich habe gelogen, weil die ganze Sache, nun, sagen wir, ziemlich rätselhaft ist.«

Mullners Augen begannen zu leuchten, doch diesmal war es Kirchner, der sich einmischte: »Rätselhaft? Inwiefern?«

Aber Silberschläger hatte nun den Punkt erreicht, an dem er nicht mehr bereit war, weitere Einzelheiten auszuplaudern. Er schüttelte einfach nur den Kopf.

Das Leuchten in Mullners Augen erlosch, wurde jedoch nicht von Enttäuschung ersetzt, sondern von Spott. »Rätselhafte Todesfälle?«, sagte er mit einem ironischen Tonfall. »Vielleicht solltet Ihr Sterner mitnehmen, damit er Eure geheimnisvolle Leiche ansehen kann!« Er klang jetzt hörbar verstimmt.

Silberschläger warf Richard einen Seitenblick zu.

»Mit rätselhaften Leichen sollte er sich doch auskennen«, redete Mullner weiter. »Immerhin hat er sich in der Hand des Engelmör...«

Richard hob eine Hand und unterbrach den Bürgermeister. Kühl blickte er ihn an. »Ihr vergesst Euch!«, sagte er nur.

Mullner senkte den Kopf und schwieg. Unter den Augenbrauen hervor schoss er jedoch einen bösen Blick auf Richard ab, und in diesem Moment ähnelte er ganz einem kleinen Jungen, der voller Trotz anderer Meinung war als sein Vater.

»Kommt!«, forderte Kirchner ihn auf und erhob sich. »Es ist Zeit, wir müssen gehen!« Er wartete, bis Mullner ebenfalls aufgestanden war, dann griff er nach seinem Mantel, der an einem Haken hinter ihrem Tisch hing. Während er ihn anzog, beschloss auch Segers, sich ihnen anzuschließen. Alle drei verabschiedeten sich und verließen das Gasthaus.

Einen Moment lang blieben Richard und Silberschläger schweigend nebeneinander sitzen. Mit einem der dünnen Hölzchen, die der Wirt in einem Zinnbecher auf jedem Tisch stehen hatte, stocherte Richard ein Stück Fleischfaser zwischen seinen Backenzähnen hervor.

Schließlich räusperte Silberschläger sich.

Richard wartete ab. Es war leicht zu erkennen, dass der Bürgermeister etwas sagen wollte und noch nach den passenden Worten suchte.

»Ich vermute, sie sind über die Juden hergezogen, bevor ich reinkam, nicht wahr?« Silberschläger gab dem Wirt ein Zeichen, ihm noch ein Bier zu bringen. Dann wandte er sich wieder an Richard.

Richard nickte, und Silberschläger grinste schief. »Tun sie immer!« Wieder verstummte er und sprach nach einer Weile erst weiter: »Was denkt Ihr über diese Sache?« Vorsichtig klang er, auf eine seltsame Weise tastend, als verspüre auch er das dünne Eis, das Richard zuvor schon unter sich gefühlt hatte.

Richard wusste nicht genau, ob er von den Juden Nürnbergs sprach oder von der Leiche im Kirchturm. Fragend schaute er Silberschläger an.

»Von den Juden, meinte ich. Glaubt Ihr nicht auch, dass die zunehmenden Fälle von Schadenszaubern in der Stadt einen Grund haben müssen? Ich habe heute die dritte Anzeige in dieser Woche bekommen, bei der es um verendetes Hausvieh geht, und die zweite wegen urplötzlich sauer gewordener Milch.«

»Milchzauber?« Richard atmete zweimal tief durch, bevor er sagte: »Die Ereignisse vom August haben den Menschen Angst gemacht.«

»Verständlich!«

»Natürlich. Vielleicht reicht diese Angst allein aus, dass sie Gespenster sehen, wo gar keine sind.«

Der Wirt brachte Silberschlägers Bier. Als er wieder fort war, fragte der Bürgermeister: »Dann glaubt Ihr nicht, dass die Juden hinter all dem stecken?«

»Ich weiß genug über die Religion der Juden«, meinte Richard sachlich, »um zu wissen, dass Milchzauber nicht zu ihren Ritualen gehört.« Er bleckte spöttisch die Zähne. »Ebenso wenig übrigens wie das Schlachten kleiner Kinder.«

Silberschläger hob eine Augenbraue. »Im Rat behauptet man, Ihr seid ein gelehrter Mann und habt die Welt bereist, bevor Ihr Euch hier in Nürnberg niedergelassen habt. Dann habt Ihr auch die Juden studiert?«

Richard zog es vor, diese Frage nicht zu beantworten. Zu schnell geriet man in diesen Tagen in den Verdacht, zu irgendwelchen geheimen Zirkeln zu gehören, deren Tun im Verborgenen stattfand und mit den christlichen Geboten nicht vereinbar war.

»Es geht das Gerücht im Rathaus, dass Ihr in der Kunst der Leichenschau bewandert seid«, redete Silberschläger weiter. »Stimmt das?«

Richard schloss kurz die Augen. Er hatte gewusst, dass man im Rathaus über ihn sprach. Das lag schlicht und ergreifend daran, dass unter den Nürnberger Patriziern die wildesten Gerüchte über ihn kursierten, weil er sich beständig weigerte, für einen Sitz im Rat zu kandidieren. Aus diesem Grund hielt man ihn für verschroben und dichtete ihm die seltsamsten Vorgeschichten an. In der Phantasie der Nürnberger war er wechselweise ein ehemaliger Soldat, der unter den Folgen einer grausamen Schlacht halb den Verstand verloren hatte, oder ein verrückter Gelehrter, der nicht in einer der großen Universitäten studiert hatte, sondern bei einem obskuren muslimischen Meister in Toledo.

Richard hatte überaus sorgfältig darauf geachtet, dass die anatomischen Studien, die er bis zum August in einem von Nürnbergs Felsenkellern durchgeführt hatte, geheim blieben. Und er hatte auch nicht vor, daran etwas zu ändern, aus diesem Grund antwortete er auf Silberschlägers Frage sehr vorsichtig: »Die Leute reden allerhand Unsinn!«

Silberschläger sackte ein wenig in sich zusammen. »Dann stimmt es also nicht.« Von unten herauf musterte er Richard, während er das sagte, und Richard stellte fest, dass der Bürgermeister in der Kunst, eine Lüge zu entlarven, ebenso bewandert war wie er selbst. In Silberschlägers Miene war deutlich zu erkennen, dass er Richard für einen Lügner hielt.

»Doch«, lenkte Richard ein. »Es stimmt. Ich bin der Leichenschau kundig. Ein wenig aber nur.«

Die Leichenschau war ein gängiges Mittel, um zu ergründen, woran ein Mensch gestorben war. Oftmals gab es eindeutige Zeichen, eine tiefe Wunde, die auf einen Mord oder einen Unfall hinwies, einen blasigen Ausschlag, der auf Pocken deutete.

Silberschläger lächelte milde. »Darf ich Euch dann um einen Gefallen bitten?«

»Einen Gefallen?« An dieser Stelle hatte Richard beschlossen, auf der Hut zu sein.

Silberschläger hatte genickt. Dann hatte er Richard gebeten, sich am nächsten Morgen mit ihm vor dem Hauptportal von St. Sebald zu treffen, und als Richard ihn nach dem Grund dafür gefragt hatte, hatte er sich vorgebeugt und ihm in allen Einzelheiten von der Leiche in der Türmerstube erzählt.

Jetzt befand Richard sich auf dem Weg zu St. Sebald, der prachtvollen Bürgerkirche, die das gesamte Stadtviertel überragte, und er war sich nicht mehr so ganz sicher, ob es nicht klüger gewesen wäre, Silberschlägers Bitte abzuweisen.

Zu sehr erinnerte ihn das, was der Bürgermeister ihm am Abend zuvor zugeflüstert hatte, an die Dinge, die er hinter sich lassen wollte: an Leichen und den Gestank von verwesendem Fleisch. An die verzweifelte Suche nach Antworten und das Sichbeugen über offene Leiber und offene Wunden.

Er schüttelte sich, und doch war er nicht in der Lage, innezuhalten und sich wieder umzuwenden, um zurück nach Hause zu gehen. Etwas in ihm, ein winziger Teil seines Geistes, den er in der vergangenen Nacht zu hassen gelernt hatte, war erregt angesichts der Tatsache, dass er wieder forschen, wieder Fragen stellen, wieder sezieren durfte. Über sich selbst den Kopf schüttelnd, setzte Richard seinen

Weg fort, und er schlug einen flotten Schritt an, um nicht erneut ins Grübeln zu verfallen.

An der Treppe, die auf das Westportal der Kirche hinführte, blieb er schließlich stehen, um wieder zu Atem zu kommen. Seine Rechte wanderte über die Schulter nach hinten, und fast meinte er, den Schmerz der tiefen Einschnitte zu spüren, die der Engelmörder ihm beigebracht hatte.

»Braucht Ihr Hilfe?« Der bewaffnete Mann, der wie aus dem Boden gewachsen neben Richard stand, musterte ihn mit einer Mischung aus Hilfsbereitschaft und Vorsicht.

Richard registrierte, dass die Hand des Mannes am Schwertgriff lag, und er verspürte einen Augenblick lang die Nervosität eines Gejagten. Bis ihm einfiel, dass sich ganz in der Nähe – an der Ecke der Mauer, an deren Fuß er stehengeblieben war – ein Brunnen befand.

Dieser Brunnen war einer derjenigen, über die Stadtrat Mullner und die anderen im *Roten Ochsen* geredet hatten, einer derjenigen, die rund um die Uhr bewacht wurden. Rasch schüttelte Richard den Kopf und nahm die Hand von seinem Rücken. »Nein. Ich danke Euch. Es ist nur eine alte Verletzung, die mich ab und an plagt.«

Der Bewaffnete nickte verstehend. »Kenne ich. Ich war bei der Schlacht von Pillenreuth dabei. Seitdem macht mein linkes Bein öfter Ärger.« Dann kehrte er auf seinen Posten neben dem Brunnen zurück, dem sich in diesem Moment eine junge Frau mit einem Holzeimer näherte. Er musterte sie von Kopf bis Fuß, bevor er ihr zunickte und ihr erlaubte, den Eimer am Brunnen zu füllen.

Richard beobachtete ihn dabei und wunderte sich. Die Schlacht am Pillenreuther Weiher lag über vierzig Jahre zurück, und so alt sah der Bewaffnete gar nicht aus.

»Ah! Sterner!«

Eine leicht nasale Stimme riss Richard aus seinen Gedanken, und er drehte sich um.

Vor ihm stand Gernot Silberschläger. Das Gesicht des Bürgermeisters verschwand zur Hälfte in dem ausladenden Pelz seines Mantels, dessen Kragen er zum Schutz gegen die Kälte hochgestellt hatte. Sein Atem hatte feine Eiskristalle an den braunen Tierhaaren gebildet und sie so mit einer weißen Schicht überzogen. Silberschlägers Nase war leuchtend rot. »Ich danke Euch, dass Ihr Euer Versprechen eingehalten habt.«

Richard neigte den Kopf zu einem Gruß. »Bürgermeister!«

Silberschläger warf einen Blick auf die junge Frau mit ihrem Holzeimer, die sich soeben anschickte, einen Schluck Wasser in der Hand zu schöpfen. Einen Moment lang betrachtete er ihre schlanke Gestalt mit unverhohlenem Interesse, dann besann er sich, wies die Treppe hinauf und auf das rechte der beiden Westportale, die ins Innere der Kirche führten. »Die anderen dürften schon auf uns warten«, sagte er. »Beeilen wir uns besser!«

»Die anderen?«

Tags zuvor hatte Silberschläger nichts von anderen Männern erwähnt, mit denen sie sich hier offenbar treffen sollten. Mit wachsender Neugier eilte Richard dem Bürgermeister hinterher, der jetzt überraschend behände die steile Treppe hinaufeilte und die Kirchentür aufriss.

Hinter Silberschläger betrat Richard das Innere der Kirche.

Weihrauchduft wehte ihm entgegen und kratzte ihm in der Kehle. Vor einem Nebenaltar, der ungefähr auf halber Strecke zwischen Westportal und Hochaltar lag und der dem heiligen Bartholomäus geweiht war, kniete eine Frau und betete. Ein Vikar las an einem anderen Altar eine der achtzehn pro Tag vorgeschriebenen Messen, und zu Richards Überraschung vermischten sich seine lateinischen Worte mit lautem Quietschen und Poltern. Vor dem Marienaltar war ein missmutig aussehender Mann, offenbar der Mesner, damit beschäftigt, ein paar Gebetsbänke neu zu arrangieren. Niemand störte sich an dem Lärm, den er dabei verursachte.

»Bürgermeister!« Der Ruf schallte quer durch das Kirchenschiff und brach sich an dessen Gewölben, so dass sein Echo zwiefach zurückgeworfen wurde. »Wir sind hier vorn!«

Missbilligend ob dieser Entweihung, blickte der Mesner in Richtung Chor, doch als er sah, dass es ein Priester in vollem Ornat gewesen war, der den Ruf ausgestoßen hatte, wandte er sich schweigend und mit zusammengepressten Lippen wieder seiner Tätigkeit zu.

»Das ist der Praepositus«, erklärte Silberschläger, und als er sah, dass Richard keine Ahnung hatte, was ein Praepositus war, fügte er hinzu: »Der Vorsteher der hiesigen Chorherren. Sein Name ist Jakob Flechner.«

Flechner winkte den Bürgermeister zu sich heran.

»Bitte wartet einen Augenblick hier«, sagte Silberschläger zu Richard. Dann ließ er ihn kurzerhand stehen und eilte quer durch das Kirchenschiff nach vorn zum Chor, wo Flechner inmitten einer Gruppe Chorherren stand und ihm zuwinkte.

Wie gebeten, blieb Richard, wo er war, und sah zu, wie Silberschläger begann, mit den Männern zu sprechen und dabei zurück in seine Richtung wies. Eine Weile lang stand Richard herum und ließ seine Blicke durch das Kirchenschiff schweifen. Als er aus dem Augenwinkel eine Bewegung zu seinen Füßen wahrnahm, schaute er genauer hin. Eine Ratte rannte mit langen Sprüngen quer über den steinernen Fußboden, bis sie eine der Stufen erreicht hatte, die zum Katharinenaltar hinaufführte. In ihrem Schutz eilte sie in Richtung Südturm. Dort war direkt an der Kirchenmauer ein kleines hölzernes Gelass aufgebaut, in dem Gläubige und Pilger die Votivtäfelchen kaufen konnten, die zu Hunderten am Grab des heiligen Sebald hingen. In einer Spalte zwischen den Holzbohlen verschwand die Ratte, und Richard blinzelte zweimal rasch nacheinander, weil er seinen Augen nicht recht trauen wollte. Das Tier hatte etwas im Maul getragen, etwas Weißes, Längliches, das auf den ersten Blick wie ein menschlicher Finger ausgesehen hatte. Richard kniff sich in den Nasenrücken und musste über sich selbst den Kopf schütteln. Jetzt sah er schon wieder Gespenster in jeder Ecke!

Er ermahnte sich, sich zusammenzureißen.

Vorn gestikulierte Silberschläger noch immer eifrig, deutete dann in Richards Richtung und schließlich gen Kirchendecke. Die Männer, mit denen er sprach, allesamt Mitglieder des Pfarrklerus, die sich violette Messgewänder übergeworfen hatten, schienen mit seinen Worten nicht einverstanden zu sein. Jakob Flechner, der die anderen Priester um fast eine Haupteslänge überragte, blickte Richard über die Köpfe der anderen hinweg an. Dann nickte er, sagte etwas zu seinen Kollegen, die daraufhin einzulenken schienen. Mit wehenden Gewändern kamen sie allesamt nach hinten zum Westportal geeilt,

Silberschläger voran. Er wirkte wie ein Feldherr, der seine Lieblingsarmee in die Schlacht führt.

Direkt vor Richard blieb er stehen. »Das ist Richard Sterner«, stellte er ihn den Chorherren vor. »Der Praepositus wird zusammen mit den hier anwesenden Priestern dafür Sorge tragen, dass diese Kirche nicht noch mehr entweiht wird.«

Richard nickte Flechner zu. Der verzog keine Miene, und doch konnte Richard ihm ansehen, dass er nicht begeistert von seiner Anwesenheit in dieser Kirche war.

»Die Herren sind in großer Sorge«, erklärte Silberschläger. »Unser ... Fund bedeutet großes Ungemach für die gesamte Gemeinde.«

Fast hätte Richard aufgelacht. Er beherrschte sich gerade noch und sagte stattdessen nur kühl: »Für den Türmer erst!«

Der Witz kam nicht gut bei Flechner an. Mit mürrisch zusammengekniffenen Lippen sagte der Mann zu Silberschläger: »Mir ist nicht klar, warum Ihr diesen Herrn hier zu dieser Sache hinzuzieht.« Er schoss einen finsteren Blick auf Richard ab. »Der Türmer ist tot, und es ist meines Erachtens Eure Aufgabe, diesen Tod zu untersuchen.«

»Nun«, Silberschläger warf einen Blick in die Runde, aber der Mesner hatte die Kirche verlassen, und außer der Frau am Bartholomäus-Altar befanden sich nur noch einige Gläubige weit vorn im Kirchenschiff, die vor dem Grab des heiligen Sebald beteten. Es bestand keine Gefahr, dass sie seine Worte mitanhören konnten. »Ich sagte Euch bereits, dass die Leiche einige sehr ungewöhnliche Merkmale aufweist, die Grund zu der An...«

Flechner fiel ihm mitten ins Wort: »Ich werde Euch nach oben in den Turm begleiten!«

Während der Bürgermeister und der Praepositus begannen, über diese Frage zu streiten, hatte Richard Gelegenheit, über das nachzudenken, was er am Vorabend erfahren hatte: Nachdem das Ausbleiben der Stundenglocke darauf hingedeutet hatte, dass mit dem Türmer etwas nicht stimmte, hatte Silberschläger einen Büttel damit beauftragt, im Turm nach dem Rechten zu sehen. Der Türmer war vom Stadtrat bestellt, und aus diesem Grund gab es im Rathaus einen Zweitschlüssel für seine Wohnung. Mit Hilfe dieses Schlüssels hatte der Büttel die Wohnung betreten und die Leiche gefunden. Daraufhin hatte er die Tür sorgsam wieder zugesperrt und umgehend Meldung erstattet.

»Aber bedenkt doch, der besondere Zustand der Leiche!«, rief Silberschläger jetzt aus und holte Richard damit aus der Vergangenheit zurück in die Gegenwart.

Der besondere Zustand! Die Leiche, das hatte Silberschläger ihm gestern abend im Vertrauen zugeflüstert, war stark verwest.

Was auch der Grund für das Rätsel war, das sie aufgab. Bis zum gestrigen Tag hatte der Türmer regelmäßig und zuverlässig die Glocken geläutet. Wie konnte es dann sein, dass seine Leiche kaum ein halbes Dutzend Stunden, nachdem er damit aufgehört hatte, in einem solchen Zustand war?

Richard verspürte ein leises Prickeln sein Rückgrat hinunterrinnen, und er wunderte sich über sich selbst. Warum nur hatter er nicht für den Rest seines Lebens genug von Leichen? Was machte er eigentlich hier?

Eigentlich hatte er vorgehabt, einen Blick auf die Leiche zu werfen und Bürgermeister Silberschläger dann ausreichend Theater vorzuspielen, um ihn glauben zu lassen, dass er in Wirklichkeit sehr viel weniger Ahnung von der Leichenbeschau hatte als angenommen. Gestern Abend, unter dem Einfluss des Bieres, war ihm diese Idee gut erschienen: Er würde Silberschläger seinen Gefallen tun, würde sich dabei als unfähig erweisen und wäre somit für dessen Vorhaben völlig untauglich.

Dass er jetzt dieses Prickeln verspürte, dass er begierig darauf war, das Rätsel um die Leiche im Turm zu lösen, passte nicht in seinen so rasch und spontan gefassten Plan.

»Gut.« Endlich lenkte Flechner ein. »Dann lasst uns diese unglückselige Angelegenheit endlich hinter uns bringen!« Er räusperte sich. Sah Richard an.

Der nickte. »In Gottes Namen.« Der Anblick der Ratte fiel ihm wieder ein, das blasse Ding, das sie im Maul getragen hatte. Er verbannte das Tier aus seinem Geist. *Ein Hühnerbein!*, redete er sich ein. *Wahrscheinlich war es nur ein Hühnerbein, das sie getragen hat.*

Aber die Vorstellung, dass dort oben, nur wenige Wendungen der engen Turmtreppe über ihnen, ein Toter lag, an dem die Tiere knabberten, weckte ein seltsames Gefühl in seinem Innersten, eine unangenehme Mischung aus Anspannung und Abwehr, aus dem Wunsch, die Leiche endlich mit eigenen Augen zu sehen, und der Angst genau vor diesem Moment.

Zusammen mit Silberschläger und Flechner wandte er sich dem Fuß des Nordturmes zu. Eine schmale Holztür war dort in die Wand eingelassen, und Silberschläger hakte einen langen Schlüssel von seinem Gürtel ab, um sie damit aufzuschließen. Die Wand, durch die die Tür führte, war mehrere Ellen dick, und die Wendeltreppe zog sich dahinter Windung um Windung in die Höhe.

Während sie die schier endlosen Stufen hinaufstiegen, erzählte Silberschläger Richard von der Arbeit der Türmer und der Besonderheit, derer sich Nürnberg rühmen konnte.

»Seine Aufgabe ist es natürlich, nach Bränden Ausschau zu halten und den Bürgern die Stunde zu schlagen. Aber wusstet Ihr, dass in St. Sebald eines dieser neuartigen Instrumente steht, eine mechanische Uhr?«

Richard schüttelte den Kopf. Es wunderte ihn, woher der Bürgermeister den Atem nahm, mit solcher Begeisterung zu sprechen. Ihm selbst war die Puste schon längst ausgegangen, und er musste sich erneut eingestehen, dass er nach seinen schweren Verletzungen noch lange nicht wieder der alte war.

»Mit unserer Uhr«, redete Silberschläger weiter, »kann man die geraden Stunden anzeigen. Aber natürlich werden in Nürnberg, wie in den anderen Reichsstädten auch, die ungeraden Tag- und Nachtstunden geläutet. Meister Müller ... kennt Ihr Meister Müller?«

Wieder schüttelte Richard den Kopf. Sein Herz jagte jetzt unangenehm.

»Er war ein berühmter Mathematicus«, erläuterte Silberschläger und übersah den finsteren Blick, den Flechner ihm zuwarf. »Sollte unter anderem für den Papst in Rom arbeiten, aber leider kam es nicht mehr dazu. Er starb auf einer Reise dorthin. Viel zu früh, wenn Ihr mich fragt! Aber einerlei: Jedenfalls hat er vorher noch genug Zeit gehabt, für die Stadt Umrechnungstabellen zu schreiben.

Auf diese Weise kann der Türmer an der Uhr die gerade Stunde ablesen und weiß anhand der Tabelle, wann er zur ungeraden Stunde läuten muss. Er gibt den Stundenschlag vor, die anderen Türmer hören ihn und läuten nun ihrerseits. Darum hat es gestern auch dieses Durcheinander gegeben. Weil der Sebalder Türmer nicht geläutet hat, konnten es die anderen ebenfalls nicht.« Er verstummte nun endlich selbst. Tief holte er Luft. Sein Kopf war dunkelrot angelaufen von der Anstrengung des Treppensteigens und gleichzeitigen Redens.

Richard kannte zwar den Unterschied zwischen geraden und ungeraden Stunden, aber es war ihm egal, welche davon der Türmer läutete. Ihm war soeben bewusst geworden, dass Silberschläger nur so viel redete, um von dem Grauen abzulenken, das er angesichts der Leiche oben in der Türmerstube empfand.

In Richard spannte sich etwas an. Plötzlich schmerzte sein Magen. Er wollte Silberschläger eine Frage stellen, aber in diesem Moment hatten sie eine Art Empore erreicht, die vor Vogeldreck starrte. Von hier aus konnte man auf die Oberseite des Hauptschiffgewölbes schauen. Ein paar der Tauben, die hier oben ihren Unterschlupf hatten, flatterten erschrocken davon.

Silberschlägers Stimme hallte über dem Gewölbe wider. »Hier! Seht Euch das an!« Er wies auf eine Stelle unterhalb der Treppe, von der es noch weiter in die Höhe ging.

Richard kniff die Augen zusammen. Der Turmaufgang besaß keine Fenster, sondern nur schmale, Schießscharten ähnliche Schlitze, durch die das Tageslicht in langen, blassen Bahnen fiel und den Fußboden erhellte. Alte, abgenutzte Dielen lagen zu seinen Füßen und knarrten laut, sobald er das Gewicht von einem Fuß auf den anderen verlagerte.

Vor der Treppe, direkt vor ihm, waren die breiten Fugen des Bodens mit einer schwarzen Substanz gefüllt. Richard kniete sich hin, um sie sich genauer anzusehen. Die Narben auf seinem Rücken pochten, als wollten sie ihm eine stumme Warnung zukommen lassen.

Er musste die Substanz nicht aus den Fugen kratzen, um zu wissen, was er vor sich hatte. Langsam richtete er sich wieder auf. »Das ist Blut«, sagte er. »Altes Blut. Es befindet sich seit Wochen hier, vielleicht seit Monaten.« Etwas in seinem Hinterkopf regte sich, irgendeine Erinnerung, die er nicht zu fassen bekam, die ihm jedoch leichtes Unbehagen verursachte. Er atmete tief durch.

Dabei bemerkte er den Geruch, der in der Luft lag. Fragend schaute er Silberschläger an.

»Ihr riecht es schon, oder?«, erkundigte der sich.

Richard nickte.

»Lasst uns weiter nach oben gehen.« Silberschläger wies auf die Treppe, die von hier aus noch höher in den Turm führte. Wieder ging er voran.

Obwohl er zuvor so energisch darauf bestanden hatte, sie zu begleiten, blieb Flechner auf einmal zurück, und plötzlich standen Richard am gesamten Leib die Haare zu Berge. Er kannte diesen Geruch. Diese Mischung aus süßlich und stechend, die sich in die Innenseiten der Nase und der Luftröhe setzte und sich von dort nur schwer vertreiben ließ.

Silberschläger presste sich den Ärmel vor Mund und Nase, bevor er an der Luke zur Türmerswohnung stehenblieb und Richard fragend ansah. »Seid Ihr bereit?«

War er das?

Richard hatte mehr als genug Tote gesehen. Er kannte ihren Geruch, ihr Aussehen. Er kannte auch die Scheu, die einen bei ihrem Anblick ergriff, diese Mischung aus religiöser Ehrfurcht und kaltem Grauen angesichts der Tatsache, in was man selbst sich irgendwann einmal verwandeln würde. Asche zu Asche. Staub zu Staub.

Richard schluckte. Dann nickte er. »Öffnet die Luke!«

Er hielt die Luft an, und dennoch verursachte der Geruch, der wie eine feste Substanz aus der Türmerswohnung auf sie herabfiel, einen Hustenreiz. Schlagartig tränten ihm die Augen. »Heilige Mutter Gottes!«, ächzte er.

Silberschläger unterdrückte ein Würgen. »Ich habe Anweisung gegeben, die Rahmen in den Fenstern zu lassen«, quetschte er hinter seinem Ärmel hervor. »Weil ich verhindern wollte, dass Viecher reinkommen und sich die Überreste schmecken lassen.«

Richard verspürte ebenfalls einen Würgereiz. Er schluckte dagegen an. Dann folgte er Silberschläger die steile Stiege hinauf und durch die Luke in die Türmerswohnung.

Er fand sich in einem kleinen achteckigen Raum wieder, von dem aus Fenster in jede Himmelsrichtung wiesen. Ein jedes war mit einem hölzernen Rahmen versehen, in das eine hell gegerbte Haut eingespannt war. Das Licht, das durch die Häute drang, hatte einen samtenen, weichen Schimmer, und es legte sich über die Gegenstände, die einst dem Türmer gehört hatten. Eine Truhe mit zwei schweren eisernen Bändern, aber ohne Schlösser. Ein einfaches Lager aus Holzlatten mit einer strohgefüllten Matratze und ein paar Decken in verblichenen, ehemals offenbar roten Farben. Ein Tisch, ein Stuhl. Ein kleines Nachtkästchen mit einem Talglicht darauf. In einer der Ecken ein paar Tonscherben, deren Oberfläche auf der einen Seite mit einer dunkelgrünen Glasur bedeckt war.

Über dem Ganzen hing die große Glocke, mit der der Türmer die Stunden zu läuten hatte. Das Seil daran fiel schnurgerade herab. Der leichte Luftzug, der durch die Ritzen zwischen Mauerwerk und Fensterrahmen wehte, vermochte es nicht zu bewegen.

Langsam drehte Richard sich einmal um seine eigene Achse und ließ all diese Gegenstände auf sich wirken. Dann sah er Silberschläger an. »Wo ist Eure Leiche?«, fragte er, doch er ahnte die Antwort bereits.

Mit zusammengekniffenen Augen sah er zu, wie der Bürgermeister zu der großen Truhe ging und nach dem Deckel griff. Der Mann holte einmal tief Luft und stieß dann den Deckel auf.

In Erwartung eines neuen Schwalls übler Luft bedeckte nun auch Richard Mund und Nase mit einem Ärmel. Er wurde nicht enttäuscht. Der Leichengestank brach mit solcher Wucht über ihn herein, dass er einen Schritt rückwärts taumelte.

Silberschlägers Augen weiteten sich. »Was zum …«

Richard blickte auf den Boden der Truhe. »Wo sagtet Ihr, ist Eure Leiche?«

Die Truhe war leer.

6. Kapitel

Maria hatte keine Ahnung, wie lange sie auf ihrem Bett gehockt und die Augen fest zugekniffen hatte. Irgendwann wollte sie aufblicken, aber ihre Lider klebten zusammen von den ungeweinten Tränen, die sich hinter ihnen gestaut hatten. Sie rieb sich darüber. Die Wimpern lösten sich nur widerwillig voneinander, und Maria musste blinzeln, um wieder klar sehen zu können.

Das Fenster stand noch immer sperrangelweit offen, und inzwischen zitterte Maria am gesamten Körper. Sie vermochte nicht einmal mehr zu unterscheiden, ob es die Kälte war oder die Angst, die sie bis ins Mark getroffen hatte und so sehr schüttelte, dass ihre Zähne aufeinanderschlugen.

Langsam ließ sie ihre Knie los und streckte die Beine. Ihre Gelenke knackten wie die einer alten Frau. Sie legte den Kopf in den Nacken, und die von dem langen starren Sitzen verkrampften Muskeln protestierten mit einem dumpfen Brennen.

Draußen war es seit langem hell, das erkannte sie daran, dass ein einzelner Sonnenstrahl, der sich durch ein Loch in der Wolkendecke gemogelt hatte, das Fußende ihres Bettes streifte. Es musste bereits auf Mittag zugehen.

Sie presste die Kiefer zusammen und bewegte den Kopf noch ein wenig länger hin und her. Dabei fiel ihr Blick auf die Puppe. Mimi lag noch immer in ihrer Faust, und sie hatte durch die unsanfte Behandlung stark gelitten. Ihr Körper war zusammengedrückt und zerknautscht wie ein Taschentuch, das man zu lange in den Fäusten geknetet hatte. Und ihr Kopf hatte eine hässliche Einbuchtung dort, wo bis eben Marias Zeigefinger ihn gequetscht hatte.

Sorgsam zupfte Maria die bemalte Stoffkugel wieder in Form. »Entschuldige!«, murmelte sie.

Die Puppe antwortete nicht, und auch die dröhnende Stimme, die

Maria vorhin überfallen hatte, schien fort zu sein. War sie überhaupt dagewesen? Alle Sinne bis zum Äußersten angespannt, lauschte Maria in sich hinein. Sie kniff die Augen zusammen, und erneut verfingen sich ihre Wimpern ineinander.

Sie war müde gewesen. Müde und erschöpft. Vielleicht hatte sie sich diese Stimme ja nur eingebildet?

Sie rutschte an die Kante des Bettes, ohne jedoch die Füße auf den Boden zu stellen. Draußen auf der Straße rumpelte ein Fuhrwerk vorbei. Das Poltern der hölzernen Räder fing sich in dem kalten Raum und ließ Marias Ohren dröhnen.

Die Tauben scharrten unter ihrem Tuch ungeduldig mit den Füßchen. Sonst hatten sie um diese Zeit längst ihr Futter bekommen.

In Marias Kopf kreisten die Gedanken. Sie hatte sich diese Stimme mit Sicherheit nur eingebildet.

Oder?

Diese letzten Worte, die sie vernommen hatte, das göttliche Gebot – es war Maria vertraut vorgekommen, vertraut wie etwas, das sie schon häufig gehört hatte und vor dem sie keine Angst haben musste. Und doch hatte ihr die Stimme einen höllischen Schrecken eingejagt. Maria fragte sich, woran das liegen mochte, und während sie darüber grübelte, nagte sie auf ihrer Unterlippe herum, bis sie Blut schmeckte.

In diesem Moment blitzte vor ihrem inneren Auge wieder das rote Rinnsal auf dem Straßenpflaster auf. Sie hielt die Luft an, in der Hoffnung, dass das Bild deutlicher werden würde. Und tatsächlich tat es ihr den Gefallen.

Das Rinnsal umfloss die Buckel des Pflasters und den einsamen Löwenzahn, dessen Blätter klein und mickerig aussahen. Hinter dem Rinnsal, in wenigen Schritten Entfernung, befand sich eine Bretterwand.

Maria versuchte sie so genau wie nur möglich in ihr Gedächtnis zurückzurufen. Sie sah die Maserung der grob gehobelten Bohlen, die breiten Spalten zwischen den einzelnen Brettern. Dann erweiterte sich ihr Blickwinkel noch ein wenig, und sie erkannte, dass die Bretter zu einer Marktbude gehörten.

Diese Bude war nicht die einzige. Ringsherum standen weitere, allesamt so riesig aufragend, wie sie nur einem Kind erscheinen konnten. Einem sehr kleinen Kind.

Maria wurde schwindelig vom Luftanhalten, und vorsichtig atmete sie weiter, als könne jede Regung ihres Körpers die Erinnerungen zurück in den Nebel treiben. Doch sie blieben. Voller Anspannung überließ Maria sich ihnen.

Ihre Hand lag in einer größeren, wurde gequetscht von Fingern, die kälter waren als die ihren und die sie umfangen hielten wie ein eiserner Schraubstock. Der harte Griff tat ihr weh, und dennoch wagte sie es nicht, dagegen zu protestieren, denn sie wusste, dass sie dann Gefahr lief, Schimpfe zu bekommen oder vielleicht sogar Schläge.

Mit der Frau, der die harte Hand gehörte, war nicht zu scherzen. Niemals.

Mit einem Seufzen kehrte Maria in die Gegenwart zurück und versuchte sich selbst davon zu überzeugen, dass es Bruchstücke aus ihrer vergessenen Vergangenheit waren, die sie gesehen hatte. Der Gedanke erregte und ängstigte sie gleichzeitig. Sie spürte, wie ein Lachen in ihr hochperlte.

»Die Erinnerungen kehren zurück«, sagte sie zu Mimi.

Die Puppe schwieg. Sie schwieg immer.

Maria wartete ab, ob noch weitere Bilder aufflammen würden, aber das war nicht der Fall. Fürs Erste würde sie mit dem wenigen vorlieb nehmen müssen, das sie bekommen hatte.

Mit einem Ruck stand sie auf. Dann setzte sie Mimi zurück auf das Kopfkissen und begann sich anzuziehen. Im Gasthaus warteten sie wahrscheinlich schon auf sie. Während Maria sich ihre dicken Wollstrümpfe überstreifte und sie mit dem Strumpfband befestigte, fiel ihr Blick auf Dagmars Bett.

Es war noch immer unberührt.

»Na«, murmelte sie und zwang ein Grinsen auf ihre noch starren Gesichtszüge. »Du wirst mir hoffentlich einiges zu erzählen haben, meine Liebe!«

Dann griff sie nach dem Tuch, zog es vom Käfig und nahm die Dose zur Hand, in der sie das Taubenfutter aufbewahrte. Die vier weißen Vögel hüpften begierig auf die Stange, die dem Käfigtürchen am nächsten war, und als Maria ihnen Futter hinstreute, hackten sie mit ihren Schnäbeln aufeinander ein.

»Lasst das!« Maria klopfte auf das Käfigdach, aber die Tiere kümmerte das nicht. Eifrig fraßen sie weiter, die kleinen weißen Körper vor Aufregung aufgeplustert.

Maria beobachtete sie eine Weile lang, lauschte auf ihre zufriedenen Gurrgeräusche. Schließlich griff sie nach ihrem Schal und schlang ihn sich um die Schultern.

Es war Zeit, in die *Krumme Diele* zu gehen.

Mit angehaltenem Atem beugte Richard sich über die leere Truhe und inspizierte sie. Sie enthielt nichts außer ein paar Staubflusen und einem dünnen Tuch, das auf ihrem Boden zu einem unordentlichen Haufen zusammengeknüllt lag. Es war mit großen dunklen Flecken übersät, und Richard musste nicht lange überlegen, um zu wissen, dass es sich auch hierbei um Blut handelte.

Langsam richtete er sich auf. Seine Gedanken drehten sich im Kreis. »Da habt Ihr die Leiche gestern gefunden«, murmelte er. Obwohl er zu sich selbst sprach, nickte Silberschläger. Er war grün im Gesicht, und sein Kehlkopf ruckte auf und ab, wieder und wieder. Seinem eigenen Befehl zuwiderhandelnd, griff er nach einem der Fensterrahmen und löste ihn aus der Laibung. Wohltuend frische, eisigkalte Luft strömte in das Innere der Türmerswohnung.

Tief sog Richard sie in seine Lungen.

Dann sah er sich zum zweiten Mal um. Ein Viereck auf dem Boden fiel ihm auf. Dort waren die hölzernen Dielen ein wenig heller als ringsherum. Richard deutete auf das Viereck und sah Silberschläger fragend an.

»Oh das!« Der Bürgermeister unterdrückte ein neuerliches Husten. »Dort stand die mechanische Uhr. Wir haben sie in den Weißen Turm schaffen lassen. Irgendwer muss ja in Zukunft die Stunden schlagen, wenn der Türmer von St. Sebald tot ist.«

Der Türmer von St. Sebald.

Die Worte hallten in Richard nach. Wieder ließen sie etwas ganz hinten in seinem Kopf klingeln, aber erneut bekam er es nicht zu fassen.

Der Türmer von St. Sebald.

Tot.

Er zog die Unterlippe zwischen die Zähne und nagte darauf herum, während er nachdachte. Stück für Stück versuchte er zu rekapitulieren, was geschehen sein mochte. »Als der Türmer nicht mehr läutete, habt Ihr einen Büttel hergeschickt, um nachzusehen, was los ist.«

Silberschläger nickte.

»Und er fand eine menschliche Leiche. In dieser Truhe hier.« Richard wies auf die leere Truhe.

»Ja, aber …«

Richard brachte den Bürgermeister zum Schweigen, indem er eine Hand hob. »Wartet! Eine Leiche, die, wie wir jetzt noch deutlich wahrnehmen können, zum Gotterbarmen gestunken hat und die, Euren Erzählungen nach zu urteilen, bereits halb verwest war.« Er rieb sich das Kinn. »Unabhängig davon, wo sich Eure Leiche jetzt befindet: Sie kann unmöglich die des Türmers sein! Wenn er vorgestern noch gelebt hat, würde seine Leiche heute noch nicht in dieser Weise stinken. Dazu ist es viel zu kalt draußen.«

Silberschläger sah aus, als habe Richard ihm einen Hieb versetzt. »Aber …« Er schüttelte ungläubig den Kopf. »Ihr glaubt also, dass diese Leiche nicht der Türmer ist?«

Richard nickte. »Ich glaube es nicht nur, ich weiß es.«

Doch da schüttelte Silberschläger energisch den Kopf. »Das ist völlig ausgeschlossen!« Seine nasale Stimme klang ein paar Töne höher als sonst.

Richard runzelte die Stirn. »Wieso?«

»Weil der Türmer bis gestern noch geläutet hat! Und es ist schwierig, die Glocken richtig zu läuten, wenn man sich nicht mit Meister Müllers Tabellen auskennt! Der Meister selbst hat dem Türmer vor vielen Jahren das Ganze erklärt, und in Nürnberg gab es niemanden, der das außer dem Türmer noch vermochte. Egal, was hier gestern passiert ist: Der Türmer muss bis gestern noch gelebt haben!«

»Was wäre, wenn das tatsächlich der Fall ist?«, gab Richard zurück.

»Nun, dafür gäbe es nur eine einzige Erklärung!«

»Und die wäre?«

Silberschläger schauderte. »Der Mörder hat die Leiche verhext, so dass sie viel schneller verwest als gewöhnlich.«

Dieser Gedanke war Richard bisher noch nicht in den Sinn gekommen, und er war so unglaubwürdig, dass er beinahe aufgelacht hätte. Silberschlägers ernste Miene hielt ihn jedoch von einem spöttischen Spruch ab. »Es gibt noch eine andere Möglichkeit«, deutete er an, und als Silberschläger nicht von selbst darauf kam, fuhr er fort: »Die Leiche ist nicht der Türmer.«

Silberschläger blinzelte. »Dann wäre der Türmer ...«

»... der Mörder. Habt Ihr das schon einmal überlegt?«

Silberschläger schüttelte den Kopf. »Ihr meint also, der Türmer hat diesen armen Tropf hier ermordet, ihn verhext und ist dann verschwunden?«

Beinahe hätte Richard die Hände über den Kopf geworfen angesichts so viel Borniertheit. »Nein!«, rief er aus. »Ich meine ...«

Silberschläger fiel ihm ins Wort. »Dass der Mann monatelang mit der stinkenden Leiche hier oben gelebt hat?« Er sah Richard an, als halte er ihn für völlig dämlich, und Richard musste zugeben, dass seine Theorie nicht sehr viel plausibler war als die des Bürgermeisters.

»Selbst wenn es so wäre«, triumphierte Silberschläger plötzlich, »dann wäre der Grund für den Mord derselbe, egal, ob meine Theorie richtig ist oder die Eure!«

»Wie meint Ihr das?«

»Nun, es gibt doch wohl nur eine Erklärung für ein derart seltsames, ekelhaftes Verhalten.« Silberschläger machte eine Pause, dann stieß er hervor: »Leichenzauberei! Entweder, der Tote hat gestern noch gelebt, dann wurde er verhext. Oder aber er liegt schon seit Monaten hier, und das, weil jemand mit der Leiche unheilige Riten vollzogen hat.«

Richard war versucht, ihm erneut zu widersprechen, doch dann begriff er, dass der Bürgermeister recht hatte. Wenn diese Leiche tatsächlich der Türmer war, dann war ihr Verwesungszustand nicht auf irdischem Wege zustande gekommen. Eine Überlegung, bei der sich ihm unwillkürlich die Nackenhaare sträubten. Seiner Erfahrung nach war so gut wie nie Zauberei im Spiel, wenn Menschen sich gegenseitig die Schädel einschlugen, im Gegenteil: Es ging immer um überaus menschliche Verhaltensweisen wie Eifersucht oder Rachegefühle.

Wenn er die Sache jedoch drehte und seine eigene Theorie annahm, musste er einen Grund dafür finden, dass jemand monatelang mit einer langsam verwesenden Leiche hier oben lebte. Und sosehr sich in ihm auch alles dagegen sträubte: Leichenzauberei war eine gute Erklärung dafür.

Hatte der Türmer die Leiche aufbewahrt, um mit ihr unheilige Rituale durchzuführen?

Leichenzauberei …

Richards Magenschmerzen verstärkten sich.

»Wenn wir nur wüssten, wo die Leiche hin ist«, murmelte Silberschläger vor sich hin. »Ob der Zauber dafür gesorgt hat, dass sie sich in der vergangenen Nacht in Luft aufgelöst hat? Dann werden wir den Mörder niemals finden.« Er sah aus, als halte er das für eine plausible Erklärung.

Die Ratte kam Richard in den Sinn und mit ihr ihre ekelerregende Beute. Er wollte Silberschläger schon davon erzählen, als sein Blick auf etwas am Boden fiel. Das Licht, das durch das geöffnete Fenster hereindrang, beleuchtete eine Stelle vor der Turmluke, und es enthüllte Linien, die jemand offenbar erst kürzlich in die rauen Bodendielen geritzt hatte. In der zuvor herrschenden Halbdämmerung war das Zeichen unsichtbar geblieben, aber das Sonnenlicht enthüllte es jetzt mit großer Deutlichkeit. Richard schaute genauer hin. Im ersten Moment hatte er das Zeichen für einen Drudenfuß gehalten, einen fünfzackigen Stern, den die Hexen und Zauberer für ihre Beschwörungen benutzten.

Doch dann fiel ihm auf, dass er sich getäuscht hatte. Dieser Stern hier hatte nicht fünf Zacken, sondern sechs.

Es war ein Davidstern.

Das Zeichen der Juden.

»So hatten Mullner und Kirchner doch recht!« Silberschläger kniete neben Richard am Boden und betrachtete den Davidstern mit einer

Mischung aus Zorn und Angst. »Die Juden versuchen, Nürnberg zu verderben.«

Richard wollte erwidern, dass der Räuber der Leiche, sollte er wirklich ein Jude sein und Böses im Schilde führen, schon ziemlich dumm sein musste, um mit einem solchen Zeichen auch noch auf sich aufmerksam zu machen. Doch er verbiss sich einen entsprechenden Kommentar. Zu leicht geriet man in der aufgeheizten Stimmung, die in der Stadt herrschte, in einen Verdacht, den man so schnell nicht wieder loswurde.

Leichenzauberei!

Ihm war immer noch kalt.

Vorsichtig meinte er: »Vielleicht wurde die Leiche aber auch nicht fortgezaubert, sondern auf ganz herkömmliche Weise einfach fortgeschafft.«

Der Bürgermeister blickte auf und bleckte kurz seine seltsam grau aussehenden Zähne. Er hatte sich nur auf ein Knie herabgelassen, und die Spitze seines anderen Schuhs berührte einen der sechs Zacken des Sterns. »Wie das?«

»Es ist nur eine vage Möglichkeit, aber ich habe unten im Kirchenschiff eine Ratte gesehen, die einen Finger mit sich trug ... oder sagen wir, ich glaube, dass es ein Finger war.«

»Ein Finger!« Silberschläger stand mit einer behänden Bewegung auf, die nicht so recht zu seiner massigen Gestalt passen wollte.

»Ein halb skelettierter Finger«, präzisierte Richard.

Silberschläger schüttelte sich. Auf einmal wirkte er angespannt.

Gemeinsam verließen sie die Türmerstube wieder und kletterten die steile Stiege hinab auf den Zwischenboden. Jakob Flechner hatte sich offenbar entschieden, unten in der Kirche auf sie zu warten, denn er war nirgends zu entdecken. Als Richard und Silberschläger im Mittelschiff ankamen, kniete er auf einer Bank vor dem Katharinenaltar und betete.

Silberschläger räusperte sich leise und schreckte ihn damit aus seiner Versenkung auf. »Die Leiche«, sagte der Bürgermeister mit sanfter Stimme, als wolle er den Mann nicht ängstigen. »Sie ist fort.«

Flechner kam mit einem Satz auf die Beine. Seine Augen traten hervor. »Fort?«, ächzte er. »Wie kann das sein?«

»Wie es scheint, wurde sie gestohlen«, erklärte Richard rasch, bevor Silberschläger Gelegenheit bekam, dem Praepositus von Zauberei und fortgehexten Leichen vorzuschwafeln. Er war bereits damit beschäftigt, jene Stelle zwischen den Kirchenbänken zu suchen, an der die Ratte hervorgekrochen gekommen war. Auf Flechners fragenden Blick hin erzählte er ihm von dem Tier. »Ich glaube, dass sich die Leiche noch irgendwo hier in der Kirche befindet.«

Flechners Augen traten noch ein wenig weiter hervor, und auch Silberschläger glotzte jetzt ungläubig.

»Wie … so?« Der Praepositus hauchte die Frage nur. Er sah aus, als wolle er sogleich in Ohnmacht fallen. Die anderen Priester, die sich vorhin in seiner Begleitung befunden hatten, bemerkten jetzt, dass ihre Gäste vom Turm herabgestiegen waren, und gesellten sich wieder zu ihnen. Besorgt sah einer von ihnen, ein jüngerer Kerl mit einem nervösen Zucken unter dem rechten Auge, Flechner an.

Richard wies auf den Fußboden, über den die Ratte gehoppelt war, und erzählte nun auch den Priestern von dem Tier. »Ich glaube, dass sie einen Finger im Maul hatte.«

Flechner stieß ein Würgen aus.

Silberschläger fuhr sich mit zitternden Fingern durch die Haare.

Richard wollte etwas hinzufügen, aber er kam nicht dazu. »Da!«, rief er aus. An den Kirchenbänken des südlichen Seitenschiffs entlang flitzte eine weitere Ratte. Ihr gekrümmter Rücken und der lange Schwanz ekelten Richard, aber er zwang sich, genauer hinzusehen. Auch dieses Tier trug etwas im Maul, aber es war nicht so eindeutig zu identifizieren wie zuvor der Finger. Diesmal schien es nur ein längliches, ledriges Stück Fleisch zu sein.

Richards Blick wanderte in die Richtung, aus der die Ratte hervorgestoben war. »Sie kommt aus dem Chor!«, murmelte er, und bevor Silberschläger oder einer der anderen Männer etwas dagegen tun konnte, marschierte er die Reihen der Kirchenbänke entlang und auf den weiträumigen Hallenchor zu.

Vor der niedrigen Chorschranke, die mehr der optischen denn der tatsächlichen Abtrennung des Allerheiligsten der Kirche diente, blieb er stehen. Seine Nasenflügel weiteten sich ein wenig, als er Luft einsog. Hier vorn roch es wesentlich stärker nach Weihrauch als im Rest der Kirche.

Er ließ seine Blicke durch den Chorraum schweifen. Direkt vor ihm befand sich das Grab des heiligen Sebald. Dessen Schrein war von einem hölzernen Überbau umgeben, der ihn vor den neugierigen Blicken der Menschen – und auch vor ihren diebischen Fingern – schützen sollte. Dieser Überbau war bemalt mit Heiligenlegenden und behängt mit Dutzenden von kleinen Votivbildchen, die meisten aus Wachs. Aber ab und an funkelte auch ein Messing- oder Silber- oder sogar das eine oder andere Goldplättchen zwischen ihnen.

Rings um den Überbau befand sich ein zaunähnliches Gitter, auf dessen vier Ecken Kerzenständer festgeschmiedet waren. Von früheren Besuchen bei einem der Heiligenfeste wusste Richard, dass sich unter dem Holzkasten eine lederne Hülle befand, die den eigentlichen Schrein schützte. Dieser wurde nur an hohen Feiertagen aus seinem Holzkasten entnommen, von der Lederhülle befreit und den Menschen gezeigt. Er war wiederum aus Holz, besaß die Form eines Hauses und war beschlagen mit einem dichten Netz aus silbernen Reliefplatten, das ihn überaus wertvoll aussehen ließ.

Silberschläger baute sich neben Richard auf. Richard warf ihm einen kurzen Seitenblick zu. Der Bürgermeister sah aus, als wäre er am liebsten auf der Stelle davongerannt. Sein Kehlkopf zuckte, und seine Hände schlossen und öffneten sich unruhig.

Richard konzentrierte sich wieder auf die Grabstätte. Er versuchte, irgendeine religiöse Empfindung hervorzurufen angesichts der heiligen Gebeine, doch es gelang ihm nicht. Vor dem Schrein stand ein altarartiger Stein, der mit einem dicken Brett aus massivem, schwarzem Holz bedeckt war. Hierauf hatten Gläubige ebenfalls Votivgaben für den Heiligen abgelegt. Richard sah größere und kleinere Münzen, kostbare Bienenwachskerzen, aber auch sehr weltliche Dinge wie einen Korb mit Äpfeln, einen Laib Käse und sogar ein ausgenommenes, aber noch nicht gerupftes Huhn. Dessen Kopf hing schlaff über die Kante des Brettes, und seine Augen starrten blind hinauf in das Kirchengewölbe.

Richard schluckte. Und nickte triumphierend, als er die winzige

Schnauze sah, die sich dicht über dem Steinfußboden der Kirche aus einem Loch in dem hölzernen Schreingehäuse schob.

Er deutete auf das Loch. »Da!«

Silberschläger schaute hin, aber er sah nur die scharfkantigen Spuren der winzigen Zähne auf dem Holz. Die Ratte hatte sich ängstlich ins Innere des Schreingehäuses zurückgezogen. Richard wagte nicht, sich vorzustellen, was sie darinnen tat. Vor seinem inneren Auge erschienen Bilder von Leichen, in die das Ungeziefer tiefe Löcher genagt hatte. Wieder musste er schlucken.

Dann kletterte er kurzerhand über die niedrige Chorschranke.

Jakob Flechner schnaufte empört.

Richard wandte sich zu ihm um. Dann deutete er auf das Grab. »Öffnet das Schreingehäuse!«, forderte er.

Nachdem der Befehl in der weihrauchgeschwängerten Stille verklungen war, dauerte es eine geraume Weile, bis jemand reagierte. Die Priester begannen eine hitzige Diskussion darüber, ob es rechtens sei, den Schrein außerhalb der üblichen Heiligentage zu öffnen. Richard hörte sich die spitzfindigen theologischen Erörterungen eine Weile lang an, doch dann verlor er die Geduld.

»Kommt her!«, bat er Flechner und winkte ihn zu sich heran.

Mit gerunzelter Stirn und zögernden Schritten kam der Priester seiner Aufforderung nach und stellte sich neben Richard.

»Beugt Euch ein wenig vor!«, bat der.

Auch das tat Flechner. Und verzog angewidert das Gesicht.

»Ihr riecht es«, sagte Richard ruhig. Der Leichengestank war so dicht beim Schrein deutlich wahrnehmbar. Wie ein Schatten in der Dunkelheit lauerte er unter dem Weihrauchduft, drängte sich dahinter hervor und machte den Priester schaudern.

Mit blasser Miene nickte der Mann.

»Genauso hat es oben in der Türmerstube gerochen«, erklärte Richard.

Wie ein kleines Kind, das unfähig war, eine schlechte Nachricht hinzunehmen, legte Flechner die Hände über beide Ohren und schüttelte den Kopf. »Heiligenreliquien stinken nicht«, murmelte er. »Sie riechen nach Rosen!«

Richard konnte kaum glauben, dass der studierte Mann vor ihm diesem kindischen Volksglauben anhing. »Diese hier offenbar nicht«, sagte er trocken. Dann besann er sich eines Besseren. »Versteht doch! Wenn ich recht habe, dann befindet sich hinter diesen beiden Schlössern die Leiche, die dem Bürgermeister abhandengekommen ist!« Wieder streckte die Ratte ihre Schnauze aus dem Loch. Wieder zog sie sich rasch zurück. »Solange der Tote dort liegt, kann kein Besucher der heiligen Grabstätte den wahren Rosenduft von St. Sebalds Reliquien wahrnehmen. Das begreift Ihr doch, oder?«

Flechner überlegte. Dann sah er seine Begleiter an. Einer von ihnen nickte, und schließlich tat es auch Flechner. »Also gut!«, lenkte er ein. »Öffnen wir das Schreingehäuse. Aber der Reliquienschrein bleibt unangetastet!«

»Wenn ich mit meiner Vermutung recht habe«, nickte Richard, »dann kann er das getrost.«

»Bruder Friedrich!« Flechner gab einem seiner Begleiter einen Wink. Der Mann, ein schmaler Kerl mit hohlen Wangen und dicken Ringen unter den Augen, trat vor und hakte einen Schlüssel von seinem Gürtel ab, der nicht mehr war als ein L-förmiges Häkchen. Offenbar handelte es sich bei den Schlössern um recht einfach konstruierte Mechanismen. Wahrscheinlich war es sogar möglich, sie mittels eines simplen gebogenen Drahtes zu öffnen. Bruder Friedrich beugte sich über das Eisengitter. Dabei stieß er gegen eine der vier Kerzen an den Gitterecken. Sie wackelte, und etwas von dem flüssigen Wachs, das sich in ihrer Mitte gesammelt hatte, spritzte in die Höhe. Es landete auf dem Ärmel des Priesters, aber der achtete nicht darauf, sondern schob den Schlüssel in das erste der beiden Schlösser. Er musste mit beiden Händen zufassen, um ihn zu drehen, und als sich der Schlüssel bewegte, gab es ein scharfes, klickendes Geräusch, das von dem Deckengewölbe des Hallenchors unangenehm laut widerhallte.

Die Frau, die noch immer vor dem Bartholomäus-Altar kniete, blickte aus ihrer Versenkung auf, und auch zwei oder drei andere Beter wurden auf das Geschehen hinter der Chorschranke aufmerksam.

»Sorgt dafür, dass sie verschwinden, um Himmels willen!«, befahl Flechner seinen Priestern. Drei von ihnen lösten sich aus der Schar, zu der die Männer sich bei Richards unziemlicher Bitte zusammengedrängt hatten, und gingen zu den Betenden, um sie mit freundlichen Worten aus der Kirche zu komplimentieren. Erst als alle fort waren, öffnete Bruder Friedrich auch das zweite Schloss. Dann trat er zurück und sah Flechner an, als wollte er sagen: *Begeht Ihr diesen Frevel! Ich will damit nichts zu tun haben!*

Flechner seufzte. Dann beugte auch er sich über das Metallgitter. Und öffnete das Schreingehäuse.

Ein länglicher, in eine starre Lederplane gewickelter Körper rollte heraus. Mit einem furchtbaren Geräusch, das an das leise Stöhnen einer verdammten Seele erinnerte, kam er auf den Steinplatten der Kirche zu liegen.

Flechner prallte zurück, denn gleichzeitig mit dem Bündel kam ihm eine Ratte entgegengesprungen. Sie landete mit einem leisen Klatschen auf der Erde und suchte dann so schnell wie möglich das Weite.

»Herr im Himmel!«, stöhnte einer der Priester. Und ein weiterer stieß ein kurzes Stoßgebet aus, während er sich bekreuzigte.

Richard versagte es sich, triumphierend zu nicken. Er hatte in Erwartung des Kommenden den Ärmel über Mund und Nase gelegt, und darum war ihm der Leichengestank, der aus dem Schreingehäuse drang, erträglicher. Mehrere Löcher waren in die Plane genagt worden.

»Das ist Frevel!«, hörte er jemanden murmeln. Das Blut hatte begonnen, in seinen Adern zu rauschen. »Grabschändung! Blasphemie!«

Das Gejammer setzte sich noch eine geraume Zeit fort, aber Richard verzichtete darauf, länger zuzuhören. Er ging zu einer der Kirchenbänke, setzte sich darauf nieder und stützte den Kopf in die Hände. Doch von einer furchtbaren Unruhe getrieben, sprang er sogleich wieder auf. »Seid Ihr jetzt zufrieden?«, fragte er Silberschläger. »Niemand hat Eure Leiche fortgezaubert.«

Der Bürgermeister beachtete ihn nicht. Er starrte mit versteinerter Miene auf die Leiche vor dem Schreingehäuse, und hinter seiner Stirn schienen die Gedanken zu rasen. Eine tiefe Falte zog sich zwischen seinen Augenbrauen hindurch bis hinunter zur Nasenwurzel.

Und in diesem Moment ergriff ein lange nicht mehr verspürtes Zittern Richards gesamten Körper. Ohne Silberschläger zu fragen, ob er ihn noch brauchte, rannte er aus der Kirche und eilte in Richtung Spittlertorviertel davon.

Es war bereits nach Mittag, als das Laufen ihn so weit beruhigt hatte, dass er zur Besinnung kam. In den vergangenen Stunden war er quer durch Nürnberg gehetzt und befand sich jetzt unterhalb der Kaiserburg, so dass ihn sein Weg von hier aus auf den Großen Markt an der Frauenkirche führte. Sein Blick fiel auf den Schönen Brunnen, der mit seinen Goldverzierungen in der fahlen Wintersonne funkelte. Mit einem Ruck blieb er stehen.

Sein Mund war trocken, und so wollte er die Stufen erklimmen, um einen Schluck zu trinken.

Doch ein Mann sprang ihm in den Weg und legte ihm den Unterarm quer über die Brust. »Halt!«, befahl er. »Was habt Ihr vor?«

Richard blieb stehen und musterte den Mann. Er war in dunkle Gewänder gekleidet, die ihn mehr wie einen Gelehrten denn wie eine Stadtwache aussehen ließen. Ein zierlicher, ebenfalls dunkler Hut mit einer geschwungenen Pfauenfeder saß schräg auf seinem strohblonden Haar. Die Hand des Mannes lag kampfbereit auf dem Griff eines Schwertes, das an seiner Seite hing.

»Ich wollte nur einen Schluck trinken«, erklärte Richard. Im Stillen ärgerte er sich über den Mann, der sich in der Wichtigkeit seiner Aufgabe, den Brunnen vor einer Vergiftung zu beschützen, aufplusterte wie ein Gockel.

Der Mann musterte ihn von Kopf bis Fuß. Dann erst nahm er den Arm fort und trat einen Schritt zur Seite. »Gut.« Während er Richard aufgehalten hatte, waren auf der gegenüberliegenden Seite des Brunnens zwei Jungen die Stufen hinaufgeklettert und hatten aus einem kleinen Beutel ein körniges, hellbraunes Pulver in das Wasser gekippt. Richard machte den Wachmann auf sie aufmerksam, und als sie merkten, dass sie ertappt worden waren, rannten sie kichernd davon.

Fluchend blickte der Wachmann ihnen nach. Das Schwert hatte er inzwischen halb aus der Scheide gezogen.

»Es war nur Sand«, versuchte Richard ihn zu beruhigen. Dieser aufgeblasene Popanz hatte es nicht anders verdient, als dass sich sogar die Kinder über ihn lustig machten, dachte er. »Ihr könnt sowieso nicht alle Brunnen der Stadt bewachen.«

Der Mann reckte sich und präsentierte Richard seine breite Brust. »Wir tun immerhin etwas!«, gab er kühl zurück.

Ja, dachte Richard bei sich. *Euch lächerlich machen!*

Dann wies der Mann mit dem Kinn auf den Brunnen. »Ich dachte, Ihr wolltet trinken!«

Dankend nickte Richard ihm zu, dann erklomm er endlich die Stufen und trat an den Rand des goldverzierten Brunnens.

Er beugte sich über das Wasser, um ein wenig davon in seine hohle Hand zu schöpfen. Doch bevor seine Finger die ruhige Oberfläche berührten, hielt er inne und starrte sie an.

Sie zitterten noch immer.

Sie zitterten so stark, wie sie es seit Monaten nicht mehr getan hatten.

Stöhnend rieb Richard sich über das Gesicht. Schweiß netzte seine Fingerspitzen. Wie hatte er glauben können, dass er sich wieder mit Leichen befassen konnte, ohne dass die alten Ängste und Alpträume ihn erneut überfallen würden? War er tatsächlich so dumm gewesen?

Er lauschte in sich hinein und starrte dabei auf seine zitternden Finger. Dicht vor seinen Augen ballte er die Hand zur Faust, und dann tauchte er sie in das kalte Wasser. Seine Haut begann sofort zu brennen, doch er ignorierte den Schmerz, hielt ihn aus. Hieß ihn willkommen.

Langsam öffnete er unter Wasser die Hand, bewegte sie sacht hin und her. Plötzlich sah er blutige Schlieren in dem klaren Wasser.

Er prallte zurück, doch etwas zwang ihn, noch einmal in das Wasser zu schauen. Fort waren die Blutschlieren.

Er presste die Zähne zusammen, dass seine Kiefermuskeln anfingen zu zittern. Etwas regte sich in seinem Hinterkopf, wieder war da ein Gedanke, so vage und flüchtig. *Der Türmergehilfe,* das war das Einzige, was er zu fassen bekam, und er musste sich zwingen, sich daran zu erinnern, was es mit dem Jungen auf sich hatte.

Im August, kurz vor den Ereignissen, die der Engelmörder ausgelöst hatte, war es gewesen. Damals hatte Richard die Leiche des kaum fünfzehnjährigen Jungen, der dem Türmer als Gehilfe gedient hatte, seziert – obwohl er gewusst hatte, dass es sich bei dem Jungen um einen Christen gehandelt hatte. Eine Sünde, die schwer wog und die ihn seitdem immer wieder einmal mit der Sorge um sein Seelenheil quälte.

Doch diesmal war es nicht diese Sorge, die ihn unruhig machte. Diesmal war es etwas anderes. Etwas, das er eigentlich hätte wissen müssen. Etwas, das der grausige Fund der Leiche im St.-Sebald-Grab wieder zum Vorschein gebracht hatte, das er jedoch nicht richtig zu fassen bekam.

Er musste sich erinnern!

Seine Finger begannen erneut zu zittern, und diesmal ergriff das Zittern seinen gesamten Körper. Wie in einem Fieber schüttelte er sich und konnte nichts dagegen tun.

»Reiß dich zusammen!«, mahnte er sich selbst.

Der Brunnenwächter blickte ihn fragend an. »Redet Ihr mit mir?«

Richard schüttelte den Kopf. »Nein.« Dann stolperte er die Stufen wieder hinunter und setzte seinen Heimweg fort.

7. Kapitel

Das Rathaus lag dem Ostchor der St.-Sebalduskirche gegenüber, und auf seinen mächtigen Dachschrägen befand sich genauso viel Schnee wie auf allen anderen Hausdächern. Rings um die mächtige, aus grauen Steinquadern gefügte Fassade jedoch war die weiße Masse sorgfältig zusammengekehrt und zu großen Haufen aufgeschichtet worden, was Bürgermeister Silberschläger ein zufriedenes Lächeln entlockte.

Er war ein ordnungsliebender Mensch. Er schätzte es, wenn alles rings um ihn herum nach seinen Plänen verlief und es nicht die kleinste Unebenheit in seinem gewohnten Tagesablauf gab.

Er hasste Störungen. Störungen, wie zum Beispiel diese elende Leiche in der Kirche, die er soeben verlassen hatte!

Das Lächeln auf seinen Lippen gefror allein beim Gedanken daran. Er umrundete einen der Schneehaufen und blieb stehen, um sich eine Handvoll davon zu nehmen. Sorgsam formte er sie zu einem Ball, den er sich von einer Hand in die andere warf, während er seinen Weg fortsetzte.

Er betrat den großen Innenhof des Rathauses durch ein Tor, das zur Hälfte offenstand. Das Straßenpflaster, das draußen buckelig und eisglatt gewesen war, wurde hier drinnen von einem ebenen Belag aus rötlichen Ziegelsteinen abgelöst. In diesen Belag waren in regelmäßigen Abständen metallene Platten eingelassen, die das Stadtwappen zeigten. Ein fürsorglicher Mensch hatte all diese Platten mit Absperrungen aus hölzernen Hürden umgeben, wohl, um die Menschen, die den Hof überquerten, davor zu bewahren, auf dem eisigen Metall auszurutschen.

Diese gutgemeinte Geste führte dazu, dass Silberschläger im Zickzack über den Hof gehen musste. Er hatte beinahe die gegenüberliegende Tür erreicht, die ins Innere des Gebäudes führte, als ihm Klaus

Eberlein entgegenkam und höflich grüßend vor ihm stehenblieb. Seine Wangen zierten zwei große rote Flecken, wie immer, wenn er aufgeregt war. Aus seinen Augen leuchtete Neugier.

Eberlein war jener Büttel, den Silberschläger gestern mit dem Auftrag betraut hatte, nach dem Türmer zu sehen. Er war es gewesen, der die Leiche in der Türmerstube gefunden und Silberschläger anschließend sofort Bericht erstattet hatte.

Und er war auch derjenige, der Silberschläger geholfen hatte, mitten in der Nacht die Leiche aus der Turmstube hinunter in die Kirche zu schaffen und ins Sebaldusgrab zu legen.

»Kommt mit!«, befahl Silberschläger ihm und warf den Schneeball achtlos auf den Boden.

Gemeinsam gingen sie ein paar Stufen hinauf und einen Gang entlang, von dem es durch eine breite und reichverzierte Doppeltür in den Großen Ratssaal ging. Doch Silberschläger schlug einen anderen Weg ein. Durch ein Gewirr aus längeren und kürzeren Fluren leitete er Eberlein in eine Halle, aus der eine Treppe in das obere Geschoss führte. Diese erklomm er und komplimentierte den Büttel dann in sein Kontor.

Der Raum hatte schon seinem Vorgänger, Jörg Zeuner, als Schreibstube gedient, doch Silberschläger hatte ihn von Grund auf verändert. Er hatte das alte Pult gegen ein neues aus fast schwarzem Holz austauschen lassen und Befehl gegeben, die Wände mit griechischen Malereien zu versehen. Üblicherweise, wenn er sein Kontor betrat, betrachtete er erst einmal die Ansammlung von Göttern und Heldenfiguren, doch heute schenkte er ihr keinerlei Aufmerksamkeit, sondern setzte sich sofort hinter das Schreibpult.

»Es verläuft alles zu unserer Zufriedenheit«, erklärte er und deutete auf einen Stuhl. »Nun, fast alles.« Er dachte daran, wie Sterner versucht hatte, den Zustand der Leiche mit irdischen Begründungen zu erklären, und knirschte mit den Zähnen.

Eberlein setzte sich ebenfalls. Erwartungsvoll und mit einem Ausdruck von Bewunderung schaute er Silberschläger an.

Der Mann war ein Geschenk Gottes, dachte der Bürgermeister. Dumm wie Brot und ihm gleichzeitig ergeben bis ins Mark, egal, was auch immer er ihm zu tun auftrug. Es war eben doch ein guter Einfall von ihm gewesen, jene teure Medizin für Eberleins Tochter zu bezahlen, ohne die die Kleine heute längst ein Fressen für die Würmer gewesen wäre. Diese kleine Geste hatte ihm Eberleins Loyalität für alle Zeiten gesichert.

Eberlein räusperte sich. »Ihr hattet mir versprochen, mir heute alles zu erklären. Warum ich Euch helfen musste, die Leiche in dem Grab zu verstecken, und so.«

»Stimmt!« Silberschläger spürte, wie seine Fingerspitzen zu kribbeln begannen. Er streckte die Finger und presste sie flach auf die Oberfläche des Pultes. »Das Lochgefängnis ist voll von Schuldigen, die wir nicht ihrer gerechten Strafe zuführen können. Ein weiterer unaufgeklärter Mord, noch dazu ein so ekelerregender, würde die Ordnung weiter schwächen. Glücklicherweise«, er hob die Hände und verschränkte sie hinter dem Kopf, »bietet uns die Leiche die Gelegenheit, zwei Fliegen mit einer Klappe zu schlagen.«

»Das sagtet Ihr bereits gestern. Aber ich verstehe nicht, was Ihr damit meint.«

»Nun, wenn wir es geschickt anstellen, können wir dem Rat den Mörder des armen Kerls in der Türmerstube präsentieren.« *Womit er sich endlich seine ersten Sporen als Lochschöffe verdienen würde*, fügte Silberschläger im Stillen hinzu. »Und zum anderen versetzen wir dem jüdischen Geldverleiherpack einen empfindlichen Schlag.«

»Den Juden?« Eberlein runzelte die Stirn. »Woher wisst Ihr, dass der Mörder ein Jude ist?«

Silberschläger nahm die Hände wieder herunter. »Weil wir soeben einen Davidstern gefunden haben. Der Mörder hat ihn in die Holzdielen in der Türmerstube geritzt.«

Jetzt wirkte Eberlein ehrlich verblüfft. »Ein Davidstern? Das ist ein Judenstern, oder?«

Silberschläger nickte. Sorgsam beobachtete er, wie es hinter der Stirn seines Büttels zu arbeiten begann.

»Ich war gestern selbst dort oben«, murmelte er. »Und ich habe mir alles ganz genau angesehen.« Er schüttelte den Kopf. »Da war nirgends ein Judenstern!«

Silberschläger wartete.

Der Büttel rieb sich die Nase. Dann rutschte er auf seinem Stuhl hin und her. Und endlich dämmerte es ihm. »Ihr habt den Judenstern in den Boden geritzt?«

Lächelnd blickte Silberschläger ihn an.

»Ihr!« Eberlein lehnte sich zurück, beugte sich gleich darauf wieder vor. »Aber warum?«

»Zwei Fliegen mit einer Klappe«, erinnerte Silberschläger ihn.

»Das verstehe ich nicht.«

Da seufzte der Bürgermeister. »Sind wir uns einig, dass die Juden insgeheim planen, die Macht in Nürnberg zu übernehmen? Dass sie vorhaben, die gottesfürchtigen Bürger zu verderben?«

Eberlein dachte nach. »Ja«, meinte er dann, doch er klang unsicher.

»Überlegt doch! Denkt an die vergifteten Brunnen im August!«

»Da steckten die Juden dahinter?« Eberlein riss die Augen auf.

Silberschläger hätte ihn am liebsten gepackt und geschüttelt, doch er verkniff sich jede Regung von Ungeduld. »Sagt mir nicht, dass Ihr das nicht wusstet!«, rief er mit gespielter Entrüstung aus.

In Eberleins Gesicht nahm die Unsicherheit zu. »Ich ... na ja. Wenn man es recht bedenkt ...«

»Eben! Es ist sicher, dass Nürnberg durch das Judenpack eine große Gefahr droht. Und es ist ebenso sicher, dass wir keine Möglichkeit haben, den Mord an dem Mann in der Türmerstube aufzuklären. Also: zwei Fliegen mit einer Klappe!«

»Ihr plant ... den Juden den Mord anzuhängen!« Verstehen leuchtete in Eberleins Miene auf.

»Genau! Aber ich würde es nicht anhängen nennen. Ich tue nur meine Pflicht: Ich stelle die gottgewollte Ordnung wieder her, die durch den Mord ins Wanken geraten ist, indem ich dem Stadtrat einen Mörder präsentiere. Eine ganze Gruppe, um genau zu sein.«

»Die Juden.«

Einen Moment lang schwiegen sie beide.

»Aber ich verstehe immer noch nicht, warum wir den Toten in das Grab legen mussten!«, sagte Eberlein dann.

Silberschläger unterdrückte ein Seufzen. »Überlegt doch: Eine fast verweste Leiche in der Türmerstube oder eine fast verweste Leiche in einem Heiligengrab und in der Türmerstube ein in die Dielen geritzter Davidstern. Was klingt in Euren Ohren beängstigender?«

Eberlein wollte den Mund öffnen, um zu antworten, aber Silberschläger kam ihm zuvor. »Eben! Wenn wir den Fundort dieser Leiche öffentlich bekanntgeben, wird das genügend Unruhe unter den Bürgern verursachen, um über kurz oder lang im Rat einen Antrag zu stellen, die Juden endlich aus der Stadt zu vertreiben. Wie 1349 schon einmal.«

»Aber dieser Sterner? Warum musste er dabei sein?«

Silberschläger hatte Eberlein kurz bevor sie den Toten aus der Türmerstube geholt hatten, davon erzählt, dass er vorhatte, Richard Sterner mit in die Türmerstube zu nehmen.

»Als unabhängiger Zeuge«, erklärte Silberschläger. »Er ist ein Mann von hohem Rang. Sein Wort sollte etwas zählen, wenn ich ihn als Zeugen dafür berufe, dass die Leiche wie von Zauberhand verschwunden ist.« Er verzog das Gesicht zu einer Grimasse. »Dachte ich wenigstens.«

»Was soll das heißen?« Eberlein rutschte auf seinem Stuhl nach vorn. Er schien zu spüren, dass nicht alles so ganz nach Plan verlaufen war.

»Nun. Es war recht einfach, ihn zum Kommen zu bewegen, was ich gar nicht vermutet hätte. Aber dann wollte er meinen Überlegungen nicht folgen, als ich sagte, dass die Leiche fortgezaubert worden ist. Scheint ein ziemlich Ungläubiger zu sein, was die Zauberei angeht. Das hätte ich wissen müssen, aber egal! Es ist mir gelungen, ihn doch noch zu überzeugen, dass Leichenzauberei der Hintergrund für diesen Mord ist. Dann allerdings hat er wie ein Bluthund die Spur der Leiche aufgenommen.«

Eberlein schaute fragend.

»Er hat sie in dem Grab gefunden«, erläuterte Silberschläger. »Ihr hättet das Gesicht von Flechner sehen sollen, als die Leiche aus dem Heiligengrab gepurzelt ist!« Dieser Anblick entschädigte ihn fast dafür, dass sein so sorgsam ausgeklügelter Plan durch Sterner ein wenig aus dem Ruder gelaufen war. Ursprünglich hatte er vorgehabt, die Stimmung in der Stadt wegen einer verschwundenen Leiche erst richtig anzuheizen, bevor diese Leiche dann ein paar Tage später im Heiligengrab gefunden werden würde. Aber durch diesen Plan hatte Sterner ihm einen Strich gemacht. Doch wenn Silberschläger es nun recht überlegte, war das gar nicht so schlimm.

Den gewünschten Effekt würde der Fund auch jetzt schon zeitigen. Sie mussten es nur geschickt anstellen.

Silberschläger deutete auf die Tür, ein Zeichen für den Büttel, dass das Gespräch nun beendet war. »Geht und führt ein paar vertrauliche Gespräche!«, befahl er. »Ihr kennt Eure Männer. Sucht Euch die aus, die allzu gern bereit sind, bösen Gerüchten über die Juden Glauben zu schenken, und flüstert ihnen zu, wo Sterner die Leiche gefunden hat. Heiligengrabschändung!« Er kicherte zufrieden. »Das ist ein böses Verbrechen!«

Katharina betrat das Rathaus durch das Tor, das der Sebalduskirche gegenüberlag. Sie umrundete ein paar hölzerne Hürden und steuerte auf ein kleines Gelass neben der Eingangstür zum Rathaus zu, in dem ein Schreiber Dienst als Türwächter hatte.

Neben dem Schreiber stand ein Mann in der Uniform der Stadtbüttel und unterhielt sich angeregt mit ihm.

»... wie das gestunken hat«, hörte Katharina ihn sagen. »Als hätte die Hölle selbst sich aufgetan.«

In einigem Abstand blieb sie stehen und wartete darauf, dass die beiden Männer ihr Gespräch beendeten.

Der Büttel beugte sich vertrauensselig vor und flüsterte dem Schreiber etwas zu. Dessen Miene bekam etwas Entsetztes, und er wurde bleich. Rasch richtete der Büttel sich wieder auf. »Aber verrat niemandem, dass ich dir das erzählt habe!«, bat er. »Silberschläger fürchtet, dass die Leute ... du weißt schon!«

Der Schreiber nickte eilig. Katharina wusste nicht, wovon die beiden gesprochen hatten, aber etwas sagte ihr, dass der Büttel ein vertrauensseliger Trottel war. Schon jetzt war in den Augen des Schreibers zu lesen, dass er das soeben Erfahrene weitertratschen würde.

»Ich verlasse mich auf dich!« Der Büttel tippte sich an die Stirn, dann wandte er sich zum Gehen. Dabei stieß er beinahe mit Katharina zusammen. »Oh!«, machte er. »Entschuldigt!«

Im nächsten Moment war er durch das Tor hindurch und aus Katharinas Blicken entschwunden.

Mit einem freundlichen Lächeln, das hoffentlich die Nervosität überdeckte, die sie an diesem Ort empfand, grüßte sie den Schreiber.

Dessen schmales, blasses Gesicht blickte ihr entgegen. Aus kleinen, missgünstigen Augen starrte er Katharina an. »Was wollt Ihr?«, fragte er barsch. Seine Lippen waren mit Tinte verschmiert.

Katharina nannte dem Mann ihren Namen. Dann besann sie sich auf die Dinge, die sie über die Organisation des Rathauses wusste. »Der Nachfolger von Bürgermeister Zeuner«, meinte sie zaghaft. »Wie heißt er?«

Der Schreiber zog die Augenbrauen zusammen. Die Tintenflecke auf seinen Lippen wirkten wie die Male einer gefährlichen Krankheit. Katharina richtete den Blick auf seine ebenfalls tintenverschmierten Finger.

»Ihr meint den zur Zeit amtierenden Lochschöffen, oder was?«

Katharina nickte. »Ich muss mit ihm reden.«

»Er hat zu tun, Frau!«

»Es geht um seine Arbeit.« Katharina zwang sich, ruhig zu bleiben. »Es ist wichtig. Wie ist denn nun sein Name?«

»Silberschläger«, war die mürrische Antwort. »Aber ich sagte Euch schon, er hat zu tun.«

Katharina holte tief Luft, um die aufsteigende Ungeduld zu bezähmen. »Wo kann ich ihn finden?«

Der Schreiber setzte zu einem Kopfschütteln an, aber Katharina fügte ihren Worten hinzu: »Es geht um einen Mord.«

Das machte einigen Eindruck. Die Augen des Schreibers weiteten sich, kurz flackerte Unbehagen hinter seinem kühlen Blick auf, wurde jedoch sofort wieder von seiner überheblichen Art überlagert. »Wisst Ihr etwas über die Grabschändung?«, fragte er fast atemlos.

»Grabschändung?« Die Gegenfrage war heraus, bevor Katharina sich eines Besseren besann. Vielleicht wäre sie mit einem schlichten Ja einfacher ans Ziel gelangt. Doch nun war es zu spät.

Der Schreiber winkte sie zu sich heran. Er platzte förmlich vor Eifer, Katharina sein Wissen mitzuteilen. »Ich habe es eben erst gehört. Man munkelt, dass vorhin eine Leiche im Sebaldusgrab gefunden wurde.«

Hatte sie den unangenehmen Kerl also richtig eingeschätzt! Das Geheimnis des Büttels war bei ihm genau ein halbes Dutzend Herzschläge lang sicher gewesen!

Der Mann schauderte so sehr zusammen, dass seine magere Gestalt durchgeschüttelt wurde. »Wenn bloß die Engelmorde nicht wieder losgehen!«

Bei der Erwähnung der Engelmorde bildete sich ein Eisklumpen in Katharinas Magen. Sie überlegte noch, was sie erwidern sollte, aber da nickte der Schreiber bereits in Richtung der Rathaustür. »Bürgermeister Silberschläger hat seine Amtsstube im zweiten Stock.«

»Ist es dieselbe, die Jörg Zeuner früher innehatte?«

Der Schreiber bejahte.

»Die finde ich. Ich danke Euch!«

Sie wandte sich der verzierten Tür zu und hatte sie schon fast erreicht, als einer ihrer Flügel aufgestoßen wurde und ein anderer Schreiber ins Freie trat. Höflich hielt er Katharina die Tür auf.

»Paul!«, hörte sie den Kerl in seinem Holzverschlag rufen. »Komm mal her, ich muss dir unbedingt was …«

Der Rest seiner Worte wurde abgeschnitten, als die schwere Tür hinter Katharina zurück ins Schloss fiel.

Mit einem flauen Gefühl marschierte Katharina ein paar Stufen hinauf und einen Gang entlang, dann durch eine Halle, eine Treppe hinauf und wieder einen Gang entlang, bis sie zu jener Tür kam, hinter der früher Jörg Zeuner residiert hatte.

Unwillkürlich verkrampften sich Katharinas Nackenmuskeln. Als sie das letzte Mal in diesen Räumlichkeiten gewesen war, hatte man sie wegen Hexerei verhaftet. Sie bemühte sich um einen ruhigen, gleichmäßigen Atem. Die damalige Anklage war vom Tisch, sie eine freie, unbescholtene Frau. An diesen Gedanken klammerte sie sich, als sie die Hand hob und an die Tür klopfte.

»Herein!«

Die Stimme, die das sagte, klang ein wenig nasal.

Katharina fasste sich ein Herz. Dann trat sie ein. Die Schreibstube hatte sich sehr verändert seit dem letzten Mal. Üppige, fast lüstern wirkende Wandmalereien, die es früher nicht gegeben hatte, zierten jetzt die Wände. Eine Frau in einem knappen fellartigen Gewand fiel Katharina auf, die einen Bogen spannte. Bevor sie weitere Einzelheiten der Malerei betrachten konnte, sprach der Mann, der hinter dem Schreibpult saß, sie an.

»Womit kann ich Euch dienen?«

Er war recht massig gebaut, aber nicht dick, sondern eher kräftig.

»Seid Ihr Bürgermeister Silberschläger?« Katharina schob die Tür hinter sich zu. Sie kam sich vor wie in einer Falle.

»Ja.«

»Ich bin gekommen, weil ich etwas über einen Mord weiß, der …«

Solche Verblüffung zeichnete sich in Silberschlägers Gesicht ab, dass Katharina sich unterbrach. Fragend sah sie den Mann an.

»Sprecht weiter!« Voller Aufmerksamkeit und mit leicht glänzenden Augen sah er sie an. Die Ellenbogen hatte er auf die Lehnen gestützt und die Hände zu einem Dreieck zusammengelegt, über das er Katharina fixierte.

»Der Tote in der Brandruine an der Frauentormauer«, begann Katharina.

Und das eben erst erschienene Interesse in Silberschlägers Gesicht erlosch. Fast sah er ein wenig enttäuscht aus. »Was ist mit ihm?«

»Ihr untersucht doch seinen Tod? Ihr seid dafür zuständig, nicht wahr?«

»Ja«, sagte er. Es klang wie »Leider!«.

»Gestern Abend …« – Katharina zögerte bei der Erinnerung – »… war ich dort, und ich sah eine Gestalt, die sich von dem Ort des Mordes entfernte.«

»So?«

»Ja. Es schien sich um einen Bürger zu handeln, jedenfalls waren die Kleider, die er trug, von kostbarer Natur.«

»Und?«

Katharina kehrte die Handflächen nach oben. »Ich dachte mir, dass es für Euch vielleicht von Interesse sein könnte, zu erfahren, dass …« Sie brach ab. Auf einmal kam sie sich albern vor. Albern und dumm. Was, wenn Silberschläger allein aus der Tatsache, dass sie am Ort des Geschehens gewesen war, auf die Idee kam, sie könnte mit dem Mord etwas zu tun haben? Wie schnell man sich einem falschen Verdacht ausgesetzt sah, hatte sie vor drei Monaten schließlich am eigenen Leibe erfahren.

Und noch ein anderer Gedanke überlief sie siedendheiß. Was, wenn er begann, sich umzuhören und die Bettler in Heinrichs Umfeld ihm verrieten, dass sie, Katharina Jacob, ihre Ratsauflagen missachtete und doch noch als Heilerin arbeitete?

»Ihr meint also, der Mann, der den Bettler umgebracht hat, sei ein Bürger gewesen?« Silberschläger schnaubte amüsiert. »Vielleicht noch jemand vom Patriziat, oder wie?«

Warum nicht?, wollte Katharina fragen, aber der spöttische Blick ihres Gegenübers ließ sie den Mund halten. Hilflos zuckte sie die Achseln.

Da erhob sich Silberschläger. »Ich glaube, Ihr solltet jetzt lieber gehen!«

Katharina sah ihn an. »Aber …«

Mit ein paar schnellen Schritten umrundete Silberschläger sein Pult und beugte sich über Katharina. Sein Atem roch unangenehm, leicht muffig, als faule irgendwo in seinem Kiefer ein Zahn unbemerkt vor sich hin. »Frau!«, sagte er. »Ihr glaubt doch nicht, dass ich meine kostbare Zeit damit verschwenden werde, Euren Hirngespinsten nachzujagen!«

»Es ist kein H…«

»Ein Bettler ist keinesfalls wichtig genug, um einem Angehörigen des Bürgertums einen Grund für einen Mord zu liefern, begreift das doch!«

Katharina stemmte sich aus dem Sessel in die Höhe, um dem faulen Atem zu entkommen. Einen Schritt wich sie zurück, doch Silberschläger setzte nach. Er sah aus, als sei ihm soeben ein Gedanke gekommen. »Darüber hinaus habe ich mich um einen sehr viel, hm, wichtigeren Mord zu kümmern«, sagte er. »Irgendwelche jüd… Ketzer haben eine Leiche im Grab unseres heiligen Sebaldus versteckt. Eigentlich dürfte ich Euch das nicht erzählen, aber ich will ja schließlich nicht, dass Ihr mich für einen herzlosen Kerl haltet.« Er lächelte. Es sollte gewinnend aussehen, vermutete Katharina, aber auf sie wirkte es nur schmierig.

Dann wies Silberschläger auf die Tür. »Ich bitte Euch, Stillschweigen über diese Sache zu wahren. Wir wollen doch nicht, dass die Bürger sich beunruhigen, nicht wahr?«

Verwirrt nickte Katharina.

Endlich trat Silberschläger ein wenig zurück, so dass er ihr nicht mehr ganz so nah war. »So leid es mir tut, ich muss Euch jetzt bitten zu gehen!«

Sie begriff, dass sie hier nichts weiter würde ausrichten können. Dennoch konnte sie nicht einfach gehen, ohne einen letzten Versuch zu machen. »Was glaubt Ihr denn, wer einen Mann wie H… wie diesen Bettler umbringen würde?«

Silberschläger zuckte die Achseln. »Was weiß ich! Die Juden höchstwahrscheinlich. Die stecken doch hinter allem Übel, das die Stadt befällt!«

8. Kapitel

Als Katharina nach dem Treffen mit Silberschläger ins Henkershaus zurückkehrte, schlief ihre Mutter. Deutlich hörbar drang regelmäßiges Schnarchen aus der hinteren Kammer. Katharina legte Mantel und Haube ab, huschte so leise, wie sie es vermochte, die Treppe hinauf und warf sich auf ihr Bett, um in Ruhe nachdenken zu können.

Draußen am Ufer der Pegnitz, die unter dem Haus hindurchfloss, erklangen Kinderlärm und fröhliches Lachen. Es erreichte Katharina kaum, sosehr kreisten ihre Gedanken um die Begegnung mit Bürgermeister Silberschläger. Sie verschränkte die Arme hinter dem Kopf und starrte gegen die niedrige Balkendecke, wo eine kaum fingernagelgroße Spinne in ihrem Netz saß. Das Tier hatte im Spätherbst mit dem Bau dieses Netzes angefangen, und Katharina hatte es nicht übers Herz gebracht, sie zu töten oder auch nur, sie aus dem Fenster zu werfen. Im Laufe der letzten Wochen war das Tier ihr eine Art Begleiterin geworden.

Als sie die Lider für einen Moment schloss, flammten dahinter Bilder auf. Leichen mit Flügeln. Leichen ohne Augen. Leichen mit Matthias' Gesicht und welche mit dem von Heinrich.

Rasch riss Katharina die Augen wieder auf. In ihrem Magen rumorte es noch immer, aber es war nicht dieses körperliche Unbehagen, das sie am meisten quälte, sondern ein seelisches. Aufmerksam lauschte sie in sich hinein, versuchte zu ergründen, ob es reine Traurigkeit war, die ihr plötzlich die Tränen in die Augen trieb, oder ob eine andere Ursache dahintersteckte.

Eine, die sie fürchtete wie der Teufel das Weihwasser.

Sie blinzelte, weil ihre Augen überzulaufen drohten.

Früher. Vor den Engelmorden.

Damals hatte sie unter *melancholia* gelitten, einer Krankheit, die sich in ständiger Traurigkeit, in Müdigkeit und einer schier unerträglichen Mattigkeit äußerte. Kein Medicus war in der Lage gewesen, ihr zu helfen, nicht einmal ihr eigener Mann, der in Antwerpen Medizin studiert hatte. Und nicht einmal ihm hatte sie erklären können, was sie empfand, wenn diese Krankheit sie in ihren Griff nahm. Ihrem Bruder Matthias gegenüber hatte sie es einmal als »Spinnweben in ihrem Kopf« bezeichnet, und es war das einzige Bild, das dem Grau in ihrer Seele einigermaßen gerecht wurde.

Doch dann waren die Engelmorde passiert, und so unverständlich es schien: Sie hatten mit ihrer Grausamkeit alle Spinnweben aus ihrem Kopf gefegt, hatten die *melancholia* verschwinden lassen wie Schnee in der warmen Sonne. Nichts war zurückgeblieben bis auf die permanente Angst, die Spinnweben könnten irgendwann genauso unvermittelt wiederkehren, wie sie verschwunden waren.

Und wie es aussah, war dieser Moment jetzt gekommen.

Katharina wischte sich die Tränen aus den Augenwinkeln. Sie spürte die Spinnweben nahen. Es war, als krieche ein winziges Tier in ihrem Kopf aus dem Versteck, in dem es sich fast drei Monate verborgen gehalten hatte, und beginne damit, ihre Gedanken in einen Kokon aus grauen, klebrigen Fäden zu hüllen.

Mit einem Ruck setzte Katharina sich auf. Sie starrte die Spinne in ihrem Netz an, und auf einmal konnte sie die Nähe des Tieres nicht mehr ertragen. Sie erhob sich, zog sich einen Schuh aus und hob ihn an. Dann jedoch gefror sie.

Ihr Verstand sagte ihr, dass das arme Tier nichts für ihre Krankheit konnte, aber dennoch schrie alles in ihr, sich seiner zu entledigen. Sie ließ den Schuh sinken. Dann zog sie ihn wieder an, holte ihr Taschentuch aus der Rocktasche und kletterte auf das Bett. Behutsam nahm sie die Spinne zwischen die Falten des weißen Stoffes, hüpfte zu Boden und öffnete das Fenster. Sie schüttelte die Spinne aus dem Tuch und sah zu, wie sie durch die eisige Luft in die Tiefe segelte. Das Tier war zu klein, um es noch zu sehen, als es landete, aber dennoch blickte Katharina eine Weile auf die kalte Erde der Flussinsel, auf deren Ufer sich das Henkershaus stützte.

Erst als sie zu frösteln begann, schloss sie das Fenster wieder und wandte sich um.

Über ihrem Bett war ein einfaches Brett angebracht, auf dem sie ein paar persönliche Dinge und auch die restlichen Fläschchen mit Medizin aufbewahrte, die von ihrem selbstgemachten Vorrat noch übrig waren. Es waren kaum ein Dutzend. Eine in helles braunes Leder eingeschlagene Mappe lehnte an der Wand, aus der mehrere Seiten Papier herausragten.

Diese Mappe nahm sie nun zur Hand, legte sie auf ihren Schoß und strich mit den Fingerspitzen über die glatte, seidige Oberfläche des alten Leders.

Der Geruch der Papiere stieg ihr in die Nase, und auf einmal liefen ihre Augen über. Sie wischte sich über die Wangen.

Nach einer Weile schlug sie die Mappe auf. Das oberste Blatt darin zeigte die mit Kohlestift hingeworfene Skizze einer menschlichen Hand. Einer Hand, die von Haut und Muskeln befreit worden war und deren Blutgefäße sich wie ein feines Netz über den Handrücken und die Finger spannten. Lange Zeit betrachtete Katharina diese Hand.

Es war ein Wunder, dachte sie. All diese feinen Adern, manche so dünn wie Haare, und doch waren sie dick genug, um Blut, diese zähflüssige Substanz, bis in den letzten Winkel eines Körpers zu transportieren.

Katharina blätterte um. Die nächste Skizze zeigte ein ähnliches Bild, nur diesmal nicht von einer Hand, sondern von einem Fuß. Über dieses blätterte Katharina hinweg, und auch über die folgenden, über die Ansichten von Lungenflügeln und die verblüffend echt aussehende Abbildung eines Fingerknochens.

Beim fünften Bild schließlich hielt sie inne. Und schluckte schwer. Es war eines der wenigen, die nicht mit Kohlestift gezeichnet waren, sondern mit kräftiger Farbe. Es zeigte eine nicht ganz runde Kugel, aus der ein rotes, fadenähnliches Gebilde hervortrat. Ein menschliches Auge. Und Katharina hatte das furchtbare Gefühl, dass es sie direkt anblickte.

Sie hob eine Hand vor den Mund, ballte sie zur Faust und biss sich auf den Knöchel des Zeigefingers, bis sie einen metallischen Geschmack im Mund spürte.

Die Spinnweben in ihrem Kopf waren jetzt dicht und quälend,

und sie entzogen der Umgebung all ihre Farben. Das Licht wurde grau und die Zeichnung vor ihr ebenso.

Das Geräusch von Möbelbeinen, die über den Holzfußboden schrammten, ließ sie aufschrecken.

»Katharina?«

Es war nicht Mechthilds Stimme, die sie hörte, sondern die von Ludmilla.

Im nächsten Moment wurde die Tür zu Mechthilds Kammer geöffnet, und die Freundin ihrer Mutter stand vor ihr. Rasch klappte Katharina die Mappe zu.

Ludmilla war eine große, grobknochige Frau, deren Gesicht jedoch etwas Zartes an sich hatte. Katharina hatte lange gebraucht, um herauszufinden, woher dieser Eindruck rühren mochte, und schließlich war sie zu der Erkenntnis gekommen, dass es allein die warmen, freundlich blickenden Augen waren, die Ludmillas Zügen alles Strenge und Kantige nahmen. Mit ihrem Glanz überstrahlten sie jede Härte völlig mühelos.

»Ich habe dich gar nicht nach Hause kommen hören!«, sagte Ludmilla mit einem Anflug von Erstaunen.

Katharina nickte ihr zu. »Ich war leise, weil ich Mutter habe schnarchen hören. Ich wusste nicht, dass du da bist, sonst hätte ich dich begrüßt, entschuldige!«

Ludmilla trat aus Mechthilds Kammer, weil hinter ihr das Schnarchen zwei Takte ausließ. Dann jedoch dauerte es an, und Ludmilla lächelte schwach. »Sie ist heute sehr müde. Scheint an dem Wetter zu liegen.«

Katharina warf einen Blick nach draußen. Die Sonne schien mit aller Kraft, die sie im Winter aufzubringen vermochte, und trotzdem kam sie ihr farblos und blass vor.

Katharina presste die Lippen zusammen.

»Dir scheint es auch nicht besonders gut zu gehen«, vermutete Ludmilla und kam ein wenig näher.

Rasch schwang Katharina die Füße auf den Boden. »Doch, doch! Es ist nichts. Ich habe nur ein bisschen nachdenken wollen.«

Ludmilla wies auf die Mappe, die sie sich wie einen Schutzschild vor die Brust hielt. »Was ist das?«

Katharina blickte darauf nieder. »Oh! Nur ein paar Zeichnungen, die ich geschenkt bekommen habe.«

»Geschenkt? Von wem?«

»Von einem Mann namens Richard Sterner.« Es versetzte Katharina einen schmerzhaften Stich, diesen Namen auszusprechen. Sie hatte Sterner im August kennengelernt, und für kurze Zeit, nachdem die ganze schlimme Angelegenheit mit den Engelmorden überstanden war, hatte sie geglaubt, in ihm einen Seelenverwandten gefunden zu haben.

Ludmilla lächelte. »Ein Mann, der dir Geschenke macht?« Sie freute sich sichtbar darüber. Keine Spur von Missbilligung lag in ihren Zügen, obwohl Egbert, Katharinas Ehemann, noch kein ganzes Jahr tot war und es sich eigentlich nicht schickte, auch nur einen Gedanken an einen anderen Mann zu verschwenden.

»Es ist nicht so, wie du denkst«, wehrte Katharina ab.

»Ach? Wie ist es dann?«

Das war eine Frage, die Katharina nicht zu beantworten wusste. Wie war ihre Beziehung zu Richard Sterner? Seit Wochen schon hatte sie ihn nicht mehr gesehen, hatte ihn, mit Mühe zwar, aber doch recht erfolgreich, aus ihrem Denken verbannt. Jetzt von Ludmilla mit dieser Frage konfrontiert, verspürte Katharina ein geradezu brennendes Verlangen, Richard gegenüberzustehen, ihm in die dunklen Augen zu blicken und dort einen Abglanz der Traurigkeit zu sehen, die sie selbst so unvermittelt wieder empfand.

Einen Moment lang suhlte sie sich in dieser Empfindung, bis ihr aufging, dass Ludmilla tatsächlich auf eine Antwort wartete.

Was sollte sie sagen? Dass Richards Anblick allein ausreichte, in ihr die Angst vor der Rückkehr der *melancholia* mit solcher Macht zu entfachen, dass sie es schließlich nicht mehr ausgehalten hatte, in seiner Nähe zu sein?

Sie unterdrückte ein Seufzen.

Jetzt war die *melancholia* wieder da, und Richard hatte nicht den geringsten Anteil daran. Es war alles wirklich so verflixt kompliziert!

Sie winkte ab. »Es ist kompliziert«, meinte sie lahm.

Mit kleinen, flinken Bewegungen ihrer Augäpfel tastete Ludmilla

Katharinas gesamtes Gesicht ab. »Du siehst wirklich nicht gut aus!«, bemerkte sie. »Du bist blass. Und deine Augen wirken so – leer. Bist du sicher, dass es dir gutgeht?«

»Ja, ja.« Katharina stellte die Mappe zurück an ihren Platz auf dem Regal. Sie war froh, dass Ludmilla nicht danach verlangte, die Zeichnungen zu sehen. Wenn sie zu Gesicht bekäme, was auf ihnen abgebildet war, würde sie Katharina auf der Stelle in eines der Irrenhäuser der Stadt bringen lassen.

Um das Gespräch von sich abzulenken, deutete sie auf die Tür zu Mechthilds Kammer. »Du bist bei ihr geblieben, als sie eingeschlafen ist.«

»Ja. Manchmal sitze ich gern an ihrem Bett und sehe ihr zu, wie sie schläft. Sie sieht dann ganz anders aus als im wachen Zustand, ist dir das schon einmal aufgefallen?«

Katharina schüttelte den Kopf und wunderte sich nicht zum ersten Mal, mit wie viel Zärtlichkeit Ludmilla von ihrer Mutter sprach. »Sie trauert noch immer um Bertram«, sagte sie leise.

Ludmilla nickte, ließ den Blick jedoch nicht von Katharinas Gesicht. »Und du?«

»Ich habe nie um Bertram getrauert!« Vehement sagte Katharina das, fast wütend.

»Dummchen!« Ludmilla lachte auf. »Ich meinte doch Egbert. Trauerst du immer noch um ihn?«

Katharina lauschte in sich hinein. Die Wahrheit war: Sie war seit längerem nicht mehr traurig gewesen, wenn sie an Egbert gedacht hatte. Manchmal, wenn sie die Augen schloss, war ihr Richards Gesicht erschienen, nicht das ihres toten Mannes. »Er ist erst ein paar Monate tot«, flüsterte sie.

»Mechthild hat mir gesagt, er hat dich früher nicht besonders freundlich behandelt.«

Katharina runzelte die Stirn. »Sie glaubt das nur«, widersprach sie. »Weil sie mich ein paarmal im Schlaf hat reden hören. Ich habe wohl mit Egbert gestritten.«

»Immerhin ist er eines Tage einfach fortgegangen.« Obwohl Ludmillas Worte in Katharinas Ohren unversöhnlich klangen, war der Ausdruck in ihren Augen nach wie vor mitfühlend und warmherzig. Sie wollte ihr helfen, vermutete Katharina. Helfen, Egbert hinter sich zu lassen. Und sich Richard zuzuwenden.

»Egbert konnte nichts dafür, dass er in der Fremde gestorben ist.« Katharina lauschte ihren eigenen Worten nach und begriff, dass es genau das war, was sie ihrem Mann insgeheim immer noch vorwarf. Dass er fortgegangen war, ohne sich von ihr zu verabschieden oder ihr auch nur einen Grund für sein Fortgehen zu hinterlassen. Und dass er dann in der Fremde gestorben war und sie auf diese Weise voller Fragen zurückgelassen hatte.

Ludmilla lachte erneut. »Nein. Das konnte er wahrscheinlich wirklich nicht.«

»Er wurde Opfer eines Vagantenüberfalls«, erzählte Katharina. Plötzlich wanderten ihre Gedanken zurück. Zurück zu jenem Tag, an dem es an der Tür ihres Hauses geklopft hatte und dieser junge Mann vor ihr stand. Sie hörte wieder seine Stimme, und sie sah ihn vor sich, wie er die Mütze in den Händen drehte und den Blick starr auf den Fußboden vor ihren Füßen richtete. »Mein Name ist Lukas von Minden. Ich komme mit Nachrichten von Eurem … Mann«, sagte er mit Flüsterstimme. Sie wusste augenblicklich, dass etwas Furchtbares geschehen war. Langsam wanderten ihre Hände nach oben, hielten kurz vor ihrem Gesicht an. Ihre Augen weiteten sich, suchten den Blick des jungen Mannes.

Er schaute auf. Ihr direkt in die Augen.

»Er ist tot«, hauchte Katharina. Sie konnte den Blick nicht von seiner Hasenscharte lassen. Eine breite Lücke klaffte in Lukas' Oberlippe, durch die ein Schneidezahn zu sehen war.

Der junge Mann nickte. Hinter seinen Lidern glänzten Tränen. »Er war auf der Rückreise zu Euch. Wir wurden in einem Wald bei Köln von Strauchdieben überfallen.« Er senkte den Blick wieder. »Es tut mir leid, aber er starb an seinen Verletzungen. Das Letzte, was er gesagt hat, war: Sag Katharina, dass ich sie trotzdem geliebt habe.«

Katharina hatte nicht geweint. Nicht vor dem jungen Mann …

»Ludmilla?« Mechthilds Stimme schnitt durch Katharinas Erinnerungen wie ein Messer. »Bist du noch da?«

Ludmilla schenkte Katharina einen letzten mitleidigen Blick. Kurz tätschelte sie ihre Hand, und es war diese herzlich gemeinte

Geste, die Katharina schon wieder Tränen in die Augen schießen ließ.

»Es wird besser werden, glaub mir!«, sagte sie, dann rief sie: »Ja, meine Liebe! Bin ich noch.« Und sie ging zu Mechthild in die Kammer zurück und schloss die Tür hinter sich.

»Kein so aufregender Anblick von dieser Seite her!«

Die tiefe Stimme des Bauern, der Lukas von Minden seit Fürth auf seinem Karren mitfahren ließ, riss diesen aus seinem Halbschlaf.

»Was?« Verwirrt blickte Lukas auf. Das Schaukeln der beiden Ochsenhinterteile vor seiner Nase hatte ihn eingelullt, und seine Augen waren beinahe zugefallen, obwohl der Wind ihm kalt um die Nase und die Ohren pfiff und es auf dem Bock des Karrens alles andere als bequem war.

Der Bauer deutete mit dem Peitschenstiel auf die Mauern von Nürnberg, die vor ihnen aufragten. »Ich meine die Kaiserburg. Von dieser Seite her sieht sie nicht besonders großartig aus.«

Lukas hob den Blick. Der Mann hatte recht. Von dieser Richtung aus gesehen, verbarg sich die Burg hinter einer ganzen Reihe von Bäumen, die um diese Jahreszeit allesamt völlig kahl waren. Die Stadtmauern zu Füßen der Burg wirkten grau und trostlos, alles in allem ein eher bedrückender Anblick.

»Was soll es!« Lukas zog seine Mütze vom Kopf, kratzte sich in den Haaren. Dann richtete er sich auf und streckte den schmerzenden Rücken. »Ich bin ohnehin nicht zum Vergnügen hier.«

Der Bauer, der sich Lukas mit Namen Martin vorgestellt hatte, warf ihm einen neugierigen Seitenblick zu. Bereits kurz nach der Abfahrt in der Nähe von Fürth hatte er Lukas nach dem Grund für seine Reise gefragt, aber da hatte Lukas ihn mit einem ziemlich unfreundlichen Brummen abgewimmelt. Ohnehin hatte er die ganze Fahrt über recht wenig gesprochen, und so hatte Martin es irgendwann aufgegeben, irgendetwas aus ihm herauszubekommen, und sich ebenfalls in Schweigen gehüllt. Jetzt war ihm deutlich anzusehen, dass er auf einen kleinen Schwatz hoffte.

Lukas beschloss, ihm den Gefallen zu tun. »Ich treffe in der Stadt jemanden«, erklärte er. Immerhin hatte Martin ihn den ganzen Weg bis hierher auf seinem Karren mitfahren lassen, und er hatte bisher noch nichts von Bezahlung gesagt. Und außerdem hatte Martin kein einziges Wort darüber verloren, dass Lukas' Gesicht verunstaltet war. Martin nickte. Sein breites Gesicht mit der platten Nase verzog sich zu einem Grinsen. »Eine Frau?«

Lukas schüttelte den Kopf, aber er musste jetzt doch lächeln, auch wenn seine Laune bis zu diesem Moment eher gedämpft gewesen war. »Ich sagte doch, ich bin nicht zum Vergnügen hier.« Und in Gedanken fügte er hinzu: *Welche Frau würde mich schon wollen, mit diesem Gesicht?*

In seiner Oberlippe klaffte ein breiter Spalt, durch den man seinen rechten Schneidezahn sehen konnte. Zu Lukas' Glück betraf dieser Spalt nur seine Lippe und nicht auch noch den Gaumen, wie das bei manchen Kindern, die mit dieser Missbildung zur Welt kamen, der Fall war. Auf diese Weise konnte Lukas weitgehend verständlich sprechen. Nur die B- und P-Laute hörten sich etwas undeutlich an, wenn er sie formte.

Weil Martin noch immer neugierig schaute, fügte Lukas hinzu: »Ich soll mich mit einem Kollegen treffen.«

»Ein Kollege?« Martin ließ die Peitsche knallen, weil seine Ochsen zu trödeln begannen.

»Ich bin ein Medicus.«

Jetzt wirkte der Bauer erstaunt. »Ihr wirkt nicht wie ein Studierter!«, behauptete er.

Lukas musste lachen. »Ihr haltet mich für zu jung, oder?«

Martin nickte. »Ihr seid doch höchstens zwanzig Jahre!«

»Nun. Wenn Ihr es genau wissen wollt: Ich bin achtundzwanzig. Genug Zeit also, um ein Studium der Medizin an einer der großen Hochschulen zu beenden. Doch Ihr habt ins Schwarze getroffen: Ich habe niemals studiert.«

Martin schnalzte mit der Zunge. »Dann seid Ihr ein Scharlatan?« Er fragte das geradeheraus und mit einem entschuldigenden Grinsen in den Mundwinkeln.

Wieder musste Lukas lachen. So langsam hellte sich seine Stimmung auf, und er ertappte sich dabei, dass seine Hand in die Tasche fuhr, um nach dem Brief zu tasten.

Dem Brief, der ihn hierherführte.

»Kein Scharlatan. Ich habe bei zwei richtigen Medici gelernt, bei meinem Vater in Köln und bei einem Freund von ihm, einem echten Studierten hier aus Nürnberg. Und Ihr dürft mir glauben, dass ich weitaus weniger Patienten verloren habe als so mancher studierte Mann!«

Eine Weile schwieg Martin, als müsse er sich den nächsten Satz gut überlegen. »Ihr müsst Euch nicht verteidigen«, meinte er schließlich. »Mir ist es völlig gleichgültig, was Ihr treibt. Dieser Studierte hier aus Nürnberg: Mit ihm trefft Ihr Euch, oder?«

Lukas schwieg. In seinem Innersten tobten die Gefühle, und wieder tastete er nach dem Brief in seiner Tasche.

Martin machte ein aufmunterndes Geräusch, das dem Schnalzen, mit dem er seine Ochsen antrieb, sehr ähnelte.

»Ich habe ihn lange nicht gesehen«, murmelte Lukas. Er blickte auf seine Arme, auf denen sich die feinen Härchen aufgestellt hatten. Mit einer energischen Bewegung setzte er sich die Mütze wieder auf und zog sie tief über beide Ohren.

»Nun.« Martin zerrte an den Zügeln, und seine Ochsen blieben mit einem empörten Grunzen stehen. »Ich wünsche Euch alles Gute.« Er hob den Arm und wies nach vorn.

Lukas blickte hoch.

Vor ihnen ragte die Stadtmauer von Nürnberg auf und warf ihren Schatten auf sie.

Maria mochte das Gasthaus *Zur krummen Diele,* denn in ihren Augen hatte es etwas, das man als Persönlichkeit bezeichnen konnte. Es war um ein Vielfaches kleiner als das protzige sechsstöckige Gebäude am Weißen Turm, dem sein Wirt den Namen *Zum roten Ochsen* gegeben hatte. Während der *Ochse* mit seinen verzierten Balken und den neuen Dachreitern förmlich schrie »Seht her!«, duckte sich die *Diele* in eine Sackgasse im Schatten der Stadtmauer. Ihre Balken waren krumm und schief, und dadurch wirkte das gesamte Gebäude wie ein alterndes Weib, das sich an den Mauern auf seiner linken Seite Halt verschaffen musste.

Wie immer schlug Marias Herz ein wenig ruhiger, sobald sie die

Gasse betrat und vor der Fassade des Gasthauses stehenblieb. Sie hatte schon in vielen solcher Häuser gearbeitet, aber die *Diele* war wie eine Art zweites Zuhause für sie. Was nicht zuletzt an dem Mann lag, den sie hier ab und an treffen konnte und bei dem ihr Herz anfing zu galoppieren, wenn sie nur an ihn dachte.

Ob er heute da war?

Mit einem Anflug von Hoffnung zog sie an der Tür zur Schankstube, die wie immer klemmte. Sie musste mit beiden Händen zugreifen, um sie aufzubekommen, und als sie es geschafft hatte, hätte der eigene Schwung sie beinahe rücklings zu Boden geworfen.

Rasch, um nicht zu viel der angenehm warmen Luft nach draußen zu lassen, betrat sie den schmalen Korridor, zerrte die Tür hinter sich wieder ins Schloss und huschte dann in die Gaststube. Niklas, der Wirt, stand bereits hinter seiner Theke, aber während er sonst emsig damit beschäftigt war, irgendwelche Arbeiten auszuführen, schien er heute völlig in Gedanken versunken und regungslos. Er hatte Marias Eintreten nicht einmal bemerkt und zuckte heftig zusammen, als sie ihm ein »Guten Morgen!« zurief.

»Du solltest die Tür mal wieder richten!«, riet sie ihm. Er glotzte sie so überrascht an, als sei sie endlich auf eines der unsittlichen Angebote eingegangen, die er ihr häufig machte. »Ich? Was? Ja, ja, schon gut!«, murmelte er und rieb sich mit dem Knöchel des Daumens über die Stirn.

Maria trat zu ihm an die Theke. Um diese frühe Tagesstunde war die Schankstube noch leer, doch aus Erfahrung wusste die Hure, dass sich das bald ändern würde. Niklas bot neben Bier auch den ganzen Tag über warmes Essen an, und es gab nicht wenige, die hierherkamen, um sich ein Mittagsmahl zu gönnen. Was im übrigen auch der Grund für Maria war, ihre Arbeit schon am Vormittag aufzunehmen. Irgendwann hatte sie herausgefunden, dass etliche ihrer Kunden – vermutlich die verheirateten – ihre Dienste lieber in einer raschen Arbeitspause in Anspruch nahmen statt am Abend. Maria vermutete, dass sie auf diese Weise ihren Ehefrauen gegenüber besser verheimlichen konnten, dass sie zu einer Hure gingen.

»Was ist los?«, fragte sie den Wirt, der mit großen Augen zur Hintertür starrte, als fürchte er, dort im nächsten Moment den Leibhaftigen auftauchen zu sehen.

Niklas schluckte schwer. Aber bevor er antworten konnte, wurde die Tür von außen geöffnet.

Maria erschrak, als sie sah, wer vom Hof her die Schankstube betrat. Es waren zwei Stadtbüttel. Und Maria kannte beide. Einer von ihnen hatte schiefstehende Zähne und schorfige Lippen, mit denen ihre empfindlichsten Hautpartien bereits des öfteren Bekanntschaft gemacht hatten. Unwillkürlich schüttelte sie sich. »Ludwig!«, sagte sie, als der Blick des Büttels auf sie fiel. Sie neigte den Kopf zu einem Gruß.

Er starrte sie nur an. Schweiß stand ihm auf der Oberlippe, und seine Augen wirkten geweitet und angstvoll. Dann endlich begriff er, wen er vor sich hatte. »Maria!«

Der zweite Büttel war Maria ebenfalls bekannt, jedoch nicht als Kunde, sondern weil er sie einmal festgenommen hatte, als der Stadtrat versucht hatte, die Hurerei in den Mauern unter Kontrolle zu bekommen.

Ihr Zuhälter hatte sie mit einem beträchtlichen Geldbetrag ausgelöst, kurz bevor dieser zweite Büttel dazu gekommen war, sie ins Lochgefängngis zu stecken. Sein hervorstechendstes Merkmal waren seine blonden Haare. Starr und wirr wie Strohhalme standen sie ihm vom Kopf ab, sobald er den Helm abnahm. Er ignorierte Maria.

Mit finsterem Gesicht stapfte er an ihr vorbei. Auch sein Blick wirkte unstet, huschte von rechts nach links, als sähe er irgendwelche Teufel in den Ecken sitzen.

Maria hatte keine Zeit, sich über das seltsame Verhalten der beiden zu wundern, denn der Mann, der nun als Letztes den Schankraum betrat, ließ ihr Herz hüpfen. Groß war er, so groß, dass er sich unter der niedrigen Tür hindurchducken musste. Als er sich in der Schankstube wieder aufrichtete und seine langen schwarzen Haare nach hinten über die Schulter warf, fiel sein Blick auf Maria.

»Maria!«, grüßte er sie. In seinen grünen Augen stand ein unergründlicher Ausdruck, und sehr kurz hatte Maria das Gefühl, hinter seine Fassade aus kühler Selbstbeherrschung blicken zu können. War es Trauer, die sie dort sah?

Sie erwiderte seinen Blick einen winzigen Moment zu lang. Er blinzelte, und fort war das Gefühl, das sie eben nicht richtig hatte zuordnen können.

»Arnulf!«, grüßte sie ihn.

Er war ein Mann der Nürnberger Unterwelt, ein Nachtrabe. Er war Marias Zuhälter.

Hinter Maria stieß Niklas ein kurzes Stoßgebet hervor.

Plötzlich war Maria sich ganz sicher, dass etwas Furchtbares geschehen war. »Arnulf?«, flüsterte sie.

Doch er achtete nicht auf sie. Stattdessen wandte er sich an die beiden Büttel. »Ihr habt Euren Lohn erhalten, und er war fürstlich.« Er deutete zur Hintertür. »Ich erwarte, dass ihr vergesst, was ihr soeben dort hineingebracht habt!«

Trotz der Anspannung, die Maria ergriffen hatte, bemerkte sie die wohlgesetzte Sprache, derer Arnulf sich bediente. Er war in der Lage, von einem Augenblick auf den anderen zwischen dem vornehmsten Gerede und einem wüsten Gossenton zu wechseln.

Ludwig nickte, und er schluckte dabei so heftig, dass Maria es hören konnte.

Arnulfs Blick richtete sich auf den anderen Mann. Eilig nickte auch der.

Arnulf wirkte zufrieden. »Gut. Geht jetzt!«

Die beiden gehorchten, und nachdem die Wirtshaustür hinter ihnen ins Schloss gefallen war, breitete sich eine düstere, drückende Stille in der Schankstube aus.

Jetzt erst wandte Arnulf sich an Maria. Kurz hob sich noch einmal der Schleier der Selbstbeherrschung, und da schlug Maria der Schmerz aus seinem Blick mitten ins Gesicht.

Sie presste beide Hände auf den Busen. »Was ist passiert, Arnulf?«, flüsterte sie.

Er schloss für einen Moment die Augen. Dann hob er den Blick wieder, sah Maria an.

»Komm!«, befahl er.

Und in diesem Moment begannen Marias Knie zu zittern.

Arnulf führte sie zur Hintertür und auf einen von hohen Mauern umgebenen Hinterhof. Ein Holzstoß lehnte an der Hauswand, und einige kaputte Fässer lagen in einer Ecke aufgeschichtet. Ein Müllhaufen verströmte einen muffigen Geruch. Ein Schuppen stand in der hinteren Ecke, und zu diesem brachte der Nachtrabe Maria jetzt.

Maria wollte ihm nicht folgen, wollte nicht wissen, was sich hinter dieser Holzwand verbarg, doch sie konnte einfach nicht stehenbleiben. Willig wie ein Lamm trottete sie Arnulf hinterher, bis er die Hand nach dem Riegel der Schuppentür ausstreckte.

Da erstarrte sie. Und schüttelte den Kopf.

»Nein!« Das Wort entschlüpfte ihr, ohne dass sie es verhindern konnte. »Nein! Nein! Nein!«

Arnulf wandte sich um. Mitleidig sah er sie an, und diese Gefühlsregung war so ungewöhnlich für ihn, dass Maria vor Entsetzen aufwimmerte.

Ihre Gedanken krallten sich an irgendetwas fest, etwas, das nichts mit diesem Schuppen zu tun hatte. Etwas, das … schön war.

»Dagmar hat gestern Abend einen reichen Freier gefunden«, sagte sie. Ihre Stimme stolperte über ihre Zunge.

Ein Schatten glitt über Arnulfs Miene. »Sie hat etwas gefunden«, gab er mit rauer Stimme zurück. »Aber es war kein Freier.« Und mit diesen Worten zog er die Tür auf, packte Maria und schob sie beinahe grob in den Schuppen dahinter.

Maria kniff die Augen zusammen. Sie wollte nicht. Wollte nicht. Wollte nicht sehen, was er ihr zu zeigen gedachte.

»Mach die Augen auf!«, befahl er. Völlig ausdruckslos klang er jetzt. Kalt.

Maria fror. Dann hob sie unendlich langsam die Lider. Und stieß einen langgezogenen, gequälten Schrei aus.

Vor ihr, auf einer behelfsmäßigen Pritsche, die jemand aus einem Brett und zwei Fässern gebaut hatte, lag Dagmar. *Sie schläft!*, kreischte Marias Geist. *Sie schläft, schläft, schläft!* Doch so vehement die Stimme in ihrem Kopf auch darauf bestand, es war mehr als offensichtlich, dass sie unrecht hatte.

Dagmar lag lang ausgestreckt da. Jemand hatte ihr die Hände über dem Bauch gefaltet. Es war eine friedliche Geste. Doch da war dieser große, furchtbare rote Fleck an ihrem Unterleib. Er hatte den Rock durchtränkt und den Saum des Mieders, und die Falten der verschiedenen Stoffe wirkten dunkel und starr.

Vor Blut.

Maria wimmerte. Etwas spannte sich um ihren Oberarm, und sie begriff nur am Rande, dass es Arnulf war, der sie mit starker Hand aufrecht hielt.

Sie konnte den Blick nicht von Dagmars Gesicht lassen.

Das Blut am Unterleib der Freundin war schlimm genug, aber es war das Gesicht, das das Wimmern aus Marias Kehle in ein beständiges, gequältes Stöhnen verwandelte.

Dagmars Augen. Sie waren fort.

Dunkel und ebenso schwarz wie der Stoff des Rockes wirkten die leeren Höhlen, und sie gaben dem vertrauten Gesicht etwas Dämonisches.

»Asasel!«, hauchte Maria.

Arnulfs Griff um ihren Arm wurde fester, doch er konnte nicht verhindern, dass der Boden auf Maria zuzurasen begann. Sie fühlte, wie ihre Sinne schwanden, doch bevor sie zusammenbrach, begann eine Stimme in ihrem Kopf zu kreischen.

Wenn aber dein rechtes Auge dir Anstoß gibt, so reiß es aus und wirf es von dir, denn …

Mehr hörte sie nicht mehr, weil gnädige Finsternis sie umfing.

9. Kapitel

Nachdem Ludmilla noch eine Weile bei Mechthild gesessen hatte, ging sie schließlich, nicht ohne Katharina noch einmal mit einer mütterlichen Geste über die Wange zu streichen.

Katharina kehrte zu ihrem Bett zurück und legte sich erneut darauf, doch dann hielt sie es nicht mehr aus, untätig zu sein. Zusammen mit den Spinnweben in ihrem Kopf war eine große innere Unruhe gekommen, die sie auf die Füße trieb. Sie beschloss, einen Spaziergang zu machen, in der Hoffnung, dass die klirrende Kälte ihre *melancholia* wenigstens ansatzweise vertreiben würde.

Also sagte sie ihrer Mutter Bescheid, nahm Mantel und Haube und verließ das Henkershaus.

Wohl eine gute Stunde ging sie am Ufer der Pegnitz entlang, überquerte den Fluss im Schatten des Spießhauses auf dem Drudensteg und abermals ganz im Osten nahe der Stadtmauer.

An der flachen Ufertreppe nahe der Spitalgasse, die ihr so vertraut geworden war, seit sie sich um Heinrich kümmerte, hielt sie inne.

Ihr Blick fiel auf einen Sack, der sich an der Uferböschung verfangen hatte und der mit einer eigenartig fehl am Platz wirkenden roten Kordel verknotet war. Sie beachtete das Ding nicht weiter – es war wahrscheinlich ohnehin nur irgendwelcher Abfall, den ein bequemer Mensch in den Fluten entsorgt hatte –, sondern wandte sich dem schmalen Pfad zu, der sie direkt zu einem von Heinrichs Unterschlupfen führte. Neben der Brandruine an der Frauentormauer hatte er sich hier am liebsten aufgehalten.

Die alte, trocken gefallene Röhre, in der der Bettler gehaust hatte, ragte verkrümmt aus einer alten Befestigungsmauer wie der Finger eines eingemauerten Riesen. Sie ging vorsichtig, um nicht auf dem eisigen Untergrund auszurutschen, und sie dachte dabei über den Bettler nach.

Gewöhnlich hatte er einen alten, zerschlissenen Lederbeutel bei sich gehabt, sobald er eines seiner Verstecke verließ. Diesen Beutel hatte Katharina jedoch bei seiner Leiche nirgends entdecken können. Vielleicht fand sie ihn ja hier, und vielleicht half es ihr dabei, zu erkennen, wer sein Mörder war.

Um ihren Rock vor dem allgegenwärtigen Schmutz zu schützen, schlang sie ihn so eng wie möglich um die Beine, dann kroch sie in die Röhre hinein. Nach drei Schritten weitete sich der Gang zu einer Art Kammer, deren ursprünglichen Zweck Katharina niemals hatte ergründen können. Knapp mannshohe gemauerte Wände begrenzten einen Raum von ungefähr zwei Schritten Länge und Breite. Durch ein verrostetes Gitter in der Decke fiel ein wenig Tageslicht herein und gab den Wänden, die mit einer glitzernden Schicht weißer Kristalle überzogen waren ein fast märchenhaft anmutendes Gepräge.

Die Röhre, die vermutlich irgendwann einmal als eine Art Abfluss gedient hatte, lief auf der gegenüberliegenden Seite des Raumes weiter und führte von dort aus tiefer in die Erde unter Nürnbergs Pflaster. Doch dieser Weg war nicht begehbar, denn ein weiteres Gitter aus engstehenden Eisenstäben verwehrte den Zutritt.

In einer der vier Ecken des Raumes lag ein Haufen Lumpen – Heinrichs Lager.

Katharina schluckte, als sie einen Blick darauf warf. Es war ein erbärmliches Bett, nur schmutzige Fetzen irgendwelcher alter Decken, die andere fortgeworfen hatten, dazu ein alter Sack aus grauem Leinen, aus dem ein paar brüchige Strohhalme staken. In seiner Verlassenheit wirkte dieses Lager unendlich traurig. Es war ein Zuhause gewesen, ein kaltes, feuchtes Zuhause, aber immerhin ein Zuhause. Dessen Herr jetzt niemals wiederkehren würde.

Katharina schluckte die trübseligen Gedanken hinunter und näherte sich dem Lager. Der vertraute Geruch Heinrichs schlug ihr entgegen, diese Mischung aus Kot, Urin und Schweiß, die sie am Anfang geekelt, die sie jedoch irgendwann kaum noch wahrgenommen hatte. Jetzt machte dieser Geruch, dass ihr Tränen in die Augen stiegen.

Sie unterdrückte sie nicht, sondern ließ ihnen freien Lauf, während sie sich über das Lager beugte und die Decken nach dem Beutel durchsuchte. Wahrscheinlich, dachte sie, waren dies die ersten Tränen, die überhaupt um Heinrich vergossen wurden. Der Gedanke war nicht geeignet, sie aufzuheitern.

Die Decken sandten einen durchdringenden Schimmelgeruch aus, als Katharina sie anhob. Sie musste husten. Mit dem linken Ärmel bedeckte sie Mund und Nase, während sie mit der rechten Hand weiterforschte.

Kein Beutel.

Mit zusammengepressten Lippen richtete sie sich auf, aber bevor sie darüber nachdenken konnte, was sie nun tun sollte, ertönte hinter ihr eine Stimme: »Suchste das hier?«

Vor Schreck schrie sie auf und fuhr herum.

Vor ihr stand … Heinrich!

Ihr Herz geriet ins Stocken, bevor sie merkte, dass sie sich getäuscht hatte, dass der Mann in dem zerlumpten Mantel mit den zotteligen Haaren und den wie irre aufgerissenen Augen nicht Heinrich war, ihm nur in schrecklicher Weise ähnelte.

»Hast du mich erschreckt!«, keuchte sie.

»Wieso? Du bist doch in meinem Heim!«, war die kühle Antwort. Der fremde Mann ließ den Lederbeutel sinken, den er in der erhobenen Hand gehalten hatte, dann drängte er sich an Katharina vorbei und stellte provozierend einen Fuß auf das Lager. Langsam ließ er seinen Blick an Katharinas Gestalt auf und ab wandern. »Siehst nicht gerade so aus, als seiste 'ne Bettlerin«, stellte er fest. Sein rechtes Auge war entzündet und tränte so heftig, dass seine gesamte Wange nass war.

»Bin ich auch nicht.« Katharina trat einen Schritt näher, weil sie sich das Auge genauer ansehen wollte. Doch der Mann hob abwehrend die Hände und knurrte sie an.

Rasch wich Katharina wieder zurück. »Schon gut! Ich will dir nichts tun! Und ich will dir auch nicht dein Zuhause wegnehmen.«

Der Mann entspannte sich ein wenig. »Gut. Was willste denn?« Nochmals hob er den Lederbeutel, so dass Katharinas Blick darauffiel.

»Der hat Heinrich gehört, oder?«, fragte sie.

Der Mann nickte unwillkürlich, dann schüttelte er den Kopf. »Ist meiner! Ich habe ihn gefunden, also gehört er mir!« Wieder bleckte er die Zähne, und diesmal fiel Katharina auf, dass nicht nur sein Auge entzündet war, sondern sein gesamtes Zahnfleisch. Es hatte die Farbe reifer Kirschen.

Heinrich hatte wunderschöne weiße Zähne gehabt. Der Gedanke kam so unvermittelt, dass sie nach Luft schnappte.

Der Bettler zuckte zusammen. Seine Augen weiteten sich noch ein wenig mehr. Katharina konnte die Adern sehen, die das entzündete durchzogen.

»Ich will ihn dir nicht wegnehmen«, versuchte sie den Mann zu beruhigen. »Ich bin nur auf der Suche nach etwas.«

»Was?« Der Blick des Bettlers huschte zum Eingang des Raumes. Ganz im Gegensatz zu seinem selbstsicheren Auftreten zu Beginn wirkte er jetzt eher wie ein gehetztes Tier.

»Du musst dich nicht fürchten«, beruhigte Katharina ihn. »Heinrich wird nicht zurückkommen.« Sie hatte einfach vermutet, dass es das war, was ihn besorgte.

Sie schien richtig geraten zu haben, denn der Bettler entspannte sich sichtlich. Dann jedoch fragte er misstrauisch: »Warum nicht?«

»Weil er tot ist.«

»Tot!« Der Bettler ließ sich gegen die Wand sinken.

Katharina nickte. »Tot. Ich bin auf der Suche nach einem Hinweis, ob er Verwandte hatte. Oder Freunde. Jemand, den man benachrichtigen muss.«

»Cornelius war ein Freund«, murmelte der Bettler.

»Cornelius?« Katharina streckte eine Hand aus und drehte die Fläche nach oben. »Wo finde ich diesen Cornelius?«

Der Bettler schlug sich mit der geballten Faust an die Brust. »Cornelius mochte Heinrich.«

»Sag mir, wo ich ihn finde, damit er erfährt, was passiert ist!«, bat Katharina ihn. Dann erst ging ihr auf, dass der Bettler ihr ihre Frage längst beantwortet hatte.

Die Schläge auf die Brust: Sie waren die Antwort.

»Du bist Cornelius?«, fragte sie.

Der Bettler nickte dreimal schnell nacheinander. »Heinrich war ein guter Freund«, nuschelte er. Noch immer schlug er sich mit der Faust vor die Brust.

Katharina trat nun direkt vor ihn hin. Behutsam griff sie nach seiner Hand. Cornelius wehrte sich, wollte sich ihr entziehen, doch Katharina hielt ihn fest. Seine Haut war kalt und ledrig unter ihren Fingerspitzen, doch dafür, dass er in einem erbärmlichen Zustand war, hatte er erstaunlich viel Kraft. Irgendwann jedoch gab er seinen Widerstand auf.

Er erstarrte zur Bewegungslosigkeit und rührte sich nicht mehr.

»Heinrich hätte gewollt, dass Cornelius seine Sachen kriegt«, flüsterte er. Angst leuchtete in seinen Augen, pure, kindische Angst. Katharina strich ihm über den Handrücken, und er kniff erschrocken die Lider zusammen.

»Still! Niemand wird dir Heinrichs Sachen wegnehmen!« Ein kurzer gehässiger Gedanke zuckte ihr durch den Kopf: *Ein schöner Freund bist du! Heinrich ist noch keine vierundzwanzig Stunden tot, und schon hast du dir seine Habseligkeiten unter den Nagel gerissen!* Doch sie schob diese Regung von sich. Was wusste sie schon über das harte Leben auf der Straße, dass sie es sich erlauben durfte, ein Urteil über diesen Elenden zu fällen?

Misstrauisch öffnete Cornelius die Augen wieder. »Wirklich?«

Katharina nickte. »Ich möchte nur einen Blick hineinwerfen. Darf ich das?« Sie zeigte auf den Beutel.

Cornelius schüttelte den Kopf. »Ist nichts drin, von seiner Schwester oder so.«

Katharinas Kinn ruckte hoch. »Schwester? Er hatte eine Schwester?« Sie hatte gedacht, er sei als Waisenkind in einem Stift aufgewachsen. Offenbar hatte sie sich getäuscht.

»War nur so 'ne Art Schwester.«

Katharina begriff nicht, was er meinte, darum sagte sie das Erste, das ihr durch den Sinn schoss: »Du meinst, eine Nonne?«

Zu ihrer Verblüffung warf Cornelius den Kopf in den Nacken und lachte auf. Es klang wie das Heulen eines Tieres, aber es war eindeutig ein Lachen. »Nee!« Wieder lachte er, als hätte sie einen ausnehmend guten Witz gemacht.

»Was dann?« Katharina spürte, wie sie begann, die Geduld mit Cornelius zu verlieren.

»Na, das Gegenteil!«

»Das Gegenteil von einer Nonne?« Frustriert biss Katharina sich auf die Unterlippe. Was hatte das nun wieder zu bedeuten?

Da ließ Cornelius sich an der Wand nach unten gleiten. Grinsend schielte er von dort zu Katharina hinauf, formte seine rechte Hand zu einer Röhre und machte eine eindeutige Geste direkt vor seinem Schritt.

Schlagartig schoss Katharina die Röte ins Gesicht. »Du meinst …« Vor Verlegenheit blieb ihr die Spucke weg.

»'ne Hure!«, rief Cornelius und lachte wieder, so laut diesmal, dass es Katharina in den Ohren dröhnte. »Sie ist nicht seine richtige Schwester, weil er keine ja Verwandten hat. Ist als Kind aufer Treppe vonner Kirche gefunden worden. Genau wie seine Schwester.«

»Weißt du ihren Namen?«, fragte Katharina.

Er schien gefallen an seiner Geste gefunden zu haben, völlig versunken starrte er auf seine Hand, die sich noch immer in eindeutiger Manier auf und ab bewegte. »Ihren Namen?« Versonnen klang er jetzt, und seine Linke tastete nach den Knöpfen, die seine Hose verschlossen.

Katharina spürte, wie ihr sämtliches Blut aus dem Gesicht wich. »Lass das!«, fuhr sie Cornelius an, aber der ließ sich nicht davon abbringen, sein Hosenlatz aufzuknöpfen.

»Nenn mir ihren Namen!«, befahl sie schrill. Sie wich einen Schritt rückwärts, versuchte verzweifelt, ihren Blick von Cornelius zu lassen.

Da hielt er mitten in der Bewegung inne und blickte Katharina ins Gesicht. »Ihr Name?« Seine Linke wanderte in seine Hose.

Katharina schluckte gegen die Übelkeit an, die sie zu überkommen drohte. Sie machte auf dem Absatz kehrt und lief aus der Höhle.

Den Ruf, den Cornelius hinter ihr herschickte, hörte sie durch das Rauschen in ihren Ohren kaum.

»Dagmar!«, schrie er. »Ihr Name ist Dagmar!«

Niklas hatte das Gasthaus nicht geöffnet, obwohl der Einbruch der Dunkelheit dicht bevorstand, und so saß Maria in der zunehmenden Dämmerung unbehelligt auf ihrem Schemel und starrte blicklos vor sich hin. Nachdem sie wieder zu sich gekommen war, hatte sie erkannt, dass Arnulf sie in eines der Zimmer im oberen Stockwerk geschafft und auf das Bett dort gelegt hatte. Sie war eine Weile auf der Bettkante sitzengeblieben und dann nach unten in die Schankstube gegangen, wo sie sich schweigend und nachdenklich niedergelassen hatte. Ebenso schweigend hatte Niklas ihr ein Bier hingestellt.

Arnulf war fort, und Maria verspürte Bedauern angesichts dieser Tatsache. Eine Weile suhlte sie sich in diesem Selbstmitleid, um der furchtbaren Erinnerung an die tote Freundin um jeden Preis auszuweichen. Dann jedoch kam es ihr unangemessen vor, um sich selbst zu trauern, statt um Dagmar, und in diesem Moment kehrten die Erinnerungen an die Leiche zurück. Die blasse Haut, das getrocknete Blut auf Unterleib und Wangen. Die leeren Augenhöhlen.

Das ganze Blut …

Maria stöhnte auf und kippte vornüber. Fast wäre sie mit der Stirn gegen den Rand des Bierglases geschlagen. Gerade noch rechtzeitig konnte sie sich abfangen.

Niklas stand hinter der Theke und schaute sie besorgt an.

Um die furchtbaren Bilder loszuwerden, konzentrierte sich Maria auf das Glas vor sich. Der Schaum darauf hatte eine seltsame gelbliche Farbe und strömte einen leicht muffigen Geruch aus. Ein Zeichen dafür, dass das Wasser, mit dem das Bier gebraut worden war, nicht ganz sauber gewesen war.

Maria spürte, wie ihr schlecht wurde. Sie versuchte ein Würgen zu unterdrücken, doch es war stärker als sie. Hastig sprang sie auf und stürzte durch die Hintertür nach draußen in den Hof.

Sie übergab sich so lange auf den Müllhaufen, bis ihr Magen anfing zu schmerzen und ihre Kehle von der bitteren Galle brannte. Nach Stunden, so kam es ihr vor, richtete sie sich keuchend auf und wischte sich die Tränen aus den Augen.

»Geht es wieder?«

»Arnulf!« Erfüllt von grenzenloser Erleichterung fuhr sie herum. »Du bist wieder da!«

Im nächsten Moment zog er sie an sich, umfing sie mit seinen Armen. Sie konnte seine großen Hände auf ihrem Rücken spüren, deren Wärme, die durch ihr Mieder drang und ihre klamme Haut glühen ließ.

Es tat gut, ihn zu spüren. So gut, dass Maria nun endlich die Tränen in die Augen schossen, die sie vor lauter Entsetzen bisher nicht um Dagmar hatte weinen können.

Sie schluckte schwer.

»Scht!« Arnulf wischte ihr über die Wangen. »Nicht! Komm!«

Er nahm ihre Hand wie die eines kleinen Kindes, und dann führte er sie zurück in die Gaststube. Aber statt sich dort mit ihr wieder an den Tisch zu setzen, auf dem noch immer ihr Bier stand, zog er sie weiter. Zu der Treppe, die seitlich aus der Schankstube ins obere Stockwerk führte.

Marias Schritt stockte. Arnulf stieß die erste der Türen auf und lotste Maria hindurch.

Maria lag mit dem Kopf auf Arnulfs nacktem Bauch und lauschte den Geräuschen, die seine Gedärme machten, während ihr die Tränen lautlos aber stetig über das Gesicht rannen.

Auch Arnulf hatte geweint, als er kurz zuvor Maria mit der Intensität eines Ertrinkenden an sich gezogen und sie dann aufs Bett geworfen hatte. Sie waren zu dritt gewesen, während seine Hände den Weg erst unter Marias Rock, dann auch unter ihr Mieder gefunden hatten. Dagmar war bei ihnen gewesen, und sie waren sich dessen beide deutlich bewusst gewesen.

Jetzt lauschte Maria in sich hinein, um zu ergründen, was der wahre Grund für ihre Tränen war. Sicher, sie trauerte um die Freundin. Aber sie trauerte auch, und das verursachte ihr ein ziemlich schlechtes Gewissen, um eine vertane Gelegenheit. Seit langem schon war sie heimlich in Arnulf verliebt. Sie hatte sich vorgestellt, wie es sein mochte, wenn er sie an sich zog und liebte. Und jetzt war es passiert, und es war so gänzlich anders gewesen als all ihre schwärmerischen Phantasien, die Maria sich trotz der Härte ihrer Profession bewahrt hatte. Es hatte nichts Zärtliches an sich gehabt, war ihr vorgekommen wie ein reiner Akt der Verzweiflung. Und jetzt empfand sie dort, wo früher die Sehnsucht nach Arnulfs Körper gesessen hatte, eine große Leere.

Über seine nackte Brust hinweg versuchte sie, einen Blick in sein Gesicht zu werfen.

Seine Augen waren halb geschlossen, doch sie konnte die Pupillen hinter den gesenkten Lidern sehen. Sie waren weit und rund.

»Was denkst du?«, fragte er.

Sie zuckte zusammen. Fast hätte sie ihm von ihren Gefühlen erzählt, doch sie biss sich auf die Zunge. »An Dagmar«, sagte sie stattdessen.

Ein Seufzer entstand in seiner Brust, so tief, dass es ihn schüttelte, als er ihn herausließ. »Du hast sie gemocht, oder?«

Maria nickte nur. Ihre Haare lagen wie die Schlangen der Medusa auf seiner blassen Haut. Er griff nach einer der Strähnen und wickelte sie sich um den Finger.

»Und du?«, fragte Maria. Sie zitterte vor der Antwort.

»Ich habe sie geliebt«, sagte er leise.

Maria schloss die Augen.

Ihre Hände tasteten unter die Matratze, wohin sie Mimi gestopft hatte, als Arnulf vorhin begonnen hatte, sie auszuziehen. Die Puppe steckte zur Hälfte unter dem rauen Stoff, doch Marias Fingerkuppen fuhren nur über ihren struppigen Haarschopf. Es gelang ihr nicht, die Puppe mit der Faust zu umschließen, und auf keinen Fall wollte sie Arnuf auf sie aufmerksam machen. Also ließ sie die Hand, wo sie war, und konzentrierte sich auf das Gefühl, dass die Puppe an ihren Fingerspitzen verursachte.

Etwas wuchs in ihrer Brust. Es fühlte sich an wie ein fester, schmerzhafter Knoten, der sich ausdehnte, größer und größer wurde, bis er ihre Rippen schmerzen ließ und ihr Herz ebenso. Sie wusste, sie hatte es schon einmal gefühlt, doch sie konnte sich einfach nicht daran erinnern, wann das gewesen war.

Mit einem Anflug von Unbehagen streckte sie sich stärker, um Mimi doch noch in die Finger zu bekommen.

Arnulf stieß ein schläfriges Brummen aus, und sie erstarrte wieder zu Regungslosigkeit.

Der Knoten, der sie komplett ausfüllte, wuchs noch einmal, wurde zu einer Faust, die sich um ihr Herz schloss und es quetschte, bis Maria kaum noch Luft bekam. Sie mühte sich, ihre Gedanken auf Dagmar zu richten, rief sich sogar die furchtbaren leeren Augenhöhlen zurück ins Gedächtnis.

Du sollst nicht verlangen nach irgendetwas, das deinem Nächsten gehört!, keifte eine Stimme in ihrem Kopf.

Ruckartig richtete Maria sich auf.

Im Zimmer war es warm, weil ein kleiner Ofen gründlich angeheizt worden war und eine behagliche Wärme abstrahlte. Dennoch fror Maria plötzlich erbärmlich.

»Was hast du?« Auch Arnulf setzte sich hin. Fragend betrachtete er Maria, und sie wurde sich plötzlich der Tatsache bewusst, dass sie nackt war. Rasch langte sie nach ihrem Rock und bedeckte damit ihre Blöße.

»N...ichts.« Sie stotterte, und an der Art, wie Arnulf die Augenbrauen zusammenzog, sah sie, dass er ihr nicht glaubte.

Sie wollte etwas sagen, hatte den Mund schon auf, als die keifende Stimme sie zornig anfuhr: *Er gehört dir nicht, du dumme Pute! Wie kannst du es wagen, zu glauben, dass er dir jemals gehören könnte?*

Arnulf hatte sich jetzt erhoben und begann sich anzuziehen, ohne dabei den Blick von ihr zu lassen.

»Es ... ist nichts.« Maria musste die Zähne voneinander lösen, bevor sie den Satz zu Ende sprechen konnte.

Lügen ist eine schlimme Sünde, mein Fräulein! Gott wird dich strafen, wenn du lügst!

Maria presste den Rock fester gegen den Leib und drückte sich in die Kissen des Bettes. Arnulf hatte inzwischen Hose und Stiefel an. Mit dem Hemd in der Hand kam er auf sie zu, blickte auf sie nieder und kniete sich dann vor ihr hin. »Was ist nur mit dir?« Maria klammerte sich an den besorgten Ausdruck seiner grünen Augen, hielt sich daran fest, um das Grauen zu bekämpfen, das die Stimme in ihr wachrief.

»Nichts!« Sie schrie beinahe. »Es ist nichts!« Wie unter einem Schlag krümmte sie sich. »Bitte geh!« Auf keinen Fall wollte sie, dass er sie so sah, so elend, so ... kindlich.

Irritiert von ihrer Heftigkeit, stand er auf. »Bist du sicher? Soll ich Sibilla holen?«

Sibilla war nicht nur eine Engelmacherin. Ab und an kümmerte sie sich auch um die Jüngeren unter den Huren und ihre augenfälligsten Probleme.

Maria schüttelte den Kopf. »Nein. Geh nur!« Sie hob den Arm und deutete auf die Tür.

Da endlich nickte er. »Wenn du es so willst.« Er beugte sich über sie, gab ihr einen sanften Kuss auf den Scheitel, dann zögerte er und legte ihr die Hand auf die Stirn.

Sie schlug sie weg. »Ich bin kein Kind!«, rief sie aus.

Er richtete sich auf. »Ich wollte nur sehen, ob du Fieber hast.« Er warf sich das Hemd über, stopfte es in die Hose und griff dann nach dem Türknauf. Noch einmal sah er auf Maria nieder. Dann ging er. Leise zog er von außen die Tür ins Schloss, doch das Geräusch hallte in Maria wider wie ein Schuss.

»Ich wollte ihn Dagmar nicht wegnehmen!«, flüsterte sie. Ihre Augen brannten jetzt, aber sie konnte nicht weinen.

Kleine, widerliche Diebin!, kreischte die Stimme in ihrem Kopf. *Du bist eine Sünderin vor dem Herrn!*

Mit einem verzweifelten Schrei warf sie sich zur Seite. Sie grabschte nach Mimi, riss sie an sich und wiegte sie in den Armen wie ein kleines Kind. Und dann begann sie ein Schlaflied zu summen, das sie früher immer gesungen hatte. Wenn Dagmar in der Dunkelheit vor Angst zu weinen begonnen hatte, hatte sie sich so das eigene Entsetzen vom Leib gehalten. Jetzt jedoch half es nicht mehr.

Es war schon dunkel, als Richard vor dem Gasthaus *Zur krummen Diele* eintraf und in der Gasse davor unschlüssig stehenblieb. Nach der erschreckenden Vision am Schönen Brunnen war er nach Hause zurückgekehrt, hatte stundenlang in seinem Kontor gesessen und vor sich hin gegrübelt. Dabei waren die alten Bilder zurückgekehrt, die ihn früher gequält hatten, die Visionen von schwarzem Wasser und darin schwebenden Knochen, die er glaubte hinter sich gelassen zu haben. All das hatte ihn mit solchem Entsetzen erfüllt, dass er sich entschlossen hatte, dem zu entfliehen. Also hatte er sein Haus erneut verlassen und war eine ganze Weile lang durch das winterlich kalte Nürnberg gelaufen. Die Kälte hatte für ein wenig Entspannung gesorgt, aber das Zittern seiner Hände hatte er nicht in den Griff bekommen.

»Silberschläger, du verdammter Mistkerl!«, murmelte er jetzt, da er vor der schiefen Tür des Gasthauses stand und überlegte, ob er hineingehen und sich einen heißen Gewürzwein gönnen sollte.

Bevor er zu einem Entschluss kam, drückte jemand von innen gegen die Tür, um sie zu öffnen. Wie schon so oft klemmte sie, und der Gast musste sich mit der Schulter dagegenwerfen. Dabei nahm er zu viel Schwung, die Tür flog mit einem Ruck auf, und der Mann landete beinahe vor Richards Füßen.

Gerade noch konnte Richard zugreifen und ihn vor dem Stürzen bewahren.

»Danke!« Der Mann fand sein Gleichgewicht wieder und musterte Richard von oben bis unten. Er war kleiner als Richard, und es war nicht zu erkennen, ob er schlank oder dick war, denn er hatte sich in so viele Schichten Kleidung gehüllt, dass er wirkte wie ein unförmiges Fass. Ein grob gestrickter, grauer Wollschal war mehrfach um seinen Hals geschlungen und verdeckte halb einen zauseligen Bart. Aus dem Mund des Mannes drangen weiße Atemwolken wie Nebelschwaden.

Richard nickte dem Mann zu, der setzte seinen Weg fort, ohne die Tür hinter sich zu schließen. Richard entschied, es als Zeichen zu nehmen. Er holte Luft, wappnete sich gegen die stickige Luft drinnen, dann streckte er die Hand nach dem Türgriff aus.

»Warte einen Moment«, sagte eine dumpfe Stimme.

Richard drehte sich um. Es war inzwischen vollständig dunkel geworden, so dass die Schatten sich in die Ecken und Winkel zwischen den Häusern zurückgezogen hatten wie lebendige Wesen, die vor dem schwachen Lichtschein, der aus den Gasthausfenstern drang, flohen. In einem dieser Schatten, keine vier oder fünf Schritte von Richard entfernt, stand ein Mann. Richard konnte sein Gesicht nicht erkennen, denn ein großer federgeschmückter Hut beschattete es.

Unwillkürlich tastete Richards Rechte nach dem Schwert.

»Sag nicht, du hast vor, mich aufzuschlitzen?« Der Mann trat einen Schritt vor, und jetzt fiel das Licht aus den Gasthausfenstern unter die Krempe seines Hutes.

»Arnulf!«, rief Richard aus. »Liebe Zeit, musst du dich so anschleichen?«

Der Mann nahm den Hut ab und schüttelte seine langen schwarzen Haare, die er, anders als es früher seine Gewohnheit gewesen war, nicht zu einem Zopf gebunden hatte. »Bist ein wenig schreckhaft heute, oder wie?«

Sie umarmten sich, wie sie es manchmal taten, wenn sie sich länger nicht gesehen hatten. Sie waren Freunde seit Kindheitstagen, und selbst die Tatsache, dass sie völlig verschiedene Leben lebten, hatte daran nichts ändern können. Vor drei Monaten hatte Richard Arnulf kurze Zeit für tot gehalten. Der Nachtrabe war beim Kampf gegen den Engelmörder in einen Brunnen gefallen und daraus nicht wieder aufgetaucht. Die darauffolgenden Tage waren einige der schlimmsten in Richards gesamtem Leben gewesen, nicht nur, weil er sich von den Wunden erholen musste, die der Engelmörder ihm beigebracht hatte, sondern auch, weil die Trauer um den Freund ihn fast umgebracht hätte. Selbst jetzt, Wochen später, verspürte er noch die Erleichterung, die er empfunden hatte, als der Freund eines Tages, auferstanden wie Lazarus aus dem Grab, plötzlich wieder vor ihm erschienen war.

Arnulf musterte Richard. »Siehst irgendwie nicht gut aus, aber lass uns lieber erst mal reingehen. Bei dieser Kälte frieren ei'm ja sogar die Eier in der Hose!«

Es war dieser raue Gossenton, der Richard ein wenig aus seiner grauenerfüllten Erstarrung riss. »Bei allen Heiligen, du glaubst nicht, wie gerne!«, lächelte er.

Arnulf schob sich an Richard vorbei, langte nach dem Türknauf und zog die Tür vollständig auf. »Bitte! Nach dir!«

Kurze Zeit später saßen sie an einem der Wirtshaustische und warteten darauf, dass der Wirt ihnen zwei Becher mit Glühwein brachte, den sie bestellt hatten.

»Warum siehst du so beschissen aus?« Arnulf legte die Unterarme auf der Tischplatte ab und verschränkte die Finger ineinander. Eine Hure mit einem dunkelgrünen Kleid saß an Niklas' Theke und musterte Richard interessiert. Sie wandte sich jedoch anderen Dingen zu, als Arnulf ihr einen finsteren Blick zuwarf.

Richard zuckte die Achseln. Er war hier, weil er vergessen wollte, und er hatte keine Lust, über die ganze Sache zu reden. »Ein paar alte Befindlichkeiten«, meinte er nur und hoffte, er höre sich ausreichend beiläufig an.

Arnulf blickte ihn aufmerksam an. Dann nickte er. »Wenn du meinst!«

Niklas kam und brachte ihnen den bestellten Wein. Anders als der Wirt vom *Roten Ochsen* machte er sich nicht die Mühe, die Tischplatte sauberzuwischen, bevor er die beiden Becher abstellte. Dann ging er wieder.

Richard fegte ein paar Krümel zu Boden.

Die Hure im grünen Kleid hatte sich entschlossen, einen Vorstoß zu wagen, und war von ihrem Hocker aufgestanden. Arnulf schoss erneut einen grimmigen Blick auf sie ab, und sie setzte sich wieder hin.

Der Nachtrabe nahm seinen Becher, trank einen Schluck, ohne zu prüfen, ob der Wein vielleicht für seine Lippen zu heiß war. Als er schluckte, sah Richard seinen Kehlkopf hervortreten.

Er wollte etwas sagen, das war deutlich.

Richard griff ebenfalls nach seinem Becher, trank jedoch nicht. Er blickte auf die dunkelrote Flüssigkeit darin und den Dampf, der davon aufstieg. »Was ist los?«, fragte er.

Da seufzte Arnulf. »Ich fürchte, ich brauche deine Hilfe!« Er zögerte. »Komm mit!«, bat er dann, stemmte beide Fäuste auf der Tischplatte ab und erhob sich.

Richard stand gleichfalls auf.

Arnulf warf Niklas, dem Wirt, einen Blick zu, der wich ihm aus, und ohne das Wort an ihn zu richten, führte der Nachtrabe Richard zu Hintertür hinaus und zu einem Schuppen, der sich im Hof befand.

Er zögerte erneut, bevor er die Tür öffnete, doch dann tat er es mit einem entschlossenen Ruck und machte Richard den Weg ins Innere des Schuppens frei.

Mitten in dem kleinen Raum, umgeben von Fässern und Regalen voller Tonkrüge der verschiedendsten Größen und Arten, lag ein großer, mit einem Tuch abgedeckter Gegenstand auf einer behelfsmäßigen Pritsche, die man aus einem Brett und zwei Fässern gebaut hatte.

Richard schluckte. Er hatte diese Form oft genug gesehen, um zu wissen, dass sich unter den unordentlichen Falten des Tuches ein menschlicher Körper befand. »Eine Leiche?«, fragte er.

Arnulf nickte nur. Er stand da, als blicke er auf einen Altar, die Hände vor dem Leib gefaltet und den Kopf leicht gesenkt. Richard konnte an seinem Hals eine einzelne Ader klopfen sehen, und in ihm keimte der Verdacht, dass sich unter diesem Tuch jemand befand, der seinem Freund nahegestanden haben musste.

»Wer ist sie?«, murmelte er.

Arnulf warf ihm einen Seitenblick zu. »Ihr Name ist … war Dagmar.« Er entflocht umständlich die Finger, dann ließ er die Gelenke knacken, bevor er sich entschließen konnte, das Leichentuch zu berühren. Mit einem weiteren tiefen Durchatmen faltete er das Tuch so, dass Kopf und ein Teil des Oberkörpers der Leiche sichtbar wurden.

Richard musste sich beherrschen, um nicht durch die Zähne zu pfeifen. Die Leiche hatte keine Augen mehr. Dunkel und verkrustet von Blut und getrocknetem Schleim starrten die leeren Höhlen ihm entgegen. Er brauchte einen Moment, um sich wieder zu fangen, doch dann registrierte er weitere Einzelheiten. Den zierlichen Körper der Toten, ihre Haare, die zu einer kunstvollen Frisur hochgesteckt worden waren. Ein enges Mieder umschloss eine schmale Taille und einen kleinen Busen, der mit einer ganzen Kaskade von Sommersprossen bedeckt war. Auch das Gesicht schien voller Sommersprossen zu sein, aber das konnte Richard unter dem Blut nur schwer erkennen.

Er holte Luft. Ein schwerer, metallischer Geruch legte sich auf seine Zunge, und als Arnulf das Tuch jetzt gänzlich fortzog, wusste Richard, woher er kam.

In der Bauchdecke der Toten klaffte eine tiefe dunkelrote Wunde. Blut hatte sich über ihren gesamten Rock ergossen und ihn in schwärzlichen Falten erstarren lassen. Richard glaubte, in der Wunde das hellere Rosa einer Darmschlinge leuchten zu sehen.

Mit prüfendem Blick tastete er die Leiche ab. Dann wies er auf die Bauchwunde. »Sieht aus wie eine Dolchwunde.«

»Ach nee?« Arnulf bemühte sich sichtlich, keine Erregung zu zeigen, aber es gelang ihm nicht. Richard konnte die Trauer in seinen Augen sehen, die er empfand.

»Tut mir leid!«, murmelte er.

Arnulf nickte. Er war blass geworden.

»Sie stand dir nahe, oder?«, fragte Richard.

»Sie war eine Hure.«

»Schon klar.« Richard wusste, dass ungefähr eine Handvoll Frauen für Arnulf auf die Straße gingen. Er missbilligte diese Tätigkeit seines Freundes, aber er hatte bereits vor langer Zeit gelernt, sie hinzunehmen.

»Ich mochte sie.« Arnulf wurde sich bewusst, dass er das Leichentuch noch immer in den Händen hielt. Mit einem geschickten Schwung warf er es wieder über Dagmars Leib, so dass nur noch ihr Kopf zu sehen war.

Gerne hätte Richard das Gesicht mit den ausgestochenen Augen ebenfalls bedeckt, doch er unterdrückte den Wunsch, Arnulf darum zu bitten.

»Wie kommt sie hierher?« Es war die erste Frage, die ihm einfiel. »Ich meine, sie wurde doch nicht hier in dieser Kammer ermordet.«

Arnulf schüttelte den Kopf. »Ein Nachtwächter fand sie in einem Hinterhof. Wegen der Engelmorde vor ein paar Monaten entschied man, sie ins Predigerkloster zu bringen.«

Richard dachte an Silberschläger und das starre Entsetzen, mit dem der Bürgermeister auf den Fund der Leiche im Sebaldusgrab reagiert hatte. »Sie wollen wohl vermeiden, dass es zu ähnlichen Ausschreitungen kommt wie im Sommer.«

»Die Morde damals hatten nicht das Geringste mit Dagmar zu tun«, widersprach Arnulf.

Richard legte die Spitzen von Daumen und Zeigefinger auf den Nasenrücken und massierte ihn. »Es gibt unterschiedliche Engelschöre«, sagte er – langsam, weil er nachdenken musste, während er sprach. »Die Seraphim, die als die Vielgeflügelten gelten. Nach ihnen folgen die Cherubim.« Er richtete den Blick auf Arnulf. »Und die gelten als diejenigen, die Gottes Herrlichkeit schauen. Ihre Körper sind übersät mit …«

»… Augen«, ergänzte Arnulf dumpf.

Richard nickte. »Ich kann verstehen, dass man zu vermeiden sucht, dass die Menschen einen Zusammenhang konstruieren. Aber das war eigentlich nicht meine Frage. Ich wollte von dir wissen, wie Dagmars Leiche vom Kloster hierhergekommen ist. Gelaufen wird sie ja kaum sein.«

Arnulf zuckte zusammen. Dann rieb er sich über das Kinn, so dass die Bartstoppeln, die dort sprossen, ein raspelndes Geräusch von sich gaben. »Bürgermeister Zeuner hat inzwischen einen Nachfolger«, erklärte er. »Sein Name ist Gernot Silberschläger.«

»Oh ja, den kenne ich«, grollte Richard. Er wollte noch etwas hinzufügen, aber Arnulf sprach bereits weiter.

»Der Mann ist ein Widerling. Erst lässt er Dagmar ins Predigerkloster schaffen und kurz darauf gibt er Befehl, sie einfach sang- und klanglos in einem Armengrab zu verscharren. Das wollte ich verhindern.«

Richard nickte nachdenklich. »Du hast jemanden bestochen?«, fragte er.

»Zwei Büttel, die häufiger einmal für mich arbeiten. Sie haben sie aus dem Kloster wieder abgeholt und hierhergebracht.« Nachdem er das gesagt hatte, versank Arnulf für eine Weile in brütendes Schweigen.

»Wozu brauchst du meine Hilfe?«, fragte Richard schließlich.

Arnulf deutete mit dem Kinn auf Dagmar. »Ich habe mir geschworen, denjenigen zu finden, der sie umgebracht hat. Was ich vorher aber wissen muss, ist: Muss ich auch nach jemandem suchen, der mein Kind auf dem Gewissen hat?«

Verwirrt sah Richard ihn an. »Dein Kind?«

»Kurz bevor sie ermordet wurde«, erklärte Arnulf, »war sie bei mir und hat mir erzählt, dass sie ein Kind erwartet.«

Richard rieb sich über die Stirn. »Und du könntest der Vater sein.«

»Möglich wäre es.«

Richard dachte nach. Langsam nur formte sich die Ahnung in seinem Kopf, was Arnulf von ihm verlangte.

Der Nachtrabe sah, was in ihm vorging. Er presste die Kiefer zusammen, so dass die Muskeln an seinem Hals hervortraten. »Ich muss wissen, ob Dagmar schwanger war«, flüsterte er.

Richard fuhr sich mit beiden Händen in die Haare und strich sie hinter die Ohren zurück. Dann verschränkte er die Hände hinter dem Kopf und holte tief Luft. Bevor er jedoch etwas erwidern konnte oder auch nur in Ansätzen Ordnung in seine wirbelnden Gedanken gebracht hatte, ließ ein unterdrücktes Wimmern ihn und auch Arnulf zu Tür herumfahren.

Dort stand eine Frau, größer und von üppigerer Gestalt als Dagmar. Ihre Haare waren von einem leuchtenden Rot. Sie hatte die Hände auf den Mund gepresst und starrte über die Fingerspitzen hinweg Arnulf an. Eine geraume Weile stand sie einfach nur da, dann begannen ihre Schultern zu beben. Mit einem Ruck wandte sie sich um und floh.

Arnulf streckte die Hand nach ihr aus, machte aber keine Anstalten, ihr zu folgen. Alles, was er tat, war, leise zu seufzen.

Die Stimmen jagten Maria durch die Straßen von Nürnberg.

Sie rannte durch das Spittlertorviertel, vorbei an St. Sebald und dem Rathaus, und dabei hallte das Kreischen in ihren Ohren wider.

Dummes Huhn! Wie kann man nur so blauäugig sein?

Maria presste sich die Hände auf die Ohren.

Was habe ich dir stets gepredigt? Es ziemt sich nicht, das zu begehren, was anderen gehört!

An einer Hausecke blieb sie stehen, weil ihr ein Mann entgegenkam und sie mit einer Mischung aus Besorgnis und Missbilligung ansah. Er konnte die keifende Stimme nicht hören, das wusste sie. Aber sie hörte sie, und keuchend stieß sie hervor: »Ich war brav! Das müsst Ihr mir glauben!«

Der Mann runzelte die Stirn, dann entschied er, dass es besser war, das Weite zu suchen. Eilig ging er vorbei und bog in eine Gasse ein, wo seine Schritte alsbald verklangen.

Zitternd blieb Maria zurück.

Die Stimme schien verstummt. Hatte sie sie für den Augenblick besänftigt?

Sie zwang sich, ihren Weg fortzusetzen. Ihr Atem ging schwer vom Laufen und auch von der Angst und der Enttäuschung, die in ihrer Brust wuchsen.

Als Arnulf sie mit nach oben auf eines der Zimmer genommen hatte, hatte sie sich für eine Weile gestattet, zu glauben, dass er sie wenigstens ein bisschen mochte. Sie war nicht blauäuig, wie die kreischende Stimme ihr vorwarf. Sie hatte nicht gedacht, dass er sie lieben könnte, so wie sie ihn liebte. Sie hatte gewusst, dass Arnulf sie nur benutzt hatte, um seine eigene Einsamkeit ein wenig zu lindern. Aber jetzt zu erfahren, dass Dagmar ein Kind von ihm bekam, schmerzte tief in ihrem Innersten.

Dagmar und er ... ein Kind!

Nein, meine Kleine, das ist unmöglich! Du musst nachdenken!

Wieder blieb Maria stehen, diesmal war sie unfähig, auch nur ein Glied zu rühren. Diese neue Stimme – es war nicht die kreischende, die sie bisher gehört hatte. Diese Stimme war sanft, liebevoll. Und dennoch so überaus beängstigend, dass Maria vor Entsetzen aufschluchzte. Ihre Hand fuhr ziellos durch die Falten ihres Rockes und dann in die Tasche, auf der Suche nach Mimis tröstlicher Nähe. Doch sie fand den Riss im Futter nicht.

Sie biss die Zähne zusammen, konzentrierte sich. Und dann hatte sie es. Ihre Hand glitt tiefer in die Tasche und dann durch den Schlitz. Mimis Haare waren da, wickelten sich um ihre Finger, als sie die Faust um den Puppenkopf schloss.

Schau mal, Prinzessin, was ich dir gemacht habe!

Die sanfte Stimme klang nach Lächeln, nach einem sonnigen Nachmittag kurz vor Beginn des Sabbats, nach frischen Früchten, die sie naschen durfte, und der Gewissheit, dass sie geborgen und geliebt war.

Du bist Christin!, schrie die kreischende Stimme, und das Gefühl der Wärme zerstob zu Nichts. *Christin! Keine dreckige Jüdin! Merk dir das endlich, sonst bläue ich es dir ein, hast du mich verstanden?*

Maria presste sich gegen eine Hauswand. »Lasst mich doch alle in

Ruhe!«, schrie sie aus voller Kehle, und eine Frau mit ihrem Kind, die eben um eine Ecke gebogen war, zog sich eilends zurück.

»Mama, was hat die Frau?«, hörte Maria das Kind fragen, doch die Antwort der Mutter, hastig gemurmelt und voller Verunsicherung, war nicht mehr zu verstehen.

Sie musste weg hier!

Mit äußerster Kraftanstrengung löste sie sich von der Hauswand und setzte einen Fuß vor den anderen. Ihre Wohnung war nicht mehr weit. Nur noch um diese Kurve, dann die nächste Gasse entlang. Sie ging schneller.

Dann hatte sie die Tür erreicht. Mit fliegenden Fingern zerrte sie sie auf, hastete die Treppe nach oben und hinein in die Kammer, die sie bis vor kurzem mit Dagmar geteilt hatte.

Zitternd und schluchzend ließ sie sich auf ihr Bett fallen und vergrub das Gesicht in den Händen. Irgendwann begann die Stille ihr in den Ohren zu klingeln. Und durch das Klingeln hörte sie das Scharren und leise Gurren der Tauben in ihrem Käfig.

Weiße Tauben, Prinzessin, sagte die sanfte Stimme in ihrem Kopf. *Weißt du, dass sie sie im Tempel opfern, um Adonai um Vergebung für unsere Sünden zu bitten?*

Langsam hob Maria den Kopf. Zwei der Tauben saßen auf ihren Stangen, die anderen beiden hüpften am Boden des Käfigs herum und suchten nach Resten der Körner, die Maria ihnen am Vormittag hingestreut hatte.

Weiße Tauben sind das Kostbarste, was wir Adonai opfern können.

Maria stemmte die Fäuste auf ihre Bettkante und erhob sich. Den Blick auf die Tauben in ihrem Käfig gerichtet, zog sie eine der Nadeln aus ihren Haaren, mit denen sie ihre Frisur in Form hielt.

Kurz nach dem beklemmenden Treffen mit Cornelius war die Nacht über der Stadt niedergefallen. Gleichzeitig hatte es so heftig begonnen zu schneien, dass Katharina sich entschloss, für heute endgültig zurück ins Henkershaus zu kehren.

In der Hoffnung, Mechthild würde bereits schlafen, zog sie sich Haube und Mantel aus. Beides zusammen hängte sie zum Trocknen vor den kleinen Ofen, der das gesamte Henkershaus mit angenehmer Wärme erfüllte. Sofort begann der Schnee auf den Stoffen zu schmelzen und tropfte leise zu Boden.

»Kind?« Mechthilds Stimme klang alles andere als verschlafen.

Mit einem unterdrückten Seufzen streifte Katharina auch noch die Schuhe ab. »Ja, Mutter. Ich komme sofort.«

»Ich möchte mit dir reden«, sagte Mechthild.

Katharina ordnete die Falten ihres Mantels neu an, so dass das Kleidungsstück so viel Ofenwärme wie möglich abbekam. Dann betrat sie die Kammer ihrer Mutter.

Mechthild saß aufrecht in ihrem Bett. Die Hände hatte sie auf der Decke gefaltet, und sie blickte Katharina entgegen, als habe sie bereits seit längerem auf sie gewartet.

Sofort überfiel Katharina ein schlechtes Gewissen. Sie biss die Zähne zusammen und versuchte, das Gefühl so weit wie möglich von sich zu schieben. Dann trat sie näher und ließ sich zögernd auf der Bettkante nieder.

»Ludmilla war nochmals da und hat einen Topf Suppe vorbeigebracht. Unten auf dem Herd steht noch etwas davon. Für dich.«

Katharina nickte knapp. »Danke, aber ich habe keinen Hunger.«

Mechthild tastete sie mit ihren flinken Blicken von oben bis unten ab. »Du isst viel zu wenig«, bemerkte sie.

Sie hatte natürlich recht, aber obwohl Katharina das bewusst war, schüttelte sie den Kopf. »Du musst dir keine Sorgen um mich machen«, behauptete sie. Besser, als eine Lüge auszusprechen.

Mechthild sah skeptisch aus. »Na, ich weiß nicht!« Kalt und federleicht legte sie eine Hand auf Katharinas Unterarm. Ihr Blick war voller Mitleid, und alle Animositäten, die zuvor zwischen ihnen geherrscht hatten, waren für den Moment vergessen. Mit einer Geste, die in Katharinas Augen sehr zärtlich anmutete, strich Mechthild ihr über die Narben am Handgelenk. »Es gibt eine Zeit für alles«, sagte sie. »Vielleicht ist jetzt die Zeit, einige Menschen hinter uns zu lassen und nach vorne zu sehen.«

Katharina war sich nicht sicher, ob sie von Bertram sprach, von Matthias oder von Egbert. Dennoch nickte sie. Ihre Lider brannten, und sie fürchtete, dass sie gleich anfangen würde zu weinen.

»Scht«, machte Mechthild. Ihre Hand wanderte an Katharinas Arm nach oben, und in diesem Moment brachen alle Dämme.

Schluchzend ließ Katharina sich von der Bettkante auf den Boden rutschen und legte den Kopf auf die Decke. Mechthild strich ihr über die vom Schnee noch feuchten Haare, und für einen Augenblick fühlte Katharina sich wieder wie ein Kind.

10. Kapitel

»Guten Morgen, Herr!«

Die zaghafte Stimme seines Dienstmädchens Greta riss Silberschläger aus einem Halbschlaf, in den er gefallen war, nachdem er noch vor Sonnenaufgang den Nachttopf hatte benutzen müssen.

Mit einem missgelaunten Brummen antwortete er: »Morgen!« Dann erst öffnete er die Augen.

Greta huschte mit ihren kurzen, völlig lautlosen Schritten durch die Kammer und zog die Vorhänge aus dunkelgrünem Samt auf, die die drei Fenster verdunkelten. Fahles Winterlicht flutete den Raum, ließ die Hölzer des Dielenfußbodens und der teuren italienischen Möbel glänzen.

Silberschläger kniff die Augen wieder zu. Sein Kopf schmerzte leicht, aber das war nichts Besonderes. Er hatte am Abend zuvor wie so oft einen Becher Wein zu viel getrunken, weil er nur so die nagenden Sorgen vergessen konnte, die ihn plagten und ihm inzwischen fast jede Nacht den Schlaf raubten. Jetzt zahlte er die Zeche dafür.

Er hörte Greta ganz in seiner Nähe hantieren und vermutete, dass sie sich um den Nachttopf kümmerte. So tief es ging, sog er Luft durch die Nase. Greta roch meistens nach dem Essen, das gerade in der Küche zubereitet wurde, und ein wenig nach dem frischen Aroma von Äpfeln.

Der typische Geruch von sehr jungen Frauen.

Ein Lächeln glitt über Silberschlägers Gesicht. »Komm her!«, befahl er und schielte unter halb geöffneten Lidern hervor.

Greta erstarrte mitten in der Bewegung. Der Nachttopf schwebte zwischen Himmel und Erde, und der Deckel, den Silberschläger in der Nacht offenbar nicht richtig aufgelegt hatte, klapperte leicht, als sie erzitterte. Das entfachte schlagartig das Verlangen in Silberschläger. Er streckte den Arm aus, berührte Gretas Rock mit den Fingerspitzen. Mit einem Ruck stellte sie den Nachttopf zurück auf die Erde.

»Rühr dich nicht!«, befahl Silberschläger.

Sie gehorchte, und in ihren Augen konnte er Angst sehen.

Silberschläger ließ seine Hand zwischen Gretas Oberschenkel gleiten. »Herr!« Ihre Stimme krächzte. »Eure Frau ...«

»Meine Frau ist die Letzte, die mir verbieten könnte, dich zu ...«

»Nein!«, fiel Greta ihm hastig ins Wort. »Das meine ich nicht. Frau Richhild erwartet Euch.«

Die Lust in seinen Lenden ebbte so rasch ab, wie sie aufgetreten war. Er fluchte leise und beschloss, später am Tag einen zweiten Versuch zu unternehmen. Greta war noch so jung, keine fünfzehn Jahre. Und sie befand sich erst wenige Tage in seinem Haushalt. Er freute sich auf die Dienste, die sie ihm über ihre Hausarbeit hinaus noch würde bieten können.

Als habe sie seine hitzigen Gedanken lesen können, trat Greta einen Schritt zurück. »Sie erwartet Euch zum Morgenmahl im Esszimmer.« Geschäftig begann sie Silberschlägers Kleidung für den Tag zurechtzulegen. Der Nachttopf stand völlig unbeachtet vor dem Bett.

Silberschläger befand sich auf dem Weg ins Esszimmer, als vorn an der Tür der Klingelzug betätigt wurde. Greta eilte, um zu öffnen.

»Ist dein Herr schon zu sprechen?«, hörte Silberschläger die vertraute Stimme von Klaus Eberlein.

Unsicher schaute Greta über die Schulter in die Richtung ihres Herrn.

»Kommt herein!«, rief der und schickte das Dienstmädchen mit einer knappen Handbewegung fort. Als sie in der Küche verschwunden war und die Tür hinter sich geschlossen hatte, bat Silberschläger Eberlein in sein Privatkontor.

In diesem Raum, den er mit griechischen Malereien hatte schmücken lassen, die noch ein ganzes Stück freizügiger waren als jene in seinem Kontor im Rathaus, kam er sofort zur Sache: »Was führt Euch her?«

»Unser Gespräch gestern«, antwortete der Büttel. »Dieser Sterner. Er hat mir keine Ruhe gelassen.«

Silberschläger runzelte fragend die Augenbrauen.

»Ich habe den Namen schon mal irgendwo gehört, das dachte ich schon neulich, als Ihr ihn zum ersten Mal erwähnt habt. Und ich hatte irgendwie ein seltsames Gefühl. Darum habe ich ein paar Nachforschungen angestellt.« Er unterbrach sich, und mit einer ungeduldigen Geste drängte Silberschläger ihn zum Weiterreden.

»Er ist der Sohn eines Mannes, der für Markgraf Albrecht gekämpft hat und dafür einen Adelstitel erhielt. Er trägt ihn jedoch nicht, keine Ahnung, warum. Jedenfalls: Er ist ziemlich reich, was sich nicht so sehr in seinem Haus hier in der Stadt zeigt, sondern eher darin, dass er Ländereien im Süden hat. In der Toskana, glaube ich.«

Silberschläger nickte. »Und weiter?«

»Er war in die Engelmorde vom August verstrickt, wurde beinahe selbst ein Opfer. Soweit ich es in dieser kurzen Zeit in Erfahrung bringen konnte, lernte er durch die Morde eine gewisse Katharina Jacob kennen.«

»Sollte mir dieser Name irgendwas sagen?« Silberschläger griff nach einem Federmesser und spielte damit herum.

»Sie war der Hexerei angeklagt, konnte sich aber durch Trickserei von dem Verdacht befreien.«

»Moment!« Silberschläger hob das Messer und betrachtete seine Schneide. »Redet Ihr von der Frau, die bei den Hallerwiesen getaucht wurde und fast ertrank, weil die Kettenwinde kaputt war?«

»Ja.« Eberlein schlackerte mit beiden Armen. »Sie bekam eine Rüge, weil sie ohne Erlaubnis Heilmittel an Nürnberger Bürgerinnen verkauft hatte. Reine Scharlatanerie, wenn Ihr mich fragt. Wie sollte eine Frau schon genügend Verstand haben, um die Kunst der Medizin auszuüben?«

Silberschläger dachte an seine eigene Frau. »Schwer vorstellbar.«

»Es wird noch besser«, sprach der Büttel weiter. »Ich habe auch mit dem Schreiber gesprochen, der gestern Dienst an der Rathauspforte hatte. Die Frau, die Euch gestern aufgesucht hat: Ratet, wer sie war.«

Silberschläger musste nicht raten. »Katharina Jacob.«

Eberlein nickte. Aus seinen Augen leuchtete Zufriedenheit angesichts all der Einzelheiten, die er in der kurzen Zeit herausbekommen hatte.

Silberschläger dachte daran, wie Katharina ihn gestern aufgesucht hatte. Sie hatte eindeutig etwas an sich gehabt, das sein Verlangen weckte. Dennoch war sie unwichtig. Fürs Erste. »Habt Ihr noch etwas über diesen Sterner herausgefunden?«

»Es gibt ein paar Nachbarn, die ihn für unheimlich halten. Es geht das Gerücht – jetzt haltet Euch fest –, er könnte seine Finger in einigen Fällen von Leichenzauberei gehabt haben, die es im letzten Jahr in der Stadt gegeben hat.«

Silberschläger starrte den Büttel fassungslos an. »Leichenzauberei?«, murmelte er. In seinem Kopf überschlugen sich die Gedanken. Im *Roten Ochsen* hatten er Richard Sterner über die Juden reden hören.

Ich weiß genug über die Religion der Juden, um zu wissen, dass Milchzauber nicht zu ihren Ritualen gehört, hatte er gesagt. *Ebenso wenig wie das Schlachten kleiner Kinder.*

Ein freudiges Kribbeln rann Silberschläger den Rücken hinunter.

Leichenzauberei!

Wie es aussah, war es ein Zeichen Gottes gewesen, dass Sterner ihm im *Roten Ochsen* über den Weg gelaufen war.

Ein Lächeln glitt über Silberschlägers Miene. »Bleibt an dem Mann dran!«, befahl er Eberlein.

»Warum?«

»Findet noch mehr über ihn heraus. Welche Kirche besucht er? Was tut er den ganzen lieben langen Tag? Jede kleine Einzelheit könnte mir nützlich sein.«

»Wie Ihr wollt!« Eberlein deutete eine leichte Verbeugung an.

Silberschläger brachte den Büttel selbst nach draußen, und als der Mann fort war, stand er nachdenklich im Flur, die Klinke der Haustür noch in der Hand.

Richard Sterner ein Judenfreund?

Ich weiß genug von den Juden, hatte er gesagt.

Silberschläger biss sich auf die Unterlippe. Im Grunde war es viel besser, dem Rat einen einzelnen Mann als Mörder zu präsentieren statt nur eine diffuse Gruppe. Ein einzelner Mann ließ sich verhören, foltern, wenn es nötig war, um ein Geständnis zu erpressen.

Silberschläger ließ die Türklinke los und kehrte in sein Kontor zurück. Sein Blick fiel auf einen Stapel Dokumente, der auf seinem Schreibtisch lag und bei denen es sich zum Großteil um Korrespondenz handelte, die er als Bürgermeister zu erledigen hatte. Zwischen all den Papieren und Pergamenten jedoch stand ein kleines, massiv wirkendes Kästchen mit einem kompliziert aussehenden Schloss.

Silberschläger seufzte, als er es ansah.

Dann trat er vor seinen Schreibtisch hin, zog einen kleinen Schlüssel hervor, den er an einer Kette um den Hals trug. Er hatte es sich angewöhnt, diese Kette niemals abzulegen, nicht einmal, um damit das Kästchen aufzuschließen. Aus diesem Grund musste er sich recht unbequem verrenken, um den Schlüssel in das Schloss einzuführen. Er drehte ihn, die Kette rutschte dabei über seine Haut im Nacken und verursachte eine Gänsehaut. Das Schloss sprang auf. Silberschläger richtete sich wieder auf und ließ den Schlüssel los.

In dem Kästchen lag nur ein einziges Dokument, eine längliche Urkunde, die mit ihren zwei Siegeln und dem in zierlicher Schrift ausgeführtem Text ein wenig wie ein Ablassbrief aussah.

Es war kein Ablassbrief.

Mit einem missmutigen Ausdruck auf dem Gesicht nahm Silberschläger das Dokument zur Hand und überflog die ersten Zeilen, die er auswendig wusste.

»Schuldverschreibung«, stand da in etwas größeren, geschwungenen Buchstaben und dann weiter, dass Gernot Silberschläger, Bürgermeister von Nürnberg, einem Mann namens Jitzchak Rosenbaum Geld schuldete. Viel Geld.

Wie so oft überflog Silberschläger die genannte Summe. Üblicherweise fluchte er an dieser Stelle und raufte sich die Haare, doch diesmal lächelte er still.

Richard Sterner war also ein Judenfreund!

Silberschläger legte das Dokument wieder in das Kästchen, klappte dessen Deckel zu. Bevor er es wieder abschloss, gestattete er sich für einen Moment, in seinem kommenden Triumph zu baden.

Am Morgen nach ihrem Treffen in der *Krummen Diele* tauchte Arnulf in aller Frühe bei Richard auf, um ihn abzuholen.

Richard war gerade dabei, ein Frühmahl zu verspeisen. »Du traust mir wohl nicht zu, den Weg allein zu finden?«, fragte er schlecht gelaunt den Nachtraben, der breitbeinig vor ihm stand.

Arnulf zuckte die Achseln. Er nahm sich einen Apfel aus der Schale in der Mitte des Tisches, biss hinein und leckte den Saft ab, bevor er mit vollem Mund antwortete: »Ich wollte nur verhindern, dass du vielleicht unsere kleine Verabredung vergisst.«

Richard legte sein Messer fort. Hatte er zuvor schon wenig Appetit gehabt, so war ihm dieser jetzt vollständig vergangen. »Das würde ich nicht, und das weißt du!«

Arnulf nickte. »Stimmt. Entschuldige.«

»Schon gut!« Richard wischte sich den Mund ab und erhob sich mit einem Ruck. Neben seinem Stuhl stand eine Tasche mit Skalpellen und Werkzeugen, die er früher benutzt hatte. Er hatte sie lange nicht angerührt. Jetzt starrte er finster darauf, bevor er sie an sich riss. »Bringen wir es hinter uns.«

Auf dem Weg ins Spittlertorviertel kamen sie an einem Platz vorbei, der von hohen dreigeschossigen Häusern umgeben war, so dass die Morgensonne, die sich nur mühsam ihren Weg durch die Wolkendecke bahnte, seinen Grund nicht erreichen konnte. In der Nacht hatte es erneut geschneit, und eine knöcheltiefe Schicht aus blendendem Weiß bedeckte den Boden und alle Hausdächer. Auf dem Platz jedoch hatten Dutzende Füße die weiße Pracht zu grauem Matsch zertrampelt. Ungefähr zwanzig Menschen hatten sich in der Mitte des Platzes zusammengedrängt und lauschten einem Mann, der auf einem umgedrehten Fass stand und eine flammende Rede hielt.

»Und ich sage euch«, schrie er gerade in dem Moment, als Richard und Arnulf um die Ecke eines Hauses traten, »wenn wir uns nicht bald gegen sie zur Wehr setzen, werden sie unsere christliche Weltordnung verderben, denn sie sind Diener des Teufels!«

Zustimmendes Gemurmel klang auf und veranlasste den Mann, sich noch etwas mehr ins Zeug zu legen. Er trug einen langen schwarzen Mantel, dessen Saum schmutzig war von Schnee und Matsch, und sein Hut war ihm in den Nacken gerutscht, wo er gefährlich ins Wackeln kam, als der Mann wild gestikulierte. »Nicht umsonst hat der Heilige Stuhl es Christenmenschen verboten, Zinsen für verliehenes Geld zu nehmen, denn diese Tat ist des Teufels! Und darum sage ich euch: Wehrt euch gegen das jüdische Pack, das sich an eurer Not eine goldene Nase verdient! Jagt sie aus der Stadt!«

»Jawohl!«, schrie ein grobschlächtiger Mann in der Menge. »Jagt sie fort! Oder noch besser: Schlagt sie alle tot!«

Richard runzelte die Stirn, als er diese Worte hörte. In letzter Zeit kam es immer wieder einmal zu Hetzerei gegen die Juden, aber bisher hatte er noch niemanden über die Zinsen der Geldverleiher wettern hören. Hier tat sich ein gefährlicher Abgrund auf, das wusste er, denn Nürnberg wäre nicht die erste Stadt, deren Bürger die Juden aus ihren Mauern vertrieben, um sich ihrer Schulden zu entledigen.

»Idioten!« Naserümpfend blickte Arnulf die Menschen an und spie dann auf den gefrorenen Boden.

Eine Bürgersfrau wandte sich missbilligend zu ihm um. »Ihr wisst wohl noch nicht, was passiert ist?«, fragte sie.

Arnulf zog die Augenbrauen zusammen, doch anders als viele andere ließ sie sich davon nicht beeindrucken.

»Sie haben das Grab des heiligen Sebald geschändet!« Herausfordernd reckte die Frau das Kinn vor. »Was sagt Ihr nun?«

Richard wollte etwas erwidern, aber er war zu verwirrt, um es tatsächlich zu tun.

»Sie haben eine halb verweste Leiche in das Grab getan!«, fuhr die Frau voller Empörung fort.

»Wer, *sie*?«, hakte Arnulf nach.

»Na, das verflixte Judenpack!« Die Frau wies nach vorn, wo der Prediger noch immer dabei war, über die Juden herzuziehen. »Und sie machen jetzt auch schon gemeinsame Sache mit den zauberischen Ketzersekten!«

»Zauberische Ketzer?« Arnulf blickte die Frau höhnisch an, doch sie ließ sich davon nicht beirren. Sie nestelte etwas aus den Falten ihres Rockes und hielt es dem Nachtraben vor die Nase.

Mit erstauntem Gesichtsausdruck griff er danach.

Es war ein unordentlich zusammengeknülltes Stück Papier. Als

Arnulf es glattstrich, sah Richard, dass es mit engen Buchstaben in leuchtend roter Farbe bedruckt worden war. Arnulfs Blicke glitten darüber, dann gab er es an Richard weiter. »Hier!«

Richard überflog den Text, der wirkte, wie irgendeinem Buch entnommen. »... was endlich von denjenigen Hexen zu halten sei«, las er, »welche bisweilen solche männlichen Glieder in namhafter Menge, zwanzig bis dreißig auf einmal, in ein Vogelnest oder einen Schrank einschließen, wo sie sich wie lebende Glieder bewegen, Körner und Futter nehmen, wie es von Vielen gesehen ist und allgemein erzählt wird ...« Er unterbrach die Lektüre und schaute auf. »Was für ein Schwachsinn! Glaubt Ihr etwa wirklich an diesen Mist?«

Trotzig schob die Frau die Unterlippe vor und grapschte Richard das Blatt aus den Händen. Während sie es, sorgfältiger diesmal, zusammenfaltete, sagte sie kühl: »Diese Zeilen wurden von einem studierten Mann geschrieben, der noch dazu Predigermönch ist. Wer seid Ihr, dass Ihr seine Worte anzweifeln dürft?« Sie legte lauernd den Kopf schief. »Vielleicht gehört Ihr gar selbst zu dieser Ketzersekte?«

Fassungslos über so viel Beschränktheit starrte Richard Arnulf an.

Der zuckte nur die Achseln. »Idioten!«, murmelte er ein zweites Mal.

Niklas, der Wirt der *Krummen Diele*, hatte alle Fenster des Gasthauses weit geöffnet, um die kalte, klare Morgenluft hereinzulassen und auf diese Weise den Mief und den Dunst der vergangenen Nacht zu vertreiben.

In der klirrenden Kälte, die die Räume füllte, wischte eine seiner Töchter den Boden der Schankstube, und es schien ihr nicht das Geringste auszumachen, dass sie dabei immer wieder beide Arme in den Wassereimer stecken musste. Obwohl ihre Hände bis weit über die Gelenke krebsrot waren, summte sie vergnügt vor sich hin, während sie ihre Arbeit verrichtete.

Richard und Arnulf betraten das Wirtshaus durch die Vordertür, die Niklas eigens für sie offengelassen hatte. Als Richard den feuchtglänzenden Fußboden sah, zögerte er.

»Kommt ruhig rein!«, sagte die Wirtstochter. »Spätestens in drei Stunden trampeln mir sowieso alle wieder hier durch.«

Richard stampfte ein paarmal mit beiden Füßen auf, um wenigstens den losen Schnee von ihnen abzustreifen, dann durchquerte er, gefolgt von Arnulf, die frisch geputzte Gaststube. Richard öffnete die Hintertür, und gemeinsam gingen sie zu dem Schuppen im Hof.

Niklas hatte bereits alles vorbereitet. Die beiden Schuppenfenster waren weit geöffnet, so dass Tageslicht hereinfallen konnte. Zusätzlich standen auf den oberen Regalbrettern einige Kerzen bereit, von denen eine bereits brannte.

Dagmar lag auf der behelfsmäßigen Pritsche. Arnulf hatte sie noch am Abend zuvor all ihrer Kleider entledigt, aber ihre Blößen mit dem Leichentuch bedeckt, so dass ihr Körper – wenigstens im Moment – keinerlei Anstoß bot. Wären die ausgestochenen Augen nicht gewesen, hätte sie ausgesehen, als schlafe sie. Das Laken war unter ihren Achselhöhlen festgesteckt, und die Hände waren züchtig über der Brust gefaltet.

Richard baute sich vor der Toten auf, stellte seine Tasche auf den Boden und unterdrückte ein tiefes Seufzen. Seine Hände hingen lose neben seinem Körper herab, und Richard konnte das Zittern nahen fühlen.

Arnulf legte ihm eine Hand auf die Schulter. »Ich weiß zu schätzen, dass du das hier für mich tust«, sagte er leise.

Zu seiner eigenen Überraschung verspürte er, wie am Tag zuvor, als er auf dem Weg nach St. Sebald gewesen war, diesen Anflug von Erregung, das Verlangen danach, wieder zu sezieren. Er versuchte, diese Regung zu unterdrücken, aber es gelang ihm nicht. Ekel erfasste ihn stattdessen. Ekel vor sich selbst.

»Es ist in Ordnung«, behauptete er Arnulf gegenüber. »Seit ich Katharina durch meine Kunst zu retten vermochte, sind die Zweifel weniger geworden.« Früher hatte er gefürchtet, durch die anatomischen Studien sein Seelenheil aufs Spiel zu setzen. Die zitternden Finger waren Ausdruck dieser Angst gewesen. Nachdem sie den Engelmörder überwunden hatten, hatte er verblüfft festgestellt, dass das Zittern fort war – und mit ihm die Furcht, verdammt zu sein.

Beides glaubte er hinter sich gelassen zu haben. Bis jetzt.

»Das ist gut«, meinte Arnulf, warf aber einen skeptischen Blick auf Richards zitternde Finger.

Richard wandte den Kopf und musterte den Freund. Dessen kantiges Gesicht war ausdruckslos, doch in seinen Augen tobten Gefühle. Unbehagen. Entschlossenheit. Und Trauer.

Vor allem Trauer.

Richard begriff, dass Arnulf eine ganze Menge mehr für Dagmar empfunden haben musste, als es einer gewöhnlichen Hure gegenüber angebracht war.

»Bist du sicher, dass du dabei sein willst?«, fragte er vorsichtig.

Arnulf richtete den Blick auf Dagmars entstelltes Gesicht, und es kam Richard so vor, als wolle er sich mit dem grässlichen Anblick gegen die Dinge wappnen, die folgen sollten. Seine Kiefer mahlten aufeinander, und unruhig trat er von einem Fuß auf den anderen. »Ich will jede Einzelheit mit eigenen Augen sehen«, sagte er nach einer geraumen Weile.

»Es wird nicht einfach werden«, warnte Richard. Bei Gott, ihm selbst klopfte das Herz ja schon bis zum Hals! Wie mochte es da erst in Arnulf aussehen? Er ballte die Hände zu Fäusten, weil das Zittern stärker wurde.

»Nichts ist einfach.« Arnulf sprach die drei Worte mit einer Endgültigkeit, die Richard einen Schauer über den Rücken sandte. »Fang endlich an!«

Da griff Richard nach der Tasche neben seinen Füßen. Er sah sich um, fand ein großes Fass, das Niklas direkt neben Dagmars Bahre abgestellt hatte, und hob die Tasche dort hinauf.

Dann öffnete er sie und entnahm ihr seinen Inhalt. Messer und Skalpelle in verschiedenen Größen. Zwei verschieden große Sägen für Knochen. Einen ganzen Stapel weißer Leintücher zum Auffangen von Körperflüssigkeiten für den Fall, dass irgendwelche Höhlungen, die er öffnen musste, sich noch nicht verfestigt hatten. Mehrere Schalen und Gefäße, in die er die Dinge legen konnte, die er bei seiner Arbeit abschnitt oder entfernte.

Und nicht zuletzt einen kleinen Krug mit Minzöl. Ihn entkorkte er, stellte ihn neben Dagmars Kopf auf die Bahre. Der scharfe Geruch der Minze erfüllte die Luft.

Fragend runzelte Arnulf die Stirn.

»Das ist gegen den Gestank«, erklärte Richard ihm.

Arnulfs Gesicht verlor einen Teil seiner Farbe.

Richard wusste, dass er ihn beschäftigen musste. Er deutete auf die Kerzen. »Zünde sie an!«, befahl er.

Niklas hatte auf einem der Regale eine Zunderbüchse liegen lassen, aber Arnulf entzündete die Kerzen einfach an jener, die bereits brannte.

Richard betrachtete die Reihe der winzigen Flammen, dann überblickte er seine Sammlung von Klingen und entschied sich für eine der größeren.

Sie nahm er zur Hand. »Bereit?«, fragte er Arnulf.

Der nickte grimmig. »Nein«, sagte er jedoch.

Richard schenkte ihm ein kurzes, aufmunterndes Lächeln. »Also dann.« Er wusste, was Arnulf am meisten interessierte.

Das Kind.

Dennoch zögerte Richard, sich sofort Dagmars flacher Bauchdecke zuzuwenden. Es war eine Weile her, dass er die letzte Sektion durchgeführt hatte. Besser, er begann an einer Stelle, bei der er nicht viel kaputt machen konnte.

Kurz betrachtete er die funkelnde Spitze seines Skalpells. Seine Hand zitterte jetzt wie die eines Greises, und er drehte sich so, dass Arnulf es nicht sehen konnte.

Dann sprach er ein kurzes Stoßgebet und senkte die Klinge auf die Haut an Dagmars Unterarm. Der Widerstand war größer, als er es in Erinnerung gehabt hatte. Er drückte stärker, und das Metall glitt durch das Fleisch in die Tiefe.

»Was machst du?« Arnulfs Stimme klang gepresst. Er starrte bewegungslos auf den blutleeren, hellroten Schnitt, der sich unter Richards Skalpell öffnete, zeigte jedoch keinerlei Anzeichen von Übelkeit oder Entsetzen.

»Ich muss mich erst wieder daran gewöhnen«, erklärte Richard.

»Gut. Mach schnell!«

Richard zog die Klinge durch Dagmars Fleisch bis auf den Knochen ihrer Elle und von dort aus in Richtung Handgelenk. Die Adern zeichneten sich dunkelblau-violett gegen das hellere Fleisch ab. Richard legte die größte von ihnen frei, und dabei gewann er rasch seine alte Sicherheit im Umgang mit der Klinge zurück.

Für den Moment hatten seine Finger aufgehört zu zittern. Sie arbeiteten sich präzise und gewohnheitsmäßig durch Fettschichten, Muskelgewebe und Knorpel.

»Es sieht alles völlig gewöhnlich a...« Mitten im Wort brach Richard ab, weil ihm etwas auffiel.

»Was ist?« Arnulf beugte sich vor. Seine Stirn lag in tiefen Falten, und Richard stellte sich vor, wie er sich mühte, seinen revoltierenden Magen unter Kontrolle zu halten.

»Warte mal.« Richard änderte die Richtung der Klinge, so dass sie nun quer zum Handgelenk schnitt. Mit wenigen Bewegungen hatte er das Gelenk so weit freigelegt, dass er es sich genauer ansehen konnte. Er legte das Skalpell fort, griff nach Dagmars Hand und Unterarm und bog beides so, dass der Schnitt weit aufklaffte.

Arnulf stöhnte, sagte aber nichts.

»Das ist merkwürdig«, murmelte Richard. Er trat ein Stück zur Seite, so dass Arnulf einen besseren Blick auf Dagmars Hand hatte. »Hier. Dieses seltsame Zeug.«

Die Fugen zwischen den Hand- und dem Unterarmknochen war angefüllt mit einer pechschwarzen Substanz. Sie sah aus wie fettiger Ruß, der sich zwischen die weißen Knochen gesetzt hatte. Behutsam ließ Richard Dagmars Hand los und tippte mit der Spitze seines kleinen Fingers in diese Substanz. Obwohl sie pulverig aussah, besaß sie doch eine zähe Konsistenz, die Richard sich nicht erklären konnte.

»Was ist das?«, fragte Arnulf.

Richard zuckte die Achseln. »Ich weiß es nicht. Ich habe so was noch niemals zuvor gesehen.« Er hob den Blick zu den Kerzen auf den Regalen und überlegte. »War Dagmar irgendwie krank?«

»Nicht, dass ich wüsste.« Arnulf griff gedankenverloren nach einem Zipfel des Leichentuches und drehte ihn in den Händen zu einem dünnen Strang.

Richard legte Dagmars Hand zurück auf ihre Brust. »Wenn du bereit bist«, sagte er, »können wir mit dem Eigentlichen anfangen.«

Arnulf starrte auf das Laken zwischen seinen Fingern. Er machte Anstalten, es mit einem Ruck von Dagmars Leib zu ziehen, aber dann überlegte er es sich anders. Er fasste es sorgsam an den beiden oberen Ecken und faltete es so zusammen, dass er den Busen, den Brustkorb und auch den Bauch enthüllte. Den Rest des Körpers, die Füße und Beine und auch die Scham, ließ er bedeckt.

Richard musste schlucken angesichts des Ausdrucks tiefempfundener Zuneigung, der sich auf Arnulfs Gesicht zeigte. Noch nie, dachte er, hatte er den Freund so gesehen.

Richard tauschte das große Skalpell gegen ein schmaleres aus. Mit der Linken tastete er über Dagmars Bauch, wo die Dolchwunde ihn wie ein breiter, obszöner Mund angrinste. Das milchige Weiß des unteren Rippenbogens schimmerte aus dem Rot der Verletzung, und auch ein paar Darmschlingen waren zu sehen.

Ein letztes Mal vergewisserte sich Richard, dass Arnulf in der Lage war, diese Angelegenheit hier durchzustehen. Dann seufzte er. Und setzte das Skalpell auf die schneeweiße Haut von Dagmars Bauchdecke.

Maria erwachte vom Scharren der Tauben unter ihrem Tuch. Das Erste, was sie tat, war, auf die unheimlichen Stimmen zu lauschen, die sie am Abend zuvor gequält hatten. Doch sie schienen verstummt, wenigstens für den Moment, und so gelang es Maria, die Anspannung, die sie sofort nach dem Erwachen ergriffen hatte, ein wenig zu lockern.

Die Ereignisse des gestrigen Abends verschwammen in einem undeutlichen Nebel. Sie erinnerte sich noch daran, dass sie aus der *Krummen Diele* geflohen und zurück in ihre Wohnung gekehrt war. Was sie danach getan hatte – sie wusste es nicht mehr genau. Die Erinnerung daran vermischte sich mit dunklen, wirren Träumen, die sie geplagt hatten, nachdem sie eingeschlafen war.

Jetzt setzte sie sich langsam auf, und wie es ihre Gewohnheit war, lauschte sie dabei auf das gleichmäßige Atmen von Dagmar. Erst als die Tauben in ihrem Käfig für einen Augenblick ruhig blieben und die Stille über Maria zusammenschlug, fiel es ihr wieder ein.

Dagmar war nicht mehr da.

Die Trauer überfiel Maria mit solcher Wucht, dass ihr der Atem wegblieb. Sie saß auf ihrem Bett, und sie hatte nicht einmal die Kraft, den Kopf zu heben. Irgendwann jedoch verging der scharfe Schmerz, wandelte sich zu einem dumpfen Brennen in ihrer Brust, das sich anfühlte wie ein Loch, das ihr ins Herz gerissen worden war.

Plötzlich wurde Maria bewusst, dass sie bisher noch kein einziges Gebet für Dagmars Seelenheil gesprochen hatte. Dagmar war ein guter Mensch gewesen, aber wie würde Gott über sie urteilen, über die Profession, der sie nachgegangen war, über ihre Taten und Gedanken?

Maria schwang die Füße aus dem Bett.

Wie viele Jahre im Fegefeuer hatte Dagmar wohl vor sich?

Maria wusste es nicht, aber sie wusste, dass sie etwas tun konnte, damit es weniger wurden. Nachdem sie ein kurzes Morgengebet gesprochen hatte, zwängte sie ihre Hand unter die Matratze, wo sie einen kleinen Geldbeutel aufbewahrte. Sie öffnete ihn, kramte darin herum und entnahm ihm einige Münzen, die sie in ihre Rocktasche steckte. Dabei achtete sie sorgsam darauf, dass sie die Seite wählte, an der das Futter nicht kaputt war. Auf keinen Fall wollte sie die mühsam angesparten Münzen verlieren.

Sie zog ihre langen Wollstrümpfe an, schob Mimi unter das Strumpfband. Schließlich warf sie sich ihr Kleid über und schlang den Schal um den Hals. Dann schlüpfte sie in ihre Schuhe und verließ die Wohnung, ohne den Tauben unter ihrem Tuch noch einmal einen Blick zu schenken.

Kurz darauf stand sie in knöcheltiefem Schnee vor dem Portal einer kleinen Kirche. Hier ging sie manchmal zur Messe, wenn ihr Gewissen sie laut genug dazu anhielt. Doch heute war ihr nicht danach, die ewig gleichen Gesichter zu sehen. Ihr war nicht nach der alten Witwe mit ihrem missgünstig verkniffenen Mund, die Maria jedesmal die Pest an den Hals wünschte, wenn sie sie sah. Und ihr war auch nicht nach dem Priester, der die Messe mit gelangweilter Stimme und ewig verstopfter Nase so monoton las, dass einem zum Gähnen war.

Maria warf einen letzten Blick auf das schlichte Portal der Kirche, dann wandte sie sich ab. Heute war ihr nach etwas Größerem, nach einer Messe mit Gesang vielleicht. Außerdem war da noch das Geld in ihrer Tasche, mit dem sie plante, einen Ablassbrief für Dagmar zu kaufen, um ihr die Zeit im Fegefeuer zu verkürzen.

Ein Ablasshändler, das wusste sie, stand in der Frauenkirche am Großen Markt, und genau die war jetzt ihr Ziel. Maria ging mit weit ausgreifenden Schritten, bis sie den Marktplatz erreichte. Vor einigen hundert Jahren, das hatten ihr die frommen Frauen einmal erzählt, war Nürnberg noch klein gewesen, geteilt in das Burgviertel und in das Kaufmannsviertel auf der anderen Seite der Pegnitz. Irgendwann jedoch waren diese beiden Teile so weit zusammengewachsen, dass man sie zu einer Stadt vereinigte, indem man die Stadtmauern, die sie umgaben, durchbrach und miteinander verband. Dadurch war plötzlich das Judenviertel, das sich vorher am Rande des Burgviertels befunden hatte, mitten ins Zentrum der neuen Stadtanlage gerückt, und die Nürnberger hatten die Juden von dem ihnen angestammten Platz vertrieben.

Maria erinnerte sich noch daran, wie sie als Kind die Stirn gerunzelt hatte, als man ihr diese Geschichte erzählte. Und sie erinnerte sich auch noch daran, wie sehr es sie gewundert hatte, dass es niemand für böse hielt, das man Menschen einfach verjagte, weil man ihre Häuser und Grundstücke haben wollte. Genau das hatte sie auch laut gesagt. Und danach eine Strafpredigt erhalten, in der davon die Rede war, dass die Juden den Herrn Jesus Christus umgebracht hatten und es deshalb recht war, ihnen jedes Leid der Welt zuzufügen. An die Tracht Prügel, die der Strafpredigt gefolgt war, um sie für ihren vorlauten Mund zu bestrafen, erinnerte Maria sich am besten von allem.

Diese Gedanken gingen ihr durch den Kopf, während sie vor der hoch aufragenden Fassade der Frauenkirche stehenblieb und ihren Blick schweifen ließ. Die Sonne schien und malte Schatten um die Füße der Sandsteinfiguren und der unzähligen winzigen Türmchen, die die Fassade krönten.

Hinter Maria war der Markt in vollem Gange. Standinhaber schrien ihre Angebote in die kalte Luft hinaus, Maria hörte eine Frau mit einem Mann streiten. Offenbar ging es um den Preis für ein geschlachtetes Huhn, denn Maria verstand Worte wie »zäher Vogel«

und »völlig unangemessen«. Der leichte Wind wehte den Geruch von Gebratenem heran, und Maria bedauerte es, dass sich der Duft von frischem Brot nicht daruntermischte. Seit der Rat angeordnet hatte, Brot nur noch in eigens dafür vorgesehenen Brothäusern zu verkaufen, fehlte dieser angenehme Duft auf dem Markt.

Während sie all das bedachte, machte Maria ein paar unbewusste Schritte auf das Kirchenportal zu, und dabei stolperte sie. Geschickt fing sie sich ab und richtete den Blick zu Boden, um zu sehen, woran ihr Fuß gestoßen war. Es war ein Pflasterstein, der ein Stück weiter hochstand als die anderen rings herum.

Bei seinem Anblick blieb Maria die Luft weg.

Buckeliges Pflaster. Die Zwischenräume trocken und rissig vom Staub. Und das dunkelrote Rinnsal, das sich um die Steine ergoss wie ein Strom um eine Klippe …

Plötzlich wusste Maria, dass es hier gewesen war, wo sie als kleines Kind den erschlagenen Mann gesehen hatte. Ihr Kopf ruckte hoch. Die Holzbohlen der Buden – sie waren noch die gleichen wie in Marias Erinnerung.

Der harte Griff der kalten Hand, die sie festhielt, ließ ihre Finger schmerzen, und auf einmal waren da Tränen. In breitem Strom rannen sie über ihr Gesicht, hinunter bis zum Kiefer und von dort aus weiter, den Hals hinab und in ihr Gewand, wo sie kalt und unangenehm kitzelig von dem groben Stoff aufgesogen wurden …

»Steht doch nicht im Weg rum!« Eine dickliche Frau in unordentlichen Kleidern aus dunkler Wolle kam angerannt, drängte sich unsanft an Maria vorbei und langte nach dem Griff der Kirchentür. Eilig zog sie sie auf und verschwand im Inneren des Gotteshauses. Maria konnte hören, dass drinnen ein Chor sang. Sie lauschte auf die lateinischen Worte, doch der Gesang wurde abgeschnitten, als die Kirchentür zurück ins Schloss fiel. Gleichzeitig kehrten die Erinnerungen zurück.

»Hör auf zu heulen, Gör!«, sagte die Stimme, die zu der kalten Hand gehörte. »Er war nur ein dreckiger Jude!« Und ein harter Ruck an ihrem Arm maßregelte sie und ließ ihr Schultergelenk schmerzen.

Maria legte eine Hand auf den Mund, um bei dieser Erinnerung nicht aufzuschreien. Eine sanfte Berührung an der Schulter ließ sie zusammenzucken und herumfahren.

Ein schmales Gesicht schwebte vor ihr. Undeutlich nur sah sie eine schwarze Kutte und eine sorgfältig rasierte Tonsur, als ihr Gegenüber den Kopf neigte. »Was ist Euch?«, fragte der Mönch. »Braucht Ihr Beistand?«

Maria wollte nicken, doch dann schüttelte sie den Kopf. Es kostete Mühe, sich zusammenzureißen. »Nein, Vater. Ich danke Euch!«

»Geht hinein.« Der Mönch wies auf die Kirchentür. »Die Messe hat längst begonnen!«

Er wartete, bis Maria ihm versichert hatte, dass sie das tun würde, dann setzte er seinen Weg fort. Das Geräusch, das seine Ledersandalen auf dem buckeligen Pflaster machten, ließ Maria aufwimmern.

Weitere Erinnerungen lauerten unter der Oberfläche ihres Bewusstseins, das konnte sie spüren, wie sie manchmal bereits des Morgens spürte, ob es an einem Tag regnen würde oder nicht. Doch sie war nicht bereit für neue Erinnerungen. Das Bild des erschlagenen Mannes und der Schmerz der Wunde, den die kalte Stimme ihrer Seele geschlagen hatte, erfüllten sie so vollständig, dass sie das Gefühl hatte, nicht noch mehr Angst und Leid und Entsetzen aushalten zu können. Nicht jetzt!

Hastig schlang sie sich ihren Schal um den Hinterkopf, damit die Haare bedeckt waren, wie es sich in einer Kirche ziemte. Dann langte sie nach dem Griff des Portals, zog es auf und betrat die Kirche.

In der reich ausgemalten Vorhalle, die sie durchqueren musste, stand ein Tisch, auf dem Dutzende von kleinen und großen Papieren aufgeschichtet lagen. Hinter ihm lehnte der Ablasshändler mit verschränkten Armen an einer Säule. Er war ein freundlich aussehender Mann, der ebenfalls Mönchsgewänder trug, allerdings keine schwarzen wie der Mann draußen vor der Kirche, sondern die strahlendweißen des Dominikanerordens. Mit einem herzlichen Lächeln auf den Lippen nickte er Maria zu.

Sie schenkte den eng beschriebenen und bedruckten Seiten und den vielen verschiedenen Siegeln daran nur einen kurzen Blick. Zunächst musste sie an dieser Messe teilnehmen. Für alles andere war später Zeit.

So leise sie es vermochte, schlüpfte sie in eine der hinteren Kirchenbänke, machte einen hastigen Knicks und bekreuzigte sich, bevor sie sich hinsetzte. Dann lauschte sie dem Chor aus sieben Augustinermönchen. Der getragene, ehrfurchtgebietende Gesang der Männer berührte sie tief in ihrem Innersten und brachte den Aufruhr der Gefühle in ihr zum Schweigen. Mit einem Seufzen entspannte Maria sich ein wenig.

»Schön, oder?« Die Frau, die kurz vor ihr die Kirche betreten hatte, saß eine Reihe vor Maria. Jetzt beugte sie sich nach hinten, ließ aber den Blick nicht von den Mönchen ab. »Ich bin ganz aufgeregt«, wisperte sie weiter. Sie deutete auf einen jungen Mann, der ein paar Reihen vor ihnen saß und aufmerksam den Worten des Priesters lauschte, als dieser jetzt damit begann, aus der Bibel vorzulesen. »Das ist mein Neffe. Sein Vater ist mein Bruder, ein Webermeister. Er hat Johannes auf Wanderschaft geschickt, weil er in der Schule gar zu aufsässig wurde. Ich freue mich so, dass er mich besuchen kommt, könnt Ihr das glauben?«

»Ja«, gab Maria so leise wie möglich zurück. Mehrere der Umsitzenden schauten sich bereits ärgerlich um, um zu erkunden, wer die Andacht mit seinem Geflüster störte. Ein paar Blicke blieben dabei auf Maria und ihrer für eine Kirche eigentlich zu freizügigen Kleidung hängen. Das Wort *Hübschlerin* stand etlichen Gaffern in den Blick geschrieben.

Maria zog den Schal enger um Kopf und Schultern und sank in sich zusammen. Am liebsten hätte sie sich in einem Mauseloch verkrochen.

Nun wandte die Frau in der vorderen Bank sich zu ihr um. Als sie sah, wem sie eben ihre halbe Familiengeschichte ausgeplaudert hatte, wurden ihre Augen kugelrund. Ihr Mund klappte auf, aber gleich darauf hatte sie sich wieder in der Gewalt. Zischend atmete sie aus, schoss einen letzten Blick auf Maria ab und wandte sich dann demonstrativ wieder nach vorn, um Maria keines einzigen Blickes mehr zu würdigen.

Maria unterdrückte die Scham und auch den aufkeimenden Trotz. *Blöde Kuh!*, dachte sie und zwang sich, der Frau nicht die Zunge herauszustrecken.

Der Priester hatte seine Lesung beendet, und vorn begann der Chor wieder zu singen. Maria richtete ihre gesamte Aufmerksamkeit auf die wundervolle Melodie.

Und in diesem Moment überfiel es sie mit bisher ungeahnter Wucht.

Dreckiges Judenluder!, keifte es in ihrem Kopf. *Wie kannst du dich erdreisten ...*

Und die Worte wurden überlagert von einer anderen, einer tiefen, dröhnenden Stimme, die ausrief: *Höre Israel, der Herr, unser Gott, ist ein Herr. Du sollst den Herrn, deinen Gott, lieben mit deiner ganzen Seele und deinem ganzen Gemüt.*

Maria schnappte nach Luft vor Entsetzen.

Schau, Prinzessin, fügte die sanfte, väterliche Stimme hinzu, *das hier ist der Platz, auf dem früher einmal unsere Synagoge stand. Sie wurde zerstört, als man viele von uns aus der Stadt jagte und sogar tötete.*

In ihrer Kirchenbank sitzend, umklammerte Maria den Kopf mit den Armen. Keuchend beugte sie sich vornüber. »Warum, Papa?«, wimmerte sie. »Warum töten sie uns?«

Wieder richteten sich etliche Blicke auf sie. Maria beachtete sie nicht, und auch das zornige Gemurmel der anderen Gottesdienstbesucher drang nur gedämpft zu ihr durch.

Die Stimmen in ihrem Kopf übertönten alles andere.

Es ist viele, viele Jahre her, Prinzessin. Wir brauchen keine Angst zu haben. Heutzutage schützt uns der Stadtrat vor solchen ...

Diesmal fuhr die kreischende Stimme dazwischen.

Judenpack!, höhnte sie. *Dreckiges Gesindel! Verbrennen sollte man euch alle!*

Und wieder flammten Bilder vor ihrem inneren Auge auf. Wieder war sie ein kleines Kind. Wieder wurde ihre Hand in einer anderen so sehr gequetscht, dass es weh tat. Doch diesmal war da kein erschlagener Mann und auch kein rotes Rinnsal. Die Frau, die Maria festhielt, zeigte mit ausgestrecktem Zeigefinger auf eine Gruppe von Männern in langen schwarzen Mänteln. Maria sah die Schläfenlocken rechts und links der Männergesichter und das kleine Käppchen, das, wie sie aus irgendeinem Grund wusste, Kippa hieß. Und sie sah das Gesicht. Das Gesicht, das noch in der Vision zuvor dem Erschlagenen auf dem Marktplatzpflaster gehört hatte.

In dieser Vision lebte er noch.

Erschrocken starrte er Maria an, fassungslos gar und so voller Traurigkeit, dass seine Blicke auf ihrem Gesicht brannten wie Feuer. Der Mann öffnete den Mund. »Mirjam!«, rief er. Er wollte noch etwas sagen, aber seine Begleiter nahmen ihn bei den Schultern und zogen ihn fort. Sanft redeten sie auf ihn ein, als sie ihn in eine Seitengasse bugsierten. Der Mann ließ den Blick nicht von Maria, bis er um die Ecke verschwunden war.

»Dreckspack!«, zischte die Frau neben ihr noch einmal. Dann ruckte sie so heftig an Maria, dass der Schmerz ihr bis hinauf ins Schultergelenk fuhr.

Mirjam?

»Papa?« In ihrer Kirchenbank richtete Maria sich auf. Vorn begann der Chor wieder zu singen, und die Bilder in ihrem Kopf verblassten.

Völlig durcheinander, schlang Maria ihre Arme um den Oberkörper. Wieder wollte sie vornübersinken, doch sie beherrschte sich. Die Frau in der Bank vor ihr hatte sich jetzt vollständig zu ihr umgedreht und musterte sie mit so harten, missbilligenden Blicken, dass ein Loch zum Verkriechen nicht mehr ausreichte. Am liebsten hätte sie sich einfach in Luft aufgelöst.

»Irre haben in einer heiligen Messe nichts zu suchen!« Obwohl die Frau flüsterte, dröhnte jedes einzelne Wort in Marias Ohren.

»Ich ...« Maria ächzte. »Ich bin nicht verrückt!«, brachte sie hervor.

Aber stimmte das auch? Woher kamen all diese Stimmen?

Vielleicht war sie ja doch verrückt.

Besessen!

Das war es! Sie war besessen von einem Dämon, der sie quälte, der in verschiedenen Stimmen mit ihr redete und sie auf diese Weise in den Wahnsinn treiben wollte.

Taumelnd kam Maria auf die Beine. Vorn setzte der Chor zu seinem letzten Lied an, aber Maria bekam plötzlich keine Luft mehr in der Kirche. Sie warf sich herum und rannte.

Vorbei an dem Tisch mit den gesiegelten Ablassbriefen, von denen sie einen für Dagmar hatte kaufen wollen. Durch das Portal der Kirche, hinaus in den sonnigen Vormittag rannte sie, und es kümmerte sie nicht, dass die Menschen, an denen sie vorbeikam, die Köpfe über sie schüttelten.

11. Kapitel

Ein lautes Poltern riss Katharina noch vor Sonnenaufgang aus einem Traum, und sie fuhr erschrocken in die Höhe. Dann jedoch folgte dem Poltern ein langgezogenes, ächzendes Knirschen, und sie sank zurück in ihr Kissen. Ein dicker Ast oder etwas Ähnliches war gegen einen der Holzpfeiler des Henkersstegs gestoßen, hatte sich daran verkeilt, schließlich der Strömung der Pegnitz nachgegeben und war weitergetrieben. Diese Art von Geräuschen war im Henkershaus des öfteren zu hören, und dennoch konnte Katharina sich nicht daran gewöhnen.

Sie schloss die Augen und versuchte, wieder einzuschlafen, denn es war noch stockfinster draußen. Durch ihre Gedanken geisterte die Erinnerung an einen Traum, den sie kurz vor dem Erwachen geträumt hatte.

In diesem Traum hatte sie auf einem breiten Bett gelegen und gegen dessen stoffbezogenen Himmel geschaut. Ihr Hinterkopf ruhte auf Egberts Bauch, und während sie ihm erzählte, was ihr den vergangenen Tag über passiert war, lag er ganz ruhig und hörte zu. Sein Atem ging gleichmäßig, so dass ihr Kopf sich in stetem Rhythmus hob und senkte, und sie fühlte sich sicher und geborgen wie ein kleines Kind.

»… und dann hat der alte Hoger mich doch tatsächlich aus dem Haus geworfen«, beendete sie ihre Erzählung und stieß ein leises Kichern aus.

»Hm«, brummte Egbert.

Katharina drehte sich auf die Seite, um ihn ansehen zu können. Und in diesem Moment spürte sie, dass etwas nicht stimmte. Vor ihren Augen hätten rotblonde Haare sein müssen, doch alles, was sie sah, war blasse, nackte Haut, hinter der Egberts Gesicht verborgen lag wie hinter einem Hügel, den Katharina nicht zu überblicken vermochte.

»Egbert?«, flüsterte sie.

»Nein«, bekam sie zur Antwort, und da stemmte sie sich auf die Ellenbogen.

Die Augen, die sie ansahen, waren nicht blau, sondern von einem tiefen Braun. Katharina schnappte nach Luft.

»Richard!«, ächzte sie.

Und war an dieser Stelle aufgewacht.

Jetzt ertappte sie sich dabei, dass ein Lächeln über ihre Züge glitt, und erstaunt über sich selbst, tastete sie danach, als könne sie es nicht glauben. Der Traum hatte sie mit einem Gefühl von Zufriedenheit zurückgelassen. Katharina lauschte in sich hinein, um zu ergründen, was sie bei dem Gedanken empfand, nicht mehr von ihrem verstorbenen Mann zu träumen, sondern von einem anderen.

Mechthilds Worte fielen ihr ein.

Vielleicht ist jetzt die Zeit, einige Menschen hinter uns zu lassen und nach vorn zu sehen.

War es das, was ihre Träume ihr zu sagen versuchten?

Sie setzte sich auf, stützte sich mit beiden Händen hinter sich ab und warf den Kopf in den Nacken. Ihre langen blonden Haare fielen ihr über den Rücken und kitzelten sie angenehm im Ausschnitt ihres Nachthemdes. Noch immer spürte sie das Lächeln auf ihren Zügen, und sie versuchte es zu genießen, so lange, wie es da sein würde.

»Katharina?« Die Stimme ihrer Mutter zerschnitt das Wohlgefühl, das sie für einen Moment lang eingesponnen hatte.

Katharina unterdrückte ein Seufzen. »Ja, Mutter?«

»Kannst du mir bitte kurz helfen?«

»Natürlich, Mutter.« Sie schüttelte noch einmal die Haare, doch das angenehme Gefühl blieb jetzt aus. Ihr Körper fühlte sich plötzlich wieder an wie gewöhnlich, mehr wie ein Panzer denn wie menschliches Fleisch, und alle Farben rings herum verloren ihren Glanz.

Mit zusammengebissenen Zähnen schwang Katharina die Füße aus dem Bett und tappte barfuß zu ihrer Mutter in die Kammer. Diesmal empfand sie allerdings keinen Widerwillen, als sie Mechthild in ihren Kissen liegen sah, sondern nur eine Art Mitleid – und sogar ein wenig Zärtlichkeit für diese alte Frau, die sie irgendwann einmal unter Schmerzen geboren hatte.

»Was ist dir?«, fragte Mechthild sie. Eine einzelne Talglampe brannte neben dem Kopfende ihres Bettes und zeichnete scharfe Schatten auf ihr Gesicht. In ihrem Licht wirkten Mechthilds Augen wie Seen. »Du siehst aus, als hättest du eben noch gelächelt.«

Konnte man ihr das wirklich ansehen?

Katharina legte eine Hand an die Wange. »Ich hatte einen schönen Traum.«

»Gut.« Mechthild war sichtbar neugierig auf den Inhalt dieses Traums, doch Katharina schwieg. Zwar war sie nicht abergläubisch, und die Vorstellung, dass man einen Traum nicht erzählen durfte, von dem man sich Erfüllung wünschte, hatte sie schon als sehr kleines Kind abgelegt. Aber dennoch hatte sie das Gefühl, dass diese kurze Szene mit Richard, die sie in ihrer Phantasie durchlebt hatte, ein besonders kostbarer Schatz war, den es zu hüten galt.

Als Mechthild begriff, dass sie nicht reden würde, seufzte sie leise. »Schöne Träume sind besser als Alpträume«, sagte sie.

Katharina konnte ihr da nur zustimmen.

Sie reichte ihrer Mutter den Nachttopf. Als sie das Gefäß in die Pegnitz entleerte, hörte sie von Ferne den Stundenschlag von St. Lorenz. Die Glocken von St. Sebald schwiegen noch immer.

»Schlaf noch ein wenig«, riet sie ihrer Mutter. »Es ist noch Zeit bis zum Sonnenaufgang.«

Sie wartete, bis Mechthild sich zurückgelehnt und die Augen geschlossen hatte.

Dann kehrte sie in ihr eigenes Bett zurück und versuchte, die Leichtigkeit zurückzuholen. Es gelang ihr, bis sie wieder einschlief.

Als sie kurz nach Sonnenaufgang zum zweiten Mal erwachte, konnte sie sich nicht daran erinnern, ob sie erneut geträumt hatte. Es kam ihr jedoch so vor, als spüre sie den Nachhall von riesigen, gefiederten Engelsflügeln in ihrem Herzen, und sie musste die Zähne zusammenbeißen, um genügend Kraft zu finden, sich hinzusetzen und die Beine aus dem Bett zu schwingen.

Für eine Weile blieb sie auf der Bettkante sitzen und ließ den Kopf hängen, so dass ihre Haare sie an den Knien kitzelten. Das Wohlgefühl der vergangenen Nacht war fort, aber immerhin hatte sie noch die Erinnerung daran. Richard! Vor ein paar Wochen hatte sie den Kontakt zu ihm abgebrochen, aus Angst, sein Anblick könne die *melancholia* zurückbringen. Jetzt jedoch war die *melancholia* auch ohne sein Zutun zurückgekehrt, und es gab eigentlich keinen Grund mehr, Richard zu meiden. Vielleicht war es an der Zeit, zu ihm zu gehen und zu schauen, wohin sie diese Sache treiben würde?

Mit einem Ruck erhob sie sich von der Bettkante.

Sie musste jetzt keine Entscheidung treffen. Besser war es, sich um die Dinge zu kümmern, die sie heute zu erledigen hatte.

Zunächst Mechthild.

Sie half ihr, aus dem Bett in den Lehnstuhl zu gelangen, in dem sie große Teile des Tages verbrachte. Dann holte sie ihr eine Schüssel mit Wasser zum Waschen, und sie bereitete ein Frühstück aus Brot, Käse und einem Apfel vor, das sie Mechthild auf einem Brettchen reichte.

»Isst du wieder nichts?«, fragte Mechthild sie, während sie den ersten Bissen zum Mund führte.

Katharina schüttelte den Kopf. »Nachher. Ich bin jetzt noch nicht hungrig.«

Mechthild sah sie missbilligend an, sagte aber nichts dazu. Dennoch kam Katharina sich schon wieder gemaßregelt vor. Um diesem Gefühl zu entgehen, wandte sie sich der Treppe zu. »Ich muss weg«, erklärte sie.

Mechthild blickte fragend.

»Ich habe der Priorin vom Katharinenkloster versprochen, ihr meine letzte Medizin zu bringen.« Während Katharina das sagte, zog sie Haube und Mantel an, dann machte sie sich daran, ihre verbliebenen Medizinfläschchen durchzusehen, um das Mittel zu finden, das Kunigunde benötigte. Sie fand es rasch, denn ihr Vorrat war in den letzten Monaten stark geschrumpft und wurde nicht mehr aufgefüllt, da ihr das Herstellen von Arzeneien ja verboten war. Der Stopfen, mit dem Katharina das Fläschchen verschlossen hatte, war ein wenig brüchig geworden im Laufe der Zeit, aber als Katharina das Fläschchen öffnete, stieg ihr der vertraute, erdig-herbe Duft von

Engelswurz in die Nase. Die Flüssigkeit war noch nicht verdorben. Gut.

»Ich bin bald wieder da«, versprach sie Mechthild, beugte sich über sie und gab ihr einen raschen Kuss auf den Scheitel. Mechthild konnte ein leises, erfreutes Lächeln nicht unterdrücken, bevor Katharina es sah.

»Pass auf dich auf!«, bat sie.

Katharina schluckte. »Mache ich.« Diesen Satz hatte ihre Mutter ihr früher immer mit auf den Weg gegeben. Es tat erstaunlich weh, ihn jetzt, nach so langer Zeit, erneut aus Mechthilds Mund zu hören.

Mit einem wilden Durcheinander von Zerknirschung, Wut und Angst im Herzen machte Katharina, dass sie das Henkershaus verließ.

Der Schnee, der gestern Abend zu fallen begonnen hatte, lag mehr als knöcheltief in allen Straßen und Gassen. Er dämpfte Katharinas Schritte zu einem leisen Flüstern, und auch alle anderen Geräusche wirkten wie durch einen dicken Schleier gefiltert.

Die Luft war kalt und klar, und sie biss Katharina in Wangen und Nase. Ein paar Kinder flitzten vorbei und bewarfen sich juchzend mit Schneebällen. Einer dieser Bälle traf Katharina beinahe am Kopf. Vor lauter Schreck über seine Untat erstarrte das Kind, das ihn geworfen hatte, zur Salzsäule. »Entschuldigt«, stammelte es. »Ich wollte nicht …«

»Schon gut!« Katharina zwang sich zu lächeln, und erleichtert rannte das Kind weiter.

Die weißgetünchte Mauer des Katharinenklosters wirkte gegen den blendendweißen Schnee schmutzig. Katharina klopfte an die Pforte des Eingangshäuschens und wartete, dass die Klappe geöffnet wurde.

Heute war es nicht Aurelia, die durch das Loch spähte, sondern eine andere Nonne, deren Namen Katharina nicht kannte. »Ihr wünscht?« Immerhin klang sie weder so gelangweilt, wie Aurelia es getan hatte, noch so missmutig wie Agathe.

»Mein Name ist Katharina Jacob. Ich habe der ehrwürdigen Mutter versprochen, ihr heute eine Medizin gegen ihr Leiden zu bringen.« Katharina hatte erwartet, dass die Nonne sich das Fläschchen durch das Fenster hindurch würde reichen lassen, aber sie hatte sich getäuscht.

»Oh. Gut! Wartet einen Augenblick«, wurde sie aufgefordert.

Es dauerte nur wenige Momente, dann wurde die Tür geöffnet und Katharina hereingebeten.

»Die ehrwürdige Mutter möchte Euch sehen«, erklärte die Nonne auf ihr verdutztes Gesicht hin.

Katharina nickte. Sie hatte nichts dagegen, noch einmal mit Kunigunde zu sprechen, aber im Grunde wusste sie nicht, was sie ihr noch sagen sollte. Sie hatte all ihr Wissen über Kunigundes Gelenkschmerzen gestern schon preisgegeben. Nachdenklich betrachtete sie das Fläschchen in ihren Händen.

Und dann ging ihr auf, was die Priorin von ihr wollte.

Die Stelle der Infirmaria! Mit zusammengepressten Lippen wappnete sich Katharina gegen das Kommende.

Die Nonne führte sie dieselben Gänge entlang, die sie schon bei ihrem ersten Besuch gegangen waren. Diesmal schenkte Katharina der Engelsstatue einen längeren Blick, und noch immer erschauderte sie unter dem Anblick der weit ausgebreiteten Flügel. Rasch machte sie, dass sie weiterkam.

Die Nonne bemerkte ihre Anspannung. »Ihr müsst keine Angst vor der ehrwürdigen Mutter haben«, meinte sie freundlich. »Sie ist ein bisschen harsch, aber eine warmherzige und gute Frau. Sie behandelt uns Nonnen wir ihre Kinder.«

Katharina dachte an die Zurechtweisung, die Schwester Aurelia hatte über sich ergehen lassen müssen. *Wie Kinder, wahrlich!*, dachte sie.

»Im Grunde ist sie wahrhaft heiligmäßig«, fügte die Nonne an. »Es geht das Gerücht, dass sie ins Kloster gegangen ist, weil sie ein Kind verloren hat. Ich weiß nicht, ob das stimmt, aber auf jeden Fall hat sie eine jede von uns in ihr Herz geschlossen wie eine Mutter.« Sie blieb vor der Tür der Priorin stehen und klopfte.

»Tretet ein!«, war eine energische Stimme zu vernehmen.

Die Nonne öffnete und kündigte Katharina an.

»Sehr gut.« Katharina hörte, wie drinnen ein Buch zugeklappt wurde. »Lasst sie herein!«

Die Nonne trat zur Seite und gab Katharina den Weg frei.

»Danke«, flüsterte Katharina ihr zu.

Es war kalt im Raum, denn die beiden Fenster standen sperrangelweit offen.

Kunigunde schien das nicht zu kümmern. Sie saß an ihrem Schreibpult und hatte ein dickes, in grünes Leder gebundenes Buch vor sich liegen.

Während Katharina näher trat, versuchte sie, den Titel zu entziffern, der in einer ziemlich krakelig aussehenden Handschrift auf den dicken Rücken gemalt worden war.

Alles, was sie erkennen konnte, war ein Name.

Thomas.

Sie ließ von dem Buch ab und konzentrierte sich auf die Priorin.

Die stand mit einem Lächeln auf, das jedoch sofort von einem schmerzerfüllten Gesichtsausdruck abgelöst wurde. »Gut, dass Ihr kommt«, ächzte sie. »Die Schmerzen sind schlimmer heute.«

Katharina hielt ihr Fläschchen hoch. »Hiermit solltet Ihr Euch zweimal am Tag alle schmerzenden Gelenke einreiben«, riet sie und stellte das Fläschchen auf dem Pult ab.

Kunigunde griff danach, entkorkte es und roch daran. Hustend zuckte sie zurück. »Du liebe Zeit!«

Katharina unterdrückte ein Lächeln. »Man nennt es Engels- oder Angelikawurz. Ich habe ein Destillat daraus hergestellt, und es sollte Eure Schmerzen etwas lindern.« Sie zögerte, weil ihr eine Frage auf der Zunge brannte.

Kunigunde stellte das Fläschchen zurück auf das Pult und sah Katharina an. »Was liegt Euch auf der Seele?«, wollte sie wissen.

Katharina zögerte. »Ich weiß nicht …«

Kunigunde setzte sich wieder. Sie stöhnte dabei so tief auf, dass es klang wie der Laut eines verwundeten Tieres. Mit einer matten Handbewegung deutete sie auf den Stuhl vor ihrem Pult.

Katharina ließ sich auf die Kante des Möbels sinken. »Ich frage mich Folgendes«, wagte sie es endlich zu sagen. »Gilt nicht eine Krankheit in den Augen der Kirche als Strafe Gottes? Wieso dürft Ihr Eure Leiden mit meiner Medizin lindern?«

Zu ihrer Überraschung warf Kunigunde den Kopf in den Nacken

und lachte so laut, dass es von den Wänden ringsherum widerhallte. »Ihr macht Euch eine Menge Gedanken, nicht wahr?«

Katharina zuckte die Achseln.

»Nun, dann will ich Euch Eure Bedenken nehmen. Sicherlich sind körperliche Leiden als Strafe Gottes zu sehen. Ich frage Euch aber gleichzeitig: Warum sollte Gott uns die Fähigkeit zu denken gegeben haben, wenn er nicht wollte, dass wir sie auch nutzen? Er hat Euch einen Verstand gegeben, der Euch befähigt, anderen Menschen zu helfen. Gleichzeitig verlangt Er von uns, Sorge zu tragen für unsere Mitmenschen. Was sagt Euch das?«

Katharina lächelte. »Dass Er möchte, dass ich meine Fähigkeiten zum Wohle der Menschen einsetze.« *Wenn doch der Stadtrat das genauso sehen würde*, dachte sie.

Kunigunde legte eine Hand auf das grüne Buch und schaute Katharina so forschend an, dass sich diese vorkam wie kurz vor einem hochnotpeinlichen Verhör. Die feinen Linien um Kunigundes Lippen vertieften sich zu einem Lächeln, das jedoch ihre Augen nicht erreichte. »Ihr habt Euch sicher gefragt, warum ich Euch noch einmal hereingebeten habe, nicht wahr?«

Katharina nickte.

Da hob die Priorin ihre Hand von dem Buch und zupfte sich den schwarzen Schleier über der Schulter zurecht. Das Kreuz um ihren Hals fing einen einzelnen Sonnenstrahl ein, der durch eines der offenen Fenster fiel, und das kurze Aufblitzen erschien Katharina wie ein Zeichen.

»Nach unserem gestrigen Gespräch habe ich mir Gedanken gemacht«, sagte Kunigunde. Sie sprach langsam, mit Bedacht, als wäge sie ein jedes ihrer Worte sorgfältig ab. »Ihr scheint mir eine sehr erfahrene Heilerin zu sein.«

Katharina wartete ab.

Da endlich erreichte das Lächeln auch Kunigundes Augen. Ein wenig stärker hoben sich ihre Mundwinkel. »Ich möchte Euch einen Vorschlag machen.«

Sicher, was nun kommen würde, nickte Katharina.

»Vor zwei Wochen ist unsere Schwester Infirmaria gestorben. Ihre Stelle ist bis heute unbesetzt.« Kunigunde beugte sich ein wenig vor.

»Ich würde mir wünschen, dass Ihr ihre Nachfolgerin werden würdet.«

Durch das Gespräch mit Bruder Johannes kam diese Eröffnung nicht unerwartet. Dennoch sorgte sie dafür, dass Katharina nach Luft schnappte. »Ich ... ich bin keine Nonne«, wandte sie zaghaft ein.

»Das ist auch nicht notwendig. Das Kloster besteht nur zu etwa der Hälfte aus Nonnen. Der Rest sind einfache Stiftsdamen. Auch als eine solche könntet Ihr uns Eure kostbaren Dienste zugutekommen lassen.«

Stiftsdamen waren Frauen, die für eine begrenzte Zeit ins Kloster gingen. Sie unterwarfen sich den Regeln und Gesetzen dort, aber sie legten kein Gelübde ab und konnten somit jederzeit wieder austreten. Im Falle einer Heirat zum Beispiel. Üblicherweise bedurfte es allerdings einer größeren Spende an das Kloster, um als Stiftsdame aufgenommen zu werden.

»Ich ...« Katharina wusste nicht, was sie sagen sollte. »Ich habe keinerlei Vermögen, das ich einbringen könnte.«

Da erhob sich Kunigunde, kam um das Pult herum und griff nach dem Fläschchen. »Oh doch!«, widersprach sie. »Das habt Ihr sehr wohl. Euer Wissen.«

»Euer Vertrauen in dieses Wissen ehrt mich, aber ...« Katharina stockte. Plötzlich erschien ihr das Angebot der Priorin gar nicht mehr so schrecklich. Wenn sie es annähme, wäre sie mit einem Schlag alle wirtschaftlichen Sorgen los. Aber was geschähe dann mit Mechthild?

»Ich ...« Sie griff sich an die Schläfe und rieb sie. »Ich weiß nicht, was ich dazu sagen soll.«

Das Lächeln auf Kunigundes Lippen verstärkte sich, wurde nun zu einem offenen, freundlichen Strahlen. »Ich habe nicht erwartet, dass Ihr sofort freudig einschlagt! Überlegt es Euch in Ruhe und kommt in ein paar Tagen wieder, um mir Eure Entscheidung mitzuteilen.« Sie griff nach dem grünen Buch, hob es hoch und begann darin herumzublättern. »Kennt Ihr Thomas von Aquin?«, fragte sie.

Katharina schüttelte den Kopf.

»Er gehörte zum Orden des heiligen Dominikus, wie wir hier im

Kloster auch. Er gilt als einer der gelehrtesten Männer, die die Kirche jemals hervorgebracht hat. Dieses Buch hier«, Kunigunde hob den Band ein wenig an, »enthält seine Schriften über die Engellehre. Eine überaus erbauliche Lektüre, das könnt Ihr mir glauben! Wenn Ihr Euch dazu entschließen könntet, in das Kloster einzutreten, könnten wir darüber disputieren, was meint Ihr?«

Katharina lehnte sich auf ihrem Stuhl zurück. Fast hätte sie abwehrend die Hände gehoben, aber sie beherrschte sich gerade noch. »Verzeiht mir, aber ich habe, glaube ich, für mein Lebtag genug von Engeln.«

»Wies...« Kunigunde begriff und brach ab. »Oh! Verzeiht! Das habe ich nicht bedacht. Euer Bruder, nicht wahr? Wurde er nicht ein Opfer des Engelmörders?«

Plötzlich fragte sich Katharina, woher die Priorin ihr Wissen über die Vorgänge in der Stadt hatte. So streng wie die Klausur der Nonnen war die der Priorin offenbar nicht.

»Ihr fragt Euch, woher ich das weiß?«

»Um ehrlich zu sein ...«

»Bruder Johannes ist so freundlich, mir ab und an zu erzählen, was außerhalb dieser hohen Mauern vor sich geht.« Kunigunde wirkte ein wenig beschämt angesichts dieser Tatsache. »Verratet mich nicht!«, bat sie. »Auch ich wurde nicht als Nonne geboren. Es gibt schon Tage, an denen ist mir die Zurückgezogenheit ein bisschen zu viel. Dann nutze ich die Möglichkeiten, die sich mir bieten.«

»Warum seid Ihr in dieses Kloster eingetreten?«, ergriff Katharina die Gelegenheit zu einer persönlichen Frage. Sie musste daran denken, was die Nonne ihr eben auf dem Gang erzählt hatte.

Kunigunde zögerte, doch dann nickte sie. »Ich denke, diese Frage steht Euch zu, da ich Euch gebeten habe, es mir gleichzutun. Aber ich bitte Euch um Verständnis, dass ich sie Euch nicht beantworten kann.«

»Warum nicht?«

»Es ist eine sehr traurige Geschichte«, gab Kunigunde zurück. »Und ich rede nicht sehr gern darüber.«

Katharina nickte. »Das verstehe ich.«

Genau in diesem Moment wurde an die Tür geklopft, und gleich darauf steckte Aurelia den Kopf ins Zimmer. »Verzeiht, ehrwürdige Mutter, aber da ist ein Pater vom Männerkloster. Er wünscht Euch zu sprechen.«

Kunigunde seufzte gespielt. »Natürlich. Sag ihm, ich komme sogleich.« Als die Tür wieder ins Schloss gefallen war, wandte sie sich Katharina zu. »Es tut mir leid, wir müssen unsere kleine Plauderei auf ein anderes Mal verschieben.« Energisch warf sie sich die Spitzen ihres Schleiers nach hinten über die Schultern. »Überlegt Euch mein Angebot, ja?«

Katharina erhob sich. »Das werde ich«, versprach sie.

Nachdem die Klosterpforte hinter Katharina ins Schloss gefallen war, stand Katharina eine Weile in knöcheltiefem Schnee und dachte über das Angebot der Priorin nach.

Sie im Kloster?

Sie wollte diese Möglichkeit durchspielen, wollte sich vor Augen führen, was es bedeuten würde, eine Stiftsdame zu werden. Aber irgendetwas hinderte sie daran. Sie verspürte eine Mattigkeit, die ihren Geist träge machte. Wie Geister zogen die Gedanken durch ihren Kopf, nebeldünn und flüchtig, so dass sie kaum einen richtig fassen konnte.

Sie wusste, dass dies eine Äußerung ihrer *melancholia* war, und sie wusste auch, dass sich dieser Zustand nur ändern würde, wenn sie etwas zu tun hatte. Würde sie sich gestatten, dem Bedürfnis nach Ruhe und Abgeschiedenheit nachzugeben, würde sie alsbald in eine Art Starre versinken, aus der sie sich dann nur mit größter Anstrengung wieder befreien konnte.

Sie musste in Bewegung bleiben.

Also beschloss sie, sich mit dieser Frau namens Dagmar zu befassen. Vielleicht gelang es ihr, sie zu finden und von ihr etwas zu erfahren, was einen Hinweis auf Heinrichs Mörder geben mochte.

Katharina war sich nicht sicher, wie sie in den Mauern der Stadt eine einzelne Hübschlerin finden sollte, aber sie war entschlossen, es wenigstens zu versuchen. Wo hielten sich die Huren üblicherweise auf? Wo war die Aussicht am größten, eine von ihnen zu treffen? Da Katharina sich in diesen Fragen so gut wie gar nicht auskannte, beschloss sie, es an dem einzigen Ort zu versuchen, der ihr von früher wenigstens ein kleines bisschen vertraut war.

Sie holte tief Luft. Dann lenkte sie ihre Schritte in Richtung Spittlertorviertel und zum Gasthaus *Zur krummen Diele.*

Einige Stunden nachdem Richard den ersten Schnitt in Dagmars Leiche gesenkt hatte, saß er gemeinsam mit Arnulf an einem der Tische in Niklas' Schankstube. Beide starrten sie schweigend in die Becher mit Branntwein, die Arnulf ihnen bestellt hatte. Richards war noch fast voll, der des Nachtraben jedoch bereits leer.

Arnulf war bleich wie eine gekalkte Wand.

»Mir ist schleierhaft«, ächzte er mit hohler Stimme, »wie man so was freiwillig und über Jahre hinweg machen kann!«

Richard drehte seinen Becher in der Hand. Eine Jagdszene war auf der Zinnoberfläche dargestellt. Das Wild, ein stattlicher Zwölfender, stand in einem Dickicht und schien seine Jäger zu verspotten.

Richard blies Luft durch die Nase, um den üblen Geruch der Sektion loszuwerden, der sich trotz des Minzöls in seinen Nasenlöchern festgesetzt hatte. *»Nicht die Lektüre zahlreicher Bücher ist das Erfordernis eines Arztes, sondern die tiefste Kenntnis der Naturdinge und Naturgeheimnisse, welche einzig und allein alles andere aufwiegen«*, zitierte er sinngemäß einen Satz, den er von einem Medicus gehört hatte.

Arnulf verzog das Gesicht. »Geschwafel! Pah!« Er schaute auf und suchte Niklas' Blick. Als der Wirt auf ihn aufmerksam wurde, hielt der Nachtrabe seinen Becher hoch, zum Zeichen, dass er Nachschub brauchte.

Die Schankstube war leer, da der Wirt heute noch nicht aufgesperrt hatte, und so brachte Niklas gleich die ganze Flasche mit. Wortlos stellte er sie vor Arnulf auf den Tisch. Dann zog er sich so schnell zurück, als könne er es nicht ertragen, in ihrer Nähe zu sein.

Richard konnte es ihm nicht verübeln. Er blickte auf seine Hände. Sie zitterten nur noch ein wenig.

Das Bild von Dagmars Kind brannte hinter seinen Lidern, sobald er blinzelte. Ein winziges Ding, mehr einem Fisch ähnlich als einem menschlichen Wesen. Eingebettet in die dunkelrote Höhle der Gebärmutter, hatte es vor Richard gelegen.

»Mein Sohn«, flüsterte Arnulf jetzt. Er hielt seinen Becher in der einen, die Branntweinflasche in der anderen Hand und rührte sich nicht.

Richard überging die Tatsache, dass sie nicht hatten erkennen können, ob das Kind ein Junge oder ein Mädchen gewesen war. Dennoch schüttelte er so sanft wie möglich den Kopf. »Das glaube ich nicht.«

»Warum nicht?« Arnulf starrte ihn aus brennenden Augen an.

»Warten wir ab, was Sibilla zu sagen hat«, meinte Richard sanft.

Sibilla war eine der Huren, die hier in der *Krummen Diele* auf Kundenfang gingen. Sie kannte sich mit dem Kinderkriegen ebenso gut aus wie die Hebammen der Stadt, auf deren Rat Richard lieber verzichten wollte.

»Du hast mir immer noch nicht erklärt, warum du sie hast rufen lassen«, beschwerte sich Arnulf jetzt.

Richard rieb sich das Genick. »Sie ist eine Engelmacherin. Sie wird uns sagen können, wie lange es her ist, dass das Kind empfangen wurde.«

Arnulf goss sich Branntwein in den Becher und trank einen tiefen Schluck. »Das geht?«

»Ich bin sicher, dass das geht. Wenn das Kind …« Er unterbrach sich, weil es an der Vordertür klopfte. Niklas ging öffnen, doch es war nicht Sibilla, die um Einlass bat, sondern Maria. Bei ihrem Anblick richtete sich Arnulf ein wenig höher auf, als erwarte er, dass sie auf ihn losging. Doch sie warf den beiden Männern nur einen wilden Blick zu und rannte mit großer Hast an ihnen vorbei und die Treppe hinauf zu einem der beiden Zimmer, die dort oben lagen. Dic Tür fiel hinter ihr ins Schloss, und dann hörte Richard gedämpft das Knarren von Holz. Offenbar hatte Maria sich auf die Bettstatt geworfen.

»Was ist denn mit der los?«, wunderte sich Arnulf.

Richard war nicht klar, was er meinte. »Sie glaubt, dass du der Vater von Dagmars Kind bist«, erinnerte er den Freund.

Arnulf leerte seinen Becher und stellte ihn mit einem Krachen auf dem Tisch ab. »Schon! Aber das ist nicht der Grund für diesen Blick eben! Hast du gesehen, wie sie geschaut hat? Da war irgendwas … Irres in ihren Augen.«

Richard zuckte die Achseln. Zwar hatte er diesen Ausdruck, von dem Arnulf sprach, auch gesehen, aber er kannte Maria nicht gut genug, um zu entscheiden, ob sie wegen des Kindes oder wegen etwas ganz anderem so wild geschaut hatte. Er überlegte noch, was er sagen sollte, als es erneut klopfte.

Wieder trottete Niklas zur Tür.

Und wieder war es nicht Sibilla.

Katharina betrat die kleine Gasse, an deren Ende das Gasthaus lag, kurz nachdem die Türmer die fünfte Tagesstunde geläutet hatten. Um diese Zeit wirkte das Gebäude verlassen, doch von früher wusste Katharina noch, dass der Wirt es fast rund um die Uhr geöffnet hielt. Also nahm sie all ihren Mut zusammen und marschierte mit einer Entschlossenheit auf die Tür zu, die sie eigentlich gar nicht empfand.

Eine Katze, die auf dem Fensterbrett eines Nachbarhauses saß, bemerkte sie, sprang auf den Boden und begann um Katharinas Beine zu streichen. Kurz bückte sich Katharina zu ihr hinunter und streichelte ihr über das silbergestromte Fell. Das Tier machte einen Buckel, um sich fester an ihre Hand zu schmiegen, und es miaute leise.

»Ich habe nichts zu fressen für dich«, murmelte Katharina, richtete sich wieder auf und setzte ihren Weg fort.

Die Tür des Gasthauses war noch immer so schief und krumm, wie sie sie in Erinnerung hatte. Katharina griff nach dem Türriegel und machte sich darauf gefasst, so kräftig wie möglich daran ziehen zu müssen. Doch sosehr sie sich auch mühte, die Tür ließ sich nicht öffnen.

Katharina blickte auf den Fensterladen im Stockwerk darüber. Er war geschlossen. Bedeutete das, dass der Wirt heute nicht geöffnet hatte?

Katharina überlegte, was sie in einem solchen Fall tun sollte. Sie könnte in eines der anderen Gasthäuser gehen und ihre Suche dort beginnen. Aber etwas in ihr sträubte sich dagegen. Dies hier war wenigstens in Ansätzen vertrautes Gelände. Sich dorthin zu wagen, wo sie sich völlig fremd und verloren fühlte, konnte nur der allerletzte Ausweg sein.

Also nahm sie ihr Herz in die Hand und pochte an die Wirtshaustür.

Es dauerte nur Augenblicke, bis geöffnet wurde. »Gut, dass Ihr komm...«

Der Wirt sah, wen er vor sich hatte, und verstummte abrupt. »Seht Ihr nicht, dass wir geschlossen haben?«, blaffte er Katharina an.

»Doch ... ich ...«

»Geht woanders hin!«, unterbrach der Wirt.

»Bitte!« Katharina streckte die Hand aus. Hilfesuchend drehte sie die Handfläche nach oben. »Ich bin auf der Suche ...«

Die Tür wollte Katharina vor der Nase zufallen, doch sie stemmte die Hand dagegen. »Nicht!«, rief sie aus. »Ich bin auf der Suche nach einer Frau namens Dagmar!«

Die Nennung dieses Namens hatte eine völlig unerwartete Wirkung auf den Wirt. Wie vom Donner gerührt, stand er da, und fast gleichzeitig ertönte im Inneren der Gaststube eine tiefe Stimme. »Wer hat da eben von Dagmar gesprochen?«

Der Wirt drehte sich um, als ein Mann auf den Wirtshausflur trat, bei dessen Anblick Katharinas Gesichtszüge ins Rutschen kamen.

Dieser Mann war groß. Lang hingen ihm die schwarzen Haare in Stirn und Gesicht, und unter ihnen hervor funkelte ein Paar grüner Augen, das Katharina nur allzu gut kannte. »Arnulf!«, stieß sie hervor.

Ihr Herz machte einen seltsamen, fast schmerzhaften Hüpfer. Bis eben hatte sie geglaubt, Arnulf sei im Kampf gegen den Engelmörder ums Leben gekommen. Ihn so unvermittelt und vor allem lebendig vor sich stehen zu sehen, nahm ihr den Atem. »Ich ... ich dachte, du bist ... Ihr seid ...«

»... tot.« Er schob den Wirt zur Seite, so dass er sich vor Katharina aufbauen konnte. Er war ein ganzes Stück größer als sie, und so blickte er auf sie herab, als er sie nun musterte. »Katharina Jacob!«

Ein feines Lächeln glitt über seine Züge. »So sieht man sich also wieder. Wie Ihr seht, bin ich nicht tot. Ich konnte damals aus dem Brunnen entkommen.«

Katharina fehlten die Worte, und gleichzeitig war ihr Kopf voller Fragen. Wie konnte er am Leben sein? Sie hatte gesehen, wie er im Kampf gegen den Engelmörder in den Brunnen gefallen war, aus dem es kein Entrinnen gab. »Man hat Eure Leiche nie gefunden«, murmelte sie.

Er grinste breit. »Weil es keine Leiche gab.« Er warf einen Blick über die Schulter in die Gaststube. »Kommt rein.«

»Aber ...«, setzte der Wirt zu einem Protest an, doch Arnulf brachte ihn mit einer harschen Handbewegung zum Schweigen.

»Sie gehört zu Sterner!«, sagte er knapp. Dann trat er einen Schritt zur Seite und machte den Weg in die Gaststube frei.

Katharina zögerte. »Richard ist ...?« Hatte ihr Herzschlag eben noch gestolpert, so beschleunigte er sich plötzlich. Wieder blieb ihr der Atem fort.

»Hier? Ja, ist er. Kommt endlich!«

Da warf Katharina dem Wirt einen letzten, um Verzeihung heischenden Blick zu und betrat vor dem Nachtraben den Schankraum.

Und dort sah sie Richard Sterner.

»Was ist los, Ar...« Mitten im Wort verstummte er, als er erkannte, wen er vor sich hatte. »Frau Jacob!« Er sprang auf die Füße.

Er hatte seine langen hellbraunen Haare zu einem Zopf gebunden. Seine Kleidung war mit Flecken übersät, deren Herkunft Katharina völlig schleierhaft war. Aus braunen Augen starrte er Katharina an, und sie stellte fest, dass sie noch immer diesen brennenden, etwas unheimlichen Ausdruck hatten.

»Richard«, murmelte sie und schlug die Augen nieder. »Sterner«, fügte sie hinzu. Und verspürte das unbändige Verlangen, zu ihm zu gehen und sich an ihn zu schmiegen, so fest sie es vermochte. Sie konnte es nur unterdrücken, indem sie die Arme um sich schlang und sich an sich selbst festhielt.

Er sah es, straffte die Schultern. »Was führt Euch hierher?« Er wischte sich über die Stirn, strich sich mit den flachen Händen über die fleckige Kleidung, dann trat er einen Schritt auf Katharina zu.

»Ich …« Katharina räusperte sich. »Ich bin auf der Suche …«

»Nach Dagmar!«, mischte sich der Wirt ein. »Sie hat gesagt, sie sucht Dagmar.«

Die Blicke aller drei Männer lagen mit einer Eindringlichkeit auf Katharina, dass sie sich zwingen musste, nicht zur Tür zurückzuweichen. Sie schloss ihre Finger fester um die eigenen Oberarme.

»Was ist, wenn sie …«, der Wirt verstummte, weil Richard ihm ins Wort fiel.

»Sie gehört zu uns«, beruhigte er den Mann. »Du kannst unbesorgt sein.« Er streckte die Rechte nach Katharina aus, wie um sie am Arm zu fassen, berührte sie jedoch nicht. Mit der linken Hand wies er auf einen der Tische. »Setzen wir uns doch!« Er selbst kam seiner eigenen Aufforderung als Erster nach.

Katharina ließ sich auf einem der Schemel nieder. Eine kribbelige, unangenehme Unruhe hatte sie erfasst, die sich mischte mit der Freude, Richard wiederzusehen, und der Verblüffung, dass Arnulf noch lebte. All das zusammen raubte ihr die Worte. Sie wollte den Mund öffnen, wollte etwas sagen, aber sie wusste nicht, wo sie anfangen sollte, also saß sie einfach nur da und starrte Richard und Arnulf abwechselnd an.

»Wusstet Ihr, dass er noch am Leben ist?«, brachte sie, an Richard gewandt, endlich hervor.

Richard lächelte schwach. »Er kam zu mir, kurz nachdem wir beide uns das letzte Mal gesehen haben.« Er wirkte befangen, und Katharina fragte sich, ob er es ihr übelnahm, dass sie sich irgendwann einfach nicht mehr bei ihm gemeldet hatte. Die Art und Weise, wie er sie ansah, ließ sie vermuten, dass er zumindest gern einen Grund dafür genannt bekommen hätte.

Arnulf riss sie aus diesen Gedanken, indem er sich laut räusperte. »Warum wollt Ihr zu Dagmar?«, fragte er.

Richard war unfähig, den Blick von Katharinas Gesicht zu lassen. Sie sah noch immer so blass aus wie damals, und der Ausdruck in ihren Augen war der Gleiche. Ein wenig leer und gleichzeitig von einer tiefen Traurigkeit, die ihn schaudern machte, die in ihm das Bedürfnis weckte, Katharina an sich zu ziehen und sie nie wieder loszulassen. Es hatte sie erstaunt, ihn hier anzutreffen, das war ihr deutlich anzusehen. Kurz war so etwas wie Freude hinter der Traurigkeit in ihrem Gesicht aufgeschienen, aber gleich darauf von Vorsicht, ja sogar von Angst überlagert worden. Die abweisende Geste, mit der sie die Arme vor dem Leib verschränkte, hatte sich angefühlt wie ein Schlag ins Gesicht.

Was wollte sie hier in dieser Spelunke?, fragte er sich. Und warum erkundigte sie sich ausgerechnet nach Dagmar?

Er dachte an die Leiche der jungen Frau hinten im Schuppen, daran, wie er ihren Leib geöffnet und untersucht hatte. So fest es ging, presste er die Handflächen auf die Tischplatte, denn er spürte schon wieder dieses elende Zittern nahen. Halbherzig verfluchte er Arnulf, der ihn zurück in jenen Mann verwandelt hatte, den er drei Monate lang hinter sich gelassen hatte. Aber dann rief er sich selbst zur Ordnung. Er war Silberschlägers Bitte nachgekommen, sich die Leiche im Turm anzusehen, und das war der wahre Auslöser für das Zittern gewesen. Arnulf konnte nichts dafür.

»Warum wollt Ihr zu Dagmar?«, fragte der Nachtrabe.

Katharina reagierte mit einem raschen Niederschlagen der Augen. »Es gab einen … Mord«, setzte sie an und verstummte wieder.

Richard zog die Augenbrauen hoch. Katharina wusste von dem Mord an Dagmar? Was hatte sie mit dieser Angelegenheit zu tun? Er musterte sie, suchte in ihrem Blick nach ihren Empfindungen. Alles, was er entdeckte, war diese furchtbare Mischung aus Traurigkeit und Teilnahmslosigkeit.

»Woher wisst Ihr davon?«, hörte er sich fragen.

Katharina hob erstaunt die Augenbrauen. Dann lehnte sich zurück. Da der Schemel, auf dem sie saß, keine Rückenlehne hatte, stieß sie mit der Schulter gegen die Wand, die sich schräg hinter ihr befand. Sie rückte das Möbel ein Stück herum, so dass sie besseren Halt an den rauhen Brettern finden konnte. »Ich habe die Leiche gesehen.«

»Wo?«, schnappte Arnulf. Sein Blick huschte zur Hintertür, und gleichzeitig stieß der Wirt hinter seiner Theke ein angstvolles Ächzen aus. Seine Tochter hatte er längst hinausgeschickt.

»In der Ruine an der Frauentormauer, wo man ihn gefunden hat.«

Arnulfs Miene wurde erst finster, dann völlig ausdruckslos. »Man hat sie nicht am Frauentor gefunden, sondern …«

»Moment!« Richard hob die Hand. »Ihr sagtet gerade, ›wo man *ihn* gefunden hat‹. Ihn?«

Katharina nickte. Ihr Pulsschlag ging schnell, das konnte Richard durch die dünne Haut an ihrem Hals sehen. »Ja. Heinrich. Er war einer meiner … Patienten.« Sie zögerte hörbar vor dem letzten Wort.

Richard versuchte, ihre Worte in eine sinnvolle Reihenfolge zu bringen. »Eurer Patienten?«, wiederholte er.

Sie nickte abermals. »Ich konnte nicht einfach aufhören, Menschen zu helfen. Darum habe ich angefangen, mich um die Ärmsten zu kümmern.«

»Dieser Heinrich!« Arnulf beugte sich ein wenig vor. »Er wurde ermordet.«

Katharina nickte erneut. »Und man hat …« – tief holte sie Luft, bevor sie es aussprach – »… ihm beide Augen ausgestochen.«

Diese Worte trafen Richard wie ein Schlag. »Bitte?«

Katharina wiederholte nicht, was sie gesagt hatte. Es war nicht nötig, und das wussten sie alle drei.

Arnulf starrte auf den Tisch vor sich und sagte eine ganze Weile lang gar nichts. Stattdessen holte er einen Dolch aus einer Lederscheide an seinem Gürtel und begann, damit herumzuspielen.

In Richards Kopf vollführten die Gedanken einen wilden Tanz. Es gab noch einen zweiten Toten mit ausgestochenen Augen! Er suchte Katharinas Blick, aber es gelang ihm nicht, ihn aufzufangen.

»Warum erschreckt Euch das so sehr?«, fragte sie endlich.

»Wir …«, hob Richard an, aber Arnulf rammte seinen Dolch in die Tischplatte und sprang auf.

»Kommt mit!«, befahl er.

Er hatte Katharinas Handgelenk gepackt und sie zur Hintertür gezerrt, bevor Richard auch nur protestieren konnte.

»Was soll das?«, rief Katharina aus. »Lasst mich los!«

Aber Arnulf scherte sich nicht um ihren Widerstand. Er stieß die Hintertür auf und zerrte Katharina auch noch auf den Hof hinaus. Erst da rührte Richard sich.

»Lass sie sofort los!«, donnerte er, sprang auf und eilte hinter Arnulf und Katharina hinaus auf den Hof.

Widerstrebend gehorchte Arnulf. Richard konnte förmlich hören, wie seine Zähne knirschten. »Sie scheint da mit drinzuhängen!«, brummte er. »Ich will wissen, was sie weiß!«

Seine Augen glitzerten kalt und herausfordernd, und Richard las ihm die Gedanken an der Nasenspitze ab.

Versuch mich aufzuhalten, wenn du dich traust!

Er seufzte. »Dieser Tote, von dem Ihr gesprochen habt«, wandte er sich an Katharina. »Ihr sagtet, er gehöre zu den Ärmsten. War er ein Bettler?«

»Ja. Ein armer Irrer, der unter einem verwirrten Geist litt. Er hatte seinen Unterschlupf unten am Fluss.« Dort lebten tatsächlich die Allerärmsten, das wusste Richard, denn der Fluss ließ die Luft feucht aufsteigen, und die Löcher, in denen die Bettler hausen mussten, waren dort unten besonders kalt und armselig.

»Und ihm wurden die Augen ausgestochen?« Er kam sich fast grausam vor, es noch einmal auszusprechen, wo sie zuvor solche Mühe gehabt hatte, es über die Lippen zu bringen.

Sie nickte nur schwach.

»Wir haben noch eine Leiche«, erklärte Richard ihr. Er wies auf den Schuppen am anderen Ende des Hofes.

Sie legte den Kopf schief. Hinter ihrer Stirn arbeitete es sichtbar, und rasch hatte sie die Mosaiksteinchen zu einem Bild zusammengefügt. »Dagmar«, flüsterte sie. »Darum war der Wirt so entsetzt, als ich nach ihr fragte!« Sie sah Arnulf an. »Und darum habt Ihr mich eben so rüde …« Sie brach ab.

Arnulf starrte nur finster vor sich hin.

Katharina wartete, ob er etwas sagen würde, aber als er es nicht tat, blickte sie wieder Richard an. »Und Eurer Reaktion nach zu schließen, wurden auch Dagmar die Augen ausgestochen?«

Sie sagte es als Frage.

Arnulf unterdrückte ein Stöhnen, und das reichte Katharina als Antwort. »Ich möchte sie sehen«, sagte sie leise.

12. Kapitel

»Überlegt es Euch noch einmal!«, flehte Richard sie an. Seine Hand lag bereits auf dem Riegel der Schuppentür, zu der er Katharina geführt hatte, aber er schien nicht bereit zu sein, ihr ihre Bitte zu erfüllen. »Es ist ein hässlicher Anblick.«

»Ich weiß«, sagte sie nur. Sie konnte das Bild von Heinrichs entstelltem Gesicht einfach nicht aus dem Kopf verbannen, und sie verspürte ein unendliches Grausen dabei, sich noch eine weitere Leiche mit einer solchen Entstellung anzusehen. »Ich war bei Bürgermeister Silberschläger«, murmelte sie. »Weil ich dachte, ich könnte ihm vielleicht mit dem wenigen, was ich über Heinrich weiß, dabei helfen, seinen Mörder zu finden.«

»Silberschläger!«, schnaubte Arnulf mitten in ihre Worte hinein.

Sie ließ sich von ihm nicht beeirren. »Er hat mich ausgelacht«, fuhr sie fort. »Er sagte, er sei mit einem wichtigeren Mord beschäftigt und er habe keine Zeit, sich um Gesindel zu kümmern.« Jetzt hob sie den Blick vom Erdboden, auf den sie die ganze Zeit gestarrt hatte. Richards Blick lag schwer auf ihr, und sie fand in ihm Sorge und auch Entsetzen. Seine Hand, die auf dem Türriegel lag, zitterte leicht, und Katharina spürte, wie sie Mitleid für ihn empfand.

»Heinrich hat mir vertraut«, sprach sie weiter, und auf einmal überkam sie die Trauer um diesen armen Menschen mit solcher Wucht, dass sich ihre Augen mit Tränen füllten. Sie bemerkte sie zuerst hinten in der Kehle, die sich zusammenzog. »Ich kann ihn nicht einfach im Stich lassen.«

»Du liebe Güte!« Arnulf warf die Arme in die Höhe, als spräche er mit einem bockigen Kind. »Ihr seid allen Ernstes hier, weil Ihr glaubt, dass Ihr seinen Mörder finden könnt? Was seid Ihr doch für eine dumme …« Er unterbrach sich, weil Richard ihn böse ansah.

Seine Worte drangen wie Nadelstiche in Katharinas Herz. Hatte er recht? Wollte sie sich wirklich zum zweiten Mal in ihrem Leben auf die Jagd nach einem Mörder machen? Alles in ihr sträubte sich dagegen, doch sie ahnte bereits, dass sie nicht einfach tatenlos zusehen konnte, wie ein Mensch, der Heinrich das angetan hatte, ohne Strafe davonkam.

»Öffnet diese Tür!«, forderte sie Richard auf.

Er schien jetzt zu spüren, dass er sie nicht vom Betreten des Schuppens abhalten konnte, denn schwerfällig kam er ihrem Befehl nach.

In dem Schuppen war es hell, da die beiden Fensterläden rechts und links der Tür offenstanden. Mit klopfendem Herzen trat Katharina über die Schwelle – und erblickte die menschlichen Umrisse unter dem weißen Leichentuch.

Keine Flügel diesmal!, hörte sie Bruder Johannes sagen.

Die Luft war erfüllt von einem durchdringenden, schwer zu beschreibenden Geruch, einer Mischung aus Blut, Kot und vielem anderen, von dem Katharina lieber nicht wissen wollte, was es war.

»Wie lange ist sie schon tot?«, fragte sie leise.

Richard sah Arnulf an.

»Sie starb vorletzte Nacht«, antwortete der.

Dann konnte es sich bei dem Geruch nicht um Verwesung handeln, dachte Katharina. Es war zu kalt, als dass eine Leiche in so kurzer Zeit derartig zu stinken anfing. Sie warf einen Seitenblick auf Richard.

»Ihr habt sie bereits seziert, oder?«

Er nickte nur. Das erklärte das Zittern seiner Hände.

Katharinas Muskeln bewegten sich, ohne dass sie ihnen den Befehl dazu gegeben hatte. Sie trat vor, wollte nach dem Tuch greifen.

»Lasst mich das machen!«, bat Richard. Er kam an ihre Seite, und statt das Tuch einfach fortzuziehen, griff er nach den beiden oberen Ecken und schlug sie einmal um, so dass nur Dagmars Kopf zum Vorschein kam. Seine Fürsorglichkeit rührte Katharina. Er wollte nicht, dass sie sah, was seine Skalpelle aus dem toten Leib gemacht hatten.

Gut ein Dutzend Herzschläge stand Katharina regungslos und starrte auf die leeren Augenhöhlen. Dann atmete sie aus. Es klang wie ein Seufzen. »Was ist«, flüsterte sie, »wenn das einem weiteren Menschen geschieht?«

»Sie hat recht, Arnulf!«, sagte Richard, nachdem er Dagmars Leiche wieder verhüllt hatte. »Wir dürfen nicht zulassen, dass das noch einmal passiert, und wenn Silberschläger ...«

Arnulf stieß lautstark Luft durch die Nase. »Mir ist egal, was euch antreibt! Alles, was mich interessiert, ist, das Schwein zu finden und zu töten, weil es Dagmar und mei... Dagmar das angetan hat.«

Katharina war das Zögern nicht entgangen, und auch wenn sie keine Ahnung hatte, was Arnulf sich verwehrt hatte auszusprechen, so konnte sie doch deutlich sehen, wie sehr ihn Dagmars Schicksal mitnahm. Es erfüllte sie mit Beklemmung, zu erkennen, dass auch ein Mann wie er, jemand, der auf der Straße groß geworden war und den die Straße hart gemacht hatte, zu solchen Gefühlen fähig war. »Überlegt doch!«, sagte sie. »Die Art, wie die beiden umgebracht wurden, ist die Gleiche.«

Richard runzelte die Stirn bei diesen Worten, aber sie ließ sich nicht beirren.

»Es könnte doch sein, dass es sich um ein und denselben Mörder handelt. Wenn wir uns zusammensetzen, finden wir vielleicht heraus, wer er ist.«

Arnulf wirkte nicht überzeugt, doch Richard schien sie auf ihre Seite gezogen zu haben. »Wir sollten wieder in die Gaststube gehen«, sagte er.

Das taten sie, doch bevor sie Gelegenheit hatten, sich wieder an den Tisch zu setzen, wurde vorn an der Tür geklopft.

»Das wird endlich Sibilla sein«, meinte Arnulf. Er wirkte erleichtert.

Niklas hingegen sah aus, als habe er Zahnschmerzen. Katharina hörte ihn etwas murmeln, das wie »Taubenschlag« klang. Er zog die Schultern hoch und öffnete mit leicht hängendem Kopf.

Die Frau, die er hereinführte, trug die auffälligen Kleider einer Hübschlerin, und sie war nicht mehr ganz jung. Katharina schätzte, dass sie die vierzig weit überschritten hatte. Das Gesicht der Frau war von Linien und Falten durchzogen, doch es wirkte auf faszinierende Art und Weise nicht alt, sondern eher weise und gütig. Die

Haare, die die Frau zu einer Lockenfrisur gesteckt hatte, waren grau, doch ihre Gestalt war schlank und biegsam.

»Sibilla«, begrüßte Arnulf sie. »Danke, dass du gekommen bist.« Er ignorierte die bösen Blicke des Wirtes.

»Ich habe nicht viel Zeit«, sagte Sibilla mit einer hellen Stimme, die eher zu ihrem jugendlichen Leib als zu ihrem alternden Gesicht passte. »Eine Frau steht kurz vor der Niederkunft, und ich muss zu ihr.« Sie blickte Arnulf kopfschüttelnd an.

Richard nickte. »Wir werden dich nicht lange aufhalten«, versprach er. Dann sah er Katharina an. »Es ist besser, wenn Ihr Euch nicht anhört, was wir zu bereden haben. Ich verspreche Euch, dass wir uns über die beiden Morde unterhalten werden. Später.«

Katharina wollte protestieren, aber dann sah sie Arnulfs finstere Miene, und gleichzeitig wurde ihr klar, dass er sie notfalls eigenhändig aus der Gaststube schleifen würde, wenn sie nicht freiwillig verschwand. Also nickte sie, verabschiedete sich und ging – nicht ohne Richard einen fragenden Blick zuzuwerfen, in dem er hoffentlich lesen konnte, was sie dachte.

Richard verspürte einen Anflug von schlechtem Gewissen, als Katharina so schweigend seiner Aufforderung folgte. Der Blick, den sie ihm zuwarf, brannte auf seinem Gesicht, und er glaubte förmlich zu hören, was sie ihn lautlos zu fragen schien.

Seid Ihr sicher bei dem, was Ihr tut?

Er war es nicht. Er atmete tief durch und wandte sich dann an Sibilla.

Doch die hatte den Blick ihrer graugrünen Augen auf Arnulf geheftet.

»Der lange Arnulf!«, sagte sie. »Ich dachte, du bist tot!«

»Wie du siehst, lebe ich«, gab Arnulf gleichmütig zurück.

Sibilla wandte sich an Richard. »Und wer seid Ihr?«

Richard wies auf Arnulf. »Du kennst ihn«, sagte er, statt ihre Frage zu beantworten. »Das muss reichen.«

»Klar!« Sibilla griff in ihren ausladenden Rock, den sie zum Zeichen ihrer Profession mit hellgelben Flicken versehen hatte. Ihr Mieder war nicht halb so eng geschnürt wie das, das Dagmar angehabt hatte.

»Wir werden dir gleich etwas zeigen, das, nun, sagen wir, nicht ganz … einfach zu verdauen sein wird«, erklärte Richard.

Sibilla wirkte amüsiert. Ihre Nase kräuselte sich, als sie ein helles Lachen ausstieß. »Nicht ganz einfach zu verdauen? Herzchen! Ich habe Dinge gesehen, denen du nicht mal in deinen schlimmsten Alpträumen begegnest.« Übergangslos wechselte sie von der ehrfürchtigen Anrede ins vertrautere Du. Richard war es egal. Er bezweifelte, dass diese Frau eine Ahnung hatte, was ihm in seinen Alpträumen begegnete, aber das behielt er für sich.

»Jedes Schweigen hat seinen Preis«, sagte Arnulf von seinem Platz am Tisch aus. »Welcher ist deiner?«

Sibilla legte den Kopf schief, als sie überlegte. »Kommt drauf an, was ich mir ansehen soll.«

Plötzlich war Richard unbehaglich bei der Idee, dieser Frau die aufgeschnittene Leiche zu zeigen. Er war einmal mit viel Glück einer Anklage wegen Leichenschändung entgangen; wenn er Sibilla jetzt Dagmar zeigte, lief er Gefahr, genau dieses Problem wieder auf seine Schultern zu laden.

Ihm kam eine Idee, wie er Sibillas Meinung einholen konnte, ohne sie dafür zu der Leiche führen zu müssen.

»Wir brauchen deinen Rat«, erklärte er ihr. »Bitte warte hier einen Augenblick.«

Er ging in den Schuppen. Mit zusammengebissenen Zähnen beugte er sich über Dagmar und entnahm das Kind ihrer Bauchhöhle, legte es in eine flache Schale und deckte diese mit einem seiner Leintücher zu. Seinen Magen konnte er dabei nur mit größter Anstrengung unter Kontrolle halten. Das Bedürfnis, mit einem Stoßgebet um Gottes Vergebung für seinen Frevel zu bitten, unterdrückte er.

Dann ging er wieder nach vorn in den Schankraum.

Als Niklas sah, was er in den Händen hielt, wurde er blass, schwieg jedoch.

»Dies ist das Kind einer armen Frau«, sagte er zu Sibilla und streckte ihr die Schale entgegen. »Was wir wissen müssen, ist: Wie alt war es deiner Meinung nach, als es starb?«

Sibilla deutete auf den Tisch, an dem Arnulf saß. »Stell sie da ab.«

Richard gehorchte.

Sibilla griff nach dem Tuch, zog es jedoch nicht sofort weg. »Es ist gestorben, ja?« Lauernd blickte sie erst Richard, dann Arnulf an.

Richard spielte mit dem Gedanken, ihr zu sagen, eine der jungen Huren habe eine Fehlgeburt erlitten, aber dann entschied er sich dagegen. Sibilla war kein Dummkopf. Sie würde ihn sofort durchschauen.

So nickte er nur, und er legte dabei einen Ausdruck in seine Miene, den sie nur als Verschwörertum deuten konnte. Er, ein Engelmacher! Bei allen Heiligen! Wie lange würde es noch dauern, bis er seinen Ruf endgültig ruiniert hatte? Bei dem letzten Gedanken hätte er beinahe aufgelacht.

Vorsichtig hob die Hure das Tuch an und spähte darunter. Dann ließ sie es wieder fallen. »Noch erstes Viertel«, sagte sie.

Richard verstand nicht ganz.

Sie verdrehte die Augen. »Männer!«, schnaubte sie. »Eine gewöhnliche Schwangerschaft dauert ungefähr vierzig Wochen. Dieses Kind hier wurde vor acht oder neun Wochen empfangen, es ist noch kein Viertel der Schwangerschaft rum gewesen.«

Richard sah Arnulf an.

Dessen Miene war völlig ausdruckslos, aber seine Finger krampften sich so fest um seinen Becher, dass die Knöchel weiß wurden.

»Danke!«, sagte Richard zu der Hure. »Du hast uns einen wichtigen Dienst geleistet.«

»Was ist mit meiner Bezahlung?«, fragte sie lauernd.

»Du sollst bekommen, was dir versprochen wurde.« Es war zwar gar nichts versprochen worden, aber dennoch zog Richard seinen Geldbeutel hervor und holte einen ganzen Gulden hervor. Sibilla quollen die Augen hervor.

»Das muss ja eine hochgestellte Bürgerin da hinten in Eurem Schuppen sein«, ächzte sie. »Wenn mein Schweigen so viel wert ist!« Sie wollte nach der Münze schnappen, aber Richard zog sie weg.

»Können wir dir trauen?«, wollte Arnulf wissen.

Eine seltsame Frage, fand Richard. Sie kam ein wenig spät.

Doch er hatte seinen Freund unterschätzt. Arnulf stemmte sich in die Höhe und baute sich vor Sibilla auf.

Eilig nickte sie. »Klar doch!«, haspelte sie. »Ihr habt einen kleinen Engel gemacht. Ich mache es auch. Würde sagen, wir haben beide was zum Drüberschweigen.« Sie grapschte nach der Münze, und diesmal ließ Richard sie ihr.

»Geh jetzt«, verlangte Arnulf. »Und denk daran, dass ich dich finde, wenn du plaudern solltest.«

Sibillas Kehlkopf ruckte hektisch, dann nickte sie, machte auf dem Absatz kehrt und eilte zur Tür. Mit bebenden Händen zog sie den Riegel fort und war im nächsten Moment verschwunden.

Niklas ging schweigend, um hinter ihr wieder zuzusperren.

Richard wandte sich Arnulf zu, der sich schüttelte und dann zurück auf seinen Stuhl sank.

»Das Kind ist nicht von mir.«

Kurz nachdem Arnulf von den Toten auferstanden und bei Richard aufgetaucht war, hatte er Nürnberg für ein paar Wochen verlassen müssen. Er hatte behauptet, er würde sich um Geschäfte kümmern müssen, von denen Richard lieber nicht wissen wollte, welche es waren. Er war erst vor einer knappen Woche wieder in die Stadt zurückgekehrt.

»Nein«, sagte Richard. »Das ist es nicht.«

Als Dagmar das Kind empfangen hatte, war Arnulf nicht in Nürnberg gewesen.

Das Geräusch einer sich öffnenden Tür ließ sie beide aufblicken. Maria stand auf dem oberen Treppenabsatz und starrte auf die Männer hinunter. Ihr Blick war noch immer wild, irgendwie irre. Ohne Arnulf aus den Augen zu lassen, griff sie nach dem Treppengeländer. Ihre Hand glitt darauf entlang, während Maria Stufe um Stufe die Treppe herunterkam.

Dicht vor Arnulf blieb sie stehen.

In dessen Gesicht zeigte sich keine Regung. »Maria«, sagte er nur.

Sie musste den Kopf in den Nacken legen, um ihm in die Augen zu sehen. Dann, plötzlich, mit einer blitzschnellen Bewegung, schlug sie ihm ins Gesicht.

Arnulfs einzige Reaktion war ein leichtes Weiten der Augen, aber Richard meinte: »Das Kind ist nicht von ihm, Maria!«

Sie schnaubte. »Die Ohrfeige war dafür, dass es von ihm hätte sein können!« Sie drängte sich an Arnulf vorbei.

Mit einem heftigen Knall fiel die Tür hinter ihr ins Schloss.

Arnulf seufzte leise. »Weiber!«

Nachdem sie das Gasthaus verlassen und die Tür hinter sich ins Schloss geworfen hatte, konnte Maria nicht mehr weitergehen. Sie taumelte gegen eine Wand und musste sich daran abstützen, um nicht in die Knie zu gehen. Ihr Atem ging stoßweise, ihr Herz jagte so schnell, dass ihr schlecht davon wurde.

Arnulf, dieser Mistkerl! Er hatte alles kaputtgemacht! Er hatte ihr die Freundin gestohlen und auch ihr Herz.

Warum nur nahmen ihr alle immerzu alles weg?

»Ich will zu meiner Mama!«, hörte sie sich selbst schluchzen, und der Kummer in ihrem Herzen wurde so mächtig, dass sie nun doch noch in die Knie sank. Kalt drückte die eisige Erde gegen ihre Schienbeine und Knie, doch sie merkte es kaum, denn eine weitere Erinnerung flammte in ihr auf.

»Ich will zu meiner Mama! Warum habt ihr mir meine Mama weggenommen?« Immer wieder rief sie diese Worte, doch es war niemand da, der sie erhörte. Sie lag in einem Bett, das weich und warm war, doch in ihrem Innersten fror sie so sehr, dass ihre Zähne aufeinanderschlugen. Sie sehnte sich nach Trost und Geborgenheit, nach der zärtlichen Umarmung ihrer Mutter und dem stolzen Lächeln ihres Vaters. Aber beides war unendlich fern hier in diesem großen Bett, in dem sie sich so fremd fühlte.

»Ich will zu meiner Mama!«, heulte sie erneut, und da flog die Tür zu ihrem Zimmer auf. Eine Frau kam herein, groß und hager und mit einem wütenden Funkeln in den hellen Augen …

Das Bild verblasste. Maria hatte keine Ahnung, was geschehen war, als die wütende Frau hereingestürzt gekommen war, aber eines wusste sie jetzt: Es war die Frau, die ihr auf dem Großen Markt die Hand gequetscht, die Frau, die sie später dann zu den frommen Frauen gebracht und einfach zurückgelassen hatte.

Sie war nicht ihre Mutter!

Es erleichterte Maria unendlich, dass nicht ihre Mutter sie zu den frommen Frauen gebracht hatte. Und gleichzeitig machte es sie traurig, denn die Bruchstücke ihrer Vergangenheit passten nicht zueinander. Sie ergaben einfach kein verständliches Bild von dem, was wirklich geschehen war. Warum war sie fort von ihren Eltern gewesen? Hatte man sie entführt? Und wenn ja, warum?

Ein Geräusch hallte in Marias Erinnerung wider, doch sie konnte es nicht einordnen. Es klang wie ein Klatschen – rasch aufeinanderfolgende, kurze Töne, deren Ursprung ihr völlig schleierhaft war und die sie dennoch mit unendlichem Grauen erfüllten.

Sie krümmte sich stärker. »Sie kommen!«, hauchte sie, und sie hatte keine Ahnung, was das bedeuten mochte.

Im nächsten Moment legte sich ihr eine warme Hand auf die Schulter.

Katharina verspürte gelindes Erstaunen über die Art, wie Richard und Arnulf sie aus der *Krummen Diele* hinauskomplimentiert hatten, und darum verhielt sie ihre Schritte, kaum dass sie aus der Sackgasse in die quer verlaufene Straße getreten war.

Sie war neugierig, zu erfahren, wofür die beiden Männer diese alternde Hure geholt hatten. In Richards Gesicht hatte sie eine Form der Qual entdeckt, die ihr Sorgen bereitete. Dieses Brennen in seinen Augen, das, wie sie noch sehr gut wusste, von seiner Angst um sein Seelenheil hergerührt hatte, war wieder da gewesen, obwohl er ihr gegenüber mehrfach behauptet hatte, es sei ihm gelungen, seine inneren Dämonen zu besiegen. Sie dachte daran, wie er sie angesehen hatte, als sie in die Gaststube getreten war, so voller Freude und Hoffnung, dass sie es nicht übers Herz brachte, jetzt und hier einfach kampflos zu gehen. Vielleicht konnte sie Richard ja helfen, seine Dämonen zum zweiten Mal zu bezwingen.

Sie zögerte, weil sie nicht wusste, was die Entscheidung umzukehren für sie selbst bedeuten mochte, doch dann holte sie Luft und machte auf dem Absatz kehrt.

»Dein größtes Problem ist es, dass du dich für alles und jeden verantwortlich fühlst!«, murmelte sie zu sich selbst, und eine Traurigkeit erfüllte sie, die sie sich im ersten Moment nicht erklären konnte. Bis ihr einfiel, dass Matthias diese Worte oft zu ihr gesagt hatte.

Mit zusammengepressten Lippen nickte sie. »Stimmt, Bruderherz«, antwortete sie der Erinnerung an ihn. »Aber ich kann nichts dagegen tun.«

Sie sah die zusammengekauerte Frau sofort, als sie um die Hausecke bog. Es war eine der Huren aus der *Diele*, jedenfalls vermutete sie das anhand der Kleidung, die die Frau trug. Das arme Ding kauerte gegen eine Wand gestützt da und krümmte sich, als müsse es sich übergeben.

»Sie kommen!«, hauchte sie in einem Tonfall, der Katharina einen Schauer über den Rücken rinnen ließ. Noch jemand, den seine Dämonen nicht in Ruhe ließen!

Katharina warf einen Blick auf die Tür des Gasthauses, hinter der sich Richard noch immer befand. Dann seufzte sie, beugte sich über die Hure und legte ihr eine Hand auf die Schulter.

»Kann ich Euch irgendwie helfen?«, fragte sie vorsichtig.

Die Frau zuckte zusammen, als habe sie einen Schlag erwartet.

Hastig zog Katharina die Hand zurück. »Ich wollte Euch nicht erschrecken!«

Da hob die Frau den Kopf und starrte Katharina voller Panik an. »Sie kommen«, flüsterte sie noch einmal. »Sie kommen, um mich zu holen!« Und dann brach sie in Tränen aus.

Sie weinte so heftig, dass ihr gesamter Körper davon geschüttelt wurde. Unter Tränen redete sie unablässig vor sich hin. »Sie kommen!«, stammelte zum wiederholten Mal, dann: »Ausgestochene Augen! Sie haben Dagmar die Augen ausgestochen, wusstet Ihr, dass man in der Pupille eines Toten das letzte Bild sehen kann, das er beim Sterben gesehen hat?« Sie krümmte sich. »Sie kommen!«, heulte sie auf.

Ohne nachzudenken, kniete Katharina sich neben sie und zog sie an sich. Durch ihr Mieder hindurch konnte sie ihre Rippen fühlen. Sie streichelte der Frau über den Rücken. »Scht! Es wird wieder gut werden. Wie ist Euer Name?« Früher als Heilerin war sie oft mit Tränen des Entsetzens konfrontiert worden, meistens dann, wenn sie Frauen mit Gemütskrankheiten behandelt hatte. Deshalb wusste sie noch, dass die Menschen sich leichter beruhigten, wenn sie sich auf ein, zwei einfache Fragen konzentrieren mussten.

Es half auch hier.

Sie schniefte. »Mirjam«, sagte sie spontan und erzitterte. Gleich darauf korrigierte sie sich: »Maria.«

»Warum tragt Ihr zwei Namen?«, fragte Katharina weiter, doch damit hatte sie einen Fehler gemacht.

Wild heulte Maria in ihren Armen auf, und sie wirkte völlig kindlich dabei. »Weil sie mir meine Mama weggenommen haben!« Sie erstarrte mit einer Endgültigkeit, als sei sie in eiskaltes Wasser gefallen. »Immerzu nehmen sie mir alles weg!« Mit weit aufgerissenen Augen machte sie sich los, lehnte sich etwas zurück und blickte Katharina an.

»Ich erinnere mich jetzt wieder!«, hauchte sie, und mit einem einzigen Wimpernschlag schien es, als sei das Kind in ihr zurück in den hintersten Winkel des Geistes gewichen und habe wieder der erwachsenen Frau den Vortritt gelassen.

Katharina presste die Lippen zusammen. Womit hatte sie es hier zu tun? Mit einer Form von Irrsinn, so wie bei Heinrich? Oder einfach nur mit abgrundtiefer Verzweiflung? Die Möglichkeit, dass ein Dämon Maria im Griff hielt und durch ihren Mund sprach, schob sie so weit wie nur möglich von sich.

»Woran erinnert Ihr Euch?«, fragte sie vorsichtig.

»Daran, dass sie mich von meiner Mutter weggeholt haben.« Maria wischte sich über die tränennassen Wangen und richtete sich auf. Ihr Kleid war an den Knien völlig verschmutzt, und Katharina wurde bewusst, dass das ihre wahrscheinlich nicht anders aussah. Für den Moment war das ihr geringstes Problem.

Bevor sie sich entschieden hatte, was sie sagen sollte, fuhr Maria fort: »Bis vor kurzem litt ich unter einem Gedächtnisverlust.« Ihre Stimme klang noch rau und schwach vom Weinen, aber sie wurde fester, je länger Maria sprach. »Ich konnte mich an nichts erinnern, das vor meinem fünften Lebensjahr passiert ist. Aber seit Dagmars Tod kommen die Erinnerungen zurück, bruchstückweise, und das ist so beängstigend.« Sie rappelte sich auf die Füße und strich sich über ihren Rock.

Katharina brauchte einen Moment, bis sie begriff, was sie soeben gehört hatte. Sie saß nach wie vor auf den Boden gekauert da und blickte zu Maria in die Höhe. »Sagtet Ihr eben Dagmar?«, fragte sie.

Maria nickte. »Sie war meine Freundin, ja. Warum?«

Rasch stand Katharina auf. Diese Frau hier hatte Dagmar gekannt, vielleicht wusste sie irgendetwas, das ihr bei der Suche nach dem Mörder half!

»Wo wohnt Ihr?«, fragte sie. »Ich bringe Euch nach Hause, damit Ihr Euch ein wenig besinnen und zur Ruhe kommen könnt.«

Zu ihrer Erleichterung – denn sie hätte nicht gewusst, was sie getan hätte, wenn Maria die Begleitung abgelehnt hätte – wies die Hure irgendwo in Richtung der Pegnitz. »Im Gerberviertel. Und ich danke Euch für Eure Fürsorge. Wie komme ich dazu?« Sie sprach jetzt wieder klar und beherrscht. Die Angst und das Entsetzen, die sie noch eben beherrscht hatten, waren in den hinteren Winkel ihrer Augen zurückgewichen.

Katharina musste sehr genau hinsehen, um sie noch zu entdecken. Sie zuckte die Achseln als Antwort auf die Frage. »Ich …« Sie zögerte. Wie sollte sie es ausdrücken, ohne sich einer Lüge schuldig zu machen? *Ich kannte Dagmar ebenfalls*, wäre falsch gewesen. Also sagte sie: »Besondere Umstände haben Dagmar und mich zusammengeführt.« Und dabei dachte sie an den Augenblick, als sie in Niklas' Schuppen vor der entstellten Leiche gestanden hatte. Besondere Umstände! Was für eine Beschreibung! Katharinas Kehle zog sich zusammen.

Marias Blicke huschten über ihr Gesicht. »Wann war das?«, fragte sie, und als Katharina nicht antwortete, fügte sie hinzu: »Dagmar ist tot.«

Katharina senkte den Kopf. »Ich weiß. Und es tut mir leid!«

Gemeinsam verließen sie die Sackgasse. Katharina warf noch einen letzten Blick zur *Krummen Diele* zurück. Sie hatte keine Ahnung, wie lange Richard sich dort noch aufhalten würde, aber schließlich wusste sie, wo er wohnte. Sie konnte ihn später immer noch aufsuchen. Jetzt galt es, die Gunst der Stunde zu nutzen und an so viel Wissen wie möglich zu gelangen.

Maria schlug einen Weg ein, der mitten durch das Spittlertorviertel führte. Sie schien froh darüber zu sein, jemanden zum

Reden zu haben. »Wusstet Ihr, dass Dagmar schwanger war?«, fragte sie.

Katharina verneinte.

»Sie hat geglaubt, der lange Arnulf ist der Vater. Ich habe sie für verrückt erklärt.«

»Arnulf?« Katharina hob die Augenbrauen.

»Ja. Kennt Ihr ihn auch?«

»Flüchtig.« Es wäre zu kompliziert gewesen, zu erklären, woher sie Arnulf kannte.

Zu ihrem Glück schien Maria mit dieser ausweichenden Antwort zufrieden zu sein. »Aber Arnulf ist nicht der Vater«, sagte sie. Sie klang zufrieden dabei, doch schon im nächsten Moment verging dieser Tonfall und machte eisiger Härte Platz. »Aber er hätte es sein können!« Sie würgte, und kurz hatte Katharina den Eindruck, dass sie selbst in Arnulf verliebt war, dass sie vor Eifersucht brannte.

»Woher kanntet Ihr Dagmar?«, erkundigte sie sich.

»Aus dem Haus der frommen Frauen«, erhielt sie zur Antwort. Als sie fragend schaute, weil sie nicht wusste, was das zu bedeuten hatte, erklärte Maria: »Ich wurde mit fünf Jahren dorthin gebracht. Dagmar war ein Findelkind. Sie lag eines Tages einfach auf den Stufen der Katharinenkirche, und die frommen Frauen haben sie ebenfalls aufgenommen. Sie kümmerten sich um elternlose Kinder. Und ich habe ihnen geholfen, Dagmar großzuziehen.«

»Sie muss wie eine Schwester für Euch gewesen sein.« Sie bogen in eine schmale Gasse direkt am Flussufer ein. Hier roch es unangenehm nach Gerberlohe, deren ekeliges Aroma auch die klirrende Kälte, die alle anderen Gerüche in Eis verwandelte, nicht mindern konnte. Vor einem armseligen Haus aus schiefen Brettern und losen Schindeln blieb Maria stehen.

»Eine Schwester, ja«, murmelte sie. »Das war sie.« In ihren Augen sammelten sich wieder Tränen. »Das war sie«, wiederholte sie kaum hörbar, und ein Schluchzen schüttelte ihren Körper. »Warum nur hat man ihr das angetan? Ausgerechnet jetzt, wo sie gerade dabei war, mit sich selbst ins Reine zu kommen, trotz dieses Kindes, das sie erwartete.« Sie hielt inne, sah Katharina an. »Sie wollte nämlich ins

Kloster gehen«, fügte sie hinzu. Dann wies sie hinauf zum ersten Stock des Hauses. »Dort wohne ich.«

Katharina stieg hinter ihr die windschiefe Treppe hinauf, die außen am Gebäude in den ersten Stock führte, und wartete, bis Maria die Wohnungstür aufgesperrt hatte.

Dahinter lag eine kleine düstere Kammer, in der es muffig roch. Katharina rümpfte die Nase und kam sich deswegen schäbig und überheblich vor.

Ein fadenscheiniger Vorhang teilte die kleine Kammer in zwei Hälften. Was sich in der hinteren befand, konnte Katharina nicht sehen, aber in der vorderen standen ein schmales Bett, eine Truhe und ein Waschgeschirr. Sonst waren außer einem mit einem Tuch abgedeckten Vogelkäfig, aus dem leise gurrende Geräusche kamen, keine weiteren Möbel vorhanden.

»Oh!«, rief Katharina aus und machte einen Schritt auf den Käfig zu. »Ihr haltet Tauben? Ihr habt offenbar heute morgen beim Fortgehen vergessen, sie aufzudecken.« Schon hatte sie die Hand nach dem Tuch ausgestreckt, als Maria erschrocken »Nein!«, schrie.

Katharina zuckte zusammen. »Ich wollte nur …«

Maria glitt an ihr vorbei und zu dem Käfig. »Es ist schon gut«, sagte sie schnell. »Sie … sie sind krank, müsst Ihr wissen. Das ist kein schöner Anblick, darum sind sie die meiste Zeit zugedeckt.«

Katharina nickte. Forschend blickte sie in Marias Augen. Dort flackerte wieder die alte Angst, und so hob Katharina beschwichtigend die Hände. »Keine Sorge, ich rühre den Käfig nicht an!«, versprach sie. »Ich werde sie Euch nicht wegnehmen.« Sie erinnerte sich an Marias kindliche Klage von eben.

Maria schien sich wieder etwas zu entspannen. »Ich danke Euch, dass Ihr Euch um mich gekümmert habt.«

Nickend nahm Katharina den Dank an, auch wenn sie ein schlechtes Gewissen dabei hatte. Schließlich war sie nicht ohne Eigennutz hier.

Maria wies auf die Tür. »Danke noch einmal.« Es war überdeutlich, dass sie Katharina aus der Wohnung haben wollte.

»Nun, dann …« Katharina straffte die Schultern. Eine winzige Möglichkeit blieb, vielleich doch noch weitere Einzelheiten zu erfahren. »Ich wohne mit meiner Mutter im Henkershaus«, sagte sie und missachtete den überraschten Blick, den Maria ihr deswegen zuwarf. »Wenn Ihr glaubt, dass Ihr nochmals jemanden zum Reden braucht, dann kommt getrost! Ich würde Euch gern helfen, mit den Dingen, die Euch quälen, zurechtzukommen.«

Misstrauisch schaute Maria sie an. »Was treibt Euch zu einem solchen Angebot?«

»Ich bin Heilerin«, sagte Katharina. »Es ist meine Pflicht, Euch zu helfen.«

»Für Gotteslohn?«, fragte Maria. Um ihre Augen lagen kleine Falten.

»Für Gotteslohn.« Katharina ging zur Tür und griff nach dem Riegel. »Überlegt es Euch! Vielleicht gelingt es uns gemeinsam, die vergessenen Bilder Eurer Vergangenheit zusammenzusetzen. Wenn Ihr das wollt.«

Sie hoffte, dass Maria diesen Köder schlucken würde. Vielleicht würde sie tatsächlich kommen, und dann könnte Katharina behutsam versuchen, mehr über Dagmars Leben aus ihr herauszubekommen.

Sie zog die Tür auf, wartete, was Maria sagte.

»Wir werden sehen«, sagte sie.

Und Katharina ging. Es war nicht viel, aber auch ein kleines Stück Hoffnung konnte nicht schaden.

13. Kapitel

»Herr Krafft?«

Als er die leise, samtige Stimme hinter sich hörte, blieb Raphael Krafft stehen. Die Eimer an seinem Joch waren beide bereits recht voll, so dass er sich nur langsam und mit vorsichtigen Bewegungen umwenden konnte, um zu sehen, wer seinen Namen ausgesprochen hatte.

»Ah! Ihr!«

Vor ihm stand der rotblonde Kerl, der ihn neulich um den Urin gebeten hatte. Im Stillen hatte Raphael ihm den Namen »der Medicus« gegeben, und jetzt musterte er ihn mit einem mulmigen Gefühl. Wie bei ihrem ersten Zusammentreffen auch, trug der Medicus einen breitkrempigen Hut, der einen Schatten auf sein Gesicht warf. Doch heute war es hell, und so sah Raphael, wie blau die Augen seines Gegenübers waren. Geradezu leuchtend und mit einem Ausdruck, der ihn an einen Raubvogel erinnerte.

Ihn schauderte. »Ist der Zeitpunkt da?«, fragte er. »Braucht Ihr die erste Lieferung?«

»Habt Ihr das Zeug nach Männern und Frauen getrennt?«

Raphael setzte das Joch bequemer auf die Schultern. »Ja. Wie Ihr es gewünscht habt.« Er mühte sich um ein Lächeln, aber es fühlte sich falsch an auf seinen Zügen.

Der Medicus blickte auf die fast vollen Eimer. »Sehr gut!«

Irgendwie hatte Raphael das Gefühl, einen Scherz machen zu müssen. »War gar nicht so einfach, zumal Ihr es ja auch noch ohne Sch… ohne … haben wollt.« Er spürte, wie ihm das Blut in die Wangen schoss.

Der Medicus reagierte nicht darauf. Seine Miene blieb ausdruckslos, nur seine Raubvogelaugen schienen Raphael durchbohren zu wollen.

»E-entschuldigt!«, stammelte der.

»Kommt mit!«, befahl der Medicus. Ohne ein weiteres Wort drehte er sich um und ging los.

Eilig folgte Raphael ihm in eine Gasse, die in Richtung Frauentor führte.

»He! Butte!« Ein lauter Ruf ließ ihn zusammenzucken.

Der Nachtwächter, den er manchmal traf und an dessen Namen er sich nicht erinnern konnte, winkte ihm zu. Der Kerl war um diese Zeit nicht im Dienst, und er trug nicht seine Uniform, sondern einfache grauwollene Kleidung und einen dicken Mantel aus Filz. Vor Kälte war seine Nase leuchtend rot gefroren.

»Ich brauche mal eben deine Dienste!« Der Nachtwächter grinste verkniffen, und er presste die Knie zusammen, als sei es ihm wirklich eilig.

»Er steht in meinen Diensten!«, sagte der Medicus. Er sprach leise, und dennoch verfehlten seine Worte ihre Wirkung nicht.

Der Nachtwächter wich einen Schritt zurück, hob beide Hände. »Schon gut! Verzeiht! Ich wollte nicht ...« Er verstummte, sichtlich irritiert von der seltsamen Aura, die von dem Medicus ausging. Mit gerunzelter Stirn starrte er Raphael an, nickte einen eiligen Abschiedsgruß und trollte sich.

Der Medicus blickte ihm nach. Dann setzte er seinen Weg fort, ohne ein einziges weiteres Wort zu sagen.

Sie bogen um die Ecke am Kohlenmarkt und kamen schließlich zur Gasse an der Frauentormauer, wo sich das Fischerhaus befand.

Raphael warf einen Blick an der ehemals bemalten und jetzt stark vernachlässigten Fassade nach oben. »Hübsch!«, kommentierte er und biss sich auf die Lippen, als der Doktor ihn erneut missbilligend musterte. Er zog den Kopf zwischen die Schultern.

Der Medicus öffnete die Haustür. »Kommt herein!«, bat er, nachdem er selbst in den düsteren Flur getreten war.

Mit leichten Magenschmerzen gehorchte Raphael ihm. So unauffällig wie möglich sah er sich um.

Das Innere des Hauses war finster, denn die meisten Fensterläden waren geschlossen. In den Schatten, die überall in den Ecken hockten und die auch das zur Haustür hereinfallende Tageslicht nicht zu vertreiben vermochte, konnte Raphael die Umrisse einiger Möbel erkennen.

Der Medicus wies auf eine Stelle neben einer steilen Kellertreppe. »Stellt Euren Eimer dort hin.«

Raphael tat wie geheißen. Dann wandte er sich um. »Aber ich muss ihn wieder mitnehmen! Ich habe …«

Der Medicus brachte ihn mit einer knappen Handbewegung zum Schweigen. »Ich gebe Euch einen neuen im Austausch für diesen hier. Wenn Ihr mir die zweite Lieferung bringt, bekommt Ihr Euren eigenen wieder.«

»Gut.« Eilig nickte Raphael, um zu zeigen, dass er mit dieser Regelung einverstanden war. »Das ist perfekt! Wirklich!«

»Schön.« Der Medicus griff nach einer Geldbörse, die von seinem Gürtel baumelte. Er entnahm ihr einige Münzen und gab sie Raphael.

Der wagte nicht, sie nachzuzählen. »Danke!« Seine Kehle war jetzt so trocken, als habe er einen ganzen Tag lang in glühender Sommersonne auf dem Feld gearbeitet. Er räusperte sich, doch dadurch wurde es nicht besser.

Der Medicus wies auf den Ausgang. »Ich lasse es Euch wissen, wenn ich die zweite Lieferung benötige.«

»Ja.« Raphael stolperte beinahe über seine eigenen Füße, als er zur noch immer offenstehenden Haustür eilte. »Danke. Ich …« Er trat hinaus auf den Hausstein, und hinter ihm wurde die Tür kommentarlos zugeworfen.

So tief er konnte, holte er Luft. Die eisige Novemberkälte brannte auf seiner Haut, aber sie war eine Wohltat im Vergleich zu der Hitze, die die Blicke des Medicus auf seinen Wangen entfacht hatten.

Katharina musste bis weit nach Mittag warten, bevor Richard endlich um die Ecke in die Tuchgasse einbog.

Ein Fuhrwerk, das von zwei mächtigen schwarzen Ochsen gezogen wurde und das ganz offensichtlich auf dem Weg zu einem der Händlerhäuser am Großen Markt war, rumpelte vorüber, und als es sich entfernt hatte, stand Richard plötzlich in der Mitte der Straße.

Bevor Katharina, die sich an die gegenüberliegende Hauswand gelehnt hatte, einen Schritt auf ihn zumachen konnte, hatte er sie bereits entdeckt.

»Kat…« Er unterbrach sich und blinzelte rasch.

Katharina entging nicht, dass er fast ihren Vornamen ausgesprochen hätte.

Sie lächelte. »Richard«, sagte sie. »Habt Ihr etwas dagegen, wenn wir unser unterbrochenes Gespräch jetzt fortsetzen?«

Ein paar Fältchen erschienen rings um seine Augen und gaben ihm ein weicheres Aussehen. »Natürlich nicht.«

Katharina konnte spüren, wie seine Blicke über ihr Gesicht huschten, dann über ihre gesamte Gestalt. Richard ging die wenigen Stufen zu seiner Haustür hoch, öffnete sie und ließ Katharina zuerst eintreten.

Drinnen umfing sie die gleiche Atmosphäre, die sie noch so gut in Erinnerung hatte. Sie dachte an ihre Krankenbesuche hier zurück. Es waren seltsame Begegnungen gewesen. Die Erinnerung an die gemeinsam erlebten Schrecken hatte zwischen ihnen gestanden und verhindert, dass aus der Sympathie, die sie füreinander empfanden, mehr wurde. Jedesmal, wenn Katharina in Richards Augen gesehen hatte, musste sie an ihren Bruder Matthias denken, an die Art, wie er gestorben war, und die Trauer um ihn mischte sich mit der Sehnsucht, bei Richard zu sein, ihn zu berühren, mit ihm zu reden. Mit ihm zu lachen.

Es war das Lachen, das sie gemeinsam nicht hinbekommen hatten, weil sie beide zu tief verletzt worden waren. Aus diesem Grund, und aus Angst vor ihrer eigenen *melancholia*, hatte Katharina den Kontakt schließlich abgebrochen.

Als sie jetzt den warmen Ausdruck von Zuneigung in Richards Gesicht entdeckte, fragte sie sich, ob ihre Entscheidung damals vielleicht falsch gewesen war. Er freute sich, sie zu sehen, das war deutlich. Und er schien befangen. Er räusperte sich.

Sie blieb im Flur stehen und wartete darauf, dass er sie in sein Kontor bat, so wie er es früher getan hatte. Als er keine Anstalten machte, ging sie von selbst einen Schritt auf die Tür zu.

»Oh!« Er schien aus einer Art Trance zu erwachen. »Ich … entschuldigt!« Mit einem verlegenen Lächeln stieß er die Tür auf und bat Katharina herein.

Auch hier sah alles noch genauso aus, wie sie es in Erinnerung hatte: der Sekretär aus rotbraunem Holz, der zwischen den beiden Fenstern stand, die Bücher hinter den gläsernen Türen des Möbelaufsatzes, die Landschaftsbilder an den Wänden.

Neben der Tür hing ein Bild, das Katharina noch nicht kannte. Es zeigte ein seltsames, fabelartiges Tier mit vier Füßen, einem dicken Panzer und einem langen, schlangenartigen Hals, der ein deutliches Muster aus Punkten und unregelmäßigen Quadraten aufwies. Katharina deutete darauf. »Das ist neu«, sagte sie. »Hübsch!«

Richard nickte lächelnd. »Ich habe es von Meister Wolgemuth, einem guten Bekannten von Hartmann Schedel. Es stammt von einem sehr begabten jungen Künstler namens Albrecht Dürer, der eine Zeitlang bei Meister Wolgemuth gelernt hat. Es soll ein Tier von jenseits des Mittelmeeres sein, ein Rhinozeros. Wenn Ihr mich fragt: Meister Dürer hat da offenbar ein paar Alpträume aufs Papier gebannt!«

Katharina schmunzelte. Sie hätte es nicht so drastisch ausgedrückt, aber Sterner hatte recht. »Ich wollte höflich sein. Ehrlich gesagt, gefallen mir die Landschaftsbilder besser.« Sie deutete auf einige mit pudrigen Farben gemalte Studien der Nürnberger Umgebung.

»Mir auch. Aber wie Ihr habe auch ich eine Vorliebe für groteske Zeichnungen.« Richard trat zu seinem Schreibpult und nahm von einem Stoß Papiere das oberste herunter. Nachdem er einen stirnrunzelnden Blick daraufgeworfen hatte, schob er es unter den Stapel, als wolle er es vor Katharinas Blicken verbergen.

Sofort erwachte in ihr die Neugier, was es enthalten mochte. »Eine weitere anatomische Skizze?«, fragte sie, bevor sie sich auf die Zunge beißen konnte. Richards vielsagende Worte von eben legten diesen Schluss nahe. Sie wusste, das er genau wie sie an die Mappe mit Zeichnungen gedacht hatte, die er ihr kurz vor ihrem Rückzug geschenkt hatte.

Ganz kurz presste Richard die Lippen zusammen. »Ja«, gestand er dann. Plötzlich wirkte er nicht mehr befangen, sondern angespannt. Katharina sah, wie er die Hände zu Fäusten ballte.

»Denkt Ihr noch oft an die Geschehnisse vom August?«, fragte sie.

Richard legte den Kopf zur Seite. Seine langen Haare waren noch immer mit dem Lederband zu einem Zopf gebunden. Er langte nach hinten über die Schulter und löste den Knoten. Wie eine Flut aus seidigen Strähnen fielen die Haare auseinander. Richard schüttelte sie. »Manchmal«, meinte er dann.

»Ich auch. Es wird nur langsam besser. Es ist noch immer schwer zu ertragen.«

Er strich sich eine Strähne fort, die ihm in die Augen geraten war. »Das glaube ich Euch. Ihr habt sehr viel mehr verloren als ich. Für mich ist die ganze Sache mit dem Engelmörder ja eher gut ausgegangen.«

»Ihr wurdet verletzt!«, erinnerte Katharina ihn. Es fiel ihr schwer, seinen Glauben an ein gutes Ende zu teilen.

»Stimmt. Aber ich durfte Euch das Leben retten. Und dadurch konnte ich meine inneren Dämonen besiegen.«

»Genau das sagtet Ihr mir schon einmal.«

»Und es stimmt.« Er schwieg einen Moment.

Katharina wartete, bis er weitersprach.

»Wenn ich meine Studien nicht betrieben hätte, hätte ich Euch im August nicht helfen können.«

Er hatte sie wiederbelebt, nachdem sie während ihrer Hexenprobe beinahe ertrunken wäre.

Katharina nickte. »Die Erkenntnisse Eurer Forschungen haben Euch das Wissen verschafft, mir das Leben zu retten. Und das reicht dafür, Euch die Angst vor dem Fegefeuer zu nehmen?«

Ein schüchternes Lächeln umfing seine Mundwinkel. »Es ist genug, ja.« So schlicht sprach er das aus, dass Katharinas Kopf einen Moment brauchte, um den Sinn hinter den Worten zu verstehen. Doch als das geschehen war, machte ihr Herz einen Hüpfer. Zögernd trat sie ein Stück auf Richard zu. »Ist es das?« Sie sehnte sich danach, von ihm umarmt zu werden.

»Ja.« Er musste sich erneut räuspern. Auch er kam einen Schritt näher. Für den Moment war der brennende Ausdruck aus seinen Augen verschwunden.

Katharinas Herzschlag beschleunigte sich noch einmal.

Dann standen sie ganz dicht beieinander. Katharina konnte Richards Atem spüren, der ihr sanft über die Stirn und den Teil des Scheitels strich, der nicht von ihrer Haube bedeckt war. Am ganzen Körper richteten sich ihre Haare auf. Sie sog Richards Geruch ein. Er hatte sich mit irgendeiner herben Substanz parfümiert, aber das schien schon Stunden her zu sein, denn der Duft war nur noch überaus schwach wahrzunehmen.

Das Erste, was Richard von ihrem Körper berührte, war ihr Zeigefinger. Ganz zaghaft näherte er seine eigene Hand der ihren, die neben ihrem Körper herabhing, als gehöre sie nicht zu ihr. Ein Kribbeln durchzuckte Katharina. Es rann durch ihre Hand, den Arm hinauf, ins Genick und von dort wieder hinunter bis zum Rückgrat und dann in die Kniekehlen.

Richard verharrte. Als Katharina sich ihm nicht entzog, umfasste er ihre Hand richtig, verschränkte ihre Finger mit den seinen, und das Kribbeln in Katharinas Körper gewann an Intensität.

Sie legte den Kopf in den Nacken, denn Richard stand jetzt so dicht vor ihr, dass sie zu ihm aufsehen musste. Sein sorgfältig gestutzter Bart war direkt vor ihren Augen. Leicht senkte Richard den Kopf, so dass ihre Nasen nur noch einen Fingerbreit voneinander entfernt waren. Sein Atem strich über ihre Lippen. Das Kribbeln wurde fast unerträglich.

Und dann, ganz sanft nur, legten sich seine Lippen auf die ihren. Seine Haut war wärmer als ihre, und sie schmeckte ganz leicht salzig. Katharinas Knie begannen zu zittern, und sie wäre getaumelt, wenn Richard nicht ihre Hand losgelassen und die Arme rechtzeitig um ihren Oberkörper geschlungen hätte. Noch immer zaghaft zog er sie an sich, hielt sie umfangen, als sei sie kostbar und zerbrechlich wie hauchdünnes Glas. Katharinas Körper sehnte sich danach, fester gehalten zu werden, fester geküsst zu werden. Doch Richard löste seine Lippen von den ihren. Für einen Moment blieb er regungslos stehen, sah Katharina nur in die Augen. Und alles Flackern, das sie zuvor darin wahrgenommen hatte, war fort.

Er lächelte. »Du hast meine Dämonen vertrieben, Katharina Jacob«, sagte er leise. »Und dafür danke ich dir.«

Sie wusste nicht, wie sie das angestellt hatte, aber sie fühlte plötzlich, dass auch er ihr half, ihre Spinnweben zu kontrollieren. Für den Augenblick waren sie gänzlich fort, war das winzige Biest, das sie spann, zurück in seinen dunklen Winkel gekehrt. Was für eine Ironie! Da hatte sie ihn wochenlang gemieden, aus Angst, er könne die *melancholia* zurückbringen, und jetzt, da sie wieder darunter litt, musste sie feststellen, dass genau das Gegenteil eintrat, dass er sie aus ihrem Kopf verbannte.

Katharina lächelte ebenfalls, schwieg jedoch. Jedes Wort, das sie geäußert hätte, hätte unzüchtig atemlos geklungen, fürchtete sie.

Dann, nach einer halben Ewigkeit, die Katharina gleichzeitig viel zu kurz vorkam, trat Richard einen Schritt zurück. Ihr Körper schrie auf, wollte seine Berührung nicht missen, wollte zurück in seine Arme kehren. Aber sie beherrschte sich. Mit gemessenen Bewegungen strich sie sich eine Haarsträhne aus dem Gesicht und hoffte, dass Richard nicht sah, wie sehr sie zitterte.

»Das ist gut«, sagte sie endlich. In ihren eigenen Ohren klang es noch immer wie ein Keuchen.

Richard straffte die Schultern. »Aber ich fürchte, d... Ihr seid nicht gekommen, um von mir geküsst zu werden«, sagte er. Plötzlich war die Befangenheit wieder da.

Katharina wusste, dass es nun an ihr war, zu entscheiden, wie weit sie gehen wollte. »War es nicht«, gab sie zurück, und dann machte sie sich selbst Mut und fügte hinzu: »Ich bin zu *dir* gekommen, weil ich über Heinrich sprechen möchte.« Sie betonte das Wort *dir*, und in Richards Augen leuchtete es auf. Dennoch näherte er sich ihr nicht wieder, sondern sagte ruhig: »Heinrich ... er ...«

Katharina hob die Hand und brachte ihn damit zum Verstummen. »Scht!«, machte sie. Sie verspürte ein unerträgliches Gefühl von Zwiespältigkeit. Zum einen wollte sie sich wieder an Richard kuscheln, wollte erneut geküsst werden. Aber gleichzeitig war da auch das Wissen um Heinrich und Dagmar, um diesen Mörder, den sie vielleicht zur Strecke bringen konnten, wenn es ihnen nur gelang, sich zu beherrschen. Sich zu konzentrieren, vor allem.

Sie legte die eine Hand in die andere und drückte sie so fest, wie sie konnte.

Richard sah es. Behutsam griff er nach ihren Fingern, löste sie voneinander. Wieder durchfuhr es Katharina wie ein Hieb. Ein angenehmer Hieb, von dem sie gern mehrere gehabt hätte.

Endlich schien Richard bewusst zu werden, dass sie noch immer standen. Er zog Katharina zu einem Sofa, das sich in einer Ecke des Kontors befand, und drückte sie darauf nieder. Sorgsam darauf bedacht, einen gewissen Abstand zu wahren, setzte er sich neben sie, allerdings ohne dabei ihre Hände loszulassen. Katharina unterdrückte ein Kichern. Plötzlich fühlte sie sich leicht und unbeschwert wie noch nie zuvor in ihrem Leben. Hatte sie sich zu Beginn in Egberts Gegenwart auch so wohl gefühlt?

Der Gedanke an ihren Mann schoss durch ihren Kopf, ohne dass sie ihn bewusst hervorgerufen hatte. Und abrupt versteifte sie sich.

Richard interpretierte ihre Bewegungen falsch. Rasch zog er die Hände zurück. »Was …« Erschrocken sah er Katharina an.

Sie hätte sich ohrfeigen können. »Es ist nichts … ich …« Hilflos brach sie ab, und weil sie nicht wusste, was sie sagen sollte, fasste sie einfach nach Richards Händen und hielt sie nun ihrerseits fest.

Richard entspannte sich ein wenig. Aufmerksam forschte er in Katharinas Gesicht nach ihren Regungen.

Der Zauber war nun jedoch gebrochen. Mit Gewalt musste Katharina sich zwingen, daran zu denken, weshalb sie eigentlich hier war. »Heinrich …«, murmelte sie.

Richard nickte, aber er tat es halbherzig. »Ihr … du«, lächelnd senkte er den Blick, hob ihn aber gleich darauf wieder. »Du liebe Güte, ist das schwierig!« Er atmete einmal tief durch. »Also: Du! Du glaubst, dass der Mörder von Heinrich und Dagmar ein weiteres Mal zuschlagen könnte?«

Katharina zuckte die Achseln. Sie spürte, wie Richard sich ihr entziehen wollte, aber sie hielt ihn fest. Wenn sie schon über diese furchtbaren Dinge reden mussten, dann konnten sie es genauso gut auch händchenhaltend tun! »Ich weiß es nicht«, gestand sie. »Aber diese ausgestochenen Augen! Ich meine: Warum macht jemand so etwas? Der Engelmörder damals hatte einen Grund, und ich glaube und fürchte, dass wir es hier wieder mit jemandem zu tun haben, der …« Sie hielt inne. Sie hatte keine Ahnung, mit wem sie es hier zu tun hatten, und allein die Vorstellung, sich in einen solch kranken Menschen hineinzuversetzen, erfüllte sie mit Schrecken. »Sie sind beide auf die gleiche Weise umgebracht worden«, fügte sie lahm hinzu.

Richards Augenbrauen hoben sich. »Auf die gleiche Weise? Dann hatte Heinrich auch eine Stichwunde am Bauch?«

»Stichwunde?«

»Dagmar wurde durch einen Dolchstich in den Unterleib ermordet. Du hast gesagt, sie starben auf die gleiche Weise, da dachte ich ...«

»Nein!«, fiel sie ihm ins Wort. »Ich meinte die Augen!«

Da begriff Richard. »Dagmar starb nicht an den ausgestochenen Augen.«

Katharina versuchte sich Heinrichs Leiche so gut es ging in Erinnerung zu rufen. Ihr war plötzlich schlecht, aber sie ignorierte diesen Hinweis ihres Körpers, dass er es leid war, sich mit solcherlei grausamen Dingen zu beschäftigen. Sie senkte die Lider, um sich Heinrichs Anblick besser vorstellen zu können. Den gegen eine Wand gelehnt dasitzenden Körper, den Kopf, der nach hinten gesunken war, als wolle der Leichnam noch im Tode die Sterne betrachten. Die furchtbaren blutigen Spuren quer über seine Wangen. Das alles sah sie mit eisiger Klarheit vor sich. Doch sie vermochte nicht, sich das Bild von seinem Leib vor Augen zu rufen. War da Blut an seiner schmutzigen Kleidung gewesen? Sie wusste es einfach nicht.

Sie verspürte das dringende Bedürfnis, das alles weit von sich zu schieben, sich zu erlauben, dass Richard sie in die Arme zog und festhielt, so dass sie nichts mehr mit all den Dingen, die außerhalb dieses Kontors vor sich gingen, zu schaffen haben würde. Doch sie war vernünftig genug zu wissen, dass sie die Kälte und das Leben dort draußen nicht von sich fernhalten können würde. Heinrichs Stimme klang in ihr nach, die Art, wie er sie begrüßt hatte, wenn sie zu ihm gekommen war.

»Katharina«, hatte er stets gegrinst. »Kommste, um Heinrich zu helfen?«

Und Katharina hatte stets geantwortet: »Ja, Heinrich. Ich werde dir helfen, das habe ich dir versprochen, oder etwa nicht?«

Jetzt sah sie Richard an. »Ich weiß nicht, ob Heinrich auch eine Stichwunde hatte«, gab sie zu.

Richard antwortete nicht sofort. Schwer lag sein Blick auf ihrem Gesicht. »Und du willst gehen und nachsehen«, sagte er endlich.

Es war ein gutes Gefühl, dass er wusste, was sie dachte.

Katharina zögerte. Doch dann nickte sie.

Zu ihrer grenzenlosen Erleichterung zögerte Richard nicht, sie auf diesem Weg zu begleiten. Und da sie beide sich noch daran erinnerten, dass unbekannte Leichen üblicherweise ins Lochgefängnis gebracht wurden und dort blieben, bis jemand kam, der sie vermisste und ihre Identität feststellen konnte, begaben sie sich zunächst zum Rathaus und läuteten beim Lochwirt, dem Aufseher des städtischen Untersuchungsgefängnisses. Von ihm erfuhren sie, dass man Heinrichs Leiche ins Predigerkloster an der Burgstraße gebracht hatte.

Als sie kurze Zeit später gemeinsam an der weißgetünchten Mauer des Predigerklosters entlanggingen und auf die breite Einfahrt zuhielten, die auf den Hof dahinter führte, hatte Katharina ein eigenartiges Gefühl. Es war, als habe eine göttliche Hand die Zeit zurückgedreht und zwinge sie, die Augenblicke noch einmal zu erleben, unter denen sie bereits im August gelitten hatte.

Richard ging neben ihr und warf ihr ab und an besorgte Blicke zu. Sie konnte spüren, wie gern er ihr die Hand gereicht und ihr dadurch Halt gegeben hätte. Doch das war undenkbar, denn es schickte sich nicht, derartige Zärtlichkeiten auf offener Straße auszutauschen. Nur Huren taten das.

Katharina schluckte.

Es ist nicht Matthias!, hämmerte sie sich immer und immer wieder ein. *Nicht Matthias, der dort drinnen liegt. Matthias ist längst begraben und bei Gott.*

Doch sie konnte sich nur schwer vom Wahrheitsgehalt dieser Worte überzeugen. Ihre Hände hatten sich in die Falten ihres Rockes gekrampft, und sie spürte die Fäden unter ihren Fingerspitzen. Einer ihrer Nägel war ein winziges Stück eingerissen und hing an einer Faser fest. An dieses eher unangenehme Gefühl klammerte sie sich, konzentrierte sich darauf, als sei es ein Licht in dunkler Nacht, während sie auf das Klostertor zuschritt.

»Du musst das nicht tun«, versuchte Richard ein letztes Mal, sie von ihrem Vorhaben abzubringen. Aber sie schüttelte mit viel mehr Entschlossenheit den Kopf, als sie tatsächlich empfand. »Ich bin es ihm schuldig!«, sagte sie nur.

Richard seufzte.

Er deutete auf das Klostertor. Seite an Seite mit Katharina schritt er hindurch und blieb mitten auf dem Hof stehen.

Obwohl die Non, das Nachmittagsgebet, kurz bevorstand, herrschte hier reges Treiben. Zwei jüngere Mönche, von denen Katharina einen als Guillelmus erkannte, redeten mit einem grobschlächtigen Mann in Bauernkleidung, dessen Gesicht missmutig verzogen war. Bruder Guillelmus trat dabei unruhig von einem Fuß auf den anderen, so als fühle er sich nicht wohl in seiner Haut. Über die Schulter des Bauern hinweg entdeckte er Katharina, und seine Miene hellte sich auf.

Er sagte etwas zu seinem Mitbruder, der warf einen Blick auf Katharina und nickte dann. Mit langen Schritten kam Guillelmus zu Katharina und Richard herübergeeilt.

»Frau Jacob!« Er steckte die Hände in die Ärmel seiner Kutte und neigte den Kopf zu einem Gruß. Dann sah er Richard an. Es war deutlich, dass er überlegen musste, woher er sein Gesicht kannte.

»Das ist Richard Sterner«, half Katharina ihm aus.

»Ah!« Bruder Guillelmus begrüßte auch ihn. »Womit kann ich Euch dienen?« Er sah abgekämpft aus, müde und grau im Gesicht.

»Der Lochwirt sagte uns, dass die Leiche von der Frauentormauer hierhergebracht wurde«, meinte Richard.

Ein düsterer Schatten flog über Guillelmus' Gesicht, und plötzlich sah Katharina Angst in seinen Augen.

»Nicht nur die«, sagte der Mönch.

Richard schob sich ein wenig vor, und Katharina trat zur Seite, um ihm Platz zu lassen.

Bruder Guillelmus wies hinter sich, in die Richtung, in der die Gebäudefluchten des weitläufigen Klosters lagen. »Ihr habt recht, der Tote von der Frauentormauer ist hier, aber man hat noch eine zweite Leiche gebracht. Eine ... hm, leichte Frau. Aber offenbar wurde Befehl erlassen, sie wieder mitzunehmen. Sie ist nicht mehr hier.«

Katharina rieb sich über beide Wangen. Ihre Finger waren kalt, und dennoch fühlte sich die Haut ihres Gesichtes an wie aus Eis.

Richard wirkte nicht besonders überrascht. »Wir müssen uns den Mann ansehen«, sagte er. Er sprach die Worte in der vollen Sicherheit, dass ihm der Zutritt zum Kloster nicht verwehrt werden würde. Und er hatte sich nicht getäuscht.

»Es ist gut, Bruder Guillelmus«, ertönte eine Stimme hinter ihnen. »Ich kümmere mich um Herrn Sterner und Frau Jacob!« Bruder Johannes, der Infirmarius des Klosters, kam aus einer niedrigen Tür, die seitlich in der Nähe der Mauer angebracht war. Der Saum seiner Kutte war mit Strohhalmen verziert. Mit einem schiefen Grinsen trat Johannes näher und wischte sich dabei die Hände an einem schmutzigen Tuch ab.

»Man könnte sagen, ich bin ein paar Stufen der Leiter hinabgestiegen«, sagte er statt einer Begrüßung, doch sein Blick lag gleichzeitig fragend und überrascht auf Katharina. Er wies zu der Tür, aus der er soeben getreten war. »Das sind die Ziegenställe. Eines der Tiere, das uns ein Bauer gebracht hat, war krank, und jetzt ist es meine Aufgabe, dafür zu sorgen, dass es nicht den ganzen Bestand ansteckt.« Er grinste schief. »Der Prior war der Meinung, mit meinen Erfahrungen als Infirmarius sei ich der beste Mann dafür.« Ihm war anzusehen, dass er selbst diese Meinung nicht teilte. Dann wischte er das Thema einfach beiseite. »Warum habe ich erwartet, dass Ihr herkommen würdet?«, wandte er sich an Katharina.

»Vielleicht, weil Ihr es wart, der mir von den Leichen hier im Kloster erzählt hat?« Sie spürte seine Blicke wie Gewichte auf sich ruhen.

»Dürfen wir uns den Toten ansehen?«, fragte Richard, bevor sie noch irgendetwas sagen konnte.

Johannes fuhr sich mit der Zunge über die Lippen. »Nun.« Dann fasste er einen Entschluss. »Kommt! Ich denke, ich werde Euch sowieso nicht davon abhalten können, oder?« Er wandte sich um und marschierte auf eine Tür zu. Sie führte in ein langgestrecktes Gebäude, das sich durch das gesamte Kloster zog. In den Gängen kamen ihnen Mönche entgegen, die sie neugierig musterten, jedoch kein einziges Wort an sie richteten. Von dem Gebäude aus gelangten sie in einen Kreuzgang.

Katharinas Fäuste verkrampften sich so sehr, dass ihr Fingernagel endgültig einriss. Sie ließ den Stoff los, führte den Finger an den Mund und biss das Stückchen ab. Weil es ihr unziemlich vorkam, in einem Kloster einfach auf den Boden zu spucken, pflückte sie es von ihrer Zunge und schnippte es davon.

Richard beobachtete sie dabei genau.

Einen Moment lang fühlte sie sich tief berührt von der Sorge, die sie in seinen Augen las, und wieder musste sie den Impuls unterdrücken, nach seiner Hand zu greifen.

Dann hatten sie die Tür erreicht, die Katharina wohlvertraut war. Sie richtete den Blick auf die Schnitzereien. Die Darstellung der Vertreibung aus dem Paradies. Katharina konnte den Blick nicht von der Engelsfigur lassen, die Adam und Eva mit gestrenger Miene das Weite wies.

Vor drei Monaten hatte hinter dieser Tür Matthias' Leiche gelegen, so wie jetzt die von Heinrich.

»Komm!« Richard nahm sanft ihren Arm und zog sie mit sich, nachdem Johannes die Tür geöffnet hatte und auf ihr Eintreten wartete.

Weihrauchduft umfing sie, als sie die stille, von buntem Licht durchflutete Kapelle betrat. Katharina hielt den Blick gesenkt, um den Anblick der Glasfenster zu vermeiden, die eine weitere Engelsgestalt zeigten.

Die Fliesen des Bodens waren allesamt gesprungen, bemerkte sie. Das war ihr beim ersten Mal nicht aufgefallen.

»Frau Jacob?« Bruder Johannes' Stimme drang in ihr Bewusstsein, und endlich sah sie auf. Der Mönch zeigte auf eine Bahre, die man seitlich an einer Wand aufgestellt hatte.

Katharinas Kehle schnürte sich zu. Ein weißes Tuch. Darunter ein unförmiger Umriss. *Matthias!* Ihre Knie wollten unter ihr wegsacken, aber sie zwang sich stehenzubleiben. Richards Hand legte sich um ihren Arm. Es war nicht die zärtliche Geste, nach der sie sich sehnte, sondern ein fester, Halt gebender Griff. Sie gestattete sich, diesem Halt einen kurzen, kostbaren Moment nachzugeben, dann machte sie sich los und trat einen Schritt vor.

Ihr Geist hatte sie genarrt. Die Umrisse unter dem Laken hatten nichts Unförmiges, sondern zeichneten exakt die Kontur eines menschlichen Körpers nach.

»Keine Flügel diesmal.« Als Johannes die Worte wiederholte, die er schon vor dem Katharinenkloster zu ihr gesagt hatte, klang er hohl und krächzend.

»Katharina, bist du sicher …«, setzte Richard an, aber Katharina brachte ihn zum Schweigen, indem sie dicht vor den Toten trat.

Kurz warf sie einen Seitenblick auf eine weitere Bahre, die bis auf ein ordentlich zusammengefaltetes Leichentuch leer war und auf der offenbar Dagmar gelegen hatte.

Langsam richtete Katharina den Blick wieder auf den Toten unter seinem weißen Tuch. Und plötzlich konnte sie sich nicht mehr rühren.

»Nehmt das Tuch fort«, bat Richard Bruder Johannes.

Der Mönch kam seiner Bitte nach, indem er an einem Zipfel zog. Das Tuch rutschte mit einem leisen Rauschen zu Boden, wo es sich in große Falten legte.

Wie gebannt starrte Katharina auf den Toten.

In der Ruine hatte sie nur einen einzigen, kurzen Blick auf ihn geworfen, bevor sie zurückgetaumelt war und sich erfüllt von Übelkeit abgewandt hatte. Jetzt zwang sie sich, Heinrichs gesamte Gestalt mit den Blicken abzutasten. Seine mageren, blassen Glieder, die Finger, die von Kälte und Entbehrung zu gichtigen Krallen verkrümmt waren. Das schief zusammengewachsene Schlüsselbein, das unter seinen schmutzigen Kleidern wie ein Fremdkörper einen Buckel bildete. Die eingefallenen Wangen mit den ungepflegten Bartstoppeln, die von dunkel getrocknetem Blut verklebt waren. Und die fürchterlichen leeren Augenhöhlen, deren Hintergrund von einer zähen, milchigen Substanz überzogen war.

Katharina unterdrückte ein Würgen und zwang sich, eine distanzierte Haltung anzunehmen. Sie musste so tun, als kenne sie diesen Mann nicht. Sie musste ihren Verstand nutzen. Nicht ihr Gefühl.

Reiß dich zusammen!, mahnte sie sich und ließ den Blick an der Leiche nach unten wandern.

Keine Dolchwunde.

Bis auf die ausgestochenen Augen war Heinrichs Körper völlig unversehrt.

Richards Hand legte sich unter ihre Achsel, und da erst bemerkte sie, dass sie zu schwanken begonnen hatte.

»An ausgestochenen Augen stirbt man nicht«, flüsterte sie.

»Woher wollt Ihr das wissen?« Durch das Rauschen des Blutes in ihren Ohren klang Johannes' Stimme wie die aus einem Grab.

»Mein Stiefvater war Henker«, sagte sie leise. Sie wusste viele solcher Dinge – nicht, weil er es ihr erzählt hatte, sondern weil sie von dem Augenblick an, als sie erfahren hatte, dass ihre Mutter ihn geheiratet hatte, wie ein Schwamm jedes grausige Detail einer Hinrichtung aufgesogen hatte. Ausschließlich aus den Wortfetzen, die sie auf der Straße aufgeschnappt hatte.

... hast du gehört, der Augspurger hat der alten Vettel aus der Webergasse die Augen ausgestochen ...

... es heißt, sie habe keinen einzigen Ton von sich gegeben, als der glühende Dolch ihr zwischen die Lider gefahren ist ...

Das war einer der Gründe, warum Katharina Bertram Augspurger stets gehasst hatte – und ihre Mutter gleich mit, weil sie ihn geheiratet hatte.

Richard hielt sie weiterhin fest. Eine Weile lang betrachtete er aufmerksam Heinrichs gesamten Körper.

»Woran ist er gestorben?« Katharinas Stimme kratzte ihr im Hals.

»Vielleicht an den Schmerzen?«, gab Bruder Johannes zu bedenken. Er war bis fast an die Kapellentür zurückgewichen, nachdem er das Laken entfernt hatte. Jetzt kam er zögernd wieder ein wenig näher. »Menschen können an großen Schmerzen sterben.«

Katharina schüttelte den Kopf. »Heinrich war Schmerzen gewohnt. Ich kann mir nicht vorstellen, dass sie ihn umgebracht hätten.«

»Es gibt eine Möglichkeit.« Richard sagte es, ohne den Blick von dem entstellten Gesicht abzuwenden.

Katharina wartete, dass er weitersprach, aber er tat es nicht. Stattdessen blickte er auf. »Lass uns gehen«, bat er. Er war blass geworden, und seine Hände hatten angefangen zu zittern.

»Was hast du?« Katharina hob die Hand, um ihn zu berühren. Kurz vorher stockte sie jedoch.

Richard wischte sich über die Augen. »Es ist nichts. Lass uns gehen, dann erkläre ich dir, was du wissen willst.«

Richard verspürte eine tiefe Erleichterung, als er die Vordertür seines Hauses aufsperrte und Katharina in die Diele treten ließ.

»Ich komme sofort. Geh am besten schon mal in das Kontor«, bat er sie und marschierte mit langen Schritten in die Küche, wo er sich auf der Herdummauerung abstützte und versuchte, sein jagendes Herz zu beruhigen. Als ihm das einigermaßen gelungen war, hob er die Hände vor das Gesicht und betrachtete sie. Sie zitterten weniger, als er befürchtet hatte, aber dennoch zitterten sie.

Probehalber schloss Richard die Augen.

Das erste Bild, das sich in seinen Kopf brannte, war jenes von Heinrich und seinen leeren Augenhöhlen. Erst danach wurde es durch ein anderes ersetzt, bei dessen Anblick er aufstöhnte.

Eine warme Hand legte sich auf seinen Rücken und ließ ihn zusammenzucken. »Was siehst du?«, fragte Katharina leise.

Er hatte sie nicht hereinkommen hören.

Ohne sich zu ihr umzuwenden, gab er ihr die Antwort. »Blonde Haare. Sie schweben im Wasser.«

»Magdalena«, vermutete Katharina.

Magdalena war seine kleine Schwester gewesen. Als sie beide noch Kinder gewesen waren, hatte er sie beim Spielen im Wasser getötet. Es war ein Unfall gewesen, jedenfalls hatte er all die Jahre, die seitdem vergangen waren, damit verbracht, sich genau davon zu überzeugen.

Er nickte, und sein Kopf fühlte sich dabei so schwer an, als sei er mit Blei gefüllt.

»Vorhin hast du behauptet, deine alten Dämonen wären besiegt«, meinte Katharina sanft.

»Das waren sie auch.« Er überlegte, ob er ihr davon erzählen sollte, wie er Dagmars Leiche seziert hatte, aber er schreckte vor sich selbst zurück. Was, wenn er die zarten Bande, die zwischen ihm und Katharina gerade entstanden, dadurch zerriss? Wenn sich Katharina angewidert von ihm abwandte, weil er seine Hände erneut in das Blut Unschuldiger getaucht hatte? Plötzlich kamen ihm seine Forschungen wieder sündhaft und dämonisch vor.

Sie setzte zu einem Kopfschütteln an, und er konnte in ihrem Blick erkennen, dass sie ihm nicht glaubte. »Du zitterst wieder«, stellte sie fest. Dann überlegte sie. »Sind es neue Dämonen, Richard?« Sie nahm seine Hände zwischen die ihren und hielt sie fest.

Richard schloss die Augen. Er fühlte sich schwach, aber er weigerte sich, ihr das zu zeigen. Er war ein Mann, Herrgott! Er konzentrierte sich auf den Druck ihrer Finger.

Seine Haut war wärmer als die ihre.

Er zwang sich zu einem kleinen Lächeln, und es gelang ihm. Er hatte sich wieder in der Gewalt. »Es ist wahrscheinlich klug, sich vor neuen Sünden zu fürchten«, sagte er. »Aber es ist überaus dumm, von den alten nicht zu profitieren.« Er entzog ihr seine Hände. »Ich habe dir versprochen, dir eine Antwort auf die Frage zu geben, woran Heinrich gestorben sein könnte. Komm.« Er marschierte an Katharina vorbei zur Küchentür und von dort aus zurück in sein Kontor.

Katharina folgte ihm.

Richard ging zu dem Sekretär zwischen den Fenstern und öffnete die Glastür von dessen Aufsatz. Er entnahm ihm eine dünne Mappe, die jener, die Katharina in ihrer Kammer hatte, sehr ähnlich sah. Sie wusste, dass sich darin die letzten jener Skizzen befanden, von denen er ihr einige geschenkt hatte.

»Hast du die anderen noch?«, fragte er, während er in den Zeichnungen herumblätterte.

»Natürlich.« Sie hatte ihn damals um die Zeichnungen gebeten, und er hatte sie ihr mit einer Mischung aus Skepsis und Freude überlassen.

»Ich habe mich gewundert, dass du sie haben wolltest.« Er lächelte sie über die Mappe hinweg an. »Wahrscheinlich sind wir uns ähnlicher, als wir glauben. Wir beide neigen dazu, uns selbst zu quälen.«

Katharina zuckte die Achseln und beschloss, ihm nicht zu sagen, dass sie die Zeichnungen dazu benutzt hatte, die Spinnweben aus ihrem Kopf fernzuhalten.

Zu ihrer Erleichterung beharrte er nicht auf einer Erwiderung, sondern zog ein Blatt hervor und drehte es so, dass Katharina es betrachten konnte. Es ähnelte jenem mit dem Auge, von dem sie ebenfalls eine Version besaß.

Katharina schluckte schwer.

Besorgt sah Richard sie an. »Du wolltest wissen, woran Heinrich gestorben ist«, erinnerte er sie vorsichtig.

Sie nickte ihm zu. »Rede weiter!«

»Dieser Strang hier.« Richard tippte auf das rote fadenartige Gebilde, das seitlich aus dem Augapfel herausragte. »Bei meinen Studien habe ich immer wieder festgestellt, dass dieser Strang in Richtung Gehirn verläuft. Kann ich dir etwas ... nun ... etwas Abstoßendes zeigen?«

Katharina blickte auf das Bild. Sie konnte sich nicht vorstellen, was noch abstoßender sein sollte als das hier – oder als der Anblick von Heinrichs leeren Augenhöhlen. Also nickte sie und hoffte, dass es kein Fehler war.

Richard gab ihr die Skizze in die Hand und wandte sich seinem Pult zu. Er kniete sich davor nieder und kramte eine Weile darin herum, bis er gefunden hatte, was er suchte. Mit einem kopfgroßen Gegenstand, der von einem schwarzen Tuch verhüllt war, drehte er sich wieder um.

»Es ist ein Schädel«, sagte er, griff nach einem Zipfel des Tuches und schaute Katharina fragend an.

Sie nickte erneut, und er zog das Tuch fort.

Es war tatsächlich ein Schädel. Ein menschlicher Schädel von einer fast hübschen milchig-gelben Farbe, die an einigen Stellen ins Rötliche überging. Die wenigen Zähne, die noch in den beiden Kiefern steckten, wirkten dagegen schmutzigbraun und hässlich. Mit einer Mischung aus Grausen und Faszination schaute Katharina in die leeren Augenhöhlen. »Woher hast du ihn?«, fragte sie.

Richard grinste verlegen. »Von einem Richtplatz in der Nähe von Augsburg. Ich habe ihn schon sehr lange und hatte das bis heute völlig vergessen. Sieh her!« Er hielt den Schädel so, dass Katharina ihn gut sehen konnte. Dann fuhr er mit dem Zeigefinger die knöchernen Augenhöhlen nach und deutete auf eine ungefähr fingernagelgroße Lücke in deren hinterem Teil. »Ich vermute, dass dies die Stelle ist, durch die Auge und Gehirn miteinander verbunden sind. Nimm einen schmalen, langen Gegenstand …« Er verstummte und sah sich um. Dann griff er zu einem Federmesser, das auf einem Stapel Pergament auf seinem Pult lag und betrachtete es. »… und triff diese Stelle, wenn du jemandem die Augen ausstechen willst.« Er steckte die Messerklinge durch die kleine Öffnung und drehte den Schädel dann so, dass Katharina von unten hineinschauen konnte. Die Spitze des Messers ragte bis in die Mitte der Schädelwölbung. »Du stichst mitten ins Gehirn«, erklärte Richard. »Und das dürfte in jedem Fall tödlich sein.«

Katharina fühlte sich ein wenig zitterig angesichts seiner Ausführungen. Nachdenklich schüttelte sie den Kopf.

»Was ist?« Richard zog das Messer aus der Augenhöhle, legte den Schädel auf dem Pergamentstapel ab und die Klinge daneben.

»Nichts. Ich bewundere nur, wie du es schaffst, durch Überlegungen zu solchen Erkenntnissen zu gelangen. Du warst nicht dabei, als Heinrich ermordet wurde, und doch weißt du, wie er gestorben ist. Das ist, nun, faszinierend. Und erschreckend.«

Richard lächelte. »Wenn du morgens aufstehst und eine halb aufgefressene, tote Maus liegt vor deiner Haustür, dann weißt du doch auch, dass die Katze sie dort hingelegt hat. Auch wenn du geschlafen hast, als sie das tat.«

»Das ist doch etwas ganz anderes …«

»Nein, Katharina! Es ist nichts anderes. Stell dir vor, du bist ein kleines Mädchen und siehst die tote Maus zum allerersten Mal auf deiner Schwelle liegen. Dann gibt es zwei Möglichkeiten für dich, herauszufinden, wie sie dorthin gelangt ist. Erstens: Du fragst jemanden, der es wissen könnte. Deine Mutter zum Beispiel. Sie erklärt es dir. Oder aber du bleibst in der nächsten Nacht wach und beobachtest die Türschwelle. Wenn du nun siehst, dass die Katze eine zweite tote Maus bringt, kannst du daraus schließen, dass sie auch die erste gebracht hat. In diesem Fall hast du dich nicht auf irgendwelche Autoritäten verlassen, sondern du hast dir das nötige Wissen selbst angeeignet.«

»Aber ich kann doch nicht sicher sein«, widersprach Katharina. Richard hob fragend die Augenbrauen, und sie erklärte: »Nun, selbst wenn ich von meiner Mutter erfahren habe, dass Katzen Mäuse auf die Türschwelle legen, oder wenn ich es in einer Nacht selbst beobachtet habe, kann ich trotzdem nicht sicher sein, dass die Maus in der anderen Nacht nicht von Nachbars Hund gebracht worden ist. Es gibt keine Sicherheit dabei.«

Richard blies sich gegen die Stirn. »Du könntest dir die Bissspuren an der Maus ansehen. Wenn sie klein sind, spricht das für die Katze, nicht für den Hund.«

Katharina begriff, was er ihr eigentlich sagen wollte. »Es geht darum, Zeichen zu lesen.« Sie legte sich beide Hände an die erhitzten Wangen.

»Ja, und in der Summe ergeben die Zeichen ein Bild.« Richard legte die Hand auf den Schädel. »Genau das tun wir hier auch. Anhand der Tatsache, dass Heinrich in der Ruine gefunden wurde und seine Augen ausgestochen wurden, wissen wir, dass jemand ihn ermordet hat. Wir wissen ferner, dass es an seinem Körper keinerlei weitere Wunden gibt. Und dieser Schädel hier zeigt uns, was passiert sein könnte ... Katharina, was hast du denn?«

Richards erschrockener Ausruf erst machte ihr bewusst, dass sie angefangen hatte zu weinen. Unbemerkt waren ihr die Tränen in die Augen getreten, waren übergelaufen und rannen ihr jetzt in einem steten Strom über die Wangen. Völlig lautlos weinte sie, doch mit einer Intensität, die ihren Körper krümmte. Sie wollte nicht, dass Richard sie so sah, wischte sich über das Gesicht, wieder und wieder, aber es nützte nichts. Die Tränen liefen und liefen, ohne dass sie etwas dagegen tun konnte.

»Komm her!« Richard trat zu ihr und zog sie in die Arme.

Katharina schmiegte sich an ihn. Ein Schluchzen schüttelte sie mit solcher Gewalt, dass sie spüren konnte, wie Richards Armmuskeln sich spannten, um sie festzuhalten. »Ich mache dein Hemd ganz nass«, murmelte sie gegen seine Brust.

»Pst!«, flüsterte er in ihre Haare. Ihre Haube war ihr in den Nacken gerutscht, von wo aus sie drohte zu Boden zu gleiten. Richard nahm sie ab und warf sie auf einen Stuhl. »Das alles hier bringt die ganzen schlimmen Erinnerungen zurück, oder?«, fragte er. Er klang sehr leise und sehr zärtlich dabei.

Katharina jedoch antwortete ihm nicht. Das Schluchzen packte sie mit neuer Gewalt. Sie wollte aufschreien, aber sie unterdrückte es. Ihre Knie drohten unter ihr nachzugeben, doch Richard hielt sie fest, und es tat gut, ihn zu spüren, ihn zu riechen.

»Sind es die Erinnerungen, Katharina?« Er schob sie ein wenig von sich fort, um ihr ins Gesicht sehen zu können. Fest und fast ein bisschen schmerzhaft lagen seine Finger um ihre Schultern.

Sie schüttelte den Kopf, ohne Richard anzuschauen.

»Sieh mich an!«, befahl er.

Sie schüttelte erneut den Kopf, doch als er noch fester zugriff, da hob sie den Blick und hielt dem forschenden Ausdruck in seinen Augen stand. »Es sind die Erinnerungen an Matthias, die dich quälen.«

Katharina nickte. Sie wusste, dass es schwierig werden würde, Richard noch dazu zu bewegen, ihr bei der Suche nach Heinrichs Mörder zu helfen, wenn er glaubte, dass die Ereignisse sie so sehr quälten. Und doch war es unmöglich, ihm die Wahrheit zu sagen.

Denn der wahre Grund für ihre Tränen war ein gänzlich anderer. Sie weinte, weil das Gespräch, das sie soeben geführt hatten, sie an einen anderen Mann erinnert hatte.

An Egbert. Auch mit ihm hatte sie auf ähnliche Weise disputiert, und als sie eben Richard genauso reden gehört hatte, wie er es getan hatte, war der Verlust ihres Ehemannes wie ein glühender Dorn durch ihr Herz gefahren.

Aber es war völlig undenkbar, Richard das einzugestehen.

14. Kapitel

Nachdem die warmherzige Frau fort war, nach deren Namen zu fragen sie glatt vergessen hatte, wanderte Maria eine Weile unruhig in ihrer Kammer auf und ab. Der Vorhang störte sie dabei, und so zog sie ihn zur Seite und befestigte ihn an den eigens dafür vorgesehenen Haken an der Wand. Die Kordel, die dazu diente, hatte Dagmar aus glitzerndem Garn eigenhändig gedreht, und sie hatte sie an ihren Enden mit zwei hübschen Quasten versehen, die sie mit geschickten Händen selbst hergestellt hatte. Als Maria die Quasten jetzt in der Hand hielt, musste sie daran denken, wie Dagmar sie ihr stolz gezeigt hatte.

»Sind sie nicht schön?«, hatte sie gesagt. Und Maria hatte geantwortet: »Der Kaiser selbst hat keine schöneren.«

Bei dieser Erinnerung schossen ihr schon wieder Tränen in die Augen. Langsam ließ sie die Fäden der Quasten durch die Finger gleiten. Sie hatte keine Ahnung, woher Dagmar das kostbar aussehende Garn bekommen hatte, und sie hatte sie auch nie danach gefragt.

Ein weiteres Geheimnis, das Dagmar niemals mehr würde aufklären können, genau wie die Frage, wer der Vater ihres Kindes war oder was sie im Kloster herausgefunden und Maria so aufgelöst hatte erzählen wollen, bevor dieser blonde, noch jungfräuliche Freier sie unterbrochen hatte.

Auf ewig ungelöste Rätsel.

Manche Fragen, Prinzessin, stellt man besser nicht, wenn man nicht über das Elend in der Welt ständig in Tränen ausbrechen möchte …

Die sanfte Stimme klang in ihrem Kopf auf, und Maria blieb stehen. Diesmal ängstigte die Stimme sie nicht mehr so sehr wie noch beim ersten Mal. Im Gegensatz zu der anderen, der keifenden, würde diese Stimme ihr nichts Böses wollen, davon war Maria überzeugt.

Doch auch die keifende Stimme schlief nicht.

Die Welt ist böse, weil der Satan in ihr regiert!

Aufstöhnend schloss Maria die Augen. Sie presste die Hände auf die Ohren, aber genau wie in der Frauenkirche nützte das nicht das Geringste.

Wir sind angehalten, das Böse in uns zu bekämpfen, damit Jesus Christus nicht umsonst für uns gestorben ist!, giftete die Stimme weiter.

Und in diesem Moment traf Maria eine Erkenntnis.

Die keifende Stimme gehörte der Frau mit der kalten Hand! Maria bildete sich die Worte nicht ein, die in ihrem Kopf erklangen. Sie *erinnerte* sich an sie!

All diese Dinge, die die Stimmen zu ihr sagten, waren Teil ihrer vergessenen Vergangenheit! Und die Besitzer der Stimmen hatten wirklich gelebt. Lebten vielleicht sogar noch …

Diese Erleuchtung erregte Maria so sehr, dass sie ihre Wanderung mit noch schnelleren Schritten wieder aufnahm. Wenn die kreischende Stimme der Frau gehörte, konnte es dann sein, dass die sanfte – sie wagte es kaum, es auch nur zu denken – ihrem Vater gehörte?

Prinzessin, sagte diese Stimme zu ihr.

Prinzessin. War sie ihres Vaters Prinzessin gewesen?

Aber warum hatte sie dann einen Großteil ihres Lebens in diesem Haus der frommen Frauen verbracht? Vielleicht, weil ihr Vater gestorben war und ihre Mutter auch. Das wäre ein Grund gewesen, sie in ein Findelheim zu geben.

»Mirjam« hatte der Mann auf dem Marktplatz sie genannt.

Mirjam.

Das war ihr richtiger Name. Der, mit dem sie zur Welt gekommen war.

Doch warum nannten dann alle sie Maria?

Maria.

Diesen Namen hatte ihr die Frau mit der keifenden Stimme gegeben, dessen war sie sich plötzlich ganz sicher.

Maria schloss die Augen, um sich die Züge der Frau ins Gedächtnis zu rufen. Ihre hagere Gestalt hatte sie bereits in einer früheren Erinnerung gesehen. Jetzt sah sie auch ihr Gesicht. Ebenfalls hager war es, mit tiefen Schatten unter den hellen Augen und kurzen Wimpern.

Ich bin dafür da, eine ordentliche Christin aus dir zu machen! Das waren die ersten Worte, die diese Frau an Maria gerichtet hatte.

Und Maria hatte widersprochen. *Ich bin keine Christin!*, hatte sie gesagt, daran erinnerte sie sich jetzt deutlich. *Und ich heiße Mirjam, nicht Maria!*

Danach war nichts mehr – nur noch die Erinnerung an die Schmerzen der ersten Tracht Prügel, die die Frau ihr verabreicht hatte. Die erste von vielen hundert weiteren.

Mit einem Ruck blieb Maria stehen, denn plötzlich stiegen noch andere Erinnerungsfetzen in ihr auf. Wieder hörte sie das klatschende Geräusch, das sie beim ersten Mal nicht hatte zuordnen können. Jetzt erkannte sie, dass es Schritte waren. Schritte von Füßen, die in ledernen Sandalen steckten.

Und sie stiegen die Treppe herauf.

Voller Panik blickte Maria zur Eingangstür. Dann erst begriff sie, dass die Schritte ihrer Erinnerung entstammten.

Warum nur war es auf einmal so schwer, Vergangenheit und Gegenwart auseinanderzuhalten?

Maria wankte zu ihrem Bett und sank darauf nieder. Mimis Körper rieb an ihrem Bein, und ihr fiel auf, dass sie die Puppe schon länger nicht mehr in die Hand genommen hatte. Wozu auch, wenn sie die Stimmen nicht fernhalten konnte?

Maria zog den Puppenkörper unter ihrem Rock hervor. »Sie kommen, um mich zu holen«, sagte sie. Denn sie wusste jetzt, dass in diesem Schrittgeräusch der Schlüssel zu allen Fragen lag. Jemand war gekommen. Jemand, der lederne Sandalen trug. Und er hatte Maria – Mirjam – von ihren Eltern fortgeholt.

Und dann hatte er sie zu der kalten Frau gebracht.

Rastlos stand Maria wieder auf und ging zu ihrem Taubenkäfig.

Tauben, Prinzessin. Und der Tempel in Jerusalem. Du bist Jüdin, meine Kleine, und es gibt keinen Grund, sich dafür zu schämen!

Maria griff nach dem Zipfel des Tuches. Wie konnten all diese Erinnerungen, die jetzt in immer schnellerer Folge über sie hereinbrachen, wahr sein? Konnte man gleichzeitig Jüdin und Christin sein?

Konnte man gleichzeitig Mirjam und Maria heißen? Was war das für eine verworrene Sache?

Maria spürte, wie ihr Kopf vor lauter verknoteten Gedanken anfing zu schmerzen. Mit einer matten Geste ließ sie das Tuch wieder los, ohne es zu entfernen.

Die Tauben gurrten in ihrem Käfig leise vor sich hin.

Nach Einbruch der Dunkelheit saß Richard in seinem Kontor und versuchte, sich auf das leere Blatt zu konzentrieren, das er vor sich liegen hatte. Vor einigen Wochen hatte er mit ersten Zeichenversuchen begonnen. Er hatte probiert, das, was er bei seinen früheren Forschungen gesehen hatte, auf das Papier zu bannen, so wie der junge Albrecht Dürer Dinge aufs Papier bannte, so dass man glauben konnte, man sähe sie leibhaftig vor sich. Doch Richard war ein stümperhafter Maler. Die Hände, die er schuf, sahen aus wie die knotigen Äste einer alten Weide, die Geflechte von Adern oder Muskeln, die er zu zeichnen versuchte, wirkten unbeholfen und falsch. Auch jetzt wieder.

Seufzend ließ Richard das Kohlestück sinken und rieb sich die Augen.

Nachdem Katharina sich von ihrem Weinkrampf erholt hatte, war sie auf dem Sofa in seinem Kontor eingeschlafen, als habe Hypnos selbst sie in seine Arme genommen. Richard hatte sie so bequem wie möglich gebettet, und es hatte ihn in einen seltsamen Erregungszustand versetzt, dass er dabei ihre Fußknöchel hatte berühren müssen. Jetzt lag sie hinter ihm, ihr Atem ging tief und nicht vollständig gleichmäßig, als träume sie schlecht.

Und er rang mit sich und den Gefühlen, die er für sie empfand.

Er stützte den Kopf in beide Hände und starrte gegen die Glastüren des Schreibtischaufsatzes. In einigen der kleinen runden Scheiben konnte er sich spiegeln. Vielfach und verzerrt sah er sich selbst, und er konzentrierte sich auf eine der Reflexionen, die ihn wegen einer Verunreinigung in dem dicken Glas mit einem Buckel auf der rechten Schulter zeigte. Er senkte den Blick auf seine misslungene Zeichnung. Was sollte das sein? Ein Auge? Es sah mehr aus wie eine Schweinsblase, die jemand aufgepustet hatte.

»Was denkst du?«

Katharinas Stimme ließ ihn aufblicken, doch er drehte sich nicht um. In einer der Scheiben, die ihn nicht spiegelten, suchte er nach ihrem Bild, aber das Sofa stand so, dass die runden Gläser es nicht einfingen.

»Ich weiß es nicht genau«, gab er zur Antwort. Dann erst wandte er sich um.

Katharina lag noch so, wie er sie gebettet hatte. Den Kopf gegen die Lehne des Möbels gestützt, die Füße an den Knöcheln über Kreuz. Richard konnte die Form ihrer Beine durch den Stoff ihres Kleides erkennen, das er züchtig bis zu ihren Füßen gezogen hatte.

»Danke«, sagte sie leise.

»Wofür?«

»Dafür, dass du diese Situation nicht ausgenutzt hast.«

Er biss sich auf die Innenseite seiner Wange, weil er mit diesem Gedanken tatsächlich gespielt hatte und sich jetzt schmutzig vorkam. Eine Bitte schoss ihm durch den Kopf, und beinahe hätte er sie ausgesprochen: *Heirate mich!*

Doch er brachte es nicht über die Lippen. Schweigend sah er Katharina an.

Sie tippte auf ihre eigene Schulter. »Tut es noch weh?«

»Nein«, sagte er, denn er wusste, dass sie die Narben meinte, die der Engelmörder ihm beigebracht hatte. Es war eine Lüge. Er litt noch oft unter Schmerzen, doch er war sich nicht ganz sicher, ob sie wirklich körperlich waren.

Katharina schwang die Füße auf den Boden und stand auf. Sie war ein bisschen wackelig auf den Beinen, doch sie kam zu Richard herüber und streckte die Hand nach ihm aus. »Darf ich?«

Er wusste nicht, was sie vorhatte, doch er nickte. Plötzlich war seine Kehle eng, und er bekam kaum noch Luft. Sie fasste nach der Schnürung an der Vorderseite seines Hemdes und löste sie so weit, dass sie ihm den Kragen über den Rücken nach hinten ziehen konnte. Auf diese Weise entblößte sie die Narbe über seinem rechten Schulterblatt.

Lange Zeit betrachtete sie sie und sagte gar nichts.

Richard spürte, wie sich eine Gänsehaut auf seinen Armen bildete.

Dann beugte Katharina sich vor. Sehr sanft setzte sie einen Kuss auf die Narbe.

Richard erschauderte unter der Berührung ihrer Lippen.

»Ich muss nach Hause und nach meiner Mutter sehen«, murmelte sie.

Er nickte beklommen. Dann stand er auf. »Bevor du gehst«, sagte er mit heiserer Stimme, »darf ich dir etwas beichten?«

Sie blickte zu ihm auf. Auch in ihren Augen konnte er sich spiegeln, und dort war seine Gestalt nicht verzerrt und buckelig, sondern nur unendlich winzig. Er stellte sich vor, dass er so winzig auch in Katharinas Herzen saß.

»Ich habe ein schlechtes Gewissen«, sagte er.

Katharina wartete geduldig.

»Weil ich froh bin.«

»Worüber?« Ihre Stimme klang belegt wie seine.

Richard rieb sich über die Augen. Ein winziger Kohlekrümel von seinen Fingern geriet ihm zwischen die Lider, und er spürte ein schwaches Brennen. Er blinzelte. Sollte er diesen Namen wirklich aussprechen? Er entschied sich, es zu tun. Katharina sollte Klarheit haben.

»Darüber, dass du Witwe bist.« Er schluckte. »Ich bin froh darüber, dass Egbert tot ist, Katharina.«

Es dunkelte bereits, als Lukas von Minden sich dem Burgberg näherte. Seine Hand krampfte sich um den Brief, der ihn hergeführt hatte, und er spürte, wie sein Herzschlag sich beschleunigte, als der mächtige Felsen vor ihm auftauchte, der unterhalb der Burgmauern lag und der als Treffpunkt dienen sollte.

An dem im Brief bezeichneten Punkt blieb er stehen. Er sah sich um.

Einige Bürger strebten ihren Häusern zu. Ein Gelehrter in der üblichen schwarzen Tracht der Studierten kam aus der Kaiserburg, die, wie Lukas seit dem vergangenen Abend wusste, 1427 von der Stadt dem Burggrafen Friedrich von Brandenburg abgekauft worden war.

Ein redseliger Kaufmann, den Lukas in dem Gasthaus kennengelernt hatte, in dem er nach seiner Ankunft am vergangenen Tag eingekehrt war, hatte ihm den ganzen Abend lang Geschichten über die Burg, über die dort ansässigen Grafen und besonders über den letzten von ihnen erzählt. Lukas war nun bestens im Bilde darüber, wie Friedrich mit seinem Bruder Johann an einem Feldzug gegen die Türken teilgenommen und welch enge Beziehung er zu Kaiser Sigmund gepflegt hatte. Die meiste Zeit hatte Lukas dem Redefluss des Mannes nur mit halbem Ohr zugehört, denn in Gedanken war er bei dem heutigen Treffen gewesen.

Er wollte sich gerade auf dem Rand des Felsens niederlassen, da ertönte hinter ihm eine vertraute, weiche Stimme.

»Lukas?«

Er wirbelte herum. Seine Blicke zuckten über die schlanke Gestalt, die vor ihm stand, die rotblonden Haare, die leuchtendblauen Augen. Das so schmerzlich vermisste, leicht schiefe Lächeln.

»Doktor Jacob!«, brach es aus Lukas heraus. Dann versagte ihm die Stimme.

»Ich bin es!« Der Mann trat näher. Das Tageslicht war inzwischen vollständig geschwunden, aber die Fackeln, die die Nürnberger überall an ihren Häuserfronten entzündeten, kaum dass die Sonne hinter den Horizont gesunken war, warfen einen flackernden Lichtschein auf den Felsen zu Füßen der Burg. Lukas' eigener und auch der Schatten des anderen wurden, zu grotesker Größe verzerrt, auf das von Wind und Wetter geglättete Gestein geworfen.

Lukas wusste nicht, was er sagen sollte. Er öffnete den Mund, schloss ihn wieder. Dann räusperte er sich. »Warum lebt Ihr?«, krächzte er endlich.

Der Doktor lachte leise.

Das Geräusch bereitete Lukas eine Gänsehaut, und kurz hegte er die Befürchtung, es mit einem Geist zu tun zu haben. Unwillkürlich wanderte seine Hand zu dem kleinen Silberkreuz, das er an einer Kette unter dem Hemd verborgen trug. »Ihr ... ich dachte, Ihr seid tot!«

Der Doktor bemerkte seinen hastigen Griff. Sein Lachen erstarb und machte einem ernsten und ein wenig traurigen Ausdruck Platz.

»Ich lebe. Der Hieb des Vaganten war weniger heftig, als damals alle glaubten!«

Seine Worte beschworen die Erinnerung an das Vergangene herauf.

Lukas sah sich, wie er mit dem Doktor durch einen Hohlweg ritt, der rechts und links von alten Buchen bestanden war. Dicht und düster ragten die Baumkronen über ihnen auf, und es schien, als wollte der wolkenverhangene Himmel, der an manchen Stellen durch die sattgrünen Blätter schimmerte, ihnen eine stumme Warnung zuraunen. Dann sah Lukas die Männer aus den Wipfeln fallen. Flink wie Katzen landeten sie auf dem Boden, direkt vor den beiden Pferden von Lukas und dem Doktor. Die Tiere scheuten. Lukas stürzte, doch der Doktor überwand seine Überraschung schnell genug, um das Gleichgewicht zu bewahren. Der Kampf, der daraufhin entbrannte, war nur eine verschwomme Mischung aus Keuchen, aus dumpfen Schmerzen und schrecklicher Angst, die abrupt abgeschnitten worden war, weil ein Hieb Lukas seitlich am Kopf traf und alles Empfinden auslöschte.

Als er wieder zu sich gekommen war, waren die Vaganten fort, ebenso die Pferde und sämtliches Gepäck, das Lukas und der Doktor mit sich geführt hatten. Der Doktor lag auf dem schlammigen Boden, denn inzwischen hatte es begonnen zu regnen. Kalt fielen die schweren Tropfen aus dem Laubdach der Bäume. Lukas robbte zu seinem Mentor hinüber, untersuchte ihn. Blut rann dem Doktor aus einer furchtbaren Kopfwunde, ergoss sich über sein rechtes geschlossenes Augenlid, wo es sich wie in einer Pfütze sammelte.

»Doktor!«, rief Lukas verzeifelt, aber er erhielt keine Antwort.

Er legte den Kopf auf des Doktors Brust und hörte erleichtert den schwachen Hall seines Herzens. Jetzt sah er auch, dass sich der Brustkorb des Mannes hob und senkte. Er war noch am Leben.

Lukas warf den Kopf in den Nacken und dankte Gott dafür.

Nachdem er einigermaßen zur Besinnung gekommen war, überlegte er fieberhaft, was er nun tun sollte. Er konnte den Doktor nicht allein in die nahegelegene Stadt Köln schaffen, dazu war er bei weitem nicht stark genug.

Also räusperte er die Kehle frei. Und begann, um Hilfe zu rufen …

Die Vergangenheit verschwamm in den Nebeln seiner Erinnerung.

Lukas schaute in das lächelnde Gesicht des Doktors. Irgendwo in einer der unzähligen Nürnberger Kirchen läutete eine Glocke. Sie hatte einen eiligen, atemlos klingenden Ton.

»Dein Vater hat mich gut gepflegt«, sagte der Doktor. »Ich bin nicht gestorben, auch wenn ich selbst lange Zeit sicher war, das ich es würde.«

Nachdem ein vorbeikommender Waldbauer Lukas' Rufe gehört hatte, hatte er Lukas geholfen, den verletzten Doktor nach Köln zu bringen. Hier lebte Lukas' Vater, der, genau wie der Doktor, der Zunft der Ärzte angehörte. Er hatte sich um die schwere Schädelverletzung gekümmert, aber er hatte wenig Hoffnung gehegt, dass es ihm gelingen würde, den Mann zu retten.

Jetzt nickte Lukas. »Ihr selbst habt mich nach Nürnberg geschickt, um Eurer Frau von Eurem Tod zu berichten«, erinnerte er sich. »Ich wollte nicht gehen, ich wollte mich an die Hoffnung klammern, dass Ihr überleben werdet. Aber Ihr ließt mich nicht.«

Der Doktor schob seinen ausladenden Hut ein wenig nach hinten. »Ich war sicher, dass ich sterben würde.« Ein schmales Lächeln erhellte seine Züge. »Dass dein Vater das Wunder vollbringen würde, mich zu retten, ahnte ich damals nicht.«

»Ihr habt überlebt!« Lukas schüttelte den Kopf. Tausend Fragen geisterten ihm durchs Hirn, und er wusste nicht, welche er davon zuerst stellen sollte. »Warum habt Ihr mich so lange im Ungewissen gelassen?«, fragte er endlich.

»Die Umstände.« Der Doktor streckte einen Arm aus, wie um Lukas' Schultern damit zu umfangen, doch der wich ein wenig zurück. Noch immer war er sich nicht ganz sicher, ob er einen leibhaftigen Menschen vor sich hatte oder doch eine Inkarnation des Teufels.

Der Doktor bemerkte seine Unsicherheit. »Es wird sich alles finden«, meinte er. »Wir werden Zeit haben zu reden, und dann werde ich dir alles erklären. Aber meinst du nicht, dass es besser ist, erst mal aus dieser elenden Kälte zu kommen?«

Lukas schluckte. Sein Blick suchte den des Doktors. Da war etwas in diesen blauen Augen, das ihm fremd vorkam. Er versuchte zu ergründen, was es war, aber er vermochte es nicht zu sagen. Seine Hand legte sich auf das Kreuz unter seinem Hemd. »Gut«, meinte er zögernd.

Da wies der Doktor in Richtung Burgstraße. »Ich habe ein Haus südlich der Pegnitz. Komm, da reden wir über alles.«

Das Haus war ein riesiges, herrschaftliches Gebäude, das offenbar schon seit längerem leerstand. Als der Doktor die Tür öffnete und sie eintraten, hüllte ein stechender Geruch Lukas ein. Er versuchte zu ergründen, wonach es roch. Er erkannte Staub und Schimmel und noch etwas anderes.

»Ich habe es selbst erst gestern erstanden«, entschuldigte der Doktor sich. »Es ist noch nicht hergerichtet, aber das wird es bald.« Er zündete eine Lampe an und hielt sie in die Höhe.

Ein langer düsterer Gang erstreckte sich vor Lukas in die Tiefe des Gebäudes hinein, den sie entlanggingen. Je weiter sie kamen, um so schlimmer wurde der Gestank.

Lukas verzog das Gesicht. »Wie haltet Ihr das aus?«

Der Doktor schaute ihn an. »Was meinst du?«

Lukas hatte den Ärmel seines Mantels zwischen die Finger gezogen und über die Nase gelegt. »Dieser Gestank! Es riecht, als würden hier irgendwo ein paar tote Ratten verwesen.«

»Oh.« Der Doktor blieb stehen. Er sah betroffen aus. »Wirklich?«

Verwundert sah Lukas ihn an. »Ihr müsst es doch riechen!«

Aber da zog der Doktor den Hut vom Kopf. Seine Haare waren länger als damals, bevor der Überfall passiert war. In unordentlichen Wellen hingen sie ihm um die hageren Wangen. Der Doktor hob eine Hand und schob die Strähnen fort. Er enthüllte dabei eine Art Narbe.

Lukas blieb die Spucke weg. »Herrgott!«, entfuhr es ihm.

Dicht unter dem Haaransatz, genau in der Mitte der Stirn, befand sich der Überrest der Verletzung, die die Vaganten dem Doktor beigebracht hatten. Es war eine flache Vertiefung im Fleisch, eine Delle, unter der die Knochen des Schädels wie zersplittert wirkten. Spontan musste Lukas an die weiche Stelle auf dem Scheitel von neugeborenen Kindern denken.

»Das ist das Geschenk, das die Kerle mir gemacht haben«, sagte der Doktor leise und ließ die Haare wieder an Ort und Stelle fallen. »Ich glaube, dadurch wurde mein Riechvermögen in Mitleidenschaft gezogen. In der letzten Zeit rieche ich von Tag zu Tag weniger.«

Lukas senkte den Kopf. Wegen seiner Hasenscharte war er es gewöhnt, dass die Leute ihn anstarrten, und so wusste er, wie es sich anfühlte, wenn im Gesicht des Gegenübers Schrecken über das Gesehene auftauchte. »Es tut mir leid!«, murmelte er.

Da lachte der Doktor. »Du kannst ja nichts dafür! Und es hat auch Vorteile, glaub mir!«

»Ich weiß nicht.« Lukas wand sich unbehaglich. »Die toten Ratten solltet Ihr schon entfernen lassen.«

»Ich bin froh, dass ich dich nach Nürnberg geholt habe«, meinte der Doktor. »Du kannst dich nicht nur um unsere gemeinsame Arbeit kümmern, sondern ein wenig auch um mich. Wirst du das?«

Lukas überhörte die Frage. »Unsere gemeinsame Arbeit?«, gab er zurück.

Inzwischen hatten sie das Ende des Ganges erreicht, und der Doktor stieß eine Tür auf. »Komm«, bat er. »Ich zeige dir, was ich damit meine.«

Obwohl es bereits spät war, erreichte Katharina das Henkershaus nur kurz nachdem Ludmilla es verlassen hatte. Jedenfalls behauptete Mechthild das. Katharina hatte das Gefühl, dass ihre Mutter das nur sagte, um ihr nicht schon wieder ein schlechtes Gewissen zu bereiten, und sie empfand einen Moment lang Zuneigung für sie. Dann jedoch überwog das schlechte Gewissen: Sie war fast den ganzen Tag lang fort gewesen, ohne auch nur einen Gedanken an Mechthild zu verschwenden.

Mühsam lächelte sie ihre Mutter an, und Mechthild musterte sie neugierig. »Du siehst so anders aus«, bemerkte sie. »Da ist ein Glanz in deinen Augen, den ich lange nicht gesehen habe.«

Katharina war nicht klar gewesen, welche Wirkung Richards Gegenwart auf sie gehabt hatte, bis sie diese Worte hörte. Ihre Mutter hatte offenbar recht: Es war wirklich an der Zeit, nach vorn zu sehen.

Katharina überlegte, ob sie Mechthild von Richard erzählen sollte, aber dann entschied sie sich dagegen. Sie würde das Wissen um ihn hüten wie einen kostbaren Schatz. Sie spürte, wie ein Lächeln ihre Mundwinkel nach oben zog.

»Ich war im Katharinenkloster«, meinte sie. »Die Priorin, erinnerst du dich? Sie hat mir heute morgen einen Vorschlag gemacht.« In knappen Worten schilderte Katharina ihrer Mutter, was Kunigunde gesagt hatte, und plötzlich wurde ihr bewusst, dass das Zusammentreffen mit Richard der ganzen Sache eine völlig neue Wendung gegeben hatte.

»Das ist doch wunderbar!«, rief Mechthild aus. »Dort könntest du heilen, wie du es dir so sehr wünschst!«

Der Gedanke, das Angebot der Priorin tatsächlich anzunehmen, war nach dem Zusammentreffen mit Richard so weit entfernt, dass Katharina ihn regelrecht aus den hintersten Winkeln ihres Kopfes hervorklauben musste. Sie dachte an den Kuss, den sie mit Richard getauscht hatte. An das Gespräch über Erkenntnisgewinn, das sie mit ihm geführt hatte. Wie sehr hatte sie beides genossen!

Und wie gut hatte es sich angefühlt, mit solcher Zärtlichkeit angesehen zu werden, wie er es getan hatte.

»Du solltest ihr Angebot annehmen«, drang Mechthilds Stimme in ihre Gedanken.

Katharina brauchte einen Moment, bis sie begriff, dass ihre Mutter von Kunigunde sprach.

Sie mahnte sich, mit beiden Beinen auf dem Boden zu bleiben. Kunigundes Angebot war ein Weg. Ein Weg, der ihr das Heilen wieder erlauben würde. Richard hingegen – wer wusste schon, welche Absichten er hegte?

Sie seufzte und beschloss, für eine Weile so zu tun, als spiele sie tatsächlich mit dem Gedanken, ins Kloster zu gehen. »Was wäre dann mit dir?« Sie setzte sich zu ihrer Mutter auf die Bettkante.

Mechthild rümpfte die Nase. »Ich habe schon ein paarmal mit Ludmilla darüber gesprochen, wie ich dir nicht länger zur Last fallen könnte.«

»Du fällst …«, wollte Katharina widersprechen, aber ihre Mutter legte ihr eine Hand auf den Unterarm und brachte sie damit zum Verstummen.

»Nicht nötig, eine Lüge auszusprechen, Kind! Wir haben uns seit langem voneinander entfernt, und wenn die Ereignisse vom August nicht passiert wären, wärst du heute nicht gezwungen, mit deiner kranken Mutter in diesem Loch hier zu hausen. Ich weiß, dass ich dir zur Last falle. Du bist kaum ein paar Minuten hier, schon verblasst das Leuchten in deinen Augen. Ich kann es sehen. Du möchtest Menschen helfen, aber ich gehöre nicht zu den Auserwählten, denen dein Herz gehört.«

Katharina dachte an Maria und die Selbstverständlichkeit, mit der sie sich ihr, einer Hure, zugewandt hatte. Es war so widersinnig: Sie hatte keinerlei Angst davor, sich den Unberührbaren zu widmen, den Ehrlosen und Aussätzigen. Aber wenn sie ihre Mutter ansah, verspürte sie diesen furchtbaren Widerwillen. Sie hatte keine Erklärung dafür. »Mutter, ich ...«

Mechthild nahm die Hand von Katharinas Arm und legte ihr die Finger auf den Mund. »Scht! Jetzt rede ich! Ich bin dir nicht böse, auch wenn es weh tut, diese Wahrheit auszusprechen. Ich habe mir immer gewünscht, dass das, was ich alles für dich getan habe, einmal Früchte trägt. Dass du mich, wenn schon nicht mit liebenden Augen, so doch wenigstens mit respektvollen ansehen kannst. Aber ich habe gelernt zu akzeptieren, dass ich vergebens hoffe. Ludmilla versucht, mir einen Platz im Heilig-Geist-Spital zu besorgen. Ich überlege ernsthaft, dort einzuziehen. Und dein Eintritt ins Kloster wird mir die Tür dort bestimmt ein bisschen weiter öffnen.«

Die Worte ihrer Mutter brannten in Katharinas Seele, weil sie so wahr und so grausam waren. Katharina musste schlucken, bevor sie etwas sagen konnte, und das Einzige, was ihr einfiel, war: »Wie willst du das Wohnungsgeld aufbringen?« Sie hasste sich dafür, besonders, als sie die Traurigkeit sah, mit der Mechthild auf diese Worte reagierte.

Das Heilig-Geist-Spital war eine Stiftung reicher Nürnberger Bürger, die mittellosen älteren Leuten ein Dach über dem Kopf geben sollte. Doch die Zuteilung der kostenlosen Plätze war strikt geregelt, und wenn man das strenge Auswahlverfahren beschleunigen wollte, musste man sich mit einem Geldbetrag einkaufen. Dieser Betrag war zwar nur gering, aber Mechthild besaß keinen einzigen Heller. Katharina dachte an die Geldbörse unter ihrer Matratze. Dort bewahrte sie die Münzen auf, die sie vor dem August von ihren Patientinnen erhalten hatte. Viel war von ihnen nicht mehr übrig, und auf keinen Fall reichte es für das Wohnungsgeld.

»Ich kann zwar nicht laufen«, antwortete Mechthild. »Aber ich kann sitzen. Also werde ich spinnen. Ludmilla meinte sogar, vielleicht gibt es eine Möglichkeit, mich in der Küche nützlich zu machen. Gemüse putzen kann man ebenfalls im Sitzen!«

Katharina wiegte den Kopf. »Ich weiß nicht.« Die Vorstellung, dass ihre Mutter im Heilig-Geist-Spital hockte und für ihren Lebensunterhalt sponn, bis ihre Finger bluteten, war ihr erstaunlich zuwider, auch wenn ihr Herz zu klopfen begann allein bei dem Gedanken, dass sie sich dann nicht mehr um sie kümmern musste.

»Einerlei, was du denkst!«, fuhr Mechthild auf. »Wir müssen uns ein bisschen beeilen mit der Entscheidung. Danke Gott für die glückliche Fügung mit dem Angebot der Priorin!«

Katharina war nicht ganz klar, was sie meinte, und fragend schaute sie ihre Mutter an.

»Ich meine, dass wir in zwei Wochen aus dem Henkershaus ausziehen müssen«, erklärte Mechthild. »Vorhin waren zwei Büttel mit einer Nachricht vom Stadtrat da. Ludmilla hat aufgemacht. Sie lassen uns ausrichten, dass in zwei Wochen der neue Henker seinen Dienst beginnt und dass dann das Haus gebraucht wird.«

Katharina legte den Kopf in den Nacken und schloss für einen Moment die Augen. In zwei Wochen bereits würden sie auf der Straße sitzen. Sie hatte gehofft, noch ein wenig länger Frist zu haben. Sie fühlte, wie die Zukunftsangst ein leichtes Schwindelgefühl hervorrief. Und dann regte sich ihr Ärger. Hatte sie denn eigentlich noch nicht genug Sorgen am Hals?

Gerade, als sie anfing, sich in Selbstmitleid zu suhlen, klopfte es unten an der Haustür. Inzwischen war die Nacht vorangeschritten, und Katharina wunderte sich, wer um diese Zeit noch etwas von ihr wollte. Die letzten Minuten hatten sie und Mechthild schweigend dagesessen, und nur die Fackeln drüben am Fleischhaus hatten einen schwachen Schein zu den Fenstern hineingeworfen, in dem man Umrisse von Möbeln und Türen erkennen konnte.

»Ich gehe öffnen«, sagte sie ihrer Mutter, erhob sich von deren Bett und zündete am Ofenfeuer eine Talglampe an, die sie mit nach unten nahm. Vorsichtig öffnete sie die Tür und spähte hinaus. Maria stand unter dem hölzernen Dach des Henkerssteges, der vom Fleischhaus bis vor die Haustür führte, und sie hielt sich mit einer Hand krampfhaft am Brückengeländer fest. Ihre Lider wirkten im Licht von Katharinas Lampe gerötet, als habe sie wieder geweint. Dunkle Schatten lagen unter ihren Augen, die von großer Erschöpfung kündeten.

»Maria!«, sagte Katharina. »Was ist geschehen?«

Da holte Maria tief Luft. Es klang wie das Schluchzen eines kleinen Kindes, ein zitterndes Atemholen, das von Angst und Verzweiflung sprach. Und auch ihre Stimme war kindlich, als sie sagte: »Die Erinnerungen! Sie kehren jetzt alle wieder!« Sie presste die Hände auf den Magen, als sei ihr schlecht, aber sie würgte nicht, sondern beugte sich nur vor, ohne dabei das Geländer loszulassen. Dann richtete sie sich wieder auf. Blickte Katharina ins Gesicht und flüsterte: »Aber ich weiß nicht, ob es Erinnerungen sind! Ich weiß es einfach nicht. Vielleicht bin ich ja auch besessen!«

Besessen!

Das Wort war Katharina nur zu vertraut und auch die Angst davor, es zu sein. Sie trieb all ihre eigenen bösen Erinnerungen zurück in den hintersten Winkel ihres Geistes. Dann öffnete sie die Tür weit.

»Kommt erst einmal herein!«, bat sie Maria.

Die zögerte. Ihr war offenbar nur zu bewusst, wer in diesem Haus gewohnt hatte, und mit einem unsicheren Gesichtsausdruck machte sie einen Schritt vorwärts.

»Der Henker lebt nicht mehr«, erinnerte Katharina sie. Bertram Augspurgers Tod war einige Tage lang in aller Munde gewesen – neben all den anderen schrecklichen Verlusten, die Nürnberg im August zur Zeit des Großen Wahnsinns erlitten hatte.

»Ich weiß.« Dennoch wirkte Maria angespannt und voller Unbehagen, als sie über die Schwelle trat.

Katharina schloss die Tür hinter ihr, und sie verriegelte sie sorgfältig, nicht, weil sie Angst vor einem nächtlichen Überfall hatte, sondern weil sie einen Augenblick brauchte, um ihre Gedanken unter Kontrolle zu halten. Es erstaunte sie, dass Maria, die als Hübschlerin selbst zu den Ehrlosen gehörte, so offensichtliche Angst davor hatte, die Wohnung eines ebensolchen zu betreten.

Doch dann erinnerte Katharina sich an ihre eigenen Ängste aus der Zeit, als sie selbst noch geglaubt hatte, besessen zu sein. Sie erinnerte sich daran, wie ihr Vater ihr genau diese Ängste wieder und wieder mit dem Gürtel eingebläut hatte. Damals hatte auch sie Gespenster in jeder Ecke und in jedem Winkel gesehen. Marias Verhalten war gar nicht so widersprüchlich, wie sie zunächst gedacht hatte.

»Bitte.« Katharina wies die schmale Treppe hinauf und ging hinter Maria hoch in ihre Kammer. »Es ist eine Freundin, Mutter!«, rief sie nach hinten. »Wir haben etwas zu besprechen.« Und sie schloss die Tür zwischen den beiden Räumen, bevor Mechthild mehr als einen kurzen Blick auf den Gast werfen konnte.

Maria drehte sich einmal im Kreis, um den Anblick in sich aufzunehmen. An dem Schrank in der Ecke blieb ihr Blick hängen, und Katharina konnte das Schaudern sehen, das sie zu unterdrücken suchte. Sie wusste, was Maria dachte. Sie selbst hatte es ebenfalls gedacht, als sie zum ersten Mal in diesem Raum gewesen war.

»Es ist nicht mehr da«, sagte sie sanft. »Es gehörte nicht meinem Stiefvater, sondern dem Rat. Und der ließ es abholen, als Augspurger starb.«

Maria nickte und wirkte dabei sehr erleichtert. Die Rede war von dem Henkersschwert. In Nürnberg ging die Legende, dass es in seinem Schrank im Henkershaus anfing zu poltern, sobald jemand die Stube betrat, dem der nahe Tod bevorstand. »Die frommen Frauen haben uns gern Angst mit dem Schwert gemacht, wenn wir nicht artig waren«, erzählte Maria. »Besonders Heini, einer der Jungen, hatte oft Alpträume davon, aber trotzdem hat er immer wieder mitgemacht, wenn wir Kopfschlagen gespielt haben.«

Kopfschlagen, das wusste Katharina noch aus ihrer eigenen Kindheit, war ein recht makabres Spiel, bei dem ein dicker Ast das Henkersschwert darstellte und ein Abzählreim denjenigen aus der Runde bestimmte, der dazu ausersehen war, geköpft zu werden. Sie blickte sich um, dann zog sie einen Schemel unter dem Fenster hervor, bot ihn Maria an und setzte sich selbst auf die Kante ihres Bettes. »Jetzt erzählt! Was treibt Euch zu mir?«

Maria seufzte. »Ich sagte Euch bereits, dass ich beginne, mich an meine Vergangenheit zu erinnern.«

Katharina nickte. Aus Erfahrung wusste sie, dass es in einer solchen Situation besser war, nichts zu sagen. Die Stille zwischen ihr und Maria würde irgendwann groß genug werden, um die Worte aus Maria hervorzubringen.

Es dauerte nicht lange, bis das geschah.

»Ich glaube jetzt zu wissen, was vor meinem fünften Lebensjahr geschehen ist. Jedenfalls zum Teil.«

Katharina setzte sich ein wenig anders hin und schwieg weiter.

»Meine Eltern …« Maria seufzte, als sie das sagte. »Es scheint, als seien sie Juden gewesen. Ich glaube, dass ich eigentlich Mirjam heiße.«

Mirjam. Katharina ließ diesen Namen auf sich wirken. »Ein schöner Name.«

Maria zuckte die Achseln. »Bleiben wir vorerst bei Maria. Das ist einfacher. Ich erinnere mich an Momente mit meinem Vater. Er hat mir vom Tempel in Jerusalem erzählt und von anderen Dingen, an die Juden glauben. Ich weiß nicht genau, ob es wirklich mein Vater ist, der mit mir spricht, aber es fühlt sich so an. Ich weiß, dass ich ihn sehr lieb gehabt habe.« Sie hielt inne, versenkte sich für einen Augenblick in ihren Erinnerungen. Dann hob sie den Blick und richtete ihn auf einen Punkt hinter Katharinas Schulter. »Aber dann muss irgendetwas passiert sein. Ich erinnere mich an das Geräusch von ledernen Sohlen auf der Treppe. Sie haben mich fortgeholt von zu Hause, und ich glaube, dass sie mich zu einer Frau gebracht haben, die Christin war. Auch an sie erinnere ich mich nur bruchstückhaft. Sie war sehr brutal, ich weiß, dass sie mich häufig geschlagen hat.« Maria blinzelte. »Und noch heute höre ich ihre keifende Stimme. *Du bist Christin, keine dreckige Jüdin!*« Den letzten Satz sprach sie mit verstellter Stimme, und so viel Wut und Irrsinn klangen aus ihren Worten, dass Katharina schauderte. »Aber das kann nicht sein, oder? Wie kann jemand gleichzeitig Jüdin und Christin sein?« Sie rieb sich über die Augen. »Ich verstehe das alles nicht!«

»Ihr habt gesagt, dass Ihr in einem Findelhaus von frommen Frauen aufgewachsen seid«, hakte Katharina vorsichtig nach. »Dort, wo Ihr Dagmar getroffen habt.«

»Das stimmt auch. Der Moment, in dem die keifende Frau mich dort abgeliefert hat, war lange Zeit das Erste, an das ich mich überhaupt erinnern konnte. Alles, was ich Euch eben erzählt habe, liegt vor diesem Tag. Irgendetwas muss passiert sein, dass die Frau mit der keifenden Stimme mich nicht mehr haben wollte und in das Haus brachte.« Maria schlang die Arme um den Leib und beugte sich vor, als habe sie Krämpfe. »Warum werde ich gestraft?«, murmelte sie. »Was habe ich getan, dass Adon… Gott mir erst das Gedächtnis raubt und mich jetzt mit diesen ganzen Stimmen quält? Welche Sünde habe ich begangen, die groß genug ist, um mich mit Vergessen zu schlagen, sagt mir das!«

Katharina war nicht entgangen, dass Maria fast die jüdische Bezeichnung für Gott ausgesprochen hätte und sich gerade noch rechtzeitig verbessert hatte. Es kam ihr vor, als schlügen zwei Seelen in Marias Brust, und sie hatte keine Ahnung, wie es dazu gekommen sein mochte. *Was für ein grausames Spiel spielte Gott mit dieser armen Frau?* Dieser Gedanke war plötzlich da, und er wurde gefolgt von einem ganz anderen, einem sehr beunruhigenden: *Was, wenn es Gott gar nicht brauchte, um diese Frau zu quälen?* Menschliche Handlungen in all ihrer Grausamkeit reichten vollends aus, um jemanden in den Wahnsinn zu treiben, das wusste sie aus eigener Erfahrung.

»Ich bin kein Priester«, sagte Katharina leise. »Aber ich bin ganz sicher, dass nicht jede Gemütskrankheit eine Strafe Gottes ist.« War sie das wirklich? Sie hatte sich mit großem Aufwand gezwungen, das zu glauben, um ihre eigene *melancholia* aushalten zu können.

Plötzlich empfand sie eine tiefe Verbundenheit mit dieser Hure, die unter ähnlichen Problemen litt wie sie selbst.

Maria krümmte sich und umklammerte den Kopf, als stürme eine neue Erinnerung auf sie ein. Ein leises Röcheln entrang sich ihrer Kehle. »Juden sind auf alle Ewigkeit verdammt!«, flüsterte sie mit verstellter, schriller Stimme, und wieder richteten sich an Katharinas Körper die Haare auf. »Weil sie unseren Herrn Jesus Christus ermordet haben.« Sie verstummte, wiegte sich vor und zurück wie ein kleines Kind. Dann sprach sie weiter, die Stimme immer noch hoch und schrill: »Du solltest dankbar sein, dass wir dich durch die Taufe vor der Verdammnis errettet haben, du undankbares Gör! Also hör endlich auf zu flennen und verbanne diese unseligen Gedanken aus deinem Kopf!« Sie wiegte sich schneller und schneller, bis Katharina es nicht mehr mit ansehen konnte. Bis sie von der Bettkante aufsprang, zu Maria hinüberging, sich vor ihr niederkniete und sie an sich zog.

Marias Körper war steif wie ein Brett, ihre Augen hatten sich nach hinten gekehrt, so dass unter den halb herabgesunkenen Lidern nur noch Weiß zu sehen war. Es war ein unheimlicher Anblick.

Und dann, so übergangslos, wie Maria angefangen hatte zu schaukeln und zu phantasieren, hörte sie wieder damit auf. Es war, als wache sie aus einem bösen Traum auf. Sie hielt mitten in der Bewegung inne, verharrte einen Moment lang regungslos in Katharinas Armen und machte sich dann daraus frei, indem sie den Oberkörper nach hinten bog.

Katharina ließ sie los und wich auf den Knien ein Stück zurück, um Maria ins Gesicht sehen zu können. Die Hure war bleich, aber ihre Augen hatten sich wieder nach vorn gekehrt. »Ich möchte beichten gehen!«, hauchte sie.

Katharina dachte an ihre eigenen Erfahrungen mit der Beichte. Seitdem der Priester sie einmal mit hasserfüllter Stimme abgekanzelt und ihr die Absolution verweigert hatte, war sie nie wieder in einer Kirche gewesen. Gegen ihre *melancholia* hatte die Beichte ohnehin nie geholfen, und dementsprechend zweifelte Katharina jetzt auch, ob sie Maria gegen ihre Ängste würde helfen können.

»Ich möchte beichten«, murmelte Maria ein weiteres Mal.

Und da fasste Katharina einen Entschluss. Wenn sie schon das Bedürfnis hatte, sich einem Priester anzuvertrauen, dann sollte es vielleicht einer sein, der sich selbst mit inneren Dämonen auskannte.

»Kennt Ihr Bruder Johnnes?«, fragte sie darum.

Maria schüttelte den Kopf.

»Ich weiß, dass er regelmäßig in der Katharinenkirche die Beichte abnimmt. Vielleicht solltet Ihr ihn aufsuchen. Soweit ich weiß, ist er morgen Abend dort. Er ist ein verständiger, guter Mann.«

Maria schniefte, und ganz kurz schien wieder das kleine Kind durch die Maske der erwachsenen Frau hindurch. »Ich habe Angst«, gestand sie.

Katharina war nicht klar, wovor genau sie Angst hatte, aber das war auch völlig unwichtig. »Ich weiß«, sagte sie leise. »Geht zur Beichte! Ihr erkennt Bruder Johannes an seinen Haaren. Sie sind schütter und stehen ihm immer ein bisschen unordentlich um die Ohren herum ab.«

»Könnt Ihr nicht mitkommen?«

Diese Bitte weckte in Katharina eine sofortige Abwehr. Sie wollte keinen Fuß mehr in einen Beichtstuhl setzen, dachte sie, und gleich darauf und nur ganz zaghaft war da ein anderer Gedanke, weit hinten in ihrem Geist.

Und du spielst allen Ernstes mit dem Gedanken, ins Kloster zu gehen?

Doch sie schob diese boshafte Stimme zur Seite und konzentrierte sich auf Maria, deren Blick jetzt voller Hoffnung auf ihr ruhte.

Sie spürte das Seufzen, bevor es durch ihre Kehle in die Höhe stieg. »Also gut«, willigte sie ein und fragte sich, was zum Teufel sie hier eigentlich tat. Es ist für Heinrich, redete sie sich ein. Um seinen Mörder finden zu können. Doch in ihrem Innersten wusste sie, dass das nur ein Teil der Wahrheit war. Tatsächlich hoffte sie, ihre eigenen Dämonen dadurch zu bekämpfen, dass sie Maria gegen die ihren half. »Wenn Ihr wollt, können wir uns morgen dort treffen.«

Maria wischte sich mit dem Handrücken über die Nase und nickte. Schon wieder schwammen ihre Augen in Tränen, doch diesmal schluckte sie sie herunter. Dann stand sie auf. »Ich weiß gar nicht, womit ich Eure Hilfe verdient habe«, murmelte sie. »Ich kenne nicht einmal Euren Namen.«

»Katharina«, sagte Katharina.

Ein schwaches, sehr trauriges Lächeln glitt über Marias Gesicht. »Katharina. Du hast eine mächtige und kluge Schutzheilige, weißt du das?«

Offenbar war die Nennung ihres Vornamens Grund genug gewesen, dass Maria zum vertrauten Du überging. Katharina versuchte zu ergründen, ob sie das störte, aber das tat es nicht. Heinrich hatte sie geduzt. Warum nicht auch Maria?

Die Hure wandte sich der Tür zu. »Dann sehen wir uns morgen in der Kirche?«

Katharina nickte, und wieder lächelte Maria. »Du bist eine wahrhaftig heiligmäßige Frau, weißt du das?« Mit diesen Worten ging sie, und sie ließ Katharina nachdenklich und voller Selbstzweifel zurück.

Die Arbeit des Tages war anstrengend und nervenzehrend gewesen, und so war Gernot Silberschläger froh, als er bei Einbruch der Dunkelheit endlich in sein Heim zurückkehren konnte, wo ihn Richhild, seine Gattin, mit einem zärtlichen Lächeln empfing und ihm Mantel und Hut abnahm.

Richhild hatte vor langem schon begriffen, dass er nicht gern redete, wenn er aus dem Rathaus heimkehrte. So folgte sie ihm schweigend in die Wohnstube, wo bereits ein Glas Branntwein für ihn eingeschenkt auf dem reich verzierten italienischen Tischchen stand, das ihm seine Schwiegereltern zum Hochzeitstag geschenkt hatten.

Er nahm das Glas, trank einen tiefen Schluck und ließ sich mit einem wohligen Seufzen in seinen Lieblingslehnsessel fallen. Den Kopf gegen die Rückenlehne gestützt, schloss er die Augen und gestattete sich einen Moment der Entspannung.

Als er die Augen wieder öffnete, saß Richhild auf ihrem Platz und hatte eine Stickerei zur Hand genommen. Seit ein paar Tagen arbeitete sie an dem Bildnis eines fuchsroten Jagdhundes, der eine tote Stockente im Maul trug. Die Augen des Hundes und ein Teil seiner Schnauze waren bereits fertig, und sie wirkten so lebendig, dass Silberschläger zum wiederholten Male dachte, eigentlich könne Richhild ihre Kunstfertigkeit auch nutzen, um ihnen ein kleines Zubrot zu verdienen.

Natürlich sagte er ihr nichts von diesen Gedanken.

Um nichts in der Welt würde er seiner Frau gegenüber zugeben, dass sie in Geldnot waren. Die Ausgaben, die nötig gewesen waren, um ihn zum Bürgermeister zu machen, die unzähligen Abendeinladungen der wichtigsten Nürnberger Bürger und die heimlich getätigten, aber üblichen kleinen und größeren Geschenke hatten ihn nahe an den Rand des Ruins getrieben. Dazu kamen noch die Zinsen, die der Geldverleiher dafür verlangte, dass er auf die Rückzahlung des beträchtlichen Darlehens geduldig wartete.

Silberschläger seufzte, als er an all diese Dinge dachte, und er konzentrierte sich darauf, wie er sich diese Schulden bald vom Hals schaffen würde. Soweit Eberlein ihm berichtet und soweit er selbst es bei einem Spaziergang durch Nürnberg erkundet hatte, hatte der Leichenfund im Sebaldusgrab die Bürger in Unruhe versetzt.

Gut so!

Silberschläger nahm noch einen Schluck Branntwein. Es war teure Ware, aus Paris geliefert von einem Händler, der mit dem Bürgermeister befreundet war und der ihm den fälligen Betrag dafür stets anschrieb. Der Mann hoffte, dass der Bürgermeister sich über kurz oder lang für ihn beim Stadtrat einsetzen und dafür sorgen würde, dass er die Erlaubnis bekam, ein brachliegendes Grundstück zu bebauen, das ihm gehörte. Dummerweise führte die Lochwasserleitung genau unter diesem Grundstück entlang, und das war für den Stadtrat Grund genug, die Baugenehmigung niemals zu erteilen. Doch das wusste der Weinhändler nicht, und Silberschläger dachte nicht daran, es ihm zu verraten. Er hatte keine Lust, in Zukunft billigen Nürnberger Fusel zu trinken.

Ein leichtes Lächeln glitt über Silberschlägers Züge. Er fand zunehmend Gefallen an all den Intrigen, die er spann.

»Du scheinst zufrieden mit dem heutigen Tag zu sein«, sagte Richhild, ohne den Blick von ihrer Stickerei zu heben. Manchmal fragte Silberschläger sich, ob sie seine Gefühle auf irgendeine zauberische Weise spüren konnte. Sie schien stets genau zu wissen, was er dachte.

Aber natürlich war der Gedanke an Zauberei in seinem Haus völlig abwegig!

Seine Richhild war eine fromme, gottesfürchtige Frau, die jeden Tag einmal zur Messe ging, die nur an hohen Feiertagen Fleisch zu sich nahm und die den Armen spendete, wo sie nur konnte. Wobei Silberschläger auf letztere Ausprägung ihrer Frömmigkeit nur allzugern verzichtet hätte.

»Es sind ein paar gute Dinge passiert«, antwortete er ihr.

Sie fragte nicht nach. Sie fragte nie nach, und das war ein weiterer Punkt, den Silberschläger an ihr so schätzte. Bei Gott und allen Heiligen, er hatte wirklich Glück gehabt mit dieser Frau!

Er sah Richhild an und lächelte ihr zu.

Sie hob kurz den Blick, lächelte zurück. Sie hatte ein kleines herzförmiges Gesicht, in dem die Nase ein wenig zu lang war und die Lippen ein wenig zu schmal. Aber ihr Haar fiel ihr in vollen hellblonden Locken in die Stirn, und wenn sie es bürstete, erinnerte sie Silberschläger immer ein bisschen an die Statue der Heiligen Jungfrau in der Lorenzkirche, die er ab und an besuchte.

In Richhilds Augen lag jene Hingabe und Dankbarkeit, die er so zu schätzen gelernt hatte.

Sie hatte allen Grund, dankbar zu sein!

Das Lächeln auf seinen Zügen verblasste, und er versuchte, es festzuhalten. Es gelang ihm nicht. Er spürte, wie sich in seiner Brust ein Knoten aus Missmut und Anspannung bildete, der durch Richhilds bloßen Anblick stärker und stärker wurde.

Aus diesem Grund war er froh, als Greta, die Dienstmagd, an die Tür klopfte und schüchtern ihren Kopf ins Zimmer steckte. »Da ist eine … Frau«, meldete sie. »An der Hintertür. Sie will den Herrn sehen.«

Richhild war in Begriff aufzustehen, aber Silberschläger kam ihr zuvor. Bevor sie ihre Stickerei zur Seite gelegt hatte, stand er bereits, beugte sich über seine Frau und gab ihr einen Kuss auf den Scheitel. Ihre Haare rochen nach Mandelöl, das er so sehr liebte, doch selbst das vermochte nicht, den Knoten in seinem Innersten zu lösen. »Lass ruhig! Ich gehe nachsehen. Vielleicht nur eine fahrende Händlerin, die uns irgendwelche Bürsten anbieten will.«

»Wenn es so ist«, sagte Richhild und nahm ihre Nadel wieder zur Hand, »dann wimmele sie ab. Wir haben genug Bürsten.«

»Mache ich.« Silberschläger folgte Greta über den Flur und zur Hintertür, die direkt neben dem Treppenabgang zur Küche auf einen kleinen Hof führte.

Die Frau, die Greta angekündigt hatte, war keine fahrende Händlerin.

Silberschläger kniff missbilligend die Augen zusammen, als er ihren ausladenden, mit gelben Flicken versehenen Rock sah. »Was suchst du denn hier?«, herrschte er die Frau an. »Ich habe dir doch verboten hierherzukommen! Das ist mein Privathaus, du dumme Gans!« Er warf einen Blick über die Schulter zurück, doch zu seiner Erleichterung hatte Greta sich bereits davongestohlen. Er unterdrückte ein Seufzen. Jetzt würde er die Kleine entlassen müssen, und das, obwohl es ihm bisher nicht gelungen war, mehr als eine Hand unter ihren Rock zu bekommen. Aber es war undenkbar, sie noch länger im Haus zu behalten, jetzt, da sie gesehen hatte, welchen Umgang er pflegte.

Wütend starrte er die Hure auf seiner Hintertreppe an.

Die starrte gleichmütig zurück. »Es ist wichtig«, sagte sie. »So wahr ich Sibilla heiße.«

»So rede schon!«

Silberschläger hatte Sibilla über den Flur zu seinem Privatkontor geführt und dabei sorgfältig darauf geachtet, dass weder Greta noch Richhild bemerkten, wen er da in sein Allerheiligstes ließ.

Jetzt stand er breitbeinig und mit vor der Brust verschränkten Armen mitten im Raum und hatte das Kinn herausfordernd vorgereckt.

Sibilla schien es nicht eilig zu haben. Sie schaute sich in aller Ruhe um, besah sich die Möbel und die Bücher, die in einem Regal neben der Tür standen. Dann erst heftete sie den Blick auf Silberschläger. »Ihr wolltet informiert werden, wenn es in meinem Viertel Anzeichen für Leichenzauberei gibt.«

Schlagartig vergaß Silberschläger seinen Unmut darüber, dass Sibilla es gewagt hatte, ihn zu Hause aufzusuchen. »Und?«

Sie lächelte knapp. »Es gab welche.«

»Herrgott noch mal!«, rief Silberschläger aus und warf die Arme in die Luft. »Nun rede endlich, Weib!«

Da setzte sich Sibilla auf einen der lederbezogenen Stühle, die Silberschläger Geschäftspartnern anbot, wenn sie zu ihm kamen. »Heute Vormittag wurde ich in die *Krumme Diele* gerufen, um mir ein totes Kind anzusehen. Es war ein Engelchen.« Sie hielt Daumen und Zeigefinger ein knappes Stück voneinander entfernt, um anzuzeigen, wie klein das Kind noch gewesen war.

Silberschläger schluckte. Er kannte den Ausdruck »Engelchen«, mit dem Weiber wie Sibilla ein ungeborenes, totes Kind bezeichneten. Voller Unbehagen spürte er den Blick der Hure auf sich ruhen.

Natürlich erinnerte sie sich noch ebenso gut wie er, warum er so gut über Engelchen Bescheid wusste. Das Lächeln auf ihren Zügen vertiefte sich, und Silberschläger verspürte das Bedürfnis, es ihr mit der flachen Hand aus dem Gesicht zu wischen.

Mühsam nur beherrschte er sich. »Und?«, fragte er.

»Nun, der Mann, der mir dieses Kindchen gezeigt hat«, fuhr sie mit samtweicher Stimme fort. »Ich glaube, ich kenne ihn.« Sie hielt ihre Hände rechts und links neben ihre Schlüsselbeine. »So lange, hellbraune Haare, gelockt. Einen sorgfältig gestutzten Bart. Und Augen, die, hm, sagen wir, unheimlich sind. So brennend.«

»Richard Sterner!«, entfuhr es Silberschläger.

Sibilla nickte. »Hm. Wenn es nur ein gewöhnliches Engelchen gewesen wäre«, sagte sie, »hätte ich den Mund gehalten, aber in Zusammenhang mit diesem Sterner … Stand er nicht schon einmal in Verdacht, mit Leichenteilen Zauberei betrieben zu haben?«

»Nicht wirklich. Die Leute munkeln nur.« In Silberschlägers Kopf überschlugen sich die Gedanken.

Eberlein hatte sich noch nicht wieder gemeldet und ihm neue Erkenntnisse über Richard Sterner mitgeteilt. Aber hier bot sich ihm plötzlich das nötige Wissen, seinen Plan in die Tat umzusetzen, aus einer ganz anderen Richtung. Das war das Detail, das er noch brauchte, um diesem Sterner den Mord in der Türmerstube anzuhängen.

Er spürte, wie sich kribbelnde Freude in ihm breitmachte. »Ich danke dir für deine Auskunft«, sagte er zu Sibilla.

Sie nickte. Dann streckte sie den Arm aus und hielt in einer unzweideutigen Geste die Hand auf.

Silberschläger seufzte, doch er ging zu einer Truhe, die er unter dem Fenster stehen hatte, und schloss sie auf. Aus einem Samtbeutel, der auf einer Reihe von Papieren lag, entnahm er eine Münze, die er Sibylle gab.

Die blickte missmutig darauf. »Ihr wart auch schon mal großzügiger!«, murrte sie.

»Hüte deine Zunge, Weib!«, zischte er sie an. »Denk daran, dass ich weiß, womit du dein Geld verdienst!«

Spöttisch hob Sibilla den Blick von der Münze und senkte ihn in Silberschlägers Augen. »Wie geht es eigentlich Eurer Frau?«, fragte sie herausfordernd.

Silberschläger unterdrückte einen Fluch.

»Geh jetzt!«, meinte er, sehr viel sanfter als noch eben.

Und Sibilla nickte gelassen. »Grüßt sie von mir«, sagte sie, bevor sie sich umwandte und das Kontor verließ.

Nur wenige Minuten später verließ Silberschläger den Raum ebenfalls und griff nach Hut und Mantel.

»Wo willst du denn so spät noch hin?«, fragte Richhild. Sie hatte ihre Stickerei fortgelegt und saß da, die Hände im Schoß gefaltet, das perfekte Abbild einer gottesfürchtigen, züchtigen Frau.

Silberschläger hätte beinahe laut aufgelacht.

Er beherrschte sich mühsam. Seine Stimme klang etwas gepresst, als er meinte: »Ich muss noch mal weg.«

Zu seinem Glück fragte Richhild nie nach.

Nachdem Katharina ihn verlassen hatte und zu ihrer Mutter zurückgekehrt war, öffnete Richard das Fenster in seinem Kontor und starrte auf die dunkle Tuchgasse hinaus. Der Weg, der vor seinem Haus entlangführte, mündete ein Stück weiter links in einen kleineren Platz, dessen hauptsächlicher Zweck es war, einen Brunnen zu beherbergen, aus dem sich die Bewohner der umliegenden Häuser und Straßenzüge mit Wasser versorgten.

Wie an vielen Stellen in der Stadt brannten auch bei diesem Brunnen Fackeln in langen, eisernen Haltern, die man mit wuchtigen Hammerschlägen zwischen die Pflastersteine getrieben hatte.

Die Wache konnte Richard von seinem Fenster aus nicht sehen, aber er wusste, dass dort, wo die Fackeln brannten, auch zwei Männer nicht weit waren, deren Hände um ihren Schwertgriff lagen.

Während Richard seinem eigenen Atem zusah, der weiß vor seinem Gesicht in die Höhe stieg, dachte er über Katharina nach. Er hatte das Zusammensein mit ihr genossen, wie er selten zuvor in seinem Leben etwas genossen hatte. Da war zum einen der Kuss, der noch immer auf seinen Lippen brannte. Aber auch das Gespräch, das sie geführt hatten, ging ihm nicht aus dem Kopf. Es hatte ihm gezeigt, dass Katharina ihm nicht nur eine liebende Frau sein könnte, sondern darüber hinaus eine wahre Gefährtin, ihm geistig ebenbürtig und kritisch im Hinterfragen seiner eigenen Gedanken. Er ertappte sich dabei, dass er sich ausmalte, wie es sein mochte, morgens neben ihr aufzuwachen und sie ansehen zu können, während sie noch schlief. Und dann wandelten sich seine Tagträume, wurden hitziger, und er dachte nicht mehr an Katharinas Geist, sondern an ihren schlanken Leib und ihre Brüste. Mit einem tiefen Gefühl von Scham versuchte er diese Bilder aus seinem Kopf zu verbannen, denn sie ließen seinen Körper mit einer deutlichen Regung reagieren.

Die beiden Wachen am Brunnen veränderten ihren Standort, so dass Richard sie nun sehen konnte. Sie tauschten ein paar Worte, dann stellten sie sich wieder so hin, dass jeder in die entgegengesetzte Richtung blickte.

Richard musste schmunzeln, als er sah, wie sie dastanden, die Oberkörper hoch aufgerichtet und geradeaus blickend, als würde ein möglicher Brunnenvergifter ihrer Aufmerksamkeit entgehen, wenn sie sich nicht wie eine hochherrschaftliche Garde gebärdeten.

Und einer von ihnen plusterte sich nun sogar noch ein wenig weiter auf. Er legte die Hand an den Schwertgriff und zog die Klinge eine Handbreit aus der Scheide. Im selben Moment fiel Richard die dunkle Gestalt auf, die sich aus einer Gasse näherte. Sie ging mit schnellen, geschmeidig wirkenden Schritten, und sie hatte die Kapuze ihres dunklen Umhangs tief in das Gesicht gezogen.

»Wer da?«, rief der Wachmann. »Im Namen des Stadtrates, gebt Euch zu erkennen!«

Der Schritt der dunklen Gestalt stockte. Obwohl sie leise sprach, konnte Richard ihre Stimme über die Entfernung hinweg verstehen. »Packt euch!«

Richards Schmunzeln verwandelte sich in ein Grinsen, denn natürlich erkannte er die Stimme. Der Mann in dem schwarzen Umhang war Arnulf.

»Ihr …«, setzte der Wächter an, doch Arnulf kam ihm zuvor. Er hob die Hände zum Kopf und streifte die Kapuze auf den Rücken.

Sein Gesicht lag im Dunklen, weil er inzwischen so nahe an den Brunnen getreten war, dass eine der Fackeln hinter ihm stand. Doch Richard brauchte nicht viel Phantasie, um sich den Gesichtsausdruck des Nachtraben vorzustellen: eine Mischung aus spöttischem Funkeln in den Augen und einem harten Zug um den Mund, was die meisten Menschen, die mit ihm zu tun hatten, vorsichtig werden ließ.

So war es auch bei der Wache. »Des Nachts darf der Brunnen nicht mehr benutzt werden«, sagte der Mann, und er klang jetzt weitaus weniger herausfordernd als noch eben.

Arnulf schwieg einen Augenblick, und Richard vermutete, dass er es um der Wirkung willen tat. Dann streifte er die Kapuze wieder über sein glattes schwarzes Haar, das er zu dem für ihn so üblichen Zopf gebunden hatte. »Sehe ich aus wie ein dreckiger Jude?«, fragte er, und er sprach die beiden letzten Worte exakt mit derselben Betonung aus, die der selbsternannte Prediger von neulich benutzt hatte. Der Wache entging der ironische Tonfall von Arnulfs Worten völlig. Der Mann wich einen Schritt zurück und gab dem Nachtraben den Weg frei. »Nein. Ihr dürft passieren!«

»Vielen Dank!« Arnulf senkte den Kopf zu einem Nicken, das nur auf völlig Unbedarfte dankbar gewirkt hätte. Sogar aus der Entfernung konnte Richard sehen, wie sehr er sich über den Mann vor seiner Nase lustig machte.

Dann ließ Arnulf die Wache stehen und steuerte direkt auf Richards Haus zu.

»Was für Trottel!«, sagte er, kurz nachdem Richard selbst ihm die Tür geöffnet und er im Flur seinen Umhang abgelegt hatte.

Richard schmunzelte. »Die Bürgerwehr meinst du?«

»Wen sonst?« Arnulf blickte ihn von oben bis unten an.

»Das sind arme Kerle«, meinte Richard und bat den Nachtraben in sein Kontor. »Sie haben von Tuten und Blasen keine Ahnung, aber sie fühlen sich stark mit dem Schwert an der Seite.«

»Das sind die gefährlichsten!«, behauptete Arnulf, während er sich setzte.

»Wahrscheinlich.« Richard ging zu einem kleinen Tisch, auf dem er einen Krug mit Wein und eine Reihe Zinnbecher stehen hatte. Er goss sich und dem Freund ein, dann reichte er Arnulf einen der Becher. »Was führt dich zu mir?«

Aber Arnulf war noch nicht fertig mit den beiden Wachen. »Sie glauben allen Ernstes, dass die Juden ihre Brunnen vergiften wollen!« Er schüttelte mit einer Mischung aus Fassungslosigkeit und Ärger den Kopf.

Richard zuckte die Achseln. Er setzte sich seinerseits, trank einen Schluck und balancierte den Becher dann auf dem rechten Knie. »Sie wissen es einfach nicht besser.«

»Jeder weiß, dass der Irre, der die Brunnen im August vergiftet hat, ein Christ war.« Es war bereits das zweite Mal, dass sie über die Ereignisse im August sprachen, aber jetzt erst wurde Richard wirklich bewusst, dass Arnulf sich die Entscheidung der meisten Nürnberger Bürger zu eigen gemacht hatte, den Namen des Engelmörders nicht zu nennen. Es war, als läge ein einziger großer Bann über ihm, der ihn nach seinem Tod, den er als gerechte Strafe für seine Untaten erhalten hatte, auch noch aus dem Gedächtnis der Stadt tilgen sollte.

Richard zuckte die Achseln. »Verrückte Christen passen nicht in das Bild, das sich die Menschen von der Welt machen«, vermutete er.

»Also reden sie sich ein, die Juden seien an allem schuld?«

»Man braucht eben einen Sündenbock! Aber jetzt sprich schon: Warum bist du hergekommen?«

Jetzt erst trank Arnulf auch einen Schluck. »Ein guter Tropfen!«, sagte er anerkennend. »Woher hast du ihn?«

Es war deutlich, dass er den Grund ihres Gespräches gern noch ein wenig hinausgezögert hätte. Richard seufzte leise. »Aus der Toskana. Behauptet jedenfalls der Händler, der ihn mir verkauft hat.«

Arnulf nahm noch einen Schluck und bewegte den Wein im Mund hin und her. »Wein aus der Toskana! In meinem nächsten Leben werde ich auch ein reicher Mann!«

Das ließ Richard dahingestellt. Abwartend sah er den Freund an, und der besann sich endlich auf die Frage, die im Raum stand.

»Der Mord«, begann er und blies sich gegen die Haare. »Ich bin mir nicht sicher, aber irgendwie habe ich ein ungutes Gefühl, was Maria angeht.«

Richard runzelte die Stirn.

»Maria ist die Hure, die mich geohrfeigt hat«, erklärte Arnulf. »Sie war Dagmars beste Freundin, und ich habe erst jetzt gemerkt, dass sie offenbar in mich verliebt ist.«

»Und?«

»Ich kenne Maria nicht über das, hm, Berufliche hinaus, aber ich weiß, dass sie geistig, sagen wir, nicht ganz stabil ist. Sie hat zum Beispiel immer eine Puppe im Strumpfband, und sie redet mit ihr auch.«

»Manche Menschen reden mit ihrem Hund«, warf Richard ein und dachte, dass Arnulf mit dem Beruflichen, von dem er eben gesprochen hatte, die Tatsache meinte, dass er Marias Zuhälter war. »Und die sind auch nicht alle … verrückt.« Er zögerte, bevor er das Wort aussprach, denn es kam ihm zu groß vor, um Maria zu beschreiben. Zwar war er ihr nur kurz begegnet, aber Verrückte sahen in seinen Augen gänzlich anders aus. Eine Meinung, die Katharina wahrscheinlich nicht teilen würde, dachte er.

Er schob den Wunsch an eine Disputation mit Katharina über genau dieses Thema zur Seite und sah Arnulf an.

Der leerte den Becher in zwei langen Zügen. »Stimmt«, meinte er etwas atemlos, als er abgesetzt hatte. »Aber ich habe trotzdem das Gefühl, dass Maria eifersüchtig auf Dagmar ist.«

»Dagmar ist tot!« Der Satz war als sanfte Erinnerung gemeint, aber dann begriff Richard, worauf Arnulf hinauswollte. »Du meinst, Maria könnte etwas mit dem Mord an Dagmar zu tun haben?«

Arnulf antwortete nicht, und eine Weile war es sehr still in dem Kontor. Durch das Fenster, das Richard wieder geschlossen hatte, bevor er Arnulf eingelassen hatte, zeigte der ferne Klang einer Glocke die Nachtstunde an. Richard achtete nicht auf die Anzahl der Schläge.

»Denk an die ausgestochenen Augen«, riet er. »Eine solche Grausamkeit besitzen Frauen nicht.«

Arnulf zog die Augenbrauen zusammen. »Du hast keine Ahnung, wozu Frauen alles fähig sind!«, brummte er.

»Mag sein. Aber ich kenne keine, die genügend anatomische Kenntnisse besitzt, um den Mord an Heinrich auf die Weise zu begehen, wie es geschehen ist.« Nicht mal Katharina tat das, fügte er in Gedanken hinzu.

Arnulf blickte überrascht auf. »Wieso Heinrich?«

Richard wunderte sich ein wenig über seine Verblüffung, bis ihm klar wurde, dass Arnulf bisher noch nicht die gleichen Schlüsse gezogen hatte wie er selbst und Katharina. »Weil die beiden von ein und demselben Mörder getötet worden sind. Jedenfalls vermuten wir das.«

»Wir?«

Richard wand sich. »Katharina und ich«, gestand er dann.

»Ihr habt darüber gesprochen.« Arnulf nickte. Dann wurde der Blick aus seinen Augen so eindringlich, dass Richard nun endgültig unbehaglich wurde. »Und was habt ihr noch gemacht?«

Wie einem kleinen Schuljungen stieg Richard das Blut in die Wangen, und er ärgerte sich über sich selbst, zumal er dessen, was Arnulf hier so anzüglich andeutete, nicht schuldig war. Er hatte Katharina gegenüber jede Regel des Anstands gewahrt.

Bis auf den Kuss vielleicht …

»Das geht dich gar nichts an!«, sagte er heftiger, als er es vorgehabt hatte.

Über Arnulfs Gesicht glitt ein Feixen. »Klar. Ihr seid beide erwachsen. Und ich freue mich, dass du endlich kapiert hast, dass sie gut für dich wäre.«

»Was du natürlich schon seit langem weißt!«

Arnulf lachte leise. »Von eurer ersten Begegnung an! Und jetzt komm mir bloß nicht wieder mit diesem ganzen Gewäsch darüber, dass du gefährlich für sie bist, und diesem Unsinn mit deinem Seelenheil und dem ihren!« Es war eine ungewöhnlich heftige Rede für den Nachtraben, und Richard spürte, wie sehr der Freund sich um ihn sorgte.

»Keine Angst«, lächelte er. »Ich glaube, das liegt hinter mir.«

»Gut! Können wir dann zu den Morden zurückkehren?« Arnulf hielt Richard auffordernd seinen leeren Becher hin.

Richard nahm ihn, stand auf und füllte ihn nach. Erst, als er wieder saß, sagte er: »Überleg doch mal! Zwei Tote, beide mit ausgestochenen Augen! Beide aus der … Gosse.« Entschuldigend hob er die

Schultern bei diesen Worten. »Was wir herausfinden müssten, wäre, ob es irgendeinen Zusammenhang zwischen Dagmar und diesem Heinrich gibt. Ich jedenfalls bin fest davon überzeugt.« Arnulf schien seine Meinung nicht zu teilen, und so fügte Richard hinzu: »Ich habe mir Heinrichs Leiche angesehen! Und das ist es, was ich vorhin mit den anatomischen Kenntnissen meinte. Ich stimme dir zu, dass auch eine Frau einen Menschen so töten könnte, wie Dagmar getötet wurde. Einen Dolch oder ein ausreichend scharfes Messer in den Leib, und gut ist es.« Er sah, wie Arnulf zusammenzuckte, und hätte sich am liebsten selbst geohrfeigt. Die Vorstellung, dass Arnulf sein Herz an eine Frau gehängt hatte, war ihm noch immer so fremd, dass er sich im Ton vergriffen hatte. »Entschuldige, ich habe es nicht so gemeint.«

»Aber der Mörder«, gab Arnulf trocken zurück. Seine Stimme war ein wenig belegt. »Rede weiter!«

Richard tat ihm den Gefallen. »Heinrich wurde hingegen nicht erdolcht, oder sagen wir, nicht so wie Dagmar. Sein Körper wies außer den ausgestochenen Augen keinerlei weitere Verletzungen auf.«

»Und an ausgestochenen Augen stirbt man nicht«, meinte Arnulf dumpf.

Richard musste daran denken, wie Katharina genau das Gleiche gesagt hatte. »Eben! Heinrich starb auf eine andere Weise.« Er erhob sich, ging zu seinem Sekretär und nahm den Schädel und das Federmesser zur Hand. Mit beidem kehrte er zu Arnulf zurück und zeigte ihm, wie seiner Meinung nach Heinrich zu Tode gekommen war.

»Um das zu bewerkstelligen, Arnulf, braucht es detaillierte anatomische Kenntnisse, denn man muss genau wissen, wohin man stechen muss, und vor allem, in welchem Winkel. Sonst trifft man die Lücke im Schädel nicht.«

»Es sei denn, durch Zufall.«

Sanft schüttelte Richard den Kopf. »Sehr unwahrscheinlich.«

»Also ein Mann ...« Arnulf wirkte erleichtert, und unwillkürlich fragte Richard sich, ob er vielleicht für Maria ähnlich empfand, wie er für Dagmar empfunden hatte. Der Nachtrabe war ihm schon seit frühester Kindheit ein Rätsel, und daran hatte sich auch in den Monaten von dessen Abwesenheit nichts geändert. »Aber du hast keine Ahnung, wer es gewesen sein könnte?«

Richard schüttelte den Kopf. »Wir müssen die Verbindung finden.«

»Zwischen Heinrich und Dagmar?«

Richard wollte antworten, aber er kam nicht dazu, weil an der Haustür geläutet wurde. Arnulfs Kopf wandte sich der Tür zu. »Erwartest du noch jemanden?«

»Nein.«

Kurz darauf streckte Thomas den Kopf in das Kontor. »Da ist ein gewisser Bürgermeister Silberschläger für Euch!«

Bevor Richard etwas erwidern konnte, schob Silberschläger den Diener einfach zur Seite und betrat das Kontor. Mit einem spöttischen Lächeln meinte er: »Ich hatte die Befürchtung, ich würde Euch wecken, aber das war offenbar unbegründet.« Sein Blick wanderte an Richards Gestalt auf und ab. »Habt Ihr ein wenig Zeit zum Reden?«

Richard gab Thomas zu verstehen, dass er sich zurückziehen konnte. Dann wies er auf Arnulf. »Ich habe Besuch.«

»Ich wollte ohnehin gerade gehen!« Mit einer geschmeidigen Bewegung stand der Nachtrabe auf. Er trat vor Silberschläger hin, tastete ihn mit Blicken von oben bis unten ab.

Dann schob er sich ohne ein weiteres Wort an ihm vorbei. Auf dem Flur griff er nach seinem Umhang, schlang ihn sich um den Hals und zog die Kapuze ins Gesicht. »Wir sehen uns bald wieder«, sagte er zu Richard, nickte Silberschläger zu und war im nächsten Moment verschwunden.

Der Bürgermeister blickte ihm verwundert hinterher. »Seit wann habt Ihr Umgang mit Nachtraben?«, fragte er sanft.

Richard zuckte die Achseln und beließ es dabei. Ihm war klar, dass jedes Wort, mit dem er sich zu verteidigen gedachte, Silberschläger nur noch misstrauischer gemacht hätte. »Was führt Euch zu mir?«, fragte er also nur.

Silberschläger schälte sich aus seinem teuren, mit Pelz besetzten Mantel. »Ja«, meinte er. »Das ist wirklich eine interessante Sache!«

15. Kapitel

Hinter der Tür, durch die der Doktor Lukas führte, verbarg sich eine geräumige Küche, von der aus es möglich war, direkt in den Hof des Hauses zu treten. Mit seiner Lampe entzündete der Doktor mehrere Talglichter, und sie erhellten den Raum mit ihrem warmen Licht.

Auch hier roch es übel nach Verwesung, und noch nach etwas anderem, etwas, das Lukas vertraut vorkam, dessen Ursprung er jedoch nicht zu ergründen vermochte.

Ein wuchtiger Herd stand an einer Wand, Regale daneben, die allesamt leer und verstaubt wirkten. In dem Schmutz, der den Fußboden bedeckte, waren unzählige winzige Pfotenabdrücke zu sehen.

Lukas blieb inmitten des Raumes stehen und drehte sich einmal um seine eigene Achse. Neben der Hintertür wies ein Fenster auf den Hof hinaus, und die hölzernen Läden, mit denen man es verschließen konnte, hingen schief in den Angeln.

Auf einem Tisch, der ebenso staubig war wie der Boden, stand eine Kiste. Ihr wandte der Doktor sich jetzt zu, öffnete sie und beugte sich darüber. Als er gefunden hatte, was er suchte, drehte er sich zu Lukas um. In den Händen hielt er zwei kleine Töpfchen, die mit dicken Stopfen verschlossen waren. »Die habe ich dieser Tage liefern lassen.« Er hielt Lukas beide hin, und der nahm sie.

Behutsam stellte er eines davon auf den Tisch und öffnete das andere. Es beinhaltete ein feines, schneeweißes Pulver, Mehl nicht unähnlich, das in die Luft stäubte, als Lukas' Atem aus Versehen darüberstrich.

»Was ist das?«

»Man nennt es Cadmea, aber mein Lehrer in Antwerpen bezeichnete es als Nix alba.«

Lukas rieb sich über die Nasenflügel, weil er befürchtete, das Pulver eingeatmet zu haben.

Der Doktor beruhigte ihn. »Oh! Keine Sorge. Es ist nicht giftig, jedenfalls nicht in so geringen Mengen.«

Lukas schüttelte das Töpfchen leicht, so dass das Pulver etwas zusammenrutschte. Wieder wölkte es in die Luft. Diesmal achtete Lukas darauf, dass er rechtzeitig den Kopf zur Seite drehte. »Nix alba«, murmelte er. »*Weißes Nichts.* Wie Nichts sieht es nicht aus. Wofür benötigt Ihr es?«

Der Doktor zog einen etwas morsch aussehenden Schemel unter dem Küchentisch hervor und schob ihn Lukas hin. »Setz dich!«

Lukas schaute misstrauisch auf das Möbel. Vorsichtig ließ er sich auf dessen Kante nieder. Das Holz knirschte ein wenig, hielt seinem Gewicht aber stand.

Der Doktor setzte sich ebenfalls. »Das, was ich dir damals über Antwerpen erzählt habe: Erinnerst du dich daran?«

Lukas dachte an die Stunden kurz vor dem Überfall der Vaganten. Während er und der Doktor durch den Wald nahe Köln geritten waren, hatte der Doktor Lukas von seinem Aufenthalt in Antwerpen erzählt.

»Ich weiß noch, dass Ihr sagtet, Ihr hättet Euch dort mit einem gelehrten Mann getroffen, der sich neben der Medizin auch mit der Kunst der Alchemie beschäftigt.« Ein leiser Schauer hatte Lukas ergriffen, als der Doktor von der Alchemie gesprochen hatte. In seinen Augen war dies eine Kunst voller Geheimnisse, für die er eine große Faszination empfand.

»Stimmt«, bestätigte der Doktor jetzt. »Dieser Mann, Gilbert von Hardenberg war sein Name, war mir von einem früheren Aufenthalt in Antwerpen bekannt gewesen. Eine Zeitlang habe ich mit ihm in schriftlicher Verbindung gestanden, und dadurch wusste ich Bescheid darüber, welche Studien er betrieb. Zuletzt arbeitete er an einer Versuchsreihe, die mich neugierig machte und wegen der ich mich auf den Weg nach Antwerpen begab.«

»Bei diesen Studien von Hardenbergs: Handelte es sich da um Alchemie?«, wollte Lukas wissen.

»Ja. Ich wollte mir zeigen lassen, zu welchen Ergebnissen von

Hardenberg gekommen war. Aber leider hatte Gott andere Pläne. Von Hardenberg lag im Sterben, als ich dort eintraf. Ich konnte noch mit ihm sprechen, und er war auch klar genug, um mir seine Versuche zu erklären. Aber leider hat der Schlag des Vaganten mein Gehirn stark genug durcheinandergerüttelt, so dass ich Teile der Rezeptur wieder vergessen habe.« Der Doktor nahm Lukas das Töpfchen mit Nix alba aus der Hand und drehte es hin und her. »Dieses Zeug hier ist nötig, soviel ist sicher. Und das dort drüben.« Er wies auf einen hölzernen Eimer, der zu drei Vierteln mit irgendeiner Flüssigkeit gefüllt war. Lukas hatte ihn bisher nicht wahrgenommen, weil er etwas versteckt zwischen dem Herd und der einen Küchenwand stand.

»Was ist das?«, fragte Lukas.

Der Doktor bleckte die Zähne. »Menschlicher Urin.«

Jetzt wusste Lukas auch, was er neben dem Verwesungsgeruch beim Eintreten in die Küche noch gerochen hatte. Unangenehm berührt, betrachtete er den Eimer. »Das benötigt Ihr für Eure alchemistischen Versuche? Pisse?«

Der Doktor nickte. »Frauenpisse, um genau zu sein.«

Es befremdete Lukas, ihn ein solch derbes Wort aussprechen zu hören. Früher hatte er sich stets geweigert, derbe Reden zu führen.

»Was wir darüber hinaus noch brauchen …« Der Doktor zuckte mit den Achseln. Dann seufzte er schwer. »Nun. Wir werden sehen.«

»Was sind es für Versuche, die Ihr machen wollt?«, fragte Lukas.

Der Doktor verzog das Gesicht. »Es geht um ein Heilmittel.«

Lukas blinzelte und versuchte sich ins Gedächtnis zu rufen, was er über die Kunst der Alchemie wusste. Dass die Gelehrten, die ihr anhingen, versuchten, aus minderwertigen Materialien Gold zu machen, war das Erste, was ihm einfiel. Dann jedoch erinnerte er sich daran, was sein Vater ihm über diese Kunst erklärt hatte: »Es geht im Grunde nicht um das Gold an sich. Einem wahren Adepten geht es um die Vervollkommnung aller Dinge, sich selbst eingeschlossen.«

Lukas hatte sich nie so recht etwas darunter vorstellen können, und das sagte er jetzt auch.

Der Doktor lächelte. »Nun. Du hast deinen Aristoteles gelesen, nicht wahr?«

»Ja.« Lukas wusste nicht, was Aristoteles mit Alchemie zu tun hatte.

»Was schreibt er über die Bestandteile, aus denen die Welt sich zusammensetzt?«

Lukas überlegte einen Moment, um die richtigen Worte zu finden. »Alles besteht aus vier Elementen, Erde, Luft, Feuer und Wasser. Und darüber hinaus gibt es noch ein fünftes, aus dem die vier entstanden sein sollen, die sogenannte Quintessenz.«

»Genau! Sehr gut. Die Alchemisten nun glauben, dass es möglich ist, jeden Stoff durch spezielle Verfahren in diese Quintessenz zurückzuführen und von dort aus dann in etwas anderes, Edleres zu verwandeln. Dazu benutzen sie Instrumente wie dieses hier.« Der Doktor beugte sich über die Kiste auf dem Tisch und beförderte ein Gerät zutage, wie Lukas es noch nie zuvor in seinem Leben gesehen hatte. Es bestand aus einem eisernen Dreifuß, auf dessen ringförmiger Ablagefläche ein dickbauchiger Tonkolben ruhte. Auf dem Kolben wiederum lag ein weiteres tönernes Gebilde, das Lukas entfernt an einen Spitzhut erinnerte, nur dass dieses Ding seitlich eine Art Tülle besaß, von der aus eine langgezogene, sich stetig verengende Röhre nach unten führte, um dann schließlich ziemlich abrupt in einer scharfen Kante zu enden.

Der Doktor stellte das Gerät auf den Tisch. »Das ist ein Destillationsapparat.« Er tippte an die Kante, wo ganz offensichtlich ein Stück der Apparatur abgebrochen war. »Leider ist es zerbrochen, weil mir ein Metalltiegel daraufgefallen ist. Unter diese Tülle hier gehört noch ein zweites Gefäß.«

Lukas beugte sich ein wenig vor, um sich das Gerät genauer anzusehen. Die Innenseite des Kolbens war mit einer dünnen grünschimmernden Schicht überzogen wie ein verziertes Essgeschirr. »Schade, dass es kaputt ist!«, murmelte er.

»Wie wahr!« Der Doktor stand auf. »Aber jetzt erst einmal genug von dem Ganzen! Ich bin froh, dass du hergekommen bist, denn wir haben viel zu tun.« Er deutete auf den Herd und die schmutzigen Regale. »Wenn wir das hier benutzen wollen, um von Hardenbergs Versuch nachzuvollziehen, müssen wir ein wenig saubermachen, fürchte ich.«

Ein freudiger Schauer durchrann Lukas. »Ihr wollt mich bei Eurer Arbeit mitmachen lassen?«

Der Doktor schmunzelte. »Würde dir das gefallen?«

Eifrig nickte Lukas. Seit langem schon träumte er davon, einen Einblick in die Kunst der Alchemie zu erlangen!

Der Doktor nickte. »Was meinst du, warum ich dich nach Nürnberg geholt habe? Dann ans Werk!«

In einer kleinen Kammer neben der Küche fanden sie Besen und Eimer, die zwar nicht viel weniger verrottet schienen als die Möbel, die Lukas bisher zu Gesicht bekommen hatte, die aber dennoch ihren Dienst taten.

Der Doktor schickte Lukas zum Brunnen, um Wasser zu holen, und kurz darauf waren sie beide damit beschäftigt, die Küche von Staub und Schmutz zu befreien.

»Der Vorbesitzer dieses Hauses scheint ziemlich abrupt die Stadt verlassen zu haben«, meinte Lukas und betrachtete den Stiel des Besens in seiner Hand. »Ich meine: Warum sonst sollte er all seine Möbel hiergelassen haben?«

Der Doktor zuckte die Achseln. »Ich weiß nicht, was passiert ist. Vielleicht ist er im August gestorben.«

Lukas hatte keine Ahnung, was im August geschehen war, aber er kam nicht dazu, danach zu fragen, denn der Doktor redete schon weiter: »Der Mann scheint von der Küste gewesen zu sein, wenn ich mir die Verzierungen an der Vorderseite so ansehe.«

Es war bei ihrem Eintreffen zu dunkel gewesen, um diese Verzierungen zu betrachten, aber Lukas nahm sich vor, dies am nächsten Tag nachzuholen.

Nachdem der Doktor die Regale gesäubert hatte, nahm er einen Stapel Bücher aus seiner Kiste. Mit einer fast feierlich anmutenden Geste stellte er sie auf eines der blankgeputzten Bretter.

Neugierig kam Lukas näher. »Darf ich sie mir ansehen?«, fragte er.

»Nur zu!« Der Doktor deutete auf die Bücher. Fünf Stück waren es, eines nur trug den Titel auf dem Rücken: Opera Omnia. Gesammelte Werke. Und jemand hatte mit einer anderen Tinte und Schrift darüber geschrieben: Medicina.

»Gesammelte Werke der Heilkunst?«, fragte Lukas. »Das klingt großartig.«

»Es enthält Schriften über alle möglichen Krankheiten«, erklärte der Doktor. »Wenn du magst, kannst du es später lesen.«

»Gern.« Lukas betrachtete die leeren Rücken. Eines der vier ungekennzeichneten Bücher war ein ganzes Stück größer als die anderen und mit festen, lederbezogenen Holzdeckeln versehen. Lukas zog es hervor und schlug es auf. Enttäuscht stellte er fest, dass es sich um einen Text in Arabisch handelte.

Der Doktor lachte auf. »Das! Ich habe es noch nicht sehr lange. Ich habe es, hm ... beschafft, weil ich dachte, es enthält eine Schrift über die Alchemie, die mir weiterhelfen könnte. Aber leider ist es nur eine langatmige, wenn auch eigentlich recht aufschlussreiche Abhandlung über den Blutkreislauf.«

Lukas warf einen Blick auf die obersten in dieser seltsam verschnörkelten arabischen Schrift geschriebenen Zeilen. Jemand hatte sie übersetzt und in lateinischer Schrift auf dem Rand niedergeschrieben. »Ibn an-Nafis?«, entzifferte er den Namen des Verfassers. »Noch nie gehört!«

»Wie gesagt, es ist für unsere Zwecke auch eher unnütz. Jetzt lass uns lieber weiterarbeiten. Für das Studium der Bücher ist später noch genug Zeit.«

Lukas stellte das schwere Buch wieder an seinen Platz. Ein ehrfürchtiger Schauer erfasste ihn angesichts des geballten Wissens, das hier vor seiner Nase zwischen Buchdeckel gebannt stand.

»Ich danke Euch!«, sagte er leise.

»Wofür?« Der Doktor griff nach dem Besen und machte sich daran, den Boden zu fegen.

»Dafür, dass Ihr mich hergeholt habt. Vor kurzem wusste ich noch nicht, wie es weitergehen sollte. Jetzt habe ich eine Zukunft. Und eine spannende Aufgabe dazu.«

Kurz hielt der Doktor inne, fegte dann jedoch weiter. Seine Stimme hatte sich ein klein wenig verändert, als er fragte: »Warum wusstest du nicht, wie es weitergehen soll?«

Lukas räusperte sich. »Mein Vater ...« Es schmerzte, allein das Wort auszusprechen.

Endlich drehte der Doktor sich um. In seinem Blick lag ein seltsamer Ausdruck, dessen Ursprung sich Lukas nicht erklären konnte. Er schluckte schwer.

»Mein Vater ist tot«, murmelte er.

Langsam, als brauche er eine Weile, um die Worte zu begreifen, nickte der Doktor. »Wie ist er gestorben?«

»An seinem Herzleiden, das er schon viele Jahre hatte. Als Ihr mich hierher nach Nürnberg schicktet, um Eurer Frau die Nachricht Eures Todes zu überbringen ...« Wieder musste Lukas sich räuspern. Das Wort ›Tod‹ fühlte sich sperrig an in seiner Kehle. »Jedenfalls, ich kam anschließend zurück nach Köln und musste feststellen, dass unser Haus verwaist war. Nachbarn erzählten mir, dass das Herz meines Vaters in einer Nacht einfach aufgehört hatte zu schlagen. Sie zeigten mir das Grab, in dem er beigesetzt worden war.« Dieses Erlebnis lag nun schon Monate zurück, doch es schmerzte Lukas immer noch, daran zu denken, wie er vor dem schlichten Holzkreuz gestanden und darauf den Namen seines eigenen Vaters gelesen hatte.

Er schwieg eine Weile und hing seinen trüben Gedanken nach. Dann riss er sich zusammen. »Ich fragte die Nachbarn nach Euch, denn ich hatte ja keine Ahnung, was mit Euch geschehen war. Ich dachte, Ihr seid vor meinem Vater gestorben, und er habe dafür gesorgt, dass Ihr irgendwo beigesetzt werdet. Aber niemand wusste etwas. Eine Weile lang suchte ich alle einigermaßen frischen Gräber auf den umliegenden Friedhöfen ab. Aber auf keinem fand ich Euren Namen.« Lukas seufzte. »Jetzt, da Ihr vor mir steht, weiß ich auch, warum.«

Der Doktor lächelte matt.

»Warum seid Ihr davongegangen?«, fragte Lukas.

»Warum glaubst du, dass ich davongegangen bin?«, war die Gegenfrage.

»Ihr wusstet offensichtlich nichts von dem Tod meines Vaters, also vermute ich, Ihr habt ihn verlassen, als er noch lebte. Wieso?«

Der Doktor zuckte die Achseln. »Ich hatte meine Gründe«, sagte er nur. Seine Stimme klang jetzt kühler als zuvor.

Lukas spürte, wie ihm ein Schauer den Rücken hinunterlief, und er zog es vor, sich auf seine Arbeit zu konzentrieren. Er half dem Doktor, die Regale von den Wänden zu rücken, und wie er vermutet hatte, fanden sie dahinter tatsächlich einen halb verwesten Rattenkadaver, der für den bestialischen Gestank in der Küche verantwortlich war. Lukas beförderte ihn auf den Abfallhaufen im Hof, dann stieß er die schiefen Fensterläden auf, um frische Luft hereinzulassen.

In der kalten, von den Lichtern erhellten Stille arbeiteten sie weiter. So lange, bis Lukas das Schweigen nicht mehr aushielt. »Eure Frau«, sagte er zögernd.

Der Doktor hielt inne, aber er drehte sich nicht um. Er schien überlegen zu müssen, was er darauf sagen sollte. Schließlich meinte er: »Was ist mit ihr?«

»Katharina, oder? So war doch ihr Name?«

»Hm.« Schlagartig sah der Doktor angespannt aus. Lukas bemerkte, wie er die Hände zu Fäusten ballte. Der Lappen zwischen seinen Fingern schickte eine dicke Staubwolke in die Luft.

Lukas überlegte, ob es klug war, weiterzureden, aber plötzlich hatte er das dringende Bedürfnis, mehr zu erfahren. Zu viel Seltsames umgab den Doktor, zu viele unbeantwortete Fragen lagen Lukas auf der Seele. Wenigstens ein paar davon musste er beantwortet haben.

»Wohnt sie noch hier in Nürnberg?«

Der Doktor sprach mit flacher Stimme: »Ja.«

»Warum wohnt Ihr dann hier in dieser halben Ruine? Warum geht Ihr nicht zu ihr?« Die Fragen waren heraus, bevor Lukas sie unterdrücken konnte.

Und die Wirkung, die sie auf den Doktor hatten, war verheerend.

Mit einem zornigen Ruck fuhr er zu Lukas herum. »Wag es nicht, ihren Namen noch mal in den Mund zu nehmen!« Er zischte die Worte, seine Lippen waren zurückgezogen wie die Lefzen eines tollwütigen Hundes.

Erschrocken wich Lukas einen Schritt nach hinten. Der Doktor war früher nie laut geworden, jedenfalls nicht in der kurzen Zeit, die Lukas ihn kannte. Im Gegenteil: Lukas hatte ihn immer für einen ruhigen und überaus besonnenen Mann gehalten. Selbst die dümmsten

Fragen, die seine Patienten ihm stellten, hatte er geduldig und mit einem Anflug von Humor beantwortet.

»Schon gut!«, murmelte er. »Verzeiht! Ich wollte Euch nicht erzürnen!«

Da blinzelte der Doktor, und es war, als werde eine Maske von seinem Gesicht fortgezogen. Plötzlich war der Zorn in seinen Augen fort, und auch sein Mund entspannte sich wieder. »Entschuldige«, sagte er und grinste schief. »Ich habe wohl etwas heftig reagiert. Es gibt Gründe dafür, dass ich Katharina noch nicht wissen lassen will, dass ich am Leben bin.«

Er sprach nicht weiter, aber Lukas begriff den versteckten Sinn hinter diesen Worten: *Und diese Gründe gehen dich nichts an.*

Er biss die Zähne zusammen und versuchte, sich wieder auf seine Arbeit zu konzentrieren.

Richard bot Bürgermeister Silberschläger denselben Platz an, auf dem noch eben Arnulf gesessen hatte. Dann räumte er Arnulfs Becher fort und holte einen neuen, den er mit demselben Wein gefüllt hatte.

Auch Silberschläger schien das Getränk zu munden, denn genießerisch schloss er die Augen. »Das tut gut nach einem Tag wie diesem.«

»Ihr spracht von einer interessanten Entwicklung der Ereignisse«, brachte Richard das Gespräch sogleich auf das Wesentliche. »Was ist geschehen?«

Doch Silberschläger dachte gar nicht daran, sofort mit der Sprache herauszurücken. Er öffnete die Augen wieder. Einen Moment schien er versunken in die Betrachtung des funkelnden Weines in seinem Becher.

Draußen wurden Stimmen laut, die von »elendem Judenpack« grölten. »Schlagt sie alle tot!«, hallte es durch die Tuchgasse.

Silberschläger legte den Kopf schief, als lausche er einem wohlklingenden Gesang. Dann leerte er seinen Becher und hielt ihn Richard hin. Es war eine ähnliche Geste, wie Arnulf sie vorhin auch benutzt hatte, aber diesmal ärgerte sie Richard. Warum nur standen ihm beim Anblick des Bürgermeisters plötzlich alle Nackenhaare zu Berge?

Draußen verstummte das Geschrei.

»Der Stadtrat hält diese Leute für verrückt«, beklagte sich Silberschläger, nahm den vollen Becher zurück und tat sogleich noch einen Zug.

»Ihr nicht?«, fragte Richard.

Silberschläger richtete den Blick auf eines der Bilder, die an den Wänden hingen. Es war die Kohlezeichnung eines Baumes, den der Maler mit kunstvoller Hand aufs Papier geworfen hatte. »Seltsames Bild«, bemerkte Silberschläger. »Gar keine Farben.« Dann besann er sich auf die Frage Richards, blinzelte einmal heftig und fügte hinzu: »Natürlich nicht! Ich meine, es ist doch ein deutliches Zeichen, was die Juden mit unserem guten, alten Nürnberg vorhaben, wenn sie jetzt schon Leichen in unseren Heiligengräbern verstecken. Die Leichenzauberei ist eine Bedrohung, vor der wir auf keinen Fall die Augen verschließen dürfen.«

»Dann habt Ihr Euch inzwischen davon überzeugt, dass die Leiche im Sebaldusgrab der Leichenzauberei diente?« Richard fragte sich, wie das geschehen sein mochte, aber Silberschläger kam ihm zuvor.

»Ihr selbst habt diese Möglichkeit nicht ausgeschlossen«, erinnerte er Richard.

Richard knirschte mit den Zähnen. »Wenn der Türmer tatsächlich Leichenzauberei betrieben hat, bevor er so plötzlich verschwand, dann muss es doch einen Grund dafür geben, warum er verschwand. Habt Ihr Eure Männer auf ihn angesetzt und versucht, ihn zu finden?«

Silberschläger leerte den Becher bis zur Neige. »Natürlich.« Er sprach nicht weiter, und Richard starrte ihn fragend an.

»Natürlich vergeblich«, sagte er endlich. »Falls er es wirklich war, ist er längst über alle Berge.«

»Falls er es war?« Richard betonte das *falls*.

Silberschläger zuckte die Achseln. »Ich halte ihn nach wie vor nicht für den Täter, sondern für das ...«

»... das Opfer, ich weiß.« Die Tatsache, dass ein gestandener Mann wie Silberschläger es für möglich hielt, dass eine Leiche mittels Zaubersprüchen innerhalb von einem Tag so sehr verwesen konnte, wie das ihre Leiche getan hatte, befremdete ihn. »Und wer ist nun Eurer Meinung nach der Täter?«

Silberschläger zuckte die Achseln. »Jemand aus dem Judenvolk.«

Richard lachte. »Ich dachte, Ihr seid ein vernunftbegabter Mann! Was bringt Euch zu der Überzeugung?«

»Der Judenstern auf dem Fußboden der Türmerwohnung!«, sagte der Bürgermeister.

»Natürlich! Die Juden hegen irgendeinen finsteren Plan mit dieser Leiche, und damit sie ihn in aller Ruhe ausführen können, malen sie eben ihr Zeichen in den Staub.« Richard fühlte, wie der Sarkasmus, den er empfand, in seiner Kehle ätzte.

Ruhig richtete Silberschläger den Blick auf ihn. »Könnte es sein, dass Ihr die Juden verteidigt?«, fragte er lauernd.

Richard suchte in seinem Blick nach einem Grund für diese absurde Frage. Und dann sah er es. Dieses höhnische Funkeln ganz hinten in seinen Augen. Und mit einem Mal setzten sich die Mosaiksteinchen zu einem erkennbaren Bild zusammen. Richard blieb die Spucke weg. »Darum habt Ihr mich im *Ochsen* gebeten, mit Euch in die Türmerstube zu gehen? Weil Ihr einen Sündenbock sucht?« Vor Zorn wurde ihm beinahe schlecht. Was war er doch für ein gutgläubiger Trottel gewesen!

Silberschläger lächelte unschuldig. »Nein, mein lieber Sterner!«, sagte er, und es gelang ihm tatsächlich, empört zu klingen. »Als ich Euch im *Ochsen* bat, mir bei der Klärung dieses Mordfalles behilflich zu sein, ahnte ich noch nichts davon, dass Ihr in dem Verdacht steht, selbst mit Leichenzauberei zu tun zu haben.«

Plötzlich wurde es Richard eiskalt. »Wie … kommt Ihr auf diese Idee?«, murmelte er.

Niemand wusste von den Dingen, die im Keller von Enzo Pömers Haus stattgefunden hatten! Niemand! Er sagte sich das wieder und wieder, doch er blickte dabei in Silberschlägers spöttische Augen und ahnte, dass er in der Falle saß.

»Sagen wir, ein kleines Vögelchen hat mir gezwitschert, dass Ihr dieser Tage ein winziges Kindchen …« Er ließ den Rest des Satzes in der Luft hängen, deutete nur mit Daumen und Zeigefinger an, wie winzig das Kindchen gewesen war, von dem er sprach.

Richards Magen drehte sich um. Sibilla!, durchzuckte es ihn. Hatte sie sie verraten? Offenbar, denn wer sonst hätte dem Bürgermeister von dem toten Kind erzählen können?

»Es ging nicht um Zauberei«, erklärte er, während seine Wangen erst heiß und dann eiskalt wurden. »Es ging darum, herauszufinden, wer den Bettler und die Hure ermordet hat, um deren Fälle Ihr Euch lieber nicht kümmert!« Angriff war die beste Verteidigung, dachte er. Vielleicht gelang es ihm, Silberschläger wenigstens ein bisschen von seiner Selbstsicherheit und Arroganz aus dem Gesicht zu wischen. »Dafür habe ich eine Reihe Zeugen«, fuhr er fort.

»Zeugen! Einen Nachtraben, der sich der Gerechtigkeit des Gesetzes bisher mit Erfolg entzogen hat, etwa?«

Richard holte tief Luft. »Und den Wirt der *Krummen Diele*«, fügte er an.

Silberschläger lachte leise. »Es amüsiert mich, wie Ihr Euch windet, mein Lieber!«, sagte er, und Richard hätte sich am liebsten auf ihn gestürzt. »Aber es ist gar nicht nötig, vor mir im Staub zu kriechen, denn ich will nicht Euren Kopf.«

Verständnislos sah Richard ihn an, und er sagte: »Oh, im ersten Moment, als ich erfuhr, dass Ihr kleine Kinder den Leibern ihrer armen Mütter entreißt, dachte ich, dass Ihr der perfekte Sündenbock für diesen Mord seid. Präsentiere ihn dem Rat, habe ich mir gedacht, und man wird dir für die rasche Aufklärung dieses widerlichen Verbrechens danken. Aber dann kam Klaus Eberlein zu mir, der Büttel, den ich damit beauftragt hatte, so viel Belastendes wie möglich über Euch herauszufinden. Und was soll ich Euch sagen?« Er lachte auf. »Er erzählte mir, dass Ihr treu und brav jeden Sonntag zur Messe geht! Das war überaus schlau von Euch, denn es verschafft Euch einen Ruf, den zu vernichten mir im Grunde viel zu viel Arbeit verursachen würde. Nein, ich denke, ich würde es niemals schaffen, Euch diesen Mord und eine Leichenzauberei anzuhängen.«

Was redete der Kerl da?, fragte Richard sich. Es wäre ein leichtes gewesen, genau das zu tun, denn die Informationen, die er von seinem Büttel erhalten hatte, stimmten hinten und vorn nicht. Richard war seit Jahren nicht mehr in einer Kirche gewesen. Jedenfalls nicht, um dort eine Messe zu besuchen.

Er fahndete in Silberschlägers Miene nach Anzeichen dafür, welches Spiel der Mann mit ihm trieb.

»Also dachte ich mir, es muss einen anderen Weg geben, diesen Mord zu aller Zufriedenheit aufzuklären. Und darum beschloss ich, das Wissen, das die gute Sibilla mir hatte zuteilwerden lassen, auf andere Art und Weise zu nutzen.« Er schwieg und weidete sich sichtlich an Richards Unbehagen.

»Was wollt Ihr von mir?«, knurrte Richard endlich. »Redet schon!«

Silberschläger lächelte fein. »Nur einen kleinen Gefallen. Ihr werdet morgen mit mir ins Lochgefängnis gehen und die Leiche aus dem Sebaldusgrab sezieren. Und dabei«, das Lächeln verbreiterte sich, »werden wir beide den endgültigen Beweis dafür finden, dass die Juden den armen Mann auf dem Gewissen haben.« Er reichte Richard seinen leeren Becher. Als dieser ihn nicht nahm, stellte er ihn kurzerhand auf den Fußboden neben seinem Sessel. »Wir sehen uns dann morgen im Lochgefängnis. Nicht allzu früh. Sagen wir, zu Beginn der vierten Tagesstunde?«

Richard stemmte sich in die Höhe. Auf einmal hatte er den brennenden Wunsch, seine Hände um Silberschlägers Hals zu legen und zuzudrücken. Er knirschte mit den Zähnen.

Der Bürgermeister blieb einen Augenblick länger sitzen, als höflich gewesen wäre, erst dann erhob er sich und ließ sich von Richard zur Tür geleiten.

»Wir sehen uns morgen, mein Lieber!«, sagte er.

Richard gelang es nur noch, knapp zu nicken. Er hatte die Zähne fest zusammengebissen, und wenn er sie jetzt voneinander gelöst hätte, hätte er den Bürgermeister angebrüllt. So aber schloss er die Tür so sachte, wie er es eben noch vermochte. Dann kehrte er zurück in sein Kontor.

Und erst hier schlug er mit der Faust gegen die Wand, so heftig, dass ihm die Knöchel aufplatzten.

»Warum war der Schweinehund hier?«

Arnulfs Stimme erklang so unerwartet, dass Richard zusammenzuckte und herumfuhr. »Was machst du noch hier?«, herrschte er ihn an.

Arnulf warf sich in den Sessel, in dem er zuvor schon gesessen hatte. Lässig lehnte er sich zurück und legte ein Bein über die Armlehne. »Thomas hat mich noch mal reingelassen. Ich dachte mir, du könntest vielleicht ein bisschen Hilfe gebrauchen!«

Da seufzte Richard und erzählte ihm der Reihe nach alles, was er soeben von Silberschläger erfahren hatte.

»Sibilla?« Arnulf kratzte sich nachdenklich am Hals. »Soso.«

Richard erinnerte sich an seine Ankündigung dessen, was er mit der Hure tun würde, sollte sie plaudern. Doch er war zu sehr mit seinen eigenen Gedanken beschäftigt, um den Nachtraben zu bitten, Sibilla in Ruhe zu lassen.

Was sollte er jetzt nur tun? Die ganzen Jahre über, in denen er in Pömers Keller die geheimen anatomischen Studien betrieben hatte, war es ihm erfolgreich gelungen, diese Tätigkeit vor den Augen der Öffentlichkeit zu verbergen. Und jetzt stolperte er ausgerechnet über die Sektion einer schwangeren Hure, mit der er nur seinem Freund hatte helfen wollen?

Er schnaubte voller Bitterkeit.

»Ich habe dich in diese Situation gebracht«, sagte Arnulf leise. »Ich werde dich da auch wieder rausholen!«

Richard rieb sich die Knöchel der linken Hand. »Wie willst du das tun? Willst du Silberschläger in einer stillen Ecke auflauern?«

Tadelnd schüttelte Arnulf den Kopf. »Was du auch immer von mir denkst!«, beschwerte er sich. »Der Fettwanst hat dich in der Hand, weil er etwas über dich weiß, richtig?«

Mit zusammengebissenen Zähnen nickte Richard.

Und Arnulf grinste. »Schön! Dann werde ich dir etwas besorgen, mit dem du ihm das Maul stopfen kannst.«

»Wie meinst du das?«

»Gott, bist du blauäugig!«, rief Arnulf aus. »Er droht, dich zu verraten, wenn du nicht machst, was er sagt. Also drohst du im Gegenzug, sein kleines, pikantes Geheimnis preiszugeben, wenn er dich nicht in Ruhe lässt. Ich glaube, beim Schach nennt man das ein Patt.«

»Und du glaubst, dass er ein kleines, pikantes Geheimnis hat?«, fragte Richard.

Da lachte Arnulf. »Er ist Bürgermeister, was denkst denn du?«

Richard war sich nicht so sicher, aber er klammerte sich an den Gedanken, dass Arnulf ihm tatsächlich aus dieser elenden Klemme helfen konnte. »Wie lange brauchst du, um etwas herauszufinden?«

Arnulf schlenkerte mit dem Bein. »Du musst morgen ins Lochgefängnis gehen, fürchte ich. Bis dahin schaffe ich es nicht.«

Ergeben schloss Richard die Augen. »Das hatte ich schon befürchtet.«

Mit einem Ruck sprang Arnulf auf die Füße. »Sei unbesorgt! Ich finde schon was! Spiel du nur morgen das Spiel gut genug mit, damit er keinen Verdacht schöpft.« Er wandte sich zum Gehen.

»Arnulf?«, sagte Richard.

Arnulf drehte sich noch einmal um. »Ja?«

»Danke.«

Der Nachtrabe winkte ab und verließ das Kontor.

»Arnulf?«, rief Richard ihn noch einmal zurück.

Der Nachtrabe drehte sich erneut um. Fragend sah er Richard an.

»Lass Sibilla in Ruhe, hörst du?«

Darauf jedoch antwortete Arnulf nicht. Er ging, und er ließ die Tür hinter sich offenstehen.

Das Feuer, das Lukas in dem großen Herd entzündet hatte, füllte die Küche mit Hitze und Rauch, doch den Doktor schien weder das eine noch das andere zu stören. Mit gerunzelter Stirn, von der der Schweiß in Strömen rann, stand er über seinen Versuchsaufbau gebeugt und rührte in dem tönernen Gefäß herum, das er auf einem Dreifuß mitten in die Glut gestellt hatte. Dabei achtete er sorgfältig darauf, dass der lange Holzstab, den er zum Rühren benutzte, nicht an den Rand oder den Boden des Gefäßes stieß. Aus diesem Grund waren nur das leise Knistern der Glut zu hören und ein gelegentlich seufzerartiges Atmen.

Der stechende Geruch von kochendem Urin lag in der Luft, kratzte in Lukas' Kehle und trieb ihm Tränen in die Augen. Er bemühte sich, so gut es ging, den Doktor sein körperliches Unbehagen nicht spüren zu lassen, hustete unterdrückt in die hohle Hand oder räusperte sich so leise wie nur möglich. Darüber hinaus stand er tatenlos herum, schaute zu, wie der Doktor sich ab und an den Schweiß von der Stirn wischte, und wartete darauf, dass er den Befehl für seinen Einsatz erhielt. Wenn der kam, betätigte Lukas den handlichen Blasebalg, den der Doktor ihm gegeben hatte, um damit die Glut etwas heller anzufachen.

Da er jedoch die längste Zeit zum Zusehen verdammt war und da außer dem sorgsamen Rührvorgang stundenlang nichts anderes geschah, hatte er Zeit, sich den kleinen Mörser aus Messing anzusehen, den der Doktor aus seiner Kiste ausgepackt und neben den kaputten Destillationsapparat auf den Tisch gestellt hatte.

Auf den oberen Rand des Mörsers war eine Reihe griechischer Worte eingearbeitet. Der Doktor hatte Lukas erklärt, dass es sich dabei um eine Art Gedächtnisstütze handelte, nämlich um die Reihenfolge der Arbeitsschritte bei der Herstellung von Gold. Lukas konnte das Griechische ein wenig lesen, und jetzt kniff er die Augen zusammen und versuchte, das erste der Worte zu entziffern. *Melanosis*, las er.

Er hatte keine Ahnung, was das zu bedeuten hatte.

»Es heißt Schwarzfärbung!« Die Worte des Doktors drangen so unvermutet in Lukas' Gedanken, dass er zusammenzuckte.

»W-was?«, stotterte er.

Ohne mit dem Rühren aufzuhören, wies der Doktor auf den Mörser. »Melanosis. Du hast dich doch gerade gefragt, was es bedeutet!«

»Stimmt« Lukas kratzte sich am Schädel und überlegte, ob er nach den Einzelheiten des Goldherstellungsverfahrens fragen sollte, doch der Doktor schien nun seinerseits das konzentrierte Schweigen leid zu sein. Von sich aus begann er zu erklären: »Für das Verfahren, von dem hier die Rede ist, benötigt man vier verschiedene Metalle.«

»Vier! Wie die vier Elemente.«

»Genau. Diese vier Metalle sind Blei, Zinn, Kupfer und Eisen. Sie gibt man zu genau festgelegten Teilen in einen Tiegel und schmilzt sie zusammen. Dabei erhält man das sogenannte Tetrasoma, den Vierkörper, eine schwarze Schlacke, die nichts Metallisches mehr hat und sich auch nicht mehr schmieden lässt. Die Herstellung des Tetrasomas bezeichnet der Alchemist als Melanois.«

»Wozu dient sie?«, fragte Lukas. Schon nach diesen wenigen

Details hatte die Erzählung des Doktors ihn in ihren Bann geschlagen.

»Schwarz ist die Abwesenheit von allem Seienden, denn die Nacht ist schwarz, bevor sie den Tag gebiert, und auch die Hölle ist schwarz, bevor das Licht der Gnade sie vernichtet. Wenn aber etwas völlig ohne Seiendes ist, so glauben die Alchemisten, enthält es gleichzeitig die Möglichkeit, zu allem, was ist, zu werden. Das Tetrasoma ist also die Prima Materia, die Urmaterie, aus der es möglich ist, Gold herzustellen.«

»Aha.« Lukas nickte nachdenklich.

»Die Melanosis ist auch der erste Schritt unseres Herstellungsverfahrens hier.« Der Doktor beugte sich über seinen Tiegel und betrachtete eine Weile lang die Oberfläche des Urins, die jetzt nur noch leicht simmerte. Der beißende Gestank in der Luft war etwas erträglicher geworden, aber immer noch deutlich wahrnehmbar. Mit einem zufriedenen Lächeln richtete der Doktor sich wieder auf. »Wie lautet der zweite Begriff auf dem Mörser?«, fragte er. »Kannst du es lesen?«

Lukas kniff die Augen zusammen und entzifferte das zweite griechische Wort. »Leukosis?« Er war sich nicht ganz sicher.

»Genau. Die Weißfärbung.« Der Doktor begann wieder zu rühren. »Bevor das gelingen kann, muss dem Tetrasoma ein wenig Silberpulver zugegeben werden, der sogenannte Silbersamen.«

»Samen, wie Blumensamen?«

»Ja. Du musst dir das Ganze vorstellen wie beim Brotbacken. Du hast doch bestimmt als Kind einmal zugesehen, wie deine Mutter Brot bäckt, oder?« Der Doktor wartete nicht ab, bis Lukas nickte, sondern sprach sogleich weiter: »Dem Mehl wird der Sauerteig zugegeben, und er vermehrt sich und macht aus der Masse den Brotteig, der dann gebacken werden kann. So kannst du es dir auch mit dem Silbersamen vorstellen. Seine Zugabe dient als Vorbereitung für die Leukosis, die selbst nun durch ein Bad in Quecksilber in Gang gesetzt wird. Ist sie abgeschlossen, haben wir in unserem Tiegel Silber, aber natürlich ist das nur ein Übergangsmaterial, sozusagen eine Zwischenstation auf unserem Weg, die Materie von allem Unedlen, Niederen zu erlösen. Als Drittes kommt dann die Xanthosis, die Gelbfärbung.« Der Doktor nannte Lukas diesen Begriff, und der drehte den Mörser und las ihn von dessen Rand ab. »Dafür gibt man dem erzeugten Silber nun – was zu?« Forschend sah der Doktor Lukas ins Gesicht.

Der zögerte, aber dann sagte er doch: »Goldsamen?«

Zufrieden lächelte der Doktor. »Genau. Der Vorgang ist ganz ähnlich wie bei der Leukosis: Zugabe des Samens, dann Eintauchen in eine Flüssigkeit, die in diesem Falle Theion hydor heißt.«

»Und was ist das?«

»Nun, man muss Kalk und Schwefel in einer Mischung aus Essig und dem Urin eines jungfräulichen Knaben kochen, um es zu erhalten.«

Lukas blickte auf den Tiegel, in dem der Doktor rührte. »Urin«, sagte er.

»Ja. Hier gibt es eine Verbindung.«

»Aber Ihr wollt kein Gold herstellen, sondern Medizin.«

Der Doktor bedeutete Lukas, den Blasebalg zu benutzen, und erst nachdem das geschehen war, sprach er weiter: »Das, was wir hier tun, ist dem Goldkochen recht ähnlich. Wir versuchen, aus einer niederen Substanz etwas Vollkommenes zu schaffen, indem wir ihr alles Niedere nehmen.«

Inzwischen war aller Urin in dem Tiegel verdampft. Der Doktor winkte Lukas näher, und als dieser der Aufforderung nachkam und in das Gefäß blickte, sah er eine dickliche, ölige Substanz auf dessen dunkelgrüner Oberfläche. »Ist das unsere Prima Materia?«, fragte er. Die Substanz war dunkelrot, nicht schwarz.

Da lachte der Doktor auf. Behutsam nahm er den Tiegel von der Glut, wobei er eine eiserne Zange benutzte, um sich an dem heißen Gefäß nicht die Finger zu verbrennen. »Genau! Du bist ein kluger Kopf, mein Junge. Ich bin sehr froh, dass ich dich wieder an meiner Seite habe!«

»Warum ist sie rot und nicht schwarz?«

»Meister von Hardenberg hat vermutet, weil sie die Eigenschaften des *lapis philosophorum* enthält.«

»Des Steins der Weisen!«, hauchte Lukas. Von seinem Vater wusste er, dass der Stein der Weisen als rot galt.

Der Doktor musterte ihn mit leicht zusammengekniffenen Augen. »Und: Wie würdest du jetzt weiter vorgehen?«

Lukas überlegte eine Weile. »Ich weiß nicht …«, begann er und als der Doktor enttäuscht aussah, fügte er rasch hinzu: »… was für unseren Versuch als Samen geeignet ist. Ist das eines der Details, die Ihr vergessen habt?«

Der Doktor stellte den Tiegel mit der Prima Materia auf den gemauerten Rand des Herdes. »Nein. Zum Glück nicht. Der Samen für die Leukosis, die wir nun beginnen müssen, befindet sich in dem zweiten Töpfchen, das ich dir vorhin gegeben habe.« Er deutete auf den Küchentisch, auf dem die beiden kleinen Gefäße beieinanderstanden.

Lukas griff nach jenem, das er vorhin noch nicht geöffnet hatte. Vorsichtig zog er den Stopfen heraus und spähte hinein. Es enthielt ebenfalls ein Pulver, doch dieses hier war nicht weiß, sondern von einer schmutzigen, graubraunen Färbung. Außerdem war es sehr viel gröber als die Nix alba.

»Sieht aus wie Sand«, murmelte Lukas.

»Das ist es auch. Jedenfalls zum Teil. Sand, vermischt mit Holzkohlenpulver und zermahlenen Tonscherben.« Der Doktor nahm einen winzigen Löffel und ein weiteres Gefäß aus seiner Kiste, und beim Anblick dieses Gefäßes gingen Lukas die Augen über.

»Eine Phiole!«, hauchte er. Das Gefäß war ungefähr so groß wie eine geballte Männerfaust und bestand aus hauchdünnem, fast vollständig durchsichtigem Glas. Es hatte die Form eines in die Länge gezogenen Eis, aus dem oben ein sehr dünner Schnabel ragte. Der Boden war leicht abgeflacht, so dass man es aufrecht hinstellen konnte.

Wieder lachte der Doktor. »Dein Vater hat dir bereits einiges beigebracht, sehe ich.« So behutsam, als halte er tatsächlich ein Ei in den Händen, trug er die Phiole zum Herd und stellte sie dort neben dem Tiegel mit der Prima Materia ab. »Du glaubst nicht, wie froh ich war, dass mir nur der Destillationsapparat kaputtgegangen ist und nicht diese Phiole!«

Lukas nickte. Das mochte er wohl glauben! Von seinem Vater wusste er, dass Phiolen als das wichtigste Utensil bei der alchemistischen Kunst galten, dass sie, warum auch immer, mit der weiblichen Gebärmutter gleichgesetzt wurden – und vor allem, dass sie schier atemberaubend teuer waren. Gespannt sah er zu, wie der Doktor mit seinem kleinen Löffel mehrere Anteile der Prima Materia aus dem Tiegel kratzte und sie durch die schnabelartige Öffnung ins Innere der Phiole beförderte. Dann maß er zwei Löffel voll des groben Pulvers ab, gab es zu der Prima Materia dazu. Anschließend bat er Lukas, ihm das Nix alba zu reichen. Auch hiervon gab er zwei Löffel voll in die Phiole, nahm diese dann hoch und schüttelte ihren Inhalt mehrere Minuten lang, bis sich alle Zutaten darin gleichmäßig vermischt hatten.

Dann nahm er einen winzigen Holzstopfen aus der Kiste und setzte ihn vorsichtig auf die Öffnung der Phiole. »Das Ganze muss von der Luft abgeschnitten sein«, erklärte er Lukas. »Geh, fache die Glut neu an!«

Lukas tat wie befohlen.

»Mit ein bisschen Übung kann man an der Farbe des Holzes sehen, wie heiß es ist«, meinte der Doktor. »Bisher habe ich meine Schwierigkeiten mit der Handhabung dieses Teiles gehabt, weil ich alleine war. Die Phiole muss in der Hitze geschwenkt werden, damit ihr Inhalt sich gleichmäßig erhitzt. Dadurch konnte ich die Glut nicht richtig anfachen. Hoffen wir mal, dass dies der Grund für mein bisheriges Scheitern war und es jetzt mit deiner Hilfe besser geht.« Er richtete den Blick auf Lukas' Gesicht, und ein weicher Zug erschien um seine Augen.

Lukas spürte, wie ihm ganz warm ums Herz wurde. »Wie oft habt Ihr diesen Versuch schon gemacht?« Er überlegte, ob er eine weitere Frage hinzufügen sollte, nämlich die, wo er diese Versuche gemacht hatte. Dass er heute zum ersten Mal in dieser Küche hier arbeitete, hatte schließlich die Putzmaßnahme zu Anfang der Nacht gezeigt.

»Oh, viel Male. Mit den unterschiedlichsten Urinsorten.«

Lukas hatte schon den Mund geöffnet, um zu fragen, was für unterschiedliche Urinsorten es gab, aber der Doktor hob eine Hand, um ihn zum Schweigen zu veranlassen. »Scht! Jetzt muss ich mich konzentrieren.«

Und so schwieg Lukas.

Er sah zu, wie der Doktor einen Lappen aus der Kiste nahm, mit dessen Hilfe er die Phiole an ihrem dünnen Hals anfasste, und begann, das kostbare Glasgefäß über der heißen Glut zu drehen. Ab und an, wenn er es befohlen bekam, betätigte Lukas den Blasebalg. Und wieder wurde ihm unendlich langweilig.

Waren das die Haupteigenschaften eines Alchemisten? Geduld und Ausdauer?

Dann eignete er sich vielleicht nicht besonders gut für diese Kunst. Die Ungeduld nahm ihn in ihren Griff, machte seine Füße unruhig. Einmal, als er gar zu sehr scharrte, blickte der Doktor finster auf, und für einen Augenblick sah Lukas wieder dieses zornige Funkeln in seinen Augen. Rasch murmelte er ein »Entschuldigung« und bemühte sich von da an, kein Glied mehr zu rühren. Was dazu führte, dass ihn am ganzen Körper ein Kribbeln zu plagen begann und ihn fast in den Wahnsinn trieb. Er öffnete und schloss die Hände, um das Kribbeln zu bekämpfen, aber es nützte nicht viel.

Unendlich erleichtert sah er zu, wie der Doktor endlich die Phiole aus der Glut nahm. »Verflixt und zugenäht!«, fluchte er.

»Es geht nicht.« Lukas musste es einfach sagen, sonst wäre er geplatzt. Im Inneren der Phiole hatte sich die Masse zwar verändert, war nicht mehr rötlich, sondern von einem stumpfen, nichtssagend aussehenden Schwarz.

Der Doktor reagierte nicht. Er stand einfach da, den Blick in die Ferne gerichtet, die Phiole noch immer in der Hand. Er rührte sich so lange nicht, dass Lukas es mit der Angst zu tun bekam.

»Doktor?«, wagte er schließlich zu fragen.

Der Doktor blinzelte, reagierte aber immer noch nicht.

»Doktor?«, versuchte Lukas es erneut und fügte hinzu: »Meister Jacob?«

Da endlich schien der Doktor aus seiner Starre zu erwachen. Er seufzte schwer. Dann stellte er die Phiole vorsichtig auf dem Küchentisch ab. »Es ist noch immer nicht richtig!«, flüsterte er, und er klang dabei so verzweifelt, als stünde er mit einem Fuß am Rande der Hölle. »Ich habe alles ausprobiert, reiner Urin von Männern, gemischter Urin, welcher von Gesunden und von Kranken. Ich hatte gehofft, dass es jetzt, nur mit Frauenurin …« Hilflos hob er die Schultern und atmete einmal zitternd ein und wieder aus.

Lukas ging mit zögernden Schritten zum Doktor hinüber, aber bevor er sich dazu entschließen konnte, ihm tröstend eine Hand auf die Schulter zu legen, packte der Doktor den Mörser und schleuderte ihn mit solcher Wucht gegen die Wand, dass er einen glockenartigen Ton von sich gab und dann poltend zu Boden fiel. Er rollte bis vor den Herd und blieb dort liegen.

Lukas ging, um ihn aufzuheben. Das Metall hatte eine deutlich sichtbare Delle am Rand, genau dort, wo das vierte und letzte Wort eingraviert worden war.

Lukas kniff die Augen ein wenig zusammen, um es trotz der Verzerrung entziffern zu können.

Erythrosis, las er.

Das nun vermochte er sogar mit seinen schwachen Griechischkenntnissen zu übersetzen, doch bevor er die Bedeutung aussprechen konnte, erklang die Stimme des Doktors, und sie hatte jetzt einen hohlen, verzweifelten Klang.

»Ja, es heißt Rotfärbung, Lukas«, wisperte er. »Rot. Rot wie Blut.« Und dabei starrte er auf seine zu Fäusten geballten Hände.

16. Kapitel

In dieser Nacht konnte Katharina nicht einschlafen, weil ihr zu viele Dinge im Kopf herumgeisterten. Sie dachte an die entstellten Leichen von Heinrich und Dagmar. Sie dachte an Maria und deren Ängste, die sie so gut nachvollziehen konnte. Und dann grübelte sie auch noch über den drohenden Verlust des Henkershauses und den Vorschlag ihrer Mutter nach, ins Heilig-Geist-Spital einzutreten.

Doch ein Gedanke schob sich immer und immer wieder vor das alles. Es war der Gedanke an Richard und an den Kuss, den sie getauscht hatten. Weil alle Grübeleien zu nichts führten, erlaubte sie sich für einen Moment, in einem angenehmen Traum zu versinken und sich vorzustellen, wie es wäre, Frau Sterner zu sein. Dann müsste ihre Mutter nicht in ein Armenhaus gehen, oder? Würde Richard ihr erlauben, Mechthild in sein Haus mit aufzunehmen? Und: Würde sie selbst das überhaupt wollen?

All diese Gedanken vermischten sich in Katharinas Kopf mit der zunehmenden Müdigkeit, und irgendwann glitt sie in einen leichten Schlummer.

Sie träumte. Im Traum stand sie Maria gegenüber. Maria redete, und die Worte drangen aus ihrem Mund wie hallende Glockenschläge. »Die frommen Frauen haben uns gern Angst mit dem Schwert gemacht, wenn wir nicht artig waren«, sagte sie. »Besonders Heini, einer der Jungen, hatte oft Alpträume davon, aber trotzdem hat er immer wieder mitgespielt, wenn wir Kopfschlagen gespielt haben …« Und als sie das Wort »Kopfschlagen« erwähnte, kippte ihr eigener Kopf nach vorn, fiel zu Boden und rollte Katharina vor die Füße, wo er sie von unten herauf anklagend anblickte.

Mit klopfendem Herzen fuhr Katharina aus dem Schlaf, öffnete die Augen und starrte gegen die Decke. Warum träumte sie ausgerechnet von diesem kurzen Moment ihres langen Gesprächs? War da etwas, das sie übersehen hatte? Etwas, das Maria ihr gesagt hatte, dessen Bedeutung sie nur nicht begriff?

Die frommen Frauen …

Zuvor hatte Maria erzählt, dass diese frommen Frauen ein Findelhaus führten.

Ein Findelhaus!

Mit einem Ruck setzte Katharina sich hin.

Hatte nicht auch Heinrich in einem Findelhaus gelebt?

Sie rief sich die genauen Worte Marias zurück ins Gedächtnis.

Besonders Heini, einer der Jungen, hatte oft Alpträume davon …

Heini.

Einer der Jungen.

Heini … Heinrich!

Katharina schwang die Füße aus dem Bett.

Konnte es sein, dass sowohl Dagmar als auch Maria Heinrich gekannt hatten? Gab es hier eine Verbindung zwischen den beiden Morden?

Sollte sie Maria am Abend, wenn sie sich mit ihr in der Katharinenkirche treffen würde, danach fragen? Noch bevor sie diesen Entschluss fassen konnte, fiel ihr etwas ganz anderes ein.

Was, wenn Maria die Mörderin war?

Bei diesem Gedanken durchfuhr es Katharina heiß und kalt.

Wenn Maria wirklich beide gekannt hatte, wäre das durchaus vorstellbar, zumal sie sich in diesem schrecklichen, aufgewühlten Zustand befand. Wer konnte schon sagen, was ihr gequälter Geist imstande war auszuhecken?

Katharina legte die Hände an die Wangen. Was hatte sie für Möglichkeiten, Maria zu befragen und sich nicht gleichzeitig in Gefahr zu bringen?

Eine Antwort auf diese Frage fiel ihr sofort ein.

Richard.

Vielleicht sollte sie zu ihm gehen und ihm von ihrem Verdacht erzählen.

Ein Lächeln glitt über ihre Züge. Sie ließ ihre Finger zum Mund wandern, um es festzuhalten.

Sie stand mit einer Freude im Herzen auf, wie sie sie seit vielen Monaten nicht mehr empfunden hatte, und kümmerte sich um das Morgenmahl.

Mechthild schaute sie erstaunt an, als sie tatsächlich zulangte und sogar mit einigem Genuss von dem dunklen Brot aß. »Diese Frau, die gestern Abend hier war …« Sie ließ den Rest des Satzes in der Luft hängen.

Katharina schluckte den Bissen herunter, den sie im Mund hatte. Sie wusste bereits, was ihre Mutter fragen wollte. »Sie war eine Hure, ja.«

»Kümmerst du dich noch immer um diesen Abschaum?«

Katharina musste die Zähne zusammenbeißen, um nicht eine unfreundliche Erwiderung auszuspucken. Warum nur vergaß ihre Mutter immer wieder, dass sie als Witwe des Henkers von Nürnberg selbst zu diesem Abschaum gehörte? »Nein«, sagte Katharina. »Ich habe Maria zufällig kennengelernt. Sie leidet offenbar unter einer ganz ähnlichen Krankheit wie ich.«

»Du bist nicht krank!«, widersprach Mechthild, und urplötzlich konnte Katharina in ihrer Stimme den Tonfall ihres eigenen Vaters hören, der genau das auch immer behauptet hatte. Im Gegensatz zu Mechthild allerdings hatt er er diese Behauptung meistens mit Hilfe eines Lederriemens unterstrichen.

Katharinas Hand wanderte über ihre Schulter nach hinten, weil sie noch immer die Schmerzen der Schläge zu spüren glaubte, die er ihr verabreicht hatte, als sie noch ein Kind gewesen war. Sie legte das nur halb aufgegessene Stück Brot zur Seite. Der Appetit war ihr vergangen.

»Maria«, wiederholte Mechthild. »Welch ein Frevel, mit diesem Namen solch einem … hm, Beruf nachzugehen!«

»Sie heißt eben so«, gab Katharina zurück. Insgeheim jedoch dachte sie: Stimmte das wirklich?

»Sie zieht den Namen der Heiligen Jungfrau in den Schmutz!«, schimpfte Mechthild.

Jetzt hielt Katharina es nicht mehr aus. »Ich könnte mir vorstellen, dass es mancher Mann ziemlich aufregend findet, sie …«

»Katharina!«, fuhr Mechthild auf. »Das ist Gotteslästerung!«

Nein, Mutter, dachte Katharina. *Ich habe weder Gott gelästert noch Christus oder den Heiligen Geist. Alles, was ich getan habe, ist, über eine Frau namens Maria zu sprechen.*

Sie seufzte, weil ihr klarwurde, dass sie besser so schnell wie möglich das Weite suchte, wenn dies hier nicht in dem nächsten großen Streit enden sollte. »Ich muss gehen«, behauptete sie und stand von dem Tischchen auf, das sie vor den Sessel ihrer Mutter geschoben hatte.

»Wohin?«

»Keine Angst, ich gehe nicht zu den Huren!« Spitz klangen die Worte aus Katharinas Mund. »Ich muss ins Kloster, zur Priorin und nach ihr sehen.«

In Mechthilds Gesicht entspannte sich etwas. »Gut.«

Katharina dachte an die Priorin. Vielleicht half ihr ein gelehrtes Gespräch etwas dabei, die Aussicht, dass ihr ein ähnliches Leben in Armut und Ungesetzlichkeit bevorstand, zu vergessen und sich auf ihr nächstes Treffen mit Richard vorzubereiten.

Sie war kaum damit fertig, sich Haube und Mantel anzulegen, als es unten an der Haustür klopfte. Verwundert, wer wohl zu so früher Stunde etwas von ihr wollte, ging sie öffnen.

Es war Guillelmus, der vor ihr stand. Sein rasches Atmen und sein gerötetes Gesicht verrieten, dass er sich beeilt hatte. »Ihr …« Er musste erst Luft holen, bevor er weitersprechen konnte. »Die Priorin. Es geht ihr schlecht. Sie verlangt nach Euch!«

Er wirkte sehr erschrocken, und Katharina spürte seine tiefe Sorge. Guillelmus machte den Eindruck, als liege die Priorin im Sterben.

»Ich war gerade auf dem Weg zu ihr«, sagte sie, während sie ihren Mantel schloss. »Was hat sie?« Gleichzeitig rasten ihre Gedanken durch alles Wissen hindurch, das sie über Gicht besaß. Diese Krankheit war zwar schmerzhaft, aber sie führte nicht zum Tode. Jedenfalls nicht unmittelbar und vor allem nicht so schnell.

»Ich weiß es nicht. Alles, was ich Euch sagen kann, ist, dass sie sehr besorgt ist. Und Bruder Johannes war auch ziemlich blass, als er mich bat, Euch so schnell wie möglich zu holen.«

»Dann hat er die Priorin schon untersucht?«

Guillelmus schüttelte den Kopf. »Wo denkt Ihr hin! Er ist ein Mann, er betritt den inneren Bereich des Klosters nur ungern. Darum will die Priorin ja Euch sehen.«

»Gut. Ich komme sogleich.« Katharina trat zu dem Mönch auf den Henkerssteg hinaus. »Rasch!«, bat sie. »Beeilen wir uns!«

In aller Eile wurde Katharina vom Besuchsraum durch das Gängelabyrinth des Klosters geführt und stand im nächsten Moment schon vor der Tür zu Kunigundes Gemächern.

Die Nonne, die sie hergebracht hatte und deren Namen Katharina nicht kannte, klopfte und öffnete, ohne auf eine Aufforderung zum Eintreten zu warten.

Das Innere der Gemächer war düster, da man die Fensterläden geschlossen und so das fahle Tageslicht ausgesperrt hatte. Nur einige schmale Lichtstreifen fielen durch die Ritzen der hölzernen Läden und zeichneten ein Muster aus parallelen Linien auf den Fußboden. Katharina biss sich auf die Lippe und fragte sich, warum eigentlich alle Welt dachte, dass es nötig war, Kranke im Dunkeln liegen zu lassen. Wie oft hatte sie früher als erstes Läden aufstoßen oder Vorhänge zur Seite ziehen müssen, um ihre Patienten überhaupt untersuchen zu können!

»Frau Jacob ist jetzt da, Ehrwürdige Mutter«, sagte die Nonne.

»Gut.« Eine schwache Stimme aus der Richtung des Bettes ließ Katharinas Sorge auf das Doppelte anwachsen. Die Priorin klang matt und zu Tode erschöpft.

Katharina ging, um die Fensterläden zu öffnen. Sie tat es mit so viel Schwung, dass die hölzernen Rahmen außen gegen die Fassade krachten und ein wenig Putz von der Wand rings um die Angeln rieselte. Kalte Luft und schwaches Winterlicht fluteten den Raum und vertrieben die Düsternis.

Katharina hörte die Priorin stöhnen.

Sie wandte sich um, und sie erschrak bei dem Anblick, der sich ihr bot. Kunigunde lag in ihren Kissen und war bis zum Kinn zugedeckt. Ihr Gesicht war angespannt und von tiefen Linien durchfurcht, wie das nur bei Menschen der Fall war, die große Schmerzen zu leiden hatten.

»Ich bin jetzt bei Euch«, sagte Katharina und trat leise an das Krankenlager.

»Ich danke Euch, Schwester Rubinia«, murmelte Kunigunde.

Die Nonne verbeugte sich knapp und verließ dann den Raum. Sie schloss die Tür hinter sich so vorsichtig, als fürchte sie, der kleinste Laut könne die Qual der Priorin noch vermehren.

Vielleicht war das tatsächlich der Fall. »Leidet Ihr unter Kopfschmerzen?«, fragte Katharina. Sie versuchte, aus dem Gesicht der Priorin etwas abzulesen, aber es gelang ihr nicht. Die Pupillen waren klar, jedenfalls soweit sie das beurteilen konnte. Kunigunde hatte die Lider halb geschlossen. Ihre Mundwinkel wiesen nach unten, und die gesamte Kieferpartie wirkte verkrampft, als Kunigunde nun nickte. »Ja. Ziemlich. Aber das ist nicht der Grund, warum ich Euch rufen ließ.«

Sie zwängte eine Hand unter der Decke hervor, die man rings um ihren Körper sorgfältig festgesteckt hatte, und mit einem verkrümmten Zeigefinger deutete sie unter ihre Bettstatt.

Katharina verstand nicht ganz.

»Der Nachttopf«, murmelte Kunigunde. »Man hat mir einen bewilligt, weil ich mich gestern Abend kaum bewegen konnte wegen der Schmerzen in meinen Gelenken.«

Katharina erinnerte sich daran, dass den Nonnen, um sie vor der Sünde der Bequemlichkeit zu bewahren, verboten war, Nachttöpfe zu benutzen. Sie beugte sich hinab und zog das schlichte, aus Ton gefertigte Gefäß hervor, dem der typische Geruch von abgestandenem Urin entstieg.

»Wie alt ist er?«, fragte Katharina.

»Von gestern Abend.« Kunigunde versuchte, sich ein wenig aufrechter zu betten, doch es gelang ihr nicht. Mit schmerzverzerrtem Gesicht sank sie zurück in ihre Kissen. Katharina musterte ihre Fingergelenke. Keinerlei übermäßige Verdickungen, die bei Menschen, denen die Gicht derartig starke Schmerzen verursachte, eigentlich immer vorhanden waren. Es war seltsam. Katharina blickte in den Nachttopf.

Und erschrak.

Der Urin war schwarz. Eine pechartige Wolke trieb darin herum, wie Tinte, die man in Wasser gegossen hatte, ein wenig flockig und von der Konsistenz her gestockter Milch ähnlich.

Katharina biss die Zähne zusammen, denn sie wusste, was dieses Zeichen zu bedeuten hatte: Schwarzer Urin war ein Hinweis auf den nahe bevorstehenden Tod!

Es gab in den Büchern der Gelehrten etliche Beschreibungen von Menschen, deren Urin sich schwarz gefärbt hatte und die danach nur noch wenige Tage gelebt hatten. Katharina kannte einige dieser Fälle.

Langsam ließ sie sich auf die Bettkante sinken.

»Ihr wisst, was das bedeutet?«, fragte die Priorin. Sie hatte Katharina aufmerksam beobachtet, während diese den Urin studierte.

Katharina hob den Blick. Kunigunde kannte die Zeichen ebenfalls, das war überdeutlich. Jetzt begriff Katharina auch, dass es nicht Schmerzen waren, die die tiefen Linien in ihr Gesicht gegraben hatten, sondern Angst. Nackte Todesangst.

Katharina nickte zaghaft. Fieberhaft suchte sie nach den passenden Worten, nach etwas Trost, den sie spenden konnte, doch ihr fiel nichts ein, das sie hätte sagen können. Nichts, das nicht hohl und abgedroschen geklungen hätte. Behutsam stellte sie den Nachttopf auf die Erde und schob ihn wieder unter das Bett.

»Ich danke Euch«, murmelte Kunigunde.

Katharina hob fragend die Augenbrauen.

»Dafür, dass Ihr Euch nicht zu albernen Sentenzen herablasst. *Gottes Wege sind unergründlich* und derartiges.« Kunigunde lachte auf, und das Geräusch jagte Katharina einen Schauer über den Rücken.

Sie räusperte sich. »Ich weiß, Ihr hegt große Hoffnungen, was meine Heilkünste angeht, aber …«

Kunigunde hob die Hand und brachte Katharina so zum Schweigen. »Ich weiß, dass die besten Heiler nichts gegen den Tod vermögen, wenn er sich mit schwarzem Harn ankündigt. Galen selbst stand dieser Situation ohnmächtig gegenüber, ich habe in seinen Schriften nachgelesen.«

Katharina senkte die Lider. »Was wünscht Ihr dann von mir?« Sie fühlte sich klein und hilflos, und es fiel ihr schwer, Kunigundes Blicken standzuhalten.

»Ich mache mir Sorgen«, gestand die Priorin. »Nicht um mich, sondern um die mir anvertrauten Nonnen. Was wird aus ihnen werden, wenn ich sterbe?«

»Habt Ihr denn keine würdige Nachfolgerin?«

»Schwester Agnes wäre diejenige, die mir nachfolgt, und ich glaube, sie wäre sogar eine gute Priorin. Aber sie ist eine gestrenge Frau, und ich fürchte, dass in dieses Kloster eine Menge Düsternis Einzug halten wird, wenn nicht gleichzeitig jemand Warmherziges sich um die Nonnen kümmert.«

Katharina schluckte, denn sie ahnte, worauf die Priorin hinauswollte. »Ihr möchtet, dass ich Euer Angebot annehme.«

Kunigunde antwortete nicht, sondern schaute Katharina forschend an. Ihre Augen bewegten sich in den Höhlen hin und her, und obwohl die Priorin völlig regungslos dalag, bewirkte allein diese Bewegung, dass sie ruhelos aussah. In ihrem Augenwinkel, neben der Iris, hatten sich Flecken gebildet. Katharina registrierte sie nur am Rande.

Sie fühlte sich stark unter Druck gesetzt, und sie überlegte fieberhaft, was sie nun sagen sollte. »Ich … ich habe die Entscheidung noch nicht getroffen.« Sie dachte an Richard.

Kunigunde nickte matt. Ihrem Gesicht war die Enttäuschung anzusehen, und Katharina wappnete sich gegen diesen Anblick. *Es geht um dein weiteres Leben,* redete sie sich selbst zu. *Du kannst eine solche Entscheidung nicht einfach nur aus Mitleid treffen, wenn du selbst sie nicht mitträgst!* Sie wusste, dass diese Mahnung klug war, und dennoch verspürte sie angesichts von Kunigundes Verzweiflung einen starken Drang, ihr eine Zusage zu geben. Allein Richards Gesicht und die Erinnerung an seine Lippen auf den ihren hielten sie davon ab.

»Ich kann Euch ansehen, dass Ihr mit Euch ringt«, sagte Kunigunde leise. »Habt Ihr schon einmal darüber nachgedacht, dass es vielleicht Gottes Wille ist, dass Ihr ins Kloster kommt?«

Katharina schloss die Augen. Diesen Satz hatte sie gefürchtet!

»Wie kann ich unterscheiden, ob es Ihr seid, die mich ruft, oder Gott selbst?«, flüsterte sie. »Ich bin nur eine einfache Frau, keine geweihte Nonne, so wie Ihr.«

»Gott wird Euch seinen Willen mitteilen, wenn er die Zeit für gekommen hält.« Kunigunde legte ihre Hand auf die von Katharina. Ihre Haut war trocken und sehr warm.

Katharina musste an die Geschichte von Jona denken, daran, dass der Prophet sich geweigert hatte, Gottes Willen nachzukommen und nach Ninive zu gehen, und wie er dafür gestraft worden war.

Sie schluckte. Dann öffnete sie die Augen wieder und sah Kunigunde an. »Ich versuche, so schnell wie möglich zu einer Entscheidung zu kommen«, versprach sie. »Aber zuvor sollten wir nichts unversucht lassen, um Eure Krankheit, worin auch immer sie bestehen mag, zu heilen.«

Kunigunde sah nicht aus, als gebe sie dieser Möglichkeit viel Aussicht auf Erfolg, doch Katharina war nicht so einfach bereit, den Kampf aufzugeben. »Ich werde versuchen, an Wissen darüber zu gelangen, ob es Möglichkeiten gibt, Euer Leben zu retten.«

»Wie wollt Ihr das tun?«, gab Kunigunde zurück.

»Es gibt einen Medicus in Nürnberg, dessen Wissen ich sehr schätze. Sein Name ist Hartmann Schedel. Er und Bruder Johannes' sind Geschwister. Vielleicht kann er uns weiterhelfen.«

Kunigunde nahm endlich die Hand von Katharinas, und Katharina fühlte sich erleichtert dadurch. »Beeilt Euch«, bat die Priorin. »Ich weiß nicht, wie viel Zeit mir noch bleibt.«

Katharina erhob sich. »Das werde ich«, versprach sie.

Dann ging sie, und erst, als die Tür hinter ihr ins Schloss fiel und Schwester Rubinia, die draußen auf sie gewartet hatte, ihr gegenübertrat, wurde ihr bewusst, dass Kunigunde nicht gesagt hatte, womit sie sich beeilen sollte. Mit dem Gang zu Hartmann Schedel? Oder doch eher mit ihrer Entscheidung, als Infirmaria in dieses Kloster einzutreten?

Zur vierten Tagesstunde packte Richard seine Tasche mit Skalpellen, verließ sein Haus und fand sich in der Lochgasse ein, einem schmalen Durchgang, von dem aus eine steile Stiege hinab in das berüchtigte Lochgefängnis von Nürnberg führte. Silberschläger war noch nicht da, und so hatte Richard Gelegenheit, sich ein wenig umzusehen. Hier hatte sich seit seinem letzten Besuch im August nichts verändert. Die buckligen Gitter in der Mitte der Gasse führten noch immer hinab zu dem Gang vor den Zellen, und ab und an drang aus ihnen ein dumpfer Schrei oder auch ein klagendes Stöhnen empor. Richard wusste, dass das Lochgefängnis noch immer überbelegt war. Er fragte sich, wie viele Unruhestifter und Delinquenten dort unten schon seit den Tagen des Großen Wahnsinns auf ihre Verurteilung oder auf ihren Rechtstag warteten. Es war kein Geheimnis, dass der Stadtrat Mühe hatte, mit all den Verfahren nachzukommen, die nach dem Großen Wahnsinn notwendig geworden waren.

Richard wandte den Blick von den deprimierenden Gittern ab und richtete ihn stattdessen auf die Tür, die zur Lochwirtswohnung führte. Kinder hatten an den steigbügelförmigen Griff der Türglocke einen Frosch gebunden, der schon länger tot zu sein schien. Seine Haut war eingetrocknet, die ehemals grüne Färbung zu einem schmutzigen Graugrün verblasst.

Während Richard noch darüber nachdachte, warum der Lochwirt das bedauernswerte Tier nicht entfernte, erklangen Stimmen und Schritte auf dem oberen Abschnitt der breiten Steintreppe, die zum Hintereingang des Rathauses hinaufführte. Eine Tür wurde geöffnet.

Der Bürgermeister trat mit einem Stadtbüttel zusammen ins Freie. Die beiden Männer waren in eine Unterhaltung vertieft, die Silberschläger unterbrach, als er Richard sah.

»Sterner!«, grüßte er. Dann wandte er sich an den Büttel, einen massigen Kerl mit den roten Wangen eines Kindes. »Ihr wisst, was Ihr zu tun habt!«, sagte er zu ihm, dann kam er die Stufen herunter und gesellte sich zu Richard.

»Guten Morgen!«, grüßte er gut gelaunt. »Habt Ihr eine angenehme Nacht hinter Euch?«

Richard sah keinen Grund, warum er übertrieben freundlich sein sollte. »Angenehmer jedenfalls«, knurrte er, »als ich es nach Eurem Besuch gestern Abend vermutet hätte.«

Der Büttel war in den Hintergrund getreten, wo er schweigend und mit lose am Körper herabhängenden Armen stehenblieb.

Silberschläger lachte laut auf und schlug Richard auf die Schulter. »Ihr gefallt mir, wisst Ihr das? Ihr seid ein zäher Kerl, der tut, was notwendig ist, ohne viel darüber zu jammern.«

Unwillkürlich verkrampfte sich Richards Hand zur Faust. »Schön für Euch!«, brummte er.

»Na, na! Wer wird denn so bärbeißig sein! Ihr seid ein Mann von vielerlei Talenten, Richard Sterner. Ich frage mich schon seit längerem, warum Ihr es vorzieht, Euch aus der Politik herauszuhalten.«

Richard biss sich auf die Zunge und antwortete nicht darauf.

Da lachte Silberschläger erneut. »Ich sehe schon, Ihr haltet die Politik für etwas Verabscheuungswürdiges! Nun, es sei Euch erlaubt!« Er wies auf den Abgang zum Lochgefängnis. »Der Lochwirt ist darüber im Bilde, dass wir kommen.« Er umrundete die hölzerne Wand, die die Gasse vom eigentlichen Niedergang trennte, und klopfte mit der gesamten Faust gegen die massive Tür. »Er ist ein etwas ängstlicher Mann, was unser Vorhaben erleichtern wird. Ratet, wovor er sich am meisten fürchtet?«

Richard kam nicht dazu zu antworten, denn in diesem Augenblick wurde ihnen geöffnet.

»Guten Morgen, Herr Bürgermeister!«, grüßte der Lochwirt ehrerbietig. Dann blickte er Richard an und nickte ihm ebenfalls zu.

»Guten Morgen, Dengler.« Silberschläger schenkte dem Lochwirt ein strahlendes Lächeln. »Das ist der Herr, von dem ich Euch gestern Nachmittag berichtet habe. Jener, der sich die Leiche ansehen wird.«

Gestern Nachmittag? Richard biss die Zähne zusammen. Silberschläger war erst am Abend bei ihm gewesen, aber offenbar hatte er bereits zuvor gewusst, dass dieses Treffen hier heute stattfinden würde.

Rasch schickte Richard einen Gedanken an Arnulf. Hoffentlich beeilte sich der Nachtrabe mit seinen Nachforschungen!

Dengler sah Richard an und verzog das Gesicht. »Sorgt dafür, dass der Bürgermeister ihn endlich unter die Erde bringt«, sagte er missmutig. »Er verpestet mir die gesamte Luft dort unten!«

Richard trat einen Schritt zur Seite. Als ob die Luft in dem engen, feuchten und überbelegten Loch noch groß zu verpesten gewesen wäre, bei all dem Gestank nach Körperausdünstungen, Kot und Urin, den die Gefangenen ausströmten!

»Mein lieber Dengler«, Silberschläger legte dem Mann einen Arm um die Schultern. »Ihr wollt doch auch, dass die wahren Schuldigen für diesen Mord gefunden werden?«

Dengler schnaubte. »Natürlich!«, brummelte er. »Wenn all die anderen Kerle hier unten schon nicht verurteilt werden!«

Silberschläger zog den Arm zurück. Auf seinem Gesicht machte sich ein betretener Ausdruck breit, und fast hätte Richard aufgelacht.

Offenbar war dieser Dengler weitaus weniger ängstlich, als der Bürgermeister glaubte! Die Obrigkeit fürchtete er jedenfalls schon einmal nicht.

Richard dachte an den Stiefelputzerjungen Benedikt, den er erst neulich vor seiner Haustür getroffen hatte. Der Junge hatte sich bei Dengler Flöhe eingefangen, und Richard ertappte sich dabei, dass er genau dieses Schicksal auch Silberschläger wünschte.

»So kommt!« Dengler machte den Weg frei, so dass Richard und der Bürgermeister vor ihm die enge und steile Treppe hinabsteigen konnten. »Vorsicht!«, warnte er. »Unten in der Biegung ist die Decke sehr niedrig! Stoßt Euch nicht den Kopf!«

Richard umfasste den Griff seiner Tasche fester, bückte sich unter dem niedrigen Sturz hindurch und richtete sich dahinter wieder auf. Er war recht groß, und so hatte er das Gefühl, sein Hut müsse die niedrige Gewölbedecke streifen. Der Gestank hüllte ihn mit einer Intensität ein, auf die er nicht vorbereitet war. Unwillkürlich schnappte er nach Luft, und es fühlte sich an, als atme er etwas Zähes, Flüssiges ein. Verzweifelt bemühte er sich darum, sich sein Unbehagen nicht anmerken zu lassen, denn hinter ihm bückte sich nun nicht nur der Büttel unter dem Sturz hindurch, sondern mit einem zufriedenen Gesichtsausdruck baute sich auch der Bürgermeister neben Richard auf.

»Dann mal los!«, sagte er erwartungsvoll und rieb sich die Hände.

Richard hätte ihn am liebsten geohrfeigt.

Dengler führte sie einen Gang entlang, um ein paar Ecken, an denen allesamt düster flackernde Talglichter angebracht waren. Sie ließen die Schatten in Ecken und Winkeln wie lebendig wirken. Bei einer der Zellentüren, die in bogenförmige Türstürze eingepasst waren, konnte Richard ein blasses Gesicht durch das in Augenhöhe angebrachte Guckloch sehen. Brennende Augen, eine schmale Nase und papiertrockene Lippen erkannte er, bevor er weiterging. Der Zelleninsasse stieß ein langgezogenes Heulen aus, das kaum noch etwas Menschliches an sich hatte.

»Ein Mörder!«, erklärte Silberschläger Richard. »Er hat während des Großen Wahnsinns zehn oder zwölf Männern und Frauen den Schädel eingeschlagen, um an ihre Geldbeutel zu kommen. Wir haben mehr als zwei Dutzend Zeugen, die seine Taten bestätigen.«

»Warum sitzt er noch hier?« Richard hatte diese Frage nicht stellen wollen, aber sie war ihm einfach entschlüpft. »Wenn Ihr so viele Zeugen habt, hätte er längst hingerichtet sein müssen.«

Silberschläger zuckte nur die Achseln. »Er hat nicht gestanden, was, wie Ihr vielleicht wisst, die Voraussetzung für seine Hinrichtung ist. Aber das wird sich ja nun bald ändern, denn in wenigen Tagen kommt der neue Henker, den die Stadt eingestellt hat. Er wird dafür sorgen, dass wir an das nötige Geständnis kommen, da bin ich ganz sicher.«

Richard presste die Lippen zusammen, um nicht die nächste unbedachte Frage zu stellen. Er wollte keine Details mehr hören über die armen Gestalten, die seit Monaten hier unten eingepfercht waren, ohne die Sonne zu sehen, ohne frische Luft oder frisches Wasser, nur versorgt durch den Lochwirt mit oftmals verschimmeltem Brot.

Sie erreichten zwei Zellen, über deren Türen mit Farbe ein roter Hahn und eine schwarze Katze gemalt waren. Richard zwang sich, der Katze keinen Blick zu schenken. Hinter dieser Tür hatte man damals Katharina gefangengehalten. Er vermeinte Silberschlägers Blicke auf seinem Gesicht zu spüren, als er an der Zelle vorbeiging.

»Hier ist es.« Dengler nahm sein Schlüsselbund vom Gürtel und wählte einen der Schlüssel aus. Es quietschte gottserbärmlich, als er ihn im Schloss der nächsten Zelle drehte, und auch die Angeln kreischten, als er die Tür nach innen aufstieß.

»Unter Sebald Groß waren alle Scharniere immer gut geölt«, murmelte Richard. Er starrte Dengler finster an, doch dem schien es völlig gleichgültig zu sein. Verständlich, dachte Richard, denn er war es gewohnt, verflucht und beschimpft zu werden. Ein einfacher böser Blick machte ihm offenbar keine Angst.

Der Geruch, der ihnen durch die geöffnete Zellentür entgegendrang, sprach von totem Fleisch und von dem dumpfen Aroma nasser Erde.

»Bitte sehr!« Silberschläger machte eine galante Geste, als fordere er eine Dame auf, vor ihm die Tür zu durchschreiten.

Richard verfluchte ihn im Stillen. Dann wappnete er sich und betrat die Zelle.

Es war eine gewöhnliche Gefängniszelle, die sich in nichts von all den anderen hier unten unterschied. Abgesehen vielleicht davon, dass sie von zwei Talglampen erhellt wurde, die auf kleinen Vorsprüngen rechts und links an den Wänden standen. Die Wände selbst und auch der Boden waren mit dunklem Holz verschalt, das sich über Richards Kopf zu einem niedrigen Tonnengewölbe erweiterte. In der Mitte der Zelle lag ein großer Stein mit einem Loch in der Mitte, in dem sich bei diesen Temperaturen gewöhnlich glühende Kohlen befanden. Jetzt jedoch war das Loch leer, denn der derzeitige Bewohner der Zelle brauchte keine Wärme mehr.

Auf der Pritsche, die die gesamte rückwärtige Wand der Zelle einnahm, lag das Lederbündel, an das Richard noch allzu gute Erinnerungen hatte. Bei dessen Anblick sah er wieder, wie es aus dem Schreingehäuse rollte, er hörte das hässliche Geräusch, das der Körper dabei gemacht hatte.

Die Luft im Inneren der Zelle war zum Schneiden dick, gefüllt mit dem widerwärtigen Gestank der Verwesung. Von Ferne erklang das Heulen eines der Gefangenen. Jemand schlug mit einem metallischen Gegenstand, wahrscheinlich einem Becher, gegen die Gitterstäbe seiner Zelle. All dies zusammen, der Gestank, die herrschende Düsternis, die vom Flackern der Lichter eher verstärkt als erhellt wurde, das Heulen und das Klappern des Bechers schufen in Richard den Eindruck, sich nicht mehr auf Erden zu befinden, sondern in einem Winkel der Hölle, der eigens für ihn geschaffen worden war.

Mit einer gemessenen Bewegung stellte er seine Tasche auf den Fußboden und blickte auf die Leiche in ihrem Bündel hinab.

Silberschläger und der Büttel drängten sich hinter ihm in die Zelle hinein, der Lochwirt hingegen zog es vor, unter dem Türsturz stehenzubleiben. Alle drei hatten sie Mund und Nase mit der Hand bedeckt, Silberschläger hielt zusätzlich noch ein weißes besticktes Taschentuch in den Fingern.

Richard hatte keine Ahnung, was genau der Bürgermeister von ihm erwartete. … *den endgültigen Beweis dafür finden, dass die Juden den Toten auf dem Gewissen haben* … So oder so ähnlich hatte Silberschläger sich ausgedrückt. Und wenn Richard ihn richtig verstanden hatte, so sollte der arme Dengler als Zeuge für diesen Fund dienen.

Mit zusammengepressten Lippen starrte Richard auf das Lederbündel hinab. »Was jetzt?«, fragte er.

»Nun«, Silberschlägers Stimme klang gedämpft in der feuchten, engen Zelle, »Ihr seid bewandert in der Kunst der Leichenbeschau. Ich bitte Euch im Namen des Stadtrates von Nürnberg, Euch diese Leiche genau anzusehen und mir zu sagen, woran sie Eurer Meinung nach gestorben ist.«

Richard schluckte. Er hatte genug Erfahrung mit der Sektion von Leichen, um zu wissen, dass eine solche Suche kaum Aussicht auf Erfolg hatte. Nach den langen Wochen der Verwesung würden sie nur mit großem Glück noch Hinweise finden können, die Aufschluss über die Todesursache gaben.

Zögernd bückte er sich nach seiner Tasche und öffnete sie. Er wusste noch immer nicht, was Silberschläger vorhatte.

Dengler und der Büttel waren eindeutig als Zeugen hier, soviel war sicher. Silberschläger hatte offenbar vor, ihnen eine Art Spektakel zu bieten, also nahm Richard das größte Skalpell aus seiner Tasche und hielt es prüfend gegen das Licht der einen Talglampe.

Mit einer gewissen Befriedigung hörte er den Büttel hinter sich aufstöhnen.

Er trat vor die Leiche hin. Kurz hielt er inne, sandte ein Stoßgebet gen Himmel und wunderte sich über sich selbst, warum er das tat. Dann beugte er sich über die Plane.

Die Löcher, die die Ratten in das feste Material genagt hatten, gähnten ihm entgegen, und er meinte kurz, in einem von ihnen weiße Nagezähne blitzen zu sehen. Vorsichtshalber schlug er mit der flachen Hand auf die Oberseite des Bündels. Es gab ein dumpfes Geräusch, doch keine Ratte floh ins Freie.

Richard hob das Skalpell. Er war versucht, tief durchzuatmen, doch angesichts des widerlichen Gestanks, den die Leiche ausströmte, versagte er sich dies. Vorsichtig setzte er das Skalpell auf die Plane und vollführte einen langen Schnitt vom Kopf bis zu den Füßen.

Das Leder quietschte leise unter seiner Klinge. Wieder stöhnte hinter Richard jemand auf, doch diesmal achtete er nicht darauf, wer es war, sondern konzentrierte sich auf seine Arbeit. Nachdem der Schnitt vollführt war, klappte Richard die beiden Seiten der Plane auseinander.

»Heiliger Christus!«, stieß Dengler hervor.

Vor Richard lag ein Körper, der nur noch entfernt etwas Menschliches an sich hatte. Von der Kleidung, die dieser Mann einst getragen hatte, waren nur Reste übrig, ein Stück Kragen, die Bahn eines Mantels, die Schuhe. Alles andere hatten sich offenbar die Ratten geholt. Und Rattenbisse hatten auch das Fleisch von den Knochen gerissen, so dass diese sich bleich und leicht gelblich durch den verbleibenden Rest von Gewebe abzeichneten. Eine Seite des Schädels war komplett skelettiert, die andere von einer bräunlichen, schrumpeligen Hülle überzogen, die Richard erst auf den zweiten Blick als Haut erkannte. Auf dieser Seite waren die Lippen über den makellos weiß schimmernden Zähnen zurückgezogen, was der Gesichtshälfte etwas Verzerrtes gab.

Ein Arm war ebenfalls vollständig skelettiert, außer dem Finger, den die Ratte gestohlen hatte, fehlten der Leiche noch drei weitere. Mit einem Anflug von medizinischem Interesse betrachtete Richard die ungewöhnlich zierliche Form von Elle und Speiche. Kurz vermutete er, einen Frauenkörper vor sich zu haben, doch dann fiel sein Blick auf den Unterleib der Leiche. Die teilweise freiliegenden Hüftknochen standen eng beieinander. Der Tote war ein Mann gewesen.

Die Haut, die die Bauchdecke überspannte, war noch unversehrt, was Richard angesichts der Zerstörungen, die die Ratten am Rest der Leiche angestellt hatten, verwunderte. Gewöhnlich war der Bauch eine bevorzugte Stelle für diese Tiere, wenn sie begannen, eine Leiche aufzufressen.

Richard blickte genauer hin, und dann fiel ihm die dunkle Linie dicht unter den Rippen auf. Ein Schnitt. Er nahm sein Skalpell und führte es zwischen die beiden Wundränder. Die übriggebliebene Haut hatte etwas Ledriges an sich, doch sie ließ sich anheben, und jetzt waren die Bissspuren der Ratten gut zu sehen.

»Sie haben sich von dieser Stelle aus in die Eingeweide gebohrt«, murmelte Richard. Er verspürte Ekel und ließ die Wundränder wieder zusammenfallen. Dann wandte er sich zu Silberschläger um. »Eure Leiche wurde wahrscheinlich erdolcht.« Es bereitete ihm Genugtuung, zu sehen, wie bleich der Bürgermeister und auch seine beiden Begleiter aussahen.

Silberschlägers Kehlkopf ruckte heftig. »Wo ist sein …« Der Bürgermeister verstummte und deutete auf den Unterleib des Toten.

»Heilige Maria, Mutter Gottes!«, hörte Richard Dengler murmeln. Aus dem Augenwinkel sah er, wie der Lochwirt sich bekreuzigte.

Dort, wo sich zwischen den Beinen des Toten die Schamhaare kräuselten, klaffte ein hässlich aussehendes Loch.

17. Kapitel

Bevor Richard eine Erklärung für das Fehlen des betreffenden Körpergliedes abgeben konnte, hörte er es hinter sich rascheln. Er drehte sich um und sah, wie der Büttel einen kleinen Zettel aus seiner Tasche zog und mit bleichem Gesicht daraufstarrte.

Richard erkannte die auffällig rote Schrift darauf sofort wieder. Es war eine der Streitschriften, die die Frau auf der Straße ihm und Arnulf zugesteckt hatte! Jene Streitschrift, in der die Rede von in Käfigen gehaltenen männlichen Körperteilen war. Beinahe hätte Richard einen lästerlichen Fluch ausgestoßen. Gerade noch rechtzeitig besann er sich, dass dies vielleicht in seiner gegenwärtigen Lage nicht die beste Idee wäre, und er biss sich auf die Zunge.

»Hier«, sagte der Büttel und reichte das Papier Silberschläger. »Hier steht, dass es Zauberer gibt, die einem Mann das ... das Teil weghexen können.« Sein Blick huschte zu der verstümmelten Leiche, und er schauderte sichtbar zusammen.

Dengler, der bis eben nur bleich gewesen war, wurde plötzlich ganz grün im Gesicht.

Richard hob beide Hände. »Es gibt ...« *Eine Erklärung für das fehlende Glied*, hatte er sagen wollen. Er dachte an die Ratte, die den Finger fortgeschleppt hatte. Doch die drei Männer starrten ihn aus weiten Augen an, und er schwieg. Jede Erklärung, die er hätte abliefern können, wäre in diesem Augenblick auf unfruchtbaren Boden gefallen.

Er ließ die Hände wieder sinken.

Silberschläger, der in der Zwischenzeit das Papier überflogen hatte, reichte es zurück an den Büttel. Seine Miene war von einer Art heiligem Ernst erfüllt, der so übertrieben wirkte, dass Richard den Bürgermeister am liebsten angeschrien hätte, dieses elende Theater endlich sein zu lassen.

Aber noch immer brachte er kein Wort hervor.

Stattdessen sah er zu, wie der Bürgermeister vortrat, sich sein Taschentuch fester über Mund und Nase presste und sich dann über die Leiche beugte. »Was ist denn das hier?«, fragte er durch den Stoff hindurch. Er deutete auf das Gesicht des Toten.

Richard stellten sich die Nackenhaare auf, aber dennoch trat er wieder näher und besah sich die Stelle, die der Bürgermeister meinte.

Der Unterkiefer stand ein wenig offen, so dass eine schmale Lücke zwischen der oberen und der unteren Zahnreihe des Toten klaffte. Hinter den Zähnen glitzerte etwas.

Richard umfasste das Skalpell fester. Dann setzte er es zwischen zwei Eckzähne. Er machte sich darauf gefasst, den Kiefer des Toten aufhebeln zu müssen, aber zu seiner Überraschung öffnete sich der Mund ganz leicht. Der Kiefer klappte nach unten und kam in einer grotesk aussehenden Weise auf der Brust zu liegen.

Auf der Zunge, die nur noch ein verschrumpeltes, dunkelbraunes Stück Fleisch war, lag ein goldenes Medaillon.

Bei seinem Anblick fluchte Richard nun doch.

»Ha!«, machte Silberschläger. »Wusste ich es!« Er nahm das Medaillon an sich, betrachtete es und hielt es dann zwischen Daumen und Zeigefinger geklemmt in die Höhe, so dass alle anderen sehen konnten, was es darstellte.

Richard starrte auf den klaffenden Unterkiefer des Toten, der aussah, als sei der Knochen gebrochen worden.

Dann blickte er auf und heftete den Blick auf das Medaillon.

Deutlich sichtbar war in die schimmernde Oberfläche der Münze ein Zeichen eingraviert.

Ein sechszackiger Stern.

Der Davidstern.

Ein Ochsenkarren rumpelte an Katharina vorbei, als sie vor dem Haus von Hartmann Schedel stehenblieb und einen Blick an der hoch aufragenden Fassade nach oben warf. Ein buntes Wappen zierte den Sturz über der Haustür. Katharina kniff die Augen zusammen, um die einzelnen Teile erkennen zu können, aber es war so vollgepackt mit Details, dass es schier unmöglich war. Das Auffallendste waren fünf leuchtendrote Kugeln, die über die gesamte Fläche verteilt waren und deren Sinn sich Katharina nicht erschloss.

Achselzuckend wandte sie sich dem verzierten Klingelzug zu, dessen Griff die Form einer gewundenen Schlange hatte. Katharina betrachtete einen Moment lang die fein gearbeiteten Schuppen des Tieres und den Kopf, der sich zum Schwanzende hinbeugte, als wolle er hineinbeißen. Dann griff sie danach und zog daran.

Eine melodiöse Glocke erklang im Inneren des Hauses, und es dauerte nur wenige Atemzüge, bis geöffnet wurde. Eine blasse Dienstmagd mit einer etwas hochmütigen Miene musterte Katharina von Kopf bis Fuß.

»Bitte?«, fragte sie, und auch ihre Stimme klang blasiert.

Katharina musste sich zusammenreißen, um nicht in eine unterwürfige Haltung zu verfallen. Früher hatte sie unverschämtes Personal mit einer Mischung aus Freundlichkeit und Ignoranz einfach stehengelassen, aber das fiel ihr heute – in der Position, in der sie sich seit Egberts Tod befand – schwer. Also unterdrückte sie den Impuls, um Entschuldigung zu bitten, und sagte mit fester Stimme: »Ich muss zu deinem Herrn, Doktor Schedel.«

»Erwartet er Euch?« Die Magd rührte sich nicht von der Stelle. Sie hatte eine entzündete Stelle am Mundwinkel und eine weitere am Hals, dicht über ihrem Kragen.

»Nein«, beantwortete Katharina die Frage. »Aber ich bin sicher, er lässt mich bitten, wenn er hört, dass ich seine Hilfe brauche.«

Die Dienstmagd nickte huldvoll. Sie war offenbar unschlüssig, wie sie diesen unerwarteten Gast zu behandeln hatte, und schließlich entschied sie sich dafür, sicherzugehen. Sie öffnete die Tür ganz und bat Katharina höflich in einen kleinen Empfangsraum, der außer ein paar Stühlen mit roten Samtbezügen und einem hochbeinigen Tischchen nichts enthielt. »Bitte wartet hier auf ihn. Ich sage ihm Bescheid, dass Ihr da seid. Wie ist Euer Name?«

Katharina nannte ihn, und die Magd eilte davon.

Keine zwei Minuten später kam Hartmann Schedel in das Zimmer gestürmt. »Frau Jacob! Welche Freude, Euch wiederzusehen!«, rief er und hatte die Arme dabei ausgebreitet, als wolle er Katharina an seine Brust drücken. Er hatte sich in den letzten Monaten nicht ein bisschen verändert. Seine Gestalt neigte noch immer zur Fettleibigkeit, und seine Augen besaßen denselben wachen und intelligenten Ausdruck, an den Katharina sich so gut erinnerte.

Sie lächelte Schedel freundlich an. »Ich danke Euch, dass Ihr Zeit für mich habt.«

»Marianne sagte mir, dass Ihr meine Hilfe braucht. Ihr seid doch nicht etwa krank?« Besorgt ließ Schedel seine Blicke an Katharinas Gestalt auf und ab huschen.

»Nein! Ich nicht. Aber Ihr habt recht geraten: Es geht um eine medizinische Frage.« Sie schluckte einmal, weil ihr plötzlich klar, wurde, wie sehr sie solcherart Erörterungen vermisste. Früher hatte sie sie mit Egbert geführt, aber jetzt ...

»Es ... die Priorin des Dominikanerinnenklosters in der Lorenzer Stadt hat mich um Rat gebeten«, sagte sie rasch.

Zu ihrer Überraschung nickte Schedel. »Ich weiß. Johannes hat mir davon erzählt.« Er wies auf einen der Stühle und wartete, bis Katharina sich gesetzt hatte. Dann streckte er den Kopf zur Tür hinaus und rief nach Marianne. Als sie kam, gab er ihr den Auftrag, für seinen Gast eine kleine Erfrischung zu holen. Sie gehorchte mit ausdruckslosem Gesicht, und Katharina konnte sich vorstellen, dass sie froh war, höflich gewesen zu sein. Menschen, die bewirtet wurden, waren im Allgemeinen keine gewöhnlichen Patienten – und schon gar keine unliebsamen Bittsteller.

Als Marianne fort war, wandte Schedel sich wieder Katharina zu. »Sie muss eine schwere Krankheit haben, wenn Ihr allein nicht damit zurechtkommt.«

Katharina lächelte ob dieses versteckten Kompliments. »Es ist ein sehr ungewöhnlicher Fall«, meinte sie. Dann schilderte sie dem Medicus in allen Einzelheiten Kunigundes Symptome.

Nachdem sie geendet hatte, wanderte Schedel eine Weile nachdenklich in dem engen Raum umher. Marianne kam und brachte ein Tablett mit Gebäck und eine Kanne angewärmter Milch und stellte alles auf das Tischchen. Erst als sie auch noch einen Becher geholt und sich endgültig zurückgezogen hatte, blieb Schedel stehen und richtete den Blick auf Katharina.

»Das ist in der Tat ungewöhnlich. Schwarzer Harn, sagtet ihr? Und ganz plötzlich aufgetreten?«

Katharina schüttelte den Kopf. »Ich weiß nicht, ob er plötzlich auftrat. Er ist plötzlich bemerkt worden, da Kunigunde gewöhnlich kein Nachtgeschirr benutzen darf.«

»Oh.« Schedel überspielte die Befangenheit, die ihn angesichts dieses Themas befiel, indem er Milch aus der Kanne in den Becher goss und ihn Katharina anbot. »Stimmt. Mein Bruder erzählte mir einmal von dieser klösterlichen Regel.« Er schien sie nicht gutzuheißen, denn er rümpfte missbilligend die Nase. »Also schwarzer Harn! Die Gelehrten sind sich darüber einig, dass das ein sehr schlechtes Zeichen ist.«

Katharina trank einen Schluck. Die Milch war mit Honig gesüßt und schmeckte köstlich. »Ich weiß. Darum bin ich ja hier. Ich habe gehofft, Ihr wüsstet eine Heilungsmethode, die mir unbekannt ist.«

»Die Frage, die sich zunächst stellt, ist: Woher rührt der schwarze Harn«, murmelte Schedel. »Habt Ihr eine Harnschau vorgenommen?«

Bei einer Harnschau wurde der Urin in ein bauchiges Gefäß gegossen, das dann gegen das Licht gehalten wurde. Auf diese Weise konnten die Färbung der Ausscheidungen oder auch ihre Trübungen bewertet und damit auf Krankheiten geschlossen werden.

»Nicht mit fachkundigen Mitteln«, gab Katharina zu. »Aber ich habe mir den Harn im Nachttopf angesehen.« Sie beschrieb die Konsistenz und die Farbe der flockigen Eintrübung so genau wie möglich.

»Das spricht gegen Blut«, meinte Schedel. »Was, für sich genommen, vielleicht ein gutes Zeichen ist.« Er hob einen Zeigefinger. »Wartet, ich habe da etwas, das uns vielleicht helfen könnte!«

Er verschwand für einen Augenblick, und als er zurückkehrte, hielt er eine kleine, quadratische Schrift in den Händen, die so dick war, dass sie mit ihren hölzernen Deckeln und der Messingschließe an der Oberseite eher wie ein Kästchen und nicht wie ein Buch aussah.

Mit dieser Schrift ging er zu Katharina und legte sie ihr auf den Schoß. »Es ist die Kopie eines Textes, der ursprünglich in Konstantinopel entstanden ist. Sein Autor ist ein Mann namens Johannes Aktuarius.«

Auf einen Wink Schedels schlug Katharina den vorderen Deckel des Werkes auf. Sie musste ihn festhalten, denn die gesamte Schrift war so dick, dass sie den Deckel nicht auf ihren Knien ablegen konnte. Mit gerunzelter Stirn betrachtete sie die in feiner Handschrift verfasste erste Seite. Sie war in Griechisch geschrieben.

»Ich bin des Griechischen nicht mächtig«, sagte sie.

»Macht nichts! Blättert nur ruhig weiter! Ich habe ein paar Papierstreifen hineingelegt an Stellen, die mir lesenswert erschienen. Ich glaube, die siebte und achte müsste es sein, die sich mit dem schwarzen Harn beschäftigt.«

Katharina fuhr mit dem Fingernagel über die schmalen Streifen, die wie kleine Zungen zwischen den Pergamentseiten hervorragten. Sie zählte sechs davon ab, und dort, wo der siebte steckte, schlug sie das Buch auf. Die bezeichnete Stelle befand sich im vorderen Drittel, und Katharina musste nun nicht nur den hölzernen Deckel halten, sondern auch den umgeschlagenen Teil des Werkes. Gespannt studierte sie die aufgeschlagene Seite. Jemand – sie vermutete, Schedel selbst – hatte zwischen die griechischen Zeilen lateinische Worte geschrieben. Rasch überflog sie die ersten.

»Ego nimirum memini vidisse urinam nigram ...« Sie schaute auf.

Schedel grinste fröhlich. »*Ich erinnere mich daran, einen schwarzen Urin gesehen zu haben ...* Das habe ich vor noch gar nicht langer Zeit übersetzt.« Er wies auf das Buch. »Lest weiter!«

Und Katharina las. Es war von Schmerzen zwischen den Nieren die Rede und von Kälte, die die Symptome verstärkte. Sie blickte auf. Kälte. War das Wetter der Grund für die rasche Verschlechterung von Kunigundes Zustand?

Schedel grinste noch immer. Ihm war anzusehen, wie sehr er es genoss, Katharina beim Lesen und beim Nachdenken zuzusehen. »Weiter!«, forderte er. »Weiter!«

Und Katharina las weiter.

Und dann ruckte ihr Kopf voller Erstaunen hoch. Ihr Blick war über ein sehr vertrautes Wort geglitten.

Melancholia.

Schedel lachte leise. »Das kommt Euch vertraut vor, nicht wahr?«

Katharina nickte. Dann konzentrierte sie sich auf die lateinischen Worte. »... tam enim species melancholiarum, quam quartana febris terminans, urina nigra apparente celerrime solvuntur ... *sowohl die Melancholia als auch das* ... was soll das heißen, das ausklingende Quartanfieber? Was ist das?« Sie wartete Schedels Antwort nicht ab, sondern übersetzte zu Ende: »... *das Quartanfieber sind nach Auftreten des schwarzen Urins sehr rasch beendet*. Was ist Quartanfieber?«

Schedel zuckte die Achseln, aber es schien ihn nicht zu kümmern, dass er es nicht wusste. »Der Autor glaubt, dass schwarzer Harn und die Krankheit der *melancholia* zusammenhängen.«

Katharina dachte eine Weile über diese Verbindung nach, und sie erschien ihr durchaus plausibel. Die *melancholia* wurde durch einen übermäßigen Anteil schwarzer Galle im Blut verursacht. Was, wenn die Gallenkonzentration im Blut allzu hoch wurde? Konnte es nicht sein, dass sie dann in den menschlichen Urin überging?

Bedeutete das im Umkehrschluss, dass sie selbst noch gar nicht unter der schlimmsten Form der *melancholia* litt, dass es sogar noch schlimmer werden konnte?

»Ich hatte nicht den Eindruck, dass die Priorin unter der *melancholia* leidet«, sagte sie zögerlich. Und in Gedanken klammerte sie sich an diesen einen Satz.

Die melancholia *war nach Auftreten des schwarzen Urins rasch beendet.*

Konnte es sein, dass es ein Heilmittel gegen die *melancholia* gab? Sie spürte, wie eine tiefgreifende Erregung sie packte und nicht wieder losließ.

Schedel schien ihr die Gedanken an der Nasenspitze ablesen zu können. »Ich kenne mich mit diesen Dingen nicht sehr gut aus«, sagte er. »Aber ich weiß jemanden, der uns vielleicht weiterhelfen kann. Wenn Ihr etwas Zeit habt, lasse ich Marianne nach ihm schikken.«

Der von Schedel angekündigte Gast kam kaum eine halbe Stunde später. Eine halbe Stunde, die Schedel dazu nutzte, Katharina in seine persönliche Studierstube zu bitten und Marianne den Befehl zu geben, das Tablett hinterherzubringen. Die Dienstmagd sah jetzt regelrecht erleichtert aus, Katharina höflich behandelt zu haben. Sie warf ihr einen neugierigen Blick zu, um zu ergründen, wen sie denn nun eigentlich vor sich hatte, aber als Katharina ihr zulächelte, senkte sie schüchtern die Lider.

Katharina und der Doktor verbrachten die Wartezeit mit Geplauder über harmlosere Unpässlichkeiten wie Erkältungen und verstauchte Glieder, und Katharina fühlte sich in Gegenwart Schedels überaus wohl. Es war angenehm, mit jemandem zu reden, der ihr Wissen teilte und es in vielerlei Hinsicht auch übertraf. Sie fühlte sich angeregt und entspannt, und sie ertappte sich dabei, dass sie sich wünschte, dieser Zustand möge anhalten.

Als Marianne dann kam und den neuen Gast ankündigte, bedauerte sie es fast ein wenig.

Schedel ließ bitten, und der Dienstmagd folgte ein Mann in das Zimmer, bei dessen Anblick Katharina überrascht die Augenbrauen runzelte. Er mochte zwischen dreißig und vierzig Jahre alt sein und trug Kleidung, die so gar nicht in Schedels vornehme und teuer eingerichtete Studierstube zu passen schien. Seine Beinkleider und auch sein Gewand waren aus grobem Stoff, der mehrere Flicken aufwies, und die Schuhe, die er trug, hatten schiefgetretene Absätze. Seine Haare waren schütter, und sie standen ihm wirr vom Kopf ab, als er beim Eintreten seinen schlichten schwarzen Hut abnahm. Doch ebenso wie Schedel hatte dieser Mann einen wachen Blick, der flink umherflitzte und Katharina mit solcher Intensität abtastete, dass sie sich vorkam wie in einem hochnotpeinlichen Verhör. Doch dann lächelte der Mann so breit, dass er fast ein bisschen kindisch wirkte. »Oh!«, sagte er fröhlich. »Angenehme Gesellschaft! Wie komme ich zu dieser Ehre, Hartmann?«

Hartmann Schedel trat dem Mann entgegen, und sie umarmten sich wie sehr alte Freunde. »Das ist Katharina Jacob, Wilhelm. Ich habe dir bereits von ihr erzählt.«

Die Augen des Mannes begannen zu glitzern. »So jung ist sie? Als du mir gesagt hast, was sie alles vermag, dachte ich, sie müsste eine alte Vettel sein.«

Katharina mühte sich vergeblich, nicht die Miene zu verziehen ob der Ehrlichkeit, mit der dieser seltsame Kauz sprach.

Der sah es und lachte laut. »Nichts für ungut, meine Liebe! Sollte ja ein Kompliment sein, und ich muss sagen, Ihr habt es mehr als verdient mit Eurem hübschen Näschen! Wusstet Ihr übrigens, dass ich Euren Mann kannte? Egbert, nicht wahr? Ein überaus heller Kopf. Genialer Medicus! Hartmann hat mir von seinem Tod erzählt, was für ein Jammer!«

Hartmann gab Wilhelm einen derben Knuff gegen die Schulter. »Alter Schwätzer!«, tadelte er, aber er grinste dabei. Überhaupt, fand Katharina, wirkten beide gemeinsam wie übermütige Schuljungen, die zu allerlei Streichen aufgelegt waren. »Das hübsche Näschen übrigens sitzt in einem Gesicht, mein Lieber. Und hinter diesem Gesicht befindet sich ein wacher Geist, der eine recht kniffelige Frage an dich hat.« Endlich wandte Schedel sich zu Katharina um. »Das ist Wilhelm von Hohenheim«, stellte er ihr den Mann vor. »Er ist Medicus aus der Nähe von Einsiedeln, aber zur Zeit auf meine Bitte hin Gast in Nürnberg. Richard Sterner, den Ihr auch kennt, ist übrigens ein Bekannter von ihm.« Schedel wandte sich an den Mann. »Wie geht es eigentlich deiner Frau, mein Lieber? Hast du inzwischen Nachricht von ihr erhalten?«

Hohenheim verzog den Mund. »Habe ich. Einen langen Brief. Sie beschimpft mich, dass ich mich so lange hier aufhalte und dir helfe, diesen in ihren Augen völlig unnützen Versuch durchzuführen. Sagt, ich solle lieber nach Hause kommen und ihr im Hospiz helfen. Außerdem beklagt sie sich, dass wir auf diese Weise niemals Eltern werden.« Er kicherte verhalten und warf einen Blick in Katharinas Richtung, aus dem sie nicht zu lesen vermochte, ob er kokett oder befangen sein sollte.

»Wilhelms Frau ist die Leiterin des Hospizes in Einsiedeln und darüber hinaus die beste Starschneiderin, die mir je begegnet ist«, erklärte Schedel Katharina. »Sieht ganz so aus, als passe es ihr nicht, dass ich ihren Gatten so lange mit Beschlag belege.«

»Von welchem Versuch war die Rede?«, erkundigte sich Katharina.

Schedel erzählte ihr, dass er gemeinsam mit Hohenheim und

zuvor auch mit dem verschollenen Bürgermeister Zeuner eine Studie durchführte, mit deren Hilfe sie herausfinden wollten, ob sich die Seuchengefahr in Nürnbergs Straßen vermindern ließ. Dazu versuchten sie, die Leute davon abzuhalten, sich einfach zu erleichtern, wo sie gingen und standen. »Es lässt sich nur langsam an, weil es schwierig ist, den Menschen klarzumachen, dass sie dann natürlich auch ihr Nachtgeschirr nicht auf die Straßen kippen dürfen.« Schedel verdrehte die Augen.

Katharina musste an die Wasserleitungen unter dem Pflaster der Stadt denken. »Ich solltet noch auf etwas anderes achten«, murmelte sie.

Schedel blickte sie fragend an. »So?«

Sie musterte Hohenheim und konnte Erstaunen in seinen Augen lesen. Zögernd, weil sie nicht wusste, wie ihre Worte aufgefasst werden würden, erkärte sie: »Es gibt eine Menge Abtrittgruben auf dem Stadtgebiet, die sich überaus nahe an den Brunnen befinden. Wenn ich Euch richtig verstehe, vermutet Ihr, dass menschliche Ausscheidungen die Bildung von Miasmen fördern, und Ihr wollt das verhindern.«

»Stimmt.«

»Was ist aber, wenn sich die Miasmen unbemerkt unter Euren Füßen voranbewegen? Von Grube zu Brunnen und von dort zum nächsten Brunnen?«

Schedel wirkte wie vor den Kopf geschlagen. »Hast du daran schon mal gedacht?«, fragte er Hohenheim.

Der verneinte. Auf seiner Stirn hatten sich Falten gebildet, die so tief waren, dass sie Katharina an ein Waschbrett erinnerten. Plötzlich sah Hohenheim aus wie ein verknitterter Jagdhund, der Witterung aufgenommen hatte. »Wir sollten das in Betracht ziehen!«, rief er. Dann stach er mit dem Finger in Katharinas Richtung. »Ihr habt wirklich ein helles Köpfchen, meine Liebe! Womit kann ich denn nun Euch dienen?«

Gemeinsam mit Schedel erzählte Katharina ihm von Kunigundes Fall.

Nachdem sie geendet hatten, stülpte Hohenheim die Lippen nach außen. Er wirkte albern damit, doch sein Blick bekam etwas so Konzentriertes, dass es den nachteiligen Ausdruck wieder wettmachte. »Urina nigra«, murmelte der Medicus. »Wenn ich mich recht entsinne, gibt es einen sehr alten Bericht über eine Frau, die unter diesem Symptom zu leiden hatte. Soweit ich mich erinnere, lebte sie in Thasos.« Er überlegte einen Moment, dann fragte er Katharina: »Eure Patientin, leidet sie an Fieber?«

Katharina schüttelte den Kopf.

»Angstzustände?«

»Nein.«

»Schläfrigkeit? Erschöpfung? Plötzliche, starke Aktivität?«

»Auch nicht.« Katharina konnte nur hoffen, dass all ihre soeben gemachten Aussagen auch zutrafen, denn über diese Dinge hatte sie mit Kunigunde gar nicht gesprochen. Die meisten davon, das wusste Katharina aus eigener Erfahrung, waren Symptome der *melancholia*, und ebenfalls aus eigener Erfahrung wusste sie, wie gut manche Menschen eine *melancholia* verbergen konnten. Sie selbst hatte es jahrelang getan.

»Hm.« Hohenheim legte die Hand an das Kinn und begann, im Zimmer auf und abzugehen.

»Entnehme ich deinen Fragen, dass auch du den schwarzen Harn mit der Krankheit der *melancholia* in Verbindung bringst?«, erkundigte sich Schedel.

Hohenheim zuckte die Achseln, ohne seine Wanderung dafür zu unterbrechen. »Man weiß es nicht so genau. Aber es gibt einige Gelehrte, die beides als zusammengehörig betrachten.« Er wies auf die Schrift von Johannes Aktuarius, die Katharina aus dem Besuchsraum mit in die Studierstube genommen und auf einen niedrigen Tisch gelegt hatte. »Du selbst besitzt einiges, was uns weiterhelfen könnte. Aber es besteht eine schwache Hoffnung, dass wir die ganzen Bücher gar nicht brauchen.«

Katharina schob das Kinn vor. »Und die wäre?«

»Ich selbst habe bisher noch nicht mit einem solchen Fall zu tun gehabt, aber ich weiß von meiner Frau, dass sie in ihrem Hospiz einmal ein altes Weib aufgenommen hat. Kurz bevor die Alte starb, erzählte sie davon, dass ihre Kinder allesamt unter Urina nigra litten und dass sie keinerlei Anstalten machten, einen frühen Tod zu sterben.«

Katharina spürte, wie sie Hoffnung für Kunigunde schöpfte. »Es ist also möglich, einen schwarzen Harn zu überleben?«

Hohenheim blieb endlich stehen. Er starrte einen Moment lang gegen die Wand, dann zuckte er die Achseln. »Vielleicht. Ihr solltet zu Eurer Patientin gehen und sie fragen, ob sie Geschwister hat. Vielleicht findet Ihr jemanden, der wie sie unter diesen Symptomen leidet. Damit könnten wir dann möglicherweise weiterkommen. Ich werde unterdessen versuchen, an das nötige Wissen zu gelangen, das uns die Literatur über den schwarzen Harn gibt.«

Katharina spürte eine Art von Erleichterung, so fachkundige Hilfe zu haben. »Ich danke Euch!«, sagte sie.

Hohenheim strahlte sie an. »Kein Grund!«, gab er fröhlich zurück. »Ich habe Euch zu danken, für einen hochlehrenswerten Krankheitsfall, der sich in meinen Schriften gut machen wird.«

Wenig später stand Katharina erneut vor der Tür zum Kloster, doch diesmal wurde sie nicht zu Kunigunde vorgelassen. Schwester Aurelia, die jetzt Tordienst hatte, sagte ihr, dass die Priorin vor Erschöpfung eingeschlafen sei und ihre Ruhe brauche. An diesem Tag würde sie niemanden mehr empfangen.

»Ich bin hier, um ihre Krankheit zu behandeln«, insistierte Katharina, doch es nützte nichts.

Bedauernd schüttelte Aurelia den Kopf. »Ich darf Euch nicht einlassen.«

Ärger stieg in Katharina auf. Da hatte sie einen Ansatzpunkt gefunden, um der Priorin vielleicht helfen zu können, und jetzt scheiterte sie an dieser dummen Nonne?

»Sagt Ihr, dass ich eine wichtige Frage an sie habe, sobald sie sich wieder erhoben hat«, grummelte sie und gab sich keine Mühe, ihren Zorn zu unterdrücken.

»Was für eine Frage?«, rutschte es Aurelia heraus.

Katharina wollte sie wegen ihrer überbordenden Neugier schon abkanzeln, als ihr ein Gedanke kam. Die junge Nonne schien über viele Dinge im Kloster gut im Bilde zu sein. Vielleicht wusste sie, ob die Priorin Geschwister hatte!

»Aber ja!«, rief Aurelia aus. »Einen Bruder, soweit ich weiß.«

Katharina beschloss, ihr ihre Neugier zu verzeihen. »Kennt Ihr seinen Namen?«

»Krafft. Wie die Priorin selbst auch.« Aurelia überlegte einen Moment. »Sein Vorname ist, glaube ich, Raphael. Aber da bin ich nicht sicher. Was ich allerdings sicher weiß, ist, dass er für den Rat als Abtrittanbieter arbeitet.«

Katharina nickte ihr dankbar zu. »Ihr habt mir sehr geholfen. Ich danke Euch.«

»Entschuldigt!« Die leise Stimme kam aus einer engen Gasse in der Nähe des Großen Marktes, und Raphael blieb stehen, um nachzusehen, wer dort nach seinen Diensten verlangte.

Die Stadt war an diesem Tag vor St. Martin voller als sonst, denn viele der wohlhabenden Bürger wollten sich mit jenen Dingen eindecken, die an dem besonderen Heiligentag benötigt wurden: Geflügel für das Festessen, Geschenke für die Kinder und allerlei Spezereien, mit denen sich zeigen ließ, wie gut es dem Hausherrn ging. Aber nicht nur Bürger waren in den Straßen unterwegs, sondern auch jede Menge Dienstmädchen, die mit dem Einkauf der weniger prestigeträchtigen Zutaten beauftragt waren, Knechte, die Bündel von Feuerholz schleppten, Bauern, die sich nach der ganzen Reihe der Herbstmärkte, die längst vorbei waren, ein weiteres gutes Geschäft erhofften. Und auch allerlei Gesindel trieb sich in dem Gewimmel herum, Beutelschneider und Huren, Spielleute und Wahrsager.

Die Frau, die Raphael angesprochen hatte, stand im Schatten eines langgestreckten und schmalen Hauses, dessen Dach weit genug überstand, um rings um die Mauern herum einen breiten Streifen schneefreien Bodens zu schaffen. Da die unzähligen Menschen den Schnee der letzten Tage längst zu grauem Matsch zertrampelt hatten, nutzten etliche jede Handbreit Untergrund, auf dem sich einigermaßen trockenen Fußes das angestrebte Ziel erreichen ließ. Dennoch war der Rocksaum der Frau schmutzig.

Raphael rückte das Joch mit den beiden Eimern zurecht und trat auf die Frau zu. Als er nahe genug heran war, um einen Blick in ihr Gesicht zu werfen, erkannte er, dass sie schöne Augen hatte, deren

Farbe von Blau zu Grau wechselte, je nachdem, wie das Licht in sie fiel. Sie hatte das lange blonde Haar gescheitelt, zu einer losen Frisur aufgesteckt, die eine weiße Haube recht nachlässig bedeckte.

»Wie kann ich Euch dienen?«, fragte Raphael.

Die Frau blickte ihn an. Ihre Wangen waren ein wenig zu eingefallen und die Schatten unter ihren Augen zu dunkel, um sie wirklich hübsch zu nennen. Aber Raphael war sich sicher, dass sie, mit ein paar Pfunden mehr auf den Rippen, einen durchaus ansehnlichen Anblick geboten hätte. »Seid Ihr Raphael Krafft?«, fragte sie.

Die Ketten an Raphaels Eimern klirrten leise. »Warum?«, wollte er wissen.

»Ich habe Euch gesucht«, erklärte die Frau. »Einer Eurer Kollegen sagte mir, dass ich Euch um diese Zeit hier in diesem Viertel antreffen würde.«

Raphael senkte das Kinn zu einem knappen Nicken. »Sieht aus, als hätte er recht. Ich bin Raphael Krafft.« Er wartete, was nun kommen würde.

»Mein Name ist Katharina Jacob. Ich behandele Eure Schwester gegen eine Krank…«

»Kunigunde?«, fiel Raphael ihr mitten ins Wort.

Katharina Jacob nickte, und abschätzig musterte er sie. »Ihr seht nicht aus wie eine Nonne!«

»Das bin ich auch nicht.« Kurz sah es so aus, als wollte die Frau ihm eine Erklärung abgeben, aber dann entschied sie sich anders. »Es ist zu kompliziert, Euch alles in Einzelheiten zu erklären.«

»Hm.« Raphael verlagerte das Gewicht von einem Fuß auf den anderen. »Und?«

Katharina Jacob verschränkte vor dem Leib ihre Finger ineinander. »Ich brauche Eure Hilfe.«

»Wie kann ich Euch helfen? Ich meine, abgesehen von den Diensten, die ich Euch anbieten kann!« Raphael rasselte mit den Eimerketten.

»Das!« Ein schwaches Lächeln glitt über das Gesicht der Frau. »Nein, das ist nicht nötig. Eure Schwester, sie leidet an einer, sagen wir, überaus seltsamen Krankheit.«

Da musste Raphael plötzlich lachen. Aus irgendeinem Grund

wusste er, wovon diese Frau sprach. »Ihr Urin ist schwarz, stimmt es?«

Katharina Jacob riss erstaunt die Augen auf. »Woher wisst Ihr …?«

»Ganz einfach: Bei mir ist das so, so lange, wie ich denken kann.«

Einen Moment lang schwieg Katharina. Ihr Blick kehrte sich nach innen, wie bei jemandem, der sehr ausgiebig über etwas nachdachte. Dann sah sie ihn wieder an. »Und Ihr habt keinerlei weitere Beschwerden?«

Raphael zuckte die Achseln. »Wenn man von ein paar leichten Gelenkschmerzen hin und wieder absieht, nein.«

»Gelenkschmerzen.« Erneut schien die Frau nachzudenken. »Habt Ihr mit dieser Angelegenheit jemals einen Medicus aufgesucht?«

»Warum?«, lachte Raphael. »Es geht mir doch gut!«

»Nun, schwarzer Harn gilt im Allgemeinen als Zeichen für den nahenden Tod.«

»So?« Da dieses Gespräch offenbar länger zu dauern schien, setzte er seine Last ab. Sorgsam darauf bedacht, dass die eisernen Ketten nicht mit dem ekeligen Inhalt der Eimer in Berührung kamen, legte er das Joch auf ihren Rand und bewegte seine Schultern, um sie zu lockern. »Das wusste ich nicht«, behauptete er.

Katharina Jacob nickte. »In Eurem Fall scheint es ja auch nicht zuzutreffen.«

»Wenn es so wäre, hätte ich im Alter von achtzehn oder neunzehn Jahren schon gestorben sein müssen, da ist es nämlich zum ersten Mal aufgetreten.«

»Was Ihr nicht seid.« Die Frau tippte sich gegen die Oberlippe. »Gibt es in Eurer Familie noch weitere dieser Fälle?«

»Nicht, dass ich wüsste.« Raphael grinste. »Aber ich glaube nicht, dass jemand aus meiner Familie es an die große Glocke gehängt hätte, welche Farbe die eigene Pisse hat.«

Die Frau lächelte, und Raphael wunderte sich darüber, wie gelassen sie den derben Ausdruck hinnahm. Sie wirkte zwar nicht wie eine Patrizierin, aber immerhin hatten ihre Kleidung und auch ihre Haltung etwas an sich, aufgrund dessen Raphael darauf schloss, dass sie nicht zum einfachen Volk gehörte.

»Wahrhaftig«, sagte sie. »Dann habt Ihr Eurer Schwester selbst wahrscheinlich auch niemals davon erzählt?«

Raphael schüttelte den Kopf. »Aber wir sind auch seit langem nicht mehr …« Er suchte nach den richtigen Worten. »… sehr vertraut miteinander.«

»Sie ist im Kloster.«

»Das auch, ja.« Raphael dachte daran, wie er seine Schwester das letzte Mal getroffen hatte. Dieses Gespräch durch das elende Gitter im Besuchsraum war ein einziger Hohn gewesen! Auch wenn Kunigunde als Priorin die strengen Regeln ein wenig dehnen konnte und die Überhörerin – jene Nonne, die dafür zuständig war, die Gespräche der Nonnen mit den Angehörigen der Außenwelt zu überwachen – weggeschickt hatte, war es Raphael unangenehm gewesen, in dem winzigen Gelass zu sitzen und über Persönliches zu sprechen. Ihm war es vorgekommen, als hätten die Wände Augen und Ohren, und darum war ihr Gespräch ziemlich unverfänglich verlaufen.

Ganz anders, als noch vor Jahren …

Diesen Gedanken schob Raphael schnell zur Seite, und er hoffte, dass Katharina Jacob ihm nicht ansehen konnte, wie ihm die Röte ins Gesicht schoss. »Was gedenkt Ihr jetzt zu tun?«, fragte er, um von sich selbst abzulenken.

»Ich werde zu Eurer Schwester gehen und ihr von Euch erzählen. Ich hoffe, das wird sie ein wenig beruhigen. Sie ängstigt sich doch sehr, seit sie die schwarzen Wolken in ihrem Nachttopf gesehen hat.«

»Warum ist es ihr früher nie aufgefallen?«, fragte er.

»Weil sie bis zu diesen Tagen niemals einen Nachttopf benutzt hat«, bekam er zur Erklärung. Katharina neigte den Kopf. »Ich danke Euch, dass Ihr mir weitergeholfen habt. Wo kann ich Euch finden, wenn ich noch Fragen an Euch habe?«

Raphael nannte ihr den Namen einer Gasse am Rande des Spittlertorviertels, wo er wohnte, und sie dankte ihm abermals.

Dann machte sie kehrt und verschwand um die nächste Hausecke. Raphael starrte ihr noch nach, als ihre Schritte auf dem eisigen Pflaster längst verklungen waren.

Nach dem missglückten Versuch in der vergangenen Nacht hatte der Doktor Lukas erlaubt, sich für einige Stunden schlafen zu legen. Doch nur in einem der Räume hatte Lukas ein Bett gefunden, und das war ganz offensichtlich bereits vom Doktor belegt worden. Also hatte er sich in eine der beiden Dachkammern zurückgezogen, die offenbar früher den Dienstmädchen als Unterkunft gedient hatten. Hier befand sich eine schmale, recht unbequeme Pritsche, die ihm jedoch ihren Dienst erwies.

Als Lukas wieder erwachte, war es draußen hell, und er brauchte eine Weile, um sich zurechtzufinden.

Er streifte rasch die Stiefel wieder über, die er vor dem Schlafen ausgezogen hatte. Dann lief er die steile Stiege nach unten und gleich darauf die Treppe, die ihn ins Erdgeschoss und zur Küche führte.

Die Tür war nur angelehnt, und er konnte dahinter den Doktor leise vor sich hin fluchen hören.

Vorsichtig legte er eine Hand gegen die Tür und drückte sie ein Stück weiter auf.

Der Doktor stand vor dem Herd und hatte Kopf und Schultern hängen lassen. Er wirkte verzweifelt. Lukas war versucht, zu ihm zu gehen, aber etwas hielt ihn davon ab. Er dachte an den seltsamen Gesichtsausdruck, den der Doktor an den Tag gelegt hatte, als das Experiment in der Nacht fehlgeschlagen war.

»Ich bin es nicht wert, Katharina!«, hörte er den Doktor murmeln. »Ich schaffe es einfach nicht, diese Medizin für dich herzustellen!« Dann ging der Doktor mit schweren Schritten zu dem Tisch, ließ sich auf den Schemel fallen und stützte den Kopf in die Arme.

Voller Entsetzen musste Lukas mit ansehen, wie seine Schultern zu beben begannen, und als das Schluchzen des Doktors die Küche erfüllte, zog er sich so leise wie möglich zurück.

Auf dem Flur blieb er stehen und starrte nachdenklich gegen die Wand.

Und dann fasste er einen Entschluss.

Der Weg zu jenem Haus, in dem Egbert Jacob und seine Frau früher gewohnt hatten, war nicht weit, und Lukas erinnerte sich noch daran, wie er beim letzten Mal vor dieser Tür gestanden hatte.

Damals war er hier gewesen, um Katharina die Nachricht vom Tod ihres Mannes zu überbringen. Diesmal kam er, um ihr zu sagen, dass Egbert noch lebte. Dass er ihre Hilfe brauchte.

Zu seiner eigenen Überraschung zitterte er genauso stark wie damals.

Er hob die Hand, um an der Haustür zu pochen, aber bevor er das tun konnte, ertönte hinter ihm eine Stimme: »Da werde Ihr kein Glück haben!«

Lukas drehte sich um.

Vor ihm stand eine Frau, die ganz offensichtlich hier in der Nachbarschaft wohnte. Sie trug einen pelzbesetzten Mantel, und ein Korb hing über ihrem Unterarm, der verschiedene Garnknäuel enthielt. Wenn Lukas hätte raten müssen, was sie vorhatte, hätte er gesagt, sie sei unterwegs, um zum Handarbeiten zu einer Freundin zu gehen.

So jedoch meinte er nur: »Wie bitte?«

Die Frau zuckte zusammen, als sie seine Hasenscharte sah, aber sie hatte sich rasch wieder im Griff. Nur ein rasches Zwinkern zeigte noch ihren Schrecken.

»Das Haus«, wiederholte sie. Sie hatte schiefstehende Zähne und wie zum Ausgleich dafür lange seidig-glänzende Haare, die sie zu einer komplizierten Frisur aufgetürmt hatte. »Da wohnt niemand. Jedenfalls nicht im Moment. Es ist verkauft worden.«

Lukas schluckte. Ein wenig Erleichterung durchflutete ihn, und die Hoffnung, den schweren Gang, den er sich vorgenommen hatte, nun doch nicht machen zu müssen. Aber dann hörte er sich fragen: »Die Frau, die früher hier wohnte, Katharina Jacob, wisst Ihr, wo ich sie jetzt finden kann?«

Er wurde überaus abschätzig gemustert. »Ihr solltet lieber die Finger von ihr lassen!«

Ich habe nicht vor, sie anzurühren, dachte Lukas mit einem Anflug von bitterem Humor. *Ich will ihr nur sagen, dass ihr Mann noch am Leben ist.* Laut fragte er: »Warum?«

»Sie wurde letzten Sommer der Hexerei angeklagt, aber man hat sie freigesprochen. War ein Fehler, wenn Ihr mich fragt! Sie musste das Haus verkaufen, weil ihr Mann tot ist und sie es nicht mehr halten konnte.«

»Wisst Ihr, wo sie jetzt wohnt?«

»Ja.« Ein Ausdruck erschien auf dem Gesicht der Frau, den Lukas nur auf eine Weise zu deuten wusste. Es war Ekel.

»Und wo?«, hakte er nach.

»Im Henkershaus!« Die Frau spuckte ihm die beiden Worte förmlich vor die Füße. »Musste zu ihrem Stiefvater ziehen, als sie Witwe wurde. Blöderweise ist der auch …«

»Danke!« Lukas nickte der Frau höflich zu und drängte sich weitaus weniger höflich an ihr vorbei.

»Frechheit!«, hörte er sie murmeln.

Dann bog er um eine Ecke und ließ die Frau und ihr bösartiges Getratsche hinter sich zurück.

18. Kapitel

Nachdem sie Raphael Krafft getroffen hatte, wäre Katharina am liebsten sofort ins Kloster zu Kunigunde gegangen, um ihr die gute Nachricht zu überbringen. Aber sie erinnerte sich daran, dass die Priorin heute keinen Besuch mehr empfangen würde – und auch daran, dass ihre Mutter zu Hause jemanden brauchte, der sich um sie kümmerte.

Noch immer ein wenig verletzt darüber, dass sie an der Klosterpforte abgewimmelt worden war, kehrte Katharina also ins Henkershaus zurück.

Mechthild saß in ihrem Lehnstuhl und spann einen großen Ballen weiße Wolle zu einem gleichmäßigen Faden, den sie auf eine Spindel aufwickelte. Katharina gesellte sich zu ihr.

Für den Augenblick, so schien es, herrschte wieder einmal Waffenstillstand zwischen ihnen.

Gemeinsam aßen sie zu Abend, und dabei entspann sich sogar ein richtiges Gespräch, in dessen Verlauf Katharina ihrer Mutter erzählte, was ihr den Tag über alles widerfahren war.

Ein Klopfen an der Haustür störte sie. Draußen begann die Sonne bereits zu sinken. Verwundert stand Katharina auf und ging, um zu öffnen. Und als sie sah, wer vor ihr stand, erstarrte sie.

Gott selbst hatte die Zeit zurückgedreht, um sie mit einem der schlimmsten Augenblicke in ihrem Leben zum zweiten Mal zu konfrontieren!

Vor ihr stand ein junger Mann mit einer Hasenscharte.

»Was …?« Sie musste Atem holen, bevor sie einen weiteren Ton herausbrachte. Es war nur ein Krächzen. Genau dieser junge Mann hatte ihr vor Monaten die Nachricht von Egberts Tod überbracht.

Katharina griff nach einem Halt am Türrahmen. »Was wollt Ihr hier?«

Der junge Mann wirkte unglücklich und befangen. Er hatte eine schlichte Mütze auf, die er jetzt vom Kopf zog und in den Händen knetete. »Ich … komme, weil ich Euch bitten will, mich zu begleiten.«

»Wohin?« Kurz dachte Katharina, der junge Mann brauche sie, um nach einem Kranken zu sehen, aber das erklärte nicht die Angst und das Unbehagen, das er zu empfinden schien. Er wirkte, als hätte er am liebsten auf dem Absatz kehrtgemacht.

»Zu … jemandem, den Ihr gut kennt.«

Die Sonne stand inzwischen tief, und es würde bald an der Zeit sein, sich auf den Weg nach St. Katharina zu machen, wo Katharina sich mit Maria treffen wollte. Dennoch zögerte sie, dem jungen Mann einfach die Tür vor der Nase zuzuschlagen. »Von wem sprecht Ihr, bei allen Heiligen!«, rief sie aus.

»Mein Name ist Lukas«, sagte er, als würde das etwas erklären. »Lukas von Minden.«

Katharina nickte, weil sie sich daran erinnerte, dass er ihr auch damals diesen Namen genannt hatte. Sie wusste noch allzu gut, welche Gefühle sein Auftauchen an jenem Tag in ihr ausgelöst hatte. Erst die Neugier, was ihn wohl zu ihr führen mochte. Dann Sorge, weil er betroffen wirkte. Schließlich die Gewissheit, dass er mit einer schlechten Nachricht kam. Und am Ende der Abgrund der Verzweiflung, nachdem er ihr erzählt hatte, dass Egbert bei einem Überfall von Vaganten erschlagen worden war.

Sie versuchte, sich diese Verzweiflung zurück ins Gedächtnis zu rufen, und stellte fest, dass sie nur noch die Erinnerung daran besaß. Sie empfand bei dem Gedanken, dass Egbert nicht mehr lebte, kaum noch mehr als eine Form von Bedauern. Die tiefe Trauer – und auch die *melancholia*, die in ihrem Gefolge gestanden hatten – waren fort und hatten den Gedanken an einen anderen Mann Platz gemacht.

Richard.

»Ich habe keine Zeit, mit Euch zu kommen«, sagte sie, bemüht, diese Absage so freundlich wie möglich klingen zu lassen. »Ich muss gleich zu einem wichtigen Treffen.«

Lukas schluckte so stark, dass Katharina seinen Kehlkopf rucken sehen konnte. »Ich glaube …«, setzte er an und fuhr nach einer Pause fort: »… dass Ihr dieses andere Treffen verschieben solltet.«

Und dann holte er so tief Luft, dass sein gesamter Körper dabei erbebte. »Euer Mann«, flüsterte er.

Und verstummte.

Katharina wartete. Eine kalte Hand griff nach ihrem Genick, ließ einen eisigen Schauer ihren Rücken hinunterrieseln.

»Egbert Jacob«, fügte Lukas hinzu.

Auffordernd nickte Katharina. »Was ist mit ihm?«

»Ich bin gekommen, um Euch zu sagen, dass er noch lebt.«

Sie spürte, wie ihr Gesicht ganz kalt wurde. Noch immer hielt sie sich am Türrahmen fest, und jetzt krallten sich ihre Fingernägel in das raue Holz. Zwei von ihnen bogen sich nach oben durch, aber der Schmerz war nur eine ferne Empfindung. Es schien, als gehöre ihr Körper ihr plötzlich nicht mehr, als sei ihr Geist aus ihm herausgetreten und schaue zu, wie sie dastand, wie sie Lukas von Minden anstarrte. Wie sie den Mund öffnete und wieder schloss und schließlich nur zwei Worte hervorbrachte: »Er lebt?«

Lukas hielt ihrem flammenden Blick stand. »Kommt mit mir, dann werdet Ihr es sehen.« Er wies auf den Henkerssteg.

Mit einem Ruck kehrte Katharinas Geist zurück in ihren Körper. Auf einmal spürte sie sich wieder, den feinen Schmerz in ihren Fingerspitzen, die Gänsehaut auf ihren Armen und auf dem Rücken. Ihr hämmerndes Herz, das mit solcher Macht hinter ihren Rippen pochte, dass sie kaum noch Luft bekam.

Ohne dass sie es wirklich wollte, griff sie nach ihrem Mantel und warf ihn sich über. »Ich muss kurz noch einmal weg, Mutter!«, rief sie nach oben.

»Bleib nicht so lange!«, erhielt sie zur Antwort, aber das hörte sie kaum noch, denn schon zog sie die Haustür ins Schloss und blickte Lukas an. »Gehen wir!«

Lukas führte sie über den Henkerssteg, vorbei am Fleischhaus und dann linker Hand durch eine ganze Reihe enger Gassen und Gässchen bis zur Frauentormauer. Dort blieb er vor einem ehemals stattlichen, jetzt jedoch reichlich verwahrlosten Haus stehen, dessen Balken zwischen dem zweiten und dritten Stockwerk mit der Darstellung eines ein Netz auswerfenden Mannes verziert war.

Unbehaglich sah Katharina sich um. Von hier aus war es nicht mehr weit bis zur Karthäusergasse, wo sie früher mit Egbert gewohnt hatte.

Egbert.

Am Leben?

Als habe die Vergangenheit plötzlich ihre Klauen nach ihr ausgestreckt und bedrohe sie damit, fühlte sie sich angegriffen und verwundbar.

Lukas schenkte ihr ein zaghaftes Lächeln. »Er weiß nicht, dass ich Euch herhole«, meinte er und verstärkte Katharinas Unbehagen damit noch. »Es wird eine große Überraschung werden.« Er rieb sich die Hände. Dann erklomm er die wenigen Stufen, die zur Haustür hinaufführten, holte einmal tief Luft und zog an der Klingel, die, das registrierte Katharina nur am Rande, als Fisch gestaltet war.

Das Läuten im Inneren des Hauses ähnelte dem von Hartmann Schedels Glocke. Einen Moment lang geschah nichts. Dann wurde die Tür geöffnet.

Und Katharina stieß ein ungläubiges »Heilige Mutter Gottes!« aus.

Maria hockte in ihrer engen Wohnung auf dem Bett und lauschte. Irgendetwas war nicht so wie sonst, aber sie vermochte nicht zu sagen, was es war. Forschend legte sie den Kopf von einer Seite auf die andere, aber vergeblich.

Nachdem sie am Vortag aus dem Henkershaus zurückgekommen war, hatte sie versucht zu schlafen, aber die ganze Nacht hatte sie sich unruhig auf ihrem Lager hin und her gewälzt. Als endlich die Sonne aufgegangen war, hatte Maria sich zu einem Spaziergang aufgemacht, der sie fast den gesamten Vormittag über von einem Winkel Nürnbergs in den anderen getrieben hatte. Erst weit nach Mittag war sie zurück nach Hause gekehrt, nur, um in ihrer engen Wohnung weiterhin unruhig auf und ab zu marschieren.

Immerhin hatte die Bewegung die Gedanken und Erinnerungen in ihrem Kopf in Schach gehalten. Die Stimmen hatten sich in ein stetiges, kaum verständliches Wispern hinten in ihrem Schädel verwandelt.

Jetzt saß sie da, schob die Stimmen noch weiter in den Hintergrund ihres Geistes und strengte die Ohren an, um zu ergründen, warum ihre Wohnung sich plötzlich anders anhörte. Ihr Blick fiel auf den Käfig mit den Tauben. Wieder einmal hatte sie am Morgen vergessen, das Tuch abzunehmen. Das schlechte Gewissen trieb sie auf die Beine. Sie griff nach zwei Zipfeln des Tuches und zog daran. Mit einem flüsternden Geräusch, das sich anhörte, als gleite eine Schlange über einen Steinfußboden, fiel es zu Boden.

Und Maria wusste, warum sich die Geräusche im Raum plötzlich so anders angehört hatten.

Statt vier Tauben befanden sich in dem Käfig nur noch zwei!

Maria ballte die Rechte zur Faust und biss in ihre Knöchel. Dann wich sie einen Schritt zurück.

Wo waren die anderen beiden Tauben geblieben?

Sie sah genauer hin und stellte fest, dass ausgerechnet jene beiden fehlten, denen sie zwei Tage zuvor die Augen ausgestochen hatte.

Ihre Lippen formten ein lautloses Gebet, und sie vermochte nicht zu entscheiden, ob sie es an Gott oder an Adonai richten sollte. »Hast du mein Opfer angenommen, Vater?«, flüsterte sie. Diese Anrede erschien ihr ausreichend passend für beide Seiten.

Ein angenehm warmes Glücksgefühl durchströmte sie.

Weiße Tauben, Prinzessin, sagte die sanfte Stimme in ihrem Kopf. *Weißt du, dass sie sie im Tempel opfern, um Adonai um Vergebung für unsere Sünden zu bitten?*

Maria legte beide Hände an die Wangen. Sie konnte die Nässe dort spüren, und sie begriff, dass sie angefangen hatte zu weinen.

Langsam wich sie zu ihrem Lager zurück und ließ sich auf die Kante sinken.

War es ein Zeichen?

Ein Zeichen dafür, dass sie tatsächlich Jüdin war, dass der Gott ihrer Väter zu ihr gesprochen hatte?

Das Läuten einer Glocke drang in ihr Bewusstsein, zerschnitt das Glücksgefühl und auch die Sicherheit, die sie noch eben empfunden hatte.

Die kreischende Stimme meldete sich mit Wucht zu Wort.

Du bist Christin!, giftete sie.

Maria schüttelte den Kopf. »Nein«, sagte sie bestimmt. »Mein Name ist Mirjam, und ich bin Jüdin!« Doch die Stimme ließ sich nicht wieder vertreiben. *Christin! Christin*, schrie sie.

»Jüdin.« Jetzt murmelte Maria nur noch.

Die keifende Stimme wurde noch zorniger.

Mit einem Ruck stand Maria auf. Eine Stunde nur noch, dann würde sie Katharina treffen! Maria hatte die Wohnung schon halb verlassen, als ihr etwas in den Sinn kam. Sie drehte sich noch einmal um.

Wenig später stand sie vor der Fassade der Katharinenkirche und starrte daran empor. Im Vergleich zu einigen anderen Kirchen Nürnbergs, der Sebalduskirche zum Beispiel oder auch der Lorenzkirche, war St. Katharina ein ganzes Stück kleiner und auch sehr viel weniger verziert. Das Dach der angrenzenden Klostergebäude war mit Holzschindeln gedeckt, etliche Wände bestanden statt aus festem Stein aus weiß getünchtem Fachwerk, das der gesamten Anlage etwas Bäurisches gab.

Während Maria dastand und die Gläubigen an ihr vorbei ins Innere der Kirche strömten, wurde es über den Dächern der Stadt langsam dunkel.

Schließlich begannen die Glocken zu läuten zum Zeichen, dass die Messe sogleich beginnen würde.

Von Katharina keine Spur.

Maria presste die Lippen zusammen. Sie tastete durch das Loch in ihrem Rockfutter hindurch, fühlte Mimis Kopf und Haare und einen Wust weicher Federn. Alles zusammen gab ihr wenigstens den Anflug von Sicherheit, und sie wiegte sich darin, bis der letzte Glockenschlag mit einem Dröhnen in der hereinbrechenden Nacht verklang.

Kurz schwankte sie, ob sie ohne Katharina ins Innere der Kirche gehen sollte, doch schließlich fasste sie sich ein Herz. Sie schlang ihren Schal um den Kopf. Dann langte sie nach dem Griff der Tür, und sie betrat den Kirchenraum genau in jenem Moment, in dem die Nonnen im Chor den Eingangsvers zu singen begannen.

So leise sie es vermochte, huschte sie in die letzte Bank und richtete den Blick auf den Chor. Während die Menschen rings um sie dem

Gesang lauschten, trat ein Priester nach vorn und verschwand durch eine niedrige Tür im Lettner, einer doppelt mannshohen Chorschranke, die den Chorraum fast wie einen Käfig wirken ließ.

Maria betrachtete den Lettner, der mit Schnitzereien so reich verziert war, dass von den dahinter befindlichen Nonnen – und nun auch von dem Priester – nur winzige Teile zu erkennen waren.

Der Priester trat an den Altar, der genau in der Mitte des Chores stand. Er war ebenfalls aus Holz geschnitzt, und die Szene, die auf seinem Aufbau zu erkennen war, zeigte, soweit Maria das durch die Lücken im Lettner zu erkennen vermochte, Christus auf dem Weg zur Kreuzigung.

Sie starrte auf diese Darstellung, und wieder breitete sich dieses Gefühl von Unruhe und Desorientiertheit in ihr aus, das sie in der letzten Zeit so häufig empfand. Wen sollte sie anbeten: diesen Mann dort vorne, der einen grausamen Tod am Kreuz gestorben war, oder doch lieber Adonai, den wahren und einzigen Gott?

Maria versuchte, sich auf die Handlungen des Priesters zu konzentrieren. Früher hatte ihr der streng geregelte Ablauf einer christlichen Messe stets gutgetan, hatte ihr Gemüt beruhigt, wenn sie aufgeregt gewesen war, oder hatte ihr Trost in Situationen der Traurigkeit und Angst gespendet.

Dieses Gefühl versuchte Maria nun wieder heraufzubeschwören.

Der Priester trug eine einfache weiße Albe, über die ein grünes Messgewand gezogen war. Seine Tonsur schimmerte im Schein der Kerzen, die auf dem Altar brannten, und an der Art, wie ihm die schütteren Haare um die Ohren abstanden, erkannte sie, dass es sich um Johannes Schedel handeln musste. Er sah tatsächlich genauso aus, wie Katharina ihn ihr beschrieben hatte. Maria ließ ihre Blicke durch die Kirche schweifen. Anders als St. Sebald, das schon jene neuartigen, schrankförmigen Möbel besaß, die man als Beichtstuhl bezeichnete und in denen Priester und Beichtender vor den neugierigen Blicken der Umstehenden verborgen waren, wurde in St. Katharina noch am Lettner gebeichtet.

Maria presste die Lippen zusammen. Sie wusste nur zu gut, wie die Leute darauf reagierten, wenn eine Hure wie sie die Beichte ablegte. Oft genug hatte sie das hämische Zischen der scheinheiligen

Frauen im Ohr gehabt, die völlig unverhohlen die Nasen über sie rümpften, oder noch schlimmer: Sie hatte die mitleidigen Blicke der Männer im Rücken gespürt, die sich des Nachts heimlich zu ihr schlichen, es aber in aller Öffentlichkeit tunlichst vermieden, ihr auch nur zu nahe zu kommen.

Das Tagesgebet und auch die erste Lesung rauschten an Maria vorbei, ohne dass sie ihnen zu folgen vermochte. Der lateinische Klang der Worte dröhnte in ihren Ohren, und der Weihrauch, den zwei Messdiener mit ihren Rauchfässchen verbreiteten, erreichte die letzte Bankreihe und kratzte ihr im Hals. Maria unterdrückte ein Husten.

Die Nonnen hatten den Blick streng geradeaus gerichtet, und weil ihr Gestühl im rechten Winkel zu den Bänken der restlichen Kirche stand, wandten sie Maria ihr Profil zu. Maria betrachtete die schwarzen Schleier, gegen die sich die Haut der Nonnen milchigweiß und blässlich abhob, und verkniffene Münder, von denen der ein oder andere ein Gähnen unterdrücken musste.

Die Menschen vor dem Lettner lauschten den Gesängen und Gebeten mit unterschiedlich großer Aufmerksamkeit. Einige Frauen beteten nebenher ihren eigenen Rosenkranz. Zwei Reihen vor Maria saß ein ältliches Weib mit zwei Kindern, denen es sichtlich langweilig war. Ungeduldig rutschte eines von ihnen auf seiner Kirchenbank vor und zurück, bis es eine Kopfnuss erhielt, die Maria bis zu ihrem Platz hören konnte. Sie fühlte mit dem armen Wurm, dessen Schultern nun sachte zu beben begannen.

Sie ließ auch noch den Rest der Messe über sich ergehen, wartete dann, bis die meisten Gottesdienstbesucher die Kirche verlassen hatten. Mit klopfendem Herzen erhob sie sich schließlich und ging durch die Bankreihen nach vorn. Die Nonnen waren längst fort, durch die ihnen eigene Pforte wieder in den Tiefen ihres Klosters verschwunden, wo sie ihre Zeit wahrscheinlich mit weiteren Gebeten und Gesängen verbrachten.

Der Priester, der sich gerade mit einem der beiden Messdiener unterhielt, bemerkte Maria und warf ihr einen fragenden Blick zu.

»Ich würde gerne die Beichte ablegen, Vater«, flüsterte sie. Vor Aufregung war ihre Stimme völlig tonlos.

Der Priester sah an ihr hinab, runzelte die Stirn, und sofort wirkte er auf Maria viel weniger freundlich, als Katharina ihn ihr geschildert hatte. »Hast du keinen eigenen Beichtvater, Tochter?«, fragte er. »Zu welcher Kirche gehörst du denn? Ich habe dich hier noch nie gesehen.«

»Gewöhnlich höre ich in der Frauenkirche die Messe.« Noch immer konnte sie nur flüstern. Der Priester gab seinem Messdiener einen Wink, und der junge Mann verabschiedete sich höflich. Im nächsten Moment war er verschwunden, und der Priester trat an den Lettner. Aus wachen und irgendwie sanften Augen musterte er sie.

Maria kam sich vor wie ein Tier in einem Käfig. »Seid ... seid Ihr Pater Johannes Schedel?«, fragte sie.

Er runzelte die Stirn. »Ja. Woher kennst du meinen Namen?«

»Katharina Jacob schickt mich.« Als sie den Namen sagte, blickte Maria über die Schulter. Doch Katharina war noch immer nicht erschienen. Bis auf sie selbst und den Priester war die Kirche jetzt leer.

»Katharina Jacob!«, wiederholte der Priester kopfschüttelnd.

Maria nickte. »Sie sagte, Ihr seid der passende Beichtvater für Menschen, die von den Dämonen ihrer Vergangenheit gequält werden.«

Diesmal ächzte Bruder Johannes. »Sagt sie das? Nun, sie hat möglicherweise nicht ganz unrecht.« Kurz verklärten sich seine Augen, als wanderten seine Gedanken in die Vergangenheit zurück. Dann jedoch besann er sich und heftete den Blick wieder auf Maria. »Warte eine Augenblick«, bat er. »Ich muss erst die Kleidung wechseln. Ich bin sogleich wieder da. Du kannst dich schon einmal niederknien und ein paar Gebete sprechen.«

Er verschwand durch eine Tür in der rechten Seitenwand des Kirchenschiffes. Maria tat wie geheißen. Sie raffte den Rock ein wenig. Die Federn darunter kitzelten sie am Bein, aber sie achtete nicht darauf, sondern kniete sich auf die harten Steinfliesen der Stufen, die zum Lettner hinaufführten. Sie faltete die Hände zum Gebet und kam sich dabei ziemlich kindisch vor. Doch sie unterdrückte das Missfallen, senkte den Kopf und begann das erstbeste Gebet zu sprechen, das ihr in den Sinn kam. Es war das Ave Maria. Sie hatte es gerade zum zweiten Mal begonnen, als Bruder Johannes wiederkam. Er hatte das grüne Messgewand gegen ein violettes getauscht, das zur Abnahme der Beichte und zur Erteilung der Absolution getragen wurde.

Er trat vor Maria hin und blickte auf sie hinab. Der Lettner befand sich zwischen ihnen wie ein Hindernis, und das Gefühl, in einem Käfig zu sitzen, verstärkte sich noch. Maria schluckte. Ihre Knie schmerzten bereits jetzt vom Knien auf den Steinen.

Dann seufzte Bruder Johannes schwer und ließ sich auf der anderen Seite der Schranke nieder. Maria bemerkte, dass für ihn eine samtbezogene Fußbank vorgesehen war. Sie unterdrückte ihren Unmut über diese Ungerechtigkeit und begann mit dem vorgeschriebenen Ritual.

»Benedic mihi, pater, quia peccavi«, sagte sie die lateinischen Worte, die, wie sie wusste, bedeuteten: Vergib mir Vater, die ich gesündigt habe.

»Deo Patris sit gloria«, erwiderte Bruder Johannes. Dann wartete er.

Maria brauchte einen Moment, bis ihr einfiel, dass sie an der Reihe war. Hastig murmelte sie: *»In saeculorum saecula. Amen.«*

»Was führt dich zu mir, Tochter?«, fragte Bruder Johannes, und Maria schaute überrascht auf. Dies waren nicht die vorgeschriebenen Worte. Fragend blickte sie Bruder Johannes an.

Er lächelte ihr aufmunternd zu, und plötzlich war Maria sich sicher, dass Katharina mit ihrer Einschätzung recht gehabt hatte: Dieser Mann wusste, was es bedeutete, von den Geistern der Vergangenheit gejagt zu werden. Er würde ihr helfen können!

»Ich habe mein Gedächtnis verloren, Vater«, begann sie. Und dann sprudelten die Worte nur so aus ihr heraus. Sie erzählte dem Priester von ihren frühesten Erinnerungen an das Findelhaus und wie sie dort von der ihr noch immer unbekannten Frau abgeladen worden war. Sie erzählte ihm von Dagmar und davon, wie sie gemeinsam mit ihr zu einer gefallenen Frau geworden war. Und dann holte sie tief Luft und fügte hinzu: »Dagmar ist tot. Und seitdem quälen mich Bilder, die ich mir nicht erklären kann. Bilder, von denen ich glaube, dass sie aus jener Zeit stammen.«

Bruder Johannes schwieg einen Moment. Maria schielte unter ihren Haaren hervor und in sein Gesicht, in dem es heftig arbeitete. Dann wischte er sich über die Augen. »Was sind das für Bilder?«

Maria erzählte ihm von dem blutigen Rinnsal auf dem Pflaster des Großen Marktes, von der Hand, die sie mit so brutaler Härte festhielt, dass ihr alle Fingerknochen schmerzten. Und sie erzählte ihm von den Geräuschen der Ledersohlen auf der Treppenstufe, von den Stimmen, die sich mit ihrem Vater stritten. Von den Händen, die sie packten und einfach mit sich zerrten. Sie erzählte davon, wie ihre Mutter geweint und geschrien hatte, und bei der Erinnerung daran schossen ihr Tränen in die Augen. »Sie hat immer wieder gesagt: Nehmt sie mir nicht weg! Nicht meine Tochter. Mein Kind! Mein Kind!« Mit einem bebenden Ausatmen verstummte Maria.

Der Weihrauch, der noch immer in der Luft hing, kratzte ihr im Hals. Sie unterdrückte ein Husten.

Die Glocke der Kirche schlug einen einzelnen Ton.

Eine Taube flatterte im Dachgestühl auf. Das Geräusch ihrer Flügelschläge dröhnte in Marias Ohren.

Und plötzlich, wie ein schweres Gewicht, das ihr auf den Scheitel niederfuhr, waren alle Erinnerungen wieder da.

Sie sah eine geschlossene Tür mit einer bronzenen Klinke vor sich, dann hörte sie die Geräusche von ledernen Sohlen auf den Stufen der Treppe. Und schließlich hörte sie die klagende Stimme ihrer Mutter: »Was wollt Ihr hier? Ich habt kein Recht …«

Die Tür zu ihrem Zimmer wurde aufgestoßen, und zwei Männer standen vor ihr. Groß waren sie, und gekleidet in dunkelbraune, furchteinflößende Gewänder, deren Zweck sie damals nicht begriffen hatte, die sie aber jetzt, da das Bild nun endlich überdeutlich vor ihrem inneren Auge erschien, als Mönche erkannte … *Einer von ihnen streckte die Arme nach Mirjam aus und nahm sie hoch. Sie schrie, denn die unheimlichen, gestreng aussehenden Männer machten ihr Angst. Doch der Mönch ließ sie nicht los. Auch nicht, als ihre Mutter in das Zimmer gestürzt kam und sie ihm wegnehmen wollte. Auch nicht, als er sich umwandte, den Raum verließ und gefolgt von seinem Begleiter die Treppe hinunterging, wo Mirjams Vater sich ihm entgegenstellte.*

»Das ist meine Tochter!«, brüllte der Vater, doch die beiden Mönche ließen sich nicht beirren.

»Du bist jüdischen Glaubens«, sagten sie, als erkläre das alles. Dann drängten sie sich vorbei und wollten nach dem Türgriff fassen. Mirjams Vater hielt sie davon ab, indem er die Tür mit dem Unterarm zuhielt. »Sie ist ein jüdisches Kind!«, rief er, und die Mutter weinte oben auf der Treppe so herzzerreißend, dass Mirjam den Kopf wandte und über die Schulter des Mönchs in ihr Gesicht blickte. So viel Angst und Entsetzen stand darin, dass Mirjam jetzt zum ersten Mal begriff, in welcher Gefahr sie sich befand. Rasch sah sie ihren Vater an. Konnte es sein, dass er nicht in der Lage war, sie vor den dunklen Männern zu beschützen?

»Sie ist keine Jüdin mehr«, sagte der Mönch, der Mirjam auf dem Arm hielt. »Anna Weber, die du als Dienstmagd eingestellt hast, hat sie getauft. Damit ist sie Christin, und die Kirche kann es nicht zulassen, dass ihre getaufte Seele in Gefahr gerät. Sie muss fortan von Christenmenschen erzogen werden.«

Ihr Vater hatte versucht zu argumentieren, er hatte versucht, Mirjam den Mönchen zu entreißen, aber am Ende war er zur Seite gestoßen worden und auf dem harten Fliesenboden gelandet. Und die Mönche waren mit Mirjam auf dem Arm hinaus in die Nacht gestapft, in der ein eisiger Wind geweht und das Weinen ihrer Mutter bis hinauf an die Pfeiler des Himmelsgewölbes getragen hatte.

Damals hatten sie aus ihr, aus Mirjam der Jüdin, eine Christin namens Maria gemacht. Doch tief in ihrem Herzen war sie immer Mirjam geblieben.

Das Bild verblasste, und es machte einem anderen Platz. Einige Jahre später, Maria erkannte es daran, dass sie größer geworden war, hatte sie ihren Vater auf dem Großen Markt getroffen. Es war nicht das erste Mal, das wusste sie, denn da war die Erinnerung an eine frühere Begegnung, eine, in der die Frau mit der kalten Hand ihn wüst beschimpft und beleidigt hatte und in dem seine Freunde ihn mit sanfter Gewalt davongeführt hatten. Maria erinnerte sich noch gut an seine traurigen Augen und die Hoffnungslosigkeit darin, seine Tochter jemals wieder in die Arme schließen zu können. In der Erinnerung, die Maria jetzt ansprang, hatte er es noch einmal getan.

Und es war sein Tod gewesen. Er hatte sich durch die Menge gedrängt und vor Maria niedergekniet. Dann hatte er sie in die Arme gezogen und mit tränennassem Gesicht an ihrem Hals immer wieder und wieder gemurmelt: »Meine Kleine, meine Prinzessin!« Bis man aufmerksam auf das Gekreische der Frau mit der harten Hand geworden war. Bis eine aufgebrachte Menge ihn von seiner Tochter fortgezerrt hatte. Da waren Knüppel gewesen, Schläge von solcher Wucht, dass sie sich anhörten wie Armbrustschüsse. Und Schreie. Maria erinnerte sich jetzt an den Tumult. Daran, dass die Frau mit der harten Hand sie festgehalten hatte, weil sie zu ihrem Vater wollte. Doch die Menge hatte vor ihren Augen verborgen, was geschehen war. Bis sie sich zerstreute und bis Maria sah, was sie getan hatten.

Ein rotes Rinnsal, das sich um das bucklige Pflaster seinen Weg suchte. Erloschene Augen. Der erschlagene Mann.

Er war Marias Vater gewesen. Mirjams Vater.

Jetzt erinnerte sie sich, dass sie geschrien hatte. Wie ein verwundetes Tier hatte sie geschrien, bis die Frau mit der harten Hand ihr eine Ohrfeige gegeben hatte und noch eine zweite, die sie endlich zum Verstummen gebracht hatte.

Und dann hatte sich die Dunkelheit des Vergessens über Mirjams Geist gesenkt, hatte das Entsetzen fortgenommen, das zu machtvoll für ihren kleinen Geist gewesen war. Auf diese Weise hatte es dafür gesorgt, dass sie nicht auf der Stelle den Verstand verlor.

Aber das Wissen hatte in Mirjams Geist weitergelebt, hatte ihn ausgehöhlt und vergiftet, bis heute. Bis der Wahnsinn seine kalten Klauen nach ihr ausstreckte und sie erzittern ließ.

»Was hast du, Tochter?« Die Stimme von Bruder Johannes dröhnte in ihren Ohren, doch sie nahm ihren Sinn kaum wahr. Mit zitternden Knien stand sie auf, zwängte die Hand durch das kaputte Futter ihres Rockes. Sie fuhr herum, eilte zu der niedrigen Tür im Lettner und öffnete sie. Sie sah die Augen des Priesters sich weiten, hörte ihn nach Luft schnappen. »Bei Jesus Christus!«, hauchte er, und das war der letzte Hieb, der noch nötig gewesen war, um die Fassade von geistiger Gesundheit um Mirjams Geist zerbröseln zu lassen.

Im nächsten Moment war sie bei ihm, krallte die Hand in sein Messgewand.

»Ich – bin – keine Christin!«, herrschte sie ihn an, und auf einmal war ihre Stimme nicht mehr tonlos und piepsig wie die einer Maus, sondern kraftvoll und tief, wie es die ihres Vaters gewesen war. »Ich bin Jüdin! Jüdin, hört Ihr das!« Mit einem Ruck wollte sie die beiden Tauben aus ihrem Rock ziehen. Die Tiere jedoch verhedderten sich in der für sie zu kleinen Öffnung. Mit Gewalt riss Mirjam an ihnen, so dass ihr Rock in die Höhe flog und sie für einen Moment lang völlig entblößt in der Kirche stand.

»Jesus und Maria!«, wisperte Bruder Johannes.

Dann endlich hatte Mirjam die Tauben aus den Falten des Stoffes befreit. Triumphierend reckte sie sie in die Höhe. Der Rock fiel wieder um ihre Knöchel.

Sie wusste, dass die beiden Tiere einen ekelerregenden Anblick boten. Beide hatten sie keine Augen mehr, und weil Mirjam ihnen noch in der Wohnung die Hälse umgedreht hatte, wirkten ihre Federn zerzaust und hässlich. Doch sie waren alles, was Mirjam hatte.

Mit einem Satz sprang sie auf den Altar zu. Der kreuztragende Christus darauf schien sie verspotten zu wollen.

»Frau, was tust du?«, schrie Bruder Johannes. Und dann: »Hilfe! Sie ist vom Teufel besessen!«

Sie achtete nicht darauf, sondern blieb vor dem Altar stehen. Kerzen brannten darauf, die sie nicht anrührte, aber ein hölzernes Kreuz mit einer bronzenen Jesusfigur daran packte sie und schleuderte es zu Boden. »Ich opfere dir, Jahwe!«, schrie sie und reckte die beiden toten Tauben in die Luft. »Ich bringe dir das Opfer, das dir zusteht!« Und mit großer Wucht knallte sie die toten Vögel auf den Altar, so dass ein paar Federn in die Luft stoben und sich langsam zu Boden senkten.

»Weil du …« Weiter kam sie nicht mehr. Schritte wurden laut, sie vermeinte lederne Sohlen zu hören und wollte herumfahren, doch es war längst zu spät. Sie spürte einen Luftzug seitlich an ihrem Hals, dann einen brutalen Schmerz im Genick.

Die Welt explodierte in einem Funkenregen aus Rot und Gelb.

Und dann war nichts mehr. Nur noch Finsternis.

19. Kapitel

Das erste, was Katharina wahrnahm, waren diese leuchtendblauen, weit aufgerissenen Augen.

Egberts Augen.

»Katharina!«, flüsterte er. Dann glitt ein Lächeln über seine Züge. Schief war es, und so unendlich vertraut. Katharina konnte den Blick nicht von seinem Gesicht lassen. Von diesen Zügen, von denen sie nächtelang geträumt hatte.

Sie wich einen Schritt zurück. Kurz vermeinte sie, einen Dämon vor sich zu sehen, das Trugbild irgendeines Teufels, der sie in den Irrsinn treiben wollte. Sie fühlte, wie ihre Knie weich wurden, spürte einen Halt am Arm und sah undeutlich Lukas neben sich stehen.

»Er ist es wirklich!«, hörte sie ihn sagen.

Und da endlich begriff sie, dass es kein Trugbild sein konnte, dass der Mann vor ihr echt und lebendig – so lebendig war!

Sie hob den Blick, schaute in diese blauen Augen.

»Egbert!«, hauchte sie.

Dann machte sie sich aus Lukas' Griff los. Tat einen Schritt.

Einen zweiten.

Und lag im nächsten Moment in Egberts Armen. Lachend und weinend gleichzeitig fragte sie: »Du lebst?« Sie klammerte sich an ihn, sog seinen Geruch ein – er roch nicht mehr so wie früher, nicht mehr nach Sandelholz, sondern nach etwas anderem, strengerem. Es war ihr gleich. Er fühlte sich genauso an wie früher. Ein wenig dünner vielleicht, aber das war sie selbst wahrscheinlich auch.

Endlich gelang es Egbert, sie ein Stück von sich fortzuschieben und zu betrachten. »Mein Gott!«, murmelte er. »Du bist noch schöner, als ich dich in Erinnerung hatte.«

»Du lebst!« Das war alles, was Katharina herausbrachte.

Und da lachte er auf. »Ja!« Er rief es voller Übermut. »Ich lebe!«

Er legte Katharina einen Arm um die Schultern und führte sie ins Innere des großen Hauses. Wie durch einen Schleier nur nahm sie den gefliesten Fußboden wahr, das regelmäßige Muster aus schwarzen und weißen Quadraten und den rötlichen Farbton der Wandvertäfelungen. Rings um sie herum war alles verschwommen, wie in einen Nebel getaucht, in dessen Zentrum als einzig Klares Egberts Gesicht schwebte.

Sie ahnte mehr, als dass sie es sah, wie sie in ein Zimmer geführt und auf einen zweisitzigen Lehnsessel niedergedrückt wurde.

Egbert kniete vor ihr nieder. Er nahm ihre beiden Hände in die seinen, und es war deutlich, dass auch er den Blick nicht von ihr abwenden konnte.

»Warum lebst du?« Endlich klärten sich die Nebel in Katharinas Kopf ein wenig, und sie vermochte einige klare Gedanken zu fassen. Es war unmöglich! Egbert war tot. Lukas selbst, der den Raum nicht zu betreten wagte und wie ein Lakai im Türrahmen stehengeblieben war, hatte Katharina seine Todesnachricht überbracht. »Du bist von Vaganten überfallen worden! Du wurdest erschlagen. Du bist …« Fassungslos schüttelte sie den Kopf.

Wieder lachte Egbert. Es war ein Geräusch, das Katharina bis in die tiefsten Tiefen ihrer Seele drang. Es fühlte sich an, als streiche ihr eine zarte Hand durch die feinen Härchen im Nacken. Katharina bekam eine Gänsehaut.

»Sie haben mich nicht getötet!«, sagte Egbert. »Ich habe den Überfall überlebt.«

Jetzt fiel Katharina die Narbe auf, die er auf der Mitte der Stirn trug, und die von seinem Haaransatz zur Hälfte verdeckt wurde. Es war eine furchtbare Narbe, eine Delle, die seinen Schädelknochen deformierte. Katharina hob eine Hand, wagte es aber nicht, die Stelle zu berühren, die verdächtig weich aussah. Dass er diese Verletzung überlebt hatte, grenzte an ein Wunder.

»Es war knapp«, murmelte sie.

Egbert nickte. »Das war es! Ich habe lange auf dem Krankenlager gelegen, und das ist auch der Grund, warum du meine Todesnachricht erhalten hast.« Er warf einen Blick über die Schulter zu Lukas hin. »Ich bat ihn, zu dir zu reiten, als ich mir sicher war, dass ich sterben würde. Er wollte nicht, er wollte sich an seine Hoffnung auf mein Überleben klammern, aber ich bestand darauf.« Er zuckte die Achseln. »Es war ein Fehler, denke ich.«

»Wann bist du zurück nach Nürnberg gekommen?« Katharina sah sich um. Das gesamte Haus, die Einrichtung, alles machte den Eindruck von Verwahrlosung, als habe er es erst vor kurzem bezogen und noch keine Zeit gehabt, Dienstboten einzustellen.

Katharina spürte, wie Egbert ihre Hände drückte.

Sie blickte darauf nieder. Die roten Härchen auf seinen Handrükken zitterten ganz leicht im Luftzug ihres gemeinsamen schweren Atems, der darüber hinstrich.

»Vor einigen Tagen bereits«, murmelte er und wich ihrem Blick dabei aus.

»Warum bist du nicht sofort zu mir gekommen? Warum hast du Lukas verboten, mir Bescheid zu sagen?« Sie wandte sich zu dem jungen Mann um, der beklommen von einem Fuß auf den anderen trat. »Lukas sagte mir, du wüsstest nichts davon, dass er mich zu dir holt.«

Nun drehte sich auch Egbert so, dass er Lukas ansehen konnte. Kurz flog ein Schatten von solcher Düsternis über seine Miene, dass Katharina erschrak.

Lukas wich ein Stück zurück.

Dann jedoch verging der Schatten, ein Leuchten erhellte Egberts Gesicht wie ein Sonnenstrahl einen trüben, regnerischen Tag. »Ich hatte ihm eigentlich gesagt, dass es noch nicht an der Zeit ist, dich zu holen …«

»Nicht an der Zeit?« Die Irritation darüber, dass Egberts erster Gang ihn nicht sofort zu ihr geführt hatte, begann die Freude über das Wiedersehen auszuhöhlen. Auf einmal verspürte sie einen Anflug von Unbehagen.

Doch Egbert hatte eine Erklärung. »Ich wollte nicht mit leeren Händen kommen«, sagte er.

Katharina musterte ihn. »Wie meinst du das?«

Er ließ sie los und stand mit einem Ruck auf. Dann packte er sie an den Schultern, zerrte sie recht grob auf die Füße. »Komm mit!«, rief er.

Er führte Katharina in einen Raum, der früher eine Küche gewesen war, den Egbert jedoch in ein Laboratorium verwandelt hatte. Ein eiserner Dreifuß stand mitten in der Glut des gemauerten Herdes. Auf dem Tisch befand sich neben mehreren Tiegeln und Töpfchen auch eine kleinere Phiole, deren Boden geschwärzt aussah. Zwei der Töpfchen waren offen, und Katharina sah zwei verschiedenartige Pulver darinnen, ein schneeweißes, feines und ein gröberes, sandartiges. Ein Buch lag auf einem Schemel. Das Feuer im Herd hüllte alles in brütende Hitze. Der unangenehme Geruch von Urin lag in der Luft und in einer Ecke stand ein hölzerner Eimer, der offensichtlich mit menschlichen Ausscheidungen gefüllt war.

»Pass auf!« Egbert schob Katharina zu dem Schemel, fegte das Buch darauf achtlos zu Boden. Er drückte Katharina auf die Sitzfläche des wackligen Möbels nieder und drehte sie so, dass sie einen ungehinderten Blick auf den Herd hatte. Dann nahm er die Phiole vom Tisch, wischte den rußigen Belag an ihrem Boden mit einem Lappen ab und hielt das Gefäß prüfend gegen das Licht.

In seinem Inneren befand sich eine schwärzliche, wie Teer aussehende Substanz.

»Hier drinnen«, sagte Egbert mit einer Stimme, die ungewöhnlich hohl klang, »sollte eigentlich eine Medizin für deine *melancholia* sein.«

Katharina strich sich eine Haarsträhne aus den Augen, die sich bei Egberts unsanfter Behandlung aus ihrer Frisur gelöst hatte. Ihre Verwirrung steigerte sich noch.

Da seufzte Egbert, stellte die Phiole wieder auf den Tisch und lehnte sich mit verschränkten Armen gegen die Wand neben dem Herd. »Darum bin ich damals fortgegangen, Katharina. Weil ich ein Heilmittel für dich finden wollte.«

Katharina schluckte. Sie sah ihrem Mann in die Augen und versuchte zu ergründen, was sie in diesem Moment empfand. Ein Gedanke schoss ihr durch den Kopf: *Nein, Egbert! Du bist fortgegangen, weil du glaubtest, meine Krankheit nicht mehr aushalten zu können!* Aber sie sprach es nicht aus. Sie suchte in Egberts Miene nach Anzeichen dafür, dass er sie belog, doch sie fand keine. Er glaubte das, was er sagte. Im Laufe der vergangenen Monate schien er sich eingeredet zu haben, dass es wirklich so gewesen war.

Katharina zwang sich, diesen Gedanken, der in ihr einen eigenartig starken Widerwillen entfachte, in den Hintergrund zu schieben. Sie deutete auf die Phiole und ihren unansehnlichen Inhalt. »Was ist das?«

Da veränderte sich Egberts Gesichtsausdruck. Kurz sah er aus, als sei eine Maske ins Rutschen gekommen und er zeige sein wahres Gesicht. Er entblößte die Zähne, sein Blick wurde ganz starr. Doch all das war so schnell wieder vergangen, dass Katharina verdutzt blinzelte. Hatte sie es wirklich gesehen? Schon lächelte Egbert wieder breit, und sie war sich nicht sicher.

»Das«, sagte er mit einem Anflug von Verzweiflung in der Stimme, »ist das Zeichen für mein Scheitern!«

Dies war der Moment, in dem sich Lukas in ihr Gespräch einmischte. Katharina hatte ihn völlig vergessen, hatte nicht einmal bemerkt, dass er ihnen in die Küche gefolgt war.

»Es ist nur ein Zeichen dafür, dass Ihr noch nicht am Ende seid mit Euren Forschungen«, widersprach er Egbert.

Der starrte ihn an, als sähe er ihn zum ersten Mal. Katharina sah ihn blinzeln. Dann nickte er langsam. »Als ich Nürnberg verließ«, murmelte er, »machte ich mich auf den Weg nach Antwerpen, denn ich wusste von einem Alchemisten, dem dort gelungen war, was ich seitdem vergeblich versuche.«

Katharina schaute auf die pechartige Substanz in dem Glasgefäß. Es gab eine Medizin gegen die *melancholia*? Allein der Gedanke, dass dies möglich sein könnte, versetzte sie in einen Zustand der Erregung, und all ihr Widerwille, den sie noch eben verspürt hatte, schmolz wie Schnee in der Sonne. »Was genau versuchst du?«

Egbert seufzte. Seine Hände, die er um die Oberarme gelegt hatte, verkrampften sich für einen Moment so sehr, dass seine Fingerknöchel weiß hervortraten. »Das *apricum* herzustellen.«

»Apricum?« Katharina konnte genügend Latein, um zu wissen, dass dieses Wort »Sonnenlicht« bedeutete.

Egbert lächelte. »Du hast mir einmal gesagt, dass deine *melancholia* im Sonnenlicht besser wird. Darum habe ich diese Medizin so genannt.« Er blickte Katharina mit solcher Zärtlichkeit an, dass ihr Herzschlag sich beschleunigte. Da war er, dachte sie, jener Egbert, den sie früher so geliebt, dem sie monatelang nachgetrauert hatte.

Die Tatsache, dass sie ihn wiederhatte, verursachte ihr ein Schwindelgefühl. Sie legte beide Hände um die Sitzfläche des Schemels und hielt sich daran fest.

»Im letzten Jahr vor unserer Trennung«, erklärte Egbert, »stand ich in Kontakt mit einigen herausragenden Gelehrten auf dem halben Kontinent. Unter anderem auch mit einem Meister aus Antwerpen. Er schrieb mir, dass ihm die Herstellung des *apricum* gelungen war. Ich musste mich mit eigenen Augen davon überzeugen, darum habe ich dich so überstürzt verlassen.«

Und du hattest nicht wenigstens Zeit für eine Erklärung, für einen Abschied?, dachte Katharina bei sich. Doch sie schob diesen unwilligen Gedanken von sich. Zu sehr faszinierte sie das, was Egbert ihr zu sagen hatte.

Eine Medizin gegen die *melancholia*!

Sie legte eine Hand auf ihr Herz.

»Als ich in Antwerpen ankam, zeigte Meister Gilbert mir seinen Versuch.« Egberts Augen begannen zu glänzen. »Die Phiole leuchtete, Katharina! Sie leuchtete, als sei es dem Meister gelungen, ein Stück des blauen Sommerhimmels einzufangen! Er hatte wahrhaftig das *apricum* gefunden. Und er zeigte mir auch, wie man es herstellen kann.«

Katharina blickte auf die Phiole mit dem eher eklig aussehenden Inhalt. Von Leuchten zeigte sich hier nicht die geringste Spur, und das sagte sie auch.

»Weil ich Teile der Rezeptur wieder vergessen habe!« Plötzlich geschah es erneut: Ein Schatten huschte über Egberts Miene, verdunkelte sein vertrautes, schiefes Lächeln und verzerrte seine Züge zu einer Maske der Angriffslust. Doch wieder dauerte es nur einen Lidschlag lang, dann kehrte das Lächeln zurück. Diesmal allerdings war sich Katharina sicher, den anderen, den finsteren Ausdruck in seinem Gesicht wirklich gesehen zu haben. Ein eisiger Schauer rann ihr den Nacken hinunter, und sie warf einen raschen Blick in Lukas' Richtung.

Die Lippen des jungen Mannes waren zusammengepresst. Katharina wusste, dass auch ihm die Wandlung in Egberts Gesicht nicht entgangen war.

Lukas kratzte sich am Kinn. »Das liegt an dem Überfall«, murmelte er, und Katharina fragte sich, ob er diese unheimlichen Veränderungen in Egberts Ausdruck meinte oder die Tatsache, dass ihr Mann Teile des Herstellungsverfahrens vergessen hatte.

Egbert blickte ihn an. Dann nickte er. »Genau. Durch den Schlag geriet in meinem Kopf wohl einiges durcheinander. Jedenfalls scheinen mir Bruchstücke des richtigen Rezeptes zu fehlen. Bisher bin ich unfähig gewesen, diesen Versuch nachzuvollziehen.« Er löste sich von der Wand, ging zum Tisch und nahm die Phiole zur Hand. Sachte schüttelte er sie. Ihr Inhalt bewegte sich zäh darinnen. »Aber ich habe das starke Gefühl, dass ich sehr dicht daran bin, die Rezeptur wiederzufinden.« Über das Gefäß hinweg sah er Katharina in die Augen. »Ich wollte dich überraschen«, sagte er leise. »Ich wollte dir erst wieder vor das Angesicht treten, wenn es mir möglich ist, das *apricum* herzustellen und dich zu heilen.«

Katharina hielt seinem Blick stand, und verwundert bemerkte sie, dass Tränen in Egberts Wimpern glitzerten.

Er stellte die Phiole wieder fort, und die Bewegung, mit der er es tat, wäre beinahe zu heftig für das zerbrechliche Glas gewesen. Es gab ein leises Klirren. Katharina hörte Lukas den Atem anhalten.

Alle starrten sie auf die Phiole, doch sie war heil geblieben.

Erleichtert stieß Lukas die Luft wieder aus.

»Ich fühlte mich deiner so unwürdig, Katharina!«, murmelte Egbert. Rasch wischte er sich über die Augen. »Stets habe ich behauptet, ein Medicus zu sein. Ich hielt mich sogar für einen guten Medicus, doch es schien mir, als strafe Gott mich für meine Überheblichkeit. Ausgerechnet meiner eigenen Frau vermochte ich nicht zu helfen, obwohl ich sah, wie sehr sie litt!«

Katharina hörte diese Worte, und sie wollte sie glauben. Sie wollte sie um alles in der Welt glauben, doch es gelang ihr nicht. Ganz hinten in ihrem Kopf ertönte eine leise, aber eindringliche Stimme, die sagte: *Denk daran, wie er dich behandelt hat! Denk an seine Worte! Denk an die zahllosen Aderlässe!*

Unwillkürlich zog Katharina ihre Ärmel tiefer über die Handgelenke nach unten. Sie hatte länger nicht an die Schnittnarben dort nachgedacht, doch jetzt kehrte die Erinnerung daran, wie sie sie erhalten hatte, mit Wucht zurück.

Egbert hatte sie zur Ader gelassen, wieder und wieder, weil er, wie alle studierten Medici, der Meinung gewesen war, ihre *melancholia* müsse von einem Übermaß an schwarzer Galle in ihrem Blut herrühren. Mit all seinen Mitteln hatte er versucht, sie zu heilen. Und als ihm das nicht gelungen war, war sein Verhalten Katharina gegenüber von Tag zu Tag stärker abgekühlt. Katharina erinnerte sich noch gut daran, wie er sie immer häufiger angezischt hatte: »Stell dich nicht so an, Herrgott!«

Jetzt stand sie ihm gegenüber, sah die Tränen in seinen Augen und hörte seine Behauptung, wie sehr er selbst gelitten hatte – angeblich unter seiner eigenen Unzulänglichkeit und nicht unter ihrer Krankheit. Sie biss die Zähne zusammen, weil plötzlich ein Gesicht vor ihrem inneren Auge auftauchte.

Ein Gesicht, umrahmt von langen, hellbraunen Haaren.

Und plötzlich begriff sie es wirklich: Egbert war am Leben! Sie war nach wie vor mit ihm verheiratet. Und es war ihre Pflicht als Ehefrau, das Beste aus dieser Situation zu machen. Es war ihre Pflicht, in seine Arme zurückzukehren und das Gelübde einzuhalten, das sie einst vor dem Altar gegeben hatte.

Bis der Tod Euch scheidet …

Die Worte wollten sich nicht durch ihre enge Kehle zwängen, aber sie würgte sie hervor: »Lass mich dir helfen, das Rezept wiederzufinden!«

In Egberts Augen erschien ein Leuchten. »Würdest du das tun?«

Sie hätte am liebsten den Kopf geschüttelt, wäre beinahe auf dem Absatz umgekehrt und aus dem Haus gerannt. Aus diesem unheimlichen, verwahrlosten Haus, das einem Mann gehörte, der ihr fremd geworden war.

Doch sie nickte. »Natürlich«, sagte sie.

Und in ihrem Innersten schrie ihr Herz auf. Es schrie nur ein einziges Wort.

Richard!

Später am Abend saß Katharina zusammen mit Egbert und Lukas am Küchentisch. »Warum glaubst du, dass dieses Zeug gegen die Schwarzgalle helfen kann?«, fragte sie.

In den letzten zwei Stunden hatte Egbert ihr gezeigt, was er von dem Herstellungsverfahren des *apricum* noch wusste. Er hatte Urin aus dem Holzeimer in der Ecke genommen und ihn eingekocht, bis er sich in eine zähflüssige, dunkelrote Masse verwandelt hatte. Er hatte diese Masse in die zuvor gereinigte Phiole getan und mit den beiden Pulvern vermischt. Und dann hatte er einen Stopfen in die Tülle der Phiole gesteckt und ihren Inhalt so lange über dem Herdfeuer geglüht, bis er sich in eine schwarze, pechartige Substanz verwandelt hatte.

Und schließlich hatte er resigniert die Phiole auf den Tisch gestellt und gemeint: »Bis hierhin und keinen Schritt weiter.«

Jetzt antwortete er auf Katharinas Frage: »Es gibt einen Gelehrten, der vor zweihundert Jahren einen Zusammenhang hergestellt hat zwischen schwarzem Harn und der *melancholia* …«

»Johannes Aktuarius«, warf Katharina ein.

Egbert schaute überrascht in ihre Richtung, dann nickte er. »Genau. Dunkelheit wird durch Licht erhellt. Wenn ich in einem finsteren Raum eine Kerze anzünde, wird die Dunkelheit vertrieben.« Er tippte gegen die Phiole. Sie gab einen leisen, klingenden Ton von sich. »Ich glaube, wenn wir einem verdunkelten Geist Licht zufügen, dessen Dunkelheit weichen muss.« Er machte eine kurze Pause. »Schwarze Galle ist kalt und trocken«, fuhr er dann fort. »Das Leuchten, so wie ich es bei Meister Gilbert gesehen habe, ist luftähnlich, und du kennst die Eigenschaften, die der Luft zugeordnet sind?«

»Warm und feucht.« Unwillkürlich flüsterte Katharina.

Egbert nickte. »Genau. Gegensätze löschen sich aus. Füge heiß zu kalt, und du erhältst lau. Füge aber Licht zur Dunkelheit, und es wird Licht.«

Eine Gänsehaut bildete sich in Katharinas Genick. Für einen Moment überlagerte die Aussicht, eine Waffe gegen die *melancholia* in den Händen zu halten, alle anderen Empfindungen in ihrem Herzen, und sie sonnte sich in dieser Vorstellung. Doch dann kehrte der feine Schmerz zurück, als ihr Richard wieder einfiel.

Sie schluckte. »Hast du eine Theorie, warum es nicht funktionieren will?«

»Ich vermute, dass ich den falschen Urin benutze.« Er erzählte ihr, dass er den Versuch bereits mit Männer- und Kinderurin durchgeführt hatte und ebenso mit dem von verschiedenen Kranken. An dieser Stelle zögerte er kurz, weiterzusprechen. Katharina bemerkte dieses Zögern, aber es fügte sich so nahtlos zu den vielen anderen kleinen Details hinzu, die sie plötzlich an Egbert merkwürdig fand, dass sie kaum Notiz davon nahm. Er zuckte die Achseln. »Wahrscheinlich brauche ich einen sehr besonderen Urin.«

Und das war der Moment, in dem Katharina eine Idee kam.

»All das muss Euch sehr seltsam vorkommen.«

Lukas ging neben Katharina durch die nächtlichen Straßen der Stadt. Er hatte die Kapuze seines Mantels zum Schutz vor der Kälte so tief ins Gesicht gezogen, dass Katharina außer seiner Nasenspitze nicht viel von ihm zu sehen bekam. Sein Atem stand ihm als dicke, weiße Wolke vor dem Mund und glitzerte im Licht der Fackeln.

»Meint Ihr die Tatsache, dass mein totgeglaubter Mann auf einmal wieder auftaucht, oder sein seltsames Verhalten?« Katharina hatte die Hände so tief es ging in die Ärmel ihres Mantels gezogen, und trotzdem hatte sie eiskalte Finger. Sie ballte die Hände zu Fäusten.

»Beides.«

Ein Nachtwächter näherte sich von vorn. Er leuchtete erst Lukas, dann Katharina ins Gesicht, nickte ihnen einen unverbindlichen Gruß zu und verschwand um die nächste Hausecke.

Katharina wartete eine Weile, erst dann nahm sie das Gespräch wieder auf. »Er kommt in einem Moment, in dem ich gerade anfing, mein Leben neu zu ordnen.« Sie dachte an Kunigundes Angebot, ins Kloster zu gehen. Und dann dachte sie an Richard. Es tat unendlich weh, das zu tun, und in diesem Moment wurde ihr bewusst, dass sie sich längst in den Mann mit den dunklen Augen verliebt hatte. Sie blinzelte, weil sie Tränen hinter ihren Lidern aufsteigen spürte.

»Es ist meine Schuld«, murmelte Lukas.

»Was meint Ihr?«

»Dass Ihr wieder mit Eurem Mann zusammengeführt wurdet. Ich glaube, wenn es nach ihm gegangen wäre, wäre das nicht passiert.«

Katharina blieb stehen. »Erklärt Euch!«, verlangte sie.

Er räusperte sich. Ihm war sichtlich unbehaglich, aber er gab sich einen Ruck und sagte: »Er wollte sich erst an Euch wenden, wenn er das *apricum* gefunden hat. Jedenfalls behauptete er das.«

»Aber Ihr glaubt das nicht?«

Lukas legte zwei Finger auf seine Stirn, ungefähr auf die Stelle, an der sich sein Scheitel – und bei Egbert die Narbe – befand. »Ich habe selbst bisher nur wenig Gelegenheit gehabt, Zeit mit ihm zu verbringen. Wie Ihr dachte ich bis vor kurzem, dass er dem Schlag auf den Kopf erlegen war.« Er erzählte Katharina von dem Brief, der ihn erreicht hatte und von seiner eigenen Verwunderung, als er hatte erfahren müssen, dass Egbert noch am Leben war. »Aber ich habe das Gefühl, dass er nicht mehr er selbst ist.«

Katharina nickte. Dieses Gefühl teilte sie. »Ihr habt die merkwürdigen Blicke gesehen, oder?«

»Diese Anflüge von Aggression? Natürlich!«

»Glaubt Ihr, dass sie von der Verletzung herrühren?«

Lukas setzte den Weg fort, und Katharina schloss sich ihm an.

»Ja«, beantwortete er ihre Frage. »Er war früher nicht so. Es kommt mir vor, als sei alles, was er noch will, dieses *apricum* zu finden.«

Katharina schluckte. »Aber nicht, um mir damit zu helfen.« Irgendwie spürte sie das. Egbert hatte sie behandelt, als sei sie nichts weiter als ein Hemmnis bei seinen Forschungen. Selbst als er sie für ihr Hilfsangebot so überaus dankbar angelächelt hatte, hatte sie das Gefühl gehabt, er mache ihr etwas vor.

Lukas schob seine Kapuze etwas zurück. Dann wandte er den Kopf, um Katharina ansehen zu können. »Ich fürchte«, murmelte er, »dass der Schlag auf den Kopf ihm einen guten Teil seines Verstandes geraubt hat.«

Sie überquerten die Pegnitz. Außer einem kleingewachsenen Nachtraben, bei dessen Anblick Katharina unwillkürlich an Arnulf denken musste, kam ihnen niemand mehr entgegen.

Wie seltsam, ging es ihr durch den Kopf. Egbert war schon der zweite Mann, den sie für tot gehalten hatte und der wieder aufgetaucht war.

Eine Weile gingen sie schweigend nebeneinanderher, doch offenbar fiel es Lukas schwer, die Stille zwischen ihnen auszuhalten. Katharina war ihm dankbar, als er fragte: »Glaubt Ihr, dass man ihn heilen kann?«

Sie zuckte die Achseln. »Es gibt Fälle, bei denen stößt jeder Heilkundige an seine Grenzen«, sagte sie, und sie musste dabei an Kunigunde denken. Um nicht wieder in stumme Grübelei zu versinken, erzählte sie Lukas von diesem Fall. »Der Mann, zu dem wir auf dem Weg sind, ist ihr Bruder.«

»Wie ungewöhnlich«, murmelte er. Und dann fügte er hinzu: »Warum glaubt Ihr, dass sein Urin besser geeignet ist für die Versuche Eures Mannes?«

»Egbert sprach davon, dass er besonderen braucht. Dieser Mann hat das gleiche Leiden wie seine Schwester.«

»Schwarzen Urin?« Lukas' Kopf ruckte herum. »Schwarz wie die Prima materia!« Ein Lächeln glitt über sein Gesicht. »Das hört sich tatsächlich vielversprechend an.« Dann vertrieb ein Schatten das Lächeln. »Aber wenn er schwarzen Urin hat, dann müssen wir uns beeilen, oder?«

Katharina schüttelte den Kopf. »Er lebt seit vielen Jahren damit. Fragt mich nicht, wie. Aber Ihr scheint Euch auch mit der Heilkunst auszukennen, dass Ihr die Bedeutung von Schwarzharn kennt.«

Lukas lächelte. »Mein Vater war Medicus. Und ich bin eine Weile bei Eurem Mann in die Lehre gegangen.« Er begann davon zu erzählen, wie er Egbert kennengelernt hatte.

Er war gerade bei der Stelle angelangt, an der sein Vater sich um Egberts schwere Kopfwunde gekümmert hatte, da kamen sie in jener Gasse an, die Raphael Krafft Katharina als sein Zuhause genannt hatte.

Als Thomas, Richards Diener, nach Einbruch der Dunkelheit an die Tür des Kontors klopfte, zuckte Richard erschrocken zusammen. Er hatte den halben Tag damit verbracht, planlos ein Buch nach dem anderen aus dem Schrank zu nehmen und darin zu lesen. Irgendwann hatte er entnervt aufgegeben, weil er sich auf keines davon konzentrieren konnte. Er war dazu übergegangen, an seinen Skizzen weiterzuzeichnen, aber auch das hatte ihn nicht von den Gedanken ablenken können, die er sich über die Ereignisse unten im Lochgefängnis machte. Schließlich hatte er sich hingelegt und war eingeschlummert, und aus diesem Schlummer riss ihn Thomas' Klopfen jetzt.

Er setzte sich auf. »Herein!«, rief er mit belegter Stimme.

Thomas betrat den Raum. »Der Herr Nachtrabe«, kündigte er an und trat rasch einen Schritt zur Seite, weil Arnulf sich an ihm vorbeidrängte.

»Arnulf!« Richard räusperte sich und stand dann auf. »Gott sei Dank!«

Arnulf blickte ihn mit einem spöttischen Ausdruck in den Augen an. »Der feine Pinkel geruht zu pennen, während ich die ganze Arbeit machen muss!«, beschwerte er sich mit seiner Gossenstimme.

»Ich …« Richard unterbrach sich, weil ein breites Grinsen Arnulfs Gesicht verzerrte. »Schon gut. Komm, setz dich! Und dann erzähl, was du rausgefunden hast.« Er bemerkte, dass Arnulf einen kleinen Lederbeutel bei sich trug, dessen Riemen er sich über die Schulter geschlungen hatte. Diesen Beutel ließ der Nachtrabe zu Boden gleiten, bevor er sich in den von Richard bezeichneten Sessel warf.

Richard befahl Thomas, zwei Becher Wein zu holen, und als der Diener fort war, wandte er sich an den Nachtraben. »Jetzt rede schon!«

Die Vorstellung, dass Silberschläger ihn mit ähnlichen Tricks ins Loch bringen konnte, mit denen er versuchte, den Juden den Mord anzuhängen, hatte ihn den ganzen Tag lang so beunruhigt, dass er weder etwas gegessen noch etwas getrunken hatte. Umso gieriger griff er nun nach dem Wein, den Thomas brachte.

Auch Arnulf trank einen Schluck, bevor er auf Richard wies. »Du zuerst!«, befahl er. »Wie war es im Loch?«

Richard unterdrückte ein Seufzen. Er kannte den Freund gut genug, um zu wissen, dass es keinen Zweck hatte zu protestieren. Arnulf würde genau dann mit seinem Wissen herausrücken, wenn er es für richtig hielt. Und wenn er erst von der Sektion hören wollte, dann tat Richard gut daran, diesem Wunsch nachzukommen. Also erzählte er in knappen Worten, was in der Zelle im Lochgefängnis passiert war. Als er an der Stelle mit dem fehlenden männlichen Körperteil angekommen war, schmunzelte Arnulf anzüglich.

»Ein weggehexter Schwanz! Wie ausgefallen! Hat da jemand die Streitschrift gelesen, die neuerdings in der Stadt kursiert?«

»Es waren Ratten«, meinte Richard sanft. »Ratten! Sie holen sich zuerst, was sie leicht transportieren können.«

Arnulf rümpfte die Nase. »Ich stelle mir gerade vor, wie sie ihre Brut damit füttern!«

Diesen Gedanken nun vertrieb Richard lieber rasch wieder. Statt sich das Ganze bildlich vorzustellen, erzählte er Arnulf auch noch von dem Medaillon, das er im Mund des Toten gefunden hatte.

»Du glaubst, dass Silberschläger selbst es dort hineingelegt hat, oder?«

Richard trank noch einen Schluck Wein. »Wie sollte es sonst dort hingekommen sein? Ich meine: Wir beide wissen, dass die armen Juden mit diesem Mord nicht das Geringste zu tun haben!«

»Was glaubst du, warum versucht Silberschläger so eifrig, ihnen das anzuhängen?«

Thomas hatte eine Karaffe auf einen Beistelltisch gestellt, und Arnulf griff danach, um sich neu einzuschenken. Als er damit fertig war, hob er in einer fragenden Geste das Gefäß.

Richard beugte sich vor und hielt ihm den eigenen Becher hin. »Irgendeinen Grund wird er haben!«, sagte er, während Arnulf auch ihm eingoss.

»Hat er.« Ein fröhliches Funkeln erschien in Arnulfs Augen. »Er hat nämlich Schulden bei einem jüdischen Geldverleiher, und zwar nicht gerade wenig, wenn mein Informant nicht übertrieben hat.«

Richard beschloss, dass er lieber nicht so genau wissen wollte, wer Arnulfs Informant war. »Schulden!«, murmelte er. »Wie aufschlussreich.«

»Er wäre ein ziemlich dickes Problem los, wenn der Stadtrat von Nürnberg sich entschließen würde, sämtliche Juden aus den Mauern zu verjagen.«

»Das würde erklären, warum er so begierig darauf ist, ihnen den Mord anzuhängen – und die Grabschändung dazu.«

»Grabschändung!« Arnulf schnaubte. »Wenn er fähig ist, einem so verwesten Toten ein Medaillon in den Mund zu stopfen, dann ist er mit Sicherheit auch fähig, die Leiche aus dem Turm in das Grab zu schaffen!«

Der Verdacht, dass Silberschläger den Toten selbst – wenn auch nicht unbedingt eigenhändig – in das Heiligengrab geschafft hatte, war Richard auch schon gekommen. »Das können wir ihm aber nicht nachweisen«, murmelte er.

»Dafür weisen wir ihm etwas anderes nach.« Arnulf lächelte in seinen Becher hinein. »Ich war bei einem der Goldschmiede oben an der Kaiserburg. Er hat sich ein bisschen geziert, aber mit der nötigen Überredungskunst ist es mir gelungen, ein sehr interessantes kleines Detail aus ihm herauszukitzeln.« Er beugte sich vor, als wolle er einen verschwörerischen Plan mit Richard besprechen. »Gestern Nachmittag war ein Mann bei ihm und hat ein Medaillon gekauft. Rate, was darauf abgebildet war!«

»Ein Davidstern.« Richard lehnte sich zurück. Kribblige Erregung erfasste ihn. »War der Kerl wirklich so blöd, das Medaillon selbst zu kaufen?«

Arnulf schüttelte den Kopf. »Natürlich nicht! Der Kunde war ein Mann namens Klaus Eberlein.«

Der Name sagte Richard nichts, doch Arnulf fuhr fort: »Nicht besonders groß, ziemlich quadratisch gebaut, rosige Wangen, wie ein süßes, kleines Kind!«

»Der Büttel!«, entfuhr es Richard. »Er war mit im Lochgefängnis, als ich die Leiche …«

Arnulf grinste breit. »Er ist Silberschlägers Vertrauter. Man munkelt, der gute Bürgermeister habe in seiner großen, großen Barmherzigkeit eine teure Medizin für Eberleins Tochter bezahlt. Seitdem weicht der Trottel ihm nicht mehr von den Hacken. Ist treuer als ein räudiger Köter.«

Richard setzte all die Einzelheiten, die er soeben erfahren hatte, zusammen. »Das alles ist schön und gut«, meinte er. »Damit könnten wir eventuell verhindern, dass Silberschläger den Mord den

Juden anhängt.« Er kam sich schäbig vor, das zu sagen, aber sein eigentliches Problem war mit all diesen Informationen noch nicht gelöst.

»Stimmt. Darum habe ich auch noch etwas für dich.« Arnulf goss sich ein zweites Mal nach. Es war gerade noch genug Wein für einen halben Becher in der Karaffe, und der Nachtrabe runzelte betrübt die Stirn. »Sibilla hat mir nämlich ein hübsches kleines Geheimnis anvertraut.«

Richard fuhr auf. »Du hast sie …?«

»Ich habe sie nicht angerührt, keine Sorge, du blöder Heiliger! Es reichte, ihr ein kleines bisschen zu drohen.« Er schwieg mit vorgeschobener Unterlippe, und Richard platzte fast vor Ungeduld, endlich zu erfahren, was er zu erzählen hatte.

»Raus mit der Sprache!«, knurrte er.

»Silberschlägers Frau, Richhild heißt sie, ist nicht ganz so ehrbar und fromm, wie es den Anschein hat.«

Richard verstand nicht sofort, doch dann setzten sich die Einzelheiten zu einem Bild zusammen. Richhild Silberschläger. Und Sibilla, die Engelmacherin.

Er schnappte nach Luft. »Richhild Silberschläger hat ein Kind abtreiben lassen?« Das war nun wirklich eine Nachricht, die gewichtig war!

Arnulf lachte leise. »Und nicht nur das, mein Lieber. Es war ein Kind, das sehr offensichtlich nicht von Silberschläger stammte.«

Aufatmend legte Richard den Kopf gegen die Lehne seines Sessels. »Wenn das jemand erführe«, murmelte er, »wäre Silberschlägers Karriere beendet.«

»Zumal Sibilla auch vor Gericht einen Eid darauf schwören würde, dass Silberschläger selbst sie geholt hat. Er wäre somit …«

»… der Kindstötung schuldig!« Mit der flachen Hand schlug Richard auf die Lehne. »Das sollte ihn davon abhalten, mir die Schlinge um den Hals zu legen!« Er spürte, wie eine große Last von seinen Schultern glitt. Fast freute er sich schon darauf, Silberschläger mit diesem Wissen zu konfrontieren.

Erleichtert sah er den Nachtraben an. »Ich danke dir!«

Da beugte sich Arnulf zu dem Beutel hinab, der bisher unbeachtet neben seinem Sitz gelegen hatte. »Dank mir nicht zu früh. Ich brauche nämlich auch einen Gefallen von dir.« Er öffnete den Beutel und zog etwas heraus, das Richard im ersten Moment für Federbündel hielt. Erst bei genauem Hinsehen erkannte er, dass es zwei tote weiße Tauben waren.

»Was ist damit?«

Arnulf hob die Tauben hoch. »Die habe ich aus Marias Wohnung. Ich war vorhin kurz bei ihr, um nach ihr zu sehen, aber sie war nicht da.« Er drehte die beiden Kadaver so, dass Richard die kleinen Köpfchen sehen konnte, die an den zerzausten Körpern baumelten. »Ich habe keine Ahnung, wo Maria stecken könnte, Richard!«

Richard schnappte nach Luft.

Beiden Tauben waren die Augen ausgestochen worden.

20. Kapitel

Die Nacht war schon weit fortgeschritten, und bisher war Raphael Krafft ruhig gewesen. Doch so langsam drohte ihm die Geduld auszugehen, das sah Katharina an der Art, wie er wieder und wieder mit seinen Fingerspitzen auf die Lehne des Sessels trommelte, auf dem er saß.

Nachdem Lukas und sie zusammen Kraffts Wohnung am Rande des Spittlertorviertels erreicht hatten, hatten sie einige Zeit gebraucht, um den Abtrittanbieter davon zu überzeugen, dass sie seinen Urin benötigten.

»Was hat nur alle Welt heutzutage mit dieser verflixten Pisse?«, hatte er gegrummelt und dann, als Lukas ihm eine gute Bezahlung in Aussicht gestellt hatte, bedauernd hinzugefügt, dass er leider vor einer knappen Viertelstunde auf dem Abtritt gewesen war.

Was Lukas dazu veranlasst hatte, ihn zum Mitkommen zu überreden.

Sie hatten Krafft zum Fischerhaus geführt, was dieser mit einem verwunderten Kopfschütteln quittiert und gefragt hatte: »Ihr gehört zu diesem komischen Kauz von Alchemisten? Jetzt wundert mich gar nichts mehr!«

Sie hatten Krafft reichlich Wasser und auch Wein zu trinken gegeben, und nachdem es ihm endlich gelungen war, das Gewünschte zu liefern, hatte Egbert ihm befohlen, das Haus auf keinen Fall zu verlassen, für den Fall, dass er Nachschub bräuchte.

Das Versprechen großzügiger Entlohnung hatte Krafft einlenken lassen, auch wenn er sich sichtlich unwohl in diesem unheimlichen Haus fühlte.

Katharina konnte es ihm nicht verdenken.

»Wie lange dauert das denn noch?«, grummelte Krafft jetzt.

Lukas, der ihnen Gesellschaft leistete, machte ein grimmiges

Gesicht. »Es dauert, die Flüssigkeit so einzukochen, dass die Prima materia dabei herauskommt.«

»Prima materia!« Krafft schnaubte. »Und wenn er reinstes Gold da drinnen herstellt: Ich will jetzt auf der Stelle nach Hause!«

Katharina stemmte sich in die Höhe. Sie hatten es sich so gut es ging in einem Wohnzimmer des Hauses gemütlich gemacht. Hier standen vom Vorbesitzer noch ein paar Lehnstühle herum, die mit weißen Laken abgedeckt worden waren. »Ich gehe einmal nachsehen, wie weit er ist.«

Mit einem mulmigen Gefühl machte sie sich auf den Weg zur Küche und trat so lautlos wie möglich ein.

Egbert stand am Herd und rührte in einem Tiegel, in dem er Raphaels Urin zum Kochen gebracht hatte. Der unangenehme Geruch menschlicher Ausscheidungen, der die Luft durchtränkte, ließ Katharina das Gesicht verziehen.

Sie wartete eine Weile, um Egbert nicht zu stören. Er machte jedoch keinerlei Anstalten, sich ihr zuzuwenden, obwohl sie an einer Bewegung seines Kopfes gesehen hatte, dass er sie sehr wohl bemerkt hatte. Behutsam hob sie eine Hand. »Egbert!«

Er reagierte nicht, also wartete sie weiter einige Augenblicke ab und versuchte es dann erneut: »Egbert.« Diesmal sprach sie ein wenig energischer.

Er stieß ein resigniertes Seufzen aus, und schlagartig fühlte Katharina sich an früher erinnert. So hatte er stets geseufzt, wenn sie eine in seinen Augen dumme Frage gestellt oder einen Patienten nicht so behandelt hatte, wie er es für richtig hielt. Früher hatte sie sich über diese Behandlung geärgert. Jetzt wusste sie nicht, was sie darüber denken sollte.

Dann, endlich, drehte sich Egbert zu ihr um. Er schien angespannt, auf eine unbestimmte Weise fanatisch.

»Was ist denn?«, fragte er unwirsch.

Wieder kam er ihr fremd vor, unheimlich und rätselhaft. Sein Verhalten wirkte, als sei er gerade einmal einen halben Tag lang fort gewesen und nicht etliche Monate. Konnte es sein, dass er durch den Schlag auf den Kopf mehr vergessen hatte als nur das Rezept des *apricums*?

Sie unterdrückte ein Kopfschütteln. »Ich dachte …«

Egbert fiel ihr ins Wort. »Das hier, Katharina, ist wirklich wichtig!« Mit einer harschen Geste wedelte er hinter sich, wo der Urin leise vor sich hin köchelte. »Du willst doch endlich wieder gesund werden, oder nicht?«

Er sagte es auf eine Art und Weise, die Katharina das Gefühl gab, selbst schuld an ihrer Krankheit zu sein. Mit einem Schlag waren alle Gedanken und Emotionen wieder da, die sie schon damals, vor Egberts Verschwinden, in sich getragen hatte. Die Abwehr seinen unterschwelligen Vorwürfen gegenüber. Die Sorge, er könne recht haben und sie sei tatsächlich nur eine schwache, dumme Frau, die sich nicht genug Mühe gab, die *melancholia* zu bekämpfen. Die Befürchtung, sie stelle sich tatsächlich einfach nur an.

Die Angst, besessen zu sein …

Katharina presste die Lippen zusammen. »Das will ich, ja.« Sie bemühte sich um einen versöhnlichen Tonfall, aber sie hörte, dass sie streitbar klang. Die letzten Monate hatten nicht mehr viel von der früheren, der sanften Katharina übriggelassen.

Auch Egbert schien das zu spüren. Seine Augen weiteten sich ein wenig. Doch statt sich Katharina nun ganz zuzuwenden, wie sie es erwartet hätte, statt zu versuchen, herauszubekommen, wer sie nach der langen Trennung wirklich war, warf er einen kurzen, aber deutlich sehnsüchtigen Blick über die Schulter auf seinen Versuchsaufbau.

»Herr Krafft fragt, ob er endlich gehen darf.« Sie ertappte sich dabei, dass sie flüsterte.

»Nein.«

Sie wartete, ob Egbert noch etwas hinzufügen würde, und als er das nicht tat, wandte sie ein: »Aber er …«

»Mach ihm ein Bett in irgendeinem der Zimmer! Ich brauche ihn noch!«

»Egbert, er ist nicht dein Gefangen…«

Da fuhr Egbert mit einem Ruck herum. »Ich bezahle ihn!«, herrschte er Katharina an. »Und ich bezahle ihn gut! Also sag ihm, er soll die Klappe halten und hierbleiben!«

Der Zorn loderte so hell aus seinem Gesicht, dass Katharina einen

Schritt zurückwich. Doch dann ärgerte sie sich über sich selbst. Mit welchem Recht herrschte er sie so an?

Sie trat wieder vor. »Wovon willst du ihn bezahlen?«, gab sie eisig zurück. »Von deinem Vermögen ist nichts mehr übrig, und dein Haus musste ich verkaufen, als du es vorgezogen hast, in der Welt herumzureisen!« Der Widerwille gegen alles, was sie seinetwegen zu erleiden gehabt hatte, saß jetzt wie ein Stachel in ihrer Kehle.

Egbert erstarrte. Für einen Moment fürchtete Katharina, er könne die Beherrschung verlieren, könne über sie herfallen und anfangen, sie zu schlagen. Für einen Moment flackerte der Zorn hell in seinen Augen. Dann jedoch, übergangslos, änderte sich sein Gesichtsausdruck und ihr vertrauter Ehemann kehrte zurück. »Warte«, sagte er nur. Er wandte sich der Kiste zu, die noch immer auf dem Küchentisch stand, und kramte darin herum. Dann beförderte er einen Lederbeutel zutage, den er Katharina zuwarf.

Sie fing ihn auf und war überrascht, wie schwer er war.

Als sie die Kordel öffnete, sah sie Goldmünzen. »Das …« Sie schnappte nach Luft. »Woher hast du das?«

»Es ist meins«, war die schlichte Antwort.

Katharina dachte daran, wie sie nach der Nachricht von Egberts Tod Tage damit verbracht hatte, sein Vermögen zu suchen, von dem sie dachte, dass es sich im Haus befinden musste. Zeitweise hatte sie sogar vermutet, Egbert könne sein Geld auf eine dieser neuartigen Banken gebracht haben, die sich aus Italien kommend langsam im Land verbreiteten. Aber all ihre Nachforschungen in dieser Richtung waren ebenso erfolglos geblieben wie ihre Suche im Haus. Schließlich hatte sie sich der Tatsache gestellt, dass Egberts Vermögen sehr viel kleiner gewesen war, als sie geglaubt hatte.

Jetzt zu erkennen, dass er all sein Geld einfach mitgenommen, dass er sie allein und beinahe mittellos zurückgelassen hatte, erfüllte sie mit solchem Zorn, dass sie kaum noch Luft bekam. Um ihn nicht anzuschreien, krächzte sie: »Wie kommt es, dass die Vaganten das nicht bekommen haben?«

Egbert hob die Augenbrauen. Seine Miene war unergründlich. Weil ich es nicht bei mir hatte«, gab er zur Antwort. »Ich hatte es bei Lukas' Vater gelassen. Zum Glück, nicht wahr?«

Katharina kämpfte gegen die Hitze, die ihr in den Kopf zu steigen drohte. »Ja«, presste sie hervor. »Zum Glück.« Dann wandte sie sich um und machte Anstalten, die Küche zu verlassen.

»Was hast du vor?«, rief Egbert ihr nach.

»Ich gehe Herrn Krafft für seine Zeit bezahlen«, gab sie zurück, und sie erstickte fast an ihren Worten. »Und dann gehe ich und kümmere mich um meine Mutter.«

Sie einigte sich mit Raphael Krafft über den Preis für sein Bleiben, dann lief sie zum Henkershaus. Sie fand ihre Mutter wohlversorgt und schlafend in ihrem Bett. Ein einzelnes Talglicht brannte auf ihrem Nachtkästchen. Ludmilla, die gute Seele, war in dem Lehnsessel daneben eingeschlafen. Katharina beugte sich über sie und rüttelte sanft an ihrem Arm.

»Ludmilla.«

Die ältere Frau schreckte hoch. »Was?«

»Scht! Ich bin es nur.« Katharina trat einen Schritt zurück. Im Licht der Flamme wirkten Ludmillas Züge eingefallen, müde.

»Katharina!« Ludmilla gähnte herzhaft und warf einen Blick auf Mechthild. Die schlief seelenruhig und mit offenstehendem Mund. Ab und an entwich ein leises Schnarchen ihrer Kehle. »Du warst lange fort.«

Katharina erklärte ihr, was passiert war.

»Egbert?« Vor lauter Freude über die gute Nachricht krächzte Ludmilla. »Wirklich?« Sie stand auf und zog Katharina aus Mechthilds Kammer. »Sie hat in der letzten Zeit schlecht geschlafen. Ich habe ihr ein bisschen Bier warm gemacht.« Mit einem Strahlen blickte Ludmilla Katharina an, und ihre Freude war so echt, so offenherzig und ehrlich, dass Katharina sich gleich noch undankbarer und elender vorkam.

»Ich muss zu ihm zurück«, behauptete sie. Es war ihr fast ebenso unerträglich, Ludmillas Gegenwart auszuhalten wie die ihres eigenen Mannes. Ihre Gesichtszüge schmerzten, so sehr musste sie sich anstrengen, sie unter Kontrolle zu behalten. Sie zwang sich zu einem Lächeln.

Ludmilla musterte sie eindringlich, aber falls sie bemerkte, dass

Katharina ihr etwas vormachte, so behielt sie es für sich. »Geh nur!«, forderte sie Katharina auf. »Ich bleibe hier bei deiner Mutter.«

»Ich danke dir!« Katharina griff nach Ludmillas Händen und drückte sie.

»Es ist gelungen!« Lukas kam ihr entgegen, kaum dass sie einen Fuß über die Schwelle des Fischerhauses gesetzt hatte. Aus seinen Augen leuchtete die pure Begeisterung, und seine Stimme war eine Spur zu laut.

Katharina zog ihren Mantel aus. Sie hatte gerade noch genug Zeit, ihn auf den Haken neben der Haustür zu hängen, bevor Lukas sie packte und in die Küche zerrte.

Hier war es fast vollständig finster, denn Egbert hatte die Lichter, die er früher am Abend entzündet hatte, allesamt bis auf eines gelöscht.

Jetzt wandte er sich mit der Phiole in der Hand zu Katharina um. Auch er strahlte. »Ich habe es geschafft.« Im Gegensatz zu Lukas flüsterte er. Er wirkte so ergriffen, als habe er eine Begegnung mit einem Heiligen gehabt.

Er hob die Phiole.

Die Substanz darinnen war diesmal nicht schwarz und pechartig, sondern von heller, gräulicher Färbung.

Egbert hielt die Phiole in die Glut des Feuers. »Sieh hin!«, hauchte er.

Und Katharina sah hin. In dem Glas begann es zu leuchten. Geisterhaft sah es aus, mit einer Mischung aus Weiß und Blau erinnerte es Katharina an Nebel, der aus einem Bachbett aufstieg. Sie bekam eine Gänsehaut.

Egbert lachte auf. Er warf den Kopf in den Nacken, und als er Katharina wieder ansah, da wirkte er wie ein Junge, voller Begeisterung über ein neues Spielzeug. »Ich habe es geschafft!«, wiederholte er. »Und dabei hatte ich schon geglaubt, diesmal endgültig verloren zu haben.« Er drehte die Phiole so, dass Katharina die dünne Tülle sehen konnte, die oben aus ihr herausragte. Sie war ein ganzes Stück kürzer als noch vorhin.

»Sie ist mir abgebrochen«, erklärte Egbert, »als ich den Stopfen reinstecken wollte. Und als ich sie in die Flamme hielt, um die Ränder geradezuschmelzen, da habe ich sie aus Versehen versiegelt. Sieh her!«

Tatsächlich war die feine Öffnung der Tülle mit einem glasartigen Tropfen verschlossen.

»Das war des Rätsels Lösung!«, meinte Egbert. »Der Luftabschluss muss mit dem Stopfen nicht vollständig genug gewesen sein. Erst durch das Verschmelzen der Öffnung gelang das Werk.«

In dem gläsernen Gefäß verblasste das Leuchten langsam, und zurück blieb die graue Substanz. Katharina musterte sie skeptisch. Sie sah wie alles andere aus, aber nicht wie irgendeine Medizin, die sie kannte. »Muss ich das schlucken?«, fragte sie zögerlich.

Egbert warf einen Blick auf die Phiole. »Wir werden sehen«, sagte er knapp. Dann stellte er die Phiole auf den Tisch, nahm sich ein Tuch, das über den Rand seiner Kiste hing, und wischte sich die Hände daran an. »Wir werden sehen«, wiederholte er.

Dann marschierte er zur Tür.

Verständnislos blickte Katharina ihm hinterher. »Was hast du vor?«

Er blieb stehen. Wieder seufzte er ungeduldig. »Ich gehe schlafen, was sonst? Die Arbeit ist getan.«

Und damit verschwand er.

Fassungslos sah Katharina ihm nach.

Der Luginsland hatte den Bürgern ursprünglich dazu gedient, die benachbarten Burggrafen, mit denen Nürnberg oft jahrelang in Streit gelegen hatte, zu überwachen. Nachdem die Stadt jedoch 1427 die Burg gekauft hatte, war seine ursprüngliche Funktion überflüssig, und so wurde in dem Turm ein Narrenhäuslein eingerichtet – ein kleines Gefängnis mit Zellen, in denen geistig verwirrte Menschen eingekerkert wurden. Ein einzelner Mann tat Dienst als Gefängniswärter. Man nannte ihn allgemein nur den Eisenmeister.

All das ging Richard durch den Kopf, als er am nächsten Morgen zur zweiten Tagesstunde am Fuße der hoch aufragenden Burgmauer stand und mit in den Nacken gelegtem Kopf an dem Turm in die

Höhe schaute. Er war ein wenig erschöpft von dem steilen Anstieg, den er zwischen der Stadt und der alten Burg zurückgelegt hatte, und erst jetzt, da er vor dem Eingang des Turmes stand, beruhigte sich sein Atem wieder.

Arnulf, der neben ihm stand, schien hingegen der Aufstieg nicht besonders viel ausgemacht zu haben. »Ich kann es immer noch nicht glauben!«, murmelte er.

Richard fühlte mit ihm. Nachdem der Nachtrabe ihm am vergangenen Abend die beiden toten Tauben gezeigt hatte, war er wieder gegangen, um herauszufinden, wo Maria sich befand. Erst an diesem Morgen, vor kaum einer halben Stunde war er wieder bei Richard aufgetaucht und hatte ihm mitgeteilt, dass man Maria in das Narrenhäuslein im Luginsland gesteckt hatte. Offenbar hatte sie in einem Anfall von Wahnsinn den Altar der Katharinenkirche geschändet. Genaues hatte Arnulf nicht herausfinden können, aber es war von toten Tauben die Rede gewesen und von einer in dem Gotteshaus entblößten Scham.

»Nachdem ich von der Sache erfahren habe«, sagte Arnulf jetzt, »war ich noch mal in Marias Wohnung. Die anderen beiden Tauben fehlen. Mein Gott!« Er rieb sich über die Wangen, die er sich heute offenbar noch nicht rasiert hatte. Sein Gesicht wirkte grau und eingefallen.

Richard legte ihm eine Hand auf den Arm. »Komm«, meinte er sanft.

Er war zusammen mit dem Nachtraben hergekommen, weil sie hofften, dass sein Aussehen und seine Autorität eines Patriziers ihnen den Weg in das Narrenhäuslein öffnen würde.

Er führte Arnulf zu dem Eingang des Turmes. Dort musste er sich erst ein Herz fassen, bevor er die Faust heben und pochen konnte.

»Was wollt Ihr?« Hoch über ihnen blickte ein dürrer Mann aus einer schießschartenähnlichen Öffnung im Mauerwerk auf sie nieder. Sogar auf die Entfernung konnte Richard die Haare sehen, die ihm in dichten Büscheln aus Nase und Ohren sprossen.

»Seid Ihr der Eisenmeister?« Richard war einige Schritte zurückgetreten, um den Mann besser sehen zu können.

»Ja.«

»Wir wollen zu einer Eurer Gefangenen. Der Jüdin, die gestern abend zu Euch gebracht worden ist.«

»Mit welcher Befugnis?«, gab der Wärter zurück.

Richard hatte geahnt, dass diese Frage kommen würde und sich eine Antwort zurechtgelegt. »Ich komme im Auftrag von Bürgermeister Silberschläger«, behauptete er. »Wir müssen mit der Frau sprechen, weil wir uns Erkenntnisse über die Entweihung des Sebaldusgrabes erhoffen.« Er schickte ein stummes Gebet gen Himmel, in der Hoffnung, dass der Hinweis auf den Toten in dem Grab ihnen die Gefängnistür öffnen würde.

Seine List ging auf. »Wartet!«, bat der Wärter und zog sich zurück. Dann dauerte es schier unendlich lange, bis die Tür geöffnet wurde, und als sie aufschwang, sah Richard auch, warum. Der Eisenmeister hatte ein lahmes Bein, und er konnte nur sehr mühsam und langsam gehen. Jetzt, aus der Nähe betrachtet, bemerkte Richard, dass der Eisenmeister nicht nur Haare in der Nase hatte, sondern auch noch getrockneter Rotz in ihnen hing. Rasch wandte er den Blick ab.

»Kommt«, sagte der Eisenmeister. »Die Drecksau hockt in der obersten Zelle.«

Er hinkte vor Richard und Arnulf eine steile Treppe empor. Sie kamen vorbei an mehreren Türen mit winzigen Gucklöchern auf Augenhöhe, die Richard fatal an die im Lochgefängnis erinnerten. Die letzte Zelle, die oberste, war hingegen nur mit einem einfachen eisernen Gitter versehen, so dass man problemlos in jeden ihrer Winkel blicken konnte. Dieser Zelle gegenüber befand sich die Wächterstube.

»Man muss aufpassen«, erklärte der Eisenmeister. »Manche von denen verletzen sich selbst. Darum ist es meine Aufgabe, sie im Auge zu behalten.«

Arnulf, der die ganze Zeit über grimmig geschwiegen hatte, trat nun an die Gitterstäbe und legte seine Hände um zwei von ihnen. »Sie ist aber nicht gefährlich«, sagte er. Seine Stimme klang etwas belegt.

Richard begriff, dass er recht hatte. Maria war nichts weiter als ein elendes Häuflein Unglück, das in einer Ecke der engen Zelle zusammengesunken war. Sie hatte die Beine vor die Brust gezogen und die Arme darumgeklammert. Ihre Stirn lag auf den Knien, und sie rührte sich nicht. Ihr Nacken wies eine hässliche, dunkelblaue Prellung auf, und etwas Blut hatte den Kragen ihres Kleides getränkt. Nur ihre Schultern hoben und senkten sich langsam und zeigten, dass sie atmete.

»Maria?«, sagte Arnulf leise.

Sie rührte sich nicht. »Ich heiße Mirjam«, hörte Richard sie murmeln.

»Mirjam?«, versuchte Arnulf es erneut.

Da hob sie den Blick.

Richard hatte erwartet, ein irrsinniges Feuer in ihren Augen flackern zu sehen, aber da war nichts. Nur der Schmerz, den sie empfinden musste, war deutlich zu erkennen. »Arnulf!«, flüsterte sie. »Was machst du hier?«

Arnulfs Fingerknöchel wurden weiß. »Ich bin gekommen, um nach dir zu sehen. Was ist nur in dich gefahren, Mar... Mirjam? Einen Altar zu schänden, bei Gott!«

Da nahm sie die Hände von den Beinen und stützte sich mit ihnen an der Wand in ihrem Rücken ab. Kurz sah es so aus, als wollte sie aufstehen, überlegte es sich dann aber anders. »Lass Gott aus dem Spiel!«, sagte sie. Ihre Stimme klang flach, aber nicht ein bisschen wahnsinnig. »Er hat damit nichts zu tun.« Sie blickte eine Weile lang schweigend geradeaus. Dann entschied sie sich doch noch, sich zu erheben. Mit zwei Schritten war sie bei Arnulf am Gitter. »Das Böse, Arnulf, es kommt nicht vom Teufel oder von irgendwelchen Dämonen, die uns quälen.« Sie fasste sich an ihr Herz. »Es wird uns von Menschen zugefügt. Menschen, hörst du?«

Arnulf nickte.

Richard sah aus dem Augenwinkel, dass der Eisenmeister das Kreuz über sich schlug, und während der Mann sich in eine Ecke seiner Kammer zurückzog, um ihr Gespräch besser überhören zu können, begann Maria zu erzählen.

Und was sie erzählte, ließ Richard die Haare zu Berge stehen.

Sie sprach von einer christlichen Dienstmagd und einer unfreiwilligen Taufe. Sie sprach von Mönchen, die gekommen waren und sie als kleines Kind aus der Mitte ihrer Familie fortgerissen hatten. Sie sprach von der Erziehung durch eine gestrenge Frau, die versucht hatte, den christlichen Glauben mit Hilfe von Gürtel und Fäusten in sie hineinzuprügeln.

»Ich habe gehorcht«, sagte Maria. »Ich habe die christlichen Gebete gesprochen, bin zur Messe gegangen und habe gebeichtet. Und doch war ich in meinem Innersten immer Jüdin. Ich hatte es nur vergessen. Bis gestern.« Sie lächelte, und zum ersten Mal schimmerte ein wenig des Wahnsinns durch die Maske, die sie aufgesetzt hatte, hindurch nach außen.

Richard schluckte.

»Mein Vater hat mir früher immer davon erzählt, dass im Tempel von Jerusalem weiße Tauben geopfert werden, um Gott um Vergebung für unsere Sünden zu bitten.« Sie hob die Hände und zeigte sie Richard. Sie waren schmutzig, mehrere Fingernägel eingerissen und blutig, als habe sie die Nacht damit verbracht, an den Wänden zu kratzen. »Der christliche Gott hat mein Flehen um Vergebung nie erhört. Jetzt weiß ich auch, warum. Die Taufe ist nur ein leeres Ritual, Arnulf. Ich bin Jüdin, und das weiß ich nun.«

»Was treibt dich an, Mirjam?«, fragte Arnulf. Der Name ging ihm hörbar schwer über die Lippen. »Du bist mir bisher niemals irrsinnig vorgekommen, im Gegenteil. Was hast du mit den Tauben gemacht? Und mit Dagmar?«

»Die Tauben …«, sinnierte Maria. Dann heftete sie den Blick auf Arnulf. »Hast du die beiden anderen aus dem Käfig genommen?«

Arnulf nickte.

»Und ich dachte, Adonai hätte mein Opfer angenommen.« Ein leises Lachen drängte aus Marias Kehle. »Was für ein dummes Ding ich doch bin!« Dann fiel ihr etwas ein. »Was redest du von Dagmar?«

»Du hast den Tauben die Augen ausgestochen«, erklärte Arnulf. Er musste nicht weitersprechen.

Mit erschrockenem Blick wich Maria zurück. »O nein! Du denkst, ich hätte auch Dagmar getötet?«

»Warst du es denn nicht?« Jetzt konnte Richard nicht mehr an sich halten und mischte sich ein.

Maria schien ihn nun überhaupt erst zu bemerken. Verwundert sah sie ihn an. »Nein«, sagte sie dann völlig ruhig und so klar, dass jede Annahme, sie könne verrückt sein, widersinnig schien. »Sie können mich wegen Blasphemie verurteilen, und das werden sie wahrscheinlich auch tun. Ich rechne nicht damit, dass ich in dieser hübschen, gemütlichen Zelle alt werden darf. Aber Mord? Niemand kann mich wegen etwas verurteilen, das ich nicht begangen habe.« Geradezu empört wirkte sie.

»Sie war es nicht!«, sagte Arnulf leise. Richard war versucht, ihm zuzustimmen.

Maria nickte. »Ich war es nicht. Warum sollte ich meiner besten Freundin die Augen ausstechen? Auch wenn ich mich oft über ihre seltsame Farbe gewundert habe!«

Richard merkte auf. »Ihre seltsame Farbe?«

»Ja«, sagte Maria und sah Arnulf an. »Ist dir das nie aufgefallen? Dass sie so komische schwarze Schatten in den Augen hatte?«

Arnulf überlegte. »Jetzt, wo du es sagst. Es war nicht sehr deutlich.«

In Richards Kopf kreisten die Gedanken. »Warum hast du das nie erwähnt?«, fragte er.

Arnulf zuckte die Achseln. »Es ist mir eben erst bewusst geworden. Und ich kann mir nicht vorstellen, dass es wichtig sein könnte.«

Richard schüttelte den Kopf. Der Eisenmeister in seiner Nische wurde langsam ungeduldig, und da Richard jetzt etwas nachzuprüfen hatte, wollte auch er nur noch hinaus aus diesem trostlosen Gemäuer.

»Lass uns gehen«, bat er Arnulf.

Nachdem Egbert so unvermittelt ins Bett gegangen war und Katharina einfach stehengelassen hatte, hatte sie keinen Anlass gesehen, noch länger in dem verwahrlosten Haus zu bleiben. Sie hatte Raphael ebenfalls vorgeschlagen zu gehen, doch er hatte es vorgezogen zu bleiben.

»Herr Jacob bezahlt mich dafür, dass ich bleibe«, hatte er gesagt und dabei ein wenig beleidigt geklungen. »Und er bezahlt mich gut.«

»Nun«, hatte Katharina ihm entgegengehalten. »Mich bezahlt er nicht.«

Und dann war sie gegangen.

Ludmilla war erleichtert gewesen, dass sie doch noch kam. Katharina bedankte sich für ihre Hilfe und nahm sich vor, dafür zu sorgen, dass sie ebenso wie Raphael einen Anteil am Geld aus Egberts Börse bekam. Jegliche Frage nach Egbert jedoch, die Ludmilla deutlich sichtbar auf der Seele brannte, wehrte sie ab und komplimentierte die ältere Frau zur Tür hinaus.

Weil Mechthild noch immer seelenruhig schlief, beschloss Katharina, sich ebenfalls hinzulegen. Offenbar hatte Ludmilla eine Weile auf ihrem Bett geruht, die Decke war noch warm von ihrem Körper. Katharina stieß ein Seufzen aus. Plötzlich wurde ihr bewusst, dass ihre Tage im Henkershaus gezählt waren. Sie würde bald für immer im Fischerhaus einziehen, und sie versuchte sich vorzustellen, wie ihr Leben dann aussehen mochte. Allein der Gedanke an all die zugedeckten Möbel, an die blinden Fenster und die verwahrlosten Fußböden bereitete ihr ein unbestimmtes Grausen, das sich in leichten Magenschmerzen äußerte.

Wie nur, dachte sie bei sich, sollte sie Richard beibringen, was geschehen war?

Über dieser Frage schlief sie völlig erschöpft ein.

Und erwachte kurz vor Sonnenaufgang mit der Erkenntnis, dass sie am Abend zuvor ihre Verabredung mit Maria völlig vergessen hatte. Mit einer Mischung aus Scham und Selbstvorwürfen erhob sie sich und ging, um nach ihrer Mutter zu sehen.

Sie fand Mechthild wach in ihrem Bett liegend. Aus noch etwas verschlafenen Augen sah sie Katharina an. »Was ist geschehen?«, fragte sie, statt einen Morgengruß auszusprechen.

Katharina legte beide Hände an die Wangen und warf einen Blick in den kleinen Spiegel neben Mechthilds Bett. Ihre Haare waren so zerzaust wie ein altes Vogelnest. Und es lag ein Ausdruck auf ihrem Gesicht, der Mechthild aufgefallen sein musste. Ein Ausdruck von Verwirrung, ja fast Angst.

»Nichts Schlimmes«, beeilte sie sich ihrer Mutter zu versichern.

Doch Mechthild schaute sie ungläubig an. Da setzte sich Katharina auf die Kante ihres Bettes. Zögernd griff sie nach den Fingern ihrer Mutter und nahm sie zwischen die ihren. Mechthilds Haut war kühl und ein wenig rau.

Erstaunt blickte ihre Mutter sie an.

»Es ist …« Katharina räusperte sich. »Egbert ist am Leben«, stieß sie hervor. »Er ist hier in Nürnberg. Ich habe ihn gestern …« Die Stimme versagte ihr.

Für eine Weile war es völlig still im Raum.

Dann klang von draußen das wütende Geschnatter einer einzelnen Ente herein, und das zerriss die Stille.

»Kind!«, murmelte Mechthild. In ihren Augenwinkeln erschienen Tränen. »Aber das ist doch wunderbar!« Sie griff fester zu, strich über Katharinas Handrücken. »Ich verstehe nicht, warum du so … entsetzt aussiehst!«

Tat sie das? Katharina war versucht, einen zweiten Blick in den Spiegel zu werfen, aber von dort, wo sie saß, ging das nicht, und Mechthild hielt sie zu fest, als dass sie aufstehen konnte. So blieb ihr nichts anderes übrig, als in sich hineinzuhorchen.

Tatsächlich empfand sie so etwas wie Entsetzen.

Darüber, mit welcher Geschwindigkeit sich ihr Leben völlig verändert hatte. Darüber, dass sie sich nicht freuen konnte. Darüber, dass sie Richard würde beibringen müssen, was geschehen war …

»Er hatte einen schweren Unfall, Mutter«, sagte sie.

»Er ist entstellt? Nun, das ist nicht das Schlimmste. Egal, wie er auch aussehen mag, er ist immer noch der Alte …«

»Eben das ist er offenbar nicht mehr!«, fiel Katharina ihr ins Wort. »Er hat einen bösen Schlag auf den Kopf erhalten. Es scheint, als hätte ihn das verändert.«

»So?« Mechthild ließ unvermittelt Katharinas Hände los und stemmte sich ein wenig aufrechter in die Kissen. »Nun, wie dem auch sei. Er ist dein Mann. Und es ist seine Pflicht, sich um uns beide zu kümmern.«

Es bereitete Katharina ein seltsames Unbehagen, ihre Mutter so reden zu hören. Ausgerechnet Mechthild, die darauf bestanden hatte, jenen Mann zu heiraten, den sie liebte – völlig ungeachtet der

Tatsache, dass dieser Mann ausgerechnet der Henker von Nürnberg gewesen war.

»Wir müssen uns später weiter unterhalten«, meinte Katharina. »Ich habe gestern Abend etwas Wichtiges vergessen und muss kurz das Haus verlassen.«

»Wie soll es jetzt weitergehen?«, fragte ihre Mutter.

»Ehrlich gesagt, weiß ich das noch nicht. Egbert hat ein neues Haus gekauft, aber das ist noch nicht eingerichtet und auch ziemlich heruntergekommen. Ich werde sehen, dass ich all diese Dinge heute mit ihm bespreche, ja?«

»Wenn du länger wegbleibst, sagst du dann Ludmilla Bescheid, dass sie kommen soll?«

Katharina erhob sich. »Natürlich. Aber jetzt muss ich erst mal weg.« Sie beugte sich über ihre Mutter und gab ihr einen Kuss auf die Stirn.

Als kurze Zeit später die Haustür hinter ihr ins Schloss fiel, atmete sie tief durch.

Auf dem Weg zu Marias Wohnung kamen ihr zwei Gruppen von Bewaffneten entgegen, zum einen ein Trupp Stadtsoldaten, deren Hände überraschend kampfbereit auf den Schwertgriffen lagen, und dann eine Anzahl Bürger, die allesamt ihr Schwert gegürtet hatten. Der Anblick erschreckte Katharina, denn so häufig sah man im Inneren der Stadtmauern keine bewaffneten Bürger, und wenn, dann wurden die Klingen mehr zu Repräsentationszwecken denn wirklich zum Kampfe getragen. Diese Männer hier wirkten jedoch streitsüchtig. Sie ähnelten in ihrer Verbissenheit jenen Kerlen, die es sich zur Aufgabe gemacht hatten, die Brunnen vor der Vergiftung durch Juden zu bewachen.

Katharina hielt den letzten der Männer an. »Sagt«, bat sie, »was ist geschehen, dass Ihr Euch so gegürtet habt?«

Der Mann betrachtete sie von Kopf bis Fuß. »Habt Ihr es noch nicht gehört?«, stellte er eine Gegenfrage. »Gestern Abend kam es zu einem Zwischenfall in der Katharinenkirche. Eine Jüdin hat versucht, den Altar zu schänden. Bürgermeister Silberschläger hat uns zusammengerufen. Heute morgen. Demnach planen die Juden einen

Angriff auf die öffentliche Ordnung in der Stadt. Scheint auch, als hätten sie einige Zaub…«

»An der Katharinenkirche?«, fiel Katharina dem Mann mitten ins Wort. Ein eisiger Schauer rann ihr den Rücken hinunter. »Eine Jüdin, sagtet Ihr?«

Der Mann nickte grimmig. Er hatte die Schultern zurückgenommen, wahrscheinlich, weil er entschlossen und kraftvoll aussehen wollte. Alles, was er damit jedoch erreichte, war, dass sein beachtlicher Bauch wie eine Tonne hervorragte. »Der Priester hat ausgesagt, dass sie bei ihm beichten wollte, doch dann muss der Irrsinn sie gepackt haben.«

Das eisige Gefühl in Katharina breitete sich aus, wurde zu einem kalten Knoten in ihrem Magen. Sie bedankte sich bei dem Mann und eilte so schnell sie konnte zu Marias Wohnung.

Was hatte Maria behauptet? Dass sie eigentlich Mirjam hieß.

Das war ein jüdischer Name.

Das schlechte Gewissen darüber, dass sie Maria versetzt hatte, hielt Katharina bereits fest in seinem Griff, als sie die Stiege zu der Wohnung hinauflief. Und es wurde zu einer Last, als sie feststellte, dass die Wohnung leer war. Um zur Besinnung zu kommen, blieb Katharina eine Weile mitten in der kleinen Kammer stehen. Der Geruch der Gerberei lag schwer und ekelhaft in der Luft, und er schnürte Katharina die Kehle zu. Ihr Herz jagte.

Dann fiel ihr Blick auf den Taubenkäfig. Zur Hälfte hing noch das Tuch darüber, einer der Zipfel berührte den Fußboden.

Wie eine Puppe an Fäden, mit steifen Schritten trat Katharina vor den Käfig hin. Und zog das Tuch ab.

Die Tauben waren fort. Alle.

Katharina schluckte schwer.

Warum nur hatte sie am Abend ihre Verabredung vergessen? Sie begann sich schwere Vorwürfe zu machen, doch dann rief sie sich selbst zur Ruhe. Noch wusste sie ja gar nicht, was geschehen war.

Um nicht in völlig sinnloser Grübelei zu versinken, beschloss Katharina, jemanden zu fragen, der auf jeden Fall gestern Abend in der Kirche gewesen war.

Bruder Johannes.

Sie faltete das Tuch ordentlich zusammen und legte es oben auf dem Käfig ab. Dann verließ sie die Wohnung, und diesmal ging sie wesentlich langsamer als noch Minuten zuvor.

Das Tor des Predigerklosters stand weit offen, und auf einmal kam es Katharina ungerecht vor, wie eng der Kontakt der Mönche mit der Welt war, während die Nonnen desselben Ordens wie Vieh weggesperrt wurden. Ein kaum erträgliches Gefühl von Unwillen, das Tor zu durchschreiten, griff nach ihr, und sie musste es regelrecht herunterschlucken, bevor sie einen der auf dem Hof herumlaufenden Mönche ansprechen und nach Bruder Johannes fragen konnte.

Diesmal kam der Infirmarius nicht aus dem Stall. Einer der Novizen holte ihn aus den Tiefen der Klostergebäude, wo er offenbar mit irgendeiner Schreibarbeit beschäftigt gewesen war. Jedenfalls hatte er frische Tinte an den Fingern, die er versuchte abzureiben und die er dadurch nur noch stärker verschmierte.

Mit gerümpfter Nase trat er vor Katharina hin. »Frau Jacob!«, sagte er etwas atemlos, so, als habe er sich beeilt, herzukommen. Seine Stirn war sorgenvoll in Falten gelegt, und Schatten lagen unter seinen Augen. Offenbar hatte er schlecht geschlafen.

Katharina schaffte es gerade noch, den Kopf zu einem Gruß zu neigen, bevor die Frage aus ihr herausplatzte: »Was ist gestern Abend geschehen?«

Da endlich ließ Bruder Johannes von seinen Händen ab. Er schluckte einmal schwer, bevor er antwortete: »Die Frau, die Ihr mir gesandt habt. Sie war von irgendeinem Teufel besessen. Sie hat zuerst die üblichen Worte der Beichte gesprochen, aber als ich sie fragte, weshalb sie eigentlich da sei …« Er wischte sich mit dem Knöchel des Daumens über die Stirn und blinzelte. »Da schien es wie ein Schauder durch sie zu laufen. Für kurze Zeit wurde ihr Blick völlig leer, und ich dachte schon, sie würde vor meinen Füßen ohnmächtig zu Boden sinken. Aber das geschah nicht. Stattdessen fing sie an zu kreischen. Es war unheimlich, Frau Jacob! Ihre Stimme veränderte sich. Vorher war sie piepsig, doch auf einmal klang sie tief und voll, als späche jemand anderes durch sie. Und dann überwand sie die Altarschranke, zog zwei tote Tauben aus ihrem Rock.« Er wurde rot bei diesen Worten und gleich darauf so blass, dass seine Haut fast durchscheinend wirkte. »Sie griff das Altarkreuz, warf es auf den Boden und wollte die Tauben auf dem Altar ihrem finsteren Meister opfern.« Er schüttelte sich bei dem Gedanken. Der Novize, der ihn geholt hatte und der anschließend in seiner Nähe geblieben war, sah besorgt aus.

»Bruder Infirmarius ...«, begann er, doch Johannes brachte ihn mit einer energischen Geste zum Schweigen.

»Es ist gut«, behauptete er. »Ich bin nicht verhext worden. Dafür hatte das Weib gar nicht die Zeit, weil ein paar Büttel in der Nähe waren. Sie hörten meine Hilferufe, kamen in die Kirche gerannt und halfen, die irre Hexe zu überwältigen.«

Die irre Hexe!

Der kalte Knoten in Katharinas Magen begann zu schmerzen. Das alles war nur ihre Schuld! Wenn sie da gewesen wäre, wie sie es versprochen hatte, hätte sie Maria vielleicht von ihrer Untat abhalten können. Aber hätte sie das wirklich? Allein die Vorstellung, dass Maria mit veränderter Stimme gesprochen hatte, ängstigte Katharina so sehr, dass sie sich noch jetzt ganz schwach vorkam.

War sie vielleicht doch besessen gewesen? Waren die verschiedenen Stimmen in ihr die Stimmen von einem Dämon gewesen? Sagte nicht der unreine Geist zu Christus: »Mein Name ist Legion, denn wir sind viele?«

Katharina schwankte.

Der Novize streckte eine Hand aus, als erwarte er, sie in Ohnmacht sinken zu sehen. Sie nickte ihm beruhigend zu. »Wohin hat man sie gebracht?«, flüsterte sie. »Lebt sie überhaupt noch?« In ihrem Kopf entstand ein Bild von Marias Leiche und ihrem Blut auf dem Boden der Kirche.

Johannes nickte eilig. »Ja, ja, sie lebt! Sie wurde in eines der Narrenhäuslein der Stadt gebracht, ich glaube, in das im Luginsland.« Er wies vage in die Richtung, in der die Kaiserburg lag.

Katharina hob den Blick. Die Mauern des Klosters waren jedoch zu hoch, um auch nur die Spitze des naheliegenden Turmes sehen zu können. »Ich muss zu ihr«, sagte sie.

Johannes sah nicht überzeugt aus. »Warum? Sie ist von einem

Dämon besessen. Ihr könnt ihr nicht helfen, glaubt mir! Ich bin selbst Medicus, ich kenne mich aus.«

Katharina unterließ es, ihn darauf hinzuweisen, dass er für die körperlichen Wehwehchen der Mönche zuständig war, für gequetschte Finger und Hautausschlag, nicht jedoch für die Krankheiten des Geistes, die wahrscheinlich in seinem Kloster auch eher selten anzutreffen waren. »Ich war in der Kirche mit ihr verabredet«, sagte sie wie zur Erklärung. »Ich habe das Treffen vergessen.«

Johannes nickte. Seine Miene war ausdruckslos, und doch glaubte Katharina in ihr so etwas wie Missbilligung zu lesen. »Wart Ihr heute schon bei Kunigunde?«, fragte er.

Katharina schüttelte den Kopf. Noch eines der Versäumnisse, derer sie sich schuldig gemacht hatte, weil Egbert zurückgekehrt war. Auf einmal kam ihr die gesamte Situation so unwirklich vor, dass sie sich fühlte wie in einen undurchdringlichen Nebel gepackt. War Egbert tatsächlich am Leben? Was, wenn auch sie von irgendeinem Dämon besessen war, wenn sie sich all die Ereignisse vom gestrigen Abend nur eingebildet hatte? Doch dann dachte sie an ihr Gespräch mit Mechthild heute morgen, sie dachte an Lukas und auch an Raphael Krafft. All diese Menschen waren wirklich gewesen, keine Einbildung. Sie selbst litt vielleicht noch immer unter der *melancholia*, aber ihr Verstand wurde davon nicht beeinträchtigt. Hoffte sie jedenfalls.

»Ich habe sie heute in der Frühe getroffen«, erklärte Bruder Johannes. »Kunigunde, meine ich. Beim Frühgottesdienst.«

»Dann konnte sie ihr Lager verlassen?«

»Schwerlich. Aber sie bestand darauf. Sie ist der Meinung, dass ihr die Heilige Kommunion Linderung verschaffen kann. Ich werde noch zu dieser Stunde hingehen und sie ihr reichen. Ihr solltet sie ebenfalls aufsuchen. Sie erhofft sich von Euch Rettung, und wenn Ihr dazu nicht in der Lage sein solltet, so doch wenigstens ein bisschen Trost.«

Katharina biss sich auf die Zunge. Beinahe hätte sie erwidert, dass für den Trost doch eigentlich die Kirche zuständig war. Doch sie beherrschte sich. Langsam nickte sie. »Ich muss erst noch nach Maria sehen. Aber wenn Ihr Kunigunde trefft, so sagt Ihr doch bitte

Folgendes: Durch Gottes glückliche Fügung habe ich etwas über ihre Krankheit herausgefunden. Ihr Bruder Raphael lebt zur Zeit bei meinem Mann im Haus. Er leidet seit vielen Jahren unter dem schwarzen Harn. Er machte mir Hoffnung, dass der Schwarzharn nicht unbedingt auf den nahen Tod hinweisen muss. Sagt Kunigunde das. Vielleicht gibt ihr das ein wenig Zuversicht. Und sagt ihr auch, dass ich so schnell wie möglich zu ihr kommen werde, um ihr Genaueres zu erklären.«

Bruder Johannes hatte ihrer Rede zugehört, und jetzt blinzelte er erstaunt. »Euer Mann?« Er kannte die furchtbaren Details ihres Lebens.

Sie nickte. »Er ist am Leben. Das habe ich gestern Abend erfahren, und das ist auch der Grund, warum ich meine Pflichten vernachlässigt habe.« Sie fühlte sich elend dabei, diese Entschuldigung auszusprechen, doch auf eine Weise tat es ihr auch gut, Verständnis in Bruder Johannes' Gesicht aufflackern zu sehen.

»Das freut mich«, sagte er, und er klang aufrichtig. »Das freut mich für Euch!« Er griff nach Katharinas Händen, ließ sie aber gleich wieder los. »Ich werde der Priorin von ihrem Bruder berichten. Sie wird sich dann etwas weniger ängstigen, da bin ich sicher.« Er wandte sich zu dem Novizen um. »Michael, wir werden in wenigen Augenblicken das Kloster verlassen, um in St. Katharina eine Krankenkommunion abzuhalten. Geh und bitte Prior Claudius um Ausgang für diese Aufgabe.«

»Für Euch auch oder nur für mich?«, fragte der junge Mann.

»Ich habe die Erlaubnis bereits eingeholt. Also nur für dich. Eile dich!« Bruder Johannes wartete, bis Michael im Inneren der Klostergebäude verschwunden war, dann wandte er sich Katharina zu. »Geht!«, sagte er milde. »Und geht mit Gott. Denkt daran: Seine Wege sind unergründlich. Ihr könnt nicht wissen, was sein großer Plan ist, aber Ihr habt darinnen einen Platz, dessen seid gewiss.«

Katharina nickte. Gewiss war sie sich. Aber die Worte spendeten ihr dennoch kein bisschen Trost.

Nachdem der Eisenmeister hinter Richard und Arnulf die Tür des Turmes wieder zugesperrt hatten, standen die beiden ratlos da und schauten sich an. Inzwischen war ein eisiger Wind aufgekommen, der den gesamten Burgberg hinaufwehte und Richard das Gewand gegen den Leib presste. Er fröstelte.

»Diese schwarzen Augen«, meinte Arnulf nachdenklich. »Glaubst du, sie haben irgendetwas mit dem Mord zu tun?«

Richard dachte an die ausgestochenen Augen von Dagmars Leiche, und dann an jene von Heinrich. Er zuckte die Achseln. »Möglich ist es, oder etwa nicht?«

Arnulf verzog nur das Gesicht. »Arme Mirjam«, murmelte er, den neuen Namen schon selbstverständlicher nutzend. »Ich habe nie zuvor gemerkt, wie nahe sie am Abgrund entlangstolpert. Was für eine Geschichte!« Er schnaubte höhnisch. »Und uns Nachtraben nennen diese geistlichen Monster gottlos, welch Hohn!«

Richard war versucht, ihm zuzustimmen. Ein Kind seinen Eltern zu entreißen war wirklich nicht besonders christlich.

»Glaubst du ihr?«, fragte Arnulf und holte ihn damit aus seinen düsteren Überlegungen.

»Dass sie nicht die Mörderin ist?« Richard schlug den Kragen seines Gewandes hoch, um sich gegen die schneidende Kälte zu schützen. »Ich bin nicht ganz sicher. Ich würde es gerne.«

»Ich auch. Der Anblick von Dagmars Leiche hat sie irre genug gemacht, um den Opfertauben die Augen auszustechen, aber sie könnte niemals jemanden umbringen!«

Richard dachte über die Konsequenz dieser Aussage nach. »Dir ist klar, was es bedeuten würde, wenn sie unschuldig wäre, oder?«

»Dass der wahre Mörder noch frei herumläuft. Was hast du jetzt vor?«

»Ich gehe zu Katharina. Sie kannte Heinrich, ich will sehen, ob auch er diese schwarzen Schatten in den Augen hatte.«

»Meinst du, sie haben etwas mit dem Mord zu tun?«, wiederholte Arnulf seine Frage von vorhin.

Und Richard gab ihm noch einmal die gleiche Antwort: »Möglich ist es.« Er wies den Burgberg hinab. »Finden wir es heraus!«

Sie waren erst wenige Schritte weit gekommen, als ihnen eine bekannte Gestalt entgegenkam.

Richard blieb stehen. »Katharina!«, rief er.

21. Kapitel

»Richard!«

Katharina blieb mitten auf der Burgstraße stehen. Mit aller Kraft, die ihr verblieben war, krampfte sie die Hände in ihren Rock, denn sie spürte, wie sie anfing zu zittern. Allzu gerne hätte sie sich in Richards Arme geworfen, aber selbst wenn das in aller Öffentlichkeit für zwei Unverheiratete schicklich gewesen wäre, wäre es spätestens seit dem vergangenen Abend völlig undenkbar geworden.

Du bist eine verheiratete Frau!, hämmerte sie sich ein. *Und dein Mann lebt!*

So unwirklich kam ihr diese Tatsache vor, dass sie taumelte unter der Gewissheit, plötzlich eine Ehebrecherin zu sein.

Dann riss sie sich zusammen. Sie hatte einen einzigen Kuss mit Richard getauscht, mehr nicht! Und dies war noch dazu in dem Bewusstsein geschehen, Witwe zu sein. Konnte man sündigen, ohne eine böse Absicht dabei zu haben?

Sie wusste es nicht.

Alles, was sie wusste, war, dass Richards Anblick ihr schier das Herz zerriss. Am liebsten hätte sie auf dem Absatz kehrtgemacht und wäre davongelaufen.

Doch das ging natürlich ebenso wenig, wie sie ihn auf offener Straße umarmen konnte. Also trat sie zögerlich einen Schritt auf ihn zu.

Arnulf war bei ihm, das bemerkte sie jetzt erst. Der Nachtrabe stand ein wenig im Hintergrund, aber er musterte Katharina mit der gleichen Intensität, mit der es auch Richard tat. Beide Männer wirkten blasser als sonst, betroffen.

Katharinas Blick wanderte über ihre Köpfe hinweg zum Luginsland, der sich dort in einer Lücke zwischen zwei Häusern in den Himmel reckte.

»Wie geht es Maria?«, fragte sie.

»Nicht gut.« Richard trat vor Katharina hin. Er betrachtete sie von Kopf bis Fuß, und Katharina spürte die Sorge, die er um sie empfand, wie einen warmen Mantel, der sie einhüllte. »Aber was ist mit dir?« Er flüsterte die Frage.

Arnulf trat neben ihn.

Nichts! Nur: Egbert ist am Leben!

Katharina vermochte nicht, diese Worte auszusprechen. Nicht auf offener Straße. Nicht in Arnulfs Gegenwart.

Sie wusste, dass der Nachtrabe Richards bester Freund war und dass die beiden Männer jedes noch so düstere Geheimnis miteinander teilten. Dennoch wollte sie Richard die Möglichkeit geben, selbst zu entscheiden, ob Arnulf von dieser Angelegenheit erfahren sollte oder nicht.

Bei allen Heiligen, sie wusste ja nicht einmal, ob er Arnulf von ihrem Kuss erzählt hatte!

Also schluckte sie die Worte herunter, die ihr bereits auf der Zunge lagen. »Ich war gestern Abend mit Maria an der Kirche verabredet«, gestand sie leise. »Ich habe es vergessen.« Die Schuldgefühle, die bei Richards Anblick für einen Augenblick in den Hintergrund gedrängt worden waren, kehrten mit unverminderter Wucht zurück.

»Oh, Katharina!« Richard war versucht, die Hand nach ihr auszustrecken, aber auch er bemühte sich um eine gewisse Distanz. Er tat es aus Takt, das wusste sie.

In diesem Moment wurde der Wunsch, ihre Sorgen und Nöte mit ihm zu teilen, übermächtig. Sie wollte sich an ihn lehnen, ihm alles erzählen, was sie quälte, so wie sie es damals im Lochgefängnis getan hatte, als er in einer ihrer dunkelsten Stunden bei ihr geblieben war. Sie wollte spüren, wie er ihr über das Haar strich, wie er ihr die Gewissheit gab, dass, egal, was auch immer sie tat, sich an seinen Gefühlen für sie nichts ändern würde. Sie wollte die Hoffnung, dass alles gut werden würde.

Das verzerrte Gesicht von Egbert schob sich vor Katharinas inneres Auge, und alles Wünschen zerstob zu Splittern.

»Ihr wart bei ihr, oder?«, fragte sie.

Arnulf nickte.

»Ich möchte sie ebenfalls sehen.«

»Bist du sicher, dass das eine gute Idee ist?«, fragte Richard. »Sie hat nicht mehr alle Sinne beisammen.«

»Nein.« Katharina wies auf den Turm. »Aber sie sitzt vielleicht dort, weil ich mein Versprechen nicht gehalten habe. Ich bin ihr wenigstens eine Erklärung schuldig!«

Eine Erklärung schuldig ...

Von der Seite her sah sie Richard an.

Ebenso wie ihm.

Sie biss die Zähne zusammen, dass es schmerzte. Tief in ihrem Kopf erwachte das kleine Tier, das konnte sie spüren. Und es begann, seine klebrigen Fäden zu spinnen.

Sie ging einfach zwischen Richard und Arnulf hindurch.

»Warte!« Richard kam ihr nach. »Lass mich dir erst erzählen, warum sie es getan hat, und dann überlege neu, ja?«

Widerwillig nickte Katharina.

Richard holte Luft, und dann erzählte er ihr eine Geschichte, die ihr die Luft wegbleiben ließ. Er sprach davon, wie Maria als kleines Kind aus den Armen ihrer Eltern gerissen worden war. Wie man mit Schlägen und harten Strafen versucht hatte, eine Christin aus ihr zu machen. Wie sie jahrzehntelang verzweifelt versucht hatte, sich zu fügen, das Richtige zu glauben, und wie sie am Ende doch daran gescheitert war.

»Es war zu viel für ihre arme Seele!«, murmelte Katharina, nachdem Richard geendet hatte. »Sie musste irgendwann den Verstand verlieren.«

Richard sah ihr forschend ins Gesicht. »Du weißt jetzt, was der Grund für ihre Tat war. Dich trifft keine Schuld.«

Sie sagte nichts dagegen, erwiderte nur seinen Blick. Ganz kurz versank sie in seinen dunklen Augen, ihr Herzschlag beschleunigte sich, doch dann besann sie sich auf den Ernst der Situation, in der sie sich beide befanden. Die Gefühlswallung verging. »Das kannst du nicht mit Sicherheit wissen. Wenn ich gestern abend bei ihr gewesen wäre, hätte ich ihre Tat vielleicht verhindern können.«

»Klar!«, mischte sich Arnulf ein. »Und dann hättet Ihr sie fortan jeden einzelnen Tag auf Schritt und Tritt begleitet, um sie von Dummheiten abzuhalten!«

Seine spöttischen Worte machten Katharina begreiflich, dass sie sich wieder einmal zu viel Verantwortung auflud. Ihr Verstand wusste das, aber ihr Herz sagte ihr dennoch, dass sie sich schuldig zu fühlen hatte. »Ich möchte mit ihr reden«, hörte sie sich sagen.

Richard nickte. Er sah aus, als habe er es kommen sehen. »Man lässt dich womöglich nicht allein bis zu ihr. Ich begleite dich!«

Arnulf machte ein dumpfes Geräusch in der Kehle, und Richard sah ihn an. »Du musst nicht mitkommen!«, meinte er. »Du hast sie einmal gesehen, das reicht wahrscheinlich.«

Arnulf schien ernsthaft geneigt zu sein, dieses Angebot anzunehmen. Er nickte sogar, doch dann besann er sich offenbar eines anderen. »Ich komme mit, aber ich warte draußen«, entschied er.

Richard nickte ihm zu. »Danke.«

»Schon klar.«

Und gemeinsam machten sie sich auf den Weg zum Narrenhäuslein im Luginsland.

Der Eisenmeister war ein dürrer, ungepflegter Mann, in dessen Nasenhaaren getrockneter Rotz hing und der mit einem lahmen Bein mühsam vor ihnen her die Treppen hinaufhinkte.

»Was wollt Ihr schon wieder hier?«, brummelte er an Richard gewandt. »Reicht Euch Euer Besuch von eben nicht?«

Richard antwortete ihm nicht, und Katharina spürte den reichen Patrizier in ihm, den er sonst so gut zu verbergen wusste. Doch als der Eisenmeister seine Frage wiederholte, seufzte er leise. »Ich bin nur als Begleitung für diese Frau hier.«

Das schien dem Mann zu reichen. Bevor er die Tür für sie beide geöffnet hatte, hatte er Katharina von Kopf bis Fuß gemustert. Er schien zufrieden gewesen zu sein mit dem, was er sah, denn er hatte zustimmend genickt und dann für sie aufgesperrt.

Jetzt führte er sie an all den anderen Zellen vorbei bis in die Spitze des Turmes, wo sich eine Art vergitterte Nische befand. Darinnen hockte Maria auf dem Fußboden. Sie hatte den Rücken gegen die Mauer gelehnt, die Knie angezogen und den Kopf darauf abgelegt.

Als sie die Schritte hörte, die sich ihr näherten, blickte sie auf.

»Katharina«, murmelte sie nur. Mehr nicht.

Katharina trat vor das Gitter hin. Sie war sich der Gegenwart Richards sehr bewusst, der nun ein wenig Abstand hielt, aber nahe genug bei ihr stand, um jedes Wort mit anhören zu können. Katharina holte Luft. Wie nur sollte sie Maria so den Grund erklären, warum sie gestern Abend nicht zu dem vereinbarten Treffpunkt gekommen war? Sie durfte Richard nicht hier und nicht auf diese Weise mit dem Furchtbaren konfrontieren.

Als Katharina das klarwurde, fehlten ihr plötzlich die Worte. Was sollte sie Maria sagen, wenn sie ihr keine Erklärung geben konnte?

»Es tut mir so leid, Maria«, war das Einzige, was ihr einfiel.

Maria schnaubte böse. »Ich heiße Mirjam!«, fauchte sie. Ihre Stimme hatte nichts Vertrautes mehr. Sie klang hasserfüllt. Zornig. Besessen.

»Es gab einen Grund, warum ich gestern nicht bei dir sein konnte.« *Warum nur*, schoss es Katharina durch den Kopf, *suchen wir Entschuldigungen für unser Tun? Um von jenen, denen wir Böses angetan haben, Vergebung zu erlangen? Oder doch eher, um uns selbst vorzumachen, dass wir gar nicht so schlecht sind, wie wir uns verhalten haben? Dass wir Opfer der Umstände sind.*

Fast hätte sie aufgelacht.

Opfer der Umstände!

Wohl eher ein Spielball Gottes, dessen ach so weiser Ratschluss ihr in diesem Moment eher wie die kindliche Faszination am Quälen vorkam. Warum nur ließ Er sie über Monate um Egbert trauern, nur um ihren Mann genau in jenem Augenblick wieder auftauchen zu lassen, in dem sie sein Fehlen verwunden und sich einer neuen Liebe zugewandt hatte? Sie dachte an Bruder Johannes' Worte.

Ja, Gottes Wege waren wahrhaftig unergründlich!

Doch sosehr sie sich auch bemühte, es gelang ihr nicht, sich ergeben in ihre Situation zu schicken. Plötzlich verspürte sie einen Zorn in sich, dessen Kraft sie überraschte. Und – es bereitete ihr Unbehagen, das zu bemerken – plötzlich konnte sie Marias Tat nachvollziehen.

Sie verspürte ebenfalls den Wunsch, etwas zu zerstören. Laut aufzuschreien und zuzuschlagen. Sie ballte die Rechte zur Faust.

»Ich weiß, was man dir über all die Jahre hinweg angetan hat«, sagte sie.

»So?« Maria stand auf und kam an das Gitter.

Für einen Augenblick standen sie sich sehr dicht gegenüber, doch als Maria gleichfalls nach den Stäben griff, wich Katharina zurück. »Richard hat es mir erzählt.«

Maria schwieg. In ihren Augen funkelte es, und dann verzerrte sich ihr Gesichtsausdruck. Auf einmal sah sie aus wie ein völlig anderer Mensch. Katharina wurde es eiskalt. Diese Verwandlung – sie erinnerte sie auf schreckliche Weise an Egbert. Auch in ihm schienen zwei Seelen miteinander zu ringen, schien mal die eine, dann wieder die andere die Vorherrschaft zu erlangen.

Marias Stimme war einen gut Teil tiefer, als sie jetzt wieder zu sprechen anfing: *»Du hast keine Ahnung, Prinzessin, von all dem Bösen, das dort draußen vorgeht! Und wenn ich dir ein guter Vater sein will, dann versuche ich, dich so lange wie möglich davor zu beschützen.«*

Solches Entsetzen packte Katharina, dass sie beinahe aufgewimmert hätte. Sie spürte eine Hand am Arm, drehte sich um. Undeutlich schwamm Richards Gesicht vor ihren tränenblinden Augen.

»Ich habe deine Hilfe gebraucht, Katharina.« Jetzt sprach Maria wieder mit ihrer eigenen Stimme. »Und du warst nicht da. Aber mein Papa, der war da. Er ist immer bei mir, weil Adonai mich gesegnet hat. Er ist hier. Hier drinnen!« Maria schlug sich gegen die Brust, und es gab ein dumpfes Geräusch, weil sie es mit solcher Kraft tat.

»Hier drinnen bin ich«, sprach sie dann wieder mit tiefer Stimme weiter, »und ich werde jeden verderben, der versucht, mich von hier zu vertreiben! Und selbst, wenn die schwarzäugigen Dämonen über mich herfallen, wenn die Schlangen zahlreich werden und mir das Fleisch von den Gliedern reißen ...« Sie redete und redete, doch Katharina achtete nicht mehr auf den Inhalt ihrer Worte.

Eines nur hämmerte in ihrem Kopf, wieder und wieder.

... wenn die schwarzäugigen Dämonen über mich herfallen ...

»Hast du Dagmar und Heinrich getötet, Maria?«, hauchte Katharina.

Da zuckte Maria zusammen, und wie eine Furie stürzte sie auf Katharina zu. Nur die Eisengitter hielten sie davon ab, gegen sie zu prallen. Mit verzerrtem Gesicht versuchte sie Katharina zu packen, doch Richard war geistesgegenwärtig genug, um sie rechtzeitig zurückzureißen.

Ganz dicht bei ihm stand Katharina nun, und doch richtete sich ihre ganze Konzentration auf Maria.

»Ob ich sie getötet habe?«, heulte sie. »Ja! Ja! Ja!«

Ihre Augen verkehrten sich nach hinten, bis nur noch das Weiße zu sehen war. Sie bleckte die Zähne und schnappte nach Katharina, als sei sie ein tollwütiges Tier.

Katharina verbarg das Gesicht an Richards Brust.

»Komm!« Seine Stimme drang durch das Pochen ihres Herzens, das ihr schmerzhaft in den Ohren dröhnte. »Lass uns gehen.«

Sie wollte nicht. Sie wollte noch immer Maria erklären, was sie gestern Abend von dem Treffen ferngehalten hatte, wollte den Dämon vertreiben, wollte sie wieder gesund machen, aber dann begriff sie, dass es gleichgültig war. Egal, was auch immer sie Maria sagen würde, es würde nichts ändern.

Sie hob den Kopf von Richards Brust.

Die Tränen lösten sich aus ihren Wimpern und begannen, ihre Wangen hinunterzurollen. »Ja«, flüsterte sie Richard zu. »Bring mich weg von hier.«

Arnulf empfing sie am Fuße des Turmes, und er warf einen grimmigen Blick auf Katharinas tränenverschmiertes Gesicht. Zu Richards Erleichterung war er jedoch umsichtig genug, nichts zu sagen, sondern er schloss sich ihnen einfach schweigend an, als sie sich auf den Weg in Richtung Süden machten.

»Ich bringe dich erst mal zu mir«, meinte Richard, als St. Sebald in ihrem Blickfeld auftauchte. »Thomas kann dir etwas Warmes zu trinken machen, und der Rest findet sich dann.«

Katharina sah Arnulf an, dann Richard. »Wir müssen reden«, sagte sie leise. »Allein.«

Doch bevor Richard etwas darauf erwidern konnte, hallte eine laute, wütend klingende Stimme die Straße entlang. »Wollen wir uns das noch länger gefallen lassen?«

Im selben Moment erreichten sie den Platz zwischen dem Ostchor der Bürgerkirche und der hoch aufragenden Fassade des Rathauses. Hier hatte ein Mann in der Kleidung der Kaufmannschaft eine Gruppe von vielleicht fünfzig Menschen um sich versammelt und hielt eine Rede vor ihnen. Zornig schallten seine Worte durch die angrenzenden Gassen.

»Es kann doch nicht angehen, dass diese Christusmörder in unserer geliebten Stadt ihre unheiligen Riten feiern!«

Die Menge murmelte zustimmend. Viele nickten, ein paar Menschen steckten tuschelnd die Köpfe zusammen.

»Wir sehen ja jetzt, wohin das führt, wenn wir ihnen nicht Einhalt gebieten! Die Hexe, die den Altar in der Katharinenkirche geschändet hat, sitzt in einer Zelle im Narrenhäuslein. Aber wer sagt uns, dass nicht noch mehr dieser Teufel in Menschengestalt heimlich durch unsere Straßen und Gassen schleichen, unsere Kirchen mit ihren widerlichen Tierkadavern schänden, unsere Kreuze und geweihten Gefäße zerschmettern und unsere Kinder im Schlaf meucheln? Wer garantiert uns, dass die Leiche im Sebaldgrab nicht die erste einer ganzen Reihe von Entweihungen ist?«

Das Gemurmel war lauter geworden, je mehr Gräueltaten der Mann aufzählte, und als er die gemeuchelten Kinder erwähnte, schrie jemand in der Menge: »Lasst es dazu nicht kommen! Jagt sie aus der Stadt!«

»Schlagt sie allesamt tot!«, hielt ein anderer dagegen. Und er reckte eine Faust in die Höhe, bei der die Knöchel weiß hervortraten.

»Das ist nicht gut!«, meinte Arnulf. Er sprach leise, und dennoch besaßen seine Worte eine Eindringlichkeit, die Richard aufmerken ließ. Er folgte dem Fingerzeig des Freundes, der auf eine Gruppe von Männern deutete, die sich etwas abseits der Meute hielten. Ein jeder von ihnen hatte die Hand auf dem Schwertgriff, und als der Kerl vorne schrie: »Jawohl! Machen wir dem ein Ende!«, da zogen sie ihre Klingen.

Der Redner wies in Richtung Kaiserburg. »Die Hexe sitzt im Luginsland!« Jetzt brüllte er. Sein Kopf hatte die Färbung einer reifen Brombeere angenommen.

Und die Menschen nahmen seinen Ruf auf.

»Zum Luginsland!«

Die Schwerter wurden in die Höhe gereckt, einige Männer stießen jubelartige Kampfschreie aus. Und dann setzte sich die Menge in Bewegung.

Richard wandte sich an Katharina. »Du musst im Rathaus Bescheid geben. Sag Silberschläger, er soll seine Büttel schicken, sonst gibt es dort oben ein Unglück!«

»Völlig sinnlos!«, rief Arnulf aus und zog sein Schwert.

»Geh trotzdem! Vielleicht kannst du einen anderen Bürgermeister finden«, drängte Richard Katharina.

Katharina zögerte. »Was hast du vor?«

Richards Hand schloss sich um den Schwertgriff. »Wir ...« Er deutete auf Arnulf, »... werden sehen, ob wir die Meute aufhalten können.«

Er spürte Katharinas Skepsis, ob ihnen das gelingen möge, und er sah auch die Sorge in ihren Augen. Ein warmes Gefühl keimte in seiner Brust. Sanft lächelte er. »Keine Angst. Uns passiert schon nichts. Aber du musst dich beeilen! Sei so hartnäckig, wie du nur kannst.« Dann sah er Arnulf an. »Bereit?«

Der Nachtrabe nickte nur.

Die Vormittagssonne schien durch das Fenster von Silberschlägers Kontor und beleuchtete die Wandmalereien, so dass die nackte Haut der Athene weich schimmerte. Silberschläger hatte sich in seinem Lehnstuhl zurückgelehnt, die Hände hinter dem Kopf verschränkt und betrachtete wohlgefällig die üppigen Rundungen der griechischen Göttin, die von dem Tierfell nur unzulänglich verhüllt wurden. In Gedanken befand er sich jedoch zu Hause, in der kleinen Kammer unter dem Dach, die Greta in der letzten Woche bezogen hatte. Er dachte an die vergangene Nacht. Ein Lächeln glitt über sein Gesicht bei der Erinnerung an den schlanken, festen Körper des jungen Dienstmädchens unter dem seinen. Das leise Schluchzen Gretas hallte noch jetzt in seinen Ohren nach und entfachte diese unbändige Lust schon wieder aufs Neue. Wie gut, dass er sich doch entschieden hatte, sie nicht zu entlassen. Was für ein Vergnügen wäre ihm sonst entgangen!

Er wurde aus seinen angenehmen Tagträumen gerissen, als es an seiner Tür klopfte. Seufzend schob er das Bild von Gretas kleinen Brüsten von sich. »Tretet ein!«, sagte er. Seine Stimme klang ein wenig heiser, und er räusperte sich rasch.

Klaus Eberlein steckte den Kopf zur Tür herein. »Habt Ihr einen Moment Zeit für mich?«

Silberschläger wies auf den Stuhl vor seinem Pult. »Natürlich!«

Eberlein betrat das Kontor. Sachte schloss er die Tür hinter sich, dann setzte er sich und schlug in einer unmännlichen Bewegung die Beine übereinander. »Weißgerber hat Euren Geldbeutel angenommen. Zur Stunde steht er auf dem Platz vor St. Sebald und hält eine Rede.« Er grinste breit, und Silberschläger verspürte einen Anflug von Zufriedenheit.

»Die Gerüchte und Einzelheiten, die Ihr gestreut habt«, sagte er, »haben sich in den letzten zwei Tagen überaus zufriedenstellend über die gesamte Stadt verteilt.«

Eberlein nickte. »Es gleicht ein wenig einem Lauffeuer. Die Leute sind noch immer leicht zu beeinflussen nach den Ereignissen vom August.«

Silberschläger lehnte sich zurück. »Diese verrückte Jüdin von der Katharinenkirche hat uns einen großen Dienst erwiesen«, meinte er.

»Hm. Aber mir ist nicht ganz klar, warum Ihr nicht den Dingen ihren Lauf lasst. Ich bin sicher, das Pulverfass würde auch von allein explodieren. Warum habt Ihr mir Befehl gegeben, Weißgerber zu bestechen? Immerhin haben wir dadurch noch einen Mitwisser.«

Silberschläger seufzte. »Mir wird die Zeit ein bisschen knapp«, erklärte er.

Eberlein runzelte fragend die Stirn.

»Der Geldverleiher will sein Geld zurück. Und inzwischen droht er damit, es öffentlich zu machen, wie viel ich ihm schulde.«

Eberlein schürzte die Lippen. »Nicht gut. Aber wenn Weißgerber erfolgreich ist, dann hat der Kerl bald keine Zeit mehr, sich um Euer Geld Gedanken zu machen.«

»Hoffen wir es!«, meinte Silberschläger. »Was habt Ihr ihm aufgetragen? Weißgerber, meine ich.«

»Nun, ich dachte mir, es wäre ein hübscher Anfang, wenn eine aufgebrachte Menge die Jüdin im Turm ein bisschen ...« Eberlein bleckte die Zähne, »... bestraft!«

Ein wohliger Schauer rann Silberschläger über den Rücken und erfasste seine Lenden. »Bestrafung!« Er kicherte unterdrückt. »Das ist gut!«

Eberlein senkte den Blick, und Silberschläger hätte zu gern gewusst, was hinter seiner Stirn vorging.

»Damit sie auch erfolgreich sind, habe ich den Eisenmeister im Turm überzeugt, dass er uns helfen muss«, erklärte der Büttel weiter. »Er wird den Männern öffnen, wenn er sieht, dass Weißgerber sie anführt.«

»Wie habt Ihr das geschafft?«

Wieder grinste Eberlein. »Er braucht die Arbeit im Turm. Hat eine kranke Schwester und eine alte Mutter, die er mit seinem Lohn unterstützt. Ich habe durchblicken lassen, dass Ihr mit dem Gedanken spielt, ihn wegen seines lahmen Beines ablösen zu lassen.«

»Er muss mich verflucht haben.«

»Nur ein bisschen.«

Silberschläger verspürte ein leichtes Bedauern bei diesem Gedanken. Der Eisenmeister im Luginsland war trotz seines Gebrechens ein guter Mann. Es schmerzte Silberschläger, von jemandem wie ihm schief angesehen zu werden.

»Ich habe auch durchblicken lassen, dass Ihr Euch die Sache anders überlegen würdet, wenn er Weißgerber aus Versehen die Tür öffnet«, fuhr Eberlein fort.

Silberschläger unterdrückte ein Lächeln. Er wollte etwas erwidern, als es an der Tür klopfte.

Missmutig ob der Störung, rief er: »Ja?«

Die Tür öffnete sich, und in ihr stand ein Weib, an das er sich nur allzu gut erinnerte. »Frau Jacob!« Er legte ein freundliches Lächeln auf seine Züge und erhob sich. »Habt Ihr wieder einen Mord an einem Bettler anzuzeigen?«

Die Jacob kam einen Schritt näher. »Nein. Aber einen Aufruhr.«

Silberschläger warf Eberlein einen stirnrunzelnden Blick zu. Der stand auf. »Ich bin hier fertig«, sagte er. »Habt Ihr noch weitere Befehle für mich?«

»Einstweilen nicht.« Silberschläger umrundete das Schreibpult. »Haltet mich auf dem Laufenden, was diese Angelegenheit angeht.«

Eberlein nickte. »Natürlich!« Dann ging er und schloss die Tür hinter sich.

Silberschläger trat vor Katharina hin. Er wollte den Arm ausstrecken, um ihre Schultern damit zu umfangen, doch sie entzog sich ihm auf überaus geschickte Weise. »Ihr müsst Eure Büttel …«

»Langsam!«, unterbrach er sie. »Setzt Euch erst einmal. Und dann berichtet in aller Ruhe, was Ihr gesehen habt!«

Nachdem Katharina gegangen war, ließ Maria sich zu Boden sinken und legte den Kopf auf den Knien ab.

Ihre Gedanken wanderten zurück zu jenen Tagen, an denen sie noch bei ihren Eltern gelebt hatte.

»Ich möchte auch zu Adonai beten, wie du es tust, Vater!«, hörte sie sich sagen, und sie spürte die warme Hand ihres Vaters auf ihren Scheitel niedersinken, sah, wie er sie anlächelte. Draußen wurde es gerade dunkel. Es war die Zeit, in der ihr Vater üblicherweise sein Nachtgebet sprach.

»Das ist schön, Prinzessin!«, sagte der Vater. »Aber Kinder in deinem Alter müssen noch nicht beten. Das hat Gott der Herr so bestimmt. Erst mit der Bar Mizwa wird dir die Pflicht zum täglichen Gebet auferlegt.«

Maria – Mirjam – stemmte die Arme in die Hüften. »Und was, wenn ich es trotzdem will? Verbietet Adonai es mir?«

Vater lachte. »Aber wieso denn? Adonai freut sich, wenn du dich ihm zuwendest.«

»Das Gebet, das du immer sprichst, ist mir viel zu lang!« Mirjam rief sich die vielen Worte ins Gedächtnis. »Höre, Israel«, murmelte sie. »Der Herr ist unser Gott. Der Herr ist einzig.« Und dann ging es weiter mit: Gepriesen sei Gott. Den Rest hatte sie vergessen.

»Das ist doch schon gar nicht so übel«, meinte Vater. »Weißt du, was ich für dich tun werde? Ich werde aus dem Gebet einige Sätze raussuchen, die du dir gut merken kannst. Die kannst du dann abends sprechen, wenn es an der Zeit dafür ist.«

»Ein Gebet ganz für mich allein?« Mirjam spürte, wie Freude durch ihren Körper perlte.

Vater nickte. »Weißt du denn auch, wann du es sprechen musst?«

»Wenn man drei Sterne am Himmel sehen kann.« Das hatte sie längst begriffen. Es gab feste Zeiten für jedes einzelne Gebet, für jede Handlung, die ein frommer Jude ausführen musste.

Sie wollte so gern eine fromme Jüdin sein!

»Hervorragend! Komm morgen wieder zu mir. Dann werde ich dir dein eigenes Gebet beibringen, ja?«

Eifrig nickte Mirjam.

»Schön! Und jetzt lass mich meine Pflicht tun. Adonai wartet schon auf mein Gebet.« Vater beugte sich zu Mirjam herunter und gab ihr einen Kuss auf die Haare.

Sie schlang ihre Arme um seinen Hals. »Ich hab dich so lieb!«, rief sie aus.

»Ich dich auch, meine Kleine. Ich dich auch!«

Die Worte ihres Vaters verhallten in Marias Gedächtnis, und plötzlich stiegen ihr Tränen in die Augen. Unangenehm drangen Feuchtigkeit und Kälte der Verliesmauern in ihren Körper ein, doch sie rückte nicht von der Wand ab.

»Es ist wichtig, Prinzessin, dass wir den Glauben der anderen Menschen respektieren. Sie sind ebenso wie wir der Meinung, dass sie zu dem einzig wahren Gott beten.« Auch das hatte ihr Vater ihr einmal gesagt.

»Aber sie irren sich doch!«, hatte sie widersprochen.

Und Vater hatte ernst genickt. »Das tun sie, aber dennoch dürfen wir deshalb nicht auf sie herabsehen. Adonai hat die Juden als sein Volk ausersehen, aber er hat alle Menschen erschaffen.«

Diese Erinnerung brachte Maria in ihrem Verlies zum Lachen.

»Was ist los?« Der Eisenmeister streckte den Kopf aus seiner

Kammer und starrte sie mit einer Mischung aus Verdruss und Scheu an.

Sie wusste, was ihn beschäftigte. »Keine Angst«, murmelte sie, »ich kann Euch nicht verhexen!«

Er schien nicht beruhigt. »Warum lachst du dann? Du führst doch etwas im Schilde!«

Unten vor dem Turm wurden Stimmen laut. Verzerrt drangen sie durch die dicken Mauern, in denen die Fensteröffnungen wie Schießscharten wirkten.

Der Kopf des Eisenmeisters ruckte herum. Lauschend verharrte er, doch er schien nicht verstehen zu können, was gesprochen wurde, denn er runzelte nachdenklich die Stirn.

Maria hingegen erfasste einzelne Worte, wie »vorwärts« und »nur Mut!«

Der Eisenmeister nutzte die Gelegenheit, um vor ihrer Nähe zu fliehen. So rasch er es mit seinem lahmen Bein vermochte, hinkte er die Treppen nach unten. Er murmelte dabei in einem fort vor sich hin, bis er unten angekommen war.

Maria wartete einen Augenblick, dann hörte sie, wie der Riegel der Eingangstür zurückgezogen wurde.

Jemand sagte etwas, aber er schien zu tuscheln. Sie konnte nicht ausmachen, um was es ging. Dann antwortete der Eisenmeister, aber auch seine Stimme war nur ein dumpfes Gemurmel.

Es folgte ein schwerer Schlag, der klang, als sei die massive Eingangstür gegen die Wand gekracht.

Dann ein lauter Ruf: »Hinauf! Die Hexe befindet sich ganz oben!«

Maria stemmte sich auf die Füße. So gut es ging, drängte sie sich gegen die Mauer in ihrem Rücken, doch sie ahnte bereits, dass ihr das nichts nützen würde. Ihre Zelle besaß keinen Winkel, in dem sie sich verbergen konnte. Keinen Fluchtweg, der Rettung bieten mochte.

Sie hörte, wie sich laut polternde Schritte näherten. Ein Schlüsselbund klirrte.

Dann erschienen die ersten beiden Männer auf der oberen Etage. Wild sahen sie aus, überaus streitlustig, und die gezogenen Schwerter in ihren Händen ließen Maria einen eisigen Schauer über den Rücken laufen.

»Adonai hilf!«, flüsterte sie. Ihre Handflächen lagen flach auf der rauen Mauer hinter ihr, und sie presste sie so fest dagegen, dass sich das Gestein in ihr Fleisch grub. Eine dumpfe Ahnung sagte ihr, dass diese Empfindung eine der letzten sein würde, die ihr noch blieben, und rasch schob sie die Hand in den Rock, um nach Mimi zu tasten.

Als Richard und Arnulf den Turm erreichten, stand die Tür bereits offen.

»Verdammt!«, fluchte Arnulf, ohne seinen Schritt zu verlangsamen. Auf dem Weg den Burgberg hinauf hatte er Richard überholt und lief nun vor ihm.

Richards Lungen brannten, ebenso die alten Wunden an seinen Schultern, aber er war nicht gewillt, den Freund im Stich zu lassen. Fest hatte er den Schwertgriff umfasst, die Spitze seiner Klinge wies zu Boden.

»Sie haben den Eisenmeister überwältigt!«, schrie Arnulf. Er hatte als Erster den kleinen Platz vor dem Luginsland erreicht und war stehengeblieben.

Richard schloss zu ihm auf. »Nein«, widersprach er. »Er wurde bestochen!« Richard war sich ganz sicher. Der Eisenmeister stand neben dem Eingang zum Turm und ließ die Schultern hängen. Er war völlig unversehrt, seine Miene düster. Schuldbewusst stand er dort, den Blick auf die offene Tür gerichtet.

»Sie sind fast oben!« Arnulf warf sich vorwärts und war im nächsten Augenblick im Inneren des Turms verschwunden.

Richard folgte ihm.

Drinnen bebte die Luft von schweren Schritten, die die hölzerne Treppe erzittern ließen.

»Haltet ein!«, schrie Arnulf und stürmte weiter.

Richards Verletzungen brannten jetzt wie Feuer, und es bereitete ihm Mühe, die steile Stiege zu erklimmen. Nicht einmal, als über ihm Kampflärm aufbrandete, vermochte er seine Schritte zu beschleunigen.

Er hörte das Klirren von Waffen, die aufeinanderprallten, einen lautstarken Fluch, von dem er nicht hätte sagen können, wer ihn ausgestoßen hatte. Dann das Quietschen von eisernen Angeln.

Wieder Kampflärm.

Und schließlich ein langgezogener, schriller Schrei.

Außer Atem erreichte er die obere Etage des Turmes, und ihm bot sich ein bizarres Bild.

Wohl ein halbes Dutzend Männer hatte sich auf dem winzigen Gang zusammengedrängt, Arnulf mitten unter ihnen. Die Tür der Zelle war offen, und ein einzelner Mann hatte die Zelle betreten.

Maria stand mit dem Rücken an die Wand gelehnt da, die Rechte hing kraftlos neben ihrem Körper herab, und eine zerschlissene Stoffpuppe entglitt ihren Fingern und fiel zu Boden. Marias Augen waren weit aufgerissen, und Richards Verstand brauchte einen Moment, bis er begriff, dass der Ausdruck von Entsetzen in ihrem Gesicht nur noch Fassade war. Die Klinge ihres Angreifers ragte aus ihrem Leib wie ein überdimensionierter Dorn, der sie an die Wand genagelt hatte.

Der Mann ließ seine Waffe los. Wich zurück.

Und die Spitze seines Schwertes schrammte hinter Maria über das Gestein, als deren Beine unter ihr nachgaben und sie leblos zu Boden sank.

»Schweine!«, brüllte Arnulf.

Richard sah Blut aus einer Wunde an seinem Oberarm sickern, aber der Nachtrabe kümmerte sich nicht darum. Fassungslos starrte er auf Maria, die in diesem Moment auf den Holzbohlen aufschlug und sich nicht mehr rührte. Dann stieß er die Männer rings herum zur Seite, drängte sich durch die öffenstehende Zellentür.

Langsam sank er neben Maria auf die Erde. »Ihr Schweine!« Diesmal flüsterte er.

Die Männer, die den Angriff geführt hatten, zogen sich mit betretenen Mienen zurück.

Und Richard konnte den Blick nicht von der Puppe lassen, deren Leib sich jetzt langsam mit Marias Blut vollsog.

Nachdem sie eine schier endlos lange Zeit auf Silberschläger eingeredet hatte, erreichte Katharina es endlich, dass er ihr versprach, einen Trupp Büttel zum Luginsland zu schicken.

»Rasch!«, forderte sie ihn auf. Während sie ihm geschildert hatte, was bei dem Turm geschehen würde, hatte sie sich geweigert, sich auf den Stuhl vor dem Schreibpult zu setzen. Jetzt stand sie voller Anspannung an der Tür und hatte die Klinke schon in der Hand. Fordernd sah sie Silberschläger an. »Ihr müsst Euch beeilen, sonst gibt es Tote!«

Der Bürgermeister nickte, aber er tat es bedächtig.

Katharina knirschte mit den Zähnen. Dann entschied sie, dass sie mehr nicht zu tun vermochte. Sie riss die Tür auf, rannte aus dem Kontor, die langen Rathausgänge entlang. Im nächsten Moment befand sie sich im Freien.

Den Weg zwischen Rathaus und Burg überwand sie in kürzester Zeit, doch als sie auf den kleinen Platz vor dem Luginsland einbog, wusste sie, dass es zu spät war.

Wie eine Gruppe geprügelter Hunde kamen die Aufrührer aus dem Turm geschlichen. Katharina sah hängende Köpfe, Hände, die über Augen rieben, als könnten ihre Besitzer nicht glauben, was soeben geschehen war.

»Was ist passiert?« Ihre Stimme schrillte, während sie sich umsah. Wo war Richard?

Wo Arnulf?

Von den beiden keine Spur.

Katharinas Herz setzte einen Schlag lang aus, als sie einen letzten Mann aus dem Turm kommen sah. Sein Schwert war blutverschmiert.

Katharina wurde schlecht.

Sie lief auf den Turm zu, ihr Schritt stockte, weil die Panik sie überwältigte. Hatten Richard und Arnulf versucht, das Schlimmste zu verhindern, und waren in die offene Klinge gerannt?

Völlig von Sinnen vor Angst, packte Katharina den Mann mit dem blutigen Schwert am Arm. »Was ist passiert?«, schrie sie ihn an. »Redet!« Und sie schüttelte ihn wie ein begriffsstutziges, ungehorsames Kind.

Er reagierte kaum. Mit verschleiertem Blick starrte er auf seine Waffe. Er stöhnte auf.

»Wen habt Ihr damit getroffen?« Wieder schüttelte Katharina den Mann.

Sie erhielt keine Antwort.

Stattdessen spürte sie eine Berührung an der Schulter. »Scht!«, machte eine vertraute Stimme.

Sie ließ den Mann los und fuhr herum. Richard stand vor ihr. Er schwankte ein wenig, doch er schien unverletzt.

»Richard!« Erleichtert warf Katharina sich ihm an die Brust. »Gott sei Dank!«

Er umfing sie mit beiden Armen, hielt sie fest. Mehrere Atemzüge lang vergrub er die Nase in ihren Haaren, sog ihren Geruch in sich auf. Katharina konnte spüren, dass er zitterte.

»Was ...« Sie machte sich los, blickte in sein Gesicht, das grau war und eingefallen vor Kummer.

»Maria ist tot!«, flüsterte er. »Sie haben sie ermordet.«

Hinter ihm trat Arnulf ins Freie. Auch er wirkte entsetzt, voller Trauer. Mit der Linken umklammerte er seinen Oberarm, und dunkles Blut quoll zwischen seinen Fingern hervor.

»Ich war bei Silberschläger«, berichtete Katharina. Sie konzentrierte sich auf ihre Worte, hielt sich daran fest. Ihre Zunge schien ihr nicht recht gehorchen zu wollen. »Er hat versprochen, die Büttel zu schicken, aber ich ...«

»Zu spät!«, murmelte Richard.

»... vermute, dass es noch eine Weile dauern wird, bis sie eintreffen.« Katharina dachte an die seltsam unentschlossene Haltung des Bürgermeisters. »Ich hatte das Gefühl, dass er mir nicht glauben wollte.« Sie schilderte Richard und Arnulf die Reaktion des Bürgermeisters.

Arnulf nickte grimmig. »Klar!«

Katharina verstand nicht. »Was ...«

»Komm!« Richard fiel ihr ins Wort. »Wir sollten sehen, das wir hier verschwinden.« Er legte ihr den Arm um die Schultern, doch diesmal tat er es weniger, um sie zu schützen, sondern eher, um sich Halt an ihr zu verschaffen. Schwer lehnte er sich gegen sie, und Katharina bemerkte jetzt erst, wie viel Schmerz in seinen Augen lag. »Die alten Wunden ...«, erklärte er.

»Ja, machen wir, dass wir wegkommen.« Arnulf rammte sein Schwert in die Scheide. »Wenn die Büttel kommen, wird es eine

Untersuchung geben.« Er warf dem Eisenmeister, der noch immer wie ein begossener Hund neben seinem Turm stand, einen finsteren Blick zu. »Soll ein anderer der Sündenbock sein!«

In Richards Haus empfing Thomas sie mit einer Fürsorglichkeit, die Katharina Tränen in die Augen schießen ließ.

Der Diener bugsierte sie allesamt ins Kontor, dann eilte er davon und kehrte keine Minute später mit einem Kästchen voller sauberer Binden und kleiner Töpfchen mit Salbe wieder, das er vor Katharina abstellte. Während Katharina sich daranmachte, Arnulfs stark blutende Armwunde zu versorgen, verschwand Thomas ein zweites Mal und brachte kurz darauf ein Tablett, auf dem sich drei Becher und ein Teller mit Gebäck befanden.

»Getränke kommen sofort«, erklärte er. »Ich muss sie erst erhitzen.«

Richard, der seit ihrer Ankunft wie ein gefangenes Tier im Zimmer auf und ab marschiert war, blieb stehen und blickte seinen Diener dankbar an. »Sehr gut.« Als Thomas den Raum zum dritten Mal verlassen hatte, wandte Richard sich Katharina zu. »Ist es sehr schlimm?«

Katharina antwortete, ohne den Blick von Arnulfs Wunde zu lassen. »Der Muskel ist getroffen, aber es ist ein glatter Schnitt. Die Klinge scheint sauber gewesen zu sein, also würde ich sagen: Nein.«

Arnulf verzog das Gesicht, als sie die Wundränder zusammenpresste und eine breiten Leinenstreifen um den Arm schlang. »Ich habe schon Schlimmeres überstanden!«, behauptete er.

Katharina richtete sich auf und musterte ihn. »Das glaube ich sogar.« Sie strich über den soeben angelegten Verband. »Haltet ihn sauber. Dann sollte die Wunde rasch heilen.«

»Ich danke d… Euch.« Arnulf sah auf den Verband hinab und griff nach seinem Hemd, das er für die Untersuchung ausgezogen hatte. Der Blutfleck darauf sah weitaus gefährlicher aus, als die Wunde vermuten ließ. Katharina biss die Zähne zusammen.

»Bleiben wir doch ruhig bei einer vertrauteren Anrede«, meinte sie und versuchte, leichthin zu klingen. Einen Nachtraben duzen –

dass sie das irgendwann einmal tun würde, hätte sie sich in ihrem früheren Leben nicht träumen lassen!

Arnulf hob eine Augenbraue. »Gut«, sagte er dann nur und sah Richard an.

Katharina ließ sich in einen der Lehnsessel fallen und vergrub das Gesicht in den Händen. Langsam erst bahnte sich die Erkenntnis dessen, was geschehen war, einen Weg in ihr Bewusstsein. Maria war tot. Und sie, Katharina, hatte ihren Anteil Schuld daran, dass die Ärmste überhaupt im Turm gelandet war.

»Was gedenkst du in dieser Angelegenheit zu tun?«, hörte sie Arnulf fragen.

Richard nahm seine Wanderung wieder auf. Sein Schritt wirkte schwerfällig, aber da auf seinem Rücken keine Spur von Blut zu sehen war, war Katharina einigermaßen beruhigt. Zumindest äußerlich war er aus dieser Sache unversehrt herausgekommen. »Du meinst, ob ich vor dem Rat Anzeige erstatte?«

Finster nickte Arnulf, und irritiert sah Katharina ihn an. »Wir wissen, dass Silberschläger mit den Aufrührern unter einer Decke steckt!«, erklärte er ihr.

Katharina riss die Augen auf. »Ihr meint, der Bürgermeister …«

»… hat einige Gründe, die Juden aus der Stadt haben zu wollen. Tausendeinhundert Gründe, um genau zu sein.«

Noch immer begriff Katharina nicht. Ihre Gedanken waren träge, als habe jemand sie betäubt.

Richard meinte: »Der ach so ehrbare Bürgermeister hat Schulden, Katharina. Genauer gesagt: Er schuldet jemandem tausendeinhundert Gulden. Und zwar einem der jüdischen Geldverleiher.«

Endlich begriff Katharina. Tausendeinhundert Gulden! Das war ein Vermögen! Das Silberschläger nicht mehr zurückzahlen musste, wenn der Stadtrat beschloss, die Juden zu vertreiben. Wie es auch in anderen Reichsstädten – ebenso in Nürnberg – schon vorgekommen war.

Sie knirschte mit den Zähnen. »Verstehe!« Sie wollte aufstehen, aber sie musste nach der Sessellehne greifen, weil Schwindel sie erfasste.

»Katharina!« Richard sprang auf. »Du wirst ganz blass!« Er kam zu ihr geeilt und nahm sie behutsam am Ellenbogen. Dann drückte er sie zurück in den Sessel. »Was hast du?«

Da lagen ihr all die Dinge auf der Zunge, die sie quälten. Plötzlich war es ihr egal, ob Arnulf alles mitanhörte oder nicht. Sie öffnete den Mund, um Richard von Egbert zu erzählen, von seinem plötzlichen Wiederauftauchen zum ungünstigsten Zeitpunkt, von der Selbstverständlichkeit, mit der er sein Leben mit ihr fortzusetzen gedachte. Von ihrem eigenen Widerwillen, genau das zu tun. Von der unheimlichen Veränderung, die mit ihm vor sich gegangen war.

Sie klappte jedoch den Mund wieder zu, weil sie für kein einziges dieser Dinge auch nur ansatzweise die richtigen Worte fand. Auf einmal spürte sie ein Zittern am gesamten Körper, ein Zittern, so machtvoll, dass ihre Zähne aufeinanderschlugen.

»Ich …« Sie brach ab. Dann sah sie Richard in die Augen. Sie wollte ihm sagen, dass sie sich in ihn verliebt hatte, aber sie wusste, dass sie das nicht durfte. Es würde ihn noch schwerer verletzen, als unbedingt nötig war, wenn er erfuhr, was geschehen war.

Sie musste alle Kraft aufbringen, die sie in sich hatte, um sich aus dem Sessel in die Höhe zu stemmen. Richard wich zurück, so dass sie ihm entkommen konnte.

»Es tut mir leid!«, murmelte sie. Sie vermochte es nicht mehr, seinen fragenden Blick auszuhalten, sondern drängte sich mit gesenktem Kopf an Richard vorbei. Sie erreichte die Tür des Kontors gerade in dem Augenblick, in dem Thomas mit den warmen Getränken hereinkommen wollte.

Unsanft stieß sie gegen sein Tablett. Sie sah nicht nach, ob sie die Krüge darauf umgestoßen hatte. Blind vor Tränen rannte sie hinaus auf die Straße.

22. Kapitel

Zwei Tage später

In den vergangenen zwei Tagen hatte es immer wieder einmal geschneit, aber es war nicht mehr so kalt gewesen, dass der Schnee auch liegenblieb. So hatte Nürnberg sich in ein Labyrinth verwandelt, dessen Wege teilweise aus Schlamm und zum anderen Teil aus nassem, glitschigen Pflaster bestanden.

Seit sie Richards Haus so überstürzt verlassen hatte, fand Katharina sich in der schlimmsten *melancholia* gefangen, die sie jemals verspürt hatte. Morgens fiel ihr das Aufstehen so schwer, dass sie es nur mit der allergrößten Mühe und Selbstbeherrschung überhaupt schaffte, die Füße aus dem Bett zu schwingen. Während Egbert und Lukas den ganzen langen Tag über wieder und wieder versuchten, den gelungenen Versuch nachzuvollziehen und so genau wie möglich niederzuschreiben, hatte Raphael sich im Fischerhaus eingerichtet. Egbert weigerte sich nach wie vor, ihn gehen zu lassen, und er achtete peinlich genau darauf, dass der Abtrittanbieter jeden noch so winzigen Tropfen seines kostbaren Harns bei ihm ablieferte.

Damit Raphael die Zeit nicht zu lang wurde, hatte er begonnen, das Fischerhaus auf Vordermann zu bringen. Er hatte kaputte Fensterrahmen ausgetauscht, die knarrenden Bodendielen im Flur hochgenommen und abgeschliffen. Und er hatte mit Egberts Geld ein paar der nötigsten Möbel gekauft – unter anderem Betten für Katharina, Mechthild und Lukas. Er selbst war nach deren Lieferung in das Dienstmädchenzimmer gezogen, dass vorher Lukas bewohnt hatte.

Katharina hatte das Gefühl, dass der Abtrittanbieter froh darüber war, nicht mehr mit seinen ekelhaften Eimern durch die Gegend laufen zu müssen. Und der Lohn, den Egbert ihm für sein Bleiben zahlte, war darüber hinaus recht fürstlich.

Am Vortag dann hatten Lukas und Raphael Katharina geholfen,

ihre Mutter aus dem Henkershaus zu holen und es ihr in einem der Zimmer im Erdgeschoss des Fischerhauses gemütlich zu machen. Mechthild hatte sich unbändig darüber gefreut, Egbert wiederzusehen, aber nachdem sie ihm zum ersten Mal begegnet war, hatte sich diese Freude schnell gewandelt. Jedesmal, wenn Katharina ihr nun ins Gesicht sah, erkannte sie, dass auch Mechthild sich in Egberts Gegenwart überaus unbehaglich fühlte.

Die ganzen zwei Tage über war Katharina klar gewesen, dass sie zu Richard zurückkehren, dass sie ihm endlich die Wahrheit sagen musste. Einmal hatte sie es sogar bis vor seine Haustür geschafft, aber weder ihn noch seinen Diener Thomas zu Hause angetroffen. Danach hatte sie für einen zweiten Versuch keine Kraft mehr gehabt. Sie wusste, dass, wenn sie Richard erneut gegenübertrat, all die Stärke, die sie so mühsam in sich zusammengeklaubt hatte, wie Wasser aus ihr herausrinnen würde. Sie würde dann nicht mehr fortgehen aus Richards Haus, würde zur Ehebrecherin werden und auch noch den letzten Rest der unsterblichen Seele, die sie vielleicht noch in sich hatte, aufs Spiel setzen. Also schob sie die Entscheidung darüber, was mit ihr und Richard geschehen sollte, von Stunde zu Stunde, von Tag zu Tag vor sich her.

Es war ein Sonntag, an dem sie endlich die Kraft fand, mit Kunigunde zumindest einem Menschen, der noch auf eine Entscheidung von ihr wartete, aufzusuchen und ihm reinen Wein einzuschenken. Kurz vor Mittag, die Morgenmesse war gerade vorbei und die letzten Menschen aus der Kirche geströmt, stand sie vor dem Katharinenkloster. Im ersten Moment wollte sie sich dem Torhäuschen zuwenden und dort klopfen, doch dann entschied sie sich anders.

Die Türen der Kirche standen noch einladend offen, und so betrat sie das weihrauchgeschwängerte Innere mit zögernden Schritten.

Hier war es gewesen, wo Maria – Mirjam – endgültig ihren Verstand verloren hatte. Katharina blickte auf den verzierten Lettner und schluckte. Ein paar letzte Nonnen knieten noch im Chorgestühl und sprachen ihre Gebete. Ein junger Mann in der Kleidung eines Messdieners war damit beschäftigt, die Altargeräte sorgsam fortzuräumen und die übriggebliebenen Hostien in eine schlichte, nur mit einem Strahlenkranz verzierte Monstranz zu legen. Eine alte Frau hockte in der letzten Kirchenbank und ließ einen Rosenkranz durch die Finger gleiten. Als sie Katharinas Schritte auf dem steinernen Kirchenboden hörte, blickte sie auf und lächelte.

Katharina lächelte zurück. Sie hatte in den letzten Tagen wieder gelernt, die Mundwinkel so nach oben zu ziehen, dass die Menschen ringsherum nicht merkten, wie düster es in ihr wirklich aussah. Früher, dachte sie, kurz nach Egberts Tod war sie schon einmal Meisterin darin gewesen.

Egberts Tod!

Sie spürte, wie ihr Tränen in die Augen schossen. Was war sie nur für ein undankbares, schreckliches Weib? Statt ein Dankgebet zu sprechen und sich zu freuen darüber, dass ihr Mann wieder da, dass sein Tod nur ein großer Irrtum gewesen war, begann sie seinetwegen hier zu heulen! Sie rutschte in eine der Bänke und faltete die Hände zum Gebet. Aber die passenden Worte wollten ihr einfach nicht über die Lippen kommen.

Vorne im Chor ertönten Schritte, durchquerten die gesamte Länge der Kirche und verstummten ganz in Katharinas Nähe.

»Frau Jacob!«

Sie blickte auf. Vor ihr stand Bruder Johannes. Er trug noch sein Messgewand, und seine Haare standen heute etwas weniger wirr vom Kopf ab. In den Händen hielt er ein kleines, in schwarzes Leder gebundenes Buch, das er sich vor den Bauch presste wie einen Schatz. Er betrachtete Katharina von oben bis unten, und dann erschien ein mitfühlender Ausdruck in seinem Gesicht. Ohne Worte ließ er sich neben ihr in die Bank sinken.

Da liefen Katharinas Augen über. Rasch wischte sie sich über beide Wangen, aber natürlich hatte Bruder Johannes ihre Tränen längst bemerkt.

»Warum weint Ihr?«, fragte er sanft und legte das Buch neben sich auf die Bank.

Noch einmal wischte Katharina die Tränen fort, dann gab sie es auf und ließ sie ungehindert über ihre Wangen strömen. Tief atmete sie durch und meinte dann: »Was sagt die Kirche dazu, wenn eine verheiratete Frau ins Kloster gehen will?« Der Gedanke war ihr soeben durch den Kopf geschossen, und es erschreckte sie, dass ihr die Vorstellung, sich den Rest ihrer Tage der strengen Zucht in St. Katharina zu unterwerfen, weniger beängstigend vorkam als die Vorstellung, wieder mit ihrem Mann das Haus – und das Lager – zu teilen.

Ein unangenehmes Ziehen breitete sich in ihrem Unterleib aus, während sie an das Letztere dachte.

Bruder Johannes zog erstaunt eine Augenbraue hoch, kommentierte ihre Frage jedoch nicht, sondern antwortete ruhig: »Nun, der Ehemann muss sein Einverständnis geben, da die Frau, so sie verheiratet ist, diese Art von Entscheidung natürlich nicht allein treffen darf.«

Katharina dachte über diese Worte nach. Langsam nickte sie. »Das dürfte kein Problem sein«, murmelte sie. Sie war sich fast sicher, dass Egbert sie gehen lassen würde. Er schien so gänzlich das Interesse an ihr verloren zu haben, dass seine Einwilligung hoffentlich nur eine Formalität war.

Bruder Johannes wandte sich ganz zu Katharina um. »Habt Ihr Euch das gut überlegt?«, fragte er.

Katharina sah ihn an. »Nein«, flüsterte sie dann. Ihre Augen waren nun wieder trocken. Plötzlich fühlten sie sich an, als würden niemals wieder Tränen aus ihnen fließen können.

»Richard Sterner, oder?« Jetzt flüsterte auch Johannes.

Katharina antwortete nicht. Ihr Blick lag noch immer auf dem Gesicht des Mönches, und offenbar war ein fragender Ausdruck in ihren Augen erschienen, denn er lächelte.

»Ich habe Euch gesehen«, erinnerte er Katharina. »Als Ihr zusammen im Kloster wart und die Leiche dieses toten Bettlers angesehen habt. Ich bin auch ein Mann, Frau Jacob. Ich vermag zu sehen. Und zu begreifen.«

»Warum tut Gott mir so etwas an?«, fragte Katharina. »Ich habe gerade mühsam gelernt, ohne Egbert zu leben und jetzt …« Innerlich versteifte sich alles in ihr, weil sie fürchtete, Bruder Johannes könne wieder mit einem frommen Spruch kommen. Doch diesmal sagte er nichts von Gottes unergründlichen Wegen. Diesmal seufzte er nur schwer.

»Die Wahrheit ist, ich weiß es nicht, mein Kind. Habt Ihr schon mit Herrn Sterner gesprochen?«

Katharina schüttelte den Kopf.
»Das müsst Ihr tun, das ist Euch klar, oder?«
Katharina nickte. Dann sagte sie: »Zuerst würde ich gerne noch einmal mit der Priorin sprechen. Meint Ihr, das geht, heute am heiligen Sonntag?«
Bruder Johannes richtete seinen Blick auf den Chor hinter dem Lettner, wo jetzt nur noch eine einzige Nonne saß und betete.
»Ich gehe fragen«, sagte er. Er erhob sich, nahm sein Buch an sich und marschierte durch die Kirche nach vorne. Vor dem Lettner blieb er stehen. »Schwester Rubinia?« Er sprach leise, doch seine Stimme trug bis zu Katharina. Sie hatte einen sanften Klang.
Die Nonne blickte auf.
Bruder Johannes winkte sie an den Lettner. Sie sah sich erst suchend um, als fürchte sie, dafür bestraft zu werden, dass sie ohne Erlaubnis mit dem Mönch sprach, aber dann entschied sie sich, seiner Aufforderung nachzukommen. Sie erhob sich, trat nach vorn und beugte den Kopf, als Johannes ihr etwas zuflüsterte.
Ihr Blick huschte zu Katharina. Dann nickte sie, machte auf dem Absatz kehrt und verschwand durch eine Tür im hinteren Teil des Chores.
Kurze Zeit später kam sie zurück. »Die Priorin will sie sehen«, sagte sie.
Bruder Johannes wandte sich zu Katharina um, doch die hatte sich bereits erhoben und war auf dem Weg nach vorn zum Lettner.
Schwester Rubinia trat zu einer kleinen Pforte rechts in dem geschnitzten Gewerk. Ohne Umschweife griff sie in das Muster, das die geschnitzten Ranken bildeten, und zog das Türchen auf.
Bruder Johannes warf der Nonne einen erstaunten Blick zu.
Sie lächelte verhalten. »Die Pforte ist offen, seit diese Jüdin sie eingetreten hat. Aber es war schon vorher möglich, sie von innen zu öffnen. Man musste nur durch das Gitter fassen, dann konnte man den Riegel erreichen und zur Seite schieben.«
Bruder Johannes wirkte verblüfft ob dieser Beichte, er sagte jedoch nichts dazu, sondern bugsierte Katharina nur in das Innere des Klosters.

Die Priorin saß an ihrem Schreibtisch und schrieb an einem Brief, als Schwester Rubinia Katharina in ihre Gemächer führte.

»Mein Kind!« Sie legte die Feder fort und erhob sich. Sie wirkte noch immer steif und ungelenk, aber die Schmerzen, die sie neulich gehabt hatte, schienen fort – oder zumindest doch erträglich zu sein.

Katharina trat näher und wartete, dass Rubinia die Tür hinter sich schloss. Erst, als sie mit der Priorin allein war, meinte sie: »Ich sehe, es geht Euch ein wenig besser!«

Kunigunde umrundete den Schreibtisch. »Nicht nur ein wenig. Eure Medizin hilft gut, meine Liebe! Aber wahrscheinlich war es die Kunde, die Ihr mir über Bruder Johannes habt zukommen lassen, die mein Leiden in Wahrheit gebessert hat. Ich habe mich schon gefragt, wann Ihr Euch blicken lasst, um mir Einzelheiten zu erzählen.« Sie wies auf die Holzstühle, doch Katharina bat darum, sie kurz untersuchen zu dürfen.

»Ich würde mich gerne mit eigenen Augen davon überzeugen, dass es Euch wirklich besser geht.«

Kunigunde lächelte. »Ihr seid eine gewissenhafte Heilerin. Das gefällt mir!«

Es war ganz klar, was sie damit zum Ausdruck bringen wollte. Katharina presste die Lippen zusammen und beschloss, vorerst nicht darauf einzugehen. Vorsichtig betastete sie Kunigundes Fingerknöchel, dann ließ sie sich ihre Zunge zeigen.

»Das sieht alles gut aus. Ist Euer Urin nach wie vor schwarz?«

»Ich weiß es nicht. Ich muss jetzt wieder auf die Latrina gehen.«

»Gut.« Katharina näherte ihre Hand Kunigundes Gesicht. »Ich möchte nur noch kurz Eure Augen betrachten.«

Kurz sah es aus, als wollte die Priorin abwinken, doch dann hielt sie still, während Katharina ihr das Oberlid in die Höhe zog.

Und ein überraschtes Ächzen ausstieß.

»Was?«, fragte Kunigunde.

Katharina ließ das Lid los und untersuchte auch erst noch das andere Auge. »Eure Augäpfel«, meinte sie dann. »Sie sind schwarz.«

Kunigunde winkte ab. »Ja, das ist mir kürzlich auch zum ersten Mal aufgefallen. Schwarzer Urin. Schwarze Augen! Wen kümmert es schon! Ihr seid doch eigentlich wegen etwas ganz anderem hier!«

Energisch deutete sie jetzt auf die Stühle, und endlich setzte Katharina sich.

Ihre Gedanken wanderten zu Heinrich, aber sie kam nicht dazu, über den Bettler nachzudenken, denn nun ließ die Priorin keinerlei Zweifel mehr daran, dass sie eine Antwort wollte.

»Ich muss mich entschuldigen«, sagte Katharina zögernd. »Dass ich Euch so lange habe warten lassen. Die Umstände ...«

»Bruder Johannes hat mir erzählt, dass Ihr mit den Ereignissen in unserer Kirche vor drei Tagen zu tun hattet.«

Die Ereignisse ...

Katharina presste die Lippen zusammen, als sie an Maria dachte. Wieder drängte sich Heinrich in ihre Gedanken. Wieder schob sie ihn fort. Langsam nickte sie.

»Was ist mit der armen Frau passiert?«, wollte Kunigunde wissen. »Das Letzte, was ich weiß, ist, dass sie in ein Narrenhäuslein geschafft wurde.«

Katharina nickte. »Eine wütende Menge hat sie umgebracht.« Sie schauderte allein beim Gedanken daran, doch es war Richards Gesicht, das vor ihrem inneren Auge auftauchte, nicht das der armen Hure. Mit so wenigen Worten wie möglich erzählte Katharina der Priorin, was im Luginsland geschehen war.

»Und?«, meinte Kunigunde. »Hat man die Schuldigen bestraft?«

»Der Eisenmeister wurde ins Loch geworfen. Offenbar hat er die Meute in den Turm gelassen. Aber wer tatsächlich den tödlichen Streich geführt hat, weiß man noch nicht. Die Untersuchungen dauern an.« Sie wusste das alles von Lukas, der sich in der Stadt ein wenig umgehört hatte. Von ihm wusste sie auch, dass viele Bürger gar nicht so sehr erpicht darauf waren, Marias Mörder zu finden. Sie hielten ihren gewaltsamen Tod für eine angemessene Strafe.

»Ich habe gehört, dass es weitere Unruhen in der Stadt gab«, meinte Kunigunde.

Katharina zuckte die Achseln. »Die Menschen wiegeln sich gegenseitig auf. Es scheinen schlechte Zeiten für die Juden bevorzustehen.«

»Dann lasst uns doch besser über erfreuliche Dinge reden.« Kunigunde lehnte sich zurück. Der Stuhl, auf dem sie saß, knarzte leise.

»Ich hege die Hoffnung, dass Ihr hier seid, um mir Eure Entscheidung mitzuteilen.«

Katharina hielt kurz den Atem an. Dann sog sie die Lungen so voll, wie es ging. Langsam nickte sie.

Über Kunigundes Gesicht, das noch eben hoffnungsvoll gelächelt hatte, huschte ein erster Schatten. »Tretet Ihr ins Kloster ein, oder nicht?«

»Ich …« Katharina wusste nicht, was sie sagen sollte. Eigentlich war sie gekommen, um Kunigunde von Egbert zu erzählen und ihr zu sagen, dass sie nicht ins Kloster eintreten konnte. Doch seit ihrem Gespräch mit Bruder Johannes vorhin stellte sich ihr die Frage, ob das Kloster nicht vielleicht doch der bessere Weg für sie wäre.

Richard war ihr verwehrt, so oder so.

Und die Vorstellung, den Rest ihres Lebens mit Egbert zu verbringen, war ihr so zuwider, dass sie an dieser Stelle beinahe ja gesagt hätte. Doch etwas hielt sie davon ab. Hilflos hob sie die Schultern. »Ich brauche noch ein wenig mehr Zeit zum Überlegen«, rettete sie sich.

Kunigunde sah sie schweigend an. Katharina kam sich vor, als tasteten die Blicke der Priorin ihr bis in die tiefsten Tiefen der Seele.

»Ich hatte gehofft, dass Ihr gekommen seid, um ja zu sagen«, meinte sie schließlich leise. Sie sah enttäuscht aus. »Mein ganzes Leben lang habe ich mir vorgestellt, wie es sein mag, eine Tochter zu haben. Und zwischenzeitlich hatte ich das Gefühl, in Euch so etwas wie einen Ersatz gefunden zu haben.« Sie streckte eine Hand aus, als wolle sie sie Katharina reichen, doch der Abstand zwischen ihnen war zu groß. Selbst, wenn Katharina sich vorgebeugt hätte, hätte sie die Finger der Priorin nicht berühren können.

Sie war seltsam froh darüber. Kunigundes Worte schufen in ihr ein eigenartig starkes Gefühl von Abwehr. Langsam erhob sie sich. »Gebt mir noch ein wenig Zeit!«, bat sie.

Kunigunde nickte. »Natürlich.« Dann lächelte sie. Es sah traurig aus.

Als Katharina das Kloster verließ, bemerkte sie, dass es angefangen hatte zu nieseln. Die klirrende Kälte der letzten Zeit hatte sich in klammes, feuchtes Schmuddelwetter verwandelt, das fürchterlich auf das Gemüt drückte. Seufzend machte Katharina sich auf den Weg zum Fischerhaus.

Sie war kaum ein paar Schritte weit gekommen, als sie hinter sich jemanden nach ihr rufen hörte.

»Frau Jacob! Bitte wartet auf mich!«

Sie wandte sich um und sah Wilhelm von Hohenheim hinter ihr hereilen. Seine vernachlässigte, geflickte Kleidung schlackerte ihm um Arme und Beine, als er losrannte, und als er vor ihr stehenblieb, atmete er schwer. »Gut ...«, setzte er keuchend an und musste innehalten, um Luft zu holen. »Gut, dass ich Euch treffe! Ich wollte Euch schon aufsuchen, und Euch berichten, dass es Schedel und mir gelungen ist, eine Anhörung vor dem Stadtrat zu bekommen. Wir werden Euren Vorschlag mit den Abtrittgruben vorbringen, in der Hoffnung, dass wir Gehör finden!« Er verzog das Gesicht zu einer Grimasse, bei der Katharina zum ersten Mal auffiel, dass er leicht schielte. Die Pupille in seinem rechten Auge war unscharf, der Übergang zwischen ihr und der farbigen Iris wirkte verwaschen.

»Was ist, wenn Ihr kein Gehör findet?«, fragte Katharina und zog ihren Kragen enger, weil der Regen begann, ihr den Nacken hinabzulaufen.

»Dann, fürchte ich, ist unser Versuch gescheitert. Ich muss irgendwann in der nächsten Zeit nach Einsiedeln zurück. Meine Frau wartet schon sehnsüchtig auf die neuesten Erkenntnisse, die ich von hier mitbringe.« Er zog den Kopf zwischen die Schultern, als wolle er sich für das Gesagte entschuldigen. Mit einem kindlichen Grinsen meinte er: »Ekelig, nicht wahr?«

Katharina zuckte die Achseln. Dann kam ihr eine Idee. »Darf ich Euch eine Frage stellen?«

»Selbstverständlich.« Hohenheim schloss sich ihr an, und Seite an Seite setzten sie ihren Weg fort. »Geht es noch einmal um Euren Fall mit dem Schwarzharn?«

Katharina schüttelte den Kopf. »Ich habe tatsächlich einen Bruder der Priorin gefunden, und er leidet seit vielen Jahren an dem Schwarzharn, ohne dass es ihn in irgendeiner Weise beinträchtigt.«

»Wie überaus ungewöhnlich!«, murmelte Hohenheim. »Ich würde mir diese Fälle gerne einmal persönlich ansehen.«

Sie erreichten einen kleinen Platz, auf dem ein paar Bauersfrauen auf einfachen Tischen aus Holz ihre Waren aufgebaut hatten. Die meisten von ihnen wirkten missmutig ob des hässlichen Wetters, nur eine blickte jeden Vorbeikommenden freundlich und mit einem Strahlen in den Augen an, als sei das Verkaufen von Eiern und geschlachteten Hühnern die Erfüllung ihres Lebens.

Katharina verspürte einen Anflug von Neid auf diese Frau. Sie hatte zu Hause mit Sicherheit keinen Mann, der ihr unheimlich vorkam. Mit einem Hauch von schlechtem Gewissen wegen dieses Gedankens konzentrierte sie sich wieder auf Hohenheim. »Bei der Priorin dürfte das schwierig sein, es sei denn, Ihr wollt das Kloster stürmen, indem Ihr den Lettner in der Kirche überwindet. Aber der Bruder wird kein Problem sein«, sagte sie. »Er wohnt im Haus meines Mannes. Wenn Ihr wollt, könnt Ihr sogleich mitkommen, dann frage ich ihn, ob er sich untersuchen lassen will.« Sie zögerte kurz, dann fügte sie hinzu: »Und wenn Ihr möchtet, dann könnt Ihr Euch auch mit meinem Mann unterhalten.«

Hohenheim schaute verdutzt. »Eurem Mann?«

»Ja.« Katharina musste allen Mut zusammenfassen, bevor sie es schaffte, zu sagen: »Egbert. Er lebt. Es war ein Irrtum …«

»Er lebt?« So laut rief Hohenheim diese Worte, dass die Marktfrauen alle gleichzeitig den Kopf wandten und nach ihm schauten. »Was für eine wunderbare Nachricht!«

»Dann soll ich Euch also zu ihm bringen?«

Hohenheim nickte eifrig. »Ja! Das wäre mir ein reines Vergnügen, meine Liebe! Würdet Ihr so freundlich sein?«

Den vergangenen Tag über hatte Lukas Egbert Jacob geholfen, den erfolgreichen Versuch wieder und wieder nachzuvollziehen, bis der Doktor sich völlig sicher war, dass er ihn nun niemals wieder vergessen konnte. Raphael Krafft hatte begonnen, sich nützlich zu machen, doch trotzdem hielt Lukas es für Geldverschwendung, ihn hier im Haus zu behalten.

Gegen Mittag beschloss er, den Doktor darauf anzusprechen.

»Ich könnte ihn nach Hause begleiten«, schlug er vor. »Dann wissen wir, wo er wohnt und können bei Bedarf einfach neuen Urin holen!«

Der Doktor, der gerade den letzten Tropfen von Kraffts Urin aus dem Eimer in den Tiegel kippte, hielt mitten in der Bewegung inne. Für einen Moment lang wirkte er wie zu Stein erstarrt, nur eine einzelne Ader an seinem Hals pochte mit solcher Kraft, dass Lukas sie sehen konnte.

Ein mulmiges Gefühl breitete sich in ihm aus. In der kurzen Zeit, in der der Doktor wieder da war, hatte er gelernt, die Zeichen zu lesen, die dessen Körper aussandte, bevor er in diesen unheimlichen Zorn verfiel. Das Pochen der Ader war eines dieser Zeichen.

Doch diesmal war Lukas' Sorge unbegründet. Der Doktor beruhigte sich wieder, bevor die Wut nach außen brechen konnte. Langsam wandte er sich zu Lukas um.

Der forschte aufmerksam nach den Anzeichen der Wut in dem Gesicht, aber er fand nichts.

So unauffällig wie nur möglich atmete er aus.

»Ich möchte ihn lieber hierbehalten«, sagte der Doktor mit sehr ruhiger Stimme.

»Wie Ihr wünscht!« Lukas nickte. Und im Stillen dachte er: Es ist ja Euer Geld!

Danach breitete sich eine beinahe unangenehme Stille in der Küche aus. Lukas war froh, als die Haustür ging und Katharina nach Hause kehrte.

»Ich bin wieder da!«, rief sie vom Flur her.

Lukas trat aus der Küche und sah, dass sie jemanden mitgebracht hatte.

»Das ist Doktor von Hohenheim«, stellte sie Lukas den abgerissen aussehenden Mann vor, aus dessen Augen eine helle, freundliche Intelligenz leuchtete.

»Herzlich willkommen!« Lukas verbeugte sich vor dem Mann.

Der lachte erfreut. Im Ganzen wirkte er so begeistert und zappelig wie ein Schuljunge kurz vor Ende des Unterrichts. Lukas musste ein Schmunzeln unterdrücken.

»Ich habe Hohenheim zufällig auf der Straße getroffen«, erklärte

Katharina. »Er kennt meinen Mann von früher, und bis eben wusste er nicht, dass er noch am Leben ist.«

Lukas wandte sich zu der Küchentür um, hinter der der Doktor noch immer in seine Arbeit vertieft war und offenbar nicht gemerkt hatte, wer gekommen war. »Ich gehe ihn holen.«

Er ging zurück in die Küche. »Da ist Besuch für Euch«, sagte er.

Egbert, der gerade dabei war, den Urin in seinem Tiegel zum Kochen zu bringen, blickte auf. »Wer?« Er wirkte missmutig.

Lukas nannte ihm den Namen des Besuchers, und da hob Egbert die Augenbrauen. »Wirklich!« Statt eine Antwort abzuwarten, stellte er den Tiegel auf der Herdumrandung ab, säuberte sich die Finger an einem Tuch, das er achtlos auf den Tisch warf. Dann lief er nach draußen auf den Flur.

»Wilhelm!«, hörte Lukas ihn rufen. »Das ist ja eine Überraschung!«

Er folgte dem Doktor auf den Flur und kam gerade rechtzeitig, um den überraschten Ausdruck in Hohenheims Gesicht zu sehen, mit dem er den Doktor musterte.

Hohenheim blinzelte ein paarmal. »Was glaubst du, für mich erst!«, meinte er.

»Komm!« Der Doktor führte Hohenheim in die Küche. »Setz dich doch. Wir haben uns so viel zu erzählen!« Der letzte Satz wurde abgeschnitten, als er mit Schwung die Tür hinter sich zuwarf.

Katharina stand im Flur, als habe sie plötzlich Wurzeln geschlagen. Mit keinem einzigen Wort, nicht einmal mit einem Blick hatte der Doktor sie bedacht, war einfach an ihr vorbei auf Hohenheim zugegangen, als sei sie aus Luft.

Jetzt krampfte sie ihre Hände in die Falten ihres Rockens. Um ihre Lippen lag ein angespannter Zug, und in diesem Moment tat sie Lukas einfach nur leid.

»Ich gehe nach meiner Mutter sehen«, flüsterte sie, wandte sich ab und verschwand in Mechthilds Kammer. Auch sie drückte die Tür ins Schloss hinter sich, aber bei ihr geschah es behutsam. Mit einem leisen Klicken.

Lukas blieb noch einen Augenblick allein auf dem Flur stehen, dann schüttelte er missmutig den Kopf. Er hatte das Bedürfnis nach ein wenig frischer Luft, und so trat er durch die Haustür ins Freie auf den Hausstein hinaus. Eine Weile lang tat er nichts weiter, als mit geschlossenen Augen den feinen, nebelartigen Regen auf seinem Gesicht zu spüren.

»Entschuldigt!«

Er öffnete die Augen und bemerkte einen Mann in einem schwarzen Mantel, der an die gegenüberliegende Hauswand gelehnt dastand. Ein großer, ebenfalls schwarzer Hut beschattete das Gesicht des Mannes, der nun vor ihn hintrat. »Würdet Ihr mir freundlicherweise eine Frage beantworten?«

Die geschliffene, höfliche Sprache des Mannes passte nicht so recht zu dem etwas verwegenen Aussehen, das ihm eigen war.

»Vielleicht«, meinte Lukas vorsichtig.

»Würdet Ihr mir verraten, wem dieses Haus gehört?«

Lukas wandte sich um und warf einen Blick an der verzierten Fassade nach oben. »Oh. Natürlich, das ist kein Geheimnis. Einem Doktor der Medizin. Er ist erst seit kurzem in Nürnberg.«

»Wie ist sein Name?« Plötzlich hatte die Stimme des Fremden einen Gutteil ihrer Freundlichkeit verloren und klang schneidend.

Lukas ertappte sich dabei, dass er einen Schritt rückwärts wich. Die Tür hielt ihn auf, und er spürte die hölzernen Leisten, die auf halber Höhe zur Verzierung angebracht waren, gegen seine unteren Rippen drücken. »Egbert Jacob«, sagte er.

Der Fremde schwieg. Lange starrte er Lukas nur unter der Krempe seines Hutes hervor an, und Lukas kam sich vor wie ein Kaninchen, das einer Schlange begegnet war.

»Egbert Jacob«, wiederholte der Fremde dann. Er griff an seine Hutkrempe und zog den Hut vom Kopf. Er hatte lange, glänzend schwarze Haare, die er zu einem Zopf gebunden trug, und Augen von einem leuchtenden Grün, in denen etwas Hartes funkelte.

Lukas wollte etwas sagen, aber er ahnte, dass er nur ein Krächzen hervorbringen würde, also nickte er einfach.

Da tippte sich der Fremde an die Stirn. Es war eine seltsame Geste, voller Spott wirkte sie und gleichzeitig auch verunsichert. Diesem

Mann, das war deutlich sichtbar, hatte überhaupt nicht gefallen, was er soeben gehört hatte.

»Ich danke Euch!«, sagte er. Jetzt klang er wieder freundlich.

»Gern!« Lukas' Hand tastete nach der Türklinke in seinem Rücken.

Er sah zu, wie der Fremde sich umwandte und in einer Gasse verschwand. Erst als er fort war, bemerkte Lukas, dass ihm Schweiß auf der Stirn stand.

Kopfschüttelnd wischte er ihn fort.

Richard lehnte am Fenster seines Kontors und starrte in den schnurgerade fallenden Regen.

Nachdem Katharina vor ein paar Tagen so übereilt davongestürzt war, hatte er einige Zeit gebraucht, um sich klar darüber zu werden, was er nun tun sollte. Er war auf dem Sprung gewesen, um zu ihr zu gehen, als Silberschlägers Büttel gekommen war und ihn zu einem Verhör ins Rathaus geholt hatte.

Richard ballte die Hände zu Fäusten, als er an das Gespräch dachte. Allein die Erinnerung daran erfüllte ihn mit grimmiger Befriedigung.

Silberschläger hatte in seinem Kontor gesessen und auf ihn gewartet. Als der Büttel Richard zu ihm hereingeführt hatte, war er mit einem scheinheiligen Lächeln aufgestanden und hatte einen kleinen Gegenstand zur Seite geschoben, den er offenbar bis eben betrachtet hatte.

»Sterner! Wie gut, dass Ihr Zeit finden konntet, sofort zu kommen!«

Richards Blick streifte über die bunten, anzüglichen Wandmalereien, dann blieb er an dem Gegenstand auf dem Tisch hängen. Es war das Medaillon, das sie im Mund der Leiche gefunden hatten. Er biss die Zähne zusammen, dann richtete er den Blick auf den Bürgermeister. »Euer Bluthund«, er deutete mit einem Kopfnicken hinter sich, wo Klaus Eberlein noch stand und auf Befehle wartete, »hat mir mehr als deutlich gemacht, dass es Nachteile hätte, Eurer Einladung nicht Folge zu leisten.«

Silberschläger deutete auf die Lehnsessel vor seinem Schreibtisch.

»Setzen wir uns doch.« Er wedelte Eberlein fort, und der Mann verschwand wortlos. Erst nachdem die Tür hinter ihm ins Schloss gefallen war, wandte Silberschläger sich wieder an Richard. »Ihr wisst, warum ich Euch habe kommen lassen?«

Richard lehnte sich zurück und kreuzte ungezwungen die Beine an den Knöcheln. Obwohl er innerlich bis zum Äußersten angespannt war, würde er den Mistkerl dort vor sich das auf keinen Fall spüren lassen. »Ich vermute einmal, dass Ihr damit den Anschein aufrechterhaltet«, sagte er kühl.

Silberschläger schaute ratlos.

»Den Anschein, dass Ihr alles in Eurer Macht Stehende tun werdet, um den schändlichen Mord an dem armen Mädchen im Luginsland aufzuklären.«

Die Ratlosigkeit auf dem Gesicht des Bürgermeisters wandelte sich in Missbilligung. »Euer Tonfall gefällt mir nicht.«

»Das ist Euer Problem, denn einen anderen werdet Ihr von mir nicht bekommen.« Richard wartete einen Augenblick, dann setzte er nach: »Ich weiß von Euren Schulden bei dem jüdischen Geldverleiher.«

Silberschlägers Augen weiteten sich, jedoch nur für den Bruchteil eines Herzschlags, dann hatte er sich wieder in der Gewalt. »Ich weiß nicht, wovon Ihr sprecht.«

»Tausendeinhundert Gulden.«

Tiefe, unangenehme Stille breitete sich im Kontor aus.

Richard genoss sie. »Ich weiß auch von dem Medaillon mit dem Davidstern, das Ihr Eberlein habt kaufen lassen.«

Jetzt wurde Silberschläger blass. »Was habt Ihr vor?«, fragte er tonlos. »Das dem Stadtrat zu erzählen? Ich werde es leugnen, und dann steht Euer Wort gegen das meine. Ich bin Bürgermeister, was seid Ihr?«

Richard wusste, dass Silberschläger auf eine für ihn eher unangenehme Tatsache anspielte. Wenn es auf diese Weise zu einem Schlagabtausch kam, hätte er tatsächlich die schlechteren Karten. »Ich will, dass Ihr die Schuldigen bestraft, die Maria getötet haben!«

»Der Eisenmeister sitzt bereits hinter Gittern.«

»Der Eisenmeister hat nicht das Schwert geführt.«

»Ihr wart Zeuge?« Silberschläger leckte sich über die Lippen. Seine Augen zuckten unruhig in den Höhlen hin und her, und Richard glaubte sehen zu können, wie die Gedanken hinter seiner Stirn rasten.

Grübel du nur!, dachte er bei sich. *Such einen Weg, deinen Kopf aus der Schlinge zu ziehen. Ich werde sie dir schon wieder umlegen.*

So genau wie möglich beschrieb er den Kerl, der Maria getötet hatte. »Ich will, dass Ihr nach dem Kerl suchen lasst! Mit allen Euch zur Verfügung stehenden Mitteln.«

Nun zuckte Silberschläger die Achseln. »Wenn Ihr meint.«

Er widerte Richard an. Mit großer Wahrscheinlichkeit hatte er bei dem Aufruhr seine Finger im Spiel gehabt, und jetzt war er ohne Umschweife bereit, die Männer, die er selbst aufgestachelt hatte, über die Klinge springen zu lassen, um seine eigene Haut zu retten.

»Und ich will, dass Ihr den wahren Mörder des armen Kerls aus der Türmerstube sucht und die Juden in Ruhe lasst.«

Jetzt verzog sich Silberschlägers Miene zu einem spöttischen Grinsen. »Ihr habt keinerlei Handhabe, um mich dazu …«

»Eure Frau«, unterbrach Richard ihn kalt. »Wie ist nochmal ihr Name? Richhild?«

War Silberschläger zuvor blass geworden, so verwandelte sich sein Gesicht jetzt in eine wächserne Maske. »Was zum Teuf…«

»Sagen wir, nicht nur Ihr seid in der Lage, die Geheimnisse der Menschen ans Licht zu bringen. Eure arme Frau! Sie muss doch Tag und Nacht Sehnsucht nach ihrem toten Kind haben!«

Silberschläger wollte ihm widersprechen, aber er setzte nach: »Eine Abtreibung, Bürgermeister! Was glaubt Ihr, werden Eure Ratskollegen sagen, wenn sie erfahren, dass Ihr eine Engelmacherin geholt und für ihre Dienste bezahlt habt?«

Silberschläger öffnete den Mund und schloss ihn wieder. Mit seiner bleichen Gesichtsfarbe wirkte er plötzlich wie ein Karpfen, den man unvermittelt aus dem Wasser gezogen hatte. »Ich werde versuchen, den wahren Mörder zu finden«, ächzte er. »Aber es wird nicht so einfach sein.«

»Ich werde Euch helfen, so gut ich kann.« Richard deutete zum Schreibtisch. »Das Medaillon«, befahl er. »Gebt es mir!«

Er wartete, bis Silberschläger sich rührte. Der Mann stand schwerfällig von seinem Sitz auf und stakste zum Schreibtisch. Dann nahm er das Medaillon auf, betrachtete es einen Moment und gab es Richard.

Der steckte es in die Hosentasche. »Gut.«

Danach war er ebenfalls aufgestanden. »Es ist angenehm, mit Euch Geschäfte zu machen«, hatte er spöttisch gesagt und den Bürgermeister kurzerhand stehenlassen.

Auf dem Weg nach Hause hatte er einen kleinen Umweg gemacht. Das Medaillon lag jetzt auf dem Grund der Pegnitz.

Nun stand er hier an seinem Fenster und starrte hinaus auf die Tuchgasse und versuchte sich klar darüber zu werden, wie es mit ihm und Katharina weitergehen sollte. Er spürte das Bedürfnis, zu ihr zu gehen, doch er zögerte, wie er es die ganzen letzten Tage getan hatte.

Sie war vor ihm geflohen. Vielleicht brauchte sie ein wenig Zeit, um sich ihm zu offenbaren. Er wollte sie nicht bedrängen, auch wenn es ihn mit Unruhe und Schmerz erfüllte, geduldig zu sein, denn er hatte gesehen, dass etwas Furchtbares sie quälte.

Langsam wandte er sich um und ließ den Blick über seine Möbel streifen. An seinem Sekretär blieb er hängen. Vielleicht sollte er Katharina einen Brief schreiben? Wenige Zeilen nur, in denen er ihr versicherte, dass sie jederzeit zu ihm kommen und ihm erzählen konnte, was ihr auf der Seele lag.

Er trat an den Sekretär und hatte schon die Feder in der Hand, als ihm eine weitere Idee kam. Vielleicht sollte er ihr auch gestehen, dass er sich in sie verliebt hatte. Es würde ihr den Gang vielleicht erleichtern.

Mit einem Seufzen setzte er sich an den Schreibtisch.

Zwei Stunden später stand er frustriert wieder auf. Er hatte siebenmal angefangen und seine Worte siebenmal verworfen. Auf dem Schreibtisch ballten sich sieben zusammengeknüllte Bögen Papier, die er nun mit einer wütenden Bewegung seines Arms zu Boden fegte.

Wieso nur war es so schwer, die eigenen Empfindungen in Worte zu fassen? Er unterdrückte einen Fluch, dann stand er auf und begann, wie ein gefangenes Tier in seinem Kontor auf und ab zu gehen.

Irgendwann hielt er die Anspannung nicht mehr aus.

Er würde versuchen, sich abzulenken, um hier nicht noch den Verstand zu verlieren. Er trat auf den Flur hinaus und griff nach Hut und Mantel.

»Thomas?«, rief er.

Der Diener kam sofort herbeigeeilt.

»Ich verlasse für eine Stunde das Haus. Wenn etwas ist: Du findest mich in St. Sebald. Und …« Er zögerte. »Falls Katharina Jacob in der Zwischenzeit hier eintrifft und mit mir reden will: Halte sie fest, notfalls mit Gewalt, hörst du mich?«

Thomas nickte. Verwunderung zeigte sich in seinen Augen. »Natürlich, Herr Sterner.«

Derartig beruhigt, dass er Katharina diesmal nicht würde verpassen können, machte er sich auf den kurzen Weg nach St. Sebald. Er hatte Silberschläger versprochen, dass er versuchen würde, bei der Aufklärung des Türmermordes mitzuhelfen, und er würde jetzt damit beginnen, dieses Versprechen auch einzulösen.

Da er keine Ahnung hatte, womit er dabei anfangen sollte, beschloss er, es am Fundort der Leiche zu versuchen. Wer wusste schon, was ihm in den Sinn kam, wenn er das Heiligengrab – und eventuell auch die Türmerstube – noch einmal in Augenschein nahm?

Die Kirche war um diese Tageszeit voller Menschen, die einfach nur für sich beteten oder einer der beiden Messen lauschten, die an zwei Nebenaltären gleichzeitig abgehalten wurden.

Richard ging nach vorn zur Chorschranke und baute sich vor dem Tisch auf, auf dem die Gläubigen Opfergaben für den heiligen Sebald ablegen konnten. Das Huhn von neulich war fort, und kurz fragte Richard sich, was wohl damit geschehen war. Ob man eine Suppe daraus gekocht hatte, die den Armen zugutegekommen war? Vielleicht aber hatten auch einfach die Chorherren sich bei einem Glas Wein daran gütlich getan.

Richard fuhr sich mit der Zunge zwischen Zähne und Wange. Sein Blick wanderte über den Tisch hinweg zu dem Schreingehäuse und dem Metallgitter, das es wie ein Zaun umgab. Auf den Eisenhaltern an den Ecken brannten vier Kerzen, die offenbar vor wenigen Minuten erst aufgesteckt worden waren. Eine von ihnen flackerte noch unstetig und hatte das Wachs unter sich noch verflüssigen können.

Richard sah sich um.

Der Mesner befand sich bei einem Seitenaltar und tauschte dort die verwelkten Blumen gegen frische aus.

Bei seinem Anblick kam Richard eine Idee. »Entschuldigt«, sprach er den Mann an.

Er wurde aus missgünstig zusammengekniffenen Augen gemustert. »Ja? Womit kann ich Euch dienen?« Der Tonfall, den der Mann anschlug, klang eher nach »Schert Euch zum Teufel!«, doch Richard ließ sich davon nicht beeindrucken.

»Der Tote im Turm«, begann er.

»Seid Ihr immer noch auf der Suche nach dem Mörder? Ich dachte, es wäre klar, dass die Juden es waren.«

Sanft schüttelte Richard den Kopf. »Inzwischen ist deutlich geworden, dass wir uns da geirrt haben. Jemand hat versucht, ihnen das Ganze anzuhängen, und das ist auch der Grund, warum ich hier bin. Habt Ihr den Türmer gekannt?«

»Selbstverständlich. War'n komischer Kauz!«

»Wie konntet Ihr das feststellen, in so kurzer Zeit?«, meinte Richard.

Der Mesner runzelte verständnislos die Stirn. »Wieso in so kurzer Zeit? Der Türmer war schon seit vielen Jahren im Amt.«

Ein Kribbeln erfasste Richard und rann von seinem Scheitel bis hinunter zu seinem Rückgrat. Endlich bekam er zu fassen, was ihm bisher bei jeder Erwähnung des Türmers so beschäftigt hatte.

»Aber das kann doch nicht sein«, widersprach er. »Ist nicht der Türmer im Sommer erst gestorben?« Er erinnerte sich nun an ein Gespräch, das er im August mit Enzo Pömer geführt hatte. Damals hatte der Kaufmann ihm gegenüber genau das behauptet.

Der Mesner jedoch schüttelte energisch den Kopf. »Ihr müsst Euch irren! Wenn wir einen neuen Türmer bekommen hätten, dann müsste ich es ja wohl wissen.«

Nachdenklich nickte Richard.

23. Kapitel

Es dämmerte bereits, als Wilhelm von Hohenheim das Fischerhaus endlich wieder verließ.

Er hatte zunächst mit Egbert zusammen in der Küche schier endlose Gespräche über die Kunst der Medizin geführt und war dann mit Katharinas Mann gemeinsam nach oben in Raphaels Kammer gegangen, um den Mann zu untersuchen.

Mit einer Mischung aus Enthusiasmus und kindlichem Eifer verabschiedete er sich anschließend.

Egbert schloss die Haustür hinter ihm. Lächelnd drehte er sich zu Katharina um.

»Er war schon immer so ein eifriger Mann«, sagte er. »Er ist sympathisch, oder?« In seinen Augen funkelte es. Dann richtete er den Blick direkt auf Katharinas Gesicht. »Hast du irgendetwas?«

Katharina wollte abwinken, aber Egbert meinte: »Ich kenne dich zu gut, Katharina! Du hast irgendwas!«

Und da hielt Katharina es nicht mehr aus zu schweigen. »Ja!«, rief sie aus. »Ich habe etwas! Du kommst nach Hause, nach Monaten, in denen du fort warst, in denen ich geglaubt habe, du seist tot, Egbert! Und alles, was du für mich übrig hast, ist eine kühle Umarmung, ein knappes ›Ich habe dich so vermisst!‹, und dann schließt du dich tagelang in deinem Labor ein!« Sie merkte, dass sie schrie, aber es kümmerte sie nicht. Tränen rannen ihr über das Gesicht. Sie wischte sie nicht fort.

Egbert sah aus, als habe sie ihm eine Ohrfeige verpasst. »Das … das ist ungerecht, Katharina! Ich versuche immerhin, ein Heilmittel für deine Krankheit zu finden!«

Und plötzlich wallte Zorn in Katharina auf, so kraftvoll, dass ihr davon fast die Luft wegblieb. »Ja!«, keuchte sie, »das tust du. Weil du es nicht ertragen kannst, eine Frau zu haben, die nicht deinen Ansprüchen genügt! Weil es dir wichtiger ist, diese elende Medizin zu finden, als mich in den Arm zu nehmen! Weil ...«

»Du willst in den Arm genommen werden?« Jetzt schrie auch Egbert. Seine Augen glitzerten vor mühsam unterdrückter Wut. Mit einer brutalen Geste packte er Katharina am Handgelenk. »Du willst beachtet werden? Gut!« Er zerrte sie zur Treppe.

Sie stemmte sich gegen seine Kraft. »Was tust du?«

»Ich beachte dich!«, knurrte er mit über die Zähne zurückgezogenen Lippen. »Wie du es verlangst.« Er begann, die Treppe zu erklimmen, Stufe um Stufe zog er Katharina mit sich.

»Lass mich!« Sie versuchte, sich loszureißen, aber er hatte zu viel Kraft für sie.

Mit einem Tritt stieß er die Tür zu seiner – zu ihrer gemeinsamen Schlafkammer auf, und Katharina wurde eiskalt.

»Nein, Egbert!« Jetzt war aller Zorn schlagartig verraucht und machte kalter Angst Platz.

»Was?«, herrschte er sie an. »Hast du es dir anders überlegt? Ich dachte, du willst beachtet werden!« Und mit einem brutalen Stoß warf er sie auf das Bett.

Katharina erstarrte. Aus weit aufgerissenen Augen blickte sie ihren Mann an, wohl wissend, dass sie keine Möglichkeit hatte, sich gegen ihn zur Wehr zu setzen. »Egbert!«, flüsterte sie mit erstickter Stimme.

Das endlich brachte ihn zur Besinnung. Wie von einem Hieb getroffen zuckte er zusammen. Das Funkeln aus seinen Augen verschwand und auch die Wut.

Er öffnete den Mund, wollte etwas sagen, doch er schaffte es nicht. Er schloss den Mund wieder. Dann wandte er sich mit einem Ruck ab und trat ans Fenster.

Eine ganze Weile stand er da, bewegungslos, bis Katharina begriff, was das schwache Zittern seiner Schultern bedeutete, das sie von ihrer Position auf dem Bett aus sehen konnte.

Er weinte.

Langsam setzte sie sich auf.

»Verzeih mir!«, hörte sie ihn flüstern. »Verzeih mir, dass ich zu schwach bin, um mit deiner Krankheit zu leben.« Er wandte sich um. Seine Augen schwammen in Tränen, und in Katharinas Herzen keimte Mitleid. Es verdrängte das Entsetzen darüber, was er ihr soeben beinahe angetan hätte. »Du bist stärker als ich, Katharina. Du bist es schon immer gewesen. Glaubst du, du kannst auch stark genug sein, um deinen Mann mit seiner Krankheit zu ertragen?« Er legte den Zeigefinger auf seine Stirn, um zu verdeutlichen, welche Krankheit er meinte, und zum ersten Mal ging Katharina auf, dass er sich seiner Stimmungsschwankungen und Wutausbrüche sehr wohl bewusst war.

Anders als Mirjam war er nicht verrückt, sondern einfach nur ... verletzt.

Katharina erhob sich. Zögernd trat sie vor ihren Mann hin und blickte ihn an. Die Tränen ließen das Blau seiner Augen silbrig wirken.

»Glaubst du, du kannst das, Katharina?«, hauchte er und streckte die Hand nach ihr aus, als suche er nach Halt.

Sie spürte sich selbst nicken. Dann spürte sie, wie Egberts Finger die ihren berührten. Alles rückte in unendlich weite Ferne. Sie glaubte sich selbst dabei zusehen zu können, wie sie sich von Egbert umarmen ließ. Sie sah zu, wie er sie zum Bett zog und ein zweites Mal darauf niederdrückte. Zärtlicher diesmal.

Und sie beobachtete sich selbst dabei, wie sie die Augen schloss, als seine Hand den Weg unter ihren Rock fand.

In ihrem Kopf jedoch war nur Platz für einen einzigen Gedanken.

Richard!

Später – sie wusste nicht, wie viel Zeit vergangen war – lag sie neben ihrem Mann in den Kissen und starrte mit leerem Blick gegen die Decke.

Egbert hielt ihre Hand und streichelte ab und an darüber, während er ihr erzählte, wie sie mit seiner neu gefundenen Medizin reich werden würden.

»Hohenheim wird mich beneiden!«, lachte er. »Glaubst du das?« Er rollte herum, stützte den Kopf in die Hand und schaute auf Katharina hinunter. Früher hatte sie es geliebt, wenn er sie so ansah.

Heute berührte es sie nicht im mindesten.

In ihr war alles taub. Sie nickte mühsam.

»Er hat sich Raphael genauestens angeschaut«, erzählte Egbert und lachte leise.

Sie bemühte sich, bei diesem Lachen etwas zu empfinden, so, wie sie es früher getan hatte. Es ging nicht.

»Ich glaube, am liebsten hätte er ihn in Scheiben geschnitten, um auch noch das letzte Geheimnis seines Körpers aus ihm herauszuholen!«

Katharina zuckte zusammen bei diesen Worten.

Erschrocken rief Egbert: »Verzeih! Das war sehr unpassend.«

Und Katharina dachte: *Ja, das war es. Weil es zeigt, dass du nichts, rein gar nichts von mir weißt.* Sie schluckte.

»Er möchte gerne auch die Priorin untersuchen«, murmelte sie.

»Ich weiß. Er hat mir von ihr erzählt. Glaubst du, du schaffst es, ihm die Genehmigung dafür zu beschaffen?«

Katharina zwang sich, nicht die Augen zu schließen. »Ich weiß es nicht. Eigentlich leben die Nonnen in strenger Klausur. Aber ich habe das Gefühl, dass sie es selbst gar nicht so ernst damit nehmen.« Sie dachte an Schwester Rubinia und was sie über das Öffnen der Pforte im Lettner gesagt hatte.

»Versuch es!«, bat Egbert sie. »Es würde Wilhelm bei seinen Studien sehr weiterhelfen. Und vielleicht auch seiner Frau!«

Unendliche Müdigkeit stieg in Katharina auf. Sie nickte. »Ich werde es versuchen«, murmelte sie.

Sie spürte, wie Egbert sich erhob. »Du siehst erschöpft aus«, sagte er mitfühlend. »Schlaf ein bisschen!« Er beugte sich über sie und küsste sie sanft auf die Stirn, und sie konnte nicht anders, sie zog sich von ihm zurück.

Da endlich bemerkte er ihre Abwehr. »Sag mal, was ist eigentlich los mit dir?«

Fast hätte sie angefangen zu lachen, bei dieser Frage. Doch sie schüttelte nur den Kopf. »Nichts«, versicherte sie.

Und da sprang wieder dieser zornige Ausdruck in seine Augen. »Du lügst schon wieder!«, zischte er. So starr musterte er sie, dass Katharina nicht anders konnte, als seinem Blick auszuweichen. Langsam griff er nach seiner Hose.

»Gibt es einen anderen?«, hauchte er.

Katharina zuckte zusammen.

»Also doch!« So tonlos war Egberts Stimme jetzt, dass sie klang wie ein Flüstern. Seine Hände, seine Arme, sein gesamter Körper war voller Anspannung. Die Lippen zogen sich über die Zähne nach hinten. »Du hast in der Gegend rumgehurt, als ich nicht da war! Womöglich noch mit diesem Richard Sterner!« Er sprach noch immer leise, doch seine Worte trafen Katharina wie Hiebe.

»Ich habe geglaubt, du bist tot!«, murmelte sie. Sie wusste, dass sie hätte abstreiten müssen, mit Richard geschlafen zu haben, denn das wäre die Wahrheit gewesen. Kurz schoss ihr die Frage durch den Kopf, woher er eigentlich von Richard wusste. Aber sie fühlte sich einfach nicht in der Lage, ihn das zu fragen. Sie fühlte sich so unendlich schuldig, nicht, weil sie mit Richard im Bett gewesen wäre, sondern weil sie so viel mehr für ihn empfand als für ihren eigenen Mann. Egbert sah das schlechte Gewissen in ihrem Blick.

Langsam stieg er in seine Hose. Er blinzelte zweimal, und übergangslos verschwand der Zorn aus seinem Blick. Er wurde ersetzt von tiefer Traurigkeit. »Lass uns morgen darüber reden«, sagte er und wandte sich zum Gehen.

»Wo willst du hin?«, murmelte Katharina.

»Ich arbeite noch ein bisschen«, antwortete er.

Und war im nächsten Moment fort.

Katharina versuchte, die bleierne Müdigkeit zu vertreiben, die nach ihren Gliedern griff und sie einzuhüllen drohte. Doch es war vergeblich. Ein ferner Schmerz erfasste ihren Unterleib, mehr wie eine Erinnerung denn wie eine wirkliche Empfindung.

Dann senkte sich Stille des Schlafes über sie und löschte alles Fühlen aus.

Obwohl Raphael nicht die erste Nacht in der Kammer unter dem Dach des Fischerhauses verbrachte, schlief er noch immer schlecht.

Er war die Stille nicht gewohnt. In seiner Wohnung am Rande des Spittlertorviertels hörte man immer etwas, sei es das Gezeter einer der Huren, die hier ihr Revier hatten, oder das Gebrüll der Betrunkenen, die auf dem Weg nach Hause waren. Oftmals rumpelten auch beladene Karren durch die schmale Gasse vor dem Haus, denn viele der Gastwirte bekamen nachts oder in den frühen Morgenstunden ihre Ware geliefert. Und dann waren da noch die unzähligen Hunde, die bei Dunkelheit draußen angekettet wurden, um das eigene Hab und Gut zu bewachen. Ihr Gebell und Gejaule war im Laufe der Jahre zu einem stetigen Hintergrundgeräusch von Raphaels Schlaf geworden.

Und das fehlte ihm jetzt, denn wie jeder Raum in diesem verflixten Haus war sogar diese Dienstbotenkammer mit Fenstern mit richtigen Glasscheiben versehen. Nicht ein vernünftiger Laut drang hindurch!

Raphael verfluchte das Glas. Unruhig warf er sich von einer Seite auf die andere. Zog die Decke bis unter das Kinn hoch, um sie gleich darauf wieder von sich zu strampeln. Einmal schlief er ein und träumte von eine Meute Hunde, die ihn verfolgte und deren Beine immer länger und länger wuchsen, während seine eigenen mit jedem Schritt zu schrumpfen schienen. Als das erste geifernde Maul nur noch eine Handbreit hinter ihm war, erwachte er voller Schrecken.

Er fluchte erneut über die Glasscheiben. Dann fiel ihm ein, dass er das Fenster ja vielleicht öffnen konnte. Er strampelte die Decke von sich und stapfte auf Strümpfen über den knarrenden Fußboden. Die Fensterflügel öffneten sich nach innen, und es gab sogar kleine metallene Haken, mit denen man sie festmachen konnte, damit sie im Wind nicht klapperten.

Anerkennend nickte Raphael. Vielleicht war es doch gar nicht so übel, Fenster zu haben!

Er hakte beide Flügel fest und kehrte zufrieden in sein Bett zurück. Doch nach kaum einer Viertelstunde begann er in der kalten und feuchten Nachtluft elendiglich zu frieren.

Er warf die Arme über den Kopf. Fluchend wollte er gerade wieder aufstehen, als er unten auf der Gasse eine leise Stimme hörte.

»Pst!«

Er rührte sich nicht, weil er vermutete, dass ein nächtlicher Spaziergänger nach jemandem rief. Doch die Stimme erklang ein weiteres Mal. »Pst!« Und dann fügte sie hinzu: »Raphael! Bist du da?«

Erstaunt darüber, wer wissen konnte, dass er sich in diesem Haus aufhielt, blieb er noch immer liegen. Vielleicht war es ja ein Zufall. Vielleicht hieß der andere, der dort gerufen wurde, auch Raphael!

Doch noch einmal zischte die Stimme: »Raphael Krafft!«

Jetzt endlich trieb es Raphael aus dem Bett. Wieder tappte er ans Fenster. Diesmal beugte er sich hinaus.

»Wer ist da?«

Unten in der Gasse stand eine Gestalt, die sich in einen langen, dunklen Mantel gehüllt und eine Kapuze tief ins Gesicht gezogen hatte. Eine der Fackeln, die der Doktor dem Gesetz gemäß an der Außenwand seines Hauses entzündet hatte, warf einen hellen Schlagschatten auf sie.

»Ich bin es!«, wisperte die Gestalt und sah sich um, ob sie auch nicht beobachtet wurde. Dann schlug sie die Kapuze zurück, so dass Raphael ihr Gesicht sehen konnte.

Ihm blieb die Spucke weg. »Was machst du denn hier?«, entfuhr es ihm.

»Scht!« Rasch zog die Gestalt die Kapuze wieder über. »Niemand darf wissen, dass ich hier bin. Komm runter, ich muss dringend mit dir reden!«

Raphael zog den Kopf zurück in die Kammer. Dann nickte er. Erst danach fiel ihm auf, dass sein Besucher das nicht sehen konnte, und er beugte sich noch einmal nach draußen. »Ich komme!«, wisperte er. »Geh nach hinten auf den Hof! Dort kann uns niemand beobachten!«

So leise er konnte, schlich er die Treppen hinunter. Der Hinterausgang war nur durch die Küche zu erreichen, und da Raphael Lichtschein unter der Tür sah und vermutete, dass der Doktor dort noch werkelte, beschloss er, das Haus durch die Vordertür zu verlassen. Er nahm den Hausschlüssel von seinem Haken auf dem Flur und schloss auf.

Erst, als er bereits auf dem Hausstein stand, bemerkte er, dass er vergessen hatte, seine Schuhe anzuziehen. Eisig kalt drang es durch seine Strümpfe hindurch, und sofort begannen seine Zehen zu schmerzen.

Kurz spielte er mit dem Gedanken, noch mal umzukehren, aber

dann siegte seine Neugier. Den Kopf schüttelnd über den unerwarteten Besuch, huschte er um die Hausecke und hinauf auf den dunklen Hinterhof. Der Doktor hatte die Läden der Küche verschlossen, so dass die Fläche nur von den wenigen Sternen beleuchtet wurde, die sich in dieser Nacht am Himmel zeigten.

»Wo bist du?« Er sah sich um. Im ersten Moment wirkte der Hof verlassen, aber als Raphael gerade schon glaubte, einem Nachtmahr aufgesessen zu sein, trat die Gestalt aus den Schatten, die der Dachüberstand auf die Erde warf.

»Hier!«, sagte sie leise.

Raphael wollte sich umdrehen. »Was …« Er kam nicht mehr dazu, zu Ende zu sprechen, denn ein glühendheißer Schmerz explodierte in seiner Nierengegend. Ein gellender Schrei entwich seiner Kehle und wurde abgeschnitten, als ihm ein zweiter Schmerz in den Hals fuhr. Er spürte, wie die Luft, die er eigentlich hatte herausschreien wollen, seitlich aus seiner Kehle entwich. Er wollte etwas sagen, wollte fragen, was das zu bedeuten hatte. Aber alles, was er noch herausbrachte, war ein langgezogenes, pfeifendes Ächzen.

Er spürte, wie seine Beine unter ihm nachgaben. Der Boden kam rasend schnell näher, doch den Aufprall bemerkte er nicht mehr.

Katharina erwachte von einem unheimlichen Schrei, der so sehr gedämpft wurde, dass sie zunächst glaubte, ihn sich nur eingebildet zu haben. Mit einem Ruck fuhr sie in die Höhe.

Im selben Moment ertönte das Gurgeln, und gleichzeitig wusste sie, warum es so gedämpft war. Die geschlossenen Fensterscheiben ihres Schlafzimmers waren schuld daran.

Kurz war sie verwirrt. Wo war sie eigentlich? Doch noch bevor sie diesen Gedanken zu Ende gedacht hatte, wusste sie es wieder. In Egberts Haus.

Egbert!

Der Gedanke durchfuhr sie wie ein Dolchstoß. Es musste spät sein, und noch immer war das Bett neben ihr leer.

Wo war ihr Mann?

Die Schlafzimmertür stand einen Spalt breit offen.

»Egbert!«, rief sie und versuchte, sich aus dem ungewohnten Gewirr von Laken und Kissen zu befreien.

»Bleib im Zimmer!«, befahl er. Dem Klang seiner Stimme nach zu urteilen, war er unten im Haus. Im Flur vielleicht, oder in der Küche. Katharina hörte einen schleifenden Laut, dann ein Klirren, und es dauerte einen Moment, bis sie begriff, dass Egbert sein Schwert gezogen und die Scheide achtlos auf den Boden hatte fallen lassen. Dann erklang ein Geräusch, das ihr sagte, dass er die Hintertür aufgerissen hatte.

Sie befreite endlich ihre Beine aus den Laken und stürzte zum Fenster, um es zu öffnen.

»Halt!«, hörte sie ihren Mann schreien. »Stehenbleiben!«

Schnelle Schritte erklangen. Jemand lief davon. Egbert schrie noch einmal: »Stehenbleiben!«, dann wurde es still.

So still, dass sich Katharinas Haare aufstellten.

Für einen Augenblick vermochte sie sich nicht zu rühren, sondern stand wie zu Stein erstarrt, die Füße auf dem kalten Fußboden und die Hände um den Rand der Fensterbank gekrallt. Dann riss sie sich zusammen.

Auf bloßen Füßen huschte sie zur Tür ihrer Kammer, dann hinaus auf den Flur und die Treppe hinunter.

Die Küchentür stand offen und ebenfalls die Hintertür, die auf den Hof hinausführte. Dunkelheit umfing Katharina. Dunkelheit und Kälte.

»Egbert?«, rief sie zaghaft.

»Ja. Ich bin hier. Komm ruhig, Katharina. Ich brauche deine Hilfe.« Etwas zitterig erklang seine Stimme von draußen.

Katharina beeilte sich, seiner Aufforderung nachzukommen. Mit ausgestreckten Händen tastete sie sich durch die finstere Küche, hin zu der Tür, die durch das Licht der Sterne als Umriss schwach zu erkennen war. Ihre Fußsohlen brannten von der Kälte, die von dem steinernen Fußboden aufstieg, aber sie achtete nicht darauf, sondern trat hinaus auf die oberste der drei Stufen, die von hier aus in den Hof führten. Undeutlich nur sah sie Egberts Umrisse. Er beugte sich über etwas Großes, Unförmiges. »Was ist geschehen?«, fragte sie und konnte hören, wie ihre Stimme zitterte.

»Hol Licht!«, befahl er.

Katharina gehorchte. Mit vor Kälte und Anspannung zitternden Fingern entzündete sie ein einfaches Talglicht an der Glut des Herdfeuers. Sie schirmte es mit der Hand gegen den eisigen Luftzug ab, der durch die Küchentür nach drinnen drang. Auf diese Weise tappte sie wieder nach draußen.

Und erstarrte.

Das flackernde Lampenlicht riss nicht viel mehr aus der Finsternis als Egberts Gesicht. Ein blutiger Streifen zog sich quer über seine Wange und sein halbes Kinn.

»Oh mein G…«

»Nicht so schlimm!«, sagte er knapp. »Leuchte mal hier runter!« Er wies auf den unförmigen Gegenstand vor sich.

Wieder gehorchte Katharina. Und diesmal stieß sie ein leises Wimmern aus.

Beine sah sie – lang ausgestreckt das eine und verdreht darunter das andere.

Sie wusste, was das zu bedeuten hatte, noch bevor sie erkannte, zu wem diese Beine gehörten. Mit einer Hand auf den Mund gelegt, trat sie neben Egbert.

Und blickte im zitternden Licht der Lampe auf Raphael hinab.

Er lag halb auf dem Rücken, den Kopf in den Nacken geworfen, so dass sein Körper wie auf ein Rad gespannt aussah. Ein großer Blutfleck zierte seine Seite, ein zweiter an seiner Kehle erklärte das grausame Gurgeln, das Katharina gehört hatte. Leer und tot blickte eines seiner Augen gen Himmel. Das andere war fort. Dunkel gähnte die leere Höhle, und blutiger Schleim hatte sich als breite Spur quer über Raphaels Schläfe und bis hinab in die Haare gezogen.

»Ich konnte es nicht verhindern«, murmelte Egbert und beugte sich nun vornüber, als verspüre er große Schmerzen.

Katharina griff nach seinem Arm und erschrak. Auch seine Hände waren blutig! »Lukas!«, schrie sie so laut, wie sie konnte.

Auf dem Grundstück des Nachbarhauses begann ein Hund zu bellen, und Katharina schoss durch den Kopf, was für ein dämliches Vieh es doch war. Hätte es nicht ein bisschen früher Laut geben können? Bevor der Mörder seinen finsteren Plan ausgeführt hatte?

Ein krächzendes Geräusch entrang sich ihrer Kehle, und sie fühlte sich, als würde sie gleich den Verstand verlieren.

»Reiß dich zusammen!«, befahl Egbert, dann schrie auch er: »Lukas!« Seine Stimme dröhnte durch den nächtlichen Hinterhof.

Das Gebell des Hundes steigerte sich zu einem irren Geifern. In den Nachbarhäusern wurden die ersten Fenster geöffnet.

»Was ist denn?« Lukas' verschlafene Stimme kam aus der Küche.

»Deinen Schlaf möchte ich haben!«, murmelte Katharina. Sie fühlte sich leicht, als könne sie im nächsten Moment abheben und anfangen zu schweben. In ihrem Kopf drehte sich alles. Plötzlich musste sie ein Kichern unterdrücken.

Als Lukas an der Hintertür erschien und sah, was geschehen war, da hatte sie sich wieder im Griff. »Helft dem Doktor!«, sagte sie und rappelte sich selbst auf. »Wir müssen ihn reinbringen!«

Ihre Zähne klapperten aufeinander, und sie vermochte nicht zu sagen, ob es wegen der Kälte oder wegen der furchtbaren Ereignisse war.

Gemeinsam mit Lukas packte sie Egbert unter den Achseln und half ihm auf die Füße.

»Ich kann allein gehen!«, protestierte er, doch Lukas und Katharina bugsierten ihn die drei Stufen hinauf, dann in die Küche, wo sie ihn auf den Schemel sinken ließen.

»Macht mehr Licht!«, bat Katharina Lukas.

Er tat wie verlangt. Während er sich daranmachte, mehrere im Raum verteilte Kerzen zu entzünden, untersuchte sie Egbert. Eine Wunde lief quer über seine Handfläche, und sie blutete stark. Egbert verzog das Gesicht, als Katharina sie untersuchte. Das Blut auf seiner Wange stammte nicht aus einer Wunde, sondern er schien es von seinen Händen dort abgestreift zu haben. Katharina befahl Lukas, sauberes Wasser und Tücher zu holen. Als das geschehen war, begann sie die Wunde zu säubern.

Egbert saß völlig still und sah ihr dabei zu. Vorn an der Haustür wurden Stimmen laut, dann zog jemand am Klingelzug. Die Nachbarn waren gekommen, um zu sehen, was geschehen war.

Katharina schickte Lukas, damit er sich um sie kümmerte. »Sorgt auch gleich dafür, dass die Büttel kommen!«, fügte sie noch hinzu, bevor der junge Mann die Küche verließ.

Dann wandte Katharina sich wieder ihrer Aufgabe zu.

»Was ist geschehen?« Sie warf einen kurzen Seitenblick zur noch immer offenstehenden Hintertür. Raphaels Leiche konnte sie von hier aus nicht sehen.

»Ich konnte es nicht verhindern«, wiederholte Egbert. Er räusperte sich, zog Luft durch die Zähne, als Katharina das Tuch auf seine Wunde presste. Dann fügte er hinzu: »Ich wollte Raphael zur Hilfe kommen, aber er war bereits tot. Immerhin konnte ich verhindern, dass der Kerl ihm das zweite Auge auch noch aussticht.«

Der Kerl! Katharina schauderte.

Und sie hatte geglaubt, Mirjam wäre die Mörderin gewesen!

Was für ein schrecklicher Irrtum.

Sie schluckte schwer. »Hast du ihn erkennen können?« Sie tauchte das Tuch in die Schale mit Wasser, die Lukas ihr hingestellt hatte. Rote Schlieren wallten darin auf.

Vorn im Haus redete Lukas mit mehreren Männern. Katharina konnte seine Stimme hören, etwas schrill von der Aufregung, mit der er schilderte, was geschehen war.

Egbert schüttelte den Kopf. Er sah grimmig aus. »Leider nicht. Ich bin wach geworden, weil ich glaubte, im Haus Schritte gehört zu haben. Also bin ich nach unten, und tatsächlich hat Raphael hinten auf dem Hof jemanden angesprochen. Und dann hörte ich nur seinen Schrei und dieses furchtbare Gurgeln, als der Mörder ihm die Kehle durchschnitt. Ich wollte ihm zur Hilfe kommen, aber es war längst zu spät. Als ich durch die Küche hindurch und draußen war, beugte sich der Mistkerl gerade über die Leiche und stach ihr das Auge aus. Ich rief ihn an, aber er reagierte mit schier unheimlicher Geschwindigkeit. Bevor ich's mich versah, stürzte er in der Finsternis an mir vorbei und runter vom Hof. Ich wollte ihn aufhalten, aber ich griff nur in das Messer.« Er hob seine Hand, um zu zeigen, wozu das geführt hatte. »Wozu sticht jemand einem Toten ein Auge aus?« Er schüttelte den Kopf.

In Katharinas Schädel wurde das Schwindelgefühl stärker.

Ausgestochene Augen … Sie presste die Zähne zusammen.

Lukas hatte die Männer inzwischen um das Haus herum und in den Hinterhof geführt. Ihre Stimmen erklangen jetzt von dort und drangen durch die offenstehende Küchentür herein.

»Jemand muss die Büttel holen!«, hörte Katharina eine von ihnen sagen.

»Halt still!«, befahl sie Egbert. Sie beendete das Säubern der Wunden und warf den Lappen in die Schüssel. Dann nahm sie einen sauberen Streifen Leinen, den Lukas zusammen mit dem Wasser herbeigeschafft hatte, und verband Egberts Hand. »Es ist nicht der erste Mord dieser Art«, verriet sie ihrem Mann.

Erstaunt blickte er sie an. »Es gibt noch mehr Tote mit ausgestochenen Augen? Versucht da jemand das Starstechen zu üben, oder was?«

Katharina runzelte die Stirn, dann erzählte sie Egbert von den Morden an Dagmar und an Heinrich.

»Ein Bettler, eine Hure. Und ein Abtrittanbieter?« Egbert schob die Unterlippe vor und überlegte. »Was gibt es da für einen Zusammenhang?«

Sosehr Katharina es auch bedauerte: Sie hatte darauf keine Antwort.

Der Rest der Nacht verging wie ein einziger Alptraum. Einer der Nachbarn war gelaufen und hatte die Büttel von dem Mord unterrichtet. Es dauerte nicht lange, da tauchten sie zu zweit auf, betrachteten die Angelegenheit von allen Seiten und befragten alle Anwesenden nach dem, was sie gesehen und gehört hatten.

Wegen der abgeschiedenen Lage des Hinterhofes war keiner der Nachbarn eine wirkliche Hilfe, und so war es Egbert, der als Einziger den Mörder gesehen hatte.

»Es war dunkel!«, beantwortete er eine entsprechende Frage nach dessen Aussehen. »Ich konnte nur sehen, dass er eine Kapuze trug. Und laufen konnte er.« Er blickte auf den Verband, den Katharina um seine Hand geschlungen hatte. »Besser jedenfalls, als mit dem Messer umgehen.«

»Seid froh!« Der Büttel nickte ihm grimmig zu. »Sonst lägt Ihr jetzt vielleicht neben dem Mann dort draußen!«

Die Worte ließen Katharina erschaudern. Was, wenn sie Egbert erneut verlor? Sie wusste es nicht. In ihr war nichts als Chaos.

Sie unterdrückte ein Kopfschütteln.

»Und Ihr?«, wandte sich der Büttel an sie. Er war ein kleingewachsener Mann mit einem fliehenden Kinn und einem großen kreisrunden Muttermal auf der rechten Wange. Obwohl Katharina früher einigen Kontakt zu den Stadtbütteln gehabt hatte, hatte sie diesen Mann noch nie zuvor gesehen.

»Ich habe nur den Schrei gehört«, sagte sie. »Mein Mann ist runtergelaufen. Ich folgte ihm erst einige Zeit später, als der Mörder schon fort war.«

Der Büttel holte tief Luft. »Es wird Bürgermeister Silberschläger nicht gefallen, noch einen weiteren Mord auf dem Hals zu haben«, meinte er.

Katharina ärgerte sich über diese Worte. »Was glaubt Ihr, wird die Familie dieses armen Mannes dort draußen sagen, wenn sie erfährt, dass er schon das dritte Opfer dieses Mörders ist?«

Der Büttel runzelte die Stirn, und Katharina fragte sich, ob er überhaupt von den Morden an Dagmar und Heinrich wusste.

Sie zog die Schultern in die Höhe und schlang die Arme fest um den Körper. Auf einmal war ihr schlecht. Der Mörder war nicht Maria gewesen. Er lief nach wie vor frei herum – und er war ihr heute Nacht so nahe gekommen wie nie zuvor.

Sie schluckte gegen den Würgereiz in ihrer Kehle an. Egbert sah auf sie. Sachte legte er ihr eine Hand auf den Arm.

»Es ist alles gut«, murmelte er. »Dir passiert nichts.«

Sie hätte ihm beinahe widersprochen, doch sie beherrschte sich.

»Nun!« Der Büttel, der die Befragung in der Küche durchgeführt hatte, gab seinem Begleiter einen Wink. »Ich glaube, wir sind hier erst einmal fertig. Ich werde Befehl geben, die Leiche abholen zu lassen. Solange wird mein Kollege als Wache hierbleiben. Dennoch solltet Ihr Türen und Fenster verschließen, für den Fall, dass der Mörder vorhat, an den Ort seines Verbrechens zurückzukehren.« Er wandte sich zum Gehen.

An Schlafen war für Katharina nicht zu denken, solange draußen im Hinterhof die Leiche lag. Zwar bat Egbert sie, zurück ins Bett zu gehen, aber sie konnte sich einfach nicht ruhig hinlegen und die Augen zumachen.

Also wanderte sie in der Schlafkammer auf und ab, während Egbert es wieder einmal vorzog, sich in der Küche mit seinen alchemistischen Versuchen zu beschäftigen.

Katharina stand am offenen Fenster, als der Himmel über Nürnberg begann, sich heller zu färben, und auch noch, als die Sonne sich über die Dächer der Stadt schob. Die Fuhrknechte der Stadt, die dafür zuständig waren, Leichen zu transportieren, kamen mit den ersten Sonnenstrahlen. Oben an ihrem Fenster konnte Katharina sie mit dem Wachmann reden hören.

»Silberschläger hat Anweisung gegeben, sie ins Predigerkloster zu bringen«, hörte sie einen der Fuhrknechte sagen.

»Gut«, gab der Büttel zurück. »Ihr könnt ihn mitnehmen.« Er hörte sich müde an, und das war wohl auch kein Wunder nach einer durchwachten Nacht.

Einen Moment lang war es still unten im Hof. »Pack mit an!«, befahl der Fuhrknecht dann seinem Begleiter.

Katharina kam ein Gedanke.

Der Mörder hatte versucht, Raphael die Augen auszustechen, genau wie er das mit Heinrich und Dagmar getan hatte. Dafür musste es irgendeinen Grund geben!

Bot sich ihr hier nicht eine einmalige Gelegenheit, mehr über diesen Grund herauszufinden? Immerhin war der Mörder mit seinem Vorhaben zur Hälfte gescheitert: Er hatte Raphaels zweites Auge verschonen müssen, um entkommen zu können.

Einer Eingebung folgend, beugte Katharina sich aus dem Fenster. »Wartet!«, rief sie den Fuhrknechten zu, dann lief sie aus der Kammer und die Treppe hinunter zur Küche.

Egbert, der dabei war, etwas in ein Buch zu schreiben, das er vor sich auf dem Küchentisch ausgebreitet hatte, blickte erstaunt auf. »Was ist?«

»Ich will mir die Leiche noch einmal ansehen. Hilfst du mir?« Sie lief auf den Hof, wo die Fuhrknechte die Leiche gerade in ein weißes Leintuch einwickeln wollten. Als sie Katharina sahen, richteten sie sich verwundert auf.

»Darf ich?« Katharina blieb dicht vor Raphael stehen und deutete auf seinen Kopf.

Sie hörte, wie Egbert hinter ihr die drei Treppenstufen herunterkam. »Was hast du vor?«, fragte er.

»Seine Augen.« Katharina kniete sich hin und betrachtete Raphaels verzerrtes Gesicht. Sie fühlte sich unbehaglich unter dem leeren Blick seines verbliebenen Auges. Eine fast abergläubische Scheu erfasste sie, und plötzlich musste sie daran denken, was Maria bei ihrem allerersten Zusammentreffen gestammelt hatte. Konnte es wirklich sein, dass sich in der Pupille eines Ermordeten das letzte Bild zeigte, das er vor seinem Tod gesehen hatte?

Mit einem mulmigen Gefühl im Magen beugte Katharina sich über Raphael. Ihr Blick glitt über seine nicht entstellte Gesichtshälfte, bevor sie es wagte, ihn auf das tote Auge zu richten.

Erleichtert atmete sie aus.

Kein Bild in der Pupille. Alles, was sie sah, war ein trüber, schwarzer Kreis, umgeben von der ebenfalls trüben Iris.

Katharina wollte sich schon wieder aufrichten, als etwas sie aufmerken ließ. Sie schaute noch einmal genauer hin. Dann fasste sie sich ein Herz und streckte die Hand nach Raphaels Gesicht aus.

Behutsam zog sie sein Oberlid ein Stück nach oben, so dass ein Teil des Augapfels sichtbar wurde.

Eine Weile starrte sie auf das Bild, das sich ihr bot. In ihrem Kopf kreisten die Gedanken.

»Was hast du?« Egberts Stimme schien aus weiter Ferne zu kommen.

Sie ließ das Lid los. Es zog sich nicht in seine alte Stellung zurück, sondern blieb, wie Katharina es festgehalten hatte.

»Schau selbst«, forderte Katharina Egbert auf.

Er tat, wie ihm geheißen. Als er sich aufrichtete und Katharina ansah, da nickte er.

»Sieht so aus«, meinte Katharina, »als sei nicht nur Raphaels Urin schwarz gewesen.«

In Raphaels Augäpfeln, ganz im Augenwinkel, so dass es unter den

Lidern kaum sichtbar gewesen war, schwammen seltsame schwarze Schatten.

Der Karren mit Raphaels Leiche ratterte davon, während Katharina Egbert zurück ins Haus folgte. Im Herd brannte inzwischen ein Feuer, das Lukas entzündet hatte, und dankbar stellte Katharina sich davor, um die kalten Finger zu wärmen. Gegen die Kälte in ihrem Innersten, die der Anblick des Todes hervorgerufen hatte, vermochten die Flammen jedoch nichts auszurichten.

»Was hat das zu bedeuten?«, fragte Egbert. Er ließ sich an den Küchentisch sinken, warf einen Blick auf das Buch, in dem er kurz zuvor geschrieben hatte, und klappte es dann achtlos zu.

»Ich glaube, dass diese schwarzen Augen der Schlüssel für die Morde sind«, murmelte Katharina. Sie rieb ihre Hände aneinander und ließ ihre Gedanken zurückwandern.

Es war noch gar nicht so lange her, da hatte sie Heinrich untersucht und auch bei ihm diese seltsamen schwarzen Schatten in den Augen festgestellt. Warum nur hatte sie nicht die richtigen Schlüsse gezogen? War sie von ihrer *melancholia* jetzt schon so sehr beeinträchtigt, dass sie nicht mehr klar denken konnte? Doch dann wurde ihr bewusst, dass sie sich keine Vorwürfe machen konnte. Als sie die schwarzen Schatten bei Kunigunde entdeckt hatte, war sie davon ausgegangen, dass Mirjam die Mörderin war.

Ein Einfall kam ihr mit solcher Wucht, dass sie unter ihm zusammenzuckte.

»Was?« Egbert hob den Kopf und sah sie fragend an.

»Ich kenne noch jemanden, der diese schwarzen Augen hat.« Ihre Gedanken begannen zu rasen. »Was, wenn sie auch in Gefahr ist?«

»Sie?« Egbert erhob sich. »Von wem sprichst du?«

Katharina begegnete seinem Blick, und plötzlich bekam sie eine Gänsehaut. »Ich muss weg und sie warnen!« Sie machte auf dem Absatz kehrt und war schon im Flur, bevor Egbert ihr folgen konnte.

Sie riss ihren Mantel vom Haken und streifte ihn im Laufen über. Die Haustür zu schließen hatte sie keine Geduld.

»Wo willst du hin?«, schrie Egbert ihr nach.

Aber sie hörte ihn kaum noch.

Lukas war damit beschäftigt, in seiner Kammer an einem Brief zu schreiben, den er an einen Freund in Köln schicken wollte, als er den Doktor schreien hörte: »Wo willst du hin?«

Schlagartig standen ihm die Haare zu Berge. Da war wieder dieser zornige Unterton in der Stimme des Doktors!

Kurz überlegte Lukas, ob er nicht besser so tun sollte, als habe er nichts gehört, aber dann siegte seine Sympathie für Frau Jacob. Was, wenn der Doktor sie schlug, wenn er in dieser Stimmung war?

Seufzend legte er die Feder fort, rieb sich über die tintenfleckigen Finger und machte sich auf den Weg nach unten.

Der Doktor stand am Küchentisch und blätterte in einem seiner Bücher. Als er Lukas bemerkte, sah er auf. Lukas erkannte die Opera Omnia, die gesammelten medizinischen Werke.

»Katharina ist weggegangen«, sagte der Doktor. Zu Lukas' Erstaunen war in seinen Augen keinerlei Zorn zu erkennen, und auch seine Stimme klang völlig gewöhnlich.

Zögernd trat Lukas einen Schritt näher.

»Ich mache mir Sorgen um sie«, sagte der Doktor. »Sie wollte irgendjemanden vor dem Mörder warnen, aber sie hat mir nicht verraten, wen.«

Lukas schwieg, weil er nicht wusste, was er darauf antworten sollte.

»Sie meinte, sie kenne noch jemanden, der diese schwarzen Schatten in den Augen hat. Sagt dir das etwas?«

Es gibt Fälle, bei denen stößt jeder Heilkundige an seine Grenzen, hörte Lukas Katharinas Stimme in seinem Kopf widerhallen. Er dachte daran, wie sie ihm von dieser Priorin mit dem schwarzen Urin erzählt hatte.

Offenbar waren ihm seine Gedanken an der Nasenspitze abzulesen, denn der Doktor runzelte die Augenbrauen. »Es sagt dir etwas!«

Lukas schluckte. Er war versucht zu lügen, aber ein Blick in des Doktors Miene belehrte ihn rasch eines Besseren. Er zuckte die Achseln. »Sie hat mir kürzlich erst etwas von einer Nonne im Katharinenkloster erzählt. Das liegt hier ganz in der Nähe. Offenbar gibt es dort eine Frau, die unter Schwarzharn leidet, so wie Krafft. Keine Ahnung, ob sie auch schwarze Augen hat.«

Mit einem Satz war der Doktor auf den Beinen. »Sehr gut!« Er lächelte Lukas zu. »Danke!« Dann drängte er sich an ihm vorbei und war schon halb aus dem Haus, als Lukas ihm hinterherrief: »Wo wollt Ihr hin?«

»Katharina helfen!«, war die knappe Antwort.

Dann fiel die Haustür hinter dem Doktor ins Schloss.

Richard erwachte kurz vor dem Sonnenaufgang, weil mit einer Hartnäckigkeit an der Türklingel gezogen wurde, als drohe das Jüngste Gericht. Er hörte Thomas die Treppe hinuntereilen und dabei leise vor sich hin fluchen. Dann verstummte das Schellen, Richard hörte unten auf dem Flur jemanden reden, verstand jedoch kein Wort.

»Er schläft noch!«, rief Thomas voller Empörung aus, und der Besucher, der bereits halb die Treppe hinauf war, brummte: »Mir doch egal!«

Arnulf!

Richard setzte sich aufrecht hin. Er hatte gerade die Füße auf den Boden gestellt, als der Nachtrabe die Tür zu seinem Schlafzimmer aufriss und hereingestürmt kam.

»Wie siehst du denn aus?«, entfuhr es Richard.

Arnulfs Augen waren blutunterlaufen, seine Kleidung so zerknittert, als habe er in ihr geschlafen – und zwar auf dem Boden und nicht in einem Bett. Die schwarzen Gewänder waren von Staub und Flecken übersät, deren Herkunft Richard lieber nicht erkunden wollte.

»Geht dich gar nichts an!«, knurrte Arnulf schlecht gelaunt und trat an Richards Bett, während der begann, sich anzukleiden. Ein strenger Geruch von Branntwein und Schweiß ging von dem Nachtraben aus.

Richard verzog das Gesicht. »Du stinkst!«

»Hab die Nacht durchgesoffen«, erklärte Arnulf und lehnte sich gegen das Bücherregal, das in Richards Zimmer stand. Auf einem kleinen Tischchen daneben hatte Thomas eine Schale mit Äpfeln platziert, und Arnulf griff sich einen davon.

Er wollte gerade hineinbeißen, als Richard warnend die Hand hob. »Das würde ich lassen! Die sind aus Wachs!«

Prüfend betrachtete Arnulf die täuschend echt aussehende rotgrüne Frucht. »Wachsäpfel? Seit du diesen Diener hast, mauserst du dich zum eitlen Pfau, oder? Wann schaffst du dir rote Samtkissen an?« Er legte den Apfel zurück in die Schale.

Richard schlüpfte in seine Schuhe. »Mit irgendwas muss ich Thomas ja beschäftigen. Seit er nicht mehr bei Pömer ist, langweilt er sich ein bisschen.«

»Hast eben nicht genug gesellschaftlichen Umgang.« Arnulf grinste.

Richard schlang sich seinen Gürtel um die Hüften. »Du bist aber nicht hier, um mit mir über Thomas zu plaudern, oder?«

Schlagartig wurde Arnulf ernst. »Nein. Ich war gestern Abend schon mal hier, aber du nicht.«

Richard öffnete die Schlafzimmertür. »Ich habe einen Besuch in St. Sebald abgestattet.«

»Sag nicht, du hattest plötzlich das Bedürfnis zu beten!« Arnulf folgte ihm auf den Flur hinaus. Die kostbaren Teppiche, die dort lagen, dämpften ihre Schritte.

Richard grinste. »Nein. Ich habe mich mit dem Mesner unterhalten. Wusstest du, dass in den letzten Jahren kein neuer Türmer eingestellt worden ist?«

Gemeinsam gingen sie die Treppe hinunter und in das Speisezimmer, wo Thomas bereits damit beschäftigt war, ein zweites Gedeck aufzulegen.

Richard setzte sich, wartete, bis Arnulf es ihm gleichgetan hatte, und blickte ihn über die Tischplatte hinweg an.

Der Nachtrabe zuckte die Achseln. »Wieso ist das wichtig?«

Richard sah zu, wie Thomas ihm einen Becher mit heißer Milch vollgoss, erst danach antwortete er: »Ich weiß nicht, ob es wichtig ist. Die Leiche wurde zuerst im Turm gefunden, und zwar kurz nachdem der Türmer das Weite gesucht hatte.«

Arnulf nahm sich einen Apfel aus der Schale, die Thomas jetzt auf den Esstisch stellte. »Der ist aber echt, oder?«, fragte er misstrauisch, während er die Frucht am Ärmel blank rieb.

Thomas nickte. »Natürlich.« Fragend blickte er Richard an, doch der lächelte nur, und der Diener verließ den Raum.

»Ich dachte, die Leiche war verwest! Soll das heißen, der Türmer hat monatelang mit ihr in einem Raum gewohnt? Wie krank im Kopf muss jemand sein, um das zu tun?«

Richard dachte unwillkürlich an Maria, sparte es sich aber, den Freund darauf hinzuweisen, wie krank jemand sein musste, um Menschen zu töten und ihnen die Augen auszustechen. »Mich treibt etwas ganz anderes um«, sagte er nachdenklich. »Nämlich etwas, das Enzo Pömer mir damals erzählt hat, als wir den Jungen in seinem Keller seziert haben.«

»Den Türmergesellen.« Arnulf nickte und biss in seinen Apfel. »Ich erinnere mich!«

»Damals erzählte Pömer mir, dass der Türmer kurz vor dem Jungen gestorben war.«

Arnulf hob eine Augenbraue, während er kaute und dann schluckte. »Kann aber nicht sein, oder? Ich meine, wenn der Rat in den letzten Jahren keinen neuen einstellen musste, heißt das doch, dass der alte seine Arbeit zur Zufriedenheit erledigt hat.«

»Was er nicht konnte, wenn er im August gestorben ist. Irgendwas stimmt doch da nicht!« Richard nahm sein Messer und spielte damit herum.

Arnulf deutete mit dem angebissenen Apfel auf ihn. »Vielleicht hat Pömer sich damals geirrt. Wer weiß das schon!«

»Habe ich auch schon überlegt. Möglicherweise hat es ja auch gar nichts zu bedeuten.« Richard griff nach dem Brot und schnitt ein Stück davon ab. »Aber es beschäftigt mich seit gestern Abend.«

»Du solltest dir lieber Gedanken über etwas ganz anderes machen«, riet Arnulf.

»Aha!« Richard legte das Brotstück vor sich nieder. »Jetzt kommen wir zum Grund deines Besuchs, oder?«

»Ja.« Arnulf aß den Apfel auf und legte die Überreste auf den Teller vor sich. Etwas war plötzlich an seiner Haltung, seiner Miene, das bei Richard alle Alarmglocken läuten ließ.

»Was ist passiert?«, fragte er leise.

Da holte Arnulf seufzend Luft. »Ich bin gestern bei Katharina gewesen.«

»Warum das?«

Arnulf schwieg, und Richard wusste, dass er ihm hatte helfen wollen.

»Weiter?«, forderte er mit zunehmend mulmigem Gefühl.

»Sie ist nicht ins Henkershaus gegangen, wie ich es vermutet hatte.«

Wieder wartete Richard.

»Sie ging in ein Haus an der Frauentormauer. Das Fischerhaus, du kennst es vielleicht.«

»Und?« Die Ungeduld machte Richard unwirsch. »Vielleicht hat sie einen Patienten dort.«

Sanft schüttelte Arnulf den Kopf. »Sie heilt nicht mehr. Jedenfalls nicht in den Patrizierhäusern, und das weißt du.«

»Herrgott noch mal!« Richard warf die Arme in die Luft. »Macht es dir Spaß, mich so auf die Folter zu spannen, oder was?«

Da schüttelte Arnulf sanft den Kopf. »Nein. Und das weißt du auch.«

Und Richard begriff, wie schwer es ihm fiel, das auszusprechen, was zu sagen er gekommen war.

»Sie …« Arnulf räusperte sich. »Das Haus wurde kürzlich verkauft, Richard. Und der Käufer ist ein Mann namens … Egbert Jacob!«

24. Kapitel

Klirrend fiel Richards Messer auf seinen Teller.

»Das … ist unmöglich!« Er musste Luft holen, bevor er den Satz zu Ende sprechen konnte.

Mit Bedauern im Blick schüttelte Arnulf den Kopf. »Ich fürchte, das ist es nicht. Katharina ist keine Witwe, wie du geglaubt hast, Richard! Sieht ganz so aus, als sei ihr totgeglaubter Ehemann plötzlich von den Toten auferstanden.«

Richard stützte den Kopf in die Hände. Er hatte das Bedürfnis, ihn zu schütteln, wieder und wieder. »Das kann nicht sein!«

»Erinnere dich daran, dass sie neulich wirkte, als wolle sie dir etwas sagen. Und warum sonst sollte sie dir plötzlich aus dem Weg gehen, wo ihr doch gerade so dicke …«

»Egbert? Am Leben?« Richard fühlte sich wie eine Puppe, der jemand alle Fäden abgeschnitten hatte. »Unmög…« Er brach ab.

Konnte es wirklich sein?

Es wäre eine Erklärung für den verwirrten Eindruck gewesen, den Katharina neulich gemacht hatte.

Langsam hob Richard den Kopf. Das Brot lag unberührt auf seinem Teller. Ihm war jeglicher Appetit vergangen. »Ich muss mich selbst davon überzeugen«, sagte er.

Dann stand er auf.

Arnulf blickte seufzend auf den gedeckten Tisch. »Ich komme mit.«

Nachdem der Doktor aus dem Haus gestürmt war, stand Lukas eine Weile unschlüssig in der Küche herum. Da er nichts anderes tun konnte, als zu warten, beschloss er, ein wenig aufzuräumen. Der Doktor hatte nicht nur die Opera Omnia aus dem Regal geholt, sondern auch noch zwei der anderen Bücher. Lukas kannte ihn lange genug, um die Bände nicht anzurühren, denn er wusste, dass es Gründe hatte, wenn der Doktor sie an bestimmten Stellen aufgeschlagen liegen ließ. Doch um die herumstehenden Töpfchen und Tiegel konnte er sich kümmern.

Die Herstellung des *apricum* war abgeschlossen. Der Doktor hatte eine ordentliche Portion der Substanz in eine hübsche Dose gefüllt und mit Wasser bedeckt, nachdem ihm kurz zuvor ein Stück davon an der Luft in Flammen aufgegangen war. Die Dose hatte er ganz oben auf dem Regal platziert. Sämtliche Geräte, die er benutzt hatte, standen hingegen ungereinigt herum.

Lukas begann, sie zusammenzuräumen.

Während er damit beschäftigt war, den Dreifuß vom Ruß des Herdfeuers zu befreien, fiel sein Blick auf die Opera Omnia. Neugier erwachte in ihm, zu erfahren, wonach der Doktor gesucht hatte.

Er stellte den Dreifuß auf den Herd zurück, dann ging er zum Tisch hinüber und warf einen Blick auf die aufgeschlagene Seite.

Im nächsten Moment wurde er blass.

»Katharina, warte!«

Mitten auf dem Hallplatz blieb Katharina stehen und drehte sich zu dem Rufer um.

Egbert schloss zu ihr auf, und als er sie erreicht hatte, lächelte er sie an. »Ich dachte mir, ich begleite dich. Nur für den Fall, dass der Mörder deine Nonne schon aufs Korn genommen hat.«

Katharina erwiderte sein Lächeln.

Und sie wusste nicht, ob sie erleichtert oder beunruhigt sein sollte.

Es dauerte eine Weile, bis jenseits der Tür des Fischerhauses Schritte ertönten, nachdem Richard an dem verzierten Klingelzug gezerrt hatte.

Sein Herz klopfte ihm in der Brust, und er wusste nicht, ob es von dem raschen Tempo herrührte, das er auf dem Weg angeschlagen hatte, oder vielmehr von der Angst vor den Dingen, die er hier erfahren würde.

Arnulf stand ein Stück hinter ihm. Als Richard sich zu ihm umwandte, da zuckte er die Achseln. Sein Blick war ausdruckslos.

Endlich wurde geöffnet.

Ein junger Mann stand vor Richard, dessen Oberlippe durch eine hässliche Hasenscharte gespalten war. Der Mann blickte ihn an, runzelte fragend die Stirn. Dann fiel sein Blick auf Arnulf. »Ihr!«, sagte er.

Arnulf nickte und überließ Richard das Sprechen.

Der musste sich räuspern, bevor er einen Ton hervorbrachte. »Wohnt hier ein Egbert Jacob?«

Der junge Mann nickte. »Ja. Wieso?« Er ließ seinen Blick an Richards Gestalt auf und ab wandern und befand, dass es vonnöten war, etwas hinzuzufügen: »Er ist zurzeit nicht da, und seine Frau leider auch nicht. Kann ich ihm irgendetwas ausrichten?«

Seine Frau …

Die Stimme des jungen Mannes hallte in der Tiefe von Richards Herzen wider, und er spürte, wie es schwer wurde. Also hatte Arnulf recht gehabt: Egbert Jacob war am Leben!

Er fühlte sich, als habe man ihm den Boden unter den Füßen fortgezogen.

»Mein Herr?« Der junge Mann legte irritiert den Kopf schief, als Richard ihm nicht antwortete.

Richard blinzelte. »Ich … nein, es ist nicht nötig. Ich wollte nur …«

»Kennt Ihr den Doktor?«, fragte der junge Mann da.

»Ihn nicht, aber seine … Frau. Sie ist … eine Bekannte.« Der Atem wollte ihm wegbleiben bei diesen Worten. Arnulf trat einen Schritt dichter hinter ihn, und er war sich der Gegenwart des Freundes nur allzu bewusst.

»So?« fragte der junge Mann. Jetzt erst fiel Richard auf, dass er von eigenartiger Blässe war. Auch er wirkte fahrig, voller Sorge. Und plötzlich trat er ein Stück zurück und gab damit die Haustür frei. »Kommt doch bitte herein! Wenn Ihr Frau Katharina so gut kennt, wie Ihr sagt, dann wisst Ihr vielleicht zu deuten, was heute Morgen geschehen ist.«

»Was ist mit Katharina?« Rasch kam Richard der Aufforderung nach. »Redet!«, bat er.

Der junge Mann stellte sich als Lukas von Minden vor. »Ich bin ein Schüler von Doktor Jacob«, fügte er hinzu. Dann erzählte er in kurzen Worten und noch im Flur von einem Mord, der in der Nacht im Hinterhof dieses Hauses geschehen war.

Der Boden unter Richards Füßen wurde noch unsicherer. »Ein Mord, sagt Ihr?«

»Ein bizarrer Mord. Der Mörder konnte leider entkommen, bevor mein Herr ihn dingfest machen konnte, aber es gelang ihm zuvor noch, dem Opfer ein Auge auszustechen.«

Richard wurde es eiskalt. Für einen kurzen Augenblick verweigerte ihm sein Verstand jegliche Zusammenarbeit. »Wer war das Opfer?«, hauchte er und spürte, wie sich eine Hand auf seine Schulter legte.

Arnulf war hinter ihm ins Haus getreten. Jetzt schob er sachte die Tür ins Schloss.

»Ein Gast meines Herrn. Ein Mann namens Raphael Krafft.« Von Minden machte eine einladende Geste und bedeutete ihnen, in ein Wohnzimmer zu treten.

Das Mordopfer war nicht Katharina gewesen!

Langsam ließ Richard sich auf die Kante eines Sesssels sinken.

»Bei all deiner Sorge um sie«, sagte Arnulf ruhig. »Dir ist bewusst, was dieser junge Kerl da eben gesagt hat, oder?«

Richard nickte. Es war ihm bewusst, doch die Erkenntnis hatte einen Augenblick auf sich warten lassen. »Der Mörder ist noch am Leben«, meinte er hohl.

Arnulf nickte. Er stand mitten im Raum und hatte die Arme vor der Brust verschränkt. »Maria war also doch unschuldig!«

»Unschuldig?«, erkundigte sich von Minden.

»Krafft war nicht das einzige Opfer.« Richard holte Luft. »Und Maria eine Verdächtige. Aber sie ist tot. Diesen Mord hier bei Euch kann sie nicht begangen haben.«

Da nickte der junge Mann. »Das erklärt aber noch nicht das seltsame Verhalten von Frau Katharina.«

Richard beugte sich vor. »Was für ein seltsames Verhalten?«

»Sie fand heraus, dass der Ermordete schwarze Augen hatte, und gleich darauf rannte sie aus dem Haus, mit den Worten: ›Ich muss sie warnen!‹«

»Wen warnen?« Diesmal stellte Arnulf die Frage.

»Irgendeine Nonne in St. Katharina.« Von Minden hob die Schultern. »Das glaube ich jedenfalls.«

»Und ihr Mann?«

Richard wäre beinahe zusammengezuckt, als Arnulf Egbert Jacob so nannte.

»Der ...« Von Minden wirkte bedrückt.

»Was habt Ihr?«

»Ich ...« Von Minden schluckte. »Kommt und seht selbst!« Er führte Richard und Arnulf aus dem Wohnzimmer und einen Gang entlang, der in den hinteren Teil des Hauses führte. Hier befand sich eine Küche, in der ein großer Tisch stand. Auf diesen Tisch wies von Minden.

»Diese Bücher dort. Der Doktor hat in dem obersten gelesen, bevor er Katharina nachgelaufen ist. Seht!«

Mit einem eisigen Gefühl im Magen beugte Richard sich über das bezeichnete Buch. Es war eng beschrieben, in einer Handschrift, die sich nur mühsam entziffern ließ. Dennoch gelang es Richard, die oberste Zeile zu lesen.

De arte oculis medendi stand dort. *Von der Kunst, die Augen zu heilen.*

Rasch überflog Richard den Rest des Textes. Und richtete sich mit einem Fluch auf den Lippen wieder auf.

»Was?«, erkundigte sich Arnulf.

»Hier steht genau beschrieben, wie man einen Star sticht«, flüsterte Richard.

»Einen Star?«

Richard schlug mit der geballten Faust auf das Buch, so dass die oberste Seite zerknitterte. »Ein Star ist eine Augenkrankheit«, erklärte er grimmig. »Man heilt sie, indem man mit einer Nadel ...« – er zitierte aus dem Buch – »... vom äußeren Querrand der Hornhaut in die Pupille sticht.«

»Teufel!« Erschrocken wandte sich Arnulf an von Minden. »Euer Herr, der Doktor, er ist noch nicht lange wieder in Nürnberg, oder?«

Von Minden schüttelte den Kopf. »Ich bin drei Tage vor St. Martini hier angekommen, und er kann nur wenige Tage länger hier gewesen sein. Jedenfalls nach dem, was er mir erzählt hat.«

Heinrich wurde ein paar Tage vor Martini ermordet!«, murmelte Richard. Er bohrte den Blick in den des jungen Mannes.

Arnulf packte von Minden am Kragen. »Wo ist Egbert Jacob?«

»Er ...« Von Minden befreite sich aus dem harten Griff des Nachtraben. Wütend funkelte er ihn an, bevor er antwortete: »Er ist seiner Frau gefolgt.«

»Scheiße!«, fluchte Arnulf. Er sprach Richard aus dem Herzen.

»Los!«, rief er. »Wir müssen zum Kloster! Katharina führt den Mörder geradewegs zu seinem nächsten Opfer!«

»Erklär mir noch mal«, keuchte Egbert, während er neben Katharina durch die Gassen der Stadt in Richtung Kloster rannte, »warum du glaubst, dass eine Nonne, deren Orden in strenger Klausur lebt, in Gefahr ist, von diesem Mörder umgebracht zu werden!«

Katharina bog um die Ecke, an der das Kornhaus bei St. Claren stand. Sie musste einer Frau mit einem Korb voller Eier ausweichen, bevor sie antworten konnte. »Weil dieser Mörder weiß, wie man unbemerkt in das Kloster kommt. Und ich habe es ihm erzählt!«

»Aha.« Egbert packte Katharina am Arm und zerrte sie zurück. Ein Fuhrwerk rumpelte so dicht vor ihrer Nase vorbei, dass sie glaubte, das Holz der Aufbauten riechen zu können. »Und wer ist dieser Mörder?«

»Wilhelm von Hohenheim.« Katharina rannte weiter, ohne darauf zu achten, ob Egbert auch hinter ihr herkam.

»Wilhelm?« Egbert stieß ein ungläubiges Lachen aus.

»Ja!« Katharina fröstelte bei dem Gedanken, wie sympathisch ihr der Mann gewesen war. Wie viel sie ihm anvertraut hatte.

»Wie kommst du darauf, dass er es war?«

»Die Augen!«, meinte Katharina. »Ich glaube, dass alles mit den ausgestochenen Augen zusammenhängt. Hartmann Schedel hat mir erzählt, dass Hohenheims Frau in der Kunst des Starstechens bewandert ist. Er selbst meinte neulich, dass seine Frau sich über die medizinischen Erkenntnisse freuen wird, die er von hier mitbringt. Ich habe das zunächst nicht mit den Morden in Verbindung gebracht, aber ich glaube jetzt, dass Hohenheim an den Toten irgendetwas ausprobiert hat. Eine neue Staroperation, oder so.

»Hm«, machte Egbert. »Und dazu musste er töten?«

Im Laufen warf Katharina ihm einen Seitenblick zu. »Irgendwie hängt alles mit den schwarzen Augen zusammen. Das ist die einzige Erklärung!«

Er schürzte die Lippen. »Ich weiß nicht.«

Vor ihnen tauchte die Fassade des Klosters auf, und Katharina verlangsamte ihre Schritte. »Glaub mir, ich wäre froh, wenn ich mich irren würde. Ich mag Hohenheim. Aber ich kann das Risiko nicht eingehen, dass er der Mörder ist. Ich muss Kunigunde warnen!«

Sie blieb vor der Tür zum Torhäuschen stehen. So fest sie es vermochte, pochte sie dagegen.

Dann wartete sie voller Ungeduld, bis das kleine Fensterchen geöffnet wurde und die Nonne mit dem missmutigen Gesicht herausschaute. »Was wollt Ihr?«, fragte sie barsch.

»Die Priorin«, keuchte Katharina.

Die kühlen Augen der Nonne musterten erst sie, dann Egbert.

»Ich muss zu ihr!«, rief Katharina. »Es kann sein, dass sie in höchster Gefahr ist!«

»Sie befindet sich hinter geweihten Mauern«, gab die Nonne blasiert zurück. »Gott selbst wacht über sie.«

»Ja, schon. Aber …«

Die Nonne zuckte die Achseln. Und schlug Katharina die Klappe vor der Nase zu.

Nach Luft schnappend vor Empörung, wandte sie sich zu Egbert um. »Das ist doch die Höhe!« Dann fasste sie einen Entschluss. Um Kunigunde zu retten, würde sie zu ähnlichen Mitteln greifen, wie Maria es getan hatte. Sie schauderte bei dem Gedanken, die Kirche zu entweihen, aber es gab keine andere Möglichkeit. »Ich weiß einen anderen Weg hinein!« Ohne sich zu erklären, machte sie kehrt und lief zum Portal der Kirche.

Bitte, bitte, flehte sie im Stillen. *Lass es offen sein!*

Sie prallte mit der Handfläche schmerzhaft gegen das schwere Holz des Portals, aber zu ihrer Erleichterung schwang die Tür auf, als sie an ihrem Griff zog. Tiefe, weihrauchgeschwängerte Ruhe umfing sie.

So schnell sie konnte, eilte Katharina das Kirchenschiff entlang nach vorn zum Lettner, wo sich die winzige Pforte befand, durch die man den heiligen Chor betreten konnte. Den Chor, in dem die Nonnen an den Messen teilnahmen. Von dort aus gab es einen Weg ins Kloster. Der Weg, den sie selbst Hohenheim verraten hatte. Katharina drückte gegen die Pforte. Sie war versperrt! Grenzenlose Enttäuschung übermannte sie.

Sie wollte gerade den Kopf hängen lassen, als ihr etwas auffiel. Ein Seil war durch die Schnitzereien geschlungen und sicherte die Pforte auf diese Weise. Offenbar hatte Marias Eindringen den Nonnen deutlich gezeigt, dass ihre Klausur nicht so streng war, wie sie gedacht hatten.

Aber hieß das auch, dass Hohenheim nicht in das Kloster gelangt war? Was, wenn er den Knoten hinter sich einfach wieder geknüpft hatte?

»Katharina?« Egberts Stimme hallte dumpf durch den leeren Kirchenraum.

»Ich bin hier vorn!«, rief sie. Sie zerrte an dem Knoten, aber er war zu fest geschlungen. Mit bloßen Fingern bekam sie ihn nicht auf. »Hast du deinen Dolch dabei?« Früher, das wusste sie noch, hatte er sich nur zum Schlafen von seinem Dolch getrennt. *Er leistet einem Heiler oft gute Dienste*, hatte er immer gesagt. Und: *Ein guter Arzt geht nie ohne Dolch aus dem Haus!*

»Natürlich!« Er kam zum Lettner, blieb neben Katharina stehen und betrachtete das Seil. »Das sieht haltbar aus!«

Er zog seinen Dolch, eine kurze, gedrungene Waffe, mit der sich auch robuste Arbeiten durchführen ließen, und bedeutete Katharina, ein Stück zur Seite zu treten. Dann begann er, an der Verschnürung herumzusäbeln.

Wie er vermutet hatte, dauerte es eine ganze Weile, bis die ersten Fasern fielen. Ungeduldig trat Katharina von einem Bein auf das andere, bis Egbert es endlich geschafft hatte. Das Seil glitt zu Boden.

Egbert stieß die Pforte auf, und Katharina drängte sich an ihm vorbei durch den Lettner.

»Was bildet Ihr Euch ein?«, donnerte eine wütende Stimme.

Hinter dem Chorgestühl trat eine Gestalt hervor und stürzte auf sie zu. Erst kurz vor ihr blieb sie verblüfft stehen. »Frau Jacob?«

Es war Bruder Johannes. Er trug seine weiße Kutte und darüber ein violettes Messgewand.

»Die Priorin!«, rief Katharina aus. »Sie befindet sich in Lebensgefahr!«

Der Mönch glotzte sie an.

»Jemand will ihr ...«

Katharina kam nicht dazu, weiterzusprechen, denn in diesem Moment machte Egbert Anstalten, die Pforte im Lettner zu durchschreiten, und wie ein Racheengel fuhr Bruder Johannes auf ihn zu. »Ihr wagt es nicht, diesen heiligen Boden zu betreten!«, herrschte er ihn an.

»Auf Eurem heiligen Boden befindet sich möglicherweise ein Mörder«, gab Egbert kühl zurück.

Bruder Johannes' Blick eilte zu Katharina.

Die nickte hastig.

»So kommt!« Bruder Johannes wies zum hinteren Teil des Chores, wo eine schlichte Holztür in die weißgetünchte Wand eingelassen war. Der Eingang zum Kloster.

Wieder wollte Egbert durch den Lettner treten. Wieder fuhr der Mönch ihn an. »Ich sagte, Ihr nicht! Ich werde mit Frau Jacob gehen und nachsehen, ob es der Priorin gutgeht.«

Mit amüsiertem Blick blieb Egbert außerhalb des Chores stehen. »Wie ihr wollt!«

Katharina sah ihn verblüfft an. Warum gab er so rasch nach? Wenn sie tatsächlich recht hatten und sich dort drinnen ein dreifacher Mörder befand, wäre es da nicht besser, wenn Egbert sie begleitete?

Unsicher suchte sie in seinem Blick nach einer Antwort, doch er drückte ihr nur seinen Dolch in die Hand und schob sie vorwärts. »Beeil dich!«, forderte er sie auf. »Sonst kommst du noch zu spät!«

Noch immer zögerte Katharina. Sie nahm den Dolch, aber sie war zu verwirrt, um den ersten Schritt hinein in den Chor zu machen.

»Los doch!«, drängte nun auch Bruder Johannes.

Und dann wurde ihr die Entscheidung abgenommen.

Denn aus dem Inneren des Klosters ertönte der langgezogene Entsetzensschrei einer Frau.

»Dir ist klar«, rief Arnulf, während er neben Richard mit gezogenem Schwert durch die Gassen von Nürnberg rannte, »dass nicht nur diese Nonne in Gefahr ist, wenn Egbert tatsächlich der Mörder ist, oder?«

»Ist das so?« Im Laufen warf Richard einen kurzen Seitenblick auf von Minden, der darauf bestanden hatte, sie zu begleiten.

»Er hatte einen Unfall«, sagte der junge Mann. Er atmete schwer, und der Sprachfehler, den seine Hasenscharte hervorrief, wurde auf diese Weise deutlich hörbar. »Seitdem ist er nicht mehr der Alte. Die Wahrheit ist: Ich weiß nicht, ob er Frau Katharina etwas antun würde.«

Richard blickte wieder nach vorn. Er verspürte eine seltsame Gefühlsmischung. Da war zum einen natürlich die Angst um Katharina. Sie beherrschte ihn nahezu vollständig. Und doch gab es in seinem Innersten auch noch Platz für eine Art grimmiger Zufriedenheit. Wenn sich Egbert tatsächlich als Mörder entpuppte, würde das bedeuten, dass Katharina bald frei sein würde.

Frei für ihn …

Arnulf knuffte ihn unsanft gegen den Oberarm. »Mach dir nicht zu viele Hoffnungen!«, warnte er, und Richard wusste, dass der Nachtrabe wieder einmal seine Gedanken gelesen hatte.

Der Schrei hing in der Luft und brachte etwas in Katharina zum Erzittern.

Bruder Johannes war ihr bereits einige Schritte voraus, und erst als er die Tür zum inneren Bezirk schon erreicht hatte, löste Katharina sich aus ihrer Erstarrung und folgte ihm.

Hinter der Tür befand sich ein Gang, der schnurgerade nach rechts und links lief.

»Das war nicht die Priorin!«, behauptete Bruder Johannes. »Es klang eher, als habe eine der Nonnen geschrien!« Er schlug den Weg nach links ein, bog um eine Ecke, und schon standen sie in dem Korridor, der Katharina bereits vertraut war und der direkt zu Kunigundes Gemächern führte.

Hier trafen sie auf Schwester Aurelia.

Bleich wie der leibhaftige Tod stand sie da, hatte die Hände an die Wangen gelegt und starrte geradeaus, als habe sie einen Geist gesehen.

»Schwester!«, rief Johannes aus. »Was ist passiert?«

Da wandte Aurelia sich zu ihm um. Erleichtert ließ sie die Schultern sinken. »Dem Herrn sei Dank, Bruder Johannes!«, keuchte sie. »Wie gut, dass Ihr da seid!«

»Warum hast du so geschrien?«, verlangte Bruder Johannes zu wissen.

»Weil …«

In diesem Moment öffnete sich die Tür zu Kunigundes Gemach.

»… da ein Mann ist!«, beendet Aurelia ihren Satz. Er klang wie ein tonloses Ächzen, das Wort »Mann« sprach sie aus, als handele es sich um Ungeziefer.

Katharina spürte, wie ihr Unterkiefer herunterklappte, als der Mann aus Kunigundes Räumen auf den Flur hinaustrat.

»Ich bin auf der Suche nach der Priorin«, sagte er mit fröhlicher Stimme. »Aber ich fürchte, sie ist nicht da.«

Vor Katharina stand Wilhelm von Hohenheim.

Richards Linke schmerzte, so heftig hatte er gegen die Pforte des Kloster-Torhäuschens geschlagen. Das Pochen musste bis in den hinteren Winkel der weitläufigen Anlage zu hören gewesen sein, dachte er, warum nur dauerte es so lange, bis jemand öffnen kam?

Dann endlich tat sich etwas.

Eine winzige Sichtluke in der Pforte wurde geöffnet, und das blasse Gesicht einer Nonne schaute heraus. »Was wünscht Ihr?«, fragte sie mit einer Mischung aus Langeweile und Herablassung.

»Ihr müsst uns einlassen!«, bat Richard. »Eure Gemeinschaft befindet sich in großer Gefahr!«

Das Gesicht der Nonne verschwand kurz, und Richard schöpfte schon Hoffnung, dass sich die Pforte tatsächlich öffnen würde.

Doch er wurde enttäuscht. »Ihr könnt nicht reinkommen«, sagte die Nonne, und schon war die Klappe im Begriff zuzufallen.

Gerade noch rechtzeitig gelang es Richard, seine Hand in den Spalt zu schieben. »Wartet!«, rief er. »Wir müssen Eure Priorin retten!«

Die Nonne lachte auf. »Das habe ich heute schon mal gehört!«

Sie drückte stärker, doch Richard nahm seine Hand nicht fort. »Und?«, fragte er. »Was habt Ihr gemacht?«

»Ich habe Frau Jacob gesagt, dass das Wohl der Priorin allein in Gottes Hand liegt, wie das aller Menschen in diesem Kloster. Ich werde nicht zulassen, dass Ihr die Ruhe hier drinnen nur wegen irgendwelcher Hirngespinste stört!« Sie warf sich mit ihrem ganzen Gewicht gegen die Klappe, und jetzt kapitulierte Richard.

Er zog seine Hand fort.

Und fluchend starrte er auf das massive Holz vor seiner Nase.

»Das hat keinen Sinn!«, sagte Arnulf und wies nach rechts, wo das Seitenschiff der Klosterkirche aufragte. »Lass uns nachsehen, ob wir da drinnen mehr Erfolg haben!«

Richard lief voran. Die Kirche umfing ihn mit einer unangenehm dichten Wolke von Weihrauch, doch anders als er erwartet hatte, war es in ihr nicht still.

»Bastard!«, hörten sie eine hohe Frauenstimme keifen.

Richard blieb wie angewurzelt stehen.

Hinter einer Säule traten zwei Gestalten hervor. Egbert und eine hochgewachsene, schlanke Frau, die die Ordenstracht der Dominikanerinnen trug.

»Vorsicht!«, schrie Arnulf, der hinter Richard die Kirche betreten hatte. »Er hat einen Dolch!«

»Wo ist Kunigunde?«, herrschte Katharina Hohenheim an.

Der wich erstaunt einen Schritt zurück. »Ich sagte Euch schon, dass ich sie nicht finden konnte.«

»Was erlaubt Ihr Euch, einfach hier so einzudringen!« In einer seltsam rührend anmutenden Geste schob sich Bruder Johannes schützend vor Katharina.

Hohenheim zog schuldbewusst den Kopf ein. »Ich wollte doch

nur … für die medizinische Erkenntnis …« Er geriet ins Stammeln, und in diesem Moment wirkte er alles andere als gefährlich.

Katharina tastete seine Gestalt mit den Blicken ab. Soweit sie es erkennen konnte, hatte er keinerlei Waffe bei sich. »Wir …«

Die Erklärung wurde ihr von den Lippen gerissen, als ein schrilles Kreischen durch die Gänge des Klosters hallte: »Bastard!«

Katharina umfasste Egberts Dolch fester.

Neben ihr wurde Bruder Johannes bleich. »Das war die Priorin!«

Egbert erstarrte, als er erst Richard und Arnulf, dann Lukas entdeckte, der es vorgezogen hatte, ein ganzes Stück zurückzubleiben. Seine Augen weiteten sich. Der Dolch lag locker in seiner Hand, die Spitze aufwärts gerichtet, so dass sie in Richtung von Kunigundes Herz wies. Beiläufig nahm Richard die lange schmale Klinge wahr. Wie ein Skalpell!, dachte er. Perfekt für Egberts Zwecke.

Auch Kunigunde hatte Richard und Arnulf nun wahrgenommen. »Helft mir!«, kreischte sie. Ihr Blick hing wie gebannt auf der Dolchspitze.

»Ich will ihr nichts …«, setzte Egbert an, doch in diesem Augenblick wurde jenseits des Chores eine schlichte Holztür aufgestoßen. Heraus kam ein Mönch, den Richard nur zu gut kannte: Bruder Johannes.

Arnulf und Richard nutzten den Moment, um sich ein gutes Stück näher an den Lettner heranzuschieben.

Katharina drängte sich an Bruder Johannes und Hohenheim vorbei, und das, was sie sah, ließ sie aufwimmern.

Egberts Kopf ruckte zu ihr herum, und er duckte sich wie unter einem Schlag.

Katharinas Blick glitt über ihn, hin zu dem Dolch in seiner Hand. Die kurze Klinge, die er selbst ihr kurz zuvor gegeben hatte, entglitt ihren Fingern und landete mit einem Klirren auf dem Steinfußboden der Kirche. »Du?«, hauchte Katharina. Das eine Wort hing schwer in der weihrauchgeschwängerten Luft. Der Boden zu ihren Füßen wurde zu Glas, dünn und brüchig, und darunter lauerte der Abgrund.

Dann huschte ihr Blick über Egbert hinweg und zu Richard.

Erleichterung durchfuhr sie mit solcher Macht, dass sie taumelte. »Richard, Gott sei Dank!«, rief sie.

Und in diesem Moment veränderte sich Egberts Gesichtsausdruck so radikal, dass Richard es kaum fassen konnte. Die Angst wich gänzlich, wurde ersetzt von Erstaunen, mit dem Egbert langsam den Kopf wandte und ihn musterte. Dann erschienen in rascher Folge erst Begreifen auf seinen Zügen, schließlich Entsetzen. Und dann rasende Wut.

»Sterner!« Hoch und schrill klang seine Stimme, nicht mehr wie die eines Mannes, sondern wie die eines Irren. »Du bist der Mistkerl, dem sich meine Frau wie eine Hure hingegeben hat?«

Wenn es überhaupt möglich war, dann wurde Katharina bei diesen Worten noch bleicher. Sie wirkte, als würde sie sogleich in Ohnmacht sinken, doch Richard hatte keine Zeit, sich Sorgen um sie zu machen, denn nun riss Egbert sich aus seiner Starre.

Mit einem lauten Wutgebrüll stürzte er auf Richard zu.

»Pass auf!«, schrie Arnulf.

Doch es war bereits zu spät. Mit voller Wucht krachte Egbert gegen Richard und riss ihn von den Füßen.

Hart kam er auf dem Boden auf, und alle Luft wurde ihm aus den Lungen gepresst. Seine alten Verletzungen protestierten mit einem schrillen Schmerz, doch er ignorierte beides und warf den Oberkörper zur Seite.

Die Dolchklinge, die Egbert gegen seinen Brustkorb geführt hatte, schrammte mit einem hässlichen Geräusch über den Steinfußboden. Richard wälzte sich herum, packte sein Schwert, das ihm im Fallen entglitten war. Mit einem Satz kam er zurück auf die Beine.

Egbert jedoch war nicht minder schnell. Geduckt sprang er auf und fixierte Richard mit solcher Kälte und solchem Hass in den Augen, dass Richard langsam das Schwert hob.

Mit Entsetzen sah Katharina zu, wie Egbert sich erneut auf Richard stürzte, wie Richard die schmale Klinge seines Schwertes hob und Egberts nächstem Hieb auswich.

»Ich will Euch nicht verletzen!«, rief er, die Stimme heiser und tief vor Anspannung.

Egbert jedoch reagierte nicht auf diese Worte. Er stolperte an Richard vorbei, schrie voller Zorn auf. Wirbelte herum.

Und griff erneut an.

Und diesmal riss Richard in einer unbewussten Bewegung das Schwert in die Höhe.

Er traf Egbert genau in den Unterleib.

Katharina taumelte. Jemand griff nach ihrem Arm, undeutlich nur nahm sie wahr, dass es Bruder Johannes war.

Und dann sah sie ihren Mann fallen.

Richard zog sein Schwert zurück. Egbert brach vor seinen Füßen zusammen. Und Richards Blick irrte zu Katharina. Erstarrt stand sie da, gehalten von dem Mönch, und blickte auf ihren Mann.

»Egbert!«, kreischte sie.

Ihre Stimme war wie eine Ohrfeige für Richard.

Er sah Katharina vorwärtsstürzen, sah sie neben Egbert niederfallen und mit fieberhafter Hast seinen Körper nach der Wunde absuchen.

»Nein!«, murmelte sie dabei. »Nein! Nein! Nein!«

Sie riss Egberts Hemd auf, schob die Hose ein Stück nach unten, so dass seine Brust und sein Bauch freigelegt wurden. Und dann stöhnte sie auf.

Richards Stich war Egbert in die Leiste gedrungen, ungefähr eine Handbreit neben dem Hüftknochen klaffte eine schmale Wunde, aus der in Stößen hellrot das Blut sprudelte.

In fliegender Eile presste Katharina beide Hände auf die Wunde, doch es nützte nichts: Das Blut quoll unvermindert zwischen ihren Fingern hindurch.

Richard hatte genügend Menschen seziert, um zu wissen, was das regelmäßige Pulsieren des Blutes bedeutete. Katharina begann, leise zu schluchzen, während der Mönch ein Gebet murmelte. Sie beide wussten es auch.

Richards Schwerthieb hatte die große Ader in Egberts Bauchraum durchtrennt. Es gab keinerlei Hoffnung auf Rettung.

»Nicht weinen!«

Richard war so konzentriert auf die furchtbare Wunde, dass ihm entgangen war, wie Egbert die Augen aufgeschlagen hatte.

Auch Katharina hob den Blick. Mit einem Schluchzen, das Richard durch Mark und Bein ging, nahm sie eine Hand von der Wunde und näherte sie Egberts Gesicht.

Er war blass, aber noch war er bei Bewusstsein. Und offenbar hatte er das Bedürfnis zu reden. »Es ist Gottes Wille«, sagte er leise. »Du hast dein Leben geführt, während ich nicht da war, und er scheint es gutzuheißen.« Ein schwaches Lächeln glitt über sein Gesicht. Ganz kurz streifte sein Blick Richard, und das Lächeln verschwand.

Katharina schüttelte den Kopf. »Nein, Egbert!« Das Blut sprudelte durch ihre Finger, und sie presste wieder beide Hände auf die Wunde.

Ein finsterer Ausdruck erschien auf Egberts Miene. »Dann sieh es als Strafe, mit der Gott mir meine vielen Sünden vergilt.«

Richard horchte auf.

Egbert nickte. »Ich habe dich angelogen.« Seine Stimme zitterte bereits ein wenig, aber noch sprach er flüssig und ohne Pausen. »Ich befinde mich schon länger in Nürnberg.«

Nur am Rande bemerkte Richard, dass Lukas neben ihn getreten war. Auch Kunigunde und Arnulf hatten sich genähert, so dass sie nun zu viert um Egbert und Katharina standen.

»Ich hatte meine Hände im Spiel bei den Ereignissen im August«, sprach Egbert weiter. »Ich wusste, dass ich für meine Versuche an speziellen Urin kommen musste, und darum half ich dem Engelmörder.«

Richard riss die Augen auf. »Ihr habt Nürnbergs Brunnen vergiftet?«

»Nein.« Egbert schloss die Augen, öffnete sie jedoch sogleich wieder. »Ich half nur dem Täter.« Er wirkte nicht, als verspüre er Bedauern angesichts dieser Tatsache. Sehr ruhig sah er Katharina an. »Ich habe es für dich getan. Ich wollte dir helfen.«

»Du hast Menschen getötet?« Katharina lehnte sich ein wenig zurück, aber dabei verrutschten ihre Hände auf Egberts Wunde. Rasch beugte sie sich wieder vor und presste stärker. Ihre Finger waren inzwischen in Blut getaucht, und die Lache unter Egberts Leib wuchs zunehmend.

»Es diente einer guten Sache«, erwiderte Egbert. Ein harter Zug erschien um seinen Mund, und Richard hatte den Eindruck, als könne er nicht begreifen, dass Katharina das nicht genauso sah. Kurz flackerte in seinen Augen so etwas wie Härte auf, wurde jedoch sofort von der Schwäche des nahenden Todes hinweggenommen.

»Nichts rechtfertigt Mord!«, flüsterte Lukas. Sein Gesicht war so bleich, als habe er selbst die tödliche Wunde empfangen.

»Doch!«, widersprach Egbert, mit kräftigerer Stimme jetzt.

»Früher hättet Ihr das anders beurteilt!« Lukas schüttelte den Kopf. Ihm war anzusehen, dass er versuchte zu begreifen, was seinen Herrn und Lehrer so sehr verändert hatte. »Früher habt Ihr Leben gerettet und nicht ausgelöscht!«

»Ich wollte retten.« Egbert machte eine Pause, bevor er weitersprach: »Katharina. Sie allein ...« Er lächelte wehmütig, und in diesem Moment kam er Richard auf eine seltsam unbestimmte Weise wahnsinnig vor. »Matthias, Hoger, Pömer, Zeuner – sie alle starben für den guten Zweck!«

»Den guten Zweck ...« Ganz hohl klang Katharinas Stimme. Richard spürte, wie sie verzweifelt versuchte, sich das Ganze zu erklären, eine Entschuldigung zu finden für das, was ihr Mann getan hatte.

Richard jedoch beschäftigte etwas ganz anderes. »Zeuner?«, hakte er nach. »Jörg Zeuner, der ehemalige Lochschöffe?«

Da sah Egbert ihn an. Wieder flackerten Zorn und Eifersucht in seinen Augen, doch er nickte nur. »Ja. Vielleicht ist mein Tod jetzt die Vergeltung dafür, dass er sterben musste.«

Richard begriff, was er meinte. »Ihr habt ihn ermordet? Mit Eurer eigenen Hand.«

»Mit einem Dolch, um genau zu sein. In der Türmerstube. Zeuner war einer der wenigen, der direkt durch meine Hand starb.«

Katharina begann wieder zu schluchzen, und Richard war sich nicht sicher, aus welchem Grund nun. Entsetzen und Trauer zeichneten gleichermaßen ihr Gesicht.

Richard verspürte das Bedürfnis, sie vor dem Weiteren zu schützen, aber es ging nicht: Er musste genau wissen, was geschehen war. Hier bot sich ihm die einmalige Gelegenheit, den Nürnberger Juden zu helfen. Er hatte Silberschläger versprochen, ihm bei der Suche nach dem Mörder zu helfen. Er würde dieses Versprechen halten. »Einer der ganz wenigen.« In seinem Kopf setzten sich die Mosaiksteinchen jetzt zu einem Bild zusammen. »Der Türmer von St. Sebald war ein weiterer, nicht wahr?« Er blickte auf Katharina nieder und kam sich unendlich grausam vor.

Bruder Johannes trat vor und kniete sich neben Egbert auf den Boden.

»Ja«, bestätigte Egbert.

»Ihr habt ihn getötet, bevor die Engelmorde begannen. Und um nicht aufzufallen, habt Ihr seinen Dienst übernommen!«, fuhr Richard fort. Katharina sah zu ihm auf, und in ihren Augen stand die Bitte, endlich aufzuhören.

»Genau.«

Richard nickte. Das erklärte den Widerspruch zwischen der Aussage Pömers, der Türmer sei gestorben, und der des Mesners, dass es seit Jahren keinen neuen Türmer gegeben hatte.

»Warum habt Ihr Zeuners Leiche in das Sebaldusgrab gelegt?«, fragte Richard.

Katharina stöhnte. Ihr Oberkörper begann, vor- und zurückzuschwanken.

»In das … Grab?« Inzwischen hatten Egberts Lippen jegliche Farbe verloren. Seine Haut wirkte wie farbloses Wachs.

Katharina schluchzte, als seine Stimme vor dem letzten Wort einen Moment versagte. Richard konnte sie den Kopf schütteln sehen. Er biss die Zähne zusammen.

»Ich … habe ihn nicht in das Grab … getan«, behauptete Egbert. »Ich habe ihn … in der Türmerstube …«

»Genug jetzt!« Mit einer harschen Handbewegung unterbrach Bruder Johannes ihn. »Du solltest lieber deine Gebete sprechen, mein Sohn, bevor der Herr dich zu sich heimholt.«

Egbert wandte den Kopf zur Seite und sah ihn an, als erblicke er ihn zum ersten Mal. »Ich beneide Euch«, murmelte er. »Ihr glaubt wirklich, dass … Gott mir … meine Taten vergibt, wenn ich nur bereue?«

Er hob eine Hand. Sie zitterte. Mit einer unsicheren Bewegung legte er sie sich an die Stirn, dorthin, wo in seinem Schädel eine übel aussehende Delle war. »Leider bereue ich nichts mehr, … seit die Mist…kerle mich …« Er verstummte. Seine Stimme klang jetzt gequält, verlor zunehmend an Kraft. Er blickte zu Lukas auf.

»Dein Vater …«, hauchte er, aber er hatte kaum noch Kraft, weiterzusprechen.

»Was ist mit ihm?«, rief Lukas aus, doch Egbert richtete den Blick jetzt auf Katharina. »Nicht weinen«, bat er. Dann schloss er die Augen. »Die Priorin«, sagte er.

Atmete einmal tief ein.

Und nicht wieder aus.

25. Kapitel

»Dominus pascit me nihil mihi deerit in pascuis herbarum adclinavit me super aquas refectionis enutrivit me«, begann Bruder Johannes, den dreiundzwanzigsten Psalm zu beten.

Die Welt um Katharina war verschwunden, versunken in einem undurchdringlichen Nebel, der sie allein umschloss. Sie und Egberts Leiche.

Ihr Verstand sagte ihr, was geschehen war, aber ihr Herz weigerte sich, es zu begreifen. Sie war jetzt wirklich und wahrhaftig Witwe, und diesmal gab es keinen Zweifel daran. Richard hatte Egbert getötet.

Sie legte ihrem Mann eine Hand an die blasse Wange.

Sie wollte ihn packen und schütteln, wollte ihn anschreien, er solle doch die Augen wieder öffnen, solle aufstehen und weiterleben. Ihre Wangen waren nass von Tränen, doch sie brachte keinen einzigen Ton über die Lippen. Einmal um Egbert zu trauern war schlimm gewesen, aber es jetzt ein zweites Mal zu tun, überstieg ihre Kräfte. Sie spürte, wie sie vornüberkippte, wie alle Stärke sie verlassen wollte.

»... et habitabo in domo Domini in longitudine dierum«, beendete Bruder Johannes sein Gebet. Mit gemessenen Bewegungen schlug er ein Kreuz über Egbert.

Jemand griff nach Katharina, hielt sie fest. Sie brauchte all ihre Kraft, um aufzusehen und zu erkunden, wer es war.

Vor ihrem getrübten Blick schwebte ein Paar leuchtendgrüner Augen. Arnulf.

Katharina blinzelte einmal, ein weiteres Mal.

Dann wanderte ihr Blick an dem Nachtraben vorbei und zu Richard. In dem Nebel, der sie umgab, wirkte seine Gestalt fern und entrückt, ebenso wie das Schwert, das er noch immer in der Hand hielt.

Das Schwert, das Egbert getötet hatte.

Katharina wimmerte auf.

Richard wich einen Schritt zurück. In seinem Gesicht standen Entsetzen und Trauer.

»Lasst mich …«, sagte eine sanfte Frauenstimme. Arnulf ließ Katharina los und entfernte sich in den Nebel. Jemand anderes trat daraus hervor. Es war Kunigunde.

Sie legte Katharina eine Hand auf die Schulter. »Komm«, forderte sie sie auf. »Du kannst hier nichts mehr tun, Kind. Lass mich dir neue Wege zeigen.«

Die Worte hallten in Katharinas Kopf wider, ohne dass sie ihren Sinne begriff, und trotzdem gehorchte sie ihnen. Sie war froh darüber, dass jemand ihr sagte, was zu tun war. Froh darüber, dass sie nicht denken musste, dass sie nur fühlen und sich diesem Abgrund in ihr ergeben durfte.

Taumelnd kam sie auf die Füße.

Kunigunde griff nach ihrem Ellenbogen und stützte sie. »Ich nehme sie mit ins Kloster«, sagte sie zu Bruder Johannes. »Sie braucht ein wenig Ruhe, damit ihre Seele gesunden kann. Kümmert Ihr Euch um den Toten?«

Bruder Johannes nickte. »Natürlich.« Sein Hände nestelten unruhig an seinem Gürtel herum.

Wilhelm von Hohenheim war nirgends zu sehen.

Der Griff um Katharinas Ellenbogen wurde fester. Sie spürte, wie sie vorwärtsgeschoben wurde. Etwas in ihr sträubte sich dagegen, etwas wollte hierbleiben, bei Egbert. Doch ein anderer Teil sehnte sich danach, genau das Gegenteil zu tun.

Sie erlaubte diesem anderen Teil, die Kontrolle zu übernehmen. Willig folgte sie Kunigunde, quer durch den Chor, dann durch die schlichte Holztür an seinem Ende, wo die Priorin sie einen Moment lang stehenbleiben hieß. Dann einen Gang entlang.

Stille umfing Katharina. Stille, in der sie ihren eigenen Herzschlag hören konnte. Warum war sie am Leben, während Egbert dort draußen lag, tot und bald so kalt wie der Steinfußboden, auf dem sein Körper ruhte?

»Hier entlang«, hörte sie Kunigunde sagen.

Und schweigend ließ sie sich tiefer in den inneren Bezirk des Klosters führen.

»Etwas stimmt hier nicht!«

Arnulf sprach genau das aus, was Richard bereits die ganze Zeit dachte, und er nickte nachdenklich vor sich hin.

»Wieso?« Lukas hatte sich zu ihnen gesellt. Mit zusammengezogenen Augenbrauen sah er Bruder Johannes dabei zu, wie er fortfuhr, seine Gebete über dem Toten zu sprechen.

Richard wurde sich bewusst, dass er noch immer das Schwert in der Hand hielt. Er blickte darauf, sah Egberts Blut daran schimmern. Verwirrt schob er die Klinge in die Scheide.

»Es geht kaputt, wenn du es nicht bald saubermachst«, sagte Arnulf ruhig.

Richard nickte. »Macht nichts. Ich werde es ohnehin fortwerfen.«

Arnulf hob ihm eine Hand entgegen. »Du konntest nichts dafür. Er hat dich angegriffen, nicht umgekehrt.«

»Er war nicht bei Sinnen.« Die Worte fühlten sich in Richards Mund an wie Steine. »Ich hätte es verhindern müssen.« Aber hatte er das überhaupt gewollt? Oder hatte ganz hinten in seinem Geist ihn ein winziger Teufel darauf hingewiesen, dass er das Schwert nur im richtigen Winkel halten musste, um Katharina – um sich selbst – von Egbert zu befreien? Er biss die Zähne so fest zusammen, dass sie anfingen zu schmerzen.

Arnulf gab ihm einen kräftigen Knuff auf den Oberarm. »Für Grübeleien ist später noch Zeit!«, mahnte er und wandte sich an Lukas: »Ich meinte, dass ich irgendwie das Gefühl habe, dass Egbert …«

»… unschuldig war«, fiel Richard ihm ins Wort.

Arnulf musterte ihn von der Seite her. »Jedenfalls an den Morden, die wir ihm zuerst ankreiden wollten.«

Lukas' Augen weiteten sich. »Ihr glaubt, der Doktor war doch nicht der Mörder von Raphael und den anderen?«

Langsam begannen Richards Gedanken, ihre Arbeit wiederaufzunehmen. »Warum sollte er Krafft töten?«, murmelte er mehr zu sich selbst als zu den anderen. »Er würde sich doch dadurch von seinem Rohstoffnachschub abschneiden.«

Lukas nickte. »Stimmt! Für seine Medizin brauchte er Raphaels Urin. Wenn er ihn getötet hätte, hätte er das *apricum* nicht mehr herstellen können!«

Richard kratzte sich im Genick. »Er wusste, dass er sterben würde, also hat er seine Untaten gebeichtet. Die vergifteten Brunnen im August, der Mord an dem Türmer und an Zeuner.«

Lukas merkte auf. »Aber nicht die drei Morde an Raphael und den anderen!«

»Vielleicht hatte er keine Zeit mehr dazu«, warf Bruder Johannes ein. Er schien seine Liturgie beendet zu haben und stand jetzt ein wenig verloren neben der Leiche, als wüsste er nicht so recht, was er mit ihr anfangen sollte.

Richard schüttelte den Kopf. Er dachte an die Worte, die Egbert mit dem letzten Atemzug ausgestoßen hatte und die wie eine Warnung geklungen hatten.

Die Priorin.

Und im gleichen Augenblick wurde ihm eiskalt.

»Es muss eine schmerzliche Erfahrung für dich sein«, hörte Katharina die Priorin reden. Die Worte kamen ihr vor wie das Gezwitscher eines exotischen Vogels, hinter dem sie irgendeinen Sinn vermutete, den sie sich jedoch nicht erschließen konnte. Überhaupt: Warum duzte die Priorin sie auf einmal?

»Ich meine, deinen Mann zum zweiten Mal zu verlieren. Aber vergiss nicht: Gottes Wege sind unergründlich! Vielleicht wollte er dir ein Zeichen geben!«

Gottes Wege sind unergründlich!

Noch vor einigen Tagen hatte die Priorin ihr dafür gedankt, dass sie diesen Gemeinplatz nicht verwendet hatte. Katharinas Geist fühlte sich an, als sei er in klebrigen Sirup getaucht. Irgendwo in ihrem Kopf wollte sich ein Gedanke formen. Eine winzige, hartnäckige Stimme flüsterte ihr zu: *Es stimmt etwas nicht, sei auf der Hut!* Aber sie bekam diese Stimme nicht richtig zu fassen.

»Was für ein Zeichen?«, hörte sie sich fragen.

»Nun, vielleicht ist dies Gottes Art, dir zu zeigen, dass deine Zukunft hier in unserem Kloster liegt!«

Spontan schüttelte Katharina den Kopf. »Nein!«

Kunigunde blieb stehen. Sie befanden sich jetzt in dem Gang, in dem die Engelsstatue hing, doch noch war das Kunstwerk hinter einer Ecke verborgen. »Warum nicht?« Sie klang nicht ärgerlich, sondern nur erstaunt.

Katharina lauschte in sich hinein. Ja, warum eigentlich nicht?

Und sie hörte sich selbst sagen: »Es gibt einen anderen Mann.«

Der Blick der Priorin lag schwer auf ihr. »Ein anderer Mann?«

Katharina wollte ihr seinen Namen nennen, aber sie brachte ihn nicht über die Lippen. *Richard!*, dachte sie. *Richard Sterner. Derjenige, der meinen Ehemann umgebracht hat.*

Was empfand sie bei diesem Gedanken? Sie wusste es nicht.

Die Stimme der Priorin war flach, als sie fragte: »Du liebtest einen anderen Mann bereits, als der deine noch lebte?« Sie führte Katharina unter der Engelsstatue vorbei und zu der Tür ihres Gemachs.

Was stimmt hier nicht?, flüsterte die kleine Stimme in Katharinas Hinterkopf. Beim Anblick des Engels fasste ihre Hand unwillkürlich zu der Stelle an ihrem Gürtel, an der sie Egberts Dolch vermutete. Doch dann begriff sie, dass sie die Klinge hatte fallen lassen, als sie zurück in den Chor gegangen war.

Der Dolch!

Wie ein Guss eisigen Wassers kam es über sie, als sie begriff.

Sie wollte sich zu der Priorin umwenden, die nun hinter ihr ging, doch es war zu spät. Etwas traf sie mit großer Wucht seitlich an der Schläfe und löschte alles Empfinden aus.

»Richard!« Arnulfs Ruf hallte durch die Kirche, während Richard quer durch den Chor auf die Holztür zuhastete. »Warte doch!«

Richard achtete nicht auf ihn, sondern langte nach dem Türgriff. Mit einem Ruck wollte er die Tür aufziehen, doch es gelang ihm nicht. Kunigunde hatte sie von innen versperrt!

Mit einem wütenden Fluch auf den Lippen fuhr Richard herum.

»Ich muss doch bitten!«, protestierte Bruder Johannes. »Wenn Ihr schon den heiligen Bereich mit Eurer Anwesenheit entweiht …«

»Schnauze!«, herrschte Arnulf ihn an. Sein Blick lag ernst und forschend auf Richards Gesicht. »Was ist los?« Er betonte jedes einzelne Wort.

Richard zwang sich zur Besonnenheit. »Du glaubst auch, dass wir falsch lagen, dass nicht Egbert der Mörder von Dagmar und den anderen war. Ich denke, es war die Priorin!«

Es war nur ein Gefühl, aber etwas tief in seinem Innersten sagte ihm, dass dieses Gefühl nicht ganz abwegig war. Wenn Kunigunde tatsächlich wie die anderen Opfer unter diesen schwarzen Augen litt, war das vielleicht mehr als eine Verbindung. Was, wenn sie falsch gelegen hatten, wenn Egbert wirklich nicht der Mörder war?

»Er hat sie mit dem Dolch bedroht!«, warf Arnulf ein. »Wir haben es genau gesehen.«

Einen Moment war es sehr still in der Kirche. »Es war aber nicht sein eigener!«, murmelte Lukas dann.

Richard sah sich zu ihm um. »Wie?«

Der junge Mann ging quer durch den Chor. Bruder Johannes runzelte die Stirn, sparte es sich aber, wegen dieser neuerlichen Entweihung des heiligen Bereiches einen Ton zu sagen. Neben der verschlossenen Holztür bückte Lukas sich. »Das hier ist der Dolch des Doktors.«

»Den hat Katharina fallengelassen«, meinte Arnulf.

Richard nickte. »Und der andere, der, den Egbert in der Hand hatte?« *Und mit dem er mich angegriffen hat*, fügte er in Gedanken hinzu.

Bruder Johannes sah sich um. Die schlanke Klinge lag ganz in der Nähe von Egberts Leiche. Er hob sie auf und hielt sie in die Höhe. »Hier!«, rief er. »Sie trägt das Wappen der Priorin!«

Arnulf stieß ein Schnauben aus.

Und Richard begann zu ahnen, was kurz vor ihrem Eindringen in die Kirche geschehen war. »Sie hat ihn bedroht, nicht umgekehrt! Ich vermute, er hat ihr den Dolch entwinden können, genau in dem Moment, in dem wir auftauchten.«

Katharina erwachte mit dem Gefühl, dass nur wenige Augenblicke vergangen waren, seit man sie niedergeschlagen hatte. Dennoch befand sie sich nicht mehr in dem kargen Gang, sondern in dem Gemach der Priorin.

Sie lag auf einem schmalen Bett, und sie konnte sich nur schwerlich rühren. Jemand hatte ihr Hände und Füße gefesselt.

Jemand.

Die Priorin!

Sie stand vor dem Bett und drehte etwas in den Händen, das Katharina aus ihrer Position heraus nicht zu erkennen vermochte.

»Was habt Ihr vor?«, ächzte sie.

Ein wehmütiges Lächeln glitt über Kunigundes Gesicht. »Was glaubst du?«

Katharina wand sich in ihren Fesseln. Ein dumpfer Schmerz ging von ihrer Schläfe aus, und ihre Finger begannen zu kribbeln, weil die Fesseln ihr das Blut abschnürten.

»Ich werde Euch eine Geschichte erzählen«, sagte Kunigunde. »Die Geschichte von einer jungen Frau und einem jungen Mann.«

»Eure Geschichte«, vermutete Katharina.

»Genau! Ihr wolltet sie doch hören: meine Geschichte, nicht wahr?«

Bring sie zum Reden!, dachte Katharina. *So lange sie redet, tut sie nichts anderes!* Also nickte sie so eifrig, wie sie es vermochte.

»Es ist eine traurige Geschichte«, sagte die Priorin. »Sie beginnt in jenem Jahr, in dem die Reichsstadt Nürnberg Markgraf Albrecht besiegte und ihn dazu zwang, all die Gebiete, die er zuvor erobert hatte, zurückzugeben. Das war im Jahr 1450.« Kunigunde sah Katharina herausfordernd an, und Katharina beschloss, das Spiel, das die Priorin begonnen hatte, so lange wie möglich mitzuspielen.

»Eurem Geburtsjahr«, vermutete sie.

Zufrieden nickte Kunigunde. »In der entscheidenden Schlacht am Pillenreuther Weiher verlor mein Vater sein Leben, und er ließ eine umfangreiche Familie zurück. Meine Mutter, die kurz darauf an gebrochenem Herzen starb. Meinen älteren Bruder, mich und unsere sieben kleineren Geschwister.«

Katharina nickte. »Was geschah mit ihnen?«

»Die beiden Jüngsten starben noch im selben Jahr, Isolde, die direkt nach mir geboren wurde und die mir die Liebste war, kurze

Zeit später. Mein Bruder und ich konnten sie einfach nicht ausreichend ernähren, obwohl wir beide arbeiteten bis zum Umfallen. Sie wurden krank, und wir konnten nichts dagegen tun.«

Was ist nun mit Eurem Spruch von Gottes unergründlichen Wegen?, dachte Katharina verächtlich.

Kunigunde zog missbilligend die Augenbrauen zusammen, und fast schien es Katharina, als habe die Priorin plötzlich die Fähigkeit, Gedanken zu lesen.

Ihre Gedanken flogen zu Richard und den anderen. Ob sie ahnten, in welch gefährlicher Lage sie sich befand? Sie konnte es nur hoffen!

Sie richtete ihre Aufmerksamkeit wieder auf Kunigunde, die weitersprach. »Kaum zwei Jahre nach dem Tod meiner Eltern waren nur noch Raphael, ich und ein jüngerer Bruder namens Erich übrig. Erich war noch sehr klein gewesen, als Mutter und Vater gestorben waren, und er begriff nicht, dass Raphael und ich nicht seine Eltern waren. Er bestand darauf, uns Mama und Papa zu nennen, und irgendwann gaben wir es auf, ihn zu korrigieren. Wir lebten ja ohnehin wie eine kleine Familie zusammen. Raphael arbeitete als Tagelöhner auf den Feldern der Bauern, ich spann und webte und versuchte so, seinen mageren Verdienst ein wenig aufzubessern. Manchmal kam Raphael abends nach Hause, und ich empfing ihn wie eine Ehefrau. Ich kochte das Essen, ich wusch für ihn.«

Katharina ahnte bereits, was jetzt kommen würde, und sie täuschte sich nicht.

»Und eines Tages geschah es, dass wir uns vergaßen.« Kunigundes Worte hingen in der Luft.

Katharina verspürte ein furchtbares Bedauern für diese Frau, und die Intensität dieses Gefühls verwirrte sie. Warum empfand sie keinen Zorn, kaum Angst?

Kunigunde hob die Rechte und zeigte ihr, was sie in den Fingern hielt. Gleichzeitig fasziniert und distanziert erkannte Katharina, was es war.

Eine Haarnadel.

Ungefähr doppelt so lang wie ein Finger und dünn wie eine Ahle. Perfekt geeignet, um jemandem damit die Augen auszustechen.

Die Gedanken rasten durch Katharinas Geist, doch noch immer blieb die Angst ein fernes, nebelhaftes Gefühl. Wieder war ihr, als trete sie aus ihrem Körper, als sehe sie sich selbst von oben herab auf dem Bett liegen.

Das Bild von Richard schoss ihr durch den Kopf, wie er dastand und mit dem schmalen Federmesser und dem Schädel demonstrierte, wie Heinrich getötet worden war. Sie sah das Funkeln der Messerspitze, und auf einmal, als habe sich ein Damm geöffnet, überfiel die Angst Katharina mit voller Wucht. Bittere Galle schoss ihr in der Kehle nach oben. Sie unterdrückte ein Würgen.

In Kunigundes Augen erschien ein zufriedenes Lächeln. »Wir vergaßen uns, Katharina, weißt du, was das bedeutet?«

Katharina schluckte gegen den bitteren Geschmack in ihrem Mund an. Fieberhaft suchte sie nach den richtigen Worten, und sie entschied sich dafür, es mit dem Ausdruck zu umschreiben, den die Bibel benutzte. »Ihr erkanntet Euch.«

»Wir erkannten uns.« Das Lächeln auf Kunigundes Gesicht vertiefte sich, erreichte ihre Mundwinkel und zog sie nach oben. Es sah unheimlich aus, wie eine Maske. »Wir lagen beieinander, ja. Und ich empfing.«

Katharina schloss die Augen. Kunigunde hatte mit ihrem eigenen Bruder ein Kind gezeugt.

»Und weil diese Sünde so unaussprechlich war, strafte Gott uns. Er strafte Raphael und mich und auch die Kleinen.«

Katharina wollte eine Frage stellen, doch dann drang die Bedeutung dessen, was sie soeben gehört hatte, in ihr Bewusstsein. »*Die* Kleinen?«, hakte sie nach.

Kunigunde nickte. Ihre Augen glitzerten jetzt, als habe ein schweres Fieber sie erfasst. »Ich gebar Zwillinge. Ein Mädchen und einen Jungen.«

Und mit einem Mal begriff Katharina.

»Heinrich!«, keuchte sie. »Und Dagmar.«

»Du bist so klug!«, flüsterte Kunigunde. »Genau!«

»Was war es für eine Strafe, von der Ihr spracht?« Katharina bemühte sich, eine etwas bequemere Position einzunehmen. Vergeblich. Inzwischen kribbelten auch ihre Füße.

»Später! Lass mich der Reihe nach weitererzählen. Als ich bemerkte, dass ich schwanger war, verließ ich Raphael. Er hat nie erfahren, dass er Vater war. Ich gebar die Kinder ganz allein in einem Schuppen vor den Toren der Stadt.« Kunigunde schauderte bei dem Gedanken daran, und Katharina konnte es ihr nachempfinden. Völlig auf sich gestellt, ohne Hilfe und Zuspruch zwei Kinder zur Welt zu bringen: Wie musste sie sich gefühlt haben!

»Dann überlegte ich, was ich tun sollte. Eine schwere Sünde hatte ich bereits auf meine Schultern geladen, ich war nicht bereit, dem eine noch schwerere zuzufügen.«

Sie sprach von Kindsmord. Eine eisige Hand strich Katharina über ihr Rückgrat.

»Ich setzte die Kinder aus, und weil ich wusste, wie schwierig es war, ein Zuhause für zwei hungrige Mäuler zu finden, trennte ich sie. Das Mädchen legte ich auf die Stufen der Katharinenkirche, den Jungen brachte ich in den nördlichen Teil der Stadt und legte ihn vor das Haus einer reichen Patrizierin.« Die Priorin lachte auf. »Offenbar jedoch hatte Gott beschlossen, dass die beiden nicht getrennt voneinander aufwachsen sollten. Sowohl die Nonnen von St. Katharina als auch die reiche Vettel brachten die Kinder in das Findelhaus an der Schüdt. Und dort wuchsen die beiden auf wie Geschwister. Sie fühlten sich wie Geschwister, aber sie erfuhren nie, dass sie in Wirklichkeit auch Geschwister waren.«

Katharina musste an Cornelius denken, an den Bettler, den sie in Heinrichs Unterschlupf angetroffen und der ihr erstmals von Dagmars Existenz erzählt hatte. *War nur so 'ne Art Schwester*, hatte er gesagt.

Welch Hohn!

»Nachdem ich meine eigenen Kinder ausgesetzt hatte, haderte ich eine Weile mit mir selbst, doch dann entschied ich mich, ins Kloster zu gehen, um für meine Sünden zu büßen. Auf diese Weise kam ich nach St. Katharina, wo ich innerhalb weniger Jahre zur Priorin aufstieg. Ich nahm es als Zeichen. Als Zeichen dafür, dass Gott mir verziehen hatte.«

»Aber dann geschah etwas«, vermutete Katharina, »das Euch zeigte, dass dem nicht so war.«

»Nicht sofort. Zunächst geschah nur eines: Raphael suchte mich, und schließlich fand er mich auch. Wir redeten ein paarmal im Torhäuschen. Er hatte nie begreifen können, warum ich fortgegangen war, aber ich erzählte ihm nichts von seinen Kindern. Im Kloster hatte niemand eine Ahnung von meiner Sünde, und ich hatte auch vor, es sich damit bewenden zu lassen. Doch dann geschah das eben von Euch Vermutete.«

Plötzlich setzte sich das Bild mit solcher Klarheit zusammen, dass Katharina nach Luft schnappen musste.

»Dagmar kam und bat um Aufnahme ins Kloster!« Sie war ganz sicher, dass es so gewesen sein musste. Nur zu gut erinnerte sie sich an Marias Worte.

Ausgerechnet jetzt musste ihr das passieren, wo sie endlich mit sich selbst im Reinen gewesen ist. Sie wollte nämlich ins Kloster gehen …

Bedächtig nickte Kunigunde. »Sie stand plötzlich vor mir, und ich sah …«

»Ihre schwarzen Augen!«

Wieder nickte die Priorin. »Und das kurz nachdem ich sie bei mir selbst entdeckt hatte. Ich versuchte, ruhig zu bleiben, versuchte, mit Dagmar zu reden. Dadurch erfuhr ich, dass sie ein Findelkind war, dass man sie auf den Stufen der Katharinenkirche gefunden hatte.«

»Und da bestand für Euch keinerlei Zweifel mehr.«

»Erst, nachdem sie mir von ihrem Bruder erzählte, von Heinrich, mit dem gemeinsam sie im Findelhaus aufgewachsen war. Ich fragte mich, woher sie wissen konnte, dass Heinrich ihr Bruder war, aber sie sagte mir, sie nenne ihn nur so, weil sie ungefähr gleich alt waren.« Kunigunde lachte auf. »Auf den Tag genau gleich alt waren sie, aber das konnten sie natürlich nicht wissen. Sie sahen sich ja kaum ähnlich! Niemand konnte auf die Idee kommen, dass sie wirklich Geschwister waren.«

»Aber Ihr.«

»Ich wusste es.« Kunigunde balancierte die Haarnadel jetzt auf der Fingerspitze. »Und ich wusste noch etwas anderes. Nämlich, dass meine Sünde, meine und die meines Bruders, unsere Seelen der

Verdammnis anheimgegeben hatte. Alle Buße, alles Beten und Singen hatte nichts genützt. Wir waren und sind verdammt in alle Ewigkeit. Und zum Zeichen dafür brandmarkte Gott uns mit diesen schwarzen Augen.«

»Und dann saht Ihr Dagmar. Ihr entdecktet, dass auch sie diese schwarzen Augen hatte.«

»Sie erzählte mir, dass sie eine gefallene Frau war. Sie erzählte mir sogar von ihren Kunden. Von einem, den sie besonders mochte und der den Namen Raphael trug.«

Katharina schwieg, und langsam nur sickerte der Sinn dieser Worte in ihr Bewusstsein. »Sie hatte mit ...«

»... ihrem eigenen Vater geschlafen, ja!« Kunigunde zog die Nase hoch, es klang wie ein Schluchzen. »Auch sie war verdammt, Katharina!«

»Darum musste sie sterben?«

Kunigunde antwortete nicht, aber es war deutlich, wie sehr sie jetzt in ihrer Wahnvorstellung von Verdammnis, Schuld und Sühne gefangen war.

»Warum Heinrich?«, fragte Katharina leise.

»Von Dagmar erfuhr ich, wo er lebte, und ich suchte ihn auf, um mich zu vergewissern, dass wenigstens er von dem Fluch der Sünde verschont geblieben war.«

Katharina schüttelte den Kopf. »Vergeblich.«

Auch Heinrich hatte diese Schatten in den Augen gehabt. Was sein Todesurteil gewesen war.

»Und Raphael? Wie konntet Ihr wissen, dass er im Haus meines Mannes war?«

Da legte Kunigunde den Kopf schief. »Nun, es hat mich einige Tage gekostet, es herauszufinden! Ich habe seine Nachbarn und Kollegen befragt, aber erfahren habe ich es eigentlich von Bruder Johannes. Es hat nur eine Weile gedauert, bis ich mich daran erinnerte, dass er es mir längst erzählt hatte.«

Verständnislos sah Katharina sie an.

»Ihr selbst müsst ihm gesagt haben, dass Raphael im Fischerhaus wohnte.«

Das stimmte!, durchfuhr es Katharina siedendheiß, und wieder überkam sie das Gefühl, verantwortlich zu sein. Wenn sie geschwiegen hätte, wenn sie Johannes gegenüber nichts davon gesagt hätte, dass Raphael Krafft sich bei Egbert aufgehalten hatte …

Sie knirschte mit den Zähnen. Inzwischen spürte sie ihre Hände und Füße nicht mehr, dafür schmerzten die Muskeln ihrer Arme, die in so unnatürlicher Haltung auf ihren Rücken gezwängt waren.

Kunigunde ließ die Haarnadel in ihre Hand fallen und packte sie wie eine Waffe.

Katharina konnte den Blick nicht davon abwenden. Ihr wurde schlecht, als sie sah, wie Kunigunde auf sie zukam.

»Und jetzt?«, murmelte die Priorin.

Fieberhaft überlegte Katharina, was sie noch sagen konnte, um die Frau von ihrem Wahn abzubringen. Sie warf den Kopf in den Nakken und schrie um Hilfe.

»Schreien nützt nichts!«, meinte Kunigunde. »Ich werde dich jetzt von deinem Elend erlösen. Der Mensch ist schwach und bricht Gottes Gebote mit jedem Atemzug. Du liebst einen anderen Mann, obwohl du bis eben noch verheiratet warst. Auch du bist voller Sünden, und das wird jetzt ein Ende haben!«

Richard!, dachte Katharina.

Und schrie erneut.

Gefolgt von Arnulf und Lukas umrundete Richard das halbe Kloster, um zum Torhäuschen zu gelangen, dem einzigen anderen Zugang, der ihnen noch blieb, wenn sie Katharina retten wollten.

Die Tür zwischen Chor und Kloster hatte sich als zu massiv erwiesen, um sie gewaltsam aufzubrechen. Von dem Versuch allein schmerzte Richards Schulter und auch die alten Verletzungen auf seinem Rücken. Er achtete nicht darauf. Alles, woran er denken konnte, war Katharina.

Was, wenn Kunigunde sie ebenfalls tötete?

Das Bild von Dagmars Leiche flammte vor seinem inneren Auge auf, und er lief noch schneller. Bruder Johannes folgte ihnen hintendrein. Er hatte Richard einen Schlüsselbund gegeben, mit dessen Hilfe sich die Zwischentür im Torhäuschen öffnen ließ. Richards Knöchel traten weiß hervor bei dem Versuch, den Schlüsselbund nicht fallenzulassen. Die Schlüssel sahen alle gleich aus, und er hätte wertvolle Zeit gebraucht, den richtigen wiederzufinden.

Vor dem Torhäuschen angekommen, zitterten seine Hände so sehr, dass er sie kaum zur Faust ballen konnte. Was, wenn die Nonne, die Tordienst hatte, sie nicht einließ?

Er hämmerte gegen die Tür, so fest er es vermochte.

Die Luke wurde geöffnet, und zu Richards grenzenloser Erleichterung hatten die Schreie, die durch die Klostergänge gehallt waren, die Wächterin zur Vernunft gebracht. Sie öffnete ihnen die Tür.

»Die Priorin!«, keuchte Richard. »Wir müssen zu ihr!«

Die Hand der Priorin zuckte vor. Katharina vermochte nicht, den Blick von der funkelnden Nadelspitze zu lassen. Wieder dachte sie an Richards Erklärung über die Art und Weise, wie Heinrich gestorben war. Das Metall war ihm bis ins Gehirn gefahren ...

Katharina riss den Kopf zur Seite. Die Nadel verfehlte ihr Auge, ritzte über ihre Wange. Ein spitzer Schmerz flammte auf, ließ ihre Augen tränen.

»Halt still!«, kreischte Kunigunde. *»Wenn aber dein rechtes Auge dir Anstoß gibt, so reiß es aus und wirf es von dir; denn es ist besser für dich, dass eins deiner Glieder umkomme, als dass dein ganzer Leib in die Hölle geworfen werde!«*

Katharina strampelte, um sich die Wahnsinnige vom Leib zu halten.

In diesem Moment flog die Tür auf und prallte mit einem Krachen gegen die Wand.

»Lass sie in Ruhe!«, brüllte Richard.

Kunigunde fuhr halb herum, so dass Katharina ihr Profil sehen konnte. Sie hatte den Mund weit aufgerissen, die Augen ebenfalls. Die Nadel lag in ihrer Hand wie der Stachel eines tödlichen Insekts.

»Fort!«, fuhr sie Richard an. Ihre Stimme schien sich verwandelt zu haben, wirkte tiefer, kraftvoller.

Katharina erschauderte.

Und dann geschah es. Kunigundes Arm ruckte hoch. Sie kreischte so voller Schmerz und Entsetzen, dass Katharina sich am liebsten die Ohren zugehalten hätte. Dann erst, einige Herzschläge später, begriff Katharinas Verstand, was die Priorin tat: Mit der flachen Hand trieb sie sich die Nadel in das eigene Auge!

Ein letztes Mal schlug Kunigunde gegen die Nadel. Dann bäumte sie sich wie von einem Pfeil getroffen auf. Ein Zucken durchlief ihren gesamten Körper.

Und schwer krachte sie zu Boden.

Noch einmal erbebten all ihre Glieder. Dann lag sie still. Die Nadel ragte aus ihrem Gesicht wie ein Pfahl.

Katharina würgte. Ihr wurde schwarz vor Augen, doch nur kurz, und als sie wieder zu sich kam, da war Richard bei ihr. Er hatte sie an sich gezogen, hielt sie umfangen und wiegte sie wie ein Kind.

»Du lebst!«, flüsterte er ihr ins Ohr, wieder und wieder. »Du lebst!«

Katharina legte die Stirn gegen seine Schulter.

Jemand betrat das Gemach, aber sie wollte nicht sehen, wer es war. Nur an der Stimme erkannte sie Arnulf. Grimmig sagte er: »Sieht so aus, als wäre es überstanden.«

26. Kapitel

25. November 1491 n. Chr.

Katharina stand im Flur des Fischerhauses und blickte Lukas an.

»Bist du sicher, dass du Nürnberg verlassen willst?«, fragte sie. Sie verspürte Bedauern. Sie hatte Lukas ins Herz geschlossen, und auch wenn er sie wieder und wieder an Egbert erinnerte, tat es doch gut, ihn um sich zu haben mit seiner besonnenen Art und dem ruhigen Lächeln, das er meistens im Gesicht trug.

Tags zuvor hatte Katharina ihre Mutter ins Heilig-Geist-Spital gebracht, wo diese einen Pfündnerinnen-Platz erhalten hatte. Katharina konnte es sich jetzt leisten, Mechthild dies zu bezahlen, denn der Geldbeutel, den Egbert ihr hinterlassen hatte, beinhaltete ein kleines Vermögen.

Traurig sah sie Lukas an. Wenn er jetzt auch noch gehen würde, wäre sie ganz allein in diesem riesigen, mit schlimmen Erinnerungen belasteten Haus.

Er lächelte schwach. Auch er wirkte betrübt. »Ich glaube, es ist besser so. In Köln gibt es noch die Hinterlassenschaft meines Vaters. Um die muss ich mich kümmern.« Ein düsterer Ausdruck erschien in seinen Augen, als er das sagte.

Katharina zögerte, doch dann sprach sie aus, was sie beide dachten: »Glaubst du, dass Egbert deinen Vater umgebracht hat?«

Lukas antwortete nicht sofort. »Die Kopfwunde hat ihn zu einem Dämon gemacht«, murmelte er dann. »Vielleicht war mein Vater sein erstes Opfer. Ich weiß es nicht.«

»Wir werden es nie erfahren.«

Lukas schüttelte den Kopf. »Ich ziehe es vor, zu glauben, dass mein Vater tatsächlich an seinem schwachen Herzen gestorben ist.« Er lächelte leicht und wechselte das Thema. »Du hattest ein Leben, bevor dein Mann zurückgekehrt ist. Versuch, es wiederaufzunehmen.«

Katharina dachte an Richard. »Es ist so vieles geschehen«, sagte sie leise.

Sie hatte in den vergangenen vierzehn Tagen viel darüber nachgedacht, wie es weitergehen würde. Während sie für Egberts Beerdigung gesorgt hatte und auch für den Umzug ihrer Mutter ins Spital, hatte sie stets nur kurze Gedanken auf die Zukunft richten können, aber sie wusste, dass sie über kurz oder lang eine Entscheidung treffen musste, ob sie Richard Egberts Tod verzeihen konnte.

Lukas griff nach ihrer Hand. »Er liebt dich«, sagte er.

Sie wussten beide, dass er von Richard sprach.

Katharina nickte. »Ich weiß.«

Da beugte Lukas sich vor und gab ihr einen sanften Kuss auf die Wange. »Solltest du jemals nach Köln kommen: Ich würde mich über deinen Besuch freuen.«

Katharina zwang sich zu einem Lächeln. Im Moment war ihr nicht nach Reisen zumute, aber wer wusste schon, wohin Gott ihre Wege zu lenken gedachte?

»Gern«, meinte sie.

Lukas verbeugte sich. »Ich danke dir!«

»Wofür?«

»Für alles.« Er hob den Fuß und stieß damit gegen die Kiste, die er neben sich gestellt hatte. Das Pferd, das er sich für die Reise geliehen hatte, schnaubte leise. Die Kiste enthielt Egberts alchemistische Gerätschaften, den Dreifuß, die Töpfe mit Pulvern und Zutaten. Die Phiole.

Nur ein einziges Döschen hatte Katharina für sich behalten. Es enthielt die Substanz, die Egbert aus Raphaels Urin destilliert hatte.

»Für Egberts Sachen«, sagte Lukas. »Und auch dafür, dass du mich mit Hohenheim bekannt gemacht hast.« Er hatte in den letzten Tagen viel mit dem Medicus aus Einsiedeln gesprochen.

»Behalte sie einfach in Ehren«, meinte Katharina. »Und denk ab und zu an mich.«

Lukas nickte. »Das werde ich.« Dann bückte er sich, nahm die Kiste und hob sie hinter den Sattel auf das Pferd, wo eine hölzerne Transportvorrichtung eigens dafür angebracht worden war. Sorgsam schnallte er die Kiste mit Lederriemen fest.

»Leb wohl!«, wandte er sich ein letztes Mal an Katharina.

»Du auch!«

Er tippte sich gegen die Stirn, dann schwang er sich in den Sattel, wendete sein Pferd und ritt davon.

Katharina blickte ihm nach, bis er um die Ecke verschwand, erst dann ging sie zurück in das große Haus, in dem sie nun ganz allein war.

Kurze Zeit später schellte es an der Tür.

Katharina ging öffnen, und vor ihr standen Hartmann Schedel und Wilhelm von Hohenheim.

Schedel grinste sie freundlich an. »Wir wollten nur einmal nachsehen, wie es Euch geht!«

»Kommt herein.« Katharina ließ die beiden Männer ins Haus und führte sie in die Küche, wo der Tisch inzwischen außer dem einzelnen Schemel noch einige Stühle bekommen hatte, die Katharina auf dem Dachboden gefunden hatte. »Möchtet Ihr etwas trinken?«

Schedel verneinte, und auch Hohenheim setzte sich mit einem Kopfschütteln. »Wie geht es Euch?«, fragte Schedel noch einmal.

Katharina zuckte die Achseln. »Ich weiß nicht so recht.«

»Die *melancholia*?«

»Ist zur Zeit nicht da.« Katharinas Blick huschte zu dem Döschen auf dem sonst völlig leeren Regal. Wie oft hatte sie es bereits in den Händen gehalten, hatte dem leisen Gluckern des Wassers zugehört, mit dem Egbert das *apricum* bedeckt hatte? Und wie oft hatte sie dabei an ihren toten Mann gedacht und versucht herauszufinden, ob sich die Trauer um ihn diesmal anders anfühlte.

Schedel schien zufrieden. »Das ist gut! Wisst Ihr schon, wie es nun weitergehen soll?«

»Ehrlich gesagt, nein. Aber ich bin zumindest meine Geldsorgen los.« Katharina setzte sich zu den beiden Männern an den Tisch.

Hohenheim schaute sie mit einem Stirnrunzeln an. »Ich frage mich die ganze Zeit, wie es möglich ist, dass Menschen so etwas tun!«

So etwas!

Katharina fröstelte. Hohenheim sprach von den Morden, das war nur allzu deutlich.

»Meint Ihr Egbert oder Kunigunde?«, fragte sie.
Hohenheim überlegte. »Beide.«
»Waren sie verrückt?« Katharina legte die Hände auf die Tischplatte. »So wie der Engelmörder damals?«
Schedel zuckte die Achseln. »Bei dem gab es wenigstens eine Erklärung für seinen Wahn.«
»Bei Egbert auch«, erinnerte Katharina ihn und legte Zeige- und Mittelfinger auf die Mitte ihrer Stirn.
»Die Kopfverletzung, ja.« Schedel lehnte sich zurück. »Ich habe mich ein wenig kundig gemacht. Hippokrates beschreibt einen Fall, in dem ein Mann, der einen Schlag auf den Kopf erhalten hat, ganz ähnlich reagierte wie Euer Gatte.«
»Er war nicht besessen, oder?«, erkundigte sich Katharina. Über diese Frage grübelte sie seit Egberts Tod. Die Art und Weise, wie er Richard angefallen hatte, und das häufige Schwanken zwischen Freundlichkeit und Zorn waren ihr unheimlicher geworden mit jedem Tag, der vergangen war. Und die Vorstellung, dass ein Dämon ihn zu seinen Taten getrieben hatte, bereitete ihr ein eigenartiges Gefühl von Befangenheit, obwohl es sie doch eigentlich hätte erleichtern müssen. Allein der Gedanke, dass es vielleicht gar nicht ihr Mann gewesen war, mit dem sie das Lager geteilt hatte, verursachte ihr Magenschmerzen.
Schedel schüttelte den Kopf. »Je länger ich mich mit solchen Fällen beschäftige, um so sicherer bin ich mir, dass die wenigsten Phänomene von Dämonen verursacht werden.«
Katharina musste an Maria denken. Richard hatte ihr erzählt, was die Arme in ihrer Zelle im Narrenhäuslein gesagt hatte.
Das Böse, es kommt nicht vom Teufel oder von irgendwelchen Dämonen, die uns quälen. Es wird uns von Menschen zugefügt.
Wie wahr!, dachte Katharina.
Sie unterhielt sich noch eine Weile mit Schedel und Hohenheim über die Medizin im Allgemeinen, bevor sie auf Kunigunde und ihre Familie zu sprechen kam.
»Glaubt Ihr, dass beides zusammenhängt, die schwarzen Augen und der schwarze Harn?«, wollte sie wissen.
Beide Männer nickten vehement. »Es liegt nahe, das zu glauben,

oder?«, meinte Hohenheim. Dann seufzte er. »Wie gern würde ich in dieser Richtung weiterforschen! Der Zusammenhang zwischen schwarzer Galle, der *melancholia* und diesen Menschen mit dem Schwarzharn ist gar zu bemerkenswert!« Er zog ein beschriebenes Blatt Papier aus der Tasche. »Seht einmal, was Lukas mir verraten hat.«

Katharina überflog den Text, der mit einer sehr unordentlichen, kindlichen Schrift niedergeschrieben worden war.

»Besonders den Urin. Destilliere ihn gar über. So gehen die Elemente Luft, Wasser und Erde hinüber. Bleibet Feuer am Boden. Dann nimm und schütte alles wieder zusammen. Und destillier auf vier Mal ...« Mit einem Lächeln ließ sie das Blatt sinken. »Lukas hat Euch die Herstellung des *apricums* verraten?«

Er nickte begeistert, nahm den Zettel wieder an sich und steckte ihn weg.

Einen Moment lang schwiegen sie allesamt.

Katharina beneidete den Medicus um die unbefangene Art, mit der er auf die furchtbaren Morde reagierte. Für ihn waren sie nichts weiter als die Äußerungen von Krankheiten, für deren Bekämpfung er lebte.

Wie gern hätte sie selbst diesen Abstand auch gehabt!

Aber sie musste in einem fort an die Opfer denken. An Dagmar und ihr Kind, das nie das Licht der Welt erblicken würde. An Heinrich, den sie so sehr ins Herz geschlossen hatte mit seiner liebevollen Art. An Raphael, den sie gern näher kennengelernt hätte.

Aber auch an Kundigunde.

Und natürlich an Egbert.

Auf ihre eigene Weise waren auch sie Opfer, dachte Katharina. Opfer der Umstände oder eines sadistischen Gottes, der seine Spielchen mit ihnen und ihren Seelen spielte.

Sie schob diese blasphemischen Gedanken von sich.

Noch während sie überlegte, was sie sagen sollte, wurde zum zweiten Mal an diesem Tag der Klingelzug neben der Haustür betätigt.

Richard verspürte große Unsicherheit, als Katharina ihm öffnete. Sie trug ein schlichtes dunkles Kleid, das ihrem soeben erst neuerworbenen Status als Witwe gerecht wurde, aber ihre blonden Haare waren unbedeckt. Aus ihren rauchfarbenen Augen blickte sie auf Richard hinab, der zwei Stufen unter ihr stand. »Darf ich hereinkommen?«, fragte er. Sein Herz flatterte ihm im Brustkorb.

Es war nicht das erste Mal, dass sie sich seit Egberts Tod trafen. Auf dessen Beerdigung waren sie sich begegnet und auch auf der von Raphael und seinen beiden Kindern. Doch stets hatten sie nur kurz Höflichkeiten ausgetauscht und nie wirklich miteinander gesprochen.

Katharina machte ihm den Weg frei.

»Ich komme gerade von Silberschläger.« Richard erklomm die beiden letzten Stufen und betrat das Haus. Es war in den vergangenen Tagen ein wenig wohnlicher geworden, offenbar hatte Katharina einige neue Möbel aufgestellt. Aber noch immer wirkte alles heruntergekommen und unheimlich.

Im Flur blieben sie stehen.

Fragend sah Katharina Richard an.

»Ich habe ihm Bericht erstattet über den Mord an Zeuner und wer ihn auf dem Gewissen hat.«

»Jetzt erst?«

Richard zuckte die Achseln. »Er war für einige Zeit nicht in der Stadt.« Schief grinste er. »Was zeigt, wie wichtig ihm die ganze Sache war, nachdem die Juden aus dem Spiel waren.«

»Nicht viel wichtiger als der Mord an Dagmar und den anderen.« Katharina wies in Richtung Küche, und Richard ging voraus.

Als er den Raum betrat, sah er, dass Schedel und Hohenheim bereits an dem großen Küchentisch saßen. Mit einem Nicken grüßte er sie.

»Vielleicht ein bisschen«, antwortet er dann auf Katharinas Worte. »Immerhin war Zeuner ein hochgestellter Bürger.«

Während er sich hinsetzte, wanderten seine Gedanken zu dem Treffen mit dem Bürgermeister zurück. Silberschläger war nicht besonders erbaut darüber gewesen, dass Richard ihm tatsächlich diesen Mordfall gelöst hatte. Wenigstens damit also konnte er den Judenhass in der Stadt nicht mehr schüren.

Richard war sich sicher, dass der Bürgermeister ihm das übelnahm. Sehr übelnahm.

Wie es aussah, hatte er sich einen Feind gemacht.

Er holte tief Luft. Darüber würde er sich zu einem späteren Zeitpunkt Gedanken machen. Jetzt hatte er Wichtigeres zu tun.

Sein Blick lag auf Schedel.

Der Doktor begriff sofort. »Oh!« Er stand auf. »Ich fürchte, wir müssen gehen, Wilhelm!«

Hohenheim wollte protestieren, aber dann verstand auch er.

Er schaute von Katharina zu Richard und wieder zurück. Ein Lächeln glitt über seine Miene, als auch er sich erhob.

»Es ist eine Binsenweisheit, meine Liebe«, sagte er zu Katharina. »Aber an ihr ist mehr dran als an vielen klugen Worten der größten Gelehrten.«

Katharina wartete, was nun kommen mochte.

»Die Zeit heilt alle Wunden!«

Sie neigte den Kopf. »Das ist wirklich eine Binsenweisheit.« Sie lächelte.

Richard wurde es warm ums Herz. Egal ob Binsenweisheit oder nicht, wenn es stimmte, sollte es ihm recht sein.

Er blieb zurück, als Katharina die beiden Doktoren zur Tür brachte.

Als sie zurückkehrte, stand er vor dem Regal und hielt das Döschen mit Egberts Medizin in der Hand.

»Was denkst du?«, fragte Katharina.

Er drehte das Döschen. Dann stellte er es wieder weg. Achselzuckend wandte er sich zu ihr um. »Ich weiß nicht. Irgendwie habe ich ein mulmiges Gefühl dabei.«

»Wobei? Bei dieser Medizin?«

Er nickte.

Und da lächelte sie erneut. »Was glaubst du, was ich habe? Immerhin weiß ich, woraus das Zeug gemacht ist.«

Richard wurde leichter zumute. »Er hat dir nie gesagt, wie du es verwenden musst, oder?«

»Nein. Er wusste es selbst nicht.«

Katharina trat näher.

»Katharina, wegen der Sache mit Egbert …«, begann Richard, aber sie schüttelte nur den Kopf.

»Lass mir Zeit!«, bat sie.

Und er nickte. Das würde er.

Er war versucht, die Hand nach ihr auszustrecken, doch er wagte es nicht. Das Lächeln auf ihrer Miene war fort, doch es hatte nicht dem alten Ausdruck von Traurigkeit Platz gemacht.

Vielleicht war das ein gutes Zeichen.

Nachwort

Die Krankheit, unter der Kunigunde und die anderen in diesem Roman leiden, gibt es wirklich. Sie heißt Alkaptonurie, und sie ist medizinhistorisch von einiger Bedeutung, weil sie im 19. Jahrhundert zur Geburt der Humangenetik geführt hat.

Darüber hinaus ist sie aber auch bereits in antiker Zeit recht gut belegt. Schon den damaligen Ärzten fiel es auf, wenn Menschen, die unter nachweislich schwarzem Harn litten, nicht, wie es die damalige Lehrmeinung war, rasch das Zeitliche segneten, sondern, im Gegenteil, sogar lange und recht gut damit lebten. Hippokrates beschreibt in seinem Dritten Buch der Volkskrankheiten vermutlich einen Fall von Alkaptonurie, und auch Johannes Aktuarius, den Hartmann Schedel und Wilhelm von Hohenheim zitieren und der keine Erfindung von mir ist, beschäftigt sich eingehend mit dem Phänomen des Schwarzharns.

In neuerer Zeit fand man heraus, dass es sich bei der Alkaptonurie um eine Erbkrankheit handelt, die besonders häufig in Familien mit Inzestfällen auftritt. Bei der Schilderung der Symptome habe ich mich an die Forschungsergebnisse gehalten, mit einer einzigen Ausnahme: Die Schwarzfärbung der Augen tritt in Wahrheit nicht so rapide auf, wie ich es beschreibe, und sie ist auch nicht ganz so drastisch. Hier habe ich der Dramaturgie der Geschichte ein wenig Rechnung getragen und den Symptomverlauf übertrieben.

Historisch extrem bewanderte Leser werden bemerkt haben, dass der alchemistische Vorgang, den Egbert so verzweifelt versucht nachzuvollziehen, die Entdeckung des Phosphors durch Henning Brand im 17. Jahrhundert vorwegnimmt. Für seinen Erfolg wäre natürlich kein Alkaptonurie-Urin nötig gewesen. Der Versuch klappt allein durch die Einhaltung von bestimmten Temperaturen und der Verwendung der richtigen Katalysatoren bzw. den Abschluss des

Präparates vom Luftsauerstoff. Im Roman »trifft« Egbert zufällig die richtigen Voraussetzungen in dem Moment, in dem er beginnt, mit dem Schwarzharn zu arbeiten. Wie schon in der Schilderung der chemischen Vorgänge im »Seraphim« bin ich auch in diesem Roman mit einigen Details bewusst unexakt gewesen. Wer wissen möchte, wie genau man Phosphor aus menschlichem Harn herstellt, sei an die einschlägigen Internetforen verwiesen.

Die Darstellung des alchemistischen Standardverfahrens, das Egbert Lukas erklärt, stammt aus dem Buch »Alchemistisches Gold – Paracelsistische Pharmaka« von Rudolf Werner Soukup und Helmut Mayer. Eine Fundgrube für jeden, der sich mit alchemistischen Details beschäftigen möchte!

Den Text auf der Streitschrift, die Richard und Arnulf in die Hände bekommen und in dem es um fortgehexte bzw. als Haustiere gehaltene Penisse geht, habe ich mir nicht ausgedacht, sondern wörtlich aus dem Malleus Maleficarum, dem Hexenhammer von Heinrich Institoris, abgeschrieben. Man mag es kaum glauben!

Wilhelm von Hohenheim lebte tatsächlich in Einsiedeln, und auch dass seine Frau dort ein Hospital leitete, entspricht der historischen Wahrheit. Sie beide sind die Eltern des berühmten Paracelsus, und der Satz zu Beginn des Romans, den ich Richard auch einmal in den Mund lege, stammt eigentlich aus der Feder ihres Sohnes. Ich habe mir erlaubt, Wilhelm diesen Satz zuzuschreiben. Ob er übrigens jemals in Nürnberg gewesen ist, darf bezweifelt werden, ebenso wie die Tatsache, dass Paracelsus die Beschreibung der Phosphor-Herstellung von Lukas von Minden erhielt.

Ach, und natürlich ist die Einführung der Abtrittanbieter durch den Rat der Stadt und als Reaktion auf die Brunnenvergiftungen pure Phantasie der Autorin.

Danksagung

Wie immer waren an der Entstehung dieses Buches einige Menschen beteiligt, die hier gewürdigt werden sollen.

Da ist zum einen mein Lektor Gunnar Cynybulk, der mir eine große Freude damit gemacht hat, als er mir sagte, dass Katharina und Richard erneut die Bühne des historischen Romans betreten dürfen. Ich hoffe, es geht meinen Leserinnen und Lesern ebenso.

Dann habe ich von Herzen zu danken: Monika Severith und Stefanie Kropp-Heindorf, die mir mit ihren Anmerkungen zum Manuskript so manches Bauchweh kuriert haben. Danke Euch beiden! Ich bin froh, Euch zu haben!

Bei den Recherchen gebührt diesmal Sylvia Feil ein großer Dank. Ohne sie und ihre ungezählten Fotokopien hätte ich im Leben nicht verstanden, was Henning Brand da eigentlich vor sich hin gekocht hat, und Egbert hätte das *apricum* niemals herstellen können.

Ebenfalls für ihre Hilfe bei Recherchen danke ich erneut Oliver Dicrssen, Axel Töllner und Martin Schieber, von deren Wissen ich seit dem »Seraphim« noch immer profitiere.

Stephan Wehner hat mir beim Schreiben dieses Romans zweimal mit Rat und Tat zur Seite gestanden, weil der Computer nicht so wollte wie ich. Es ist ein gutes Gefühl, Stephan, zu wissen, dass da jemand ist, der helfen kann, wenn's wirklich brennt.

Dann gebührt Dank auch folgenden Menschen: Petra Engwicht, Claudia Bode, Karin Wehner und Marlene Klaus dafür, dass sie mich mit Kochen, Hundetraining und endlosen Telefonaten geerdet haben. Es tut gut, euch als Freunde zu haben!

Der größte Dank jedoch geht an Stefan, meinen Mann. Ich weiß, mein Schatz, dass ich beim Schreiben dieses Roman manchmal nur schwer zu ertragen war, und ich danke Dir für die Geduld, mit der Du meine schriftstellerischen Launen und Krisen erträgst. Du bist der Beste!

Kathrin Lange, Mai 2010